LES DAMES DE BEAUCHÊNE

Tome III

DE LA MÊME AUTEURE

Les dames de Beauchêne, t. I, Montréal, VLB éditeur, 2002.
Mystique, Montréal, La courte échelle, 2003.
Les dames de Beauchêne, t. II, Montréal, VLB éditeur, 2004.
Rhapsodie bohémienne, Saint-Lambert, Soulières éditeur, 2005.

Mylène Gilbert-Dumas

LES DAMES DE BEAUCHÊNE

Tome III

roman

vlb éditeur

VLB ÉDITEUR
Une division du groupe Ville-Marie Littérature
1010, rue de La Gauchetière Est
Montréal (Québec) H2L 2N5
Tél.: (514) 523-1182
Téléc.: (514) 282-7530
Courriel: vml@sogides.com

Conception de la couverture: Nancy Desrosiers
Illustration de la couverture: Élisabeth Vigée-Lebrun (1755-1842), *Mon frère*
© The Saint Louis Art Museum

Catalogage avant publication de Bibliothèque et Archives Canada

Gilbert-Dumas, Mylène, 1967-
    Les dames de Beauchêne: roman
    (Collection Roman)
    ISBN 2-89005-922-7 (v. 3)
    1. Canada – Histoire – 1755-1763 (Guerre de Sept Ans) – Romans, nouvelles,
etc. I. Titre.
PS8563.I474D35   2002   C843'.6   C2002-941650-7
PS9563.I474D35   2002

DISTRIBUTEURS EXCLUSIFS:

• Pour le Québec, le Canada
  et les États-Unis:
  LES MESSAGERIES ADP*
  955, rue Amherst
  Montréal (Québec) H2L 3K4
  Tél.: (514) 523-1182
  Téléc.: (450) 674-6237
  *Filiale de Sogides ltée

• Pour la France et la Belgique:
  Librairie du Québec / DNM
  30, rue Gay-Lussac
  75005 Paris
  Tél.: 01 43 54 49 02
  Téléc.: 01 43 54 39 15
  Courriel: liquebec@noos.fr
  Site Internet: www.quebec.libriszone.com

• Pour la Suisse:
  TRANSAT SA
  C. P. 3625, 1211 Genève 3
  Tél.: 022 342 77 40
  Téléc.: 022 343 46 46
  Courriel: transat-diff@slatkine.com

Pour en savoir davantage sur nos publications,
visitez notre site: **www.edvlb.com**
Autres sites à visiter: www.edhexagone.com • www.edtypo.com
www.edjour.com • www.edhomme.com • www.edutilis.com

Pour mon amie Nathalie,
dont le courage a été si souvent mis à l'épreuve.

PREMIÈRE PARTIE

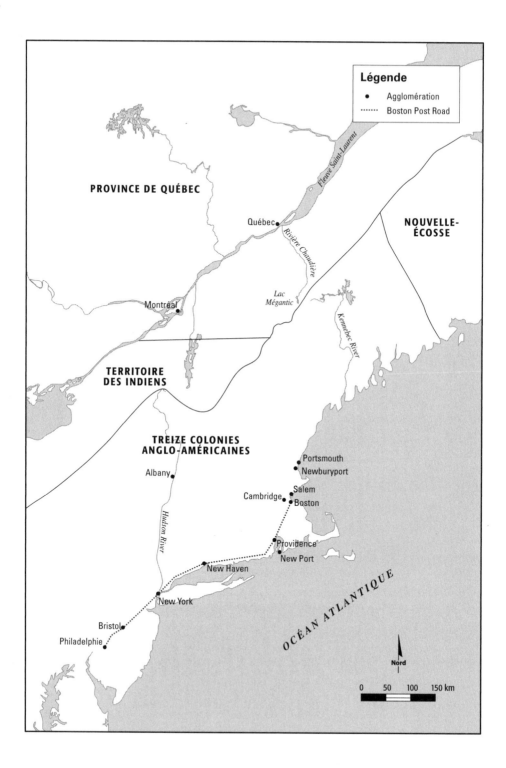

Légende
- Agglomération
····· Boston Post Road

PROVINCE DE QUÉBEC

NOUVELLE-
ÉCOSSE

Québec

Fleuve Saint-Laurent

Rivière Chaudière

Montréal

Lac Mégantic

Kennebec River

TERRITOIRE
DES INDIENS

TREIZE COLONIES
ANGLO-AMÉRICAINES

Portsmouth

Newburyport

Albany

Salem

Cambridge
Boston

Hudson River

Providence

New Port

New Haven

New York

OCÉAN ATLANTIQUE

Bristol

Philadelphie

Nord

0 50 100 150 km

CHAPITRE PREMIER

L'horizon se teinte tout juste de jaune en ce matin frais de mai 1775. La ville de Québec est encore silencieuse. On entend à peine la brise venue du fleuve qui siffle au-dessus des pavés boueux. Dans la haute-ville, à l'étage d'une maison de pierre de la rue Saint-Louis, une lueur fait danser des ombres à l'une des fenêtres. C'est la lumière d'une bougie déposée sur la commode. Assise devant le miroir, une jeune femme examine son reflet.

La silhouette est grande et mince, le visage, étroit. Des pommettes saillantes et une mâchoire trop carrée contribuent à lui donner un air androgyne. Ses yeux noirs et pétillants posent sur son épaisse chevelure sombre un regard nostalgique. Dans sa main droite, une paire de ciseaux. Odélie Rousselle s'apprête à poser un geste irrémédiable.

Il y a une heure, elle s'est levée sans faire de bruit. Elle a sorti quelques bandelettes de tissu qu'elle gardait cachées dans un tiroir et s'en est servie pour se bander la poitrine, le peu qu'elle a, malgré ses vingt-cinq ans. Ce geste n'était pas sans lui rappeler le nombre de prières qu'elle a adressées au Tout-Puissant dans l'espoir de voir apparaître chez elle, un jour, certaines des rondeurs de sa mère. En vain. Odélie a grimacé en attachant le dernier pan. Ce nœud était lourd de sens: en comprimant son corps, c'était son cœur qu'elle plaçait dans un étau.

Avec des gestes lents, elle a enfilé les vêtements qu'elle a subtilisés dans la chambre de ses frères et dans la boutique de son père. Elle s'est glissée dans la chemise blanche, puis dans la culotte de laine usée, qu'elle a fini d'ajuster la veille. Ses bras ont passé dans les manches vides du gilet, ses doigts ont fait rouler la multitude de petits boutons qui en referment le devant. Mais c'est seulement quand elle a enfilé les longues bottes de cuir noir qu'elle a senti qu'une partie d'elle-même était en train de mourir. Elle s'est alors assise devant le miroir, y observant son reflet, se préparant au geste ultime, les ciseaux à la main.

Après s'être admirée une dernière fois, Odélie ferme les yeux, inspire profondément et approche les lames de sa chevelure. Les longues mèches brunes tombent sur le sol, les unes après les autres, rendant impossible un retour en arrière. Lorsqu'elle a terminé, sans même regarder le résultat de cette coupe faite à l'aveuglette, Odélie s'empare de la lanière de cuir qui traîne sur la commode, près de la bougie. Elle attache ce qui lui reste de cheveux, ainsi que le font les hommes, les nouant sur la nuque. Sans faire de bruit, elle se lève et enfile alors le justaucorps de laine. Dans un geste désinvolte, elle pose sur sa tête le chapeau de feutre à trois pointes qui gisait sur le lit. Odélie Rousselle a disparu. La métamorphose est complète. Ou presque.

Il reste à transformer sa voix, ses manières, son vocabulaire. Mais cela, elle s'y exerce depuis des mois, peut-être même, sans s'en rendre compte, depuis des années. Son visage devient tout à coup étrangement masculin, son menton, plus avancé encore, d'une manière presque arrogante. Son regard, habituellement si doux, semble scrutateur et distant, hautain même. Ses épaules se reculent d'elles-mêmes, sa posture devient plus rigide et, après un bref coup d'œil dans le sac qui contient les quelques petites choses qu'elle emporte avec elle, Odélie se glisse sans effort par la fenêtre, comme elle le faisait quand elle était enfant.

Pas un regard en arrière, pas même l'ombre d'un regret. Elle se laisse descendre le long du mur jusque sur le toit de l'entrepôt de son père, celui qu'il a construit dans la cour arrière, après avoir abattu l'orme qui y trônait depuis une centaine d'années. Du toit, elle s'élance dans le potager, apeurant au passage quelques oiseaux qui picoraient les jeunes laitues. Lorsqu'elle se redresse, son sac en bandoulière, Odélie Rousselle n'existe plus. Charles de Beauchêne prend vie, définitivement.

Chaque fois qu'Odélie pense à ce nom, elle revoit l'image de son vrai père, mort sous les ordres du marquis de Montcalm, alors qu'elle n'était qu'une enfant. Elle le connaissait si peu qu'avec les années elle lui a inventé une vie trépidante et son nom est devenu synonyme d'aventures. N'était-il pas naturel qu'elle l'utilise la veille au soir, lorsqu'elle s'est présentée au *Sabot d'argent*?

Pendant qu'elle s'éloigne d'un pas leste vers le port, son regard se perd dans la pénombre où elle voit s'animer, avec une certaine fierté, les souvenirs de la veille.

Il faisait nuit lorsqu'elle a fait son apparition devant le cabaret. Le *Sabot d'argent* grouillait de monde et

Odélie avait choisi cet endroit pour tester ses vêtements masculins. Sa démarche n'était pas très assurée, mais elle faisait preuve d'une détermination qui la surprenait elle-même. Fonçant tête première vers le danger, elle se dirigea vers Gaston Grandbois, le tenancier. Ce dernier se tenait derrière le bar. Âgé d'environ vingt-cinq ans, il avait tout de son père, qu'Odélie avait bien connu durant la guerre. La même stature imposante qui lui permettait de sortir lui-même les clients dérangeants, la même jovialité et le même entregent qui avaient fait la renommée de son établissement. Plus important que tout, il possédait la même perspicacité que son père. Cela lui permettait d'identifier qui, de ses clients, n'était pas en état de se faire resservir à boire. C'était aussi cette clairvoyance qui lui avait permis plusieurs fois de deviner la présence d'un inspecteur du gouvernement dans son cabaret. De plus, Grandbois comprenait au premier coup d'œil quelle langue il fallait employer pour servir chaque client. Odélie se disait que si elle réussissait à berner un homme comme lui, elle avait une chance de mener à terme son projet. Sa voix était encore un peu enrouée lorsqu'elle lui adressa la parole:

– L'Anglais qui cherche un serviteur loge-t-il chez vous?

– C'est un de ceux-là, marmonna Grandbois sans lui prêter grande attention.

Il désignait du menton un groupe d'hommes installés dans le fond de la salle, occupés à une partie de cartes. Odélie hocha la tête. Son visage affichait une satisfaction que Grandbois, qui leva à peine les yeux vers elle, prit pour un remerciement. Intérieurement, Odélie jubilait: dans la pénombre du cabaret, il ne l'avait pas reconnue.

Mais ce qu'elle venait de réussir n'était que la première épreuve, elle le savait bien. Le plus difficile ne serait pas de convaincre l'Anglais de la prendre à son service. Elle s'était déjà informée de sa situation. Le navire sur lequel il embarquerait appareillerait le lendemain matin et son serviteur lui avait fait faux bond en arrivant dans la capitale. Non, le plus difficile serait de soutenir une conversation de manière à convaincre son futur employeur qu'elle était un homme.

« Les gens croient ce qu'ils voient », se répétait-elle en se dirigeant vers le fond de la salle.

Elle observait le groupe attablé. Il y avait cinq hommes, tous des Anglais. La partie de cartes venait de se terminer et quatre d'entre eux avaient la mine renfrognée. Le cinquième ramassait de ses bras l'argent misé au centre de la table. Un large sourire égayait son visage. Odélie toussa et sa voix se fit grave lorsqu'elle s'adressa aux Anglais dans leur langue :

— Excusez-moi de vous déranger, Messieurs. On m'a dit que l'un d'entre vous était à la recherche d'un serviteur.

— Venez-vous m'offrir vos services ?

L'homme qui avait parlé était celui qui venait de gagner la partie.

— Exactement, Messire. Je m'appelle Charles de Beauchêne.

— C'est vraiment mon soir de chance ! dit l'homme en faisant un clin d'œil à son voisin. Quel âge avez-vous ?

Odélie savait qu'elle ne pouvait donner son âge véritable. Un homme de vingt-cinq ans possède une stature plus robuste que la sienne. Elle se bomba le torse d'une fierté excessive et répondit, imitant ses frères adolescents :

– J'aurai dix-huit ans à l'automne, Messire.

L'Anglais se frotta le menton d'une main et ne dit rien pendant un moment. Il l'observait, essayant vraisemblablement d'évaluer si le garçon qu'il avait devant lui était fait assez solide pour porter des bagages. Il salua de la tête ceux qu'il venait de dépouiller de leur argent et qui, après s'être levés, se dirigeaient vers la sortie, la tête basse. Odélie gardait pour sa part les épaules droites, le menton avancé. Sa mère lui avait dit souvent qu'elle perdait toute féminité lorsqu'elle se tenait de cette manière. C'était à cette image qu'elle s'accrochait en soutenant, de ses yeux sombres, le regard gris de l'Anglais.

Au bout d'un moment qui lui sembla une éternité, elle perçut enfin une étincelle d'approbation chez son interlocuteur.

– Vous êtes Canadien ? demanda-t-il sans la quitter des yeux.

Odélie hocha la tête.

– Où avez-vous appris l'anglais ? Vous le parlez très bien.

L'homme lui montra une chaise, de l'autre côté de la table. Odélie s'y assit, réprimant un sourire. Elle savait qu'elle venait de passer le deuxième test.

*

Lorsque François Rousselle ouvre les yeux, le jour se lève à peine. D'un brusque coup de pied, il réveille son frère, toujours endormi de l'autre côté du lit.

– Debout, Louis! lui lance-t-il en sortant du lit. Il faudrait pas que le père nous attende. Des plans pour qu'il change d'idée.

– Ça me dérange pas, moi, si le père change d'idée.

Même si la voix de Louis est encore habitée par le sommeil, François y décèle l'habituelle pointe qui le blesse. C'est vrai que si son père revient sur sa décision de l'emmener avec lui, ça ne changera rien pour Louis, car, malgré que François soit l'aîné des garçons, c'est toujours Louis qui accompagne le père dans ses tournées. Parce qu'il déteste que son frère le lui rappelle, François tire brutalement sur les draps, envoyant Louis rouler par terre.

– T'es idiot, François!

Son ton est toujours aussi méprisant, mais François n'en fait aucun cas. Son frère ne possède que les mots.

– J'ai entendu du bruit cette nuit. Pas toi?

Juste avant le lever du soleil, il lui a semblé que quelqu'un marchait sur le toit de l'entrepôt. François s'est levé et s'est dirigé vers la fenêtre, mais il n'a rien vu d'exceptionnel, seulement quelques oiseaux dont les ailes battaient dans l'air frais du matin.

– J'ai rien entendu, répond Louis sans regarder son frère. Mais j'ai rêvé de la veuve Lavallée.

François sent ses muscles se tendre. « Pas encore cette histoire! » songe-t-il, les poings serrés. Il se tourne lentement vers Louis qui a commencé à s'habiller, mine de rien.

– Tu sais, *ta* Mme Lavallée? J'ai rêvé qu'elle me faisait, à moi aussi, cette belle faveur.

D'un bond, François rejoint son frère et lui assène un coup de poing à la mâchoire.

– Et ça, est-ce que c'est une faveur à ton goût?

Sonné, Louis secoue la tête.

– Il faut toujours que tu sois traître, François!

Puis il se jette sur son frère. Commence alors un combat violent, entrecoupé de mots disgracieux, jusqu'à ce que la porte s'ouvre avec fracas et que Daniel Rousselle apparaisse dans l'embrasure.

– Louis! François! Vous allez m'arrêter ça tout de suite ou bien je sors le fouet!

En un clin d'œil, les garçons se séparent, les vêtements débraillés, les poings meurtris et les yeux étincelants.

– Vous avez quatorze et quinze ans. Il me semble que vous devriez être plus raisonnables. Puisque vous n'arrivez pas à vous entendre, il n'est pas question que je vous emmène tous les deux aujourd'hui. François, tu resteras pour tenir la boutique avec ta mère et ta sœur. Peut-être qu'elles vont réussir à te mettre un peu de plomb dans la tête. Quant à toi, Louis, dépêche-toi. La charrette est prête. Je pars tout de suite après le déjeuner.

Sur ce, Daniel fait demi-tour et s'éloigne vers l'escalier d'un pas rageur. Dans la chambre des garçons, la tension vient de monter d'un cran.

– Tu l'as fait exprès! s'exclame François. T'es fier de toi, maintenant? Je suppose que c'est ça que tu voulais, avoir ton petit papa à toi tout seul pour toute la journée?

Piqué au vif, Louis saute sur son frère qui se déplace aussitôt, évitant de justesse le genou qui visait son entrejambe. Avant même que Louis ne se retourne, François lui enfonce ses jointures dans les côtes. Le cri de douleur qui sort de la bouche de Louis trahit la haine qu'il éprouve pour son frère en ce moment.

— Maudit Sauvage!

Il n'en fallait pas davantage. Un nouveau coup de poing s'abat sur sa joue, heurtant son nez au passage et laissant dans son sillage un filet de sang. Louis s'enfuit vers la porte. Il se retourne au dernier instant, le visage moqueur.

— Je me demande si la veuve Lavallée fait ça aussi bien quand c'est pour de vrai, lance-t-il, en bougeant les hanches dans un mouvement de va-et-vient obscène.

Puis il s'empresse de disparaître avant que François ne le rattrape.

— C'est ça, va te cacher derrière le père!

La voix de François est plus faible, parce qu'il ne veut pas être entendu du rez-de-chaussée. Il s'est assis sur le lit et reprend son souffle. Même s'il n'était pas vraiment en colère, se battre contre son frère provoque toujours en lui une poussée d'énergie qui le grise, qui fait de lui quelqu'un qu'il n'a pas encore appris à apprivoiser. Il ne voudrait surtout pas que sa mère le voie dans cet état. Il cherche dans ses pensées des images qui lui font du bien, qui l'apaisent. C'est malgré lui qu'il revoit le sourire de Mme Lavallée, ses jupes relevées, sa robe entrouverte, son corps arqué, accroché au sien. Il ferme les yeux et sent de nouveau cette tension bienfaisante dans son bas-ventre.

C'était à la fin d'avril, dans la maison de la veuve. Il était allé lui livrer les marchandises qu'elle avait commandées, comme il l'avait fait tout l'hiver. Mais cette fois, elle lui avait offert de prendre du vin avec elle. Dehors, il faisait un froid surprenant pour un début de printemps. François n'avait pas eu besoin de se faire prier pour boire un verre de vin chaud près du feu. Cependant, comme d'habitude, il n'arrivait pas à regarder cette femme dans les yeux, des yeux qu'il savait aussi bleus qu'un ciel sans nuages. Il s'était toujours senti mal à l'aise en sa présence. En fait, il aimait trop sa compagnie, mais il ne savait pas encore reconnaître les signes de son engouement. Il savait par contre qu'elle venait souvent à la boutique lorsqu'il y était seul. D'autres fois, elle envoyait Jonas, son esclave, et demandait que la marchandise lui soit livrée dans l'après-midi. Comme elle l'avait fait ce jour-là.

Même aujourd'hui, François ne connaît d'elle que le plus important : elle s'appelle Clémence, a vingt-huit ans et ses draps sentent la lavande. Il ne comprend pas encore comment il s'est retrouvé dans son lit et cela n'a pas d'importance. Elle lui a fait connaître des sensations qu'il n'est pas prêt d'oublier. Elle a fait de lui un homme, enfin.

Bien sûr, il a gardé cet événement secret. Ce que Louis a découvert n'est qu'un rêve récurrent, qui a maintenant un nom : Clémence. Un nom qu'il a prononcé malgré lui au bord de l'extase, pendant qu'il mouillait le bas de sa chemise. Ce qui le dérange aujourd'hui, ce n'est pas tant que Louis lui en parle, mais plutôt qu'il s'évertue à en souiller l'image.

Il y a aussi cet autre mot que Louis aime lui répéter d'un air méprisant : « Sauvage ». Parce que les traits de son frère sont différents des siens, Louis adore se moquer de lui, lui rappeler sans cesse qu'il ressemble à un Indien. Cela n'enrage pas vraiment François, car il sait que ce sont spécifiquement ces traits qui lui donnent l'air mystérieux qui a séduit Mme Lavallée. Elle le lui a dit. Depuis ce jour-là, le mot que Louis lance en insulte n'a plus le même effet. Il lui rappelle qu'il est séduisant et qu'il a plu à cette femme.

Il continue néanmoins à faire celui qui se sent insulté et qui se défend avec des coups. Il ne voudrait surtout pas que son frère se mette à lui chercher un autre point faible. Dieu sait qu'il en trouverait à profusion! Tant qu'il croit que ses mots blessent, il les réutilise. Et François préfère laisser croire à son frère qu'il a le dessus. Cela lui permet de garder ses secrets.

François entend soudain la voix de sa mère qui l'appelle. Il bondit du lit, irrité. Il ne peut vraiment pas se présenter au déjeuner dans son état. Il se dirige vers la commode sur laquelle sont posés la cruche et le lave-mains pour ses ablutions matinales. Il se verse un peu d'eau et y plonge ses poings ensanglantés. Il sourit, malgré lui. Ce sang n'est pas le sien.

*

Marie a ouvert les rideaux et un soleil radieux envahit la salle commune. Dans la cour, on n'aperçoit qu'une partie du potager, la vue étant en partie obstruée par un mur de pierres. Autrefois, par cette fenêtre, Marie pouvait regarder la cour et le gros orme qui y trônait. Aujourd'hui, on n'y voit peut-être que l'entrepôt, mais on n'y sent plus le vent froid du fleuve l'hiver. Et c'est tant mieux.

En pensant à l'hiver, Marie frissonne et s'approche malgré elle de la cheminée où Daniel a déjà allumé un feu. Elle y ajoute une dernière bûche et avive les flammes avec le tisonnier. Lorsqu'elle se redresse, elle sent ses os qui craquent. Elle étire le cou, tourne la tête dans un sens, puis dans l'autre, et grimace. Manifestement, la nature a décidé de lui rappeler qu'elle a quarante-quatre ans. Plus tôt, pendant qu'elle se coiffait, elle a découvert de nouveaux cheveux gris dans son chignon. Quelques rides ont aussi fait leur apparition aux coins de ses yeux. Elle les avait bien aperçues, il y a quelques semaines, mais, ce matin, elles semblaient vouloir lui rappeler son expérience de la vie, ses chagrins et ses bonheurs. Pour éviter de trop y penser, Marie les a rapidement couvertes de poudre.

« Il faudra que je demande à Louise de vérifier l'état des réserves », songe-t-elle, en chassant aussitôt ces sombres pensées pour revenir à ses soucis quotidiens. Reste-t-il encore de la confiture ? Y a-t-il encore des os pour faire quelques pot-au-feu ?

Marie contourne la table déjà dressée et rejoint la servante à la cuisine. En mettant les pieds dans la pièce, elle aperçoit deux petits pots de confitures déposés sur la table. Que ferait-elle sans Louise ? Elle devine toujours ce qu'on attend d'elle. Il faut dire qu'elle fait partie de la maisonnée depuis tellement longtemps.

Marie se souvient du jour où sa servante est revenue de la Pointe-aux-Trembles. Elle avait vingt-deux ans et était veuve, sans enfant. Elle fuyait vers la ville pour la même raison qu'elle-même l'avait fait, quelques années auparavant : son père voulait la remarier et elle en avait décidé autrement. Elle est venue offrir ses services à Marie qui se trouvait à ce moment-là sans domestique.

Marie n'a jamais regretté de l'avoir engagée. Et ce matin, elle a encore une preuve de son efficacité. Sur le poêle, le pot-au-feu mijote, sans doute depuis la veille. Marie sourit, lève le couvercle et pique la pièce de bœuf avec une fourchette.

— Après le déjeuner, dit-elle en se tournant vers la servante, tu iras au marché chercher quelques choux. Peut-être des navets, si tu en trouves.

— Oui, Madame. Je pense pouvoir mettre la main sur des oignons. Voulez-vous que j'en rapporte?

Marie acquiesce.

— Je vais demander à Odélie de t'accompagner.

Sur ce, elle retourne dans la salle commune avec un plateau sur lequel se trouvent cinq tasses ainsi qu'une carafe remplie d'un café brûlant. Elle a à peine le temps de le déposer sur la table qu'elle entend ses fils descendre bruyamment. En les apercevant au pied de l'escalier, elle comprend d'emblée qu'ils se sont battus. Ils s'approchent calmement de la table et Marie, assise à une extrémité, les observe en se désolant.

Même si François et Louis sont frères, ce ne sont pas les airs de famille qu'on remarque chez eux, mais plutôt les dissemblances. Les cheveux de jais de François font paraître ternes ceux de Louis. Les yeux clairs de Louis attirent davantage l'attention que ceux, plus ténébreux et étirés, de son aîné. En fait, leurs teints seuls les distinguent cruellement. Louis a la blancheur des Français, alors que François… Marie sent monter en elle la tristesse reliée à une constatation qui l'accable: ses fils se détestent.

Si un inconnu les regardait, il dirait que ces garçons sont comme tous les frères de la ville: ils se chamaillent un peu, voilà tout. C'est ce que Daniel ne cesse de lui répéter. Mais Marie, avec son cœur de mère, comprend que le malaise qui habite ses fils est plus profond. La minuscule tache de sang sur le bord du nez de Louis, les plaies encore vives sur les jointures de François, leurs chemises qu'ils rapiècent eux-mêmes, trop souvent. Et ces regards en coin, ces sourires qui n'en sont pas. Tout cela l'attriste. Surtout qu'elle en connaît la cause.

Marie tourne la tête et suit des yeux Daniel qui revient de la pièce adjacente où il tient sa boutique. Avec ses soixante-cinq ans, ses cheveux blancs et ses rides nombreuses, elle pourrait s'attendre à ce que son époux fasse preuve de plus de sagesse. Elle a essayé d'aborder la question avec lui, plusieurs fois, mais il refuse toujours d'en entendre parler. Il dit traiter ses deux fils de la même manière. Marie sait bien que ce n'est pas toujours le cas.

« Il manque une chambre dans cette maison, songe-t-elle. Si les garçons avaient chacun leur chambre, peut-être ne ressentiraient-ils pas autant la présence de l'autre. »

Marie couve François du regard. Assis à côté d'elle, le garçon verse du café dans une tasse avant de la lui tendre. Marie lui sourit, gênée. C'est auprès d'elle que François vient chercher l'affection que son père réserve à Louis. Comment pourrait-elle la lui refuser ? Même Odélie en est préoccupée. Cette pensée lui fait remarquer l'absence prolongée de sa fille.

— François, va réveiller ta sœur ! C'est jour de marché aujourd'hui. Elle l'a peut-être oublié.

François hoche la tête, se lève et monte à l'étage. Il en revient au bout de quelques minutes et hausse les épaules en reprenant sa place.

— Elle doit être déjà partie, maman. Sa chambre est vide et son lit est fait.

Marie accuse le coup. L'air impassible, elle se tourne lentement vers Daniel, assis à l'autre bout de la table. Celui-ci soutient son regard quelques secondes, puis revient à son pain. Il y a alors un long moment de silence. Puis la voix de Daniel tonne. Il parle en évitant le regard insistant de Marie.

— Comme François l'a dit, elle est sûrement déjà partie au marché.

— Elle n'est pas au marché. Tu le sais bien.

Déchirée entre le chagrin et le soulagement, Marie lève les yeux vers la fenêtre. Son regard se perd au loin, au-delà des maisons, au-delà de l'horizon. Sa fille est partie.

*

L'*Impetuous* s'éloigne de Québec, descendant le fleuve. «À l'heure qu'il est, ils doivent savoir», songe Odélie en regardant fondre au loin, sous un soleil incandescent, la coupole de la cathédrale, la structure imposante du séminaire et celle, plus modeste, du château Saint-Louis. Elle se souvient d'avoir déjà vu ce paysage décroître sous ses yeux. À cette époque, elle n'avait que huit ans et, dans ses souvenirs, les navires étaient beaucoup plus impressionnants. Or aujourd'hui, en ce petit matin de mai, le voilier sur lequel elle prend place ne l'émeut pas le moins du monde. Il n'est pour elle que le plus sûr moyen de quitter la maison familiale afin de pouvoir enfin mener sa vie comme elle l'entend. Les marins s'affairent sur le pont, mais Odélie ne leur prête aucune attention. Son regard est rivé à la côte, scrutant chaque silhouette à la recherche d'un visage connu.

«Je suis libre, se dit-elle, au moment où la rive nord commence à disparaître derrière la pointe de l'île d'Orléans. Puisque personne n'est venu me chercher dans le port, c'est qu'ils se sont aperçus trop tard de ma disparition.»

Odélie soupire, son plan semble avoir fonctionné comme prévu. Sur le pont extérieur, elle est appuyée à la rambarde à côté de son employeur, Mr. Wellington. Elle ne ressent pas le moindre regret. Il était temps de partir, elle le sait. Elle sait aussi que jamais son père n'aurait donné son accord pour ce départ, surtout depuis qu'il a entrepris de solidifier des liens commerciaux en voulant marier sa fille au fils d'un de ses associés. Cette seule pensée suffit à lui faire serrer les poings. La voix de Mr. Wellington vient effacer ce regard courroucé qu'elle n'a pas su réprimer à temps.

– Vous semblez soulagé de quitter Québec, Charles. Vous y seriez-vous fait quelques ennemis?

Odélie se tourne vers son patron. Nathanael Wellington doit approcher de la quarantaine. Bien qu'il soit un peu plus court qu'elle, il est nettement plus robuste. Elle n'a pas encore décidé s'il est beau ou laid. «Ni l'un ni l'autre», songe-t-elle en constatant que, dans les faits, cela doit lui être fort utile. Ses cheveux sont d'un brun terne et son visage est suffisamment agréable pour le rendre aimable et plaisant pour les femmes, sans pour autant faire des jaloux autour de lui. Odélie devine que pour un marchand, c'est un sérieux atout. Sa bonne humeur étant contagieuse, son sourire suffit à effacer la colère qui grondait dans le cœur d'Odélie. Elle se retient toutefois de l'imiter, consciente que cela mettrait en évidence certains traits féminins de son visage et trahirait, par le fait même, sa nouvelle identité.

— Disons que mon dernier patron a voulu me forcer la main et que ça fait mon affaire de m'évanouir dans la brume du matin.

— Je vois, dit Wellington d'un air entendu. Beau garçon comme tu l'es, je suppose que sa fille a cédé à tes avances et qu'il voulait la voir rangée au plus vite afin d'éviter… euh… certains désagréments.

Beau garçon. Quelle ironie! Si Odélie a revêtu des vêtements d'homme et tiré parti de ce physique ingrat qui lui a longtemps valu son célibat, c'est seulement parce qu'il n'est pas aisé pour une femme de voyager seule. Elle n'a jamais pensé qu'elle puisse être séduisante ainsi travestie.

— Si vous devinez ma situation, commence-t-elle, j'en conclus que vous avez une certaine expérience avec les femmes.

Wellington éclate de rire en s'éloignant vers le château arrière, non sans lui avoir asséné, au passage, une tape amicale sur l'épaule.

— Le moins que l'on puisse dire, mon garçon, c'est que j'ai une expérience certaine dans ce domaine.

Et son rire continue de flotter sur le pont à mesure qu'il gravit les marches menant à sa cabine.

Demeurée seule face à l'île qui cache désormais entièrement la rive nord, Odélie se permet un sourire franc. Fuir un mariage forcé. Mr. Wellington n'aurait pas pu être plus près de la vérité. En y songeant bien, Odélie se demande ce qui l'a le plus poussée à partir. Un mariage forcé, ou un mariage qu'on lui a refusé, il y a un mois à peine? Une combinaison des deux, sans doute.

L'amertume envahit son cœur lorsqu'elle repense au jour où Cameron est venu demander sa main. Elle se trouvait avec son père dans la boutique et préparait le terrain, lui décrivant la Côte-du-Nord comme un endroit fabuleux. Si elle se mariait, lui disait-elle, elle pourrait peut-être y ouvrir un petit commerce et s'associer avec lui pour partager les profits. Daniel l'écoutait, visiblement intéressé. Odélie prenait grand soin de ne pas mentionner dans son discours le nom de l'élu de son cœur. Comme beaucoup d'autres hommes de Québec, Daniel Rousselle pourrait trouver inconvenant que sa fille épouse un conquérant. C'était pour cette raison qu'Odélie avait mis des gants blancs.

Malgré ces précautions, lorsque Cameron a mis le pied dans la boutique, Daniel Rousselle a explosé, ne lui laissant pas la moindre chance de s'expliquer :

— Ma fille n'épousera pas un Anglais ! a-t-il crié, en ouvrant la porte pour faire sortir le jeune homme.

— Je ne suis pas anglais, monsieur Rousselle, mais écossais.

L'insistance de Cameron a provoqué l'ire de Daniel.

— Anglais ou écossais, c'est la même chose ! a-t-il hurlé. Je ne donnerai pas ma fille à un protestant.

La porte a claqué et Odélie a suivi Cameron dans la rue. Elle voulait qu'il l'emmène, qu'ils se marient dans une paroisse de la Côte-du-Nord, sans le consentement de son père. Ils en avaient le droit puisque Odélie avait vingt-cinq ans. Cependant, Cameron bouillonnait de rage d'avoir été traité aussi cavalièrement. Il ne voulait pas un mariage clandestin, mais une situation respectable et respectée. Il avait eu espoir de pouvoir un jour faire des affaires avec son beau-père. Puisque ce dernier l'avait humilié, il préférait renoncer à ce mariage. C'est ainsi qu'il s'en était allé, abandonnant Odélie à son rêve déçu.

Elle en a pleuré pendant des jours, mais ce matin, à bord de l'*Impetuous*, Odélie sent l'espoir renaître dans son cœur. Depuis qu'elle est toute petite, elle a toujours su qu'elle trouverait sa voie au loin, à des lieues de sa maison natale, à des lieues de Québec. Et maintenant qu'elle est à bord d'un navire à destination de Bristol, il semble évident que c'est en Angleterre que se réalisera son destin. Au-dessus de sa tête, les voiles claquent. Le vent s'intensifie et pousse le voilier vers l'est à une vitesse vertigineuse. Odélie tire sur son gilet et s'assure d'un bref coup d'œil que ses formes féminines, aussi peu rondes soient-elles, ne paraissent pas sous ses vêtements masculins. Puis elle fait demi-tour, affrontant sa nouvelle vie avec cet air distant qui lui est aujourd'hui comme une seconde peau.

*

— Il faudrait vous laver, monsieur Corriveau.

Malgré ses réticences, sœur Antoinette s'approche du vieillard et verse un peu de lait dans son gobelet. À cause des nuits souvent trop fraîches, les fenêtres sont encore fermées et la puanteur qui émane de l'homme est telle que la religieuse doit se faire violence pour ne pas reculer. Elle décide quand même d'aérer un peu la pièce et pousse sur le battant de la fenêtre. Une brise légèrement parfumée par le pain qu'on cuit dans la cour s'engouffre à l'intérieur, lui rappelant qu'elle n'a pas encore déjeuné. M. Corriveau termine son verre et le lui redonne.

– Je n'aime pas l'eau, dit-il, en découvrant une bouche édentée dont l'odeur n'est pas plus agréable que celle du reste de son corps.

Antoinette lui rend son sourire en se retenant de respirer, puis elle se détourne et poursuit sa tournée. «Inutile d'essayer de le convaincre de se laver, se dit-elle, la moitié des religieuses de l'hôpital ont essayé. Et manifestement, elles ont échoué.»

De toute façon, Antoinette sait bien que l'homme ne sera pas là encore des mois. Depuis quinze années qu'elle soigne les infirmes et les vieillards, elle a appris à reconnaître la fatigue et la lassitude des derniers jours. Un bon matin, une religieuse lui apportera son déjeuner et s'apercevra que M. Corriveau ne s'est pas réveillé. Elle trouvera son corps froid et son regard vide. Il sera mort et un autre prendra sa place. À quoi bon le forcer à se laver pour les quelques jours qui lui restent? Antoinette arrive au milieu de la salle et constate avec fatalisme que tous les lits sont occupés. «Il y aura toujours des miséreux», songe-t-elle en déposant sa cruche sur une table. À ce moment, une jeune novice l'interrompt:

– Vous avez reçu ce pli, ma sœur.

Antoinette la remercie, prend la lettre et, reconnaissant l'écriture de Marie, la glisse dans une de ses poches. Tout à l'heure, quand elle ira prendre l'air dans le jardin, elle aura tout son temps pour lire le message de sa belle-sœur. Pour le moment, il faut accompagner à l'extérieur les infirmes qui veulent fumer.

Ce n'est que plusieurs heures plus tard qu'elle trouve enfin quelques minutes pour se reposer. Elle marche d'abord dans le jardin. Elle a toujours aimé ces lieux de paix et de recueillement. Lorsqu'elle atteint un banc, elle s'y assoit et, les yeux fermés, savoure les odeurs de ce début d'été. Un froissement de papier lui rappelle la lettre dans sa poche. Antoinette la sort et en brise le sceau. Elle parcourt rapidement l'écriture régulière de Marie. Son cœur se serre. En quelques phrases, et avec des mots neutres qui dissimulent mal sa peine, sa belle-sœur l'informe du départ d'Odélie.

Antoinette fait une prière pour sa nièce. « Quel courage il lui a fallu pour défier l'autorité de son père! » songe-t-elle en repliant la missive. Malgré les inquiétudes qu'apporte cette nouvelle, Antoinette se surprend à envier la jeune femme. Depuis que Daniel avait rejeté Cameron, elle se demandait bien quel serait son prochain geste. Allait-elle épouser un des prétendants que son père avait trouvés pour elle? Allait-elle prendre le voile? Antoinette doit admettre qu'elle n'avait pas pensé à la fuite.

Elle revoit le visage rond de Cameron, son air jovial, son sourire taquin. Ses cheveux roux et bouclés qui refusaient de tenir dans le ruban qu'il nouait sur sa nuque. Antoinette l'avait elle-même soigné après la bataille du printemps de 1760. Il avait été si sérieusement blessé que tout le monde était convaincu qu'il n'en réchapperait pas. Tout le monde, sauf elle. « La foi peut faire des miracles », avait-elle lancé à tous ceux qui se préparaient aux funérailles. Pour quelle raison Dieu avait-il fait naître des sentiments maternels dans son cœur? Elle n'en avait pas la moindre idée. Cameron l'Écossais avait passé plusieurs mois à l'Hôpital-Général et elle l'avait soigné avec tellement d'acharnement qu'il avait survécu. Depuis, il lui rendait visite fréquemment, comme si elle avait été sa mère ou sa tante. Elle le recevait toujours, malgré le cloître. Il faut dire que les règlements n'étaient plus aussi sévères qu'ils l'avaient été avant la guerre. C'est ainsi qu'un jour sa visite coïncida avec celle d'Odélie, venue lui porter des épices de la boutique de son père.

Antoinette sut qu'ils s'étaient revus. Quelqu'un lui avait raconté que Cameron dansait parfois, près des casernes. Il croisait deux épées sur le sol et effectuait une danse traditionnelle de son pays au son des cornemuses. Est-ce cela qui avait séduit Odélie? Pour en avoir déjà vu un dans la cour de l'hôpital, Antoinette savait que ce spectacle avait de quoi émouvoir. Peu importe ce qui les avait rapprochés, Antoinette pressentit la suite des événements. Cameron était protestant. Connaissant Daniel, elle se doutait bien qu'il s'opposerait à un mariage mixte. D'ailleurs, l'évêque n'aimait pas la chose, même s'il la tolérait. C'était sans doute cela qui avait donné espoir à Odélie, un espoir qui la déçut cruellement.

Antoinette anticipa que ce refus paternel serait plus tragique pour sa nièce que pour une autre femme. Parce qu'elle a certains traits anguleux, Odélie n'est pas très jolie et elle en a toujours été consciente. Elle est de plus très grande, davantage même que de nombreux hommes du pays. C'est devenu, depuis quelques années, une source de gêne pour elle. Pire que tout, Odélie n'a ni la grâce ni les courbes de sa mère. Antoinette a toujours su que ces traits physiques la faisaient souffrir, car elle en avait souffert elle-même. Odélie a dû apprendre, comme elle l'a appris, elle aussi, que les hommes préfèrent les femmes qui ont un corps de femme.

Antoinette se souvient du jeune garçon qui fut le premier amoureux de sa nièce. Ce n'était un secret pour personne puisqu'il avait passé près d'un mois à son chevet. Ils s'étaient écrit pendant quelques années. Mais Olivier Lafleur était le fils d'un habitant et Marie n'aurait jamais permis un tel mariage, même si sa fille l'avait ardemment souhaité. Ce qu'elle ne fit d'ailleurs pas. Odélie est intelligente et sait depuis longtemps qu'elle n'a rien d'une femme de la terre. Grâce à l'éducation que lui a donnée sa mère, elle sait tenir les registres et les comptes, marchander, évaluer l'honnêteté d'un vendeur ou jauger la richesse véritable d'un acheteur. Si ça n'avait pas été le cas, jamais Daniel Rousselle ne lui aurait confié sa boutique comme il l'a fait pendant toutes ces années. Cependant, Odélie ne saurait gérer des récoltes. Elle peut faire un potager, comme toutes les ménagères, mais ne pourrait certainement pas labourer un champ. Elle conduit une charrette depuis qu'elle est toute petite, mais jamais Antoinette ne l'a vue monter à cheval. Il n'y a qu'une seule chose qui aurait pu lui servir sur une terre : Odélie manie le fusil mieux que bien des hommes. Ses exploits à la Pointe-aux-Trembles pendant la guerre lui ont valu une réputation qui aurait été fort enviable, si elle avait été un garçon.

« Odélie n'aurait certainement pas fait une bonne épouse d'habitant, conclut Antoinette, mais elle aurait pu tenir un commerce avec son mari, sur la Côte-du-Nord. Encore aurait-il fallu que Daniel pile sur son orgueil, ce qu'il est, de toute évidence, incapable de faire. »

Si les choses étaient demeurées comme elles l'étaient avant la demande de Cameron, Odélie aurait peut-être pu envisager sa vie à la maison paternelle. Antoinette l'avait bien fait pendant des années. Or, Daniel Rousselle, se sentant peut-être coupable d'avoir rejeté le prétendant de sa fille, se mit en tête de lui trouver un mari qui conviendrait en plus à ses intérêts de marchand.

« Elle a dû voir toute sa vie défiler devant elle, se dit Antoinette en se rappelant ses propres moments de désespoir. Elle a eu la sagesse de refuser la vie qu'on voulait lui imposer. » Entre le mariage forcé, le cloître et l'exil, Odélie a choisi la troisième solution. Encore une fois, Antoinette se rend compte qu'elle admire son courage. Elle ne souhaite qu'une chose pour sa nièce: qu'elle soit heureuse là où elle se trouve.

– Mon Dieu, faites que l'avenir ne lui réserve pas trop de déceptions, murmure la religieuse en levant les yeux au ciel.

C'est à ce moment qu'elle s'aperçoit que le soleil décline à l'horizon. Il est bien tard. Elle a dû réfléchir pendant près de deux heures. Elle glisse la lettre dans sa poche et se dirige vers le réfectoire. Elle vient juste de se rendre compte qu'elle a grand-faim.

*

Jean Rousselle est assis dans un fauteuil luxueux et confortable. Autour de lui, les murs sont couverts de dorures, de bougeoirs et de riches tapisseries évoquant des scènes de bataille, des palais d'Orient ou des chevaux magnifiques. C'est ainsi qu'il voudrait vivre. Chaque fois que Jean se retrouve dans le salon de cet hôtel particulier, en plein cœur de Paris, il se dit que peut-être cette fois sera la bonne. Et dès que Vergennes pénètre dans la pièce, Jean comprend qu'il y a un prix à payer pour atteindre ce niveau de vie.

Derrière lui, la fenêtre ouverte laisse entrer une brise rafraîchissante, en plus du bruit de la foule qui se rend au marché, à pied, en charrette ou à cheval. L'odeur de la viande grillée lui chatouille les narines. En sortant, dans une heure peut-être, il s'arrêtera à son auberge préférée pour prendre un vrai bon repas, et ensuite un bain. Cela lui fera du bien. Si Vergennes l'a fait venir en ces lieux, c'est pour lui confier une nouvelle mission. Jean le sait et il anticipe déjà ce qu'il fera de son salaire.

Il se souvient de sa mine déconfite lorsqu'on l'a amené dans cet hôtel pour la première fois. Il ne savait pas encore que cet endroit allait changer sa vie. C'était il y a cinq ans; il travaillait pour son oncle, à Brest. Quand des hommes du roi étaient venus le quérir, son oncle avait presque paniqué, convaincu qu'on allait mettre son neveu en prison pour un quelconque crime qu'on ne lui disait pas. À l'époque, Vergennes n'était encore qu'un subalterne, un de ceux qui œuvrent dans l'ombre. Cet hôtel ne lui appartenait pas encore.

Personne ne lui avait dit, ce jour-là, comment on avait eu vent de sa présence et de ses compétences. C'était probablement Choiseul, le ministre de la Guerre, qui avait recommandé Jean à Vergennes. Mais qui avait parlé de lui à Choiseul en premier lieu? Ce n'était que deux ans plus tard qu'il avait appris la vérité. Une vérité qui le trouble encore aujourd'hui quand il y pense trop longtemps. De toute façon, qui sait comment et pourquoi manœuvrent ces hommes politiques? La seule chose dont on avait pu le convaincre, à ce moment-là, c'était que la France requérait ses services.

Avec les années, Vergennes a fait de lui un espion, peut-être le meilleur des espions qu'on puisse trouver en France. On a tout de suite joué sur l'ambiguïté relative à son identité. Jean a compris qu'il pouvait devenir celui qu'il voulait être. Ou celui qu'on voulait qu'il soit. Lorsqu'il n'était pas en mission, il continuait de mettre à profit cette identité malléable, ce qui lui a permis d'affréter des navires et de s'adonner à un petit commerce qui a été, qui est encore, de temps en temps, très lucratif. Mais de là à imaginer qu'il pourrait vivre dans un luxe comparable à celui de Vergennes, il y a une marge que Jean ne s'imagine pas capable de franchir. Pas encore.

Las d'attendre, immobile dans son fauteuil, Jean se lève et fait quelques pas. Sur le manteau de la cheminée se trouve un buste de marbre. Il reconnaît aussitôt César, ou plutôt quelqu'un qui aurait l'allure de César : les lauriers posés sur la tête, la toge drapée sur les épaules, le regard majestueux, presque dédaigneux. Soudain, la vérité lui saute aux yeux. Jean mettrait sa main au feu que le sculpteur a essayé de reproduire les traits de Vergennes dans la posture du célèbre empereur romain. Cette idée le ferait sourire, si elle ne traduisait pas si justement le caractère impitoyable du ministre des Affaires étrangères. Mal à l'aise, Jean poursuit sa tournée de la pièce.

Sur l'autre mur, juste à côté de la porte, se trouve le portrait de Louis XV qui l'a toujours fasciné. Les détails et la richesse des couleurs donnent l'impression que le roi y est en chair et en os. On pourrait presque sentir les contours ondulés des fleurs de lys de la cape qui lui couvre les épaules. Jean recule d'un pas pour mieux admirer l'ensemble. Il sait que ce tableau n'est qu'une copie ; même Vergennes ne pourrait posséder l'original d'un portrait du défunt roi. N'empêche que le réalisme et le souci du détail du tableau le surprennent autant chaque fois. C'est au moment où il s'en détourne, presque à regret, qu'il découvre, sur un chevalet un peu à l'écart, le portrait d'un jeune homme d'une vingtaine d'années. Le regard est candide, les yeux, doux.

— C'est notre jeune roi. Mais ne vous approchez pas trop, la peinture est encore fraîche.

Jean a sursauté en entendant la voix de Vergennes derrière lui. Il ne l'avait pas entendu arriver. Il fait demi-tour et s'incline poliment.

— Vous m'avez fait demander, Monsieur.

— Oui. J'ai de nouveau besoin de vos services.

Comme toujours, dès qu'il se retrouve en présence du ministre, Jean sent la confusion et le doute l'envahir. Avec lequel de ses personnages Vergennes désire-t-il s'entretenir ? Doit-il mettre à l'avant-scène le Canadien qui fut prisonnier des Anglais ? L'Indien qui leur a servi d'éclaireur ? Le marchand français qui a sillonné la côte américaine pour vendre son café et son chocolat ? Le Métis qui ne sait plus trop qui il est derrière ces multiples personnalités ?

Jean fait son choix et c'est le marchand français qui prend le siège désigné par Vergennes. Étrangement, cette fois, ce n'est pas le personnage qui lui fait défaut, mais plutôt son manque de prudence. Il regrette de s'être assis, car son hôte demeure debout, lui manifestant sa supériorité de cette manière condescendante qui lui déplaît tant. Un coup d'œil au buste de César achève d'indisposer Jean, jusqu'à ce qu'une image se précise dans sa tête. Il imagine Vergennes nu, le corps enroulé dans un drap, la tête couronnée de lauriers, posant pour un sculpteur qui retient un fou rire. Jean se détend et doit même se retenir de sourire. Puis Vergennes rompt un silence que Jean commençait à trouver presque agréable.

– Alors, Rousselle. Comment vont vos affaires?

Le regard de Jean s'assombrit. Il n'a plus du tout envie de rire. Vergennes étant un des hommes les mieux renseignés de Paris, il est sans doute mieux informé que lui-même sur les quand et les pourquoi de ses revers de fortune. Inutile donc d'essayer de lui cacher qu'il n'a plus un sou. Moins il parlera, plus vite on en viendra à cette mission. Cependant, Vergennes, lui, semble prendre plaisir à prolonger cette conversation:

– J'ai su que la *Capricieuse* a subi une avarie au large du Mexique. Pas trop de dommages, j'espère?

– Elle a coulé.

La voix de Jean est cassante. Il aimerait bien que Vergennes aille droit au but plutôt que de le tourmenter avec sa situation financière. Mais le ministre n'est visiblement pas près de changer de sujet.

– Vous m'en voyez désolé, Rousselle. Cependant, vous connaissant, je suis persuadé que vous avez été prudent et que vous n'avez pas mis tous vos œufs dans le même panier.

Jean en reste muet. Ainsi, comme il l'a supposé, Vergennes est au courant de tout. Il sait que Jean avait investi tout son argent dans cette entreprise. Il doit savoir aussi qu'il s'était même endetté pour la mener à bien. Il n'y avait pas de raison pour que ça tourne mal. Il avait passé un accord extrêmement fructueux avec une demi-douzaine de producteurs du Mexique. Il avait eu les meilleures fèves de cacao pour un prix dérisoire. S'il les avait vendues en France, il aurait fait une fortune. C'était une occasion à ne pas laisser passer. Évidemment, il n'avait pas prévu la tempête, ni la faiblesse du navire devant des vagues aussi puissantes. Il avait encore moins imaginé que les Espagnols navigueraient exactement dans les mêmes eaux que la *Capricieuse*. «Ce n'est pas dans leurs habitudes», avait dit le capitaine – Dieu ait son âme – lorsque Jean l'avait embauché pour cette expédition.

Voilà maintenant que Jean est ruiné. Vergennes le sait trop bien, sinon il ne continuerait pas à le torturer avec cette histoire. C'est donc là que veut en venir le ministre. Il a besoin de l'avoir à sa merci pour s'assurer qu'il acceptera la mission qu'il s'apprête à lui confier. Jean se met donc à imaginer le pire pendant que Vergennes poursuit, tournant le fer dans la plaie :

– Vous savez, Rousselle, le métier de contrebandier peut parfois être risqué, voire dangereux.

En parlant, Vergennes s'est approché du buffet adossé contre le mur opposé au foyer. Il ouvre un tiroir et sort une petite boîte richement ornée. Il en soulève le couvercle et la tend à Jean.

– Servez-vous, je vous en prie. Ce sont les meilleurs chocolats que vous puissiez trouver à Paris.

Jean n'apprécie pas l'humour cruel de Vergennes. Son regard devient dur, car ces petits jeux ne l'amusent pas du tout. Il lui tarde d'en venir aux raisons de cette visite. Vergennes s'est sans doute rendu compte qu'il a poussé la raillerie un peu trop loin, car il fait demi-tour. Il prend un chocolat de la boîte, puis range celle-ci là où il l'avait prise.

– Entretenez-vous toujours des relations avec les colonies américaines ? demande-t-il après avoir refermé le tiroir.

– Je n'y ai pas mis les pieds depuis un an et demi, mais je ne pense pas qu'on m'ait déjà oublié.

Vergennes pose sur lui un regard franc, le premier depuis son arrivée. Jean comprend que la séance de torture vient de se terminer.

– Vous allez y retourner. Je vous donne un million de livres pour redémarrer votre commerce illicite. Je veux que vous infiltriez les rangs des rebelles. J'ai besoin d'informations pour solidifier la position de la France. Vous devrez les aider, si vous le pouvez, mais vous agirez toujours en votre nom propre. Cette mission est plus dangereuse que toutes celles que je vous ai confiées jusqu'à présent. À cause de récentes tensions politiques entre la France et l'Angleterre, je ne suis pas en mesure d'y envoyer un représentant officiel du roi. Si vous êtes fait prisonnier, la France niera son engagement dans cette affaire.

*

Lorsque, après une résistance courageuse et glorieuse, le sort des armes vous eut incorporés au nombre des sujets anglais, nous nous réjouîmes autant pour vous que pour nous d'un accroissement si véritablement précieux ; et comme la bravoure et la grandeur d'âme sont jointes naturellement, nous nous attendions que nos courageux ennemis deviendraient nos amis sincères, et que l'Être suprême répandrait sur vous les dons de sa providence divine en assurant pour vous et pour votre postérité la plus reculée les

avantages sans prix de la libre institution du gouverne-
ment anglais, qui est le privilège dont tous les sujets anglais
doivent jouir.

Marie repose sa plume, presque essoufflée. « Ça ne sert à rien de traduire cette lettre, songe-t-elle en relisant la dernière phrase. Les quelques Canadiens qui savent lire n'en comprendront pas un mot de toute façon. »

Elle laisse les feuilles sur le bureau et se rend à la fenêtre pour observer les passants qui déambulent dans la rue. Autrefois, avant que le commerce ne prenne tout l'avant de la maison, c'était ici que se trouvait la salle commune. Ici qu'elle recevait ses invités. Ici que Louise servait les repas. Ici que Marie passait le plus clair de son temps. Depuis que cette pièce est devenue le bureau de Daniel, elle n'y vient plus que rarement. Cependant, lorsque Daniel lui a demandé de traduire ce texte, il lui a proposé de s'installer à son secrétaire.

— Tu pourras garder un œil sur François, a-t-il ajouté d'un ton ferme qui a piqué Marie au vif.

— François n'a pas besoin qu'on le surveille, a-t-elle répliqué. Il a quinze ans et suffisamment d'expérience pour exécuter la tâche que tu lui as confiée.

Daniel a simplement haussé les épaules, comme pour dire qu'il n'y pouvait rien. Mais en ce moment, pendant qu'elle observe les allées et venues de son fils par la porte de la boutique, Marie se dit que cette méfiance de la part de Daniel traduit certainement des doutes plus profonds. Il est évident que François est parfaitement capable de négocier un prix ou d'exiger un dépôt pour une commande. Il tient ça d'elle et de…

41

Un visage apparaît devant ses yeux, si lointain... Marie secoue la tête. Ce sont les traits d'un autre homme qu'elle voit lorsqu'elle regarde son fils. C'est comme lorsqu'elle regarde Odélie. Comment ne pas voir sur le visage de sa fille celui de Charles de Beauchêne, son premier mari ? Marie soupire, lasse. Combien de croix devra-t-elle porter en ce bas monde ?

Odélie. Marie se demande encore si elle a bien fait de semer une graine de mutinerie dans l'esprit de sa fille.

– Tu as vingt-cinq ans. C'est peut-être le temps de faire ta vie...

C'était tout ce qu'elle lui avait dit lorsqu'elle avait vu son visage baigné de larmes à la suite de la visite de Cameron. Car Marie n'avait pas pris position dans le débat. Daniel avait été piqué au vif par le choix de sa fille et une parole pour mettre en valeur ce garçon n'aurait fait que décupler sa fureur. D'ailleurs, plus Cameron insistait, plus Daniel campait sur ses positions.

La vérité, c'est que les sentiments de son époux à l'égard des conquérants ne s'expriment pas avec des mots. Pour quiconque le connaît, il ne semble pas, de prime abord, hostile à la présence anglaise. Il appelle même certains d'entre eux « ses amis ». C'était sans doute ce qui avait donné espoir à Odélie. Mais Marie a toujours su que si Daniel se montre aimable avec le gouverneur Carleton, comme il l'a fait avec le gouverneur Murray avant lui, c'est seulement parce que cela sert ses intérêts. Elle devine que s'il n'arrive pas à éprouver de sympathie pour ces Anglais, c'est parce qu'il ne leur a pas encore pardonné la mort de son fils premier-né. Il n'y a qu'à voir l'empressement avec lequel il a accepté de faire traduire l'adresse des Bostonnais – il lui tardait de voir ce que les rebelles américains avaient à offrir aux Canadiens. Dès qu'il en a eu terminé la lecture, il en a confié la traduction à sa femme, sachant que le vocabulaire anglais de Marie est beaucoup plus étendu et raffiné que le sien.

Cependant, ce que Marie ne comprend pas, dans le comportement de Daniel, c'est que le temps n'a pas su adoucir son deuil, comme il l'a fait pour le sien. C'est pour cette raison qu'entre la peine de son époux et celle de sa fille, Marie a été déchirée. À vingt-cinq ans, Odélie n'avait pas besoin du consentement de sa famille pour se marier.

Marie l'imagine à l'église, quelque part sur la Côte-du-Nord, au bras de l'élu de son cœur. Une fois le mariage consommé, elle souhaite que la rancœur de Daniel tiédisse au fil des jours, jusqu'à ne plus être qu'un mauvais souvenir. « Peut-être que, d'ici le jour de l'An, Odélie viendra nous rendre visite. Peut-être même qu'elle attendra un enfant et que Daniel se réjouira à l'idée d'être grand-père. Peut-être même que… »

– Excusez-moi, maman, dit soudain François, la tirant de ses rêveries.

Marie ne s'habituera probablement jamais à entendre la voix muée de son fils. Le garçon se tient devant la porte du bureau, visiblement gêné de déranger sa mère.

– Il y a là un homme qui voudrait vous parler, poursuit-il. Il dit qu'il vient de débarquer en ville et qu'il est un ami que vous n'avez pas vu depuis longtemps.

*

43

Bristol. Le navire se rend à Bristol. Un voyage de plus d'un mois à travers les vagues de l'Atlantique. Des vagues qui montent et qui descendent. Des vagues pires que celles qui gonflent le Saint-Laurent en ce moment.

« Je vais mourir, se dit Odélie, en vomissant dans le seau posé sur le sol, à côté de sa paillasse. Je ne survivrai jamais à la traversée. Voilà une bonne punition pour avoir fui dans la nuit sans permission. »

Et Odélie vomit de nouveau. Elle n'a pas pensé à ce détail, le mal de mer, pourtant, elle aurait dû. Elle en a même des souvenirs qui, bien que confus, lui rappellent qu'elle a vécu l'enfer à bord du navire qui l'a menée à Louisbourg lorsqu'elle était petite. Elle se souvient même du malaise ressenti à bord du voilier anglais où elle a été faite prisonnière pendant la guerre. Mais jamais elle n'a imaginé qu'elle souffrait encore à ce point de ce mal. Et Bristol est tellement loin !

La porte s'ouvre à côté d'elle et les bottes de Nathanael Wellington apparaissent devant ses yeux. En évaluant l'intensité de la lumière qui parvient jusqu'à l'intérieur de la cabine, Odélie se dit qu'il doit être midi. Cela la rend furieuse contre elle-même de ne pouvoir préparer le repas de son maître. C'est peut-être la raison pour laquelle l'homme vient de s'agenouiller à courte distance de son nez.

— Je vois, Charles, que vous n'allez guère mieux, dit Mr. Wellington, en soulevant la tête d'Odélie pour la déposer sur un coussin ramassé au passage sur le lit. Souhaitez-vous descendre sur la Côte-du-Sud ? Je peux demander au capitaine de vous y faire reconduire en barque. La rive est parsemée de fermes, vous trouveriez sans doute un moyen de retourner à Québec en quelques jours.

Odélie secoue la tête avant que son corps en entier ne soit pris d'une nouvelle nausée.

— Dans ce cas, vous devriez manger les biscuits de farine que je vous ai apportés. Quand vous aurez l'estomac plein, vos étourdissements devraient s'estomper. Je n'en reviens tout simplement pas! Comment pouviez-vous imaginer prendre la mer si vous êtes à ce point…?

— Je ne savais pas que…

La voix qui sort de la bouche d'Odélie n'est pas aussi grave qu'elle le voudrait et elle souhaite ardemment que ce changement de timbre soit pris pour une manifestation de sa faiblesse actuelle.

— Eh bien! Maintenant vous savez. Alors mangez et lorsque vous vous sentirez mieux, venez me rejoindre sur le pont.

Odélie hoche la tête et avale le morceau de biscuit sec qu'elle vient de mettre dans sa bouche. Elle ferme les yeux et entend la porte qui se referme derrière son patron. Pendant un moment, son estomac semble vouloir se révulser et elle sent une nouvelle nausée l'envahir, ensuite se calmer. Elle avale un autre morceau, puis un troisième et se sent moins étourdie lorsqu'elle termine enfin les derniers biscuits. Le navire lui paraît alors plus stable. Suffisamment en tout cas pour qu'elle puisse quitter la cabine et atteindre l'escalier de la dunette sans se sentir trop grisée par le paysage marin.

La brise qui flotte sur le fleuve lui fouette le visage et cela lui fait du bien. Elle descend les marches lentement, s'agrippant à la rampe. Elle essaie de garder les yeux au sol et se fraie un chemin entre les marins jusqu'à la proue où l'attend son maître. La tenue soignée de Wellington le distingue aisément des hommes d'équipage. Deux d'entre eux discutent justement avec lui et s'éloignent à l'arrivée d'Odélie, non sans quelques commentaires railleurs sur l'état du jeune serviteur. En l'apercevant, le marchand anglais fait un pas dans sa direction.

— Vous avez suivi mon conseil. C'est un bon début, Charles. Maintenant, levez la tête et fixez l'horizon.

L'homme ajoute le geste à la parole et tourne lui-même la tête vers les contours vallonnés de la rive sud qui se découpent à sa droite. Odélie l'imite, cherchant à sa gauche la rive nord qu'on devine à peine. Puis leurs regards se rejoignent au-devant du navire, sur la ligne plate du fleuve qui tranche sur le ciel.

— Regardez toujours le plus loin possible. C'est le meilleur moyen de garder votre déjeuner. Je vous donnerai les trois sacs de biscuits de farine que j'ai apportés pour le voyage. Ayez toujours l'estomac bien plein. Ça devrait vous aider. De grâce, Charles, cessez de me regarder et fixez l'horizon, comme je viens de vous l'ordonner. Je n'ai que faire d'un serviteur malade.

Odélie obéit et porte son attention sur la masse sombre et mouvante. C'est vrai qu'elle se sent mieux. Elle perçoit le regard de Wellington posé sur elle, mais n'ose tourner la tête dans sa direction.

— Savez-vous tenir des comptes, Charles?

— C'est ce que je fais de mieux, Messire.

Nathanael Wellington saisit alors le bras d'Odélie et dépose dans sa main un grand livre à couverture de cuir.

— J'ai besoin que vous teniez un registre des dépenses encourues pendant ce voyage. Nous n'aurons pas toujours de reçus, mais j'ai besoin de savoir où va exactement chaque penny dépensé. Croyez-vous pouvoir vous occuper de cette tâche à partir d'aujourd'hui ?

— Absolument, Messire.

— Bien. Installez-vous ici et étudiez ma méthode, vous verrez rapidement où nous en sommes. Si les étourdissements reviennent, levez les yeux vers l'horizon un moment et tout redeviendra stable. Tenez, continuez de manger.

Il lui tend alors trois biscuits de farine enroulés dans un mouchoir.

— Si vous avez des questions, je serai dans la cabine. J'ai une lettre à écrire.

Sur ce, il abandonne son serviteur et se dirige vers l'escalier du château arrière. C'est lorsqu'il disparaît dans la dunette qu'Odélie se rend compte qu'elle ne se sent plus aussi mal. Elle ouvre le livre et se met à étudier les chiffres inscrits dans les colonnes.

*

Marie observe Du Longpré qui approche de ses lèvres le verre de vin qu'elle vient de lui verser. Cela l'amuse de voir son regard approbateur errer ici et là dans la pièce, se posant sur tel meuble de bois rare, tel objet précieux, tel tissu luxueux qui recouvre les fauteuils. Elle sait que sa vie a bien changé depuis qu'ils se sont vus, il y a quinze ans. De veuve dans la gêne, elle est devenue femme d'un marchand prospère. Ce revirement de situation ne peut qu'impressionner un homme comme Du Longpré.

– Votre époux a, sans aucun doute, un grand sens des affaires, lance-t-il soudain, prouvant à Marie qu'elle a vu juste.

Elle acquiesce d'un hochement de tête, consciente toutefois de ne pouvoir en dire plus sur le sujet. Les affaires de Daniel sont délicates. Dès le début, il a bénéficié de ses anciens contacts dans les colonies de la Nouvelle-Angleterre, en plus de liens privilégiés avec le gouverneur. Il a été longtemps qualifié d'opportuniste par ses concurrents. Elle-même n'était pas très à l'aise lorsqu'elle croisait dans la rue tel marchand français ou canadien ou même anglais qui jalousait Daniel Rousselle. Heureusement, le temps a arrangé les choses.

– L'économie de la *Province of Quebec* se porte bien, dit-elle enfin.

Du Longpré hoche la tête sans cesser de regarder autour de lui. Marie se demande s'il s'est senti coupable de partir comme il l'a fait après la défaite de Montcalm. Les Canadiens ont été abandonnés par la France, mais également par la noblesse qui a déserté la colonie dès qu'elle a pu. Marie aimerait lui demander pourquoi il a dû s'en aller si promptement, mais elle n'ose pas. Du Longpré était l'ami de son premier mari. S'il a promis de veiller sur elle, cela ne lui donne pas à elle le droit de se mêler de ses affaires à lui. Pour sa part, elle a su reprendre sa vie en main, c'est ce qui compte. Et c'est sans doute ce qu'est en train de se dire Du Longpré en buvant son vin. Marie sait qu'il est délicieux. Elle se rappelle une situation semblable, à son retour de New

York, il y a longtemps. Son vin d'alors avait plutôt déçu Du Longpré qui hésitait même à en boire.

Marie se rend compte que le regard de son visiteur est posé sur elle depuis plusieurs minutes. Elle se sent rougir et passe sans réfléchir une main dans ses cheveux, vérifiant que son chignon est toujours solide sous son bonnet. Puis, décidant qu'elle manque à son devoir d'hôtesse, elle lisse d'un geste nerveux quelques plis de sa jupe et croise les mains sur ses cuisses.

— Comment va Marianne? Vous ne l'avez pas emmenée avec vous dans ce voyage?

Du Longpré s'assombrit et Marie comprend qu'elle a fait un faux pas.

— Ma femme et mon fils sont morts moins d'un an après notre départ de Québec. Une maladie contractée à bord du navire. Un châtiment divin, sans doute.

— Un châtiment divin?

La voix de Marie trahit son incrédulité. Qu'est-ce que Dieu pourrait bien avoir à faire dans cette histoire? Les maladies sont monnaie courante à bord des navires. S'il fallait voir la main de Dieu chaque fois qu'une personne en meurt...

— Vous avez toute ma sympathie, murmure-t-elle néanmoins, préférant ne pas contredire un homme déjà accablé.

Une image traverse son esprit. Un souvenir. Celui d'un homme lui annonçant le décès de Charles, son premier époux. Marie se souvient que Du Longpré avait la voix brisée par le chagrin. Qu'il semble lointain ce jour de septembre où le destin de Marie de Beauchêne a basculé! Comme sa vie a changé depuis! Mais la vie de Du Longpré a changé, elle aussi. Marie n'a plus devant elle ce capitaine au regard affligé qui cherchait ses mots. Après avoir réussi à se faire relever de sa charge d'officier, Du Longpré s'était occupé de commerce au moment où la famine accablait la ville. Et, fait connu de tout Québec à ce moment-là, il avait réussi à perdre cette fortune nouvellement acquise en jouant aux jeux de hasard dans les soirées de M. Bigot. Marie ne l'a qu'entrevu pendant le siège de la ville, avant qu'il ne disparaisse, ainsi que sa famille, au lendemain de la bataille.

– J'ai eu quelques revers de fortune. Je fais maintenant de la prospection minière pour le compte de riches Anglais.

Du Longpré fait une pause, mais reprend aussitôt:

– Écoutez, Marie, je ne vais pas y aller par quatre chemins. J'ai besoin d'une chambre. À regarder votre maison, je me dis que vous en avez certainement une de disponible. C'est seulement pour quelques semaines, au plus quelques mois. Je transporte avec moi des documents importants et confidentiels et je ne veux pas loger dans une auberge où le premier venu peut fouiller allégrement dans mes bagages. Je vous paierai, bien sûr.

Embarrassée par cette demande subite, Marie évite un moment de regarder son invité dans les yeux. Elle préférerait installer François dans la chambre d'Odélie. Il lui semble que c'est la meilleure chose à faire pour apaiser la tension qui règne dans la maison. D'un autre côté, après ce que Du Longpré a fait pour elle pendant les années qui ont suivi le décès de Charles, il mérite son respect. Son amitié, aussi. Alors elle ne peut simplement pas lui refuser une chambre, quand bien même cela indisposerait Daniel. Et elle ne doute pas que la présence de Du Longpré contrariera le maître des lieux.

*

— Tu aurais dû me demander mon avis! s'exclame Daniel en apprenant qu'il aura un invité à la maison.

— C'est ce que je fais.

— Mais il est déjà installé!

Marie hoche la tête. C'est vrai, Du Longpré s'est installé dès son arrivée, ce matin. C'est pourquoi elle a préparé ses arguments et amené la chose avec délicatesse. Elle a même profité de l'heure du thé, habitude que Daniel a adoptée après avoir hébergé des officiers britanniques pendant près de cinq années. Malgré toutes ces précautions, Daniel est furieux.

— Je n'aime pas que des étrangers logent sous mon toit. J'ai eu assez des Anglais.

— Ça fait dix ans qu'ils sont partis. Et puis Du Longpré n'est pas un étranger.

— Il l'est pour moi.

Marie soupire, un peu découragée.

— Il nous paiera, lance-t-elle, en espérant que ce détail atténuera l'effet de la nouvelle.

— Évidemment qu'il nous paiera. Et le gros prix avec ça, puisqu'il nous prive d'une pièce qui nous aurait permis de régler un problème.

Marie est surprise. Si Daniel a lui aussi pensé à séparer les garçons, c'est que la question devient critique. Peut-être après tout n'est-il pas aussi obstiné qu'il en a l'air.

— Je manque d'espace dans l'entrepôt, dit-il au bout d'un moment. Cette pièce m'aurait permis d'acheter le nouvel arrivage de vaisselle de Limoges avant que Brown ne fasse son offre.

Marie serre sa jupe entre ses doigts, furieuse. Comment cet homme peut-il être aussi aveugle à ce qui se passe dans sa propre maison ? Elle se retient toutefois de lui faire un reproche. Puisque de toute façon la chambre est prise par Du Longpré, inutile de se quereller pour décider de ce qu'on en aurait fait en d'autres circonstances.

— Je voudrais que tu me mettes du pain de côté demain matin, dit Daniel en finissant son thé. Je vais partir pour Montréal tout de suite après le déjeuner. Dans deux jours, il va y avoir une réunion des marchands sympathiques à la cause des Bostonnais. Il paraît même que l'un d'eux est venu pour nous parler de liberté. Je veux entendre ce qu'ils ont à nous offrir en échange de notre appui.

Marie fait la moue.

— Je n'aime pas du tout cette rumeur de révolte qui gronde dans les colonies. J'ai entendu des Anglais au marché qui racontaient que, l'hiver dernier, des rebelles déguisés en Indiens avaient déversé des cargaisons de thé dans le port de Boston. Il paraît que le roi a riposté en fermant le port, pour empêcher le commerce avec le Massachusetts. Qu'espèrent-ils gagner à se révolter contre le gouvernement ?

— La liberté, Marie. Voilà ce qu'ils veulent !

— Quel prix sont-ils prêts à payer pour cette liberté ? N'y a-t-il pas eu suffisamment de guerres en Amérique ?

Tout à coup, Marie sent la panique la gagner. Daniel serait-il lié à cette rébellion? Elle poursuit, sortant les derniers arguments qui pourraient le convaincre de renoncer à ses projets:

— Tu sais comme moi que la lettre du Congrès a peu de chances d'émouvoir les Canadiens. La guerre a disparu de nos vies depuis quinze ans. Quinze années, Daniel. Penses-y! C'est le plus long intervalle de paix qu'ait connu le pays depuis près de cent ans.

Pour Marie, il est impensable que les habitants de l'ancienne Nouvelle-France prennent les armes contre la couronne britannique. Surtout qu'avec la loi de Québec, qui est entrée en vigueur au début du mois de mai, les Canadiens n'ont que des raisons de se réjouir. Le roi leur a redonné une grande partie de leur territoire d'antan. La *Province of Quebec* couvre donc maintenant presque l'entièreté de ce qu'était la Nouvelle-France avant la Conquête.

— La couronne britannique reconnaît officiellement la religion catholique et la langue française, souffle Marie en désespoir de cause. Elle a aussi remis en usage les lois civiles françaises. Que pourrait-on demander de plus?

Cependant, Daniel reste de marbre. Marie l'observe qui hume sa tasse. Elle sait qu'il aime cette habitude que les Anglais ont apportée avec eux. Elle trouve incohérent qu'il apprécie autant ce thé dont les Bostonnais ont fait le symbole de leur rébellion.

— Tu devrais faire attention, Daniel, dit-elle enfin, en posant une main sur celle de son mari. Si le gouverneur Carleton apprend que tu fréquentes les rebelles…

Daniel retire sa main, visiblement contrarié.

– Je ne les fréquente pas. Je veux savoir ce qu'ils ont à nous dire.

– Mais tu as lu ce qu'ils veulent! C'est écrit dans leur lettre.

– Cette lettre, c'est de la poudre aux yeux! Tu l'as lue comme moi.

Daniel s'est levé d'un geste brusque. Il va et vient dans la pièce au rythme de ses explications.

– C'est plein d'images et de paraboles sorties de je ne sais où. Quand on utilise des grands mots, c'est souvent pour cacher quelque chose. Je veux poser mes questions et entendre les réponses de mes oreilles.

Marie baisse les yeux, résignée. Elle savait depuis le début qu'il était inutile d'insister. Daniel fera à sa tête, quoi qu'elle en dise.

– Emmènes-tu les garçons avec toi?

Daniel secoue la tête.

– Juste Louis. Il peut m'être utile parce que je veux profiter de l'occasion pour aller voir certains de mes associés. François ne comprend rien à mes affaires.

– C'est parce que tu ne lui donnes pas l'occasion d'apprendre, s'insurge Marie.

– C'est parce que ça ne l'intéresse pas! Il veut toujours faire à sa manière. Ça s'adonne que ça ne correspond pas à la mienne. Et puis, de toute façon, il faut quelqu'un pour la boutique. Tu ne peux pas tout faire toute seule.

– S'il te plaît, Daniel, donne-lui une chance.

Mais Daniel secoue la tête, comme si cette idée le désespérait. Il se lève, dépose un baiser sur le front de Marie et quitte la pièce sans ajouter un mot. Celle-ci demeure un moment à table, le regard fixé sur la porte où son époux vient de disparaître.

« C'est vrai que François veut toujours faire à sa tête, songe-t-elle, en commençant à placer les tasses vides sur le plateau. Inutile de regarder bien loin pour savoir de qui il tient ce trait de caractère. »

*

Irrité, Daniel se dirige vers sa boutique. La voix de Marie résonne encore dans sa tête. Comme il déteste argumenter avec elle ! Certains jours, il regrette ces premières années de mariage où, par reconnaissance, Marie taisait ses reproches et ses demandes. À la longue, il avait fini par trouver la chose ennuyeuse, mais, aujourd'hui, ces silences lui manquent. Surtout quand elle l'accable de réprimandes, comme ce matin. Ne peut-elle pas lui faire confiance ? Il agit pour le mieux, ne le voit-elle pas ? Jamais plus elle ne sera dans la misère. Il se l'est promis le jour où il l'a épousée et jamais il ne reviendra sur sa parole, quoi qu'il advienne.

Depuis quelques années déjà, Daniel a pris conscience qu'il vieillit. Quand il ne sera plus là, il faudra que ses fils prennent la relève et s'occupent de leur mère. Est-ce de sa faute si Louis est le plus sérieux des deux ? François est tellement comme son père, toujours à essayer d'agir seul et à son gré. Quand on regarde où cela a mené Jean…

L'ambiance de la boutique lui fait l'effet habituel. D'un coup, il redevient le prospère commerçant qu'aucune difficulté ne peut atteindre. Il s'arrête tout juste avant le seuil et observe ses fils. Comme chaque fois qu'il les regarde sans qu'ils le sachent, Daniel sent monter en lui un élan de tendresse qu'il ne sait comment exprimer. Il a deux grands garçons, forts et solides, qui mèneront une bonne vie. Ils sont très différents l'un de l'autre, certes, mais il est bien fier d'eux, même s'il est hors de question de le leur montrer.

Derrière le comptoir, Louis discute avec un client. Il a l'affabilité des grands marchands et Daniel l'a compris depuis longtemps. Près de la fenêtre, François observe les passants qui déambulent dans la rue sous une pluie fine. Lui, c'est un rêveur. Un coureur des bois à qui il serait imprudent de confier le bonheur de Marie.

— Encore à fainéanter, lui lance-t-il pour le secouer.

François sursaute en entendant la voix autoritaire de son père. Il se retourne et ramasse, avec des gestes nerveux, le ballot de tissu déroulé sur la table. Daniel devine que son fils est en colère d'avoir été pris en défaut. C'est une réaction qu'il apprécie chez lui.

«Cela le force à se dépasser», songe-t-il en faisant un pas vers le comptoir.

— Mme Lavallée vient de nous faire une grosse commande, dit François, en évitant de regarder son père dans les yeux.

Daniel choisit d'insister; c'est pour son bien après tout.

— Je suppose que c'est cette commande que tu étais en train de préparer en regardant dans la rue.

— Euh… non. Mais… C'est qu'elle…

— François doit faire la livraison demain après-midi, coupe Louis dont le client vient de sortir. C'est pour ça qu'il n'est pas pressé de la préparer.

François jette un regard complice à son frère, qui lui adresse un sourire cynique. Ce sourire n'échappe pas à l'œil perspicace de Daniel.

— Je suppose que ta contribution à cette discussion n'était pas gratis, dit-il, en tournant vers Louis un regard suspicieux.

Le sourire de Louis s'efface aussitôt et Daniel comprend qu'il a vu juste.

— Monte dans ta chambre! tonne-t-il en lui montrant la porte. On discutera de ça plus tard. Pour le moment, je veux que tu prépares tes bagages. On part pour Montréal demain matin, de très bonne heure.

Daniel s'attend à un mot ou à une question de la part de l'aîné, mais ce dernier ne dit rien. Il s'est même tourné vers les étagères et s'active dans les ballots de tissu. Préparerait-il déjà la commande de Mme Lavallée?

Daniel est surpris. Cette résignation n'est pas dans les habitudes de François. Pendant que Louis passe près de lui pour monter à l'étage, Daniel demeure un moment sur place, hésitant. Il sait que son attitude blesse François autant qu'elle déplaît à Marie. Que pourrait-il faire d'autre? Si François ne ressemblait pas tant à Jean…

«Je lui dirai la vérité sur mon lit de mort, décide-t-il en faisant demi-tour. À ce moment-là, je n'aurai plus rien à perdre.»

Juste avant de franchir le seuil, il s'arrête et, sans se retourner, il lance à son fils:

— Occupe-toi bien de ta mère pendant mon absence. Je te fais confiance.

Puis il sort dans la rue. Au fond de la boutique, François a figé sur place. Vient-il vraiment d'entendre un commentaire bienveillant de la part de son père? Il jette un œil par la fenêtre, mais Daniel a déjà disparu. Pour la première fois depuis longtemps, le cœur de François se réchauffe. Son père se serait-il enfin aperçu qu'il existe?

*

Le bruit des lames qui s'entrechoquent retentit sur le pont. Alors que l'*Impetuous* est immobile au milieu du golfe Saint-Laurent, faute de vent, les marins ont pris place en cercle autour des deux passagers qui s'affrontent sous le soleil de midi. Le plus jeune des deux, bien qu'il soit le plus grand, est mince et agile. Il se déplace avec grâce en écoutant les instructions que lui donne son adversaire. La sueur perle sur son front, mais il persiste à garder tant son gilet que sa chemise. Seul son manteau est déposé sur le plancher, à quelques pas de lui.

Son opposant, Mr. Wellington, se montre exigeant, presque impitoyable. Les mains gantées, sa chemise ample suivant ses mouvements, il produit feintes et attaques pour s'assurer de maintenir hors d'haleine le jeune garçon. Étrangement, ce ne sont pas ses bons coups que la foule acclame, mais les esquives de son serviteur et élève. Car les marins semblent s'être pris de sympathie pour le jeune Charles de Beauchêne.

C'est ce qu'Odélie a constaté lors de ses premières leçons d'escrime. Depuis, elle se concentre sur sa respiration, écoute les conseils de Wellington et reproduit avec une précision étonnante les mouvements qu'il lui enseigne. C'est sans doute cette volonté d'apprendre qui a charmé les matelots. Toujours est-il que depuis la première leçon, il y a cinq jours, elle se voit prodiguer maintes recommandations et mises en garde. Lorsqu'elle tente une riposte, elle entend derrière elle les applaudissements des mousses qui admirent son adresse.

— À la vitesse à laquelle vous apprenez, Charles, vous me battrez d'ici quelques jours.

Les lames grincent et glissent l'une contre l'autre.

— Vous exagérez, Messire.

Les gardes se touchent presque et les adversaires se rapprochent dangereusement. Odélie est si près de Wellington qu'elle peut voir les muscles de ses bras se tendre sous la chemise.

— Êtes-vous certain de n'avoir jamais touché à une épée de toute votre vie ? demande-t-il en poussant sur la lame, ce qui force Odélie à reculer.

— Absolument, Messire.

Toujours sur le qui-vive et malgré sa respiration parfois irrégulière, Odélie pare promptement le coup suivant. Elle est plus que satisfaite de l'image qu'elle projette. Elle maintient sa voix aussi grave que possible et se concentre sur les mouvements de Wellington. Celui-ci transpire et sa chemise lui colle à la peau par endroits. Odélie constate avec plaisir qu'il doit faire un effort pour la maintenir à distance.

C'est pour lui garder l'esprit et le corps occupés que Wellington a décidé de lui apprendre le maniement de l'épée. Odélie n'était pas peu fière, dès les premiers mouvements, de se découvrir un véritable talent. Et maintenant, elle se surprend à chaque entraînement. Cette agilité l'aide de plus à dissimuler son sexe. « Aucune femme ne saurait montrer autant d'adresse avec une arme », songe Odélie avec cynisme.

— Vous devez tenir cette habileté de votre père. Ne m'avez-vous pas dit qu'il était officier?

— Dans la marine, Messire. Je me souviens que le marquis de Montcalm en disait beaucoup de bien.

Wellington s'immobilise bientôt et, après un bref salut, empoigne la cruche de vin que lui offre un matelot. Après quelques gorgées, il la tend à Odélie.

— Montcalm, dites-vous? Un grand homme, à ce qu'il paraît. Vous l'avez connu?

Odélie se rend compte de la faille dans ses propos et se reprend aussitôt, en secouant du même coup la tête pour repousser le vin:

— Non, Messire. Mais ma mère m'a raconté.

Wellington la regarde un moment, à peine plus essoufflé que s'il venait de faire une promenade sur le pont. Puis il dépose la cruche.

— Bon, dit-il, semblant effacer de son esprit les dernières minutes de conversation. C'est assez d'exercice pour aujourd'hui. Il n'est jamais bon d'affronter un adversaire dans une si grande chaleur.

— C'est un fusil qu'il vous faut dans une telle situation.

Wellington est surpris et semble jauger Odélie en s'épongeant le front du revers de sa manche.

— Savez-vous manier un fusil, Charles?

— Euh… oui, comme tout le monde.

— Vraiment?

Wellington s'éloigne tout à coup vers ses vêtements déposés en retrait et revient avec un pistolet. Il le charge devant Odélie et le lui tend. Celle-ci hésite. Elle s'est toujours servie d'un fusil, mais jamais d'un pistolet. Elle s'en empare néanmoins et l'observe attentivement. Le canon est plus court, ce qui rend l'arme plus légère. C'est probablement là tant un atout qu'un inconvénient. Découvrant qu'il s'agit du mécanisme habituel, Odélie décide au moins de l'essayer.

Elle cherche un moment une cible intéressante. Autour d'elle, les marins se sont tus. Tout le monde l'observe et attend. Odélie lève la tête. Une dizaine de mouettes tournoient au-dessus du navire et l'une d'elles s'est posée en haut du grand mât. Odélie évalue la distance. Un peu loin, surtout qu'en montant la balle perdrait de la vitesse. Elle cherche autre chose lorsqu'une des mouettes vient se poser sur le bastingage, à une vingtaine de pas d'elle. Odélie s'assure qu'il n'y a personne dans la trajectoire, réflexe inutile puisque les marins, en apercevant la cible potentielle, ont reculé d'eux-mêmes.

Odélie tâte de nouveau le poids du pistolet, allonge le bras, vise. À ce moment, l'oiseau prend son envol. Suivant la trajectoire de sa cible, Odélie fait feu et la déflagration retentit, assourdissante. La fumée émane du canon et Odélie ne bouge plus. Tous les yeux sont tournés vers l'oiseau, qui n'est plus là. Il y a un moment de silence, puis un des marins s'élance vers le bastingage, à l'endroit laissé désert par l'oiseau.

— Il est là! hurle-t-il en pointant son index vers les flots.

Des éclats joyeux remplissent l'air pendant que les matelots s'approchent de la rambarde. Odélie affiche un air satisfait, mais n'a pas bougé. Wellington non plus. Il est debout à quelques pas d'elle et elle perçoit sur son visage une curiosité évidente. Sans dire un mot, elle lui tend son arme et rejoint les marins pour voir de ses yeux la mouette morte entraînée vers le large. Wellington la rattrape en quelques enjambées.

– Si vous n'avez pas le temps de charger votre fusil, dit-il, dégainez votre épée. Mais dans le cas contraire, je vous conjure de vous en servir. Vous êtes un habile tireur, Charles. Je n'ai jamais vu un homme faire mouche sur une cible de cette taille et distante de vingt pas.

Odélie est flattée, car Wellington n'est pas homme à distribuer des compliments à tout vent. Elle ne quitte cependant pas des yeux l'oiseau mort, qui disparaît soudain, englouti par une vague. À la surface, il ne reste que quelques plumes isolées. Odélie se tourne vers son patron.

– Comme vous l'avez dit, Messire, je dois tenir ça de mon père. Mais je vous signale que je ne possède ni fusil ni épée.

Wellington lui fait un clin d'œil complice avant de retourner vers ses vêtements pour se rhabiller.

– C'est là une situation à laquelle il faudra remédier dès que nous toucherons terre. À partir d'aujourd'hui, Charles, vous êtes également mon garde du corps.

C'est à ce moment qu'Odélie comprend que son voyage ne sera peut-être pas de tout repos.

*

– Bon, c'est assez pour ce soir, dit Jean Rousselle, qui se lève et se penche jusqu'au centre de la table pour prendre l'argent qu'il vient de gagner. Bonne nuit, messieurs.

Une rumeur désapprobatrice remplit tout à coup la salle du conseil du brigantin l'*Espoir*. Un poing s'abat bruyamment juste à côté des dés. Deux des joueurs se lèvent et poussent leurs chaises, l'air furibond. La tête de l'un d'eux a heurté la lampe tempête qui se balance dangereusement au-dessus de la table. Jean ignore ces manifestations de colère et continue de ramasser son argent. Son geste est arrêté par la main solide du quartier-maître.

— Pas si vite, Rousselle. Vous n'allez pas partir maintenant, sans même nous laisser la chance de nous refaire.

Jean s'apprête à riposter. Si quelqu'un voulait se refaire, il a eu tout le temps nécessaire en dix parties. Cependant, à voir l'attitude de ses adversaires, Jean se ravise. S'il veut terminer la traversée dans une atmosphère agréable, il doit faire des concessions.

— Une autre, dans ce cas, mais une seule. Ensuite, je vais me coucher.

La main du quartier-maître abandonne son bras. « Maintenant, se dit Jean en se rassoyant, si je veux avoir la paix, il me faut perdre un peu. » Les marins ont retrouvé leur bonne humeur. La lampe a repris sa cadence coutumière et danse au gré des vagues, répandant dans la salle du conseil sa lueur agitée. Chacun joue à tour de rôle, s'esclaffant à chaque coup de dés. Lorsque ceux-ci reviennent devant Jean, ce dernier hésite. Il jette un regard à ses adversaires. De l'autre côté de la table, les officiers de bord ne quittent pas sa main des yeux.

« Ils se demandent si je triche », songe Jean, en refermant ses doigts sur les cubes minuscules, avant de les secouer et de les lancer d'un geste brusque.

Tout le monde retient son souffle. Les dés s'immobilisent et Jean, qui vient de gagner, est plus déçu que les autres. Il souhaitait sincèrement perdre.

– Ce n'est pas de ma faute si c'est mon soir de chance, dit-il, en haussant les épaules d'un air défaitiste. Peut-être devrions-nous arrêter ça là. Pour limiter les dégâts.

Jean retient son sourire en entendant les protestations qui s'élèvent autour de la table. Plusieurs hommes sont en colère, mais certains d'entre eux ont compris qu'il n'y avait rien à faire d'autre pour ce soir. Le grondement va donc en diminuant jusqu'à ce que le quartier-maître prenne la parole :

– Ramasse ton argent, Rousselle. Et je te conseille de rester loin des dés pour le reste du voyage.

Jean acquiesce :

– Vous ne pourriez mieux exprimer ma pensée.

Puis il fait glisser les pièces de monnaie dans son gousset de cuir et quitte la salle du conseil sans un mot. Il serait bien inutile de leur rappeler que ce sont eux qui ont insisté pour qu'il joue. S'il a accepté, c'était uniquement pour ne pas les offenser. Et les voilà maintenant qui le menacent à mots couverts.

« C'est bien là une attitude de marins, se dit-il, en soupesant dans sa main la bourse bien remplie. Il faudra que je cache cet argent, sinon je risque bien de me le faire voler, avec le reste de ce que Vergennes m'a confié. »

Jean n'est pas naïf ; il a justement loué la cabine du quartier-maître. Qu'est-ce qui empêcherait ce dernier d'aller fureter dans ses affaires ? Lui ou un autre. Décidément, Jean n'a pas fait preuve de beaucoup de sagesse en acceptant de jouer. Il se trouve à présent dans une situation fort délicate. S'il cache l'argent gagné ce soir, quelqu'un qui fouillerait dans sa chambre pour s'en emparer pourrait aussi bien tomber sur l'argent de Vergennes. D'un autre côté, s'il garde tout cet argent sur lui, il a des chances de se faire rouer de coups et voler dès qu'il mettra pied à terre. Finalement, la meilleure solution est sans doute de laisser le gousset avec une partie de l'argent sur la table de sa cabine. Ce sera facile de le voler et on lui laissera ensuite la paix. Du moins l'espère-t-il...

Jean erre un moment sur le pont, tout près de la proue. En cette fin de mai, la mer est calme et l'air, tiède. Un mince croissant de lune se dessine à l'horizon et la voûte céleste est remplie d'étoiles. Ce genre de nuit sur l'océan le rend toujours mélancolique. Il se sent si petit, si impuissant. Comment les actions d'un seul homme pourraient-elles avoir un quelconque impact sur le monde? Il suffirait d'une vague pour balayer l'*Espoir* et emporter le navire au fond de l'eau. C'en serait fini de cette mission, fini des plans de Vergennes.

«Tout vous destinait à travailler pour moi.»

C'est ce que lui avait dit Vergennes, dès leur première rencontre. Le ministre des Affaires étrangères de la France avait compris les atouts que représentait quelqu'un comme Jean Rousselle, atouts que Jean n'avait jamais perçus lui-même. Les aventures qui avaient bouleversé sa vie avaient fait de lui un homme à l'expérience unique. Il avait joué tous les rôles pendant la dernière guerre. Il parlait toutes les langues nécessaires et pouvait modifier son accent selon les besoins.

Pendant que la lune monte au-dessus de la masse sombre et inquiétante de l'océan, Jean se souvient du jour où sa vie a pris un tournant inattendu.

C'était le 22 novembre 1766. Il s'en souvient comme si c'était la veille. Il avait quitté la boutique de son oncle pour voir de ses yeux la *Boudeuse* qui venait de jeter l'ancre dans la rade de Brest. Partout dans la ville, on ne parlait que de ce navire qui s'apprêtait à faire le tour du monde.

C'est en marchant sur la grève que Jean reconnut Bougainville. L'officier n'avait pas changé en six années. Lorsque leurs regards se croisèrent, Jean s'attendit à ce qu'il fasse demi-tour. Or Bougainville se dirigea directement vers lui. Il lui serra la main, comme s'il s'agissait d'un de ses amis, et non d'un ancien rival. Les deux hommes se retrouvèrent dans une auberge à s'enivrer en parlant de la défunte Nouvelle-France. Bougainville comprit vite que le Rousselle qu'avait épousé Marie de Beauchêne était en fait le père de Jean. Celui-ci ne l'avait d'ailleurs appris que lorsque avaient été renvoyés en France les prisonniers faits au Canada, moins de trois ans auparavant.

Pendant toute la durée de leur conversation, Jean prit soin de cacher à Bougainville le fait qu'il avait été déchiré en apprenant le mariage de Marie. D'un côté, il était content que son père se soit occupé de sa fiancée enceinte; de l'autre, avec ce mariage, Jean comprenait qu'il avait définitivement perdu la femme qu'il aimait. C'était étrange de discuter cette nuit-là avec son ancien rival. Bougainville s'était sans doute fait la même remarque, car un petit sourire malicieux ne quitta pas son visage pendant des heures. Il lui parla de ses efforts pour faire respecter la mémoire du marquis de Montcalm qu'on avait essayé de souiller après la perte de la colonie. Puis la conversation bifurqua sur ce grand voyage qu'il était sur le point d'entreprendre. Jean retrouva alors le jeune colonel avec qui il avait discuté des stratégies militaires pendant la défense de Québec. En d'autres circonstances, ils auraient pu se lier d'une amitié solide. Mais la France n'était pas la colonie et leurs différences sociales ne s'étaient évanouies qu'après la quatrième bouteille de vin.

Le lendemain matin, Bougainville reprenait la mer pour son long périple et Jean retournait à la boutique de son oncle. Il oublia de nouveau Bougainville, l'Amérique et peut-être même Marie de Beauchêne. Jusqu'à ce jour étrange où des hommes du roi vinrent le chercher.

Puisque Vergennes en connaissait beaucoup sur lui, Jean finit par comprendre que Bougainville avait quelque chose à voir dans cette histoire. Il se rappela que, au milieu de leur nuit d'ivresse, son ancien rival lui avait promis de lui trouver une meilleure situation, en souvenir du bon vieux temps. Jean ne l'avait pas cru alors, mais il dut se rendre à l'évidence : Bougainville était un homme de parole.

Et maintenant qu'il s'apprête à accomplir la plus dangereuse de ses missions, il se demande s'il doit regretter cette nuit de 1766. Il ne s'agit plus de jouer les agitateurs en infiltrant les groupuscules des Fils de la liberté.

« Vous devez aider les Yankees, a dit Vergennes. Il faut pénétrer dans les terres et prendre part au soulèvement pour voir si les Américains ont des chances de réussir. » Et Jean, qui sait lire entre les lignes, a tout de suite compris le sens caché de ces propos. Si les royalistes mettent la main sur lui, il sera sans doute pendu, comme les autres rebelles.

« Alors il me faut une couverture à toute épreuve », songe-t-il en révisant son plan. Il ira d'abord inspecter le terrain, voir en quoi le boycott modifie les habitudes des habitants. Ensuite, il reprendra son commerce de chocolat et de café. Il achètera dans les Antilles ou au Mexique et écoulera lui-même ses marchandises le long de la côte. En évitant de passer par l'Angleterre, donc de payer la taxe, il pourra vendre ses produits moins cher que ceux de la Compagnie des Indes. Et puisque les rebelles ont interdit la vente ou l'achat de thé, les vrais patriotes seront à la recherche de substituts. Ce sont eux qui viendront à lui. Il faudra alors identifier les meneurs. Restera ensuite à trouver le moyen d'infiltrer leurs rangs. «Ce ne sera pas une partie de plaisir», se dit Jean en remarquant que la lune brille maintenant haut dans le ciel.

Puisqu'il semble qu'il ait fait le tour de la question, Jean décide qu'il est temps d'aller dormir. Il s'éloigne donc vers la dunette. Il sent posés sur lui les yeux des hommes de quart. Il y a moins d'une heure, il a dépouillé certains d'entre eux de leur mince fortune. Il hausse néanmoins les épaules. «S'ils ne sont pas prêts à perdre, ils ne doivent pas jouer», se dit-il, en grimpant l'escalier qui mène à sa cabine, mais il se rappelle aussitôt qu'en acceptant de se laisser voler, c'est lui qui se retrouvera à perdre. À ce moment-là, une idée surgit dans son esprit, une idée qui, il le sait, l'empêchera de dormir cette nuit. Son plan est comme une partie de cartes. Et Jean est conscient qu'il possède au moins un atout dans son jeu: la contrebande, c'est ce qu'il sait faire de mieux.

CHAPITRE II

En ce début de juin, l'air tiède de la ville pénètre dans la salle commune par la fenêtre ouverte. Dehors, il fait nuit noire. Les garçons sont au lit depuis presque une heure et il règne dans la maison un silence apaisant. Marie a fini d'aider Louise à ranger la cuisine pour permettre à la servante de se retirer plus tôt.

Maintenant, elle se retrouve seule avec Daniel, comme elle l'a souhaité. Il n'a pas dit un mot depuis au moins une heure, se contentant de fumer sa pipe avec les gestes lents habituels. L'air satisfait sur son visage laisse deviner qu'il se trouve dans de bonnes dispositions. Marie veut profiter de l'occasion pour aborder ce qui la tracasse. Elle se rend au buffet, verse du vin dans deux verres et s'approche de son mari.

— J'ai reçu une lettre aujourd'hui, dit-elle comme s'il s'agissait d'un fait anodin.

Daniel s'immobilise, la pipe à la main, et tourne vers elle un regard inquiet, presque méfiant. Parce qu'elle ne s'attendait pas à cette réaction, Marie hésite à poursuivre. L'attitude hostile de Daniel s'accentue alors que se prolonge le silence.

– Quelle lettre? demande-t-il d'un ton si agressif que Marie demeure coite.

Elle détourne la tête, incapable de soutenir son regard inquisiteur. Comment la simple nouvelle de l'arrivée d'une lettre peut-elle contrarier son époux à ce point? Elle décide d'en avoir le cœur net. Elle fouille dans sa poche et tend le pli à Daniel. Elle constate que ses traits s'adoucissent à mesure qu'il parcourt le texte. Lorsqu'il a terminé, il lui rend la lettre.

– Pardonne-moi, murmure-t-il en se levant.

Il se trouve alors tout près d'elle et son regard est chargé de sympathie. D'un geste affectueux, il la prend dans ses bras. Marie appuie la tête contre son épaule. Comme elle aimerait épancher ses larmes! Mais elles ne viennent pas. La nouvelle de la mort de son père l'a pourtant fortement ébranlée. Elle l'avait cru éternel et, même si elle ne l'avait pas revu depuis son départ de la France, il y avait près de trente ans de cela, ils étaient demeurés en contact, s'écrivant plusieurs fois par année. Comme elle aurait aimé lui dire au revoir! Tout à coup, sa terre natale lui manque.

– Et si on rentrait chez nous, murmure-t-elle sans détacher sa tête de l'épaule solide. J'aimerais tellement revoir ma mère. Elle est vieille, et seule maintenant.

Elle sent que Daniel s'est raidi. Elle recule d'un pas pour l'observer. Il a repris la mine renfrognée qu'il avait lorsqu'elle lui a parlé de la lettre.

– C'est ici chez nous, tranche-t-il en retournant à sa chaise. Il n'y a rien pour moi en France.

Daniel se remet à fumer, mais, cette fois, Marie remarque une grande tension sur son visage. Il évite son regard.

– Je pourrais peut-être y aller seule, suggère-t-elle, cherchant toujours une raison à cette colère subite. Je demeurerais quelques mois à La Rochelle chez ma mère et…

– Il n'en est pas question ! Les garçons ont besoin de toi.

– Mes garçons sont grands. Ils sont capables de se passer de moi quelques mois. Si je partais sur le prochain navire, je pourrais peut-être même être revenue avant l'hiver.

Daniel secoue la tête.

– Ne sois pas ridicule, Marie. Il te faudrait d'abord passer par l'Angleterre. Même en partant maintenant, tu ne serais pas de retour avant un an.

Marie voudrait riposter, mais elle sait qu'il a raison. Ce serait sans doute un trop grand voyage. Et c'est tellement long un an. Qui sait ce qu'il arriverait entre François et Louis pendant son absence ? Il lui vient soudain une idée.

– Et si j'emmenais François avec moi ? Tu n'aurais qu'à veiller sur Louis. François me serait…

– Oublie ça, je te dis.

Cette fois, Daniel a plongé son regard dans le sien, un regard terrifié et courroucé à la fois. Marie ne le reconnaît plus. C'est vrai qu'ils ne s'entendent pas toujours très bien, mais jamais il ne lui a imposé sa volonté aussi rudement sans même l'avoir écoutée. Daniel s'est sans doute aperçu de ce qu'il venait de faire, car il reprend sur un ton plus doux :

– S'il te plaît, Marie, comprends-moi. J'ai besoin de toi ici. Il me faut quelqu'un pour s'occuper de la boutique quand je m'absente.

– Tu pourrais prendre un engagé.

– On ne peut payer les gages d'un homme en plus des dépenses qu'entraînerait un voyage d'un an.

Marie a compris que Daniel ne cédera pas. Elle sait aussi qu'il a raison. Ils sont peut-être à l'aise, mais pas à ce point. Cependant, l'attitude de son époux la blesse. Elle décide de continuer à lui tenir tête, mais ce n'est plus pour gagner. Elle veut lui montrer qu'elle n'accepte pas qu'il la traite comme il vient de le faire. Si elle ne va pas en Europe, c'est parce qu'elle sait agir en femme responsable, et non pas parce qu'elle est forcée d'obéir à son mari. Elle prend donc son air buté, celui que Daniel déteste tant. Les mains sur les hanches et les lèvres pincées, elle jette sur son mari un regard hautain. C'est à ce moment que Daniel se lève et s'adresse à elle avec une gentillesse qui la surprend autant que ses paroles.

– Ce n'est pas seulement pour la boutique que j'ai besoin de toi, Marie. Je t'aime et tu me manquerais beaucoup trop si tu partais pour un an. Je pense que je virerais fou, aussi longtemps loin de toi.

Émue, Marie l'embrasse et se blottit contre lui. Elle ne partira pas ; ils se sont compris.

*

C'est la nuit, mais Daniel ne dort pas. Ce n'est pas qu'il fasse trop froid ni trop chaud. C'est son esprit qui refuse le repos.

Il s'est tourné sur le côté et observe le profil de sa femme, comme il le faisait aux premiers temps de leur mariage. Quelques rayons de lune pénètrent par l'interstice des rideaux et découpent le contour de son visage et la rondeur de son épaule, en plus de mettre en évidence ses hanches larges moulées par le drap. Son abondante chevelure est remontée sous son bonnet de nuit, mais quelques mèches rebelles s'étendent sur l'oreiller. Daniel se trouve chanceux d'avoir une si belle femme dans son lit. Mais, parfois, il l'aime tellement que cet amour lui fait mal. Comme en ce moment. Et le secret qu'il lui cache est si lourd à porter qu'il le ronge de l'intérieur, lui brûlant l'estomac. Comme en ce moment.

Ce soir, il a bien cru que son univers allait s'écrouler. Lorsque Marie lui a parlé d'une lettre, son cœur a cessé de battre. Aurait-elle appris la vérité? Si ça avait été le cas, elle aurait probablement été en colère. Il a été soulagé en comprenant que la lettre était de Mme de Foy. Même si ce n'était pas une bonne nouvelle, ce n'était pas la pire que Marie aurait pu recevoir.

Ses craintes s'étaient envolées, pour resurgir de plus belle quelques minutes plus tard. Si Marie allait en France, la chose serait catastrophique! La Rochelle, ce n'est pas très loin de Brest. Et à Brest, il y a…

Daniel refuse même d'imaginer ce qui pourrait se produire si Marie se rendait en Europe. Quant à envisager qu'elle parte avec François, aussi bien lui dire adieu tout de suite. Lui qui est si vieux… Jamais elle ne reviendrait, il le sait trop bien. Que cet amour le fait souffrir! Et comme ce secret le torture!

Daniel soupire et ferme les yeux. Il étire le bras et dépose sa main dans le creux de la taille de Marie. Doucement, il s'approche d'elle tout en l'attirant contre lui. Elle gémit, mais ne se réveille pas. Ainsi collé contre Marie, Daniel se sent mieux. Elle est là, près de lui. Ils s'aiment. Ils vivent bien et heureux. Daniel prie en silence, comme chaque soir depuis des années, pour que sa vie ne change jamais.

*

Le mince quartier de lune éclaire à peine l'*Impetuous* alors que le navire poursuit sa route, toutes voiles levées. Sa lumière blanche pénètre par la fenêtre de la cabine et éclaire le visage tendu d'Odélie. Allongée sur une paillasse déposée directement sur le plancher, elle se retourne, s'enroule de nouveau dans la couverture et tente de trouver le sommeil. En vain. Elle sait que ce n'est pas le fait de dormir sur le sol qui la tient éveillée. Elle s'était attendue à ce genre d'arrangement en s'engageant comme serviteur. Elle s'était aussi attendue à certaines tâches, quoique celles-ci s'avèrent moins exigeantes que ce qu'elle avait prévu.

En plus de devoir s'entraîner au maniement de l'épée et de tenir les livres de comptes, Odélie doit également recopier certains documents. Ce sont là les tâches les plus valorisantes. Pour le reste, elle veille aux besoins quotidiens de Mr. Wellington. Elle apporte de l'eau chaude pour le rasage matinal. Elle doit aussi vider son pot de chambre, l'aider à s'habiller, laver sa chemise lorsque c'est nécessaire et s'assurer qu'il a un repas convenable dans sa cabine au déjeuner et au dîner. Pour ce qui est du souper, il le prend généralement dans la salle du conseil, à la table du capitaine Winslow, ce qui laisse à Odélie toute la soirée pour préparer les vêtements du lendemain. Lorsque cela est fait, elle peut disposer de son temps comme elle l'entend, car Mr. Wellington ne rentre jamais avant minuit. Habituellement, pendant ces quelques heures, Odélie en profite pour réfléchir à ce qui l'attend de l'autre côté de l'océan. Depuis que son mal de mer s'est atténué, elle a fait mille projets. Mais ce soir, c'est ce qui s'est passé au cours de la journée qui la préoccupe : un événement inquiétant auquel elle repense sans arrêt, sans pouvoir fermer l'œil.

Cet après-midi, elle s'est rendue dans la salle du conseil avec les lettres qu'elle venait de copier, ainsi que le lui avait demandé Mr. Wellington. Elle a trouvé son patron installé devant l'échiquier, avec comme adversaire le capitaine Winslow. Au moment où elle déposait les documents sur la table, le capitaine a joué une pièce et s'est exclamé :

— Je crois bien que je vous tiens, mon cher Wellington !

Odélie n'a eu qu'à jeter un œil sur le jeu pour comprendre où les deux hommes en étaient. C'est sans réfléchir qu'elle s'est approchée de l'oreille de son patron pour lui souffler quelle pièce il devait déplacer pour s'assurer la victoire. Celui-ci s'est alors penché sur l'échiquier, a observé les pièces, puis a joué exactement ce qu'Odélie lui avait proposé.

— Échec et mat ! s'est-il exclamé en riant, savourant du même coup le dépit du capitaine.

C'est à ce moment-là qu'Odélie a souri, elle aussi, dévoilant ses dents pour la première fois, et se départissant du flegme dont elle avait fait preuve depuis qu'elle était montée à bord. Elle s'en est rendu compte presque immédiatement, mais il était trop tard. Le détail n'avait pas échappé à l'œil perspicace de Wellington. Pendant que le capitaine s'excusait de devoir retourner sur le pont, Odélie s'est inclinée, espérant profiter du départ de l'officier pour filer en douce. Wellington l'a retenue, pressant une main sur son avant-bras.

— Où avez-vous appris à jouer, Charles? lui a-t-il demandé en l'observant attentivement.

La curiosité lui creusait un pli au milieu du front et Odélie s'en serait mordu les doigts. Elle a répondu en reculant:

— À la maison, Messire. Avec mon père.

Puis elle a pris congé, aussi raide que d'habitude, avant de s'en aller sur le pont. Elle espérait que Wellington oublierait rapidement les événements de l'après-midi. Or, pendant qu'elle l'aidait à s'habiller pour le souper, il n'a pas dit un mot. Il avait des gestes brusques et le torse rigide. Son silence rendait l'atmosphère si tendue qu'Odélie, qui est généralement habile et précise dans ses mouvements, s'est trouvée maladroite en l'aidant à enfiler sa veste et son justaucorps. Elle lui a même tendu ses bottes à l'envers, ce qui l'a fait rougir jusqu'aux oreilles, au moins autant que lorsqu'elle l'avait aidé à se déshabiller pour la première fois.

Il faut dire que jamais Odélie n'avait vu un homme se vêtir, encore moins se dévêtir. Ce qu'elle savait de l'habit masculin en montant à bord, elle l'avait appris dans la boutique de son père et en habillant ses frères lorsqu'ils étaient enfants. C'était suffisant pour lui permettre d'endosser elle-même ces habits. Mais il y a déjà belle lurette que François et Louis s'habillent seuls et Odélie s'était trouvée ridicule d'être aussi gênée devant un homme en chemise. C'est cette même gêne qu'elle a ressentie ce soir, en subissant le silence de Mr. Wellington.

Et maintenant, elle s'en veut. Elle n'aurait pas dû se mêler de la partie d'échecs. Cela ne la concernait pas. Elle a pris un risque terrible en commettant ce geste irré-fléchi. Et si, en l'observant attentivement, Mr. Wellington avait découvert la vérité? Il a certainement soupçonné quelque chose puisqu'il ne lui a pas adressé la parole depuis.

À force de repasser l'événement dans sa tête, Odélie en a retenu tous les détails. Le regard courroucé du capitaine devant sa défaite subite. L'intérêt trop évident de Mr. Wellington pour le visage de son serviteur. Sa pro-pre nervosité pendant qu'elle bredouillait la réponse à sa question : « À la maison, Messire. Avec mon père. » La chose est peut-être vraie, mais Mr. Wellington n'en avait cure. Ce qui l'intéressait, c'était le soudain man-que d'assurance de son employé, et surtout son sourire, qu'elle a effacé dès qu'elle s'en est aperçue.

Alors Odélie devra poser un autre geste, cette fois pour prouver qu'elle est un homme. Depuis que le na-vire a levé l'ancre, elle a profité du fait qu'elle se lève avant son patron pour faire semblant de se raser. En réalité, elle vide l'eau par la fenêtre dès qu'elle sent qu'il est sur le point de s'éveiller, renforçant ainsi son per-sonnage masculin. Demain matin, elle devra en faire davantage : elle se laissera surprendre en plein rasage. Heureusement qu'elle a prévu le coup avant de quitter Québec, se pourvoyant d'un rasoir, d'un savon et d'un blaireau à même la boutique de son père.

Ce plan calme Odélie. Si l'idée de se couvrir le vi-sage de savon et d'y passer une lame ne l'enchante guère, la perspective de se savoir découverte ne la charme pas davantage. Surtout pas en ce moment, alors que le navire se trouve en pleine mer.

« Il n'est peut-être pas trop tard pour dissiper le doute que j'ai semé dans son esprit », songe-t-elle en se tournant sur sa paillasse.

À ce moment, elle entend des pas dans le couloir. Quelqu'un approche de la porte, l'ouvre et pénètre dans la pièce. Odélie entrouvre les yeux. Dans la lumière qui baigne toujours la pièce, elle aperçoit Mr. Wellington, debout sur le bord du lit, se défaisant de ses vêtements. Lorsqu'il se glisse sous les draps, il ne porte que sa chemise, comme à son habitude. Il ne lui faut pas longtemps pour trouver le sommeil et Odélie reconnaît son souffle régulier. Elle se tourne de nouveau et ferme les yeux.

« Demain, pense-t-elle, il faudra pousser l'illusion plus loin. C'est une question de survie. »

*

Puisque Odélie dort tout habillée, il ne lui faut pas longtemps, dès son réveil, pour mettre son projet à exécution. Elle se rend immédiatement à la cuisine pour chercher de l'eau chaude. Lorsqu'elle revient à la cabine, Wellington dort toujours. Elle sort son nécessaire de rasage et s'installe à la table de travail, devant le miroir que son patron utilise lui-même tous les matins. Elle mouille le blaireau et s'en sert ensuite pour faire mousser le savon. Imitant les gestes qu'elle a appris en observant Wellington, de même que son père durant de longues années à la dérobée, elle étend la mousse sur son visage. Elle s'empare ensuite du rasoir et, au moment où la lame entre en contact avec sa peau, la voix de son patron se fait entendre dans le lit, derrière elle. Odélie sursaute et la lame lui fait une légère entaille au creux de la joue.

— Vous n'êtes pas obligé de jouer cette comédie. Je sais que vous m'avez menti.

Odélie sent ses muscles se tendre. Une goutte de sang se fraye un chemin dans la mousse jusqu'à son menton. Odélie repose le rasoir, prend la serviette et s'essuie le visage, appuyant plus fortement sur la coupure pour arrêter le sang.

« Inutile de continuer à me raser puisqu'il a découvert la vérité », se dit-elle en se retournant, le visage propre et aussi lisse qu'il l'a été tous les jours depuis sa naissance. Seule une petite tache rouge trahit ce qui vient de se produire.

Mr. Wellington s'est assis sur le bord du lit, ses cuisses nues dépassant du drap. Ses cheveux ondulés retombent devant son visage lorsqu'il secoue la tête d'un air réprobateur.

— Il ne faut pas être devin pour comprendre que vous ne vous êtes jamais rasé, Charles. Quel âge avez-vous ? Treize ? Quatorze ans ?

Les muscles d'Odélie se détendent.

— Quinze, ment-elle en baissant les yeux.

Elle tente de cacher son soulagement en ayant l'air honteuse. Cela réussit sans doute bien puisque Wellington continue de la gronder :

— Pourquoi m'avoir menti ? Je suppose que cette histoire de mariage est une invention, elle aussi.

Odélie hoche la tête, jouant le jeu.

— Bon, je vous concède que j'aurais dû vous observer davantage avant de vous embaucher. Je paierai sans doute cher cette méprise lorsque vos parents apprendront que je vous ai fait quitter la colonie sans leur consentement.

— Non! s'écrie soudain Odélie en se levant, terrifiée à l'idée de rentrer à Québec. Je n'ai que quinze ans, mais je suis capable de vous servir aussi bien qu'un homme de dix-huit ou vingt ans. Vous n'avez pas eu à vous plaindre de mes services depuis notre départ. Et je vous assure que vous n'aurez jamais à le faire. Je suis peut-être jeune, mais j'ai toujours été précoce, Messire. Et je n'ai pas peur de travailler.

Wellington continue de l'étudier, frottant son menton rugueux et sombre. Au bout d'un long moment, il se lève et tend la main vers Odélie.

— C'est d'accord, Charles de Beauchêne. Je vous garde à mon service. Mais je ne veux plus de mensonges.

Odélie prend la main qu'il lui tend.

— Je vous le promets, Messire.

— Bon, dit alors Wellington, pointant un doigt vers le récipient déposé sur la table. Ne gaspillons pas cette eau chaude.

Après lui avoir cédé sa place, Odélie s'apprête à faire le lit, pliant au passage les vêtements tombés sur le sol.

— Vos parents vous ont-ils forcé à quitter la maison? demande Wellington, en faisant une grimace pour faire glisser la lame dans le creux de sa joue.

— Mes parents sont morts, ment Odélie sans même l'ombre d'une hésitation.

*

Louise vient tout juste de remplir les assiettes et s'éloigne discrètement vers la cuisine. Marie jette un œil à la fenêtre. Le soleil n'est pas encore couché et l'horizon est teinté d'ocre et d'orangé. « Demain sera une belle journée, se dit-elle, en essayant de ne pas écouter la conversation qui s'anime autour de la table. Il faudra en profiter pour faire la lessive. » Mais la voix de Du Longpré est si forte qu'elle s'infiltre jusqu'à la conscience de Marie qui se voit obligée d'y prêter attention malgré elle.

— La dernière guerre a plongé l'Angleterre dans un gouffre financier. Il serait juste que les colonies fassent leur part. Elles doivent rembourser à la mère patrie ce qu'il lui en a coûté pour les débarrasser du danger que constituait pour elles la Nouvelle-France.

Du Longpré s'est ainsi lancé dans son argumentation habituelle et Marie remarque l'ennui visible sur le visage de ses fils. Il n'est pas très poli de leur part de bâiller ouvertement comme ils ne cessent de le faire, mais cela rassure néanmoins leur mère. La politique ne les intéresse pas et c'est tant mieux. De toute façon, ce n'est pas à eux que s'adresse Du Longpré, mais bien à Daniel qui, assis à l'autre bout de la table, prend comme chaque soir la défense des colonies.

— Je ne suis pas d'accord, proteste-t-il. Le traité de Paris a fait de l'Angleterre la grande gagnante en Amérique du Nord. Elle contrôle la traite des fourrures. Vous conviendrez que c'est là un commerce fort lucratif. Je ne vois pas pourquoi elle a besoin d'exiger une taxe supplémentaire qui serait payée uniquement par les colons.

— C'est parce que vous n'avez pas idée des sommes investies dans l'armée pendant le conflit. Non, mon cher Rousselle, vous n'en avez pas la moindre idée…

Daniel fait un signe et Marie verse, non sans hésitation, du vin dans les verres des deux hommes. Elle sait qu'avec l'alcool les esprits s'échauffent et qu'une discussion bien arrosée dégénère plus facilement en querelle. Il faut dire que toutes les conversations de Daniel depuis des semaines portent sur les tensions entre le Massachusetts et la couronne britannique. Marie préférerait qu'il parle de commerce, comme il le faisait avant, mais elle sait que le dernier voyage de Daniel à Montréal l'a convaincu du bien-fondé du projet des Bostonnais. Il se plaît à citer certains passages de leur lettre comme s'il s'agissait de paroles d'évangile, critiquant ouvertement l'Angleterre. Ce qui étonne Marie, c'est la position de Du Longpré qui semble bien au fait de la politique anglaise et qui, par conséquent, s'oppose en permanence aux vues de Daniel.

Ennuyés par cet échange, les garçons ont commencé à se pincer sous la nappe. Quand ils quitteront la cuisine, ils se chamailleront sans doute dans leur chambre et Daniel devra probablement intervenir encore une fois, en menaçant de sortir le fouet.

Soudain, un bruit sec sort Marie de ses pensées. La table a tremblé lorsque Daniel s'est levé, furieux, et a abattu son poing à côté de son assiette. Il se rue maintenant vers la porte d'un pas décidé. Marie, qui n'a pas écouté ce qui vient de se dire, se tourne vers Du Longpré.

– Que se passe-t-il ? Encore cette histoire de Bostonnais ?

Elle en a plus qu'assez de ces discussions tendues. Il lui semble qu'elle a suffisamment de travail à séparer des garçons de quatorze et quinze ans, sans avoir à faire de même pour deux hommes de leur âge.

Du Longpré hausse les épaules, feignant de n'être pour rien dans la colère de Daniel. Justement, celui-ci revient, brandissant la lettre des Américains sous le nez de Du Longpré.

— Comment pouvez-vous dire que ce sont des irresponsables? Ils veulent justement prendre leur destin en main. Et ils nous demandent de nous joindre à eux. Je ne vois pas pourquoi nous devrions refuser. Ils veulent que les différentes colonies soient mieux représentées. Vous ne pouvez tout de même pas être contre ça, Du Longpré?

Si Daniel s'est emporté, son invité, lui, demeure de marbre. Avec des gestes lents, il s'essuie les coins de la bouche avec sa serviette. Puis il plonge la main dans sa veste. Il en ressort une missive, tout à fait semblable à celle que Daniel tient encore dans la main.

— Ça aussi, dit-il, c'est une lettre du Congrès. C'est par contre la version qu'ils ont envoyée au peuple d'Angleterre. Voulez-vous la lire?

Daniel a étiré le bras avant même que Du Longpré ne lui fasse cette offre. Il lui arrache la feuille des mains et la parcourt rapidement. Ses épaules s'affaissent. Sa bouche s'ouvre, bêtement, et son regard devient incrédule. Lorsqu'il atteint le bas du document, Marie constate qu'il a l'air d'un homme qu'on vient de trahir. Sans un mot, il repose la lettre de Du Longpré sur la table et retourne à sa place. Au lieu de s'asseoir, comme Marie s'y attendait, il prend sa propre lettre, celle qu'il n'a cessé de citer depuis des semaines.

— Papa? interroge François, manifestement bouleversé par l'attitude étrange de Daniel. Est-ce que ça va? Vous êtes tout blême.

Mais Daniel ignore l'inquiétude de son fils. Il se dirige vers l'âtre et se met à déchirer le document en petits morceaux qu'il jette dans les flammes. Sans avoir prononcé une seule parole, il quitte la pièce et referme la porte derrière lui.

*

Deux semaines se sont écoulées depuis qu'Odélie Rousselle est devenue Charles de Beauchêne. Pas une seconde elle n'a éprouvé de regret. Bien sûr, il y a des jours où le mal de mer lui fait maudire le matin où elle est montée à bord de l'*Impetuous*. Mais ce ne sont là que des idées passagères, reliées à l'intensité de ses nausées. Aujourd'hui, debout à la proue du navire, elle scrute l'océan et s'attarde à cette zone sombre à tribord.

«On dirait la côte», se dit-elle, en s'émerveillant de l'illusion que créent les nuages à l'horizon.

Depuis qu'elle est à bord, Odélie a appris à se méfier de ce qu'elle devine au loin. Le brouillard, les nuages ou la pluie engendrent de drôles de formes qui trompent les hommes dont c'est le premier voyage en mer. Odélie sait qu'il ne peut y avoir de terre dans cette direction. De tous les côtés, il ne peut y avoir que l'océan. À perte de vue et pendant peut-être encore des semaines, car l'*Impetuous* se dirige vers Bristol, en Angleterre. Et c'est là que commencera vraiment sa nouvelle vie.

Odélie ne peut envisager son avenir sans ressentir un plaisir nouveau. Les choses lui semblent tellement plus faciles en tant qu'homme. Elle n'a pas à craindre un assaut chaque fois qu'elle déambule seule sur le pont. Elle n'a pas à se tenir comme une dame ni à parler comme les gens de la bonne société. Elle s'amuse même à choisir son vocabulaire pour que celui-ci soit typiquement masculin, c'est-à-dire qu'il doit contenir suffisamment de jurons et de mots grossiers pour la faire passer pour un orphelin de quinze ans. Pour ce faire, elle n'a qu'à penser à ses jeunes frères et au discours qu'ils tiennent entre eux lorsqu'ils croient que personne ne les écoute.

La seule chose qui lui manque depuis qu'elle travaille pour Mr. Wellington, c'est l'intimité. Elle est rarement seule, elle qui était habituée à avoir sa propre chambre, à changer de vêtements comme bon lui semblait. Elle doit désormais faire attention. Il se trouve toujours quelqu'un pour la regarder. La nuit, lorsque le sommeil tarde à venir, il lui arrive de s'inquiéter, se demandant si quelqu'un a découvert son secret. Tel ou tel regard témoignerait-il de quelques doutes à son égard ?

Le matin suivant, Odélie s'aperçoit chaque fois qu'elle se faisait des idées. Pour les marins, elle n'est que Charles de Beauchêne, serviteur, secrétaire et garde du corps de Mr. Nathanael Wellington, marchand anglais de Montréal.

— Vous voilà bien soucieux, Charles. Auriez-vous finalement quelques regrets d'avoir quitté Québec ?

Odélie sursaute et se retourne d'une pièce. Toujours être sur ses gardes. Ne jamais se faire surprendre. Comment a-t-elle pu oublier qu'elle se trouvait sur le pont, au grand jour, à la vue de tous ? Elle se ressaisit, salue son patron et reprend son attitude placide habituelle.

— Je me demandais, Messire, dans combien de temps nous allions voir la côte.

— Qu'est-ce que vous me dites là ? Nous la voyons déjà ! Cette bande plus foncée que le ciel à votre droite.

Nathanael Wellington montre du doigt la masse sombre qu'Odélie observait quelques minutes plus tôt.

— Excusez-moi de vous contredire, Messire. Ce ne peut être la côte, car dans ce cas…

— Nous voguerions vers le sud, complète Wellington avec un sourire narquois. C'est exactement ce que nous faisons. Nous devrions accoster demain.

— Mais… je croyais que nous nous rendions à Bristol.

— L'*Impetuous* se rend à Bristol. Nous, nous descendons à Newburyport.

— Newburyport ?

— C'est un petit détour que le capitaine Winslow a consenti à faire pour moi. Voyez-vous, Charles, il n'est pas très prudent ces jours-ci de prendre un navire en direction du Massachusetts.

— Du Massachusetts ?

— Allez-vous répéter tout ce que je dis, Charles, ou allez-vous préparer nos bagages pour débarquer demain ?

Odélie a du mal à se remettre de sa surprise. Le Massachusetts est vraiment la dernière place où elle aurait pu s'imaginer débarquer. Elle fait quelques pas vers le château arrière, puis se retourne vers Wellington, l'air encore incrédule.

— Messire…, commence-t-elle avec hésitation, partout à Québec, on ne parlait que de ça. Vous savez, il y a la guerre là-bas.

— Ce n'est pas encore la guerre, Charles. Et c'est pour cette raison que nous nous y rendons.

*

Ce début de juin est tout à fait radieux. C'est du moins l'avis de François qui vient de faire une nouvelle livraison chez Mme Lavallée. Ses yeux noirs sont plus plissés que d'habitude à cause des rayons ardents du soleil. C'est le cœur engourdi de son nouveau bonheur qu'il marche dans la rue, en direction de la boutique de son père.

— Clémence, répète-t-il à voix basse, pour se rappeler l'effet que ce nom a sur lui.

Le visage de la dame apparaît dans son esprit et il sent renaître son désir. C'est sans aucun doute le plus beau printemps de sa vie. Malgré lui, des images refont surface. Clémence détachant son bonnet, relâchant sa longue chevelure. Les boucles blondes tombant sur son dos, jusqu'à ses reins et devant ses épaules, couvrant sa poitrine dénudée et pleine. Et ce ventre. Et ces fesses. Comme il a aimé les caresser! Personne ne lui avait jamais dit qu'il pouvait être aussi doux de s'allonger près d'une femme. Il ne l'avait même jamais imaginé.

« Si Louis pouvait vivre ça, je suis certain qu'il ne se moquerait plus jamais de mes rêves », songe-t-il, en cachant le bas de son ventre derrière un pan de son justaucorps.

Tout à ses pensées, il ne se méfie pas au détour d'une rue et tombe face à face avec un passant qu'il heurte violemment.

— Excusez-moi, monsieur, bredouille-t-il à l'homme qui s'écarte de lui pour le contourner.

— Vous devriez regarder où vous mettez les pieds, jeune homme.

– Oui, monsieur. Bonne journée.

– C'est ça. Bonne journée.

François poursuit son chemin, aussi dans la lune qu'il l'était quelques minutes auparavant. Il n'a de pensées que pour Clémence, pour la façon dont elle laisse glisser sa main sur son sexe lorsqu'elle l'aide à boutonner sa culotte. Pour la manière dont elle retient ses vêtements, comme si elle refusait de les lui rendre. Pour sa voix, lorsqu'elle lui murmure à l'oreille qu'elle aime son torse glabre. Il est si distrait qu'il atteint la maison sans avoir remarqué le chemin.

Louis s'affaire dans les caisses derrière le comptoir lorsque François passe la porte. Les deux frères n'échangent qu'un bref et froid « Salut ! » sans se regarder et François ne s'arrête qu'une fraction de seconde dans le vestibule pour suspendre son manteau. Il prie pour que Louis soit très occupé, mais c'est peine perdue. Son frère se tient maintenant dans l'embrasure et lui lance à voix basse ses railleries habituelles. François les ignore et s'empresse d'aller retrouver sa mère à la cuisine. L'odeur de la tarte aux pommes et aux poires lui donne l'eau à la bouche.

– C'est ma préférée, dit-il, en déposant un baiser sur la joue de Marie.

Celle-ci est penchée sur la table, roulant une abaisse.

– Attention, dit-elle, feignant d'être importunée. Il y a de la farine partout.

François lui sourit, s'assoit à un bout de la table et la regarde travailler.

– Où est Louise ? demande-t-il, habitué de voir la servante aider sa mère pour la cuisine.

— Elle désherbe, dit Marie, en montrant la fenêtre par laquelle on aperçoit la servante accroupie dans le potager. Et toi, d'où viens-tu? Tu m'as l'air de bien bonne humeur. J'espère que tu ne viens pas de faire un mauvais coup à ton frère.

— Moi? Faire un mauvais coup à mon frère chéri? Voyons donc, maman, vous me connaissez bien mal.

— Je te connais mieux que toi-même, François Rousselle. Alors ne prends pas cet air outragé. Donne-moi plutôt la cannelle, sur la tablette. Et va me chercher des œufs dans le poulailler. Ça te tiendra occupé.

— À votre service, Madame.

François affiche un sourire espiègle. Il sait que cette fausse attitude servile inquiète sa mère et cela l'amuse. Il retourne au vestibule pour reprendre son justaucorps. Un coup d'œil à la boutique lui permet de constater que Louis a fort à faire avec l'inventaire que son père lui a demandé ce matin. «Y aurait-il une justice sur cette terre?» se demande-t-il en enfilant son manteau, ravi que l'inventaire ait été confié au cadet.

C'est par hasard qu'une de ses mains glisse dans sa poche. Il y découvre une feuille repliée. S'assurant que Louis est toujours occupé derrière le comptoir, François déplie le papier. Il s'agit d'un message. Comment celui-ci s'est-il retrouvé dans son manteau? Lui est-il destiné? Impossible de le savoir. Il ne comporte ni appel ni signature, seulement les coordonnées d'un rendez-vous.

«Vendredi, neuf heures du matin, sur la Grande Place, près du parvis de la cathédrale.»

*

C'est à la tombée de la nuit qu'un vent violent se lève sur l'Atlantique, poussant l'*Impetuous* plus près de la côte. Son souffle gonfle les voiles pendant près d'une heure avant que la pluie ne commence à tomber. C'est immédiatement une pluie dense et drue qui fouette le visage des marins de quart. De nouveau affligée par le mal de mer, Odélie n'a pu se résoudre à retourner dans sa cabine. Le visage au vent et les vêtements mouillés, elle affronte la tempête. Debout sur le pont, elle s'est agrippée au bastingage et son estomac se soulève au rythme des vagues qui secouent le navire.

Malgré ce tumulte, elle reconnaît la voix de Mr. Wellington parmi celles qui s'élèvent de la salle du conseil. Et autour d'elle, les hommes sont inquiets. Il paraît que le capitaine refuse d'aller plus loin au sud.

— Les vaisseaux du roi patrouillent partout dans ces eaux. C'est trop…

— Mais nous sommes loin de…

Une nouvelle vague balaie le pont, faisant taire momentanément les voix. Odélie enlève son chapeau qu'elle enfouit sous sa veste pour éviter de le perdre dans la tempête. Elle enroule ensuite un cordage autour de son bras, tout en s'assurant d'être hors de la trajectoire des marins qui tentent de contenir les voiles.

— Il faut gagner le large avant que…

— Mais je ne peux pas me rendre en Angleterre. J'ai…

— Je ne vais pas risquer mon navire pour quelques…

Le bruit du vent s'intensifie soudain et Odélie ne perçoit plus qu'une rumeur, des murmures se perdant au milieu du claquement des voiles et du vrombissement des vagues déchaînées. Elle ferme les yeux et vomit par-dessus bord au moment où une vague déferle sur le navire. Le courant la fait basculer et elle tombe assise sur le pont, retenue seulement par le cordage auquel elle venait tout juste de s'agripper.

Lorsqu'elle ouvre les yeux, la silhouette de Wellington se découpe devant la porte de la dunette. Tout au fond, dans la salle du conseil, une lampe suspendue se balance et fait osciller des ombres sur le visage de Wellington. Lorsqu'il aperçoit Odélie, il se dirige vers elle.

– Debout, Charles. Nous abandonnons le navire.

Odélie lève un regard incrédule vers son maître.

– Abandonner le navire? répète-t-elle en se redressant avec peine.

Lorsqu'elle est sur pied, elle remarque l'air furibond de Wellington. La voix du capitaine retentit au milieu du tumulte. Il crie des ordres et les marins s'agitent. Les voiles se gonflent davantage et l'*Impetuous* se dirige soudain vers la côte en prenant de la vitesse.

Le capitaine vient les rejoindre au bout d'un quart d'heure. Derrière lui, deux marins portent dans leurs bras les bagages de Wellington.

– Je ne vais pas plus loin. Si vous tenez toujours à descendre…

– Mais nous sommes encore loin de la rive, Winslow! Vous ne pouvez pas…

Ses mots se perdent dans la tempête.

– La rive est moins loin qu'on pourrait le croire, assure le capitaine en jetant un œil à l'horizon. Je risque de briser mon navire sur les récifs si je m'approche davantage. C'est maintenant ou jamais, Wellington. Je ne veux pas rester longtemps dans ces eaux; les royalistes pourraient nous apercevoir et je n'ai pas envie qu'ils mettent la main sur ma cargaison. Je vous laisse une barque.

Voyant l'air effaré de Wellington, il ajoute:

— C'est ça ou bien vous venez à Bristol avec nous.

— J'aurai votre peau, Winslow!

— Comptez-vous chanceux que je sois de bonne humeur, mon ami. Autrement, je vous ferais pendre pour ce que vous venez de dire.

Puis, se tournant vers un matelot, le capitaine donne ses ordres:

— Faites descendre la barque. Mais retenez-la par les câbles, jusqu'à ce que nos deux passagers soient à bord.

Odélie n'a pas quitté des yeux la mer déchaînée. Elle sent la panique la gagner à l'idée de se retrouver dans une petite embarcation au milieu de cet enfer. À côté d'elle, Wellington vient d'enlever son chapeau dans un geste d'impatience. Il le serre sous son bras, empêchant ainsi le vent de s'en emparer. Odélie remarque que ses cheveux sont mouillés en quelques secondes et qu'ils lui collent au visage, masquant la rage qu'elle reconnaît ensuite dans sa voix.

— Attendez, dit-il, en empoignant un des sacs de voyage que portent les marins.

Pendant quelques secondes, il fouille au travers des vêtements, puis en sort un paquet de lettres retenues par une ficelle.

— Nous descendons ici, c'est d'accord, concède-t-il finalement, en tendant son paquet au capitaine. Assurez-vous que ces plis parviennent à destination. C'est extrêmement important.

Wellington dépose son paquet dans la main ouverte du capitaine. Puis, après un regard entendu à Odélie, il passe par-dessus le bastingage et descend l'échelle jusque dans la petite barque qui tangue dangereusement sur les flots et qui heurte à tout moment la coque du navire. Un matelot fait ensuite descendre ses bagages au bout d'un câble et, lorsque tout est prêt, Odélie comprend que c'est à son tour de le rejoindre. Elle enjambe la rambarde et s'agrippe à l'échelle. La corde est glissante et rugueuse à la fois. Cela lui brûle les mains. Elle sent la pluie qui lui fouette le visage. Son corps se balance de gauche à droite sous la poussée du vent. Elle doit parfois s'arrêter lorsqu'il souffle plus fort, de peur de perdre l'équilibre. Quand Odélie sent la solidité relative de la barque sous ses pieds, elle laisse l'échelle. C'est alors qu'une vague gigantesque s'abat sur le navire, balayant le pont et les hommes qui s'y trouvaient. L'embarcation est soulevée, presque arrachée des flots. Odélie sent la poigne de Wellington sur son bras. Il la retient solidement, lui évitant d'être projetée par-dessus bord. Sous leurs yeux, l'*Impetuous* se cabre, les abandonnant sur l'immensité de l'océan.

Poussée par les vagues qui déferlent vers la côte, la barque prend de la vitesse. Wellington tente de ramer, imité par Odélie qui cherche l'*Impetuous* dans l'obscurité. En quelques minutes, le navire a complètement disparu. La pluie redouble d'ardeur. Les vagues soulèvent la barque à des hauteurs vertigineuses, avant de la faire redescendre brutalement. Il est déjà trop tard lorsque Odélie aperçoit les récifs. Elle n'a même pas le temps d'avertir Wellington. Les rochers apparaissent droit devant eux et elle peut tout juste empoigner son maître pour sauter avec lui avant que la barque se fracasse et que les morceaux de bois volent en éclats.

*

La lumière qui atteint le pied de l'escalier du cloître est douce et dorée et met en valeur le teint lumineux de l'aumônier des augustines. En effet, le chanoine Charles Régis des Bergères de Rigauville est assis dans un des fauteuils du salon. Il a reculé les épaules, relevé la tête, et sa peau paraît d'une blancheur immaculée sous les rayons du soleil de midi. Croisées sur le bras droit du fauteuil, ses mains se crispent de temps en temps, preuve que cette posture lui est pénible, car certainement trop artificielle pour un homme habitué à plus de modestie. «Cet inconfort paraîtra sans doute dans le tableau», songe Antoinette, en traçant du bout de son pinceau le contour des joues, plutôt rondes, et celui plus anguleux du menton. L'arcade sourcilière, assez relevée, donne une mine presque étonnée à ce visage candide. En fait, c'est justement parce qu'il semble mal à l'aise dans cette position que le portrait du père de Rigauville sera sympathique. Un coup d'œil à l'homme et on perçoit immédiatement sa générosité, sa bonté, sa chaleur et son dévouement. Antoinette se dit que si son portrait réussit à rendre ne serait-ce qu'une de ces qualités, elle le considérera comme réussi.

Une goutte de sueur qui perle sur le front de l'homme avertit Antoinette que la séance a peut-être assez duré. Le supérieur ne s'est pas encore plaint, mais Antoinette devine qu'il lui devient de plus en plus difficile de demeurer immobile. Elle cherche donc une excuse pour lui permettre de faire une pause sans pour autant blesser son orgueil masculin. Car même si le père de Rigauville est chanoine, il n'en demeure pas moins un homme et l'expérience qu'Antoinette a des hommes, même si elle est assez restreinte, lui dicte une conduite prudente.

— Ce sera tout pour ce matin, mon père. Il faut un peu de temps pour que la peinture sèche. De plus, je dois retourner dans la salle des hommes pour éviter que mes sœurs n'aient un surcroît de travail. Si cela vous convient, nous pouvons reprendre demain, après le dîner.

Soulagé, le supérieur relâche l'air qu'il retenait depuis un bon moment. Antoinette sourit ; elle a vu juste. En rangeant ses pinceaux et sa palette, elle guette du coin de l'œil la réaction du père de Rigauville qui vient d'approcher du tableau. Ses yeux observent attentivement chaque trait, comme s'il s'agissait d'un visage inconnu. Puis il hoche la tête, satisfait.

— Ce sera très bien, ma sœur.

Sur ce, il s'éloigne de son pas rapide, un pas que toutes les religieuses de l'Hôpital-Général ont appris à reconnaître lorsqu'il déambule dans les corridors. Le pas régulier d'un homme occupé à voir au bien-être de chacune de ses ouailles. Le pas d'un homme discret et timide, mais efficace.

*

En ce beau samedi de juin, François franchit la porte du *Sabot d'argent* derrière Ruel et Mercier, deux hommes qu'il vient tout juste de rencontrer. À l'intérieur, le bruit, la fumée et les odeurs rappellent que l'endroit grouille d'activité le midi. François remarque que ses compagnons semblent bien connus des habitants de la ville. Surtout Ruel, que les gens saluent au passage, certains lui serrant la main avant de le laisser poursuivre sa route. Mercier, pour sa part, demeure discret et s'avance jusqu'à une table, tout au fond. Si François a suivi ces hommes jusque chez Grandbois, c'est parce que leurs propos sur le parvis de l'église l'ont intrigué. Mercier affirme avoir lui-même glissé le message dans la poche de sa veste, alors que François n'a pas souvenir de l'avoir rencontré où que ce soit. Plus intrigant encore, il prétend avoir agi à la demande des Bostonnais. Ce qu'a confirmé Ruel avant de l'inviter à les suivre au cabaret pour discuter.

Les trois hommes viennent tout juste de s'asseoir quand Gaston Grandbois s'approche de leur table. Ce dernier doit parler fort pour couvrir le bruit de la salle.

– Tiens, tiens. Si c'est pas Ruel. Qu'est-ce que tu viens faire à Québec ces jours-ci?

– Je paye à boire à ces deux hommes.

La surprise de François se lit sur son visage. Non seulement Ruel l'emmène au cabaret, mais en plus il paye pour lui. Ravi, il hoche la tête en direction de Grandbois, comme si la chose avait été convenue dès le départ.

– Eh bien, le fils Rousselle! dit le tenancier en le reconnaissant. Est-ce que ton père sait avec qui tu frayes? Je ne pense pas qu'il...

– Cesse donc ton sermon, coupe Ruel, visiblement agacé par l'attitude de Grandbois. Ce que fait ce garçon ne te regarde pas. Sers-nous plutôt à boire; on a grand-soif.

Grandbois s'éloigne, non sans avoir jeté un regard soucieux en direction de François. Ce dernier l'a perçu et en est intrigué. Il sait, pour l'avoir rencontré plusieurs fois à l'église, que Grandbois est populaire, mais honnête. Pourquoi donc s'inquiéterait-il du fait qu'il fréquente Ruel? Et pourquoi n'a-t-il même pas adressé la parole à Mercier? C'est vrai que si on le compare à son compagnon, Mercier n'a pas de quoi attirer l'attention. Il est plutôt frêle, presque famélique, et son regard absent lui donne de temps en temps un air niais. Ruel, par contre, est gros et parle fort. C'est assez difficile de le manquer si on le cherche. Et même si on ne le cherche pas.

Ces questions ne tiraillent François qu'un instant. Il est trop fasciné par cet environnement nouveau pour lui. Même si le *Sabot d'argent* se trouve dans la côte de la Montagne, c'est-à-dire tout près de chez lui, il n'y a jamais mis les pieds. En fait, il n'en a jamais eu ni le temps ni l'envie. Peut-être y avait-il pensé, il y a quelques mois… Mais c'était avant qu'il ne se rapproche de Clémence. Maintenant, c'est dans ses bras qu'il passe le peu de temps libre dont il dispose quand il ne travaille pas à la boutique.

– Comme je te le disais tout à l'heure, dit Ruel pour continuer la conversation commencée sur le parvis de la cathédrale, ton père avait manifesté une certaine sympathie pour notre cause. Et puis, tout d'un coup, il a viré son capot de bord. Sais-tu ce qui s'est passé?

François se souvient de cette soirée où son père a brûlé sa lettre du Congrès. Il a lu sur son visage sa colère, sa déception et même sa désillusion.

– Je pense qu'il a lu une autre lettre. Elle venait aussi du Congrès.

– Une autre lettre? Où est-ce qu'il a eu ça?

– C'est M. Du Longpré, un ami de ma mère, qui la lui a montrée. Il loge chez nous depuis trois semaines.

Ruel et Mercier se consultent du regard, inquiets. Puis le visage de Ruel s'illumine, comme s'il venait d'avoir une idée.

– Penses-tu que tu pourrais m'apporter cette lettre?

– Jamais de la vie! s'exclame François, scandalisé à l'idée d'aller fouiller dans les affaires d'un hôte de la maison. C'est un invité de ma mère, ça ne se fait pas, ces choses-là. Je n'ai même pas mis les pieds dans sa chambre depuis qu'il est arrivé. Et puis mon père me tuerait s'il me prenait à faire ça, qu'il soit avec vous ou pas. Le respect des invités, c'est sacré pour lui.

Ruel semble déçu pendant quelques secondes, puis il se reprend. Il a manifestement eu une autre idée.

– Je pense que si ton père avait continué à travailler avec nous, il n'aurait pas hésité à prendre la lettre.

François secoue la tête.

– Vous vous trompez. Mon père considère comme un sacrilège le fait de fouiller dans les affaires des autres, je vous l'assure. Il m'a battu quand j'étais jeune parce que j'avais volé un jupon à ma sœur. Il m'a dit que ce n'était pas le vol qu'il punissait, mais le fait qu'il avait eu lieu sous son toit et qu'il ne tolérerait jamais qu'on manque de respect à qui que ce soit dans sa maison. S'il s'est mis dans cet état parce que j'étais entré dans la chambre de ma sœur, je n'ose pas imaginer ce qu'il me ferait s'il me prenait dans la chambre de quelqu'un qui paye pour rester chez nous.

François se rend compte qu'il doit mettre les choses au clair avant que la situation ne lui échappe. Cette histoire de liberté ne le concerne pas.

— Écoutez-moi bien. Je suis né après la guerre. J'ai toujours connu les Anglais dans la ville. Et je ne vois vraiment pas ce qu'on peut leur reprocher.

— Ton père le savait, lui. Il a perdu un fils aux mains des soldats de Wolfe. Je ne l'ai jamais rencontré, mais on dit qu'il avait du sang indien.

— J'avais un autre frère?

Cette nouvelle a l'effet d'une bombe dans l'esprit de François. Il commence, malgré lui, à prêter attention aux propos de Ruel.

— Comment ça se fait que tu ne sais pas que ton père avait un autre fils? Personne ne t'en a parlé? C'est vrai que t'es encore jeune, mais…

— Je ne suis pas si jeune. Si personne ne m'en a parlé, c'est parce que ça doit leur faire de la peine. Et puis mon père a dû faire son deuil de ce fils, parce qu'il est même devenu ami avec le gouverneur Murray.

— C'est sûr qu'ils devaient être de grands amis!

Ruel a pris un ton railleur et s'est tourné vers Mercier qui lui fait un clin d'œil complice. François est blessé. Que va-t-il apprendre d'autre? Il regrette tout à coup d'être venu à ce rendez-vous.

— Ton père faisait de l'espionnage pendant la guerre. Il prenait son information directement chez le gouverneur et la faisait parvenir à Lévis. C'est pour ça que Murray a perdu autant d'hommes en patrouille cet hiver-là. L'imbécile! Il devait avoir l'impression de parler de tout et de rien avec un simple petit commerçant, alors qu'il avait justement devant lui un des maîtres d'œuvre de la résistance contre les conquérants. Je parie que tu ne sais pas que ton père a été fouetté sur la place publique pour être sorti après le couvre-feu. Il s'en allait avertir un des nôtres que le plan d'attaque avait été éventé. Ta mère aussi a livré des messages. Même ta sœur a participé à la préparation de la deuxième grande bataille. Elle s'est fait passer pour Gaston Grandbois et est allée livrer de l'eau-de-vie à l'armée de Lévis. Directement sous le nez des Anglais! Je pense que tout le monde dans ta famille s'est battu contre les Anglais. Tout le monde sauf toi, et ton petit frère.

François est abasourdi par ce qu'il vient d'entendre. Il ne savait rien de tout cela. Personne ne lui a jamais raconté ce que son père, sa mère ou même Odélie avaient fait après la Conquête. Il a toujours cru qu'ils s'étaient contentés de faire du commerce. Quelque chose cloche entre ce que dit Ruel et l'attitude de Daniel. Peut-être a-t-il combattu les Anglais autrefois, mais il s'est ravisé depuis. La preuve, il a changé de camp et brûlé la lettre du Congrès américain.

– Je ne sais pas pourquoi mon père a changé d'idée en ce qui vous concerne, dit François en se levant pour s'en aller. La seule chose qui est certaine, c'est que s'il l'a fait, c'est parce qu'il avait de bonnes…

Soudain, les mots s'évanouissent de son esprit. Il vient de reconnaître quelqu'un à l'autre bout de la salle, quelqu'un qu'il aurait voulu éviter de rencontrer, spécialement en ce moment: son frère, Louis. Ce dernier aussi l'a aperçu. Il le salue d'un hochement de tête tout en poursuivant sa partie de cartes. Son sourire narquois prouve à François ce qu'il craignait. Louis se servira probablement de ce qu'il vient de découvrir pour le faire chanter.

Chapitre III

Assise au chevet de son maître dans l'unique chambre d'une maison de pêcheur, Odélie respire lentement. Elle porte les vêtements que ses hôtes ont bien voulu lui prêter – en attendant que les siens, étendus au soleil, soient parfaitement secs : une chemise de drap rêche et une culotte trop courte pour elle. Les pieds nus sur un plancher de bois poli par l'usure, elle garde les yeux clos. Elle ne cesse de revoir les événements des dernières heures.

La tempête rugissante. La barque se fracassant contre les rochers. Leur ascension sur un écueil en pleine nuit. Wellington évanoui, le bras droit transpercé par un morceau de bois. Son corps pesant qu'elle retenait pour éviter qu'il ne soit emporté par les vagues. Sa tête qu'elle appuyait sur son épaule pour la maintenir hors de l'eau.

Puis le soleil qui s'est levé sur une mer d'huile. Wellington gémissant, ses lèvres, aussi sèches que les siennes, blanchies par le sel. Ils étaient étendus sur un rocher, à courte distance de la rive. Il n'y avait aucune trace de l'*Impetuous*. La tempête de la nuit n'avait laissé d'empreintes que ces morceaux de bois à la dérive qui flottaient autour d'eux. Odélie avait froid et serrait contre elle le corps ensanglanté de Wellington lorsque des cris étaient venus de la rive. Sur la plage, debout au milieu des algues noires qui s'étendaient à perte de vue, des hommes gesticulaient dans leur direction en mettant à l'eau des barques de pêcheurs.

– Nous sommes sauvés, Messire, a-t-elle murmuré à l'oreille de Wellington. Tenez bon. Ils arrivent.

C'est ainsi qu'ils ont été secourus. Et maintenant que le pire est passé, Odélie réalise l'ampleur du gouffre au bord duquel elle se tient. S'il était arrivé quelque chose à Wellington, que serait-il advenu d'elle? Les plus pénibles scénarios défilent dans son esprit jusqu'à ce qu'elle se lève, n'en pouvant plus. Elle se dirige vers la fenêtre. Dehors, de jeunes enfants jouent sur les rochers. Les hommes sont déjà en mer. Immédiatement après le sauvetage, ils ont laissé les naufragés aux bons soins de leurs femmes et sont partis à la pêche.

Sur le lit, Mr. Wellington bouge et geint de douleur. Odélie s'approche de lui pour l'empêcher de se retourner.

– C'est votre bras, Messire.

– Qu'est-ce qu'il a, mon bras?

– Vous avez été blessé pendant notre naufrage. Un morceau de bois s'est logé au-dessus de votre coude. Mme Smithson, notre hôtesse, l'a retiré et vous a soigné. D'après elle, vous avez été chanceux. Elle dit que ça aurait pu être plus grave. Vous souffrez parce que la plaie est encore…

– Cessez votre babillage, coupe Wellington d'un ton bourru. Vous parlez autant qu'une femme! Donnez-moi plutôt à boire.

Odélie obéit et se dirige vers la commode sur laquelle l'épouse du pêcheur a laissé une cruche remplie d'eau. Elle en verse dans les deux tasses mises à leur disposition et revient vers le lit. De son bras valide, Wellington boit une gorgée... qu'il recrache aussitôt en repoussant le contenant.

— Du whisky, pauvre idiot! Ou du vin. Mais pas d'eau. Ça n'a aucun pouvoir de guérison ni d'effet contre la douleur.

Intimidée par l'attitude agressive de son maître, Odélie hoche la tête et quitte la pièce sans dire un mot. Elle revient au bout d'un moment avec une bouteille.

— Mme Smithson n'a que ceci à vous offrir. Elle dit qu'à cause du boycott le whisky et le vin sont rares.

— Qu'est-ce que c'est?

— Du rhum.

Wellington s'empare de la bouteille et boit plusieurs gorgées à même le goulot. Puis il s'essuie la bouche du revers de la main.

— Où sommes-nous?

— À Portsmouth, dans le New Hampshire, Messire.

— Très bien, dit-il, en dégageant de son visage les mèches de cheveux qui lui balaient les yeux. Très bien.

Le silence retombe dans la pièce. Odélie ne cesse d'observer son maître, espérant deviner son prochain désir pour éviter de le voir de nouveau bourru et impatient. Or son visage, bien qu'assombri par une barbe naissante, n'affiche plus de mépris. En quelques secondes, Wellington a complètement changé d'attitude. S'apercevant soudain que la chemise qu'il porte n'est pas la sienne, il lève vers Odélie un regard inquiet.

– Où sont mes affaires?

– Perdues, Messire, dans le naufrage. Il ne reste que cette bourse que vous aviez sur vous. Je l'ai retirée de votre poche avant que l'on ne vous déshabille pour vous soigner.

Odélie montre du doigt le gousset de cuir ocre déposé sur la commode, derrière la cruche d'eau.

– Mon gilet? Qu'avez-vous fait de mon gilet?

Odélie s'est bien doutée que ce vêtement était particulier lorsqu'elle le lui a retiré ce matin. C'était la première fois qu'elle le voyait. Un velours rouge, solidement tissé et richement brodé, mais combien pesant! Wellington devait l'avoir revêtu spécialement pour le débarquement. Intriguée, elle désigne du doigt le rebord de la fenêtre.

– Je l'ai fait sécher ici. J'ai senti, à son poids, qu'il avait une grande valeur. Mme Smithson a pris le reste de vos vêtements, de même que les miens, pour les laver.

– Vous avez bien fait. Avez-vous réussi à récupérer mes papiers?

Odélie hoche la tête.

– Les vagues semblent avoir tout détruit. Nos hôtes ont fouillé la plage sur plus d'un *mile* et n'ont rien retrouvé.

– C'est fâcheux, mais pas complètement néfaste, conclut Wellington, en se tournant sur le bord du lit pour s'asseoir. Vous avez eu la présence d'esprit d'empêcher qu'on lave mon gilet. C'est au moins ça de gagné. Avez-vous rencontré les habitants?

– Nos hôtes. Et les deux autres pêcheurs venus à notre secours.

– À votre avis, ces gens sont-ils favorables aux rebelles?

– Je… euh…

– Vous ont-ils posé des questions?

Odélie réalise brusquement ce que la situation a d'incongru. En fait, aucun des habitants ne s'est informé.

– J'en conclus, à votre silence, que personne ne vous a interrogé sur les raisons de notre présence sur ces rochers. Ces gens, nos hôtes du moins, sont donc sympathiques à la cause des Bostonnais. S'ils ne posent pas de questions, c'est qu'ils savent que notre arrivée doit demeurer… euh… disons, discrète.

Odélie acquiesce, sans pour autant comprendre les raisons qui rendent cette discrétion nécessaire. Elle sent tout à coup le rouge lui monter aux joues. Wellington vient de se lever et fait quelques pas vers la commode. Odélie doit se forcer pour regarder ailleurs, car la chemise qu'il porte, n'étant pas la sienne, est trop courte et lui découvre les fesses. Après qu'elle lui eut retiré son gilet et sa bourse, ce sont leurs hôtes qui l'ont dévêtu et qui lui ont mis cette chemise. Odélie se souvient des cicatrices qui lui couvraient l'abdomen et le dos. Elle en frémit encore et se concentre sur la mer qu'on aperçoit de la fenêtre. Wellington, pour sa part, ne semble pas gêné de sa nudité. Du coin de l'œil, elle le voit qui se verse de l'eau de son bras valide.

– Rendez-vous en ville, dit-il, et essayez de nous trouver des chevaux. Newburyport n'est qu'à un jour de voyage. Nous pourrons nous réapprovisionner une fois là-bas.

Odélie hoche la tête sans se tourner vers lui. La silhouette imposante de Mme Smithson apparaît à la fenêtre, les bras chargés de leurs vêtements. En l'apercevant, Wellington s'empare du drap pour se couvrir.

– Allez au-devant d'elle, lance-t-il en désignant la porte du menton. Et rapportez-moi mes affaires.

Odélie obéit et pénètre dans la cuisine au moment où Mme Smithson entre par l'autre porte. Après l'avoir remerciée, elle la décharge de son fardeau et revient dans la chambre. Elle dépose les vêtements sur le lit et, sans même regarder son patron, lui dit :

– Je cours en ville m'occuper des chevaux. Je me changerai en revenant.

Elle quitte immédiatement la pièce. Sur le balcon, Odélie enfile ses bottes et s'empresse de s'éloigner avant qu'on la rappelle.

Une fois dans la rue, elle respire plus librement. Si la vue de son maître à demi nu l'a bouleversée, la perspective de devoir se changer en sa présence l'a fait paniquer. Il fallait qu'elle quitte la chambre au plus vite. Maintenant, sur la route qui mène au village, elle réfléchit à un subterfuge pour changer de vêtements dans la plus stricte intimité.

Devant elle, deux femmes soulèvent robe et jupons pour traverser la rue. Leurs ourlets trempent dans la boue et laissent dans leur sillage une traînée de saleté qui s'étire jusqu'à l'intérieur de la boutique où elles disparaissent. Odélie ne peut éviter de se comparer. Ses vêtements d'homme, ses bottes, sa liberté. Non, elle ne regrette rien. C'est à ce moment qu'elle se souvient d'une question qu'elle aurait souhaité poser à Wellington, n'eût été son désarroi de tout à l'heure : que peut bien contenir la doublure du gilet pour qu'il soit si lourd?

*

Après de brèves salutations, Carleton se tait, plongé dans ses préoccupations quotidiennes. Ce silence met Daniel mal à l'aise. Ce n'est pas l'habitude du gouverneur d'être aussi froid avec ses visiteurs, surtout s'il les reçoit dans son jardin plutôt que dans son bureau.

Les deux hommes sont installés dans des fauteuils à l'ombre des pommiers en fleur dans la cour de la résidence. Sur la table basse à leurs pieds, un serviteur a déposé une théière et deux petites tasses de porcelaine assorties. Malgré la chaleur, Carleton a gardé son manteau, signe qui trahit le côté formel de la rencontre. Il continue d'ailleurs à boire son thé, attendant que Daniel expose l'objet de sa visite. Or justement, Daniel hésite. L'offre qu'il se propose de faire donnera une nouvelle orientation à sa vie. Pour s'assurer d'être pris au sérieux, il décide de préparer le terrain avant de se jeter à l'eau.

— Je ne crois pas que vous aurez le soutien que vous souhaitez auprès des Canadiens, dit-il d'un air anodin. J'ai bien peur qu'ils refusent de prendre les armes contre les Bostonnais.

Carleton lève un sourcil et Daniel se réjouit en constatant que ses propos intriguent le gouverneur. Ce dernier a incliné la tête vers l'arrière et pose sur lui un regard presque dédaigneux.

— Et pourquoi cela? dit-il. J'aurais cru que la loi de Québec rendrait les gens heureux et prompts à défendre le roi.

Daniel hésite davantage. Il est toujours délicat d'annoncer à un homme qu'il se trompe. Quand cet homme est un gouverneur, la chose devient périlleuse.

– Les Canadiens ne veulent pas de cette guerre, lance-t-il finalement, en espérant que son interlocuteur saisira ce que cela implique.

Si Carleton comprend ce que Daniel essaie de lui dire, il ne semble toutefois pas le prendre au sérieux. Il a levé les yeux vers les fleurs des arbres et observe les oiseaux qui font leur nid sur une branche basse.

– Je n'en veux pas plus qu'eux, Rousselle, murmure-t-il. Dieu sait que cette perspective m'est pénible.

Le gouverneur soupire et son souffle couvre un moment le piaillement des oiseaux. Une charrette passe dans la rue. Des femmes jacassent en allant au marché. Des petites filles s'en vont à l'école en riant. Daniel a pitié de cet homme qui souffre à l'idée d'une guerre fratricide.

– Si vous voulez avoir des hommes, vous serez obligé d'instaurer la loi martiale pour lever les milices.

– S'il le faut, c'est ce que je ferai. Je ne laisserai pas des bandits prendre possession de ce territoire. Les Canadiens ne se laisseront pas envahir. Ils comprendront où est leur intérêt.

Daniel secoue la tête.

– Si vous forcez les Canadiens, vous vous les mettrez à dos et vous ne pourrez pas compter sur eux, vous le savez bien. Ils ne veulent pas prendre parti tout de suite. Ils attendent de voir de quel bord le vent va tourner.

Cette dernière phrase fait l'effet d'une provocation et le gouverneur se redresse, impatient.

– Est-ce pour me faire cette leçon que vous êtes venu me voir, Rousselle ? Ou avez-vous encore autre chose à me dire ? Si c'est le cas, je vous somme de vous exprimer sur-le-champ parce que j'ai beaucoup à faire.

Daniel reconnaît qu'il est peut-être allé trop loin en insinuant que la *Province of Quebec* pourrait être mal défendue au point de céder devant l'envahisseur. Il est néanmoins content d'avoir atteint son objectif : Carleton est conscient du danger qui guette le Canada.

– Je suis venu vous offrir mes services. Je connais bien la route entre Québec et Montréal. J'ai beaucoup d'amis et je sais à qui je peux me fier. Je pourrais vous être utile si les Bostonnais poussaient l'audace au nord du lac Champlain.

À ce moment-là se produit ce que Daniel n'avait pas prévu : le gouverneur éclate de rire. Un rire si intense qu'il en serait presque contagieux, si Daniel ne savait que le gouverneur se moque justement de lui.

– Cher Rousselle, dit-il en essuyant une larme sur sa joue. Vous m'amuserez donc toujours. Vous êtes trop vieux pour jouer les éclaireurs. Et puis ne cherchez pas à me leurrer. Je suis au courant pour votre petite virée à Montréal. Je sais que vous avez rencontré les délégués du Congrès continental. Vous avez même fait traduire leur lettre par votre femme. Que souhaitez-vous donc, cette fois ? M'endormir si profondément que ces damnés rebelles puissent prendre Québec et Montréal sous mes yeux ?

Daniel demeure bouche bée devant la déclaration de Carleton. Comment ce dernier peut-il être au courant de tous ses faits et gestes ? Quelqu'un l'aurait-il vendu ? Il ne voit donc qu'une seule façon de se disculper : lui dire la vérité.

— J'admets que j'ai d'abord été séduit par leurs idées, commence-t-il. J'ai depuis longtemps fait miennes les pensées des Bostonnais en matière de taxation. Pour ce qui est de la représentation au Parlement… Qui ne voudrait pas être maître de son propre destin ? Je serais le premier à me porter volontaire pour faire partie d'un gouvernement responsable. Vous savez que je ne peux pas être sourd à de tels arguments. Cependant, les Bostonnais sont fourbes. Je sais maintenant qu'on essaie de me berner, qu'on ne veut que ma signature et qu'on n'a nullement l'intention de me faire bénéficier des privilèges qu'un tel type de gouvernement pourrait apporter au Canada.

C'est au tour de Carleton d'être abasourdi par tant de franchise. Daniel profite de l'ouverture qu'il perçoit chez le gouverneur pour lui tendre la lettre de Du Longpré.

— Voyez, dit-il, ce que les membres du Congrès disent de nous dans notre dos. Évidemment, ils n'avaient pas prévu que quelqu'un apporte cette lettre d'Angleterre.

Carleton lit et Daniel poursuit :

— En affirmant que c'est ma religion qui a inondé l'Angleterre de sang et qui a répandu dans toutes les parties du monde l'impiété, la bigoterie, la persécution, le meurtre et la rébellion, les Bostonnais tiennent un double langage. Ils nous flattent dans une lettre aux Canadiens et nous calomnient quand ils s'adressent aux Anglais. Si c'est là le fond de leur pensée, je peux vous assurer de ma fidélité dans ce conflit. Je préfère un tyran honnête à une multitude de délégués hypocrites.

*

La pluie a laissé la route boueuse. Les sabots claquent et éclaboussent tout sur leur passage. Bien que le soleil ait fait sécher les champs et les chemins qui les traversent, les passages sous les arbres ou dans les bois sont encore vaseux, parfois complètement inondés.

Odélie sent ses hanches qui basculent, de gauche à droite, suivant le pas de sa monture. Elle n'a jamais imaginé qu'on pouvait s'amuser autant en montant à cheval. Quand elle repense à ses premiers contacts avec l'animal, ce matin, elle en rougit encore.

La jument l'attendait devant l'auberge, magnifique dans sa robe alezane. Malgré son bras en écharpe, Mr. Wellington était déjà sur le dos de sa monture. Les rênes dans la main gauche, il paraissait impatient de quitter Portsmouth.

Pour sa part, Odélie gardait la tête basse, les yeux fixés sur l'étrier dans lequel elle était censée mettre le pied. Elle avait aidé à seller l'animal, à y attacher les quelques bagages que Mr. Wellington avait achetés en revenant de chez le barbier. Et tout le long des préparatifs, elle s'était demandé comment elle allait faire pour monter sur le dos d'une si grosse bête. Lorsque tout a été prêt, Odélie a dû faire pour le mieux. Improviser. Elle a levé le pied. Pendant un moment, elle a bien cru qu'elle y était. Puis, en s'apercevant qu'elle allait se hisser à l'envers, elle a hésité, une seconde de trop. Elle a perdu l'équilibre et est tombée à la renverse, les fesses dans la boue. Wellington a éclaté de rire.

— Mon cher Charles! s'est-il exclamé, sans descendre de monture pour lui donner un coup de main. C'est l'autre pied qu'il faut utiliser. Vous vous agrippez ensuite au pommeau et vous vous hissez sur la selle en passant la jambe par-dessus la croupe.

Odélie a hoché la tête et s'est exécutée, avec brio.

– Bravo! Maintenant, prenez les rênes et imitez-moi.

Il lui a alors fait répéter chacun de ses commandements, gestes à l'appui, jusqu'à ce qu'elle se sente à l'aise.

Après neuf heures de route pendant lesquelles ils ne se sont arrêtés que trois fois, Odélie sent qu'elle fait maintenant corps avec l'animal. Il faut dire que, pendant une bonne partie du trajet, elle a dû se concentrer sur ce qu'elle faisait, surveillant l'effet de chacun de ses gestes sur le comportement de la jument. Wellington, lui, n'a pas dit un mot de la journée, sauf pour annoncer les pauses. Odélie l'observait de temps en temps, à la dérobée. Disparu le teint clair qu'il avait au départ de Québec. Son visage avait foncé et c'était sans doute le résultat des séances d'escrime à bord de l'*Impetuous*. De plus, il semblait très absorbé, presque inquiet.

Au pied d'une colline, elle éperonne sa jument, qui accélère et monte la côte sans effort. Au sommet, Odélie s'arrête pour admirer le paysage. Même si le soleil a disparu derrière la forêt, il fait encore suffisamment jour pour qu'elle puisse apercevoir la mer qui étire sa masse sombre jusqu'à l'horizon. Le chant des grillons remplit l'air, entrecoupé seulement par le ronflement des vagues qui viennent mourir sur la plage. Des pêcheurs s'affairent à renverser leurs barques, avant de s'éloigner vers les premières maisons du village.

— Voici Newburyport, dit Wellington en arrivant à sa hauteur.

Il désigne du menton les rangées de maisons, bien alignées, qui se dressent sur leur route. Odélie suit son regard et sursaute lorsqu'il éperonne son cheval pour partir d'un trot régulier. Elle l'imite, s'accrochant de toutes ses forces au pommeau. Malgré les coups et les sauts sur sa selle, elle perçoit l'énergie que lui transmet sa monture. Grisée, elle suit Wellington sur le sentier étroit, dépassant les habitants qui rentrent chez eux avant la nuit.

À mesure qu'ils approchent de la ville, Odélie trouve de nouveaux avantages à son déguisement. Même si ses vêtements sont idéaux pour monter à cheval, ce n'est pas ce détail qui lui plaît le plus. C'est plutôt la manière dont les gens la regardent. Dans leurs yeux, elle ne lit plus de pitié, comme c'était le cas dans son autre vie. Ce physique, qui la désavantageait en tant que femme, lui offre plein de nouvelles possibilités en tant qu'homme. Les habitants la saluent de la tête comme ils le font pour Mr. Wellington et, malgré la pénombre naissante, elle remarque les sourires timides des jeunes filles.

Si ce n'était de la délicatesse de son corps, elle pourrait peut-être prétendre être un homme indéfiniment et voyager tant que cela lui plairait. Mais serait-elle capable de se surveiller en tout temps? de s'empêcher de rire, de sourire même? de garder ses doigts longs et fins hors de vue, de même que ses pieds, trop menus? Pour le moment, elle peut toujours porter ses gants tant que la chose est socialement acceptable. Et ses bottes, jusque tard le soir. Elle ne sera jamais complètement à l'abri des soupçons, mais si elle respecte le personnage qu'elle a créé, elle peut espérer passer inaperçue pendant encore quelques semaines. Peut-être même quelques mois.

Ils arrivent enfin en bordure de Newburyport et ralentissent la cadence. Odélie réalise qu'ils ont parcouru plusieurs lieues depuis ce matin. Malgré ces heures de voyage, elle ne s'était pas encore sentie fatiguée jusqu'à maintenant. Est-ce parce qu'elle se sait rendue à destination qu'elle se détend soudain, que ses muscles se relâchent, que ses épaules s'affaissent? Elle ne s'en rend compte vraiment que lorsque les chevaux s'enfoncent dans la ville, empruntant la rue principale.

Ils atteignent enfin la taverne, un édifice à deux étages, en bois, dont la façade est garnie sur toute sa largeur d'une profonde galerie. Odélie constate que le mot «taverne» renvoie ici à ce qu'on appelle chez elle un «cabaret». C'est un lieu où on mange et boit, mais aussi où il est possible de trouver un lit et parfois même une chambre. Un brouhaha joyeux se fait entendre chaque fois que quelqu'un ouvre la porte. Une enseigne de pin est suspendue à la devanture. On peut y lire, en lettres noires: *Wolfe's Tavern*. Sur les deux côtés, juste en dessous de l'écriture, se trouve même un portrait du général dans son uniforme écarlate.

— Ce n'est pas très réussi, dit Odélie en descendant de sa monture.

Wellington a mis pied à terre et tend ses rênes à son serviteur.

— Quoi? Qu'est-ce qui n'est pas très réussi?

— Le portrait de l'enseigne ne ressemble pas au vrai général Wolfe.

Odélie tire sur les chevaux et s'éloigne vers l'écurie. Malgré le bruit des sabots, le tumulte de l'auberge et celui des charrettes dans les rues de la ville, les paroles de Wellington lui font l'effet d'un coup de fouet :

— Comment pouvez-vous le savoir ? Vous n'étiez même pas né lorsqu'il est mort.

Odélie continue sans se retourner. Puisqu'elle ne peut avouer qu'elle a rencontré le général, il lui faut trouver un mensonge vraisemblable. Et vite.

— J'ai vu son portrait à Québec, lui lance-t-elle par-dessus son épaule, avant de pénétrer dans l'écurie. Il ne ressemblait pas du tout à celui-ci.

La réponse de Wellington confirme qu'elle a réussi à le berner, une autre fois.

— Dans ce cas, n'en dites rien à notre hôte : cela pourrait l'offenser.

D'un geste souple, il grimpe les quelques marches qui mènent à la galerie et disparaît dans la taverne, laissant Odélie seule avec son soulagement. Elle l'a encore échappé belle, elle le sait trop bien. C'est si facile de se trahir.

Puis, comme elle s'affaire à desseller les chevaux, elle se dit qu'elle préfère de beaucoup les longues périodes de silence.

*

Marie repose la plume à côté de l'encrier et referme le registre, frustrée : il manque des transactions pour balancer les comptes. Elle frissonne, la maison est trop humide. Un coup d'œil à la fenêtre lui confirme qu'il pleut toujours, mais que le soleil devrait se pointer à l'horizon pour la fin de l'après-midi.

Elle se lève et ajoute une bûche dans la cheminée. Les flammes naissent aussitôt, comme si elles avaient attendu sous les braises. Marie approche sa chaise pour bénéficier de cette chaleur et, lorsqu'elle s'assoit, elle sent ses épaules s'affaisser. Elle est lasse de jouer au chat et à la souris.

Les problèmes ont commencé lorsqu'elle a remarqué une différence entre le contenu de l'inventaire qu'avait fait Louis, il y a deux semaines, et les relevés de transactions du mois dernier. Intriguée, elle a demandé à François de reprendre le travail de son frère, présumant que Louis avait peut-être fait des erreurs. Mais voilà, l'inventaire de François s'avère encore moins juste que celui de Louis. Il n'y a qu'une explication valable : ils se font voler, et ce, presque tous les jours. Elle a eu beau s'installer en retrait pour observer les allées et venues des clients, elle n'a pas repéré celui qui leur avait subtilisé tantôt un vase, tantôt une écharpe de prix. De même qu'un mouchoir finement brodé, une théière d'argent, quatre tasses de porcelaine et combien d'autres objets encore! Marie est découragée. À ce rythme, le voleur les conduira à la faillite en moins d'un an.

Elle déteste l'idée sournoise qui cherche à se frayer un chemin dans son esprit, mais elle doit admettre qu'elle a remarqué les vols à partir de la dernière semaine de mai. C'est-à-dire la semaine de l'arrivée de Du Longpré chez eux. Marie secoue la tête. Cette idée est parfaitement ridicule. Du Longpré est riche et honnête. Lui et elle se connaissent depuis si longtemps, comment pourrait-il la voler dans sa propre maison? Marie se souvient de tout ce qu'il a fait pour elle lorsqu'elle était dans le besoin. Comment après s'être montré d'une telle générosité pourrait-il lui causer du tort? Il doit y avoir une autre explication.

Excédée, elle se lève brusquement et sort du bureau. Dans la boutique se trouvent trois clients, des gens qu'elle connaît et qu'elle a elle-même servis pendant des années. Les clients réguliers ne volent pas, c'est bien connu. Ces gens sont des amis, de bonnes vieilles connaissances même. Et ils sont si bien accueillis chez Daniel. Pourquoi diable le voleraient-ils? Voudraient-ils donc sa perte? C'est insensé. Il fournit toute la région en biens de luxe qu'aucun autre marchand ne vend. S'il fait faillite, personne ne récupérera la clientèle puisque c'est la même qui va à chacune des boutiques de la ville. Ce ne peut donc pas être un concurrent. Il faut alors que ce soit quelqu'un qui ne vient pas régulièrement. Quelqu'un de l'extérieur, peut-être? Cette idée la ramène toujours à Du Longpré.

— François! lance-t-elle à son fils, qui s'est emparé du balai et se prépare pour la fermeture. Apporte-moi un relevé des ventes d'aujourd'hui. Ce soir, tu vas refaire l'inventaire.

— Encore! Mais j'en ai fait un il y a deux jours.

— J'en veux un autre. Louis va t'aider. À deux, vous devriez avoir fini avant la nuit.

— Mais…

— Pas de «mais». J'ai besoin de savoir combien nous nous sommes fait voler aujourd'hui.

À ce moment, Marie lit la détresse sur le visage de François. Elle remarque aussi qu'il se ressaisit aussitôt. Il tourne les talons et se dirige vers son frère qu'il houspille pour le faire obéir aux ordres maternels. Nul doute que l'idée de passer une soirée à compter la marchandise ne lui a pas fait plaisir, pas plus qu'à Louis dont les propos auraient pu être offensants, si Marie avait pris la peine de les écouter.

*

— Ce garçon, ici présent, m'a sauvé... la vie, articule péniblement Wellington en vidant son verre. Oui, monsieur. Il m'a maintenu la tête hors de l'eau au moment où j'allais me noyer. Ça, c'est un homme. Un vrai. Aubergiste! Un verre pour mon serviteur et... ami... Charles de Beauchêne.

Wellington lance une pièce sur le comptoir. Debout à côté de lui, Odélie est contente qu'il fasse trop sombre pour qu'on la voie rougir. Depuis le souper, elle a refusé tous les verres qu'il ne cesse de lui payer. Et chaque fois, c'est lui-même qui les vide, en quelques gorgées. Si bien que Wellington, habituellement si digne et soigné, se trouve présentement dans un état d'ébriété avancé. Odélie voudrait bien le voir monter à leur chambre, car, malgré le fait que la salle soit enfumée, elle est consciente que toute cette attention qu'il fait porter sur eux peut lui être néfaste. Les bougies sont trop nombreuses à son goût et l'endroit n'est pas si vaste qu'elle puisse se tenir à l'écart. Elle tente une nouvelle fois de raisonner son patron, mais celui-ci refuse tant de baisser le ton que de quitter le bar.

— Tout va très bien, mon cher... Charles. Aubergiste, un autre verre pour...

Avant de finir sa phrase, il glisse de son siège et s'effondre sur le sol, mort de rire. C'est avec un réel soulagement qu'Odélie accepte l'offre du tenancier de l'aider à porter son patron à l'étage. À deux, ils le soulèvent et le soutiennent parce que, même s'il continue son dangereux verbiage, Wellington semble incapable de se tenir sur ses pieds.

– Non… non… non. Je n'ai pas fini. Ce garçon, c'est mon secrétaire, mon serviteur, mon garde du corps et mon ami. Et bientôt… chut! Il ne le sait pas encore. Bientôt… il sera aussi mon barbier. C'est parce qu'il faut bien qu'il apprenne, le pauvre petit. Regardez-moi cette face de… chh… chérubin. Pas encore un poil de barbe.

Odélie baisse la tête, espérant ainsi éviter les regards indiscrets du tenancier. Celui-ci semble d'ailleurs en avoir plein les bras avec Wellington qu'il essaie de faire taire afin qu'il ne réveille pas les clients endormis. À son grand désespoir, des chants grivois s'élèvent soudain du bar où sont encore installés plusieurs jeunes hommes venus y passer la soirée. Heureusement, la chambre se trouve tout près de l'escalier et ils l'atteignent en quelques minutes. Wellington s'affaisse sur le lit et c'est avec une voix plus grave que d'habitude qu'Odélie s'adresse à leur hôte, l'air embarrassée:

– Merci, monsieur. Vous excuserez mon maître. Il était… euh… très fatigué ce soir.

En entendant cette phrase, le tenancier lève vers Odélie un regard interrogateur. Puis, se souvenant de son accent français, il sourit et s'éloigne.

– Ce n'est peut-être pas comme ça par chez vous, lance-t-il, mais, je vous assure, ces beuveries sont mon lot quotidien.

Et dès qu'il referme la porte, Odélie comprend qu'elle est passée encore très près de se vendre. Le comportement de Wellington est typiquement masculin et probablement plus répandu qu'elle ne l'aurait cru. Et s'il est un comportement qu'elle ne peut imiter, c'est bien celui-là. Tout simplement parce que, en s'enivrant, elle ne serait plus maîtresse de son corps, ne pourrait donc pas en contrôler tous les élans. Elle se trahirait, inévitablement. Elle ne doit absolument pas ingurgiter d'alcool.

Après l'embarrassante déclaration de Wellington, Odélie sait que, le lendemain, elle devra prouver qu'elle est un homme. Encore une fois. Il lui vient tout à coup une idée qui la fait sourire dans l'obscurité de la chambre. Après avoir enlevé les bottes de Wellington et l'avoir recouvert d'un drap, elle retire ses propres bottes et s'allonge sur la paillasse déposée à même le sol. Enroulée dans sa couverture, elle se met à préparer son offensive du lendemain.

*

Les ardents rayons de soleil de cette mi-juin ont déjà asséché la terre, et un nuage de poussière envahit la rue derrière chaque charrette qui passe. À neuf heures du matin, la ville est déjà grouillante d'activités. Installée sur la galerie de la taverne *Wolfe*, Odélie surveille les passants. Elle cherche parmi eux le visage rose d'une certaine jeune fille. Lorsqu'elle l'aperçoit qui approche, les bras chargés de paquets, Odélie dévale l'escalier et s'élance vers elle.

— Laissez-moi vous aider, dit-elle en prenant sa voix la plus profonde. Ces choses semblent bien lourdes.

— Non, non, murmure la jeune fille, en se délestant néanmoins de ses paquets. Vous… vous êtes le secrétaire de notre hôte arrivé hier soir, n'est-ce pas ?

— Charles de Beauchêne. Pour vous servir, mademoiselle… ?

— Sarah.

— Eh bien ! Miss Sarah, d'où arrivez-vous ce matin ?

Pendant que la jeune fille lui décrit ses courses, Odélie observe l'effet que Charles de Beauchêne produit chez elle. Elle lui donne à peine quatorze ans. De stature fragile, elle lève parfois sur Odélie des yeux gris qu'elle rabaisse aussitôt, indisposée par le regard pénétrant de Charles de Beauchêne. Ses cheveux blonds sont retenus docilement sous un bonnet de coton blanc. Sa robe est simple et humble, ce qui reflète les mœurs religieuses rigoureuses qu'Odélie a observées dès qu'elle a franchi la frontière du Massachusetts. Et pendant qu'elle raccompagne la jeune fille jusqu'à la porte arrière de la taverne *Wolfe*, Odélie comprend qu'elle a réussi la première étape de son plan. La jeune Sarah est complètement sous le charme de Charles de Beauchêne.

C'est en pénétrant dans l'établissement par la porte principale qu'elle a la confirmation que son plan fonctionne. La voix du tenancier lui parvient de l'étage où il a sans doute réveillé Mr. Wellington pour se plaindre de son domestique. Odélie reconnaît d'ailleurs quelques mots prononcés par son maître. Satisfaite, elle retourne sur la galerie et s'assoit sur une des chaises pour observer le va-et-vient dans la rue, en attendant que les foudres de Wellington s'abattent sur elle.

*

– J'ai bien trop peur de vous couper, Messire.

– Vous n'aurez qu'à faire très attention.

– Ce n'est vraiment pas une bonne idée, je vous l'assure.

– Allons, Charles. Cessez vos jérémiades et mettez-vous à l'ouvrage.

– Mais…

– Écoutez-moi bien. Je ne peux pas me servir de ma main droite, vous le savez. Et si j'ai été chez le barbier de Portsmouth, c'était pour prendre le pouls du village. Ici, je sais ce que j'ai à savoir. Je ne vais tout de même pas me rendre chez le barbier tous les jours et il est hors de question que je me promène le visage aussi négligé. Comme il est possible que nous ayons à dormir chez des habitants, je pense qu'il est du devoir de mon serviteur d'apprendre à me raser. Maintenant, s'il vous plaît, Charles, le savon commence à couler.

Wellington a installé la table près de la fenêtre pour que la lumière du jour éclaire franchement son visage. Il y a déposé une bassine remplie d'eau bouillante et s'est assis sur la chaise, la tête légèrement renversée vers l'arrière. Il attend, l'air impatient. Le col de sa chemise est grand ouvert et c'est bien vrai que le savon a commencé à lui couler dans le cou.

Odélie regarde le rasoir, presque craintivement. L'idée de le faire glisser sur son propre visage lui répugne, mais la perspective de le faire sur le visage de Wellington la bouleverse plus encore. Elle n'a pas pris au sérieux les paroles que son patron a prononcées la veille. Elle était convaincue que ce n'était que les mots d'un homme ivre. De toute évidence, elle s'est trompée.

Après une longue inspiration, elle pose la main gauche sur le front de Wellington et dirige la droite vers sa joue. Le savon glisse devant la lame et les poils cèdent, instantanément. Odélie plonge le rasoir dans l'eau et poursuit le rasage avec autant de délicatesse que si elle brodait. Aucun geste brusque, aucun tremblement. Avec précision, elle contourne les lèvres, glisse dans le creux du menton, longe le pourtour du visage et descend jusque dans le cou.

Wellington a fermé les yeux et Odélie ne perçoit aucune tension sur son visage. Il s'abandonne complètement. Cela l'étonne et elle lève la lame un moment pour mieux l'observer. Sa peau est lisse et chaude, sous sa main gauche. Les plis qui marquent habituellement le coin de ses yeux ont complètement disparu. Parce que ses cheveux sont tirés vers l'arrière et retenus sur la nuque par un ruban, son visage est complètement découvert. Odélie se rend compte qu'elle le trouve beau. Cela l'émeut et c'est à ce moment-là que Wellington ouvre les yeux.

– Qu'est-ce qu'il y a? Vous m'avez coupé? Je n'ai rien senti.

Wellington se relève et prend le miroir dans sa main valide. Il se rend alors compte qu'Odélie a fini depuis plusieurs minutes et qu'elle continuait néanmoins de le dévisager.

– Qu'est-ce que vous regardiez, comme ça? demande-t-il en plissant les yeux d'un air inquisiteur.

Même si Odélie a l'impression d'avoir été prise en défaut, elle ne perd pas son assurance.

– Rien, ment-elle. Je me suis trouvée habile.

Wellington examine de nouveau son visage.

– Vous avez raison, Charles. Vous avez fait mieux que bien des barbiers. Je vous en félicite. Maintenant, pendant que je finis de m'habiller, allez voir notre hôte et dites-lui que nous partons demain matin.

Odélie hoche la tête et se dirige vers la porte. Lorsqu'elle l'ouvre, la voix de Wellington s'élève. Il n'a pas bougé, mais il lui parle plus fort, de manière à être entendu du rez-de-chaussée :

– Et je vous interdis d'approcher cette jeune fille.

Odélie referme derrière elle, rassurée. Wellington lui a déjà fait tout un sermon sur les mœurs puritaines qui règnent partout dans cette colonie. Il l'a mise en garde ce matin même avec un clin d'œil entendu :

– Si vous ne désirez pas vraiment vous faire prendre dans l'engrenage d'un mariage forcé, gardez vos distances avec les filles que nous croiserons sur notre chemin.

Il n'avait rien contre le fait que Charles aime les femmes, l'a-t-il assuré en riant comme à son habitude. Mais il était plus prudent de contenir ces ardeurs, du moins jusqu'à ce qu'ils aient quitté le Massachusetts…

Comme Odélie descend l'escalier, elle aperçoit tout en bas, derrière le bar, le regard méprisant du tenancier.

« Jamais je n'aurais imaginé que mon plan marcherait aussi bien. »

Cependant, un trouble l'habite toujours : celui qu'elle a ressenti au contact de la peau tiède de Wellington.

*

Il est plus de trois heures lorsque Odélie revient à la taverne. Quand elle frappe à la porte de leur chambre, elle doit attendre un long moment avant que Wellington lui permette d'entrer. La porte s'ouvre alors sur une cuve remplie d'eau fumante. Sur le lit sont étalés une culotte neuve, une chemise, un gilet, un justaucorps et des bas de soie. Une épée étincelante a été placée au-dessus des vêtements. Un ceinturon et le fourreau sont déposés près de l'oreiller, de même qu'un pistolet comme celui qu'elle a utilisé sur l'*Impetuous*.

Wellington est assis au secrétaire, occupé à écrire. Il a revêtu des habits neufs et est soigneusement coiffé. Il demeure penché sur le papier encore quelques minutes et, lorsqu'il se tourne enfin, son élégance ravive le trouble dans l'esprit d'Odélie. Sa veste marron semble lui élargir les épaules, sa culotte bleu marine, lui affiner les cuisses. Il porte ce gilet rouge auquel il tient tant et dont il ne se sépare plus depuis le naufrage. Comme Odélie est restée tout ce temps sur le seuil, Wellington lui fait signe d'entrer.

— Vous voilà enfin, Charles! lance-t-il d'une voix forte et menaçante en se dirigeant vers elle.

Au dernier instant, il la contourne et referme la porte doucement.

— Nous avez-vous trouvé des chevaux?

Cette fois, il a parlé de sa voix normale et Odélie hoche la tête sans dire un mot.

— Bien! Voici vos nouveaux vêtements. Nous allons devoir nous rapprocher de l'action et il ne faudrait sur-tout pas que nous attirions l'attention.

Odélie observe la riche couleur de prune du man-teau de laine, le velours bleu du gilet et le blanc étince-lant de la chemise de lin. Comment ne pas attirer l'atten-tion avec des vêtements aussi beaux?

– Je ne comprends pas, Messire. Ces vêtements sont pour moi?

– Ces armes également. Vous êtes mon garde du corps, n'est-ce pas? Ce baquet aussi est pour vous. Je sais que vous n'avez pas l'habitude de prendre un bain régulièrement, mais je vous assure que je m'en porterais beaucoup mieux. Vous me ferez le plaisir de remettre vos vêtements sales à notre logeuse. Elle m'a promis de les laver aujourd'hui même.

Sur ces mots, Wellington retourne à son pupitre, s'empare de la feuille de papier, de l'encrier et de la plume avant de repasser près d'Odélie pour sortir de la pièce.

– Pour respecter cette pudeur extrême dont vous faites preuve, mon jeune ami, je vais vous laisser à vos ablutions. Je serai dans le salon. Il faut que je termine cette lettre.

Wellington disparaît dans le couloir. Demeurée seule dans la chambre, Odélie hésite encore. Elle s'adosse à la porte, incrédule. Un bain et des vêtements neufs. Tout ça pour elle? De peur que quelqu'un n'entre dans la pièce pendant qu'elle sera nue, Odélie approche une chaise et s'en sert pour bloquer la porte. Elle se déshabille ensuite, entièrement. Lorsqu'elle retire les bandes de tissu qui camouflent sa poitrine, elle se sent complètement libérée. Elle se glisse dans l'eau. Grisée, elle met cette sensation sur le compte de ce moment d'intimité, le premier depuis des semaines.

Elle sort de la cuve une demi-heure plus tard et elle décide de ne plus remettre les bandelettes qui camouflaient sa poitrine. Avec la chemise et le gilet, ses seins passent inaperçus. Elle s'en assure néanmoins en se regardant plusieurs fois dans le miroir. Après avoir attaché ses cheveux humides, elle jette un dernier coup d'œil à son reflet. Avec son fusil glissé dans la ceinture et l'épée étincelante appuyée sur sa hanche, Odélie se trouve un air très masculin qui la ravit. Satisfaite de son apparence, elle court rejoindre Wellington au rez-de-chaussée. Elle le trouve occupé à lire le journal local, l'air soucieux, un air qui disparaît aussitôt qu'il l'aperçoit.

— Ma foi, Charles, vous êtes bien séduisant ainsi vêtu. Il vous faudra faire preuve de deux fois plus de retenue.

Et le clin d'œil qu'il lui adresse la ferait rougir si ce n'était du sous-entendu.

— Bon, dit-il, en ramassant sa lettre déposée sur la table devant lui. Venez avec moi. Nous avons des courses à faire. La chose pourrait s'avérer ardue, croyez-moi.

Odélie sort avec lui dans la rue. Le soleil de l'après-midi lui éclabousse le visage et elle se dit qu'elle pourrait vivre ainsi éternellement.

*

Ils sont attablés dans un café depuis au moins une demi-heure. Odélie se demande où son patron veut en venir. Ils ont passé l'après-midi à visiter chacun des commerces de la ville. Chaque fois, Wellington demandait la même marchandise et, chaque fois, il se faisait répondre qu'à cause du boycott ces produits n'étaient pas disponibles. Ce qui est étrange, c'est qu'ils n'ont pas vraiment besoin de toutes ces choses que Wellington a essayé d'acheter. Du thé, par exemple. Pourquoi diable achèteraient-ils du thé puisqu'ils n'ont rien pour faire chauffer de l'eau ? Rien non plus pour le boire ?

– Vous êtes sans doute intrigué par toutes ces visites, n'est-ce pas ?

Odélie ne répond pas, mais son regard exprime un profond intérêt. Wellington recule d'abord ses larges épaules et, après un bref coup d'œil aux alentours pour s'assurer que personne ne les écoute, il se penche vers elle. Sa voix a un accent de conspirateur lorsqu'il commence son explication :

– Les rebelles imposent le boycott assez sévèrement. Personne ne peut importer ni vendre de thé, de papier, de whisky, en fait, rien de ce qui provient de l'Angleterre ou qui y a transité. Et puisque les colonies ne sont pas autorisées à produire quoi que ce soit qui entre en compétition avec la métropole, le thé devrait être la chose la plus difficile que l'on puisse trouver sur ces côtes.

– C'est pour ça que vous êtes ici ? Pour vérifier que tout le monde respecte le boycott ?

Wellington éclate de rire, un rire beaucoup trop sonore qui attire l'attention des clients des autres tables. Pendant un moment, Odélie se demande si son patron n'est pas complètement fou. Lui qui parlait de discrétion, il y a quelques jours à peine, ne cesse d'attirer l'attention où qu'il passe. C'est à n'y rien comprendre.

– Non, mon cher Charles, je ne suis pas là pour surveiller ces pauvres commerçants. Je veux savoir si cette rébellion a des chances de se poursuivre ou si c'est la loi du chacun pour soi et du profit personnel qui règne au Massachusetts. À ce que je constate, il me semble bien que ces gens soient profondément engagés dans cette cause.

— En apparence, du moins.

Wellington pose sur Odélie un regard de défi et celle-ci sent soudain le besoin de se mettre en valeur. Elle saisit l'occasion et s'étonne de son audace quand elle parle :

— Je vous parie une semaine de salaire que ces hommes ne respectent pas le boycott.

— Voyons, Charles. Aucun de ces marchands n'a voulu me vendre quoi que ce soit venant d'Angleterre, même si j'étais prêt à y mettre le prix.

— Vous voulez parier ?

— C'est bon. Si vous réussissez à obtenir du thé ou du papier ou quoi que ce soit que j'ai demandé ce matin, je vous paierai le double de votre salaire cette semaine.

Odélie tend vers lui sa main gantée et Wellington la serre dans la sienne. Pendant une fraction de seconde, Odélie a peur qu'il n'ait remarqué la petitesse de ses doigts sous le cuir. Elle se lève brusquement et tire sur son gilet.

— Donnez-moi votre bourse, Messire, ainsi que la liste des biens que vous désiriez acheter.

Wellington obéit, s'amusant manifestement de l'assurance de son serviteur. Odélie finit sa dernière gorgée de café et se dirige vers la porte.

— Je reviens dans quelques minutes.

En traversant la rue, elle ne se demande même pas si ce qu'elle s'apprête à faire mettra sa couverture en péril. De toute façon, il est trop tard pour reculer. Elle se compose un air arrogant et, lorsqu'elle pénètre dans la boutique, elle a l'assurance de quelqu'un qui est prêt à faire des affaires.

La pièce est sombre et fraîche, ce qui contraste avec la lumière intense qui sévit à l'extérieur. Derrière le comptoir, le marchand la regarde s'approcher avec un sourire avenant.

— En quoi puis-je vous aider ?

Odélie sait que ses nouveaux vêtements la font paraître riche. Elle a décidé de jouer le jeu. En un clin d'œil, elle saisit l'essentiel du marchand. C'est un homme jeune, à peine vingt ans, les favoris trop longs et les cheveux trop courts, à la nouvelle mode. Nul doute qu'il n'aura qu'un but pour les dix prochaines années : s'assurer la plus grande part du marché de Newburyport. Odélie comprend que son offre ne le laissera pas de glace. Lorsqu'elle ouvre la bouche, sa voix est assurée, son ton, hautain :

— Je suis le secrétaire de Sir Nathanael Wellington. Nous sommes de passage dans votre ville.

— Dans ce cas, je vous souhaite la bienvenue à Newburyport.

— Lors de la tempête de la semaine dernière, nos bagages ont subi quelques avaries. Nous désirons poursuivre notre voyage dès demain et, pour cela, il nous faut nous réapprovisionner.

— Je ne doute pas que vous trouverez dans ma boutique tout ce dont vous avez besoin.

— Je n'en doute pas non plus. Il me faut tout d'abord cinq verges de votre lainage le plus fin, quatre sacoches de cuir, une dizaine de mains de papier, deux pistolets, quatre sacoches de selle, une livre de plomb, une poêle, un chaudron, deux couverts de vaisselle d'étain…

Odélie continue ainsi à dresser une liste d'articles qu'elle imagine au fur et à mesure. En fait, elle s'assure qu'ils auront tout le nécessaire pour voyager dans les semaines qui viennent. Elle prend toutefois soin d'insérer, ici et là, les marchandises boycottées. Lorsqu'elle termine son inventaire, elle constate que son interlocuteur jubile un moment, avant d'exprimer tout à coup son hésitation :

— Je peux vous fournir presque tout ce que vous demandez. Pour ce qui est du thé, du papier et de… ces autres choses, vous n'êtes pas sans savoir qu'elles sont…

— Je sais, je sais. Votre concurrent, près du port, m'a aussi fait ce sermon, avant de me dire qu'il lui restait bien du thé, mais plus de papier ni de whisky. Son lainage était par contre de très grande qualité. Je lui ai dit que je repasserais à sa boutique à la fin de l'après-midi. Je désirais voir ce que vous avez avant de passer ma commande. Voyez-vous, étant donné que nous partons demain, je préférerais faire affaire avec un seul marchand. Êtes-vous en mesure de me vendre tout ce que je vous ai demandé ?

L'homme la regarde un moment en silence. Odélie sait qu'il la jauge, cherchant à évaluer sa capacité de payer. Elle ne lui laisse pas le temps de l'observer davantage, sort la bourse de Wellington et la pose sur le comptoir.

— Si cela vous convient, je vous donne un acompte de cinquante pour cent immédiatement. Vous aurez le reste à la livraison. Disons ce soir, minuit, par la porte de service de la taverne *Wolfe*.

Le marchand lui sourit, du sourire de quelqu'un qui vient de brasser de grosses affaires.

*

Lorsque Odélie franchit de nouveau la porte du café, elle a la tête haute et l'air bien fière d'elle. D'un geste désinvolte, elle lance le gousset de cuir ocre sur la table devant Wellington.

– Ce sera livré cette nuit, Messire. Par la porte arrière de la taverne.

Wellington n'en croit pas ses oreilles. Il ouvre sa bourse et constate qu'une partie des pièces a disparu. Odélie lui remet alors la liste des biens qu'elle vient d'acheter, avec, inscrit en tout petit, en bas de la feuille, le prix qu'elle a payé.

– Que le diable m'emporte! s'exclame Wellington en s'apercevant que la liste est complète. Voulez-vous bien me dire comment vous avez fait pour le convaincre de se compromettre de la sorte?

Avant de faire le récit de son exploit, Odélie se tourne vers la propriétaire et commande la boisson la plus coûteuse qu'on puisse servir dans un café : un chocolat chaud.

– En tant que marchand, Messire, vous devez savoir qu'une cause, aussi juste soit-elle, ne fait jamais le poids devant un généreux profit.

*

Ce soir-là, après que la commande a été livrée comme prévu par la porte arrière, Wellington monte à sa chambre, sort une feuille de papier, l'encrier et la plume et installe le tout sur la table de travail. Lorsque Odélie le rejoint, après avoir terminé la transaction, elle l'aperçoit qui sort de sa poche la feuille sur laquelle elle l'a vu griffonner depuis quelques jours.

– Cette lettre est pour mon fils, dit-il en lui tendant le papier. Puisque nous partons demain matin, je dois l'expédier ce soir. J'ai besoin que vous m'en fassiez une copie immédiatement.

Wellington ouvre la porte pour sortir.

– Vous retournez dans le salon ? demande Odélie, réalisant trop tard que cette question est une indiscrétion.

Mais Wellington ne s'en formalise pas.

– Pendant que vous écrivez, je vais essayer de trouver un capitaine dont le navire est ancré dans le port.

Odélie hoche la tête, s'assoit et commence à transcrire le texte. Sur le coup, elle a été incapable de réagir. Mais maintenant qu'elle est seule, elle sent un nœud se resserrer au creux de son estomac. Elle ne sait pas pourquoi, mais entendre Wellington parler de son fils lui a fait de la peine. Elle n'a jamais pensé qu'il pouvait être marié. Elle se raisonne rapidement. Qu'est-ce que cela changerait à leur relation, qu'il le soit ou non ? Pourtant, à mesure que les mots s'impriment sur le papier, elle se rend compte qu'elle souffre.

« *Dear Alexander…* »

Les questions, absentes de son esprit il y a quelques minutes à peine, fusent soudain. Quel âge a ce fils ? Est-ce à lui qu'il écrit chaque jour ? Comment cela se fait-il que ce garçon vive en Angleterre ? Où est sa mère ? Qui est-elle ?

Elle termine la réécriture de la lettre au bout d'une demi-heure, calligraphiant de son mieux. C'est à ce moment qu'elle prend conscience de ce qu'elle vient de faire. Pourquoi deux lettres identiques? C'est certain que, dans un cadre militaire, les officiers envoient toujours deux copies de leurs lettres, pour s'assurer qu'au moins un message atteindra sa destination. Quand on connaît les dangers qui menacent les navires en mer, la chose paraît évidente. Mais cette lettre est destinée à un enfant. Pourquoi Wellington prendrait-il la peine de la lui faire parvenir en deux exemplaires? Pis, cette lettre ne contient rien de vraiment important. Le temps qu'il fait, les places visitées, les humeurs de celui qui écrit.

Odélie en est à cette observation lorsque Wellington pénètre dans la pièce.

— Vous avez fini? demande-t-il, en s'approchant de la table pour admirer la copie. Vous avez une très belle écriture, Charles. Ce sont les jésuites qui vous ont montré à écrire?

— C'est ma mère, Messire.

— Elle a fait du très beau travail. Vous aussi d'ailleurs. Bon, je sors quelques minutes.

— En pleine nuit?

Mais Wellington ignore volontairement la question. Il poursuit sur un ton presque autoritaire:

— Préparez la chambre. Ensuite, couchez-vous. Nous partons de bonne heure, demain matin. Surtout, ne m'attendez pas, ça pourrait prendre un peu de temps.

Il quitte la pièce après avoir glissé les deux lettres dans sa poche. Odélie s'avance près de la fenêtre. Elle cherche sa silhouette dans l'obscurité et l'aperçoit qui traverse la rue en direction du port. Il marche d'un bon pas, si bien qu'il disparaît rapidement dans le brouillard qui couvre la région.

*

Le lendemain, ils atteignent Salem à la tombée de la nuit sous un ciel menaçant. Un vent froid, venu de la mer, a commencé à souffler sur la côte, chargé d'embruns marins qui traversent les vêtements aussi sûrement que le ferait la pluie. Odélie n'est donc pas fâchée d'apercevoir enfin l'enseigne d'une taverne, *George III*, qui se balance en gémissant, suspendue à la façade d'une maison de planches. Même si le bâtiment semble prêt à s'effondrer, il apparaît aux yeux d'Odélie comme un havre de chaleur et de paix. Depuis une heure environ, elle ne rêve que d'un bon feu et d'un coin tranquille où s'allonger sur son manteau pour dormir. La chevauchée a été longue et difficile. Les derniers *miles* ont même été parcourus dans le plus grand silence.

Les chevaux étant surchargés, c'est avec difficulté qu'Odélie descend de selle devant la taverne, à quelques pas de Wellington. Ce dernier lui tend les rênes de son cheval et s'avance vers le tenancier, sorti sur la galerie en les voyant arriver.

— Nous cherchons une place pour la nuit. Avez-vous une chambre de libre ?

— Ça dépend, dit l'homme en demeurant sur ses gardes, les yeux plissés et méfiants. D'où venez-vous ?

— De Newburyport.

Odélie ne dit rien, mais remarque la tension qui grandit entre les deux hommes. Ils se jaugent mutuellement. Wellington n'aime pas qu'on lui pose des questions. Le tenancier, lui, n'aime manifestement pas les étrangers.

«Pourquoi tient-il une auberge dans ce cas?» se demande-t-elle, au moment où Wellington donne des explications farfelues sur leur présence à Salem.

— Nous sommes des marchands. Nous arrivons de Newburyport, mais, avant ça, nous étions à Portsmouth.

L'homme les observe un moment de plus. Puis, en apercevant leurs montures chargées de marchandises, il hoche la tête.

— Soyez les bienvenus à la taverne *George III*, messieurs.

À la suite d'un signe de Wellington, Odélie se dirige vers l'écurie avec les chevaux. Elle entend la voix de son maître qui discute avec le tenancier sur le prix de leur séjour dans son établissement. Puis les voix s'évanouissent lorsqu'ils pénètrent à l'intérieur.

Odélie imagine le salon, les flammes vives de l'âtre, la chaleur des couvertures. Ce soir, pour la première fois depuis son départ, elle prendra du vin chaud. Pas beaucoup, mais suffisamment pour lui réchauffer les os. Les doigts gourds, elle desselle une bête, puis l'autre. Elle vient tout juste d'enlever le dernier harnais lorsque Wellington apparaît à côté d'elle.

— Remettez les selles, Charles, nous partons.

— Comment?

Odélie n'en croit pas ses oreilles. Ils viennent tout juste d'arriver. Et elle est si fatiguée qu'elle est persuadée qu'elle ne tiendra pas à cheval une minute de plus.

— Nous repartons, répète impatiemment Wellington en l'aidant à préparer les montures.

C'est à ce moment qu'Odélie remarque la mauvaise humeur de Wellington. Le front plissé et la mâchoire tendue, il pose des gestes brusques et évite de la regarder dans les yeux. Elle se retient donc de poser des questions et refait avec lui le harnachement des animaux.

Ils quittent Salem moins d'une demi-heure plus tard. La pluie a commencé à tomber, fine comme de la bruine. Odélie a revêtu la cape neuve que Wellington lui a achetée avant de quitter Newburyport. Lui-même porte un vêtement semblable, quoique de meilleure qualité. Capuchons rabattus, ils chevauchent en silence pendant près d'une lieue avant que Wellington ne prenne enfin la parole :

— Il y a une taverne sur la route de Boston, dit-il d'une voix calme. C'est à quelques lieues d'ici, mais nous y trouverons un meilleur accueil.

Devant le silence d'Odélie, il poursuit :

— Veuillez m'excuser pour ce désagrément. C'est entièrement de ma faute. Le propriétaire n'a pas apprécié que je lui demande s'il trouvait le nom de sa taverne approprié en des temps aussi troubles que ceux que nous vivons aujourd'hui.

Odélie réprime un frisson et se concentre pour se souvenir du nom de la taverne. Elle comprend alors la susceptibilité du propriétaire. Appeler sa taverne *George III* et tenir commerce dans une colonie qui se rebelle contre l'Angleterre, il y a là de quoi devenir méfiant.

— Au moins n'aurons-nous pas à supporter son effroyable mauvaise humeur, dit Wellington en éclatant de son rire habituel.

Odélie sourit, le visage dissimulé sous son capuchon. Elle ressent un étrange bien-être, une chaleur nouvelle qui l'habite tout entière. Elle trouve soudain bien du charme à un homme capable de plaisanter sur ses propres maladresses.

Chaque matin, lorsque Antoinette atteint la salle Sainte-Croix, la seule réservée aux hommes, elle se rend directement au chevet de M. Corriveau. Le vieillard ne semble pas plus mal en point que la veille, mais il ne va guère mieux. C'est d'ailleurs pour cette raison qu'on l'a installé, dès son arrivée, dans un des lits près de la chapelle.

— Pour le déplacement du corps, ce sera plus commode, avait dit la première hospitalière, en ordonnant qu'on lui fasse sa toilette.

Encore une fois, Antoinette se dit qu'il faudrait le laver. Et encore une fois, elle se demande si cela sera vraiment nécessaire, étant donné le peu de temps qu'il lui reste à vivre. Elle doit cependant se faire une raison. L'homme pue tellement que les autres malades s'en plaignent quotidiennement.

— Il faut vous laver, monsieur Corriveau. Votre état est malsain, je vous l'ai déjà dit.

— Je n'aime pas l'eau, répète l'homme comme d'habitude quand elle lui parle de quelque ablution que ce soit.

C'est à ce moment qu'Antoinette remarque une odeur suspecte, odeur qu'elle connaît bien, et qui la révolte.

— Vous avez encore bu?

— Juste un peu, grogne le vieillard.

— Vous savez que c'est interdit. Où vous êtes-vous procuré de l'eau-de-vie? demande-t-elle, en cherchant des yeux l'endroit où pourrait être cachée une bouteille.

— Nulle part.

— Quelqu'un vous en a apporté en vous rendant visite pendant mon absence, c'est ça?

— Peut-être que oui, peut-être que non. Je m'en souviens plus.

— Monsieur Corriveau, vous êtes incorrigible.

Antoinette fouille dans le tiroir de la petite table, fait le tour du lit pour regarder sur le plancher et se résigne enfin à fouiller sous les draps. C'est alors qu'elle découvre le deuxième vice de son patient.

— Vous ne pouvez pas fumer au lit. Ça aussi, je vous l'ai déjà dit. Le règlement l'interdit.

— Je peux pas marcher, gémit M. Corriveau en essayant de cacher le tabac et la pipe sous ses cuisses.

— Si vous voulez, je peux trouver un homme pour vous emmener dans le fumoir, après le souper, mais vous ne pouvez pas fumer dans la salle. C'est dangereux pour le feu.

Pendant tout le sermon d'Antoinette, M. Corriveau la regarde avec son sourire édenté, sourire horrible où Antoinette décèle une pointe de mesquinerie. Il ne la prend pas au sérieux, c'est évident. Antoinette a remarqué qu'il a tiqué au moment où elle a mentionné le mot «règlement». «Un trait de personnalité, sans doute», se dit-elle en s'emparant de la pipe et du sac de tabac. En soulevant le drap davantage, elle découvre, entre les jambes de l'homme, la bouteille qu'elle cherchait.

— Ces objets sont confisqués, dit-elle en replaçant les couvertures.

— Vous ne devriez pas faire ça, ma sœur, susurre l'homme en la regardant d'un air mauvais.

— C'est mon devoir de faire ça, monsieur Corriveau. Vous savez que c'est interdit et je n'ai pas le droit de vous laisser enfreindre le règlement.

Le vieillard réagit en entendant de nouveau ce mot.

— Mais vous l'avez déjà enfreint, vous, le règlement, n'est-ce pas? Vous ne vous souvenez pas, ma sœur? C'est vrai que c'était il y a longtemps. Mais, moi, je m'en souviens. Une bonne sœur qui embrasse un soldat sur une plage, ça ne s'oublie pas comme ça.

Cette dernière phrase a l'effet d'un coup de poignard et Antoinette chancelle, laissant glisser de ses doigts le tabac et la pipe. Celle-ci se casse en tombant sur le sol et le petit bruit sec résonne un moment dans la salle. Tous les patients se taisent et se tournent vers eux. Antoinette a déjà repris ses esprits, mais demeure figée sur place durant quelques secondes, puis elle dépose la bouteille d'eau-de-vie sur la table de chevet et se penche pour ramasser les morceaux de bois de même que le tabac éparpillé sur le plancher. Ce n'est qu'en se relevant qu'elle arrive enfin à faire face à son patient. Les autres infirmes ont repris leurs conversations, heureusement.

— Je me souviens de vous, ma sœur, dit M. Corriveau, les yeux rivés aux siens. J'étais dans cette barque, la dernière à avoir quitté Louisbourg pendant le siège de 1758. Je vous ai vue, avec ce soldat. Les bombes ne l'ont pas épargné, le pauvre.

Ces paroles font renaître dans l'esprit d'Antoinette une image d'horreur. 1758. Un homme et une femme, sur une plage, devant une ville en flammes. Des lueurs rougeoyantes dans la nuit. Robert.

— Ce secret équivaut amplement à ma bouteille, ne croyez-vous pas?

La voix de M. Corriveau s'est faite mielleuse et cruelle à la fois et Antoinette cherche sur le visage de l'homme des traits familiers. En vain. Cette nuit-là, à Louisbourg, elle n'a rien vu d'autre que le corps de Robert dont les membres jonchaient le sable mouillé. Son secret, c'est qu'elle avait enfin trouvé le bonheur, qu'elle aurait abandonné ce voile, qu'elle serait partie avec Robert, pour l'aimer, enfin. Robert est mort en lui sauvant la vie, la laissant démunie, dévastée et affligée d'une tristesse qu'elle a crue sans fin. Or, maintenant que sa vie a retrouvé un équilibre, maintenant qu'elle a repris son sens, pourquoi ce secret reviendrait-il la hanter? Elle est demeurée chaste. Elle n'a rien fait de mal; elle n'en a pas eu le temps. Puisque Dieu pardonne aux pécheurs repentis, pourquoi lui reprocherait-Il toujours ce moment d'égarement?

— Ma bouteille, ma sœur? répète M. Corriveau en tendant la main.

Le regard d'Antoinette va de l'homme à la bouteille, pour revenir enfin sur cet esprit démoniaque qui tente de la faire chanter. Comment un vieillard qu'elle soigne depuis des semaines peut-il faire preuve d'autant d'inhumanité? Qui est-il pour juger de son cœur? Qui est-il pour décider du prix que doivent payer les autres pour leurs faiblesses?

— Je vous ai dit qu'elle était confisquée, lance-t-elle enfin, après un trop long moment de silence.

Puis elle fait demi-tour, attrape la bouteille d'eau-de-vie et s'éloigne vers l'entrée des hommes, à l'autre bout de la salle. Elle donnera l'alcool à la première hospitalière, comme le stipule le règlement.

*

Odélie ouvre les yeux. Le soleil se lève à peine et ses rayons filtrent à travers les volets. Elle a beau observer le plafond et les murs, il lui faut plusieurs minutes pour se souvenir de l'endroit où elle se trouve. Elle revoit leur arrivée, à Wellington et à elle, à la taverne *Fontaine* sous une pluie battante. L'accueil chaleureux du propriétaire, à l'abri sous les arbres. Il s'était occupé de leurs chevaux, leur enjoignant de se rendre au salon pour se réchauffer. Il devait être presque dix heures.

Lorsqu'ils ont ouvert la porte, une chaleur bienfaisante les a enveloppés. Des lampes étaient allumées ici et là et la lumière les a éblouis. Dans un coin s'élevait la musique d'un violon, dans un autre, des conversations animées. Au bar, Odélie a aperçu des hommes jouant aux cartes. Elle a suivi Wellington à travers la pièce jusqu'au salon où trônait une cheminée dont le feu répandait ses bienfaits sur les quelques hommes qui y fumaient leurs pipes. Wellington s'est placé directement devant les flammes et y est demeuré pendant plus de quinze minutes, la lueur rougeoyante oscillant sur son visage. Debout à côté de lui, Odélie essayait de contrôler les frissons qui la parcouraient sans arrêt. Puis, lorsqu'elle a pu se détendre enfin, elle a rejoint Wellington qui venait de s'asseoir dans un fauteuil près de l'âtre, après avoir enlevé sa cape et l'avoir étalée sur ses genoux.

Odélie l'a imité. Elle n'avait toujours pas dit un mot depuis leur départ de Salem. Elle était complètement épuisée et n'attendait que le moment où elle pourrait étendre son manteau sur le sol, s'enrouler dans sa cape et poser la tête sur son sac de voyage. Parce que la pièce était assez sombre, elle a fermé les yeux. Le brouhaha de l'auberge l'habitait comme un ronronnement familier et rassurant. Si Wellington ne s'était pas levé pour parler avec le tenancier, elle se serait peut-être endormie là, sur ce fauteuil, dans ce salon grouillant d'activité. Mais voilà. En ouvrant les yeux, son regard s'est posé sur la silhouette d'un homme assis en retrait, presque dans l'ombre. Elle ne pouvait pas distinguer ses traits, mais il était évident qu'il la regardait avec intensité. Odélie s'est redressée pour prendre une pose masculine et elle a senti renaître en elle cette tension qui l'habitait sur l'*Impetuous*. Cet homme aurait-il reconnu quelques traits féminins sur son visage ? Aurait-il perçu, à cause de sa grande fatigue, un geste accidentel qui l'aurait trahie ? Lorsque Wellington est venu la chercher, elle a bondi de son fauteuil et s'est empressée de le suivre dans l'autre pièce où on leur avait servi à manger. Même de cet endroit, elle sentait peser sur elle le regard de l'étranger. C'est pourquoi elle a été soulagée lorsqu'il a fallu monter à l'étage où se trouvait leur chambre. Là, personne ne pourrait la dévisager.

C'est en se rappelant ce soulagement qu'Odélie se souvient de l'endroit précis où elle se trouve. C'est aussi à ce moment-là qu'elle entend, tout près de son oreille, le grognement qu'émet Wellington dans son sommeil. Odélie n'a pas dormi par terre, comme elle avait dû le faire depuis son départ de Québec. La veille, Wellington a insisté pour qu'elle dorme de l'autre côté du lit. Il se sentait coupable à cause de ce qui s'était passé à Salem et il s'était convaincu qu'il devait se faire pardonner. Même s'il est fréquent que des gens partagent leur lit, surtout lorsqu'ils voyagent, il n'y a qu'avec sa mère qu'Odélie avait dormi lorsqu'elle était petite. Il lui a donc fallu un grand contrôle d'elle-même pour ne pas paniquer à l'idée de s'allonger dans la même couche qu'un homme. Elle s'est empressée de refuser cette proposition, insistant sur le fait que les maîtres n'ont pas à partager leur lit avec leurs serviteurs. Rien n'y fit cependant.

– Vous êtes plus qu'un serviteur, Charles, a dit Wellington en se déshabillant, ne gardant que sa chemise, comme à son habitude. Vous êtes aussi mon secrétaire, mon garde du corps et même mon ami. Et je ne laisserai pas mon ami dormir sur le plancher après un voyage comme celui que nous avons fait aujourd'hui. Vous êtes épuisé et c'est de ma faute. Alors faites-moi le plaisir de vous coucher et de dormir. Demain, la route sera aussi longue sinon davantage.

Odélie s'est donc étendue sur le dos au bord du lit, tout habillée. C'est exactement dans la même position qu'elle se trouve en ce moment. Elle doit admettre que c'est la première fois qu'elle dort si bien depuis son départ de Québec. Elle tourne la tête et observe le visage de Wellington à côté d'elle. Ses traits paisibles prouvent qu'il dort profondément. Elle le regarde encore pendant quelques minutes, s'attardant sur ce nez droit, sur ces lèvres charnues dont la moue l'attendrit. Elle se rend subitement compte que ce qu'elle est en train de faire est totalement inapproprié. Elle se lève donc sans bruit, met de l'ordre dans ses vêtements et quitte la pièce. Il lui faut trouver de l'eau chaude pour les ablutions de son patron lorsqu'il se réveillera.

*

Les escaliers se suivent, joints par des paliers plus ou moins égaux, appuyés sur les troncs. Odélie gravit les marches, fascinée. La veille, lors de son arrivée, il lui a bien semblé, malgré la noirceur, que la taverne *Fontaine* était entourée d'arbres. Mais ce matin, en contemplant l'ingénieux complexe d'escaliers et de plates-formes donnant accès aux terrasses, elle est complètement subjuguée.

Il n'est pas encore midi, mais le soleil est déjà haut et il tape fort sur les quelques habitants qui se rendent au village à moins d'une lieue de là. Après avoir escaladé tous les paliers, Odélie atteint la dernière terrasse, ceinte comme les autres par une balustrade de bois rugueux. Ici et là ont été installés des tables et des bancs. Les frondaisons se font denses tout autour, de même qu'au-dessus, si bien qu'Odélie se trouve complètement dissimulée derrière les différents feuillages qui forment les murs de cette salle à manger en plein air.

Odélie s'approche de la balustrade. Elle cherche du regard le bâtiment principal, mais n'en aperçoit qu'une lucarne. L'écurie, par contre, est bien visible dans la cour de l'auberge. Justement, Mr. Wellington se dirige dans cette direction pour discuter avec leur hôte qui s'occupe des chevaux. Odélie sait qu'ils doivent changer de montures pour poursuivre leur voyage et elle devine que c'est ce que son patron s'apprête à négocier avec le tenancier. Sans qu'elle s'en rende compte, son regard s'attarde sur Wellington. Même de loin, sa carrure étonne parmi les autres hommes de la place. Ses habits lui donnent un air bourgeois qui lui sied bien. Mais ce qui bouleverse surtout Odélie, c'est ce rire qu'elle peut entendre jusque sur son perchoir, cette voix qu'elle commence à apprécier et qui remue tant d'émotions en elle. Plus tôt ce matin, pendant qu'elle le rasait, il lui a encore semblé que Wellington s'abandonnait complètement aux mains habiles de son serviteur. Ce geste de confiance provoque chaque fois le même trouble dans son esprit. «Sa réaction serait-elle différente s'il savait que je suis une femme?» se dit Odélie, sans quitter des yeux la silhouette animée de Wellington qui, après une brève poignée de main, abandonne maintenant le tenancier pour revenir vers l'auberge.

— Bonjour, Odélie, dit en français une voix étrangère derrière elle.

Odélie sursaute et se retourne, surprise d'entendre son véritable nom. Devant elle se trouve un homme d'une quarantaine d'années qu'elle ne connaît pas. Ses vêtements et ses manières sont typiques d'un riche Anglais, mais son visage semble tenir davantage de l'Indien que de l'Homme blanc.

— Vous faites erreur, monsieur, dit-elle en anglais, s'assurant de prendre sa voix la plus grave.

L'homme paraît un moment perplexe, puis ses yeux se plissent davantage et un sourire taquin égaie son regard. Il continue, toujours en français:

— Tu avais déjà pris cette habitude à dix ans, si je me souviens bien. Je pense que, malgré les réprimandes de ta mère, tu as toujours préféré t'habiller en garçon.

Odélie n'en revient pas. Comment cet homme pourrait-il savoir autant de choses sur elle, alors qu'elle ne le connaît même pas?

— Vous vous méprenez, monsieur, poursuit-elle en anglais. Je suis Charles de Beauchêne. Je suis au service de Sir Nathanael Wellington.

— Charles de Beauchêne est mort au fort Chouagen en 1756.

Odélie écarquille les yeux. Qui est donc cet homme qui voit clair en elle comme personne d'autre ne l'a fait jusqu'à présent? Odélie recule et s'appuie à la rambarde. Si elle n'était pas si haut dans les airs, elle fuirait ce sorcier. C'est à ce moment qu'elle reconnaît en lui ce visiteur importun qui l'épiait dans l'ombre, la veille. Celui qui la fixait avec une telle intensité qu'elle avait senti le poids de son regard longtemps après avoir quitté le salon.

— Qui êtes-vous? dit-elle, en français cette fois.

Elle abandonne pour l'instant l'idée de cacher son identité.

— Tu ne me reconnais pas? Non, c'est évident. Pourtant, tu avais dix ans environ lorsque nous nous sommes rencontrés, à Québec, chez ta mère.

Ces paroles font s'activer les souvenirs d'Odélie. Bien sûr. Elle se rappelle maintenant. Cet homme était avec l'Indien qui habitait chez elle pendant le siège de Québec. Elle ne l'a connu que durant quelques semaines, mais quelque chose dans son visage lui rappelle Daniel Rousselle. Se pourrait-il que cet homme soit…? L'homme répond lui-même à cette question muette:

— Je suis Jean Rousselle, le fils de Daniel.

— Mais vous étiez…

Les mots ne sortent pas de sa bouche. Elle sent la peur la gagner. Si elle le pouvait, elle reculerait davantage. Elle a devant elle un fantôme. C'est pour cela qu'il pouvait lire en elle comme dans un livre ouvert. Odélie jette un œil aux alentours. Il n'y a personne d'autre, sur aucun des paliers. Elle devrait se sauver, mais elle est incapable du moindre mouvement. L'homme a sans doute compris son effroi, car il justifie sa présence en quelques mots :

— J'ai été fait prisonnier par les hommes de Wolfe et j'ai été emmené en Angleterre, inconscient à cause de mes blessures.

Immédiatement, tout s'éclaircit dans la tête d'Odélie. Elle émet un petit rire, tant de nervosité que de soulagement. Elle se trouve ridicule. Pendant quelques minutes, l'atmosphère est inconfortable. Odélie se rend compte que son accoutrement a de quoi surprendre pour qui connaît la vérité.

— J'ai pris cette identité pour voyager, dit-elle, en relevant la tête avec plus d'assurance qu'elle n'en éprouve en réalité.

Jean Rousselle ne semble ni troublé ni offusqué de la voir habillée en homme.

— Votre mère a dû piquer une belle colère en apprenant que vous vous êtes travestie de la sorte.

— Elle n'est pas au courant. Je...

Odélie hésite à lui dire la vérité. Après tout, elle ne le connaît pas vraiment, même s'il s'agit de son frère, en quelque sorte. Il lui faudrait plus de temps que ce dont elle dispose. Il lui semble qu'elle aimerait lui poser plein de questions. Il a voyagé. Il a vu l'Angleterre, la France aussi peut-être. Et comment se fait-il qu'il se trouve ici, au Massachusetts, dans une colonie au bord de la révolte ?

— Mon père a essayé de me trouver un mari. J'ai préféré voir le monde.

Odélie a prononcé ces paroles comme si elles pouvaient expliquer et justifier sa situation.

— Je reconnais mon père, dit Jean Rousselle en riant. Je suppose que l'homme qu'il cherchait à vous imposer était aussi un de ses associés ou une future relation d'affaires.

Odélie hoche la tête, fascinée de nouveau de voir à quel point il la comprend. Jean Rousselle lui fait un clin d'œil.

– Il me l'a faite, celle-là, quand j'avais vingt-trois ans. J'ai préféré prendre le large. Les choses ne se sont pas passées exactement comme je l'avais prévu et j'ai regretté plus d'une fois ma décision. Mais, finalement, je suis satisfait de mes propres choix, même si j'ai dû plusieurs fois en payer le prix.

Odélie demeure stupéfaite. Elle comprend très bien ce que Jean Rousselle ressent, et ce qu'il lui dit trouve un écho dans son esprit comme rien ne l'a fait auparavant. C'est comme s'il parlait d'elle. Le voilà maintenant qui hésite. Il regarde au-delà des arbres et son visage est empreint d'une soudaine tristesse.

– Votre mère doit être morte d'inquiétude, dit-il au bout d'un long silence. Je me rends justement à Québec et je suis certain qu'elle apprécierait un mot de vous.

À ce moment, Odélie se fige sur place en apercevant une deuxième ombre sur le sol. Tout juste derrière Jean Rousselle vient d'apparaître la silhouette de Wellington.

CHAPITRE IV

C'est en descendant de sa monture devant la maison de Mr. Otis, non loin de Boston, en ce bel après-midi de juin, qu'Odélie s'aperçoit que sa couverture est de nouveau en péril. Ce ne sont pas les questions que lui a posées Wellington au sujet de Jean Rousselle qui lui causent autant de soucis. Ces questions, elle les a esquivées en prétendant que l'homme était un ami de ses parents, ce qui n'est pas tout à fait faux. Ce qui l'inquiète en ce moment, c'est plutôt la nature qui tente de reprendre ses droits.

Jusqu'alors, Odélie a toujours veillé à contrôler son corps, ses mouvements, sa voix et même ses émotions de manière à confondre les gens. Elle agit en fonction de Charles de Beauchêne, elle se moule à lui. Or voilà, Charles de Beauchêne est sur le point de disparaître parce que la nature refuse, elle, de se plier à cette nouvelle identité.

En effet, une tache brune et humide qu'elle vient de laisser sur la selle lui rappelle que, malgré les apparences, elle est encore une femme. Ce qui l'étonne, c'est de constater qu'elle avait presque oublié cet aspect de la réalité. Jamais, de toute sa vie, elle n'a été surprise par ces saignements mensuels. Sauf peut-être la première fois, mais il y a si longtemps et sa mère était là et personne n'en avait fait cas. Aujourd'hui, cet événement menace sa situation et, en menant les chevaux aux écuries, Odélie s'assure d'être bien dissimulée par son justaucorps. Une fois à l'abri des regards indiscrets, elle fouille dans une des sacoches de selle et s'empare de sa vieille chemise. Elle trouve terrible de la gaspiller en en faisant des guenilles, mais elle n'a pas le choix. Celles qu'elle avait emportées en quittant Québec ont disparu dans le naufrage, avec tous ses autres biens. Et puis il s'agit d'une urgence.

Odélie glisse la chemise dans son manteau, desselle les chevaux et disparaît dans une stalle pour constater les dégâts. La tache de forme circulaire n'est pas très grande et est située exactement à la fourche de sa culotte. Odélie est soulagée. Au moins, cette tache passera-t-elle inaperçue d'ici à ce qu'elle puisse la laver. Elle déchire un morceau de la vieille chemise, le place entre ses jambes de manière qu'il absorbe le liquide qui continue de couler. Heureusement qu'elle saigne toujours très peu, un jour ou deux. Quelques guenilles souillées et la chose est réglée. « Un véritable don du ciel », songe Odélie en se rhabillant.

Lorsqu'elle sort de l'écurie, son patron a déjà disparu dans le bâtiment principal, la demeure de Mr. Otis. Ce matin, en reprenant la route, Wellington l'a avertie de ce détour. « Un ami à visiter », a-t-il dit, pour justifier ces quelques lieues supplémentaires qui les ont fait pénétrer davantage dans les terres. Odélie s'est alors demandé si cet arrêt avait été prévu dès le départ ou si Wellington saisissait l'occasion de passer une bonne nuit et de manger un bon repas chez un habitant de la région. Peut-être n'y avait-il pas d'autres tavernes sur cette route avant plusieurs lieues? Cependant, en contemplant le riche domaine qui s'étend tout autour d'elle, elle ne peut s'empêcher d'anticiper la nourriture qu'on leur servira de même que le confort qu'on mettra à leur disposition.

Odélie s'approche du bâtiment principal et s'émerveille de la splendeur de cette propriété. La maison est faite de pierres rectangulaires et se dresse au centre du terrain. Haute de quatre étages et coiffée d'un grenier, elle occupe toute la distance entre l'écurie et la grange. Odélie se demande si elle comprend une cour intérieure, comme cela arrive souvent à Québec, ou s'il s'agit d'un bâtiment plein. S'il n'y a pas de cour, cela veut dire que cette maison est au moins dix fois plus grande que celle de son père sur la rue Saint-Louis.

Derrière la maison se trouve la grange et, au-delà, s'étendent une trentaine d'acres de terre cultivée, délimitée par un muret de pierres. Un ruisseau traverse tout le domaine en serpentant jusqu'au potager. Il disparaît ensuite dans une forêt de cèdres qui longe la limite nord du domaine. Ces arbres doivent avoir au moins vingt ans et sont plus hauts que la maison. Tel un mur d'un vert intense, ils protègent cette dernière contre les vents nordiques. Odélie décide que ce boisé sera l'endroit idéal pour laver sa culotte et changer ses guenilles lorsqu'elle en aura l'occasion.

Elle atteint la maison et, par une porte de côté, pénètre à l'intérieur où deux domestiques fument leur pipe. Après qu'elle s'est présentée, l'un d'eux la guide vers le salon luxueux où elle retrouve Mr. Wellington discutant avec un homme de grande taille et d'une stature aussi robuste que la sienne. Ils interrompent leur conversation à son arrivée.

— Ah, Charles! Vous voilà enfin. Mr. Otis, je vous présente mon secrétaire et garde du corps, Charles de Beauchêne, un Canadien.

Après avoir posé une main sur son épée pour l'empêcher de remonter derrière elle et de soulever un coin de son justaucorps, Odélie s'incline, raide, comme le font les hommes. Lorsqu'elle se redresse, elle s'efforce de montrer de l'assurance, davantage, en tout cas, que ce qu'elle éprouve en réalité, car les paroles de Wellington ont semé un doute dans son esprit. Pourquoi son patron l'expose-t-il de la sorte? Puisqu'elle n'est qu'un serviteur, pourquoi a-t-il soudain de grands égards pour elle? Otis prend la parole. Sa voix aiguë contraste avec son physique et surprend autant que la langue qu'il utilise:

— De quel endroit venez-vous, monsieur de Beauchêne? demande-t-il dans un français teinté d'un léger accent.

— De Québec, Messire.

Odélie a plissé les sourcils et Otis a sans doute lu l'interrogation dans ses yeux. Il lui offre un fauteuil et s'assoit lui-même, imité par Wellington.

— Je suis allé à Québec en 1759, dit-il, avec les troupes coloniales. Dites-moi, la ville a-t-elle été reconstruite?

— Complètement.

— Est-elle toujours fortifiée?

Odélie hésite. Où donc veut-il en venir?

— Si vous voulez savoir si elle possède toujours une enceinte, la réponse est oui. Les murs ont été renforcés dès 1761. Murray prétendait préparer la défense de la ville au cas où la France y aurait encore quelques prétentions. Cependant, mon père a toujours dit que c'était pour prévenir une insurrection de la part des Canadiens.

Cette réponse fait naître un léger sourire sur le visage d'Otis ainsi qu'un hochement de tête de la part de Wellington. Odélie se demande ce que peut bien signifier cet interrogatoire, mais elle n'a pas le temps d'y réfléchir davantage, car Otis poursuit avec ses questions :

— Advenant que les colonies unies se rebellent contre l'Angleterre, croyez-vous que votre peuple sera solidaire du nôtre ?

Odélie réprime un sourire. Voilà donc qui justifie la prévenance de Wellington : ils ont besoin de ses connaissances du Canada. Elle se dit qu'il lui faut désormais choisir ses mots, car elle se doute bien que ce qu'elle s'apprête à dire déplaira aux deux hommes.

— Voulez-vous une réponse honnête, Messire ? demande-t-elle, pour bien faire comprendre qu'elle ne leur servira pas de flatterie.

Otis jette un œil à Wellington qui hausse les épaules. Odélie ne comprend pas ce que cet échange signifie, mais elle devine qu'elle vient de les surprendre en demandant la permission de parler franchement.

— Je vous écoute.

Wellington se cale dans son fauteuil, mais Otis demeure sur le bout de son siège. Tous deux semblent toutefois très attentifs. Odélie se tient droite et, en plongeant son regard dans celui d'Otis, elle se dit que ce qu'elle a à lui apprendre ne lui plaira pas du tout.

— Les Canadiens n'ont que faire de cette rébellion. À leurs yeux, c'est un conflit entre Anglais. Il faut vous rappeler que les blessures de la dernière guerre sont encore vives chez de nombreux habitants. Je n'en connais pas un qui n'y ait perdu un frère, un père ou un mari. Ils vivent en paix maintenant et bénéficient de la protection du roi d'Angleterre. Pourquoi donc prendraient-ils les armes contre lui ? Tels que je les connais, ils resteront chez eux et laisseront les Anglais se battre entre eux.

Odélie s'attend à devoir justifier son opinion ou à argumenter. C'est pourquoi elle est étonnée par le silence qui suit sa déclaration. À quelques pas d'elle, Wellington affiche un air ravi, presque hautain. Il a appuyé la tête sur le dossier du fauteuil et regarde au plafond. Elle se demande ce qui peut bien le réjouir de la sorte, alors que Otis, lui, paraît déçu, comme elle s'y attendait.

– Je vous félicite, Nathanael, dit Otis en se tournant vers Wellington. Vous avez à votre service un jeune homme d'une grande perspicacité. Et d'une grande intelligence, comme nous venons de le constater. J'espère qu'il travaillera longtemps pour vous parce qu'il saura, à n'en pas douter, être un atout précieux. Quel âge avez-vous, Charles ?

– Il aura dix-huit ans à l'automne, coupe Wellington sans laisser le temps à Odélie de répondre. Mais je vous préviens, Otis, il est à mon service et je refuse de vous le céder.

Les deux hommes éclatent de rire et le regard de Wellington se fait insistant quand il se pose sur Odélie. Celle-ci hoche discrètement la tête. Elle a compris qu'il vaut mieux qu'elle se taise et c'est ce qu'elle fait. D'ailleurs, Otis la congédie poliment.

– Je vous ai fait préparer un lit, dit-il. Guy vous attend dans le couloir pour vous y conduire. Le repas des domestiques est servi à quatre heures de l'après-midi. Vous pourrez vous joindre à eux dans la cuisine.

Odélie acquiesce, s'incline avec sa raideur habituelle et se retourne pour suivre Guy, le majordome. Ce dernier la guide sans un mot jusqu'à l'escalier majestueux en plein centre de la maison. Sa silhouette filiforme semble flotter sur les marches au fur et à mesure qu'il monte les étages. Le dernier escalier est en forme de tire-bouchon et se rétrécit en montant jusqu'à un couloir tout aussi étroit.

En apercevant un dortoir à sa gauche, Odélie ressent un élan de panique. Elle ne va tout de même pas devoir dormir entourée d'hommes? Elle retient son souffle et emboîte le pas à Guy qui semble marcher plus rapidement. Elle ne respire librement que lorsque le majordome pousse une porte qui s'ouvre sur une petite chambre. La pièce ne comporte, pour tout ameublement, qu'un lit recouvert d'une paillasse. Pour Odélie, c'est l'endroit le plus agréable du domaine. Elle y sera seule pour dormir, ainsi que pour se déshabiller.

*

La maison de Mr. Otis est animée ce soir-là et, par les fenêtres grandes ouvertes, on entend les éclats de rire et les conversations d'un grand nombre d'invités. Une joyeuse musique plane au-dessus des champs environnants. Le propriétaire donne une fête et Wellington a prévenu Odélie à la fin de l'après-midi. Après l'avoir envoyée en ville avec un autre serviteur pour porter les invitations à la soirée de même qu'une lettre à la poste, il lui a donné congé, expliquant que leur hôte avait mis son majordome à sa disposition. Odélie s'est d'abord sentie exclue, puis elle a vu dans ces quelques heures de congé le moyen de s'occuper d'un problème devenu urgent.

Si quelqu'un avait épié le domaine, loin au-delà de la route, il n'aurait probablement pas aperçu cette ombre furtive qui, à la brunante, a longé la grange pour disparaître dans le boisé. Odélie s'y enfonce avec peine, avançant difficilement à travers les ronces. Elle atteint enfin le ruisseau, plusieurs minutes plus tard et, sous le couvert des arbres, elle enlève sa culotte et en plonge un coin dans le ruisseau. Il ne lui faut pas longtemps pour effacer la tache de sang séché. Elle change ensuite sa guenille, lave celle qu'elle portait et la tord jusqu'à ce qu'elle soit presque sèche. Après s'être rhabillée, elle la suspend à une branche et s'assoit sur le sol, adossée à un arbre. Elle pourrait retourner immédiatement dans la maison, mais elle préfère attendre que le tissu soit sec. Ça lui évitera de devoir le faire sécher dans sa chambre où il risquerait d'être aperçu par un œil indiscret.

Habituée depuis un moment à la pénombre, Odélie remarque tout juste qu'il fait complètement nuit. Il y a peu de risques qu'on découvre son absence, aussi décide-t-elle de se détendre. Elle ferme les yeux et repense à ce qui s'est passé à son arrivée au domaine. L'amabilité de Wellington, l'interrogatoire d'Otis. Puis elle se rappelle que sa rencontre avec Jean Rousselle a contrarié Wellington. Il n'avait pas entendu – et c'est un véritable coup de chance – toute sa conversation avec le Français. Il était sans doute arrivé moins d'une minute avant qu'elle ne l'aperçoive et, heureusement, les dernières paroles qu'elle avait échangées avec Jean Rousselle ne contenaient rien de compromettant. Pourtant, Wellington n'a pas apprécié qu'elle parle avec lui. Elle le lui a présenté immédiatement, mais Wellington a serré la main de l'homme sans conviction, s'empressant de demander à son serviteur d'aller préparer les bagages puisqu'ils partaient. Même lorsque Jean Rousselle a quitté l'auberge, quelques minutes avant eux, Wellington ne s'est pas départi de son air mécontent. Il a cherché à savoir ce qu'elle connaissait de ce Rousselle, d'où il venait et ce qu'il lui avait dit. Odélie a brodé de son mieux des réponses qu'elle a jugées cohérentes.

Et maintenant qu'elle y réfléchit, elle se demande s'il n'y a pas un lien entre tous ces événements. Pourquoi Mr. Wellington s'intéresse-t-il à Jean Rousselle ? Et pourquoi celui-ci s'en allait-il à Québec puisqu'il n'y a pas remis les pieds depuis quinze ans ? De prime abord, il ne semble pas y avoir de raison pour expliquer qu'un Français se rende au Canada, surtout quand on sait qu'aucun d'eux ne l'a fait depuis que la France a perdu sa colonie. À moins justement que ce voyage n'ait un lien avec le fait que Jean Rousselle se trouvait précisément dans les colonies de la Nouvelle-Angleterre. À l'endroit même où gronde la révolte.

Odélie en est à cette réflexion lorsqu'un bruit attire son attention. C'est un bruit différent de ceux de la fête qu'on donne dans la maison. Un bruit de branches qui cassent et de vêtements qui frottent contre les arbres. C'est aussi un bruit de foin qu'on écrase. Comme il s'intensifie, Odélie s'inquiète. Elle se lève et se dirige vers la limite du boisé. S'assurant de demeurer cachée derrière la végétation, elle scrute les environs. Il ne lui faut que quelques secondes pour apercevoir les silhouettes qui s'avancent vers la maison depuis le fond du terrain. Elles ont déjà sauté le muret et forment maintenant un demi-cercle qui se rétrécit. Leurs habits rouges se fondent dans l'obscurité, mais Odélie a reconnu les soldats de l'armée régulière britannique. Ils sont plus d'une centaine, venus de toute évidence arrêter les convives rassemblés chez Mr. Otis. Après l'interrogatoire de l'après-midi, Odélie peut se targuer de connaître les opinions politiques de son hôte. À voir la perspicacité dont il faisait preuve en la questionnant, Otis pourrait même être à la tête d'un groupe de rebelles. Et il semblerait que quelqu'un a dénoncé cette petite soirée entre sympathisants.

Odélie comprend qu'elle n'a que quelques secondes pour agir. Elle doit prévenir son patron, sinon il sera arrêté avec les autres. Oubliant sa guenille sur la branche, elle s'apprête à foncer vers la maison quand elle est arrêtée dans son geste par le canon d'un fusil.

— Ne bougez pas, dit une voix d'homme juste à côté d'elle.

Un coup d'œil à gauche et Odélie comprend qu'elle ne peut fuir. Le fusil, qui est sans doute chargé, est appuyé directement sur sa poitrine. Les mots de Wellington lui reviennent à l'esprit : « Si vous n'avez pas le temps de charger votre pistolet, dégainez votre épée. » C'est ce qu'elle fait en un éclair. Le soldat n'a rien vu venir à cause de l'obscurité et la pointe de la lame le pourfend au moment où il presse la détente de son arme.

Odélie a tout juste le temps de pousser le canon. La détonation retentit et résonne en écho entre les bâtiments du domaine. Le fusil s'abaisse avant de choir sur le sol, suivi du soldat qui tombe à genoux, les deux mains sur l'abdomen. Une tache noire s'agrandit autour de ses doigts, maculant son uniforme. Sous le choc, Odélie appuie son épée sur le sol. Tuer un homme avec une arme à feu ne produit pas cet effet-là. Elle a chaud et ses mains tremblent. Elle ne cesse de ressentir dans son bras la résistance de la chair au bout de la lame, avant qu'elle ne transperce complètement le vêtement en fendant la peau. Il lui faut un moment pour se ressaisir. Elle n'arrive pas à quitter des yeux le sang qui continue de se répandre, puis de couler sur la culotte de l'homme. Elle ne peut voir distinctement son visage, mais elle devine la douleur qu'elle y lirait si elle le pouvait. Il s'effondre enfin à plat ventre, mort, et Odélie rengaine son épée d'un geste inconscient.

Des cris s'élèvent alors de la maison. Le coup de feu a donné l'alerte et les invités de Mr. Otis ont compris ce qui est en train de se produire. Ce genre de razzia est sans doute fréquent depuis le début des troubles, car la panique gagne rapidement la maison. Les gens sortent en courant et sont arrêtés immédiatement par des soldats venant du sud, de même que de la route. Ces derniers ont d'ailleurs planté des torches dans le sol et Odélie se rend compte que, si elle avait couru comme elle avait prévu de le faire, elle serait tombée dans un piège. D'ailleurs, les soldats aperçus plus tôt fouillent présentement la grange et l'écurie. D'autres s'enfoncent dans le bâtiment principal par la porte arrière. Il est trop tard pour avertir Wellington de ce qui l'attend. Odélie prend donc le parti d'attendre, tapie dans l'ombre, pour suivre l'armée lorsqu'elle quittera le domaine. Peut-être pourra-t-elle aider Wellington à s'enfuir ?

Elle s'accroupit sous le couvert des arbres et observe les arrestations qui ont lieu sous ses yeux. Seuls les hommes sont faits prisonniers. On leur attache les poignets par-devant et on les fait monter dans une des charrettes qu'on vient de réquisitionner. D'où elle se trouve, Odélie ne distingue pas les traits des visages, mais il lui semble qu'aucun des hommes arrêtés ne possède la stature de Wellington, à part Otis, qu'elle a déjà reconnu et qui est monté dans le premier véhicule. Se pourrait-il qu'il ait réussi à s'échapper?

Odélie maudit soudain la noirceur. Si elle y voyait clair, elle pourrait charger son pistolet et intervenir, mais elle ne distingue que ce qui se passe autour de la maison à la lueur des flambeaux. Des femmes pleurent et insultent les soldats. Celles qui se ruent sur les charrettes pour retenir leurs maris sont bousculées et rejetées sans ménagement au sol. La scène est déchirante et, à travers les cris et les lamentations, une voix s'élève, venant de derrière. Cette fois, Odélie n'a pas la chance de tirer son épée.

— Laissez tomber vos armes, dit l'un des dix soldats qui l'encerclent en quelques secondes.

*

Comme Antoinette a essayé d'oublier sa conversation avec le vieux Corriveau! Elle a prié, chaque nuit, chaque jour, plusieurs fois par jour. Elle a même demandé à la première hospitalière la permission de s'occuper d'un autre patient, ce qui lui a été refusé, bien entendu. Antoinette n'avait pas de raison pour justifier sa demande, et son malaise grandit avec les soins qu'elle doit prodiguer quotidiennement à un homme aussi perfide. Désormais, l'odeur de M. Corriveau lui répugne et c'est avec un dégoût démesuré qu'elle s'approche de son lit pour lui donner à manger ou essayer de lui faire sa toilette. Il ne répète plus qu'il déteste l'eau, il n'en a plus besoin pour refuser ses attentions. Il n'a qu'à commencer à lui parler de Louisbourg, de la forteresse en flammes, de la garnison insuffisante devant l'envahisseur anglais. C'était il y a quinze ans et ces souvenirs semblent plus vivaces dans l'esprit du vieillard que dans celui d'Antoinette. Il raconte avec détails l'instant du départ, sachant très bien à quel point il torture la religieuse. Celle-ci abrège tant qu'elle le peut ses contacts avec son patient. Cependant, les cauchemars qu'elle a faits pendant des années reviennent la nuit avec une violence nouvelle. Ils sont plus vivaces, eux aussi, comme les souvenirs du vieux Corriveau. Ils sont plus pénibles également, enrichis des fragments racontés par le vieillard. Au bout de quelques semaines de cette torture, elle n'a d'autre choix que d'affronter son patient sur son propre terrain.

— Que voulez-vous de moi ? lui demande-t-elle un bon matin, après avoir tiré le rideau pour tenter une nouvelle fois de le laver.

— Je veux que vous me redonniez ce qui m'appartient. Il paraît que le père de Rigauville viendra nous visiter aujourd'hui. Je pense que cette histoire l'intéressera.

Antoinette ne cille pas, mais relève plutôt l'incohérence dans les plans de Corriveau.

— Croyez-vous que notre bon père vous redonnera votre eau-de-vie simplement parce que vous racontez des ragots sur une religieuse ?

— Qui sait ?

— Vous avez bien du courage pour médire sur votre prochain alors que la fin est si proche. Je vous veille et vous soigne depuis des mois. N'avez-vous point de reconnaissance ? Ne craignez-vous pas Dieu, monsieur Corriveau ?

L'homme sourit et sa bouche édentée lui donne un air méprisant.

— Donnez-moi ma bouteille et je vous parlerai de Dieu tant qu'il vous plaira.

— Votre bouteille a été confisquée.

Antoinette a pris le ton ferme de l'institutrice qu'elle a été jadis. Elle ouvre la fenêtre, autant pour échapper à l'air vicié que pour s'occuper l'esprit à autre chose que la menace qu'elle sent planer au-dessus de sa tête.

— Rendez-la-moi ! dit soudain l'homme avec humeur. Rendez-la-moi tout de suite ou je vous assure que vous perdrez votre refuge, vieille bonne sœur sans cœur !

— Je ne l'ai plus, monsieur Corriveau. Je l'ai remise à la première hospitalière. C'est à elle qu'il vous faudra la demander désormais.

— J'y compte bien ! dit Corriveau en relevant le menton avec défi. Et j'en profiterai pour lui raconter mon histoire. On verra bien si elle croit les ragots d'un vieillard mourant.

— Comme il vous plaira.

Antoinette replace simplement le drap, repousse les rideaux de chaque côté du lit et s'éloigne d'un pas calme. Elle ne s'abaissera pas de la sorte. Elle ne marchandera pas son intégrité. Elle laisse son avenir entre les mains de Dieu, et entre celles du chanoine de Rigauville.

*

C'est une prison de fortune, établie dans ce qui fut peut-être jadis la maison d'un habitant. Les cellules sont petites et celle d'Odélie possède une fenêtre munie de barreaux par laquelle elle pourrait voir dehors, s'il ne faisait pas aussi noir. Toutes les pièces donnent sur un couloir et chaque porte est percée d'une fenêtre pourvue elle aussi de barreaux. Du bout du couloir provient la lumière d'une lampe à huile. Elle fait danser une ombre sur le mur, l'ombre du gardien qui veille, assis sur une chaise, devant la porte d'entrée.

Allongée à même le sol, sur la couverture miteuse qui traînait dans la pièce avant son arrivée, Odélie essaie de dormir, mais n'y arrive pas. Que va-t-il advenir d'elle maintenant? Wellington sait-il qu'elle a été faite prisonnière? Si oui, essaiera-t-il de négocier sa libération ou la laissera-t-il croupir en prison comme ces étrangers qui dorment dans les autres cellules? S'il y a une chose qui soulage Odélie, c'est qu'elle n'a pas à partager sa couverture ou son peu d'espace avec qui que ce soit. Elle est seule. Peut-être est-ce le fait qu'elle se soit exprimée en français qui lui a valu ce traitement de faveur? Peut-être également est-ce parce qu'elle a tué un homme? Elle préfère la première possibilité et s'efforce de ne pas penser à la seconde. Mais elle a beau fermer les yeux, son esprit continue de la tourmenter.

Dès son arrestation, on lui a retiré son pistolet et son épée. Et à son arrivée à la prison, on l'a poussée seule dans sa cellule sans lui dire un mot. Odélie sait qu'elle a été chanceuse malgré tout. À cause du grand nombre de prisonniers, on ne l'a fouillée que superficiellement. Une fouille approfondie aurait dévoilé son sexe et elle n'ose imaginer ce qu'on aurait fait d'elle dans ce cas. L'aurait-on relâchée parce qu'elle était une femme ? La situation aurait-elle été meilleure ?

Torturée par ces pensées, Odélie finit par somnoler. Elle échafaude des plans, imagine des solutions et se demande ce que peut bien faire Wellington en ce moment.

Un bruit de chute la réveille en sursaut. Elle ouvre les yeux et aperçoit le visage de Wellington, derrière les barreaux. Après lui avoir imposé le silence, il ouvre la porte de sa cellule avec les clés du geôlier. Si elle n'avait pas à lui cacher son sexe, Odélie lui sauterait au cou. Elle se dresse sur ses pieds en vitesse et le suit dans le couloir. Aucun autre bruit ne monte des autres cellules. Tout le monde est endormi.

Arrivée au poste de garde, Odélie aperçoit le geôlier, gisant sur le sol, inconscient. En une fraction de seconde, elle lui prend son pistolet et son sac à feu et rejoint Wellington qui ne s'est pas aperçu de cet arrêt. Ils atteignent la porte sans incident et sortent dans la nuit sans faire de bruit. Derrière la prison sont attachés deux chevaux sellés. Wellington enfourche le premier et Odélie s'apprête à l'imiter lorsqu'une voix s'élève dans l'obscurité :

— Halte ! ordonne un homme en uniforme écarlate qui vient d'apparaître à courte distance des chevaux.

Wellington fait signe à Odélie de grimper rapidement sur son cheval, mais Odélie a sorti son pistolet. Elle n'a pas eu le temps de charger l'arme, mais, ça, personne ne peut le savoir.

— Jetez votre arme, dit-elle, en pointant le pistolet en direction du soldat.

L'homme obéit et lance son fusil sur le sol. Odélie tente de monter en selle sans quitter le soldat des yeux, mais elle se rend compte qu'elle n'y arrivera pas. L'homme l'a remarqué, lui aussi, et lorsqu'elle porte de nouveau son attention sur l'étrier, il se jette sur son fusil.

– Non! Ne le tuez pas! hurle Wellington en accourant vers eux.

La détonation retentit et la balle siffle près de l'oreille d'Odélie. Celle-ci ne perd pas de temps. Elle saute sur le soldat et, levant la crosse de son pistolet, elle l'assomme d'un coup sec. L'homme s'affale dans l'herbe à côté de son arme. Odélie grimpe sur son cheval qui part au galop, suivie de Wellington. Ce dernier finit par la rejoindre et la dépasser à toute allure. Malgré le bruit des sabots, Odélie entend le remue-ménage qui anime les environs : l'alerte est donnée. Cependant, alors que leurs silhouettes s'évanouissent dans la nuit, une interrogation surgit dans l'esprit d'Odélie : qui Wellington a-t-il voulu éviter que l'on ne tue ?

*

Le feu s'éteint lentement et Odélie observe le ciel, incapable de fermer l'œil. Allongée au milieu d'une petite clairière, à quelques pas de Wellington, elle sait pourtant qu'elle n'a rien à craindre. L'homme lui a assuré qu'ils étaient suffisamment loin pour ne pas être inquiétés par les royalistes. Si le sommeil ne vient pas, c'est que son esprit vagabonde, repassant les événements de la nuit en une boucle sans fin.

Ils ont bien chevauché pendant deux heures sans faire de pause, longeant les bois et contournant les villages de manière à échapper aux patrouilles britanniques. Lorsque, enfin, Wellington a annoncé un arrêt, Odélie était si épuisée qu'elle tenait à peine en selle. Ils ont fait un feu et mangé en silence. Après avoir bu un peu de thé, ils se sont allongés pour profiter des dernières heures de la nuit.

Odélie a été stupéfaite de découvrir ses affaires dans les sacoches de selle. Lors de l'attaque-surprise, Wellington était monté la chercher dans sa chambre. Ne la trouvant pas, il avait pris son sac et s'était enfui par-derrière, évitant de justesse les premiers soldats qui pénétraient dans la maison. Il avait acheté des chevaux à un habitant des environs qui lui avait indiqué l'endroit où on gardait les prisonniers faits chez Otis. Il s'y était rendu sans perdre de temps, avait assommé le gardien avant de lui prendre ses clés.

Odélie ne cesse de repenser à l'émotion qui l'a étreinte lorsqu'elle a aperçu son visage derrière les barreaux. Une vague de chaleur, un bonheur intense. Étaient-ils causés par son évasion prochaine ? Par le soulagement de ne pas avoir à affronter la justice pour le meurtre qu'elle avait commis ? Ou par des sentiments qu'elle ose à peine s'avouer à elle-même ?

Wellington a fait preuve d'un grand courage pour elle, pour celle qu'il croit être un garçon, un simple serviteur. Elle ne peut s'empêcher d'admirer le fait qu'il se sente responsable d'avoir emmené ce jeune homme si loin de chez lui.

Le bien-être qui l'habite en ce moment n'a rien à voir avec la chaleur du feu mourant. Il irradie plutôt de l'intérieur, parce qu'elle sait que Wellington dort tout près et veille sur elle.

*

Ils arrivent aux environs de Boston vers midi. À proximité de la capitale, une odeur de soufre flotte dans l'air et pique les yeux d'Odélie. Le tonnerre retentit au loin régulièrement, si bien qu'elle guette le ciel à la recherche de signes d'un orage imminent. Ce n'est que lorsqu'ils doivent contourner la ville qu'elle comprend ce qui se passe. Le grondement qu'elle perçoit n'a rien à voir avec la pluie. C'est plutôt celui des canons qui bombardent une colline à moins d'une lieue de leur position. Wellington l'a lui aussi entendu et il éperonne son cheval dans cette direction. Odélie le suit, inquiète à l'idée de se trouver si près du front.

À mesure qu'ils s'approchent du champ de bataille, le bruit s'intensifie, de même que la fumée. Ils atteignent un campement où règne une grande agitation. De nombreux soldats en civil vont et viennent, transportant les blessés ou apportant des munitions. Un nuage opaque bloque l'horizon au sud-est. Au milieu des détonations, des cris et des tambours, Odélie reconnaît le son du fifre qui transmet les ordres dans ce tumulte.

– Attendez-moi ici, dit Wellington lorsqu'ils mettent pied à terre, près des premières tentes rebelles.

Odélie fait quelques pas pour se dégourdir les jambes et observer les environs. Les tentes à proximité sont sans doute des infirmeries, car, tout autour, des centaines d'hommes sont allongés sur des civières. Certains gémissent, d'autres sont inconscients. Des chirurgiens vont de l'un à l'autre, prodiguant soins et réconfort.

Odélie tressaute à chaque coup de canon. Elle en cherche la provenance, se demandant de quel côté va tomber le boulet. C'est à ce moment qu'elle réalise que la raison d'être de Wellington dans les colonies n'a absolument rien de commercial. Il est aussi à l'aise dans ce camp que les hommes qui y sont en poste. Non seulement il partage les idées des Bostonnais, mais il semblerait qu'il fasse partie de leur groupe en tant que… En tant que quoi? Soldat? Officier? Espion? Agent de renseignements? Odélie n'a pas besoin d'autres indices pour comprendre que Wellington a une mission à accomplir. Il a tâté le terrain à Portsmouth, a testé les marchands de Newburyport, l'a menée à Otis pour un interrogatoire sur Québec, a soupé en compagnie de sympathisants qui ont été arrêtés, et le voilà maintenant qui discute dans la tente d'un officier de l'armée continentale. Elle parierait même que ces lettres qu'il ne cesse d'envoyer font partie de cette mission. Dans un langage codé, il informe peut-être même directement le Congrès des colonies unies d'Amérique.

Décidément, Odélie s'est mise dans une situation bien délicate en se faisant engager par cet homme. Elle regarde autour d'elle et constate que c'est la guerre ici, non plus une simple rébellion, comme Wellington lui a dit sur l'*Impetuous*.

Les canons tonnent, inlassablement. Les coups de feu sont omniprésents. Les ordres fusent de partout. Le fifre joue toujours, au loin, de même que les tambours. La fumée stagne entre les tentes, s'étirant vers le champ de bataille. Odélie se souvient, d'abord de Québec, puis de Louisbourg. Elle ne sait plus si les cris qu'elle entend sont réels ou s'ils lui reviennent à la mémoire avec les scènes d'incendies de jadis, le corps déchiqueté sur la plage, celui de son ami Robert, fracassé par un boulet. Il y a aussi ces Anglais qu'elle avait abattus sur la grève de la Pointe-aux-Trembles, puis ceux qui l'avaient faite prisonnière. Et la balle qu'elle avait reçue à l'abdomen. Elle en porte encore les cicatrices, tant celle de la balle que celles de la guerre.

Elle voudrait soudain être ailleurs. Elle ne peut pas rester ici, au milieu de ces hommes qui vont mourir dans quelques minutes, dans quelques heures ou dans quelques jours. Elle ressent l'urgence de fuir, de quitter le camp, le champ de bataille, la colonie en ébullition. Pour la première fois, elle veut réellement retourner chez elle, dans la quiétude de la maison de la rue Saint-Louis. Elle veut reprendre ses robes, ses escarpins, ses tâches quotidiennes sans soucis. Elle devra peut-être épouser un homme qu'on lui imposera, mais elle ne verra plus jamais ce sang qu'on verse au nom d'un roi ou au nom de la liberté.

Une image s'immisce dans son esprit, un visage à peine visible dans la pénombre : celui du soldat qu'elle a tué de son épée, la nuit, chez Otis. Il avait environ son âge, quelques années de plus peut-être. Il n'a pas vu venir la mort. Il y a certainement quelque part une femme qui le pleure, des enfants qui sont orphelins, comme elle l'a été jadis.

Odélie comprend que c'est la fatigue qui la fait angoisser de la sorte. Puisqu'elle est incapable de penser clairement, elle doit s'isoler, pour refaire le calme dans son esprit. Et puis il faudrait qu'elle enlève cette guenille dont le sang a séché, maintenant que ses menstruations sont terminées. Mais où pourrait-elle être seule au milieu de ces hommes de guerre ? Au sud s'étend le camp, avec sa multitude de tentes et de soldats. À l'ouest, à quelques centaines de pieds, se trouve une forêt qui s'étire vers le nord avant de piquer vers l'est. Pour s'y rendre, Odélie sera complètement à découvert pendant plusieurs minutes. Après un bref coup d'œil aux chevaux pour s'assurer qu'ils sont toujours attachés, Odélie s'élance vers les arbres.

Elle les atteint quelques minutes plus tard et pénètre dans le bois sans même un regard en arrière. Elle suit un étroit sentier et, lorsqu'elle est certaine d'être assez loin pour ne pas être vue du camp, elle s'enfonce dans les taillis et disparaît derrière les feuillages denses. Elle s'accroupit, enlève sa guenille et en profite pour se soulager. Le bruit des canons est quelque peu assourdi par la végétation et Odélie y trouve la quiétude recherchée, jusqu'à ce que la voix de Wellington s'élève, proche, beaucoup trop proche :

– Charles ?

Odélie s'empresse de se rhabiller. Elle lance dans les fougères sa guenille souillée et se dirige vers la voix.

– Je suis là, Messire.

Wellington apparaît derrière de gros buissons. Il la regarde un moment, hésite, puis fait demi-tour en lui lançant :

– Venez, nous partons immédiatement.

Odélie le rejoint rapidement et Wellington ne lui pose pas de questions. Ils reprennent leurs chevaux et, comme ils dépassent la dernière tente, Odélie se rapproche de son patron.

– Ne vous éloignez plus, dit froidement Wellington sans détourner la tête.

– Que se passe-t-il, Messire ?

Odélie s'aperçoit qu'elle accepte difficilement la tension qui s'est établie entre eux depuis la veille. Parce qu'elle est fatiguée et que son esprit est tourmenté, elle aurait souhaité que Wellington lui montre plus de chaleur, qu'il reprenne leur amitié là où elle était avant la razzia chez Otis.

– Washington vient d'être nommé commandant en chef de l'armée continentale, dit-il au bout d'un moment. Il paraît que le Congrès songe à envahir le Canada.

– Mais c'est terrible!

Cette phrase est sortie toute seule et Odélie est consciente qu'elle peut avoir offensé son patron. Or Wellington ne relève pas son indignation. Peut-être comprend-il que, pour elle, le fait que les Bostonnais se rebellent contre l'Angleterre est une chose acceptable, mais qu'ils envahissent le Canada ne l'est pas du tout. L'angoisse continue de grandir dans son esprit. Elle pense à sa famille. Que va-t-il leur arriver?

Wellington a atteint la forêt et reprend le sentier par où il est venu la chercher, quelques minutes plus tôt. Son cheval enfile la piste, suivi de près par celui d'Odélie. Tous deux s'enfoncent sous le couvert des arbres et se retrouvent seuls, comme à l'abri du monde extérieur. Les bruits de la guerre deviennent lointains, la fumée s'estompe, la paix reprend ses droits.

– Où allons-nous? demande Odélie en fixant le déhanchement de Wellington sur sa monture.

– Nous allons parler au Congrès, à Philadelphie. Il n'est peut-être pas trop tard pour leur faire entendre raison.

Wellington s'est exprimé sans se retourner, laissant à Odélie tout le loisir de l'étudier de dos. Elle remarque une certaine raideur dans sa posture, signe qu'il est en colère. Tout à coup, les paroles de son patron éclatent dans son esprit: «Il n'est peut-être pas trop tard pour leur faire entendre raison. » Wellington serait donc contre l'invasion du Canada...

*

C'est la nuit, une nuit tiède et humide qui baigne la ville de Québec d'une moiteur insupportable, mais typique des étés trop chauds. François a eu de la difficulté à trouver le sommeil. Lorsqu'un craquement du plancher l'éveille, il lui semble qu'il vient tout juste de s'endormir. Un coup d'œil à la fenêtre lui prouve que ce n'est pas le cas. Il est très tard et la lune, qui brillait bien en vue tout à l'heure, a complètement disparu de son champ de vision.

Le bruit se reproduit. François ne bouge plus. Il écoute attentivement pour en chercher l'origine. Lorsqu'il aperçoit la silhouette de son frère au pied du lit, François plisse les yeux et fait semblant de dormir pour mieux l'observer.

Louis s'est habillé et s'approche maintenant tout près, comme s'il voulait vérifier si son frère dort profondément. François demeure immobile et ferme davantage les yeux. Louis est penché au-dessus de lui ; François peut sentir son souffle sur son visage.

– François, murmure Louis.

Mais François ne répond pas. Louis recule. Un nouveau craquement, puis un grincement, puis plus rien. François ouvre les yeux et sonde l'obscurité. Son frère a disparu. Par la fenêtre ouverte, il l'entend qui descend le long du mur jusqu'à l'entrepôt.

En moins d'une minute, François est habillé et, en moins de deux, il est descendu lui aussi dans la cour. Il s'avance jusqu'à la rue et repère son frère qui s'éloigne. Se fondant dans la nuit, il lui emboîte le pas.

Il ne sait pas pourquoi il a décidé de le suivre. Il a agi comme ça, par instinct. Par curiosité peut-être aussi. Ça l'intrigue de savoir que son frère sort quand tout le monde le croit endormi. Est-ce la première fois ? Où va-t-il donc ? Si son père savait qu'il erre en ville de la sorte, il aurait droit à une correction spectaculaire. Daniel Rousselle critique souvent les jeunes qui font du grabuge en ville, cassant des vitres, brisant des charrettes, troublant le sommeil de bien des bonnes gens. Il répète souvent que s'il prenait envie à ses fils de se joindre à eux, ils goûteraient à son fouet.

— Pourvu que le père dorme toujours quand je rentrerai, se dit François en suivant son frère dans une ruelle.

Lorsque Louis s'approche des fortifications, François ralentit. Il a deviné sa destination. S'il ne s'y est jamais rendu lui-même, il est quand même au courant de ce qui se passe le long des murs de la ville à la nuit tombée. Il s'est immobilisé derrière le coin d'une maison et observe Louis qui discute avec une femme. Malgré l'obscurité, François devine qu'elle n'est pas jolie. C'est bien connu, ces femmes-là ne sont jamais belles. Celle-ci est très légèrement vêtue et, lorsqu'elle retrousse sa jupe d'un geste volontairement aguichant, elle fait naître un picotement dans le ventre de François. Louis s'éloigne maintenant avec elle vers un endroit plus sombre encore que ne l'était la rue où ils se trouvaient.

François a compris ce qui se passe, et aussi ce qui va se passer. Il sait qu'il devrait faire demi-tour. Le geste que Louis s'apprête à poser ne le regarde pas.

Cependant, au lieu de reprendre le chemin de la maison, François demeure dans l'ombre des bâtiments, se glisse furtivement entre deux dépendances et se retrouve à quelques pas seulement de Louis et de la prostituée. Ils sont debout, appuyés contre le mur, les hanches de la femme écrasées par celles de Louis qui vont et viennent à un rythme régulier. François ne peut détacher son regard de la scène. Voit-il vraiment ces tensions sur leurs visages ? Aperçoit-il vraiment le sexe de son frère lorsqu'il se retire pour mieux s'enfoncer de nouveau ? Ou imagine-t-il seulement cet acte brut, sans aucun sentiment ? Aucune douceur, aucune parole. Comment distinguer ce que ses yeux voient de ce qu'ils devinent ? Rien ne se passe de cette manière lorsqu'il est dans les bras de Clémence.

Il continue un moment d'épier le couple dans l'ombre et lorsqu'il voit son frère s'écarter de la femme, il décide qu'il est temps de rentrer. Il fait le trajet inverse, s'assurant de ne pas être vu par les badauds qui traînent encore dans les rues.

Lorsqu'il retrouve son lit, l'amertume l'envahit. S'il était plus vieux, il serait allé passer le reste de la nuit chez Clémence. Malgré lui, il sent que son sexe se dresse, formant une bosse au-dessus des draps. François se tourne sur le côté et ferme les yeux en rageant. Si son frère n'était pas sur le point de rentrer lui aussi, François aurait pu apaiser lui-même cette soudaine tension, comme il le fait, parfois, dans le cabinet.

∗

Odélie imagine New York. Elle se rappelle la description que sa mère lui en a faite, elle qui y avait déjà séjourné il y a près de vingt ans. Les images envahissent son esprit au rythme des sabots qui battent le sentier forestier. Odélie ne voit plus les arbres ni les éclats de soleil qui aspergent les feuillages. Elle n'entend plus le chant des oiseaux qui s'égosillent au milieu des pins touffus. Dans sa tête, il n'y a que le lustre des maisons de briques rouges, la richesse des jardins en fleurs, la beauté de ces rues à angle droit. Sans parler de ces auberges qui seront sans doute des plus confortables.

Ils ont quitté Boston il y a quatre jours et ils n'ont pas trouvé de taverne qui fût convenable depuis. Wellington a donc préféré dormir à la belle étoile plutôt que sur une paillasse remplie de punaises. Ils ont chevauché tous les jours, se reposant seulement une heure au dîner. Ils ont pris leurs soupers tard le soir, au moment où ils s'arrêtaient pour la nuit en bordure d'un village.

Ces longues journées à cheval, seule avec Wellington, ont fait naître des sensations qui bouleversent Odélie comme jamais elle ne l'a été auparavant. Même s'ils échangent à peine quelques mots par jour, il s'est créé entre eux une familiarité qu'elle pourrait presque qualifier d'intime. Elle sait maintenant qu'elle est amoureuse de lui et ce sentiment, même si elle ne peut l'exprimer, lui réchauffe le cœur. Elle n'a pas besoin de le savoir partagé, il lui suffit d'être avec Wellington, de chevaucher à ses côtés, de le servir, de l'aider, de dormir tout près, même si lui ignore ce qu'elle ressent. Elle n'en souffre pas. Elle est simplement heureuse.

Cependant, malgré ce bonheur, Odélie souhaite que l'escale à New York soit de plus longue durée que les arrêts des derniers jours. Elle est épuisée, a mal partout et une nuit dans un lit lui ferait le plus grand bien. D'ailleurs, la gêne qu'elle a éprouvée les premières fois où elle a dû s'allonger auprès de Wellington s'est complètement volatilisée. Elle a fait place à une béatitude qui lui permet de dormir profondément, davantage même que lorsqu'elle habitait encore chez ses parents.

Sa déception est grande lorsque, en fin d'après-midi, alors qu'ils sont à quelques lieues de New York, ils croisent un groupe de voyageurs qui leur font part de la rumeur d'une épidémie de variole qui sévirait dans la ville. Wellington n'hésite pas une seconde. À la fourche suivante, il pique vers l'ouest, s'éloignant du même coup de la civilisation.

Pendant les heures qui suivent, alors que le soleil décline lentement derrière les arbres, Odélie craint qu'ils ne poursuivent leur route sans s'arrêter, jusqu'au coucher du soleil. Mais lorsqu'ils atteignent une clairière, Wellington fait halte et descend de sa monture. Odélie soupire et ses épaules s'affaissent d'elles-mêmes sous le poids de la fatigue.

– Une épidémie de variole, dit Wellington en grommelant. Qu'est-ce qui nous manquait de plus? Il va falloir remonter plus haut sur l'Hudson pour trouver un bac. Cela rallonge d'au moins deux jours notre voyage jusqu'à Philadelphie. Espérons que nous n'arriverons pas trop tard…

À voir l'air contrarié de son patron, Odélie comprend l'urgence de la situation. Il faut qu'ils arrivent à temps pour faire changer d'avis le Congrès avant que ne soit levée l'armée qui doit envahir le Canada.

Elle s'éloigne vers l'arbre le plus proche pour attacher les chevaux. La clairière où ils se sont arrêtés est longée d'un côté par un petit ruisseau qui disparaît sous des rochers avant de ressortir en cascade de l'autre côté. Odélie grimpe sur les pierres jusqu'à la plus haute et repère les montagnes qui se dressent au loin, de l'autre côté de l'Hudson.

«Un jour de voyage… peut-être deux», se dit-elle en redescendant.

L'odeur du feu que vient d'allumer Wellington lui rappelle qu'elle a grand-faim. Elle s'empresse de ramasser du bois mort qu'elle lui apporte au milieu de la clairière. Puis, s'emparant de la cruche suspendue à sa selle, elle retourne au ruisseau puiser de l'eau. Dès leur premier arrêt en pleine nature, Odélie a été étonnée de voir son patron s'affairer à préparer le repas. Elle a bien essayé de protester, lui rappelant que c'était là la tâche d'un serviteur, mais Wellington l'a repoussée, la chargeant plutôt de l'approvisionnement en bois et en eau. Maintenant, ces deux nouvelles responsabilités sont devenues une habitude, presque un rituel, à la tombée de la nuit. Odélie franchit donc une première rangée d'arbres et longe le ruisseau jusqu'à la cascade pour y emplir sa cruche. Elle hume avec délice l'arôme de jambon frit à la poêle qui flotte jusqu'à elle. Elle anticipe ce qui sera sans doute un repas exceptionnel pour un bivouac en forêt.

La cruche est encore à demi vide lorsqu'un cri de détresse retentit derrière elle. Elle reconnaît immédiatement la voix de Wellington. Mais elle distingue aussi le bruit qui suit: celui d'une bagarre. Odélie lâche la cruche, fait demi-tour et s'élance vers la clairière. Elle aperçoit entre les branches les hommes qui se sont rués sur son patron. Sans réfléchir, elle tire son pistolet de sa ceinture, le charge et fonce vers la mêlée.

— Arrêtez ou je tire, ordonne-t-elle en pointant son arme vers un des trois agresseurs.

L'homme redresse la tête et, apercevant le pistolet, s'enfuit à toutes jambes. En passant près des chevaux, il attrape les rênes et les bêtes détalent avec lui.

— Tire, Charles! hurle Wellington, un doigt pointant vers le voleur.

Odélie met en joue celui qui s'éloigne en courant. Au même moment, elle aperçoit du coin de l'œil la lame d'un couteau qu'un des deux hommes approche de la gorge de Wellington. Son pistolet change de direction et la détonation éclate dans la clairière. La lame tombe sur le sol, suivie de l'agresseur que la balle a touché en pleine poitrine. Le dernier assaillant frappe Wellington à la tête avant de déguerpir à son tour. Odélie sait qu'elle n'a pas le temps de recharger. Elle s'élance à sa suite, mais elle n'est pas assez rapide. L'homme a déjà rejoint son complice qui l'attendait à l'orée du bois pour lui tendre les rênes d'un cheval. Les deux hommes piquent un galop et disparaissent dans la forêt, emportant avec eux tous les biens d'Odélie ainsi que ceux de Wellington.

Odélie revient sur ses pas. Wellington est affalé sur le sol et paraît inconscient. L'herbe à côté de lui est maculée de sang. Prise de panique, Odélie le retourne et soulève la manche de sa chemise dont le tissu a été lacéré par le couteau. La coupure au bras n'est pas profonde et, déjà, le sang semble coaguler. Soulagée, elle repose doucement Wellington sur le dos et, après s'être assurée qu'il n'y avait plus de rôdeurs, elle retourne à la rivière remplir sa cruche.

Elle revient quelques minutes plus tard et entreprend de s'occuper de la blessure de Wellington. Elle lui retire d'abord son gilet. Le vêtement est toujours aussi lourd et elle le dépose avec précaution sur l'herbe à côté d'elle. Elle hésite sur le prochain geste à accomplir. Normalement, elle devrait simplement déchirer la manche pour soigner la plaie. Cependant, étant donné que les voleurs se sont enfuis avec tous leurs biens, il est peut-être préférable d'essayer de sauver le vêtement. Au moment où elle soulève le torse de Wellington pour lui retirer sa chemise, ce dernier reprend conscience.

– Ils sont partis? demande-t-il en relevant la tête, à la recherche de ses agresseurs.

– Deux d'entre eux seulement, et ils ont pris nos chevaux. Le troisième est là, du moins ce qui en reste.

Elle désigne du menton le corps inerte de l'homme gisant à plat ventre sur le sol, à courte distance de son poignard. Wellington se lève, ignorant la blessure qu'il a au bras. Il s'approche du cadavre, le retourne et se met à fouiller ses vêtements.

– Rien de valeur, dit-il en se relevant. À part les bottes, probablement volées.

Il assène au cadavre un brusque coup de pied et hausse les épaules. C'est à ce moment qu'il aperçoit sa chemise maculée de sang. Sans être le moindrement gêné par sa blessure, Wellington se penche vers le corps du voleur, lui enlève sa chemise et revient vers Odélie.

– Ça fera au moins un bandage, dit-il en lui tendant le tissu. Nous passerons la nuit ici. Ils ne reviendront pas puisqu'ils croient nous avoir tout pris.

Il enlève sa chemise, s'assoit dans l'herbe. Pendant tout le temps qu'Odélie nettoie et panse sa blessure, il ne dit pas un mot. Odélie non plus. Elle guette son visage du coin de l'œil, indisposée par l'expression dure qu'elle y découvre.

À la tombée de la nuit, ils sont assis devant le feu. Ils ont pu manger leur souper puisque les voleurs leur ont laissé la viande de même que la sacoche que Wellington avait détachée pour faire le repas. Après avoir enterré le corps à l'autre bout de la clairière, ils ont ramassé du bois en quantité suffisante pour la nuit. Et maintenant que la lune se lève au-dessus des arbres, Odélie se sent lasse. Aujourd'hui, elle a encore tué un homme et cela la bouleverse chaque fois davantage.

— Pour qui travaillez-vous? demande soudain Wellington, après plusieurs minutes de silence.

Ramenée si brusquement à la réalité, Odélie n'est pas certaine d'avoir bien entendu. Elle observe le visage de Wellington qui fixe les flammes. Elle attend qu'il répète sa question ou qu'il poursuive, en vain.

— Que voulez-vous dire, Messire?

— Je voudrais savoir qui vous a engagé, qui vous paie pour agir de la sorte.

Wellington a parlé sans cesser de regarder le feu. Odélie se prépare à lui rappeler qu'elle travaille pour lui, mais la question qui suit la laisse pantoise.

— Qui vous paie pour me faire obstruction?

À ce moment précis, il se tourne vers elle et son regard est dur et froid. En proie à la colère, il poursuit:

— Depuis le début, votre attitude a tout d'insolite. Je sais que vous me mentez, et vous le faites tout le temps. Tout d'abord, il y a eu cette façon dont vous m'avez offert vos services. Vous saviez que mon valet avait disparu. Vous maniez l'épée et le fusil comme un militaire d'expérience, malgré votre apparence juvénile.

Et ce naufrage? Il est étrange que je me sois fracassé le bras contre le rocher et que j'aie perdu connaissance, alors que vous n'avez rien eu. Sans parler de cette transaction à Newburyport. Vous avez réussi à acheter des biens défendus par le boycott immédiatement après que je me fus buté à un refus obstiné. Comment saviez-vous où ces choses étaient disponibles? Qu'avez-vous dit au marchand? Ce Rousselle à qui vous avez parlé, je me suis renseigné sur son compte. Comment se fait-il qu'un gamin de quinze ans connaisse un espion français? Et quelle étrange coïncidence que vous vous soyez éloigné au moment où on me tombait dessus pour me voler, ici, dans cette clairière au milieu de nulle part. Ça commence drôlement à ressembler à un complot pour m'empêcher d'accomplir ma mission, ne trouvez-vous pas?

Odélie est stupéfaite. Wellington a parlé en la regardant dans les yeux, comme s'il y cherchait une réponse. Sa voix a tranché la nuit et a frappé Odélie plus sûrement que ne l'aurait fait n'importe quelle arme. Que peut-elle lui dire maintenant? La vérité? Cela détruirait tout ce qu'il y a entre eux, cette amitié qu'il lui porte, cette affection qu'elle lui cache. Il se sentirait trahi. Il a fait confiance à son serviteur, alors que ce dernier lui mentait. Il ne reste à Odélie qu'une seule solution.

— Je vous assure que je ne comprends pas de quoi vous parlez, Messire, ment-elle sans baisser les yeux. Je ne travaille pour personne d'autre que vous et je suis désolé si mon comportement a laissé planer un doute sur mon honnêteté. Toute ma vie j'ai été… différent.

Cette dernière phrase est la seule qui ne soit pas un mensonge ou une omission et Odélie ressent presque un soulagement à l'énoncer avec autant de conviction.

– Si vous n'êtes pas satisfait de mes services, lance-t-elle finalement, presque comme un défi, vous n'avez qu'à me renvoyer. Je trouverai bien à me faire embaucher chez un habitant...

Tout cela n'est que bravade. Intérieurement, Odélie a envie de le supplier : « Ne m'abandonnez pas, je serais perdue sans vous. » Pendant que son âme l'implore en silence, Wellington, lui, l'observe, passant en revue chacun de ses traits. Odélie recule les épaules et serre la mâchoire en adoptant cette attitude qu'elle connaît bien, celle qui lui donne l'air si masculin. En voyant Wellington qui s'allonge sur le sol, elle comprend qu'elle a réussi à le mystifier.

– Je ne sais pas ce que vous me cachez, Charles, mais je vous assure que je vous aurai à l'œil. Je ne vais pas vous renvoyer parce que j'ai besoin de vous. Votre exposé sur l'opinion des Canadiens pourrait m'être utile devant le Congrès. De plus, je vous dois la vie, même si les circonstances dans lesquelles vous êtes venu à mon secours me semblent assez obscures.

Odélie demeure impassible, consciente de devoir maintenir sa façade à tout prix. À son tour, elle s'étend sur l'herbe humide et regarde le ciel. Sous cette multitude d'étoiles, son identité devient floue, ses pensées se brouillent autant que sa vue à travers les larmes qu'elle retient avec peine. Et cette nuit-là, pour la première fois depuis le début du voyage, elle n'est pas certaine que Wellington veillera sur elle. Il croit qu'elle le trahit. Il a raison et il ne sait pas à quel point.

*

Il est plus de sept heures du soir. Sur la table, les flammes vacillent et imprègnent la salle commune d'ocres et de jaunes, créant des étincelles sur le cristal des verres. Les ustensiles tintent sur la vaisselle. Si ce n'était du silence de chacun, on croirait à un souper ordinaire. Mais voilà, cette absence de paroles intrigue Marie. Il y a quelques heures, Daniel et Louis sont rentrés de Montréal. Habituellement, lorsqu'il revient chez lui après quelques jours d'éloignement, Daniel Rousselle parle sans arrêt, racontant son voyage en détail. Mais ce soir, il se tait. Marie soupçonne que ce mutisme est relié à la présence de Du Longpré à l'autre bout de la table. Elle observe discrètement les deux hommes qui se font face sans se regarder, séparés par les plats encore fumants. Chacun mange son bouilli et boit son vin comme il le fait soir après soir. S'il n'y avait ces coups d'œil en coin que jette Daniel à ses fils, la tension qui l'habite passerait inaperçue. Marie se demande ce qu'ils ont encore fait. Se sont-ils battus ? Elle ne voit pourtant pas de trace de blessure. Leurs vêtements ne sont pas non plus déchirés ni nouvellement rapiécés.

Dans des moments comme celui-ci, Odélie lui manque. Elle a toujours eu un véritable don pour apaiser les querelles entre ses frères. Les aimant d'un même amour, elle les traitait avec la même douceur ou la même sévérité, selon l'occasion. Quand Marie repense à l'impartialité de sa fille, cela la fait douter d'elle-même. Daniel aurait-il raison ? Préfère-t-elle François ? Néglige-t-elle Louis ? Si sa fille était là, elles auraient pu en discuter. Sa franchise pouvait parfois être blessante, mais Odélie savait faire preuve d'une étonnante lucidité. «Elle fera une bonne mère», se dit-elle en embrassant ses fils du regard. Elle imagine Odélie, heureuse sur la Côte-du-Nord, avec son Écossais protestant. Lorsqu'elle aura pardonné à Daniel, peut-être leur donnera-t-elle des nouvelles… peut-être viendra-t-elle même leur rendre visite. Marie plonge dans ses pensées où le sort de sa fille occupe toute la place et le repas se poursuit dans le même silence.

Les bougies sont à demi consumées quand Daniel se lève. Il a fini son assiette et vidé son verre d'un trait. Il repousse sa chaise et se tourne vers François.

– Finis de manger et viens me rejoindre dans ta chambre. J'ai à te parler.

Sa voix est chargée de cette même tension qui l'a habité durant tout le souper. Intriguée, Marie s'est tournée vers l'aîné de ses fils qui, lui, a simplement hoché la tête. Est-il au courant de quelque chose qu'elle ignore? A-t-il fait un mauvais coup dont il ne redoute pas la conséquence: une punition en bonne et due forme? Cela la surprendrait. François n'est pas un faiseur de troubles. Il est un peu espiègle, d'accord, mais c'est un fils aimant qui ne ferait jamais rien pour déplaire volontairement à ses parents.

François soulève son assiette, boit le bouillon qui y reste et se met debout à côté de sa chaise.

– Excusez-moi, maman, dit-il avant de se diriger vers l'escalier.

À ce moment, Marie remarque l'air effaré de Louis. Quand Daniel s'en prend à François, le cadet a plutôt l'habitude de se réjouir. Or, ce soir, il est visiblement inquiet et son regard est fixé à l'endroit où son frère a disparu. Il semble écouter, être à l'affût de bribes de paroles qui viendraient de l'étage.

– As-tu encore fait des bêtises? l'interroge-t-elle sans douceur.

Louis ne répond pas, mais Marie peut clairement lire les aveux sur son visage. On entend déjà les éclats de voix venant de la chambre de François. Daniel est en colère et les murs en tremblent presque.

– Fais un homme de toi et monte, dit-elle à Louis, qui frémit en entendant le ton autoritaire de sa mère. Tu dois prendre le blâme qui te revient et ne pas laisser ton frère subir le courroux de son père pour un crime que tu as commis.

Louis hoche la tête et pose sa fourchette. Il semble sur le point de quitter la table, mais ses jambes refusent de lui obéir. Après une grande inspiration, il se lève, l'air résigné. Il fait quelques pas vers l'escalier, mais quand les coups de fouet de Daniel retentissent, Louis fait demi-tour, s'enfuit dans la cuisine et claque la porte derrière lui. Marie secoue la tête, découragée. Maintenant que Louis a disparu, c'est elle qui devra calmer la colère de son époux. Une colère qu'elle devine justifiée, mais dirigée par erreur contre l'aîné, encore une fois.

C'est seulement à ce moment qu'elle se rappelle la présence de Du Longpré. Ce dernier a suivi la scène en silence, toujours assis au bout de la table. L'air embarrassé, il repose le verre de vin qu'il tenait sans doute dans sa main depuis quelques minutes.

– Je crois que je vais sortir ce soir, dit-il en se levant. Ne m'attendez pas, je rentrerai tard.

Sur ce, il quitte la pièce. Le fouet claque de nouveau, faisant tressaillir Marie sur sa chaise.

*

Lorsqu'il aperçoit le fouet de son père, François croit défaillir. Assis sur le bord de son lit, il n'arrive pas à quitter des yeux la lanière de cuir qui fend l'air juste devant lui.

– Maintenant, tu vas me dire la vérité ou…

La vérité, François ne peut la dire sans s'inculper lui-même. Si c'est vrai que ce n'est pas lui qui vole dans la boutique, les crimes dont il est coupable justifieraient sûrement un semblable traitement aux yeux de son père.

Il y a quelques semaines déjà qu'il a découvert comment son frère se payait ses sorties. Mais François est conscient qu'il ne peut le dénoncer sans explication. Son père voudra savoir comment il se fait qu'il soit au courant des virées de Louis au cabaret, de ses visites nocturnes chez les filles de joie. Comment le trahir sans dévoiler une partie de ses propres secrets? Comment justifier sa propre présence chez Grandbois? Comment expliquer qu'il ait suivi son frère et qu'il l'ait regardé jouir contre le rempart? Comment éviter que Louis, pour se venger, ne dénonce ses propres visites chez Clémence? Non, c'est bien là une impossibilité qui le réduit au silence, malgré lui.

Le fouet claque de nouveau et son père lui saisit le bras pour le forcer à se pencher devant lui. C'en est trop. Il n'est pas coupable de ce dont on l'accuse et il ne se laissera pas châtier de la sorte. Il se redresse. Il est maintenant presque aussi grand que son père. Est-il presque aussi fort que lui? Peut-être pas, mais il est certainement plus agile. D'un habile coup de poignet, il agrippe le fouet directement au-dessus du poing de son père. La lanière de cuir cède et Daniel recule, déconcerté par l'assurance de son fils. François fait claquer le fouet à son tour, avant de le jeter contre le mur, de l'autre côté du lit.

— Je vous ai dit, papa, que je ne suis pas responsable de ces vols. Il vous faudra me croire sur parole, étant donné que j'ai passé l'âge d'être corrigé de cette manière.

Sans attendre la réponse de son père, il quitte la chambre, dévale l'escalier en vitesse et sort dans la rue.

Ce n'est qu'une fois à l'extérieur qu'il se rend compte qu'il a cessé de respirer depuis un moment. Il laisse alors de grandes goulées d'air tiède s'engouffrer dans ses poumons et apaiser ce qui lui reste d'agressivité. Il a craint, en refusant la correction, de devoir affronter son père au corps à corps. Heureusement, la surprise a déstabilisé Daniel et lui a permis de sortir la tête haute. Et maintenant, il sent grandir en lui cette excitation qu'il connaît bien, à la fois chaleur et énergie qui le grisent. Il n'y a qu'une façon pour lui de se calmer. Clémence. Elle lui offrira certainement du vin, avant de s'offrir tout entière. C'est de cette manière qu'il veut célébrer cette victoire sur son père.

CHAPITRE V

Le *Sabot d'argent* est animé en ce dimanche matin sombre de juillet. À cause de l'orage, les habitants de la ville et des alentours sont venus s'y réfugier en attendant l'heure de la messe. Derrière les vitres embuées, on boit, on discute fort, on rit, on joue même aux cartes et aux dés.

Attablé dans un coin de la salle, Jean Rousselle fume sa pipe, observe et écoute l'âme de Québec. Il a revêtu les vêtements du voyageur : chemise de drap, mitasses, brayet, mocassins et ceinture chargée d'armes. Rien de bien chic, rien de bien à la mode. Tout pour passer inaperçu.

Il n'est arrivé que la veille et, déjà, il a glané quelques informations ici et là. Cependant, plus important que tout, il a compris qu'il lui restait peu de temps pour agir. En effet, des rumeurs circulent dans la ville selon lesquelles Cramahé, le lieutenant-gouverneur, songe à émettre une proclamation pour forcer les étrangers à donner leur identité et à justifier leur présence en ville.

— Il semblerait que Québec grouille d'espions, a ajouté Grandbois, au moment où il lui apportait à boire.

Le tenancier ignore évidemment les raisons qui amènent Jean Rousselle dans la capitale. Il ne le connaît que depuis la veille, lorsqu'il lui a loué une chambre. En lui donnant cet avertissement, il a surtout voulu s'assurer que son client ne se ferait pas arrêter dans son établissement. Cependant, malgré lui, il a fait plus que ça. Il a manifesté une pointe de sympathie pour la cause des Bostonnais. Et c'est justement l'ampleur de cette sympathie que Jean est venu mesurer. C'est la mission que lui a confiée Washington en l'envoyant à Québec. Au printemps, plusieurs espions avaient été dépêchés dans la ville, mais les défenses de la capitale ont toujours été difficiles à évaluer pour un étranger. Québec, construite sur les hauteurs du Cap-aux-Diamants, semble imprenable vue de la rive sud. Pourtant, tout le monde sait qu'elle est déjà tombée, devant l'armée de Wolfe. C'est pourquoi, quand Jean Rousselle s'est présenté devant Washington, en se mettant à sa disposition, le général a saisi l'occasion. Le Français avait participé à la défense de la ville en 1759 ; il était l'homme de la situation.

« Aidez-les quand cela sera nécessaire », lui avait répété Vergennes avant qu'il ne quitte la France. Aider les rebelles. C'est précisément ce qu'il est en train de faire, incognito, dans cette ville pour laquelle il a tout perdu. Une ville par laquelle il est devenu le pion de la France, le caméléon qui trafique autant les informations que les marchandises illicites. Celui qu'il n'aurait jamais pu s'imaginer devenir, avant la guerre.

Un soudain flot d'émotions l'envahit, réveillé par cette rancœur qu'il croyait oubliée. Jean ne se sent pas prêt à y faire face, pas maintenant. Pour se ressaisir, il vide son verre d'un trait et se commande de nouveau à boire. Il a besoin de courage. Surtout, ne pas flancher. Ne pas laisser remonter ces souvenirs tapis au fond de lui. Ne pas les laisser prendre toute la place dans son esprit. Se concentrer sur les bruits environnants, sur les conversations, les sous-entendus, découvrir du ressentiment contre les conquérants, reconnaître les gestes qui trahissent l'amertume, la désillusion.

L'effort semble surhumain. Pourquoi a-t-il accepté cette mission? Il n'a même pas essayé de l'esquiver, de négocier. Se doutait-il qu'il y vivrait ce tourment? Souhaitait-il secrètement subir ce cauchemar? Pourquoi être venu aussi près, tellement près, à quelques rues à peine de l'objet de son bonheur perdu? Jean sent qu'il cède, las de lutter contre ses propres démons. Les images l'assaillent comme une vague et le submergent jusqu'à ce qu'il plonge au cœur de lui-même, oubliant l'humidité, la pluie, la foule et les bruits qui gonflent le cabaret.

Il se revoit dans les bras de Marie, son corps nu devant l'âtre de sa cuisine. Combien y a-t-il eu de femmes depuis? Six? Sept? S'il n'y avait pas eu ces souvenirs trop vivaces, il aurait peut-être pu les aimer vraiment. Cependant, il y avait cette promesse qu'il n'a pas tenue. Et cet enfant de lui qu'il n'a jamais vu. Mais plus grave, et plus incrustée en lui, est cette image du mariage qui n'a cessé de le hanter durant toutes ces années. Un geste désespéré: le père acceptant les responsabilités du fils. Comment aurait-il pu leur en vouloir? Ils l'avaient cru mort.

Marie était, encore une fois, la femme d'un autre. Pis, la femme de son père. Il ne pouvait donc pas revenir et s'établir dans ce qui avait été la Nouvelle-France. Comment aurait-il pu briser ce que les deux êtres qu'il aimait le plus au monde avaient été forcés de construire en son absence? À cause de son absence. Il a refait sa vie, loin d'eux, avec ces souvenirs et leur côté sournois.

Puisqu'il avait tenu sa résolution pendant plus de quinze années, pourquoi diable a-t-il accepté la mission que lui a confiée Washington? Et pourquoi avoir promis à Odélie qu'il donnerait de ses nouvelles à sa mère? Est-ce donc dire qu'il a l'intention de la revoir?

Jean secoue la tête. Il ne se comprend plus. Il faut qu'il se reprenne, qu'il revienne justement à cette mission. Écouter les habitants, leur souffler des paroles séditieuses pour enregistrer leurs réactions. Repérer les nouvelles fortifications, les nouveaux ouvrages défensifs. Compter les militaires, évaluer le nombre de miliciens. Voilà les pensées qui devraient occuper son esprit.

Il est presque onze heures. Les habitants se lèvent, les uns après les autres, faisant danser le nuage de fumée qui flotte au-dessus de leurs têtes. C'est l'heure de la messe. Jean les suit. Il doit se rendre à l'église lui aussi, s'il ne veut pas éveiller les soupçons. Cependant, il sait d'ores et déjà que la présence de Dieu ne lui sera d'aucun réconfort.

Lorsqu'il sort à son tour, la pluie a cessé. Il observe ces hommes et ces femmes qui s'éloignent vers la cathédrale. C'est probablement là que se rendront Marie et Daniel puisqu'ils habitent la haute-ville. Sans plus réfléchir, Jean fait demi-tour et descend la côte de la Montagne jusqu'à la place du Marché, près du port. Ce matin, il priera dans cette petite église dont le nom est empreint d'espoir: Notre-Dame-des-Victoires.

*

Dix jours. Voilà le temps qu'il a fallu à Odélie et Wellington pour atteindre leur destination. Dix jours de tension, de sous-entendus, de souffrance et de découvertes assez surprenantes. Assise à table dans une taverne de Philadelphie, Odélie mange en silence au milieu du tumulte habituel de l'endroit. Son regard erre de temps en temps sur les gens qui l'entourent, mais il revient le plus souvent sur la silhouette de Wellington qui, bien installé au salon, raconte avec sa verve coutumière leurs aventures des dernières semaines à un officier de la nouvelle armée continentale.

Après avoir quitté leur clairière de malheurs, ils ont dû parcourir à pied au moins deux lieues avant d'atteindre le premier village. Des habitants les ont reçus chez eux et leur ont offert gratuitement la nourriture et le gîte.

— Le comté n'est pas sûr depuis le début des hostilités. Il est dangereux pour des étrangers de s'y aventurer seuls. Vous devriez attendre la poste.

Ce jour-là, Odélie a compris d'où Wellington sortait son argent. Il a décousu devant elle un coin de son gilet, en retirant deux dollars espagnols.

— Une bourse, c'est beaucoup trop facile à voler ou à perdre, lui a-t-il dit en recousant le gilet.

Puis il est sorti, lui ordonnant d'aider leurs hôtes avec le repas et les lits. Lorsqu'il est revenu, Wellington apportait pour elle et lui des vêtements de rechange ainsi que tout un nécessaire de rasage. La première blessure de Wellington étant guérie et la deuxième n'entravant pas ses mouvements, il a pu recommencer à se raser seul. Odélie a ressenti un pincement au cœur en le voyant étaler sur ses joues la mousse blanche pour y faire glisser la lame. Il n'y avait pas si longtemps, c'était sa tâche à elle, tâche qu'elle n'avait pas su apprécier à sa juste valeur et dont elle gardait un souvenir de tiédeur, de proximité, de même qu'un malaise qui la tourmentait et la ravissait à la fois.

Le départ eut lieu le lendemain matin, à cinq heures précises, et l'expérience de la poste fut des plus traumatisantes pour Odélie. Il y avait bien neuf personnes dans cette voiture fermée qui n'était manifestement pas faite pour en recevoir plus de six, et cela, pour une très courte durée. Les deux bancs étaient étroits, rapprochés et faits d'un bois aussi dur et inconfortable que la pierre. Odélie était coincée entre Wellington et un vieil homme maigrichon qui puait l'ail et ne cessait de bouger. Il avait sur les genoux un fusil et Odélie a prié chaque jour qu'a duré le voyage pour que l'arme ne soit pas chargée. À côté de cet homme se trouvaient une femme et un petit garçon qui pleurait sans arrêt. Sur le banc d'en face, le mari de la femme était écrasé entre deux hommes d'affaires qui discutaient, nullement incommodés par cette promiscuité. Une vieille femme, sans doute une ancienne gouvernante à en voir ses manières pincées, complétait l'équipage qui voyagea ainsi huit heures par jour pendant huit jours.

Huit heures d'enfer consécutives, se rappelle Odélie dont tous les os se plaignent encore. La route cahoteuse ballottait les passagers, les poussant l'un sur l'autre, de gauche à droite et parfois même de bas en haut. Et l'odeur! L'air vicié de la cabine aurait peut-être fini par être respirable, s'il avait été possible d'ouvrir les fenêtres. Mais comme il pleuvait…

D'ailleurs, la pluie pénétrait à l'intérieur par une petite fente dans le plafond. L'eau tombait en grosses gouttes sur les culottes d'Odélie et chaque mouvement lui irritait la peau. À cause des vitres embuées par l'humidité ambiante, Odélie se sentait nauséeuse. Elle avait beau essayer de dormir, des crampes dans les jambes la réveillaient toutes les quinze minutes. Le petit garçon continuait de pleurer et urinait de temps en temps sur le plancher de la voiture, souillant les chaussures des autres passagers.

Pas un mot, pas une plainte ne sortait de la bouche de Wellington. Odélie sentait le corps de l'homme, collé contre le sien. Sa chaleur, sa douceur aussi. Elle avait envie de poser la tête sur son épaule. Elle en rêvait dès qu'elle fermait l'œil. Un rêve qui a fini par devenir un cauchemar avec le temps. Insensiblement, Wellington prenait ses distances. Des distances qui devenaient de plus en plus grandes à mesure que les jours passaient. Ce matin, la situation a atteint un paroxysme lorsqu'il s'est assis sur le siège en face du sien. Odélie n'a pas osé le regarder, de peur qu'il ne devine son chagrin.

Ce soir, alors que le feu brûle dans l'âtre, alors que les gens qui l'entourent s'enflamment au sujet de l'avenir des colonies unies d'Amérique, Odélie souhaiterait que son cœur se refroidisse. Elle voudrait qu'il soit aussi dur que ce siège sur lequel elle a passé la journée. Ou alors elle voudrait revenir en arrière et retrouver cet endroit où elle s'est trompée, cette minute où elle a semé le doute dans l'esprit de son patron. Elle déferait alors ce nœud de méfiance qui empoisonne leur existence. Pour le moment, il n'y a qu'une seule chose pour la consoler. Pour la première fois depuis son départ de Québec, Odélie s'est commandé à boire.

*

En ce matin de la fin de juillet, quelques religieuses, accompagnées de cinq pensionnaires, quittent l'église de l'Hôpital-Général, un cierge à la main. Elles suivent le cercueil dans lequel se trouve la dépouille de M. Corriveau, décédé pendant la nuit. Le convoi funèbre se dirige lentement vers un terrain boueux et clôturé, situé devant l'hôpital. Ici et là, quelques croix marquent l'emplacement des anciennes fosses et identifient, du même coup, le lieu de sépulture chrétienne. Quelques brins d'herbe forment l'unique trace de végétation du cimetière et Antoinette se dit qu'il faudra les arracher lors de la prochaine corvée.

La procession s'arrête enfin devant un trou couvert de planches. Pendant que le prêtre récite les prières habituelles, Antoinette prie, et se morfond.

Ce sont les veilleuses qui ont découvert le corps inanimé de M. Corriveau lors de leur tournée matinale. Une heure plus tard, en arrivant dans la salle Sainte-Croix, Antoinette apprenait la nouvelle. À gauche, tout au bout de la rangée de lits, les rideaux étaient tirés et des sœurs converses préparaient le corps avant l'arrivée du chapelain. Antoinette s'est rendue au pied du lit et est demeurée là un long moment, les yeux rivés sur la blancheur macabre de M. Corriveau. Elle regrettait d'avoir prolongé ses prières à la chapelle. Car si elle pouvait leurrer les autres, elle ne pouvait tromper Dieu ; elle avait volontairement retardé le moment de soigner le vieillard.

C'est le cœur froid qu'elle assiste maintenant à son inhumation dans le charnier réservé aux pauvres. En cette chaude journée d'été, l'odeur qui se dégage du trou lorsque les fossoyeurs retirent les planches lui lève le cœur. Mais elle ne bouge pas. Elle peut au moins subir ce désagrément et l'offrir à Dieu pour le salut de l'âme du pauvre homme, et pour soulager sa propre âme repentante.

Personne n'a assisté M. Corriveau à l'heure de l'agonie. Personne ne s'est tenu près de lui pour lui suggérer des prières qui l'auraient soutenu durant ses derniers instants. Personne. L'homme s'est retrouvé seul devant la mort et, même si Antoinette n'éprouvait plus de sympathie pour lui, la charité chrétienne lui ordonnait de ne pas abandonner une âme aussi tourmentée.

Pendant que le corps descend lentement, retenu par une simple corde, Antoinette prie et s'en veut. Mais pire que tout, et c'est ce qui lui fait le plus honte, elle espère que M. Corriveau emporte son secret avec lui dans la fosse.

*

Caché derrière le coin de la rue, suffisamment en retrait pour ne pas être aperçu, Jean regarde la charrette qui passe devant lui. Daniel Rousselle quitte la demeure familiale au petit matin avec insouciance. À côté de lui sur le siège qui craque, un garçon d'une quinzaine d'années, pas tout à fait réveillé, vacille chaque fois qu'une roue heurte un pavé.

«Mon fils, se dit Jean, en essayant de mémoriser les traits du garçon. Si Daniel l'emmène avec lui dans sa tournée, c'est qu'il doit être doué pour le commerce. Comme sa mère l'était à son âge… Comme je l'étais, moi aussi.»

Le véhicule passe la porte Saint-Louis et Jean respire mieux. Il attend encore un moment, les yeux fixés sur Daniel qui s'éloigne par le chemin de la Grande-Allée. Plus sa silhouette se rétrécit, plus l'effet qu'il produit sur la conscience de Jean s'atténue. Lorsqu'il n'est plus qu'un point lointain, Jean se sent comme un gamin sans surveillance.

Lorsqu'il est arrivé près de la maison de Marie, il y a un quart d'heure, il ne s'attendait pas à tomber sur son père. Il a craint un moment que Daniel ne s'aperçoive de sa présence. La charrette a avancé, le dépassant, et Jean a eu peur qu'il se retourne, qu'il revienne sur ses pas et qu'il se retrouve face à face avec lui.

Coup de chance ou de malchance? Il est incapable de décider. Daniel est parti, lui laissant la voie libre, et Jean se sent démuni, comme si on lui offrait un cadeau qu'il n'avait pas demandé. Cela le trouble, car, ce matin, lorsqu'il a décidé de se rendre sur la rue Saint-Louis juste avant le lever du soleil, ce n'était que pour jeter un coup d'œil, pour essayer d'apercevoir Marie de loin, pour tenter de reconnaître son enfant, sans rien briser de leur vie. Et maintenant que rien d'autre que quelques rangées de pavés ne le sépare de cette maison, il hésite. Il serait suffisamment habile pour se glisser le long du mur sans être vu. Il pourrait ainsi s'approcher sans déranger quoi que ce soit, ni qui que ce soit. Mais ce n'est pas ce que ses instincts lui dictent de faire. Daniel absent, il n'y a plus rien pour le retenir. Conscient que ce qu'il s'apprête à faire va chambouler sa vie, il traverse malgré tout la rue et s'engouffre dans la boutique.

Bien que le soleil pénètre par les larges fenêtres, il faut un moment pour que la vision de Jean s'adapte à l'éclairage intérieur. C'est alors qu'il aperçoit le garçon qui vient à sa rencontre. C'est le choc. Il a l'impression d'être en face de lui-même. Voilà donc son fils. Il faudrait qu'il soit aveugle pour ne pas reconnaître ses propres traits : les yeux sombres, plissés sous le soleil, le teint mat, la chevelure noire et raide.

Le garçon s'est avancé vers lui, mais Jean reste planté là, une main appuyée sur la porte encore ouverte.

— Puis-je vous aider, Monsieur ? demande une voix plus grave que ce à quoi Jean se serait attendu.

Le garçon attend, l'air interrogateur. De longues minutes s'écoulent avant que Jean ne se reprenne :

— Est-ce que Mme Rousselle est à la maison ?

— Elle est dans le bureau, à côté. Qui dois-je annoncer ?

Jean hésite. Doit-il se présenter sous sa vraie identité ? Cela causera-t-il des ennuis à Marie ? Il vaut mieux qu'il ne prenne pas de chance.

— Dis-lui que c'est Jean, un ami de longue date, qui vient tout juste de débarquer.

Le garçon fait un pas vers lui et lui tend la main.

— Bienvenue à Québec, Monsieur. J'espère que la traversée a été agréable. Je suis François Rousselle. Le fils aîné de Marie.

Jean écarquille les yeux, malgré lui. « Le fils aîné de Marie. » Il revoit le visage du garçon qui accompagnait Daniel dans la charrette. « Ainsi donc, elle a vraiment refait sa vie », se dit-il en serrant la main de son fils.

*

Assise dans le bureau de Daniel, Marie termine d'écrire à sa mère lorsque la voix de François l'appelle dans la boutique. Elle s'empresse de plier le papier, fait couler une goutte de cire et appose le sceau. Avec ce geste, la décision est finale. Elle n'ira pas en France, mais elle offre à sa mère de venir la rejoindre à Québec. C'est le mieux qu'elle puisse faire, compte tenu des circonstances.

« Aussi bien envoyer tout de suite François dans le port. Le *Revenge* doit partir à l'aube demain. Cette question sera réglée pour de bon. »

Elle pivote sur ses talons, lettre en main, puis se fige. Deux hommes se tiennent dans l'embrasure de la porte, à contre-jour. L'un a la silhouette plus frêle, plus juvénile : c'est son fils. Mais l'autre... Le pli glisse de ses doigts, effleure le bureau avant de tomber tout doucement sur le plancher.

L'autre : une copie de François, en plus âgé. Malgré le costume du coureur des bois, ou peut-être justement à cause de lui, Marie le reconnaît. Une image surgie du passé. Une sensation que son corps n'a pas oubliée.

– Ce... ce n'est pas possible.

– C'est bien moi, Marie.

Marie s'appuie au dossier de la chaise. Un fantôme. Il faut que ce soit un fantôme. Il est impossible que ce soit Jean qui se tienne debout devant elle, ici, dans sa maison. Jean est mort.

– Tu n'étais pas... ?

– J'ai été blessé et emmené en Angleterre le lendemain de la bataille.

En parlant, il a fait un pas vers elle. Marie ne bouge pas, bouleversée. Quinze ans. Quinze longues années ont passé depuis qu'il l'a quittée un matin de septembre pour rejoindre les hommes de Bougainville. Quinze années. C'est presque une vie.

Elle croise tout à coup le regard perplexe et intrigué de son fils, ce qui fait naître en elle une grande inquiétude. Pour éviter que le malheur ne frappe sa maison, il lui faut absolument éloigner François, le temps de faire comprendre à Jean qu'il ne peut pas rester. Marie se penche donc, ramasse sa lettre et pose une main sur le bras de Jean.

— Je reviens dans une minute.

Elle se dirige ensuite vers son fils qui attend toujours sur le seuil.

— Va dans le port et remets ceci au capitaine Parker, dit-elle en lui tendant la missive.

François hoche la tête, sans quitter des yeux le visiteur. Sa curiosité est suffisamment manifeste pour semer la panique dans l'esprit de Marie. Elle sait que son fils est intelligent. S'il fallait qu'il ait des doutes… Marie change de ton pour le presser de partir, mentant à son fils pour la première fois de sa vie :

— Dépêche-toi. Le *Revenge* appareille à la fin de l'après-midi.

À regret, François salue l'étranger, fait demi-tour et sort dans la lumière crue du matin. Marie demeure un moment immobile, dos à Jean, cherchant les mots qu'elle pourrait bien lui dire, après une si longue séparation. Parce qu'elle ne les trouve pas, elle va verrouiller la porte et retraverse lentement la boutique. Lorsqu'elle pénètre dans le bureau, son malaise est insoutenable. Son esprit n'est habité que par une question et c'est avec beaucoup de froideur dans la voix qu'elle la pose :

— Où étais-tu toutes ces années ?

Jean a sans doute remarqué son ton de reproche, mais répond doucement :

– J'ai vécu un moment à La Rochelle, chez mon oncle, comme je te l'ai écrit.

– Tu m'as… Quand ça? Je n'ai jamais rien reçu. Pas un mot. Depuis quinze ans!

Marie n'en croit pas ses oreilles. Jean lui aurait écrit? Si elle avait reçu…

– J'ai confié une lettre à un Anglais qui partait pour Québec. C'était en novembre 1760, juste avant qu'on rapatrie en France les prisonniers faits en Amérique.

En 1760. Qu'est-il arrivé à cette lettre? A-t-elle seulement quitté le vieux continent? Le courrier d'outre-mer est si peu fiable. Soudain, Marie se souvient qu'en novembre 1760 elle était déjà mariée.

– Je n'ai rien re…, répète Marie, mais sa voix est plus faible que celles des passants dans la rue.

Que peut-elle ajouter? En 1760, il était déjà trop tard.

– Pourquoi reviens-tu aujourd'hui? demande-t-elle en durcissant le ton.

Elle aurait voulu lui parler plus doucement, lui dire qu'elle est heureuse de le revoir, mais elle en est incapable. La présence de Jean dans sa maison pourrait détruire ce qu'elle a pris des années à construire avec Daniel. Et Daniel ne mérite pas qu'on le bafoue.

À ce moment, Louise apparaît dans l'embrasure de la porte. Un plateau à la main, elle semble hésiter, puis s'incline respectueusement devant l'inconnu avant de se tourner vers sa maîtresse.

– Où voulez-vous prendre votre café, Madame?

– Dans la grande salle, merci. Tu mettras deux tasses, s'il te plaît.

Louise acquiesce et disparaît aussitôt. Marie se tourne alors vers Jean qui n'a pas dit un mot tout le temps qu'a duré cet échange. S'il a reconnu la servante, il l'a bien caché et Marie apprécie cette discrétion. D'un geste, elle l'invite à suivre Louise et ce n'est que lorsqu'il passe tout près d'elle que Marie se rend compte qu'il n'a pas tellement vieilli. Même s'il a bien quarante ans, il n'a que quelques rides aux coins des yeux. Pas un cheveu blanc. Tandis qu'elle… Marie se rend compte qu'elle n'est plus la jeune femme farouche qu'il a aimée jadis. Elle est une mère de famille. Son corps a porté trois enfants. Il a travaillé fort pour les nourrir, pour les élever. Sa taille s'est un peu épaissie aussi. Et elle a un mari… Jean arrive trop tard, encore une fois.

*

En pénétrant dans la salle commune, Jean ne peut s'empêcher de remarquer les meubles, les riches tapisseries, l'argenterie sur la table. Aurait-il pu la faire vivre dans une telle abondance? Probablement pas. Il n'est qu'un misérable petit contrebandier, qu'un pitoyable petit espion, et ni les contrebandiers ni les espions ne sont riches.

Il s'assoit dans le fauteuil qu'elle lui offre et accepte le café qu'elle lui sert. Mais tout dans l'attitude de Marie lui demande de partir: son silence, son regard fuyant, ses gestes retenus. Il a souvent rêvé du jour où il la reverrait. Jamais, toutefois, il n'a imaginé qu'elle se montrerait aussi distante avec lui. Pourtant, il aurait dû. Ce n'est pas là une attitude nouvelle chez elle. C'est sa façon à elle de faire face à la vie, à ses souffrances, à ses incertitudes. N'a-t-elle pas toujours réagi exactement de la même manière chaque fois qu'ils se revoyaient après plusieurs mois de séparation ? Combien de fois la vie s'est-elle chargée de les unir et de les désunir, comme s'il s'agissait d'un jeu cruel ?

Pourtant, Marie a changé en quinze ans. Il y a, évidemment, les marques du temps, mais il y a aussi davantage d'assurance. Comme si la chose était possible ! Il est évident que Marie sait qui elle est et qu'elle dirige sa maisonnée à son image. Il n'y a qu'à regarder la pièce pour découvrir sa présence dans chaque objet. L'aisance sans l'opulence, l'ordre sans la sévérité, la chaleur sans les excès. Une femme d'honneur. Il en serait fier, si elle était *sa* femme.

Elle se tient bien droite dans le fauteuil en face du sien et si Jean devine qu'elle est mal à l'aise, ce n'est pas parce qu'elle le montre, mais plutôt parce qu'il la connaît bien. Elle a de temps en temps ce regard farouche qui lui rappelle leur première rencontre, à bord d'un navire, dans le port de Louisbourg. Comment s'appelait-il déjà ? Ah, oui ! La *Fortune*. Quelle ironie que leur fortune ! Quelle plaisanterie que leur destin !

Marie s'éclaircit soudain la gorge.

– C'est ton père qui…, commence-t-elle.

Mais le reste de la phrase meurt sur ses lèvres. À voir la tristesse qui habite Marie, Jean se sent comme un fantôme qui viendrait la hanter, un fantôme mauvais et égoïste.

– Je sais, dit-il en plongeant son regard dans le sien.

Ce qu'il y lit le déchire, car Marie s'est raidie. Il est évident que, pour elle, leur amour n'est qu'un souvenir.

Tout à coup, il se trouve idiot d'avoir voulu remuer le passé. Plus il s'enracine dans cette maison, plus il lui fait du tort.

— Es-tu heureuse, Marie ? dit-il en se levant pour partir.

Jean sait qu'il la torture avec cette question, mais, avant de s'en aller, il sent qu'il doit en avoir le cœur net. Marie a détourné le regard et observe le mur de l'entrepôt, d'une blancheur éclatante sous le soleil. Sa voix n'est qu'un murmure lorsqu'elle parle :

— Daniel est un bon mari.

— Tu lui as donné un fils ?

Voilà, il l'a dit. Cette pensée lui brûlait l'esprit depuis que François s'est présenté : « Le fils aîné. » Mais il y avait, dans la voix de Jean, quelque chose qui ressemblait beaucoup trop à un reproche. Il en est conscient, même s'il n'a pas fait exprès. Marie s'est tournée vers lui, blessée.

— Il s'appelle Louis, dit-elle en se levant à son tour, pour lui montrer le chemin jusqu'à la porte.

Jean ne dit rien et lui emboîte le pas. Comme la vie est impitoyable ! Marie avance devant lui et il ne peut s'empêcher de remarquer son déhanchement. Le même que dans ses souvenirs. Elle s'arrête devant la porte, se retourne, mais évite de croiser ses yeux.

— Si tu étais au courant pour ce mariage, dit-elle, tu n'aurais pas dû revenir.

*

François remonte la côte de la Montagne d'un pas rapide. Il est assez content de lui-même, car il n'a même pas eu besoin d'aller jusqu'au port. Le capitaine du *Revenge* se trouvait au *Sabot d'argent*, comme il l'avait deviné. Il ne lui a fallu que quelques minutes pour s'acquitter de la tâche que sa mère lui avait confiée. Et maintenant, il estime qu'il dispose d'une bonne heure avant de devoir rentrer chez lui. C'est le temps qu'aurait pu lui prendre la commission. Une fois en haut de la côte, il tourne donc à droite, sur la rue des Remparts. Il marche d'un pas pressé et ne ralentit qu'en arrivant à la hauteur de la maison de la veuve Lavallée.

Il soulève le marteau et frappe six petits coups, ainsi qu'il le fait d'habitude pour signifier à Clémence que c'est lui qui se trouve à la porte. Et comme d'habitude, Jonas prend beaucoup de temps à répondre. François aimerait tout de même que le vieil esclave se presse un peu aujourd'hui. Une heure est si vite passée dans les bras de Clémence.

François frappe de nouveau. Toujours pas de réponse. Las, il contourne la maison pour entrer par la porte arrière; il sait qu'elle n'est jamais verrouillée. Il atteint justement la cour au moment où cette porte s'ouvre. C'est alors qu'il se retrouve face à face avec Du Longpré. Ce dernier a le souffle court, les vêtements en désordre et il est décoiffé comme lorsqu'il se lève le matin. Derrière lui, Clémence apparaît dans la pénombre de la cuisine, une Clémence nue, à peine couverte par un drap arraché du lit.

*

À la nuit tombée, Jean Rousselle descend la côte de la Montagne en direction du *Sabot d'argent*. Il a fait le tour de la ville et posé des questions à tous ceux qui pouvaient le renseigner. Et il n'est pas mécontent d'avoir enfin accompli sa mission. Il possède suffisamment d'information pour aider les Américains. Demain matin, il retraversera le fleuve et gagnera le repaire de Saint-Nicolas pour prendre des provisions avant de remonter en canot la rivière Chaudière jusqu'au village indien de Sartigan. Il piquera ensuite vers le sud, sur la rivière du Loup, fera du portage au-delà des montagnes et enfin descendra vers la Nouvelle-Angleterre en naviguant sur les lacs et les rivières. Dès qu'il aura fait son rapport, il louera une cabine sur le premier navire marchand qu'il trouvera et rentrera en France. Vergennes devra se trouver un autre pion, car lui ne remettra plus jamais les pieds à Québec. Plus jamais! Et il prie pour qu'une fois éloigné de l'Amérique il trouve suffisamment de paix et de sérénité pour oublier l'amertume qu'il ressent en pensant à Marie.

En pénétrant dans la salle enfumée du cabaret, Jean se fige sur place. Les trois tables sur sa droite sont occupées par des soldats britanniques. Il hésite. S'il fait demi-tour, il attirera leur attention. Aussi bien agir comme les habitués et se commander à boire. C'est d'ailleurs ce que Grandbois a compris, car il s'avance vers lui pour l'accueillir comme il le fait avec ses clients réguliers.

– Alors, comme d'habitude? demande-t-il avec un clin d'œil entendu.

Jean acquiesce et s'assoit au bar, de manière à voir les soldats sans qu'eux le différencient des autres clients. Grandbois s'approche avec une bouteille de vin et un verre.

– Laissez donc la bouteille.

Le tenancier abandonne le contenant et le verre sur le comptoir et Jean remarque qu'il a désigné du menton le fond de la salle. Il se retourne, mais, ne voyant rien de suspect, revient à son verre et y verse un peu de vin. Il lui faudrait de la compagnie, quelqu'un qui lui permettrait d'avoir l'air familier. C'est alors que deux hommes se placent de chaque côté de lui. Le plus corpulent des deux appuie sa grosse main sur son épaule.

– Ça parle au diable! dit celui-ci. Si c'est pas Rochefort en personne. Ta femme t'a laissé sortir, mon vieux?

Jean remarque le regard complice du tenancier qui retourne à ses autres clients.

– Ouais, grogne Jean en entrant dans leur jeu. Une heure, pas plus.

– Eh bien! Ça veut dire que t'as le temps de jouer une partie de dés avec nous.

– Juste une!

Jean a pris le ton enjoué de ceux pour qui le jeu est une passion. Il s'éloigne avec ses deux compagnons vers la table qu'ils occupaient à son arrivée, c'est-à-dire la table la plus éloignée de celles des soldats. Malgré cette distance qu'il a mise entre eux, Jean continue d'examiner la place. Autour de la table, ses deux partenaires rient fort à chaque coup de dés. Jean ne les connaît pas, mais il devine en eux une sympathie pour la cause des rebelles. D'ailleurs, ils continuent d'alimenter la conversation et leurs propos chargés de sous-entendus informent Jean sur le danger qui le menace.

– Mon vieux, dit le plus petit des deux, avec une femme comme la tienne, c'est surprenant que tu puisses venir jusqu'ici. Elle serait capable de te faire surveiller. C'est terrible, des fois, comment ça peut être soupçonneux, une femme.

Jean n'a pas besoin d'un dessin pour comprendre l'avertissement. Ces soldats sont peut-être même là pour lui.

– Ouais, poursuit le gros. La mienne, des fois, elle fouille même dans mes affaires.

Ainsi, on a fouillé ses bagages. Ce qui rassure Jean, c'est qu'il n'y avait dans sa chambre rien de bien compromettant. Dire qu'en arrivant au *Sabot d'argent* il se pensait en sécurité. Il a été bien naïf de croire qu'on le laisserait aller et venir impunément dans la ville. D'un geste discret, il repère la porte arrière. S'il devait quitter rapidement les lieux, ce serait sans doute par là qu'il passerait. Il revoit en pensée la géographie de cette partie de Québec. Il lui faudrait dévaler une pente rocailleuse pour parvenir jusqu'au port. Ensuite, il longerait la rive du fleuve jusqu'au faubourg de Près-de-Ville. Là, il trouverait peut-être un canot.

Il a encore les yeux rivés sur la porte lorsque son attention est attirée par un homme qui vomit dans la cour. Lorsque celui-ci revient à l'intérieur, Jean le reconnaît. Un visage, tout comme le sien : civilisé et sauvage à la fois, doublé d'un air de fierté, presque d'arrogance. Quoique, en ce moment, le jeune homme en question n'ait pas grand-chose de digne, affalé sur un banc, entouré d'hommes aussi ivres que lui.

La silhouette de Grandbois apparaît tout à coup juste à côté de Jean. Le tenancier tourne le dos aux soldats et dépose une nouvelle bouteille sur la table.

– Ma femme a récupéré vos affaires, souffle-t-il tout bas. Elles sont sur le plancher, derrière le bar. Je préférerais que vous ne dormiez pas ici ce soir. Toute la ville est sur un pied d'alerte. Il paraît que les Américains ont pris le fort Ticonderoga et ont commencé à remonter le lac Champlain.

Jean se tourne vers lui, surpris d'apprendre que Washington ait pu agir aussi rapidement. Grandbois se méprend sur la cause de sa réaction et ajoute, pour se justifier :

— Il me faudra déclarer votre présence dès demain matin. À moins, évidemment, que vous ne soyez plus un de mes clients…

Jean hoche la tête, pensif. Il vient d'avoir une idée pour quitter les lieux sans paraître suspect. Pour cela, il va avoir besoin de l'aide du tenancier.

— Vous le connaissez ? dit-il en désignant François du menton.

— Ouais. C'est le fils de Rousselle, le marchand. Il ne vient pas souvent. Son frère, par contre, c'est un client régulier.

Son frère, Louis. Son frère, à lui aussi. Jean chasse cette pensée qui le trouble un peu trop et se concentre sur sa situation actuelle. Elle est d'ailleurs suffisamment périlleuse pour nécessiter toute son attention. D'un geste brusque, il repousse les dés que le gros homme a déposés devant lui.

— On ne peut pas laisser ce garçon rentrer seul dans cet état, dit-il en se levant. Je vais le ramener chez lui.

Il dépose plusieurs pièces sur le comptoir, davantage que ce que François pourrait bien avoir bu.

— Est-ce que ça couvre ce qu'il vous doit ?

Grandbois a compris où Jean voulait en venir et ramasse l'argent sur la table.

— Faites attention avec cette histoire, lance-t-il en s'écartant pour le laisser passer. Si son père apprend qu'un de ses fils fréquente des sympathisants, je ne donnerai pas cher de votre peau.

Grandbois a mis l'accent sur le mot « sympathisants » et Jean prie soudain pour que son père ne soit pas encore de retour.

« Dans le pire des cas, se dit-il, je laisserai François dans la cour arrière. Louise saura s'en occuper. Elle en a vu d'autres. »

Les deux inconnus se sont levés eux aussi. Le plus gros des deux lui tend la main, comme s'il s'apprêtait à quitter le cabaret.

— On s'occupe de vos affaires, souffle-t-il. Retrouvez-nous derrière l'église Notre-Dame-des-Victoires, dans une heure.

Et les deux hommes s'éloignent en discutant avec Grandbois jusqu'au bar. Jean n'a pas le choix ; il doit leur faire confiance. Il se tourne donc vers son fils qui ronfle déjà, la tête renversée vers l'arrière, appuyée contre le mur.

*

Dans une ruelle sombre de Philadelphie, trois hommes avancent dans l'obscurité. Il est tard, il fait nuit noire et, pourtant, aucun d'eux ne porte de lanterne ni de torche. Ils ne font pas davantage de bruit que le chat errant qui fouille dans les déchets près de la cour d'une maison. Odélie suit Wellington qui, lui, suit leur guide. Il s'agit d'un homme à l'allure inquiétante, sans doute peu fiable, qui leur sert d'escorte jusqu'à l'endroit secret où se tient le Congrès des colonies unies. «On se fait escroquer depuis le début, songe Odélie, en repensant au prix élevé qu'ils ont dû débourser pour se loger et se nourrir depuis leur arrivée. Ce ne serait donc pas surprenant que ce "guide" ne nous conduise pas au bon endroit.» En fait, toute la ville semble être la proie d'une inflation monstrueuse qui fait fuir les habitants vers les campagnes et villages voisins. Plusieurs délégués des colonies plus éloignées ont même dû loger en dehors de la ville, chez des habitants, tant la cupidité des commerçants est devenue un fléau.

– Chacun profite de la manne quand elle passe, a dit Wellington en recousant son gilet.

Odélie n'en revenait pas qu'il paye le guide d'avance, sans poser de questions, sans même essayer de négocier le montant élevé qui était demandé.

– Les Américains appellent cette assemblée un «Congrès», mais elle a tout d'un acte de sédition. Aux dernières nouvelles, les colonies unies étaient toujours gouvernées par l'Angleterre, même si celle-ci a de moins en moins de contrôle sur les gouvernements locaux.

Voilà l'explication qu'a donnée Wellington pour justifier leur promenade nocturne. Pour cette raison, Odélie scrute sans arrêt l'obscurité dans la crainte d'un guet-apens. Les rues semblent désertes, mais, à tout moment, le guide leur fait signe de se coller contre le mur. Odélie entend alors des voix, des bruits de pas qui s'éloignent. «Des royalistes», se dit-elle, en s'étirant le cou pour voir ce qui distingue ces hommes des rebelles. Lorsque le silence revient, ils reprennent leur route, multipliant les détours, vérifiant sans arrêt qu'ils ne sont pas suivis. Au bout d'une demi-heure de marche, ils atteignent un bâtiment de deux étages, dont les fenêtres ne laissent ni passer le moindre filet de lumière ni filtrer le moindre bruit. Comme si cette maison était déserte ou que tous les occupants étaient endormis, ainsi que le sont probablement les autres citoyens de la ville.

Le guide lève la main pour imposer un arrêt. Odélie cherche dans la nuit ce qui motive cette pause. Après leur avoir intimé l'ordre de demeurer sur place, l'homme s'éloigne à pas de loup, grimpe les quelques marches qui mènent à la galerie et frappe quelques petits coups à la porte. Il attend encore un moment, puis recommence, créant un rythme inhabituel. «Un code», songe Odélie, qui essaie de mémoriser ce qui vient de se produire. La porte s'ouvre soudain sur un homme en chemise qui tient un fusil en travers de sa poitrine. Odélie croit un moment qu'ils se sont fait avoir : le guide les a fourvoyés, comme elle l'avait prévu. Mais celui-ci leur fait alors signe de le rejoindre. Odélie s'assure qu'ils sont seuls avant de suivre Wellington jusqu'à la galerie. Elle s'aperçoit à ce moment-là que le guide a disparu. L'homme en chemise leur ouvre plus grand la porte et ils pénètrent dans un couloir sombre qui mène à un escalier qui, lui, s'arrête devant une porte close. Ils accompagnent leur hôte jusqu'à l'étage. Odélie est plus perplexe que jamais. Une main sur son pistolet chargé, prête à agir s'ils tombent dans un piège, elle aperçoit la main de Wellington sur la garde de son épée. Lui aussi se méfie. Ce n'est que lorsque la seconde porte s'ouvre sur une assemblée mouvementée que leur tension diminue. Pour augmenter presque aussitôt quand ils comprennent ce qui se passe dans la salle. Debout devant le groupe, un homme termine son exposé et ses dernières paroles provoquent des remous dans l'assistance déjà surchauffée :

— Je vous le jure, clame l'homme en mettant la main droite sur son cœur. Les Canadiens sont prêts. Attaquez le Canada et vous verrez que vous aurez le soutien de la population.

Pendant un moment, on n'entend plus qu'un brouhaha qui remplit la salle, sourd comme un grondement de tonnerre. Odélie et Wellington profitent de cette confusion pour prendre place dans la dernière rangée. Soudain, une voix domine le tumulte. Un homme s'est levé et impose le silence d'un geste de la main. La quarantaine avancée, il est grand, beau, et richement vêtu. Tout pour séduire. Ses manières témoignent d'une assurance qui inquiète Odélie. Du coin de l'œil, elle aperçoit Wellington qui s'agite sur son siège. Il n'a pas l'esprit tranquille, lui non plus.

— Chers amis, chers membres du Congrès, chers délégués, commence l'orateur. Nous discutons de la situation depuis des mois et nous sommes tous d'accord sur un point : il est impossible de tenter quoi que ce soit contre l'Angleterre tant qu'elle contrôlera le nord de l'Amérique. L'armée britannique, épaulée par les milices canadiennes, serait capable de nous prendre à revers à n'importe quel moment. Nous avons pu constater, par le passé, la violence avec laquelle les Canadiens défendent la frontière. L'heure n'est plus à l'envoi de messages ni de lettres d'amitié. Nos espions nous affirment qu'il y a de nombreux mouvements de troupes au Canada. Nous pensons que le gouverneur Carleton se prépare à réprimer la rébellion par le nord. Nous ne pouvons pas le laisser poursuivre ses préparatifs sans rien faire. Nous avons vu, au printemps dernier, à quel point les forts du lac Champlain sont des cibles faciles. Ils sont tombés entre nos mains en quelques heures. Qu'attendons-nous pour donner l'ordre de les reprendre? Il y a quelques semaines, nous avons désigné le major général Philip Schuyler pour commander cette opération. Il est toujours bloqué à Ticonderoga. Et pourquoi? Parce qu'il n'a pas sous la main suffisamment de soldats pour vaincre qui que ce soit. Pis, les hommes sous ses ordres refusent d'obéir à un officier venant d'une colonie différente de la leur. Messieurs, il nous faut de la cohésion. Il nous faut nous entendre. Il nous faut une armée qui soit disciplinée, une armée dont tous les soldats défendront le même but. Seulement ainsi donnerons-nous à Schuyler les moyens de réussir sa mission. Nous venons d'écouter ce monsieur venu de la *Province of Quebec* pour nous parler. Puisqu'il nous assure que la population du Canada se rangera derrière nous si nous nous engageons à la libérer de la tyrannie, puisque les Canadiens n'attendent qu'un signe de notre part, je propose que l'on accepte enfin la proposition qu'a déposée le colonel Arnold au début du mois de juin. Je propose de tout mettre en branle pour envahir le Canada. Je propose que le Congrès commande la levée d'une armée de volontaires avec cet objectif ultime. Je demande un vote, messieurs.

— Mais nous avons encore des questions à poser, s'insurge un délégué en se levant de son siège.

— Nous aussi! disent en chœur cinq ou six hommes à l'avant.

Le brouhaha renaît, mais il est de courte durée. D'une voix forte, l'orateur impose le calme de nouveau :

– Nous avons assez discuté, messieurs. Il est temps de passer aux actes. Quels sont ceux qui sont en faveur de l'invasion du Canada?

Devant la multitude de mains qui se lèvent instantanément, Odélie comprend que Wellington et elle sont arrivés trop tard.

*

Les chevaux sont exténués lorsque Wellington et son secrétaire atteignent enfin le ferry. Depuis deux jours, ils ont chevauché vers le nord, longeant l'Hudson à la recherche d'un endroit où traverser. Aux abords de la rivière, une construction rudimentaire s'annonce comme étant la cabane du passeur et semble à l'abandon. Il est près de midi et le bac n'est pas en vue. Wellington descend de cheval pour chercher le propriétaire des lieux. Il trouve plutôt *la* propriétaire dans une grange en ruine, derrière la maison.

– Y aura-t-il un autre bateau aujourd'hui? demande-t-il à la femme qui sort justement du bâtiment avec, dans les mains, un fusil pointé dans leur direction.

C'est une femme d'une cinquantaine d'années, les cheveux entièrement blancs, épars sur ses épaules. Sa robe est sale et déchirée en plusieurs endroits. Elle porte à ses pieds les sabots des paysans. Elle évalue un moment les visiteurs et abaisse enfin son arme pour se diriger vers Wellington. Lorsqu'elle lève la tête pour parler, Odélie n'aperçoit pas une dent dans sa bouche.

– Il y a un bac, dit-elle en crachant par terre. À huit heures, ce soir. C'est mon mari qui le conduit.

Cela fait huit heures d'attente. Wellington et Odélie se regardent, perplexes. Ils n'ont rien mangé depuis ce matin et n'ont pas de provisions. La femme a sans doute compris à qui elle avait affaire, car elle crache de nouveau sur l'herbe à ses pieds.

— Si vous avez de quoi payer, lance-t-elle d'un ton brusque, vous pouvez manger à ma table.

Odélie écarquille les yeux. Elle, dans cette pitoyable demeure, aurait de quoi leur offrir à manger ?

— Que pouvez-vous nous servir ? demande Wellington, que l'apparence des lieux ne trouble pas encore.

— Cela dépend de combien d'argent vous disposez, répond la femme, un éclair d'avidité dans les yeux.

Odélie a l'impression que tous les habitants, à des lieues à la ronde, essaient de profiter de la tenue du Congrès à Philadelphie. Lorsque Wellington et elle ont acheté leurs chevaux, par exemple, le maquignon leur a vendu deux bêtes maigrichonnes et maladives pour le prix de deux étalons fringants.

— À ce rythme-là, a dit Wellington pendant qu'ils s'éloignaient sur leurs montures, mon gilet sera plus léger qu'un jupon de femme d'ici une semaine.

Odélie a apprécié cette image. Si son patron avait des doutes sur sa loyauté, il n'en avait certes pas sur son sexe pour faire une comparaison aussi grivoise. Pendant qu'il négocie maintenant le prix d'un repas avec la femme du passeur, Odélie attache près de la grange les deux maigres chevaux achetés à prix d'or. Elle lève les yeux au ciel, inquiète. Au loin, une bande sombre annonce un orage pour la nuit. Un coup d'œil à la cabane lui permet d'en imaginer l'intérieur : une seule pièce, sale, en désordre, avec un toit qui coule.

— Messire, puis-je vous dire un mot ? lance-t-elle à Wellington quand elle le voit sortir sa bourse.

L'homme demande à la femme de patienter et rejoint son secrétaire.

— Je ne crois pas que ce soit une bonne idée d'attendre ici, dit Odélie, lorsqu'ils sont hors de portée de voix. Il va pleuvoir avant l'arrivée du passeur. Voyez ce qui nous servira d'abri.

Odélie lève le menton en direction du précaire bâtiment de planches. Wellington suit son regard et observe ensuite la rivière.

— Y a-t-il une auberge dans les environs, madame ? dit-il en se tournant vers la femme.

— Il y en a une, répond-elle en se raclant la gorge, à trois lieues.

Wellington réfléchit un moment et conclut :

— Si nous nous y rendons, nous manquerons le bac.

Odélie acquiesce. À moins que…

— Y a-t-il un autre passeur sur l'Hudson ? demande-t-elle à la femme, qui ne paraît pas du tout exaspérée par ces questions.

— Il y en a un, à New York.

Wellington secoue la tête et Odélie se souvient de l'épidémie de variole. Impossible de passer plus près de la côte. Reste plus haut, dans les terres.

— Et le prochain, en amont ? lance Wellington qui vient d'avoir la même idée.

— Il est à dix lieues, au moins.

Wellington considère de nouveau la cabane et hausse les épaules, résigné.

— Il me semble bien que nous n'ayons pas le choix, Charles. De toute façon, ce n'est pas pour la nuit.

Cependant, lorsque la nuit tombe sur la région, la pluie se fait toujours attendre, de même que le bac.

Assis près de l'âtre, une plume à la main, Wellington écrit à son fils.

— Pour passer le temps, a-t-il dit devant l'air interrogateur de son secrétaire qui lui tendait son nouvel encrier.

Il écrit, mais Odélie devine, aux mouvements brusques de la plume, l'impatience qu'il essaie de contenir. Elle en connaît bien la cause. Les rebelles ont déjà pris le fort Ticonderoga, que les Canadiens appellent encore Carillon. Ils sont à deux doigts de traverser la frontière pour attaquer Montréal. Pendant ce temps, Wellington et son secrétaire ont déjà perdu une journée à attendre. Leur seule chance d'arrêter l'invasion, c'est d'atteindre Cambridge avant que Washington ne distribue les ordres de mission. Or, les dépêches du Congrès sont parties en même temps qu'eux de Philadelphie. Les cavaliers sont sans doute passés par New York, malgré l'épidémie, et ils étaient certainement montés sur des chevaux plus rapides que les leurs. Ils ont donc beaucoup d'avance…

Il est plus de huit heures du soir. Cela fait donc huit heures qu'Odélie ne cesse de ressasser les dernières questions qui la troublent au sujet de Wellington. Comment peut-il faire partie des rebelles et, en même temps, risquer sa vie pour les dissuader d'envahir le Canada? Il y a deux semaines, dans un excès de méfiance, il la soupçonnait de vouloir l'empêcher d'accomplir sa mission. De quelle mission s'agit-il? Nuire aux rebelles? Dans ce cas, comment a-t-il fait pour avoir ses entrées au Congrès? Et comment peut-il être l'ami du général Washington? Ne sont-ils pas dans des camps ennemis? Et cette lettre qu'il écrit à son fils, encore une fois? Il n'y a même pas de port dans les environs. Comment compte-t-il l'expédier ? Odélie a l'impression d'être trop impliquée dans cette rébellion et cela la tourmente. Malgré ses sentiments pour Wellington, elle trouve que l'atmosphère commence à chauffer grandement et ce n'est pas à cause de la cheminée. D'ailleurs, les braises s'assombrissent. Il est presque neuf heures.

— Je vais voir s'il arrive, dit la femme du passeur, en ramassant son fusil pour sortir de la maison.

Une maison. Odélie ne peut pas vraiment appeler ce taudis une maison. Il n'y a de meubles qu'une table et deux chaises sur le point de s'effondrer. Au fond, une paillasse est déposée à même la terre battue. S'il se met à pleuvoir, nul doute que la pluie s'infiltrera par ces minces interstices au plafond. C'est sans doute ce qui explique que le sol soit si boueux par endroits. Odélie n'aurait jamais pensé que des gens puissent vivre dans de telles conditions. Elle se lève et ajoute une bûche dans l'âtre. S'il pleut, ils auront au moins une source de chaleur. En attendant le bac.

C'est à ce moment que leur hôtesse ouvre la porte. Sa chevelure est collée sur son visage à cause de la pluie qui a commencé à tomber. Elle tient son fusil dans les mains. Il ne pointe pas vers eux, mais il est tout de même menaçant.

— Je viens juste de me souvenir, dit-elle en demeurant sur le seuil. Mon mari ne reviendra pas ce soir. Il avait affaire dans le Connecticut. Si vous me payez, je vous laisserai dormir dans la grange.

Un regard de Wellington lui confirme ce qu'elle avait déjà soupçonné : ils se sont fait avoir. La femme savait qu'il n'y aurait pas de bateau. Elle a attendu qu'il

220

pleuve pour leur soutirer davantage d'argent en leur offrant un toit, même rudimentaire. «Le gilet aussi léger qu'un jupon de femme», se rappelle Odélie, quand Wellington délie les cordons de sa bourse.

Plus tard, cette nuit-là, Odélie regarde sans le voir le plafond fendillé de la grange. Ils se sont installés dans le coin le plus sec, sur du foin humide et pourrissant, à quelques pas d'une vache qui sent le fumier à plein nez. Leurs chevaux sont détachés, mais ils demeurent près de la porte, comme s'ils voulaient sortir, comme si eux aussi ressentaient pour l'endroit un grand dégoût. Mais si Odélie souhaite être ailleurs, ce n'est pas à cause des punaises qui infestent sa couche. C'est plutôt parce qu'elle trouve difficile de supporter Wellington lorsqu'il est contrarié. Comme en ce moment.

Odélie sait qu'il ne dort pas. Allongée à côté de lui, elle entend sa respiration irrégulière, ses mouvements emportés qu'il retient du mieux qu'il peut. Parce qu'elle commence à le connaître, elle craint qu'il ne s'emporte contre elle, qu'il la juge, injustement, comme cela s'est déjà produit. Et parce qu'elle ne peut se justifier sans se trahir, elle souffre en silence, espérant que l'orage passera sans heurt, autant à l'extérieur qu'à l'intérieur.

– Je sais que vous n'y êtes pour rien, dit soudain Wellington en cessant de bouger. Je comprends que c'est impossible que vous ayez projeté ce délai puisque vous n'avez fait que me suivre. Je me souviens également que c'est vous qui avez suggéré que nous passions notre route. Je ne peux donc pas vous en vouloir, Charles. Je ne sais pas si cette suite d'incidents fâcheux découle de la nature même de la mission fort difficile qu'on m'a confiée ou est causée par votre présence à mes côtés. Il me semble impossible qu'un homme soit frappé d'autant de malheurs sur une si courte période de temps.

Odélie ne dit rien. Elle se contente de fixer le noir devant ses yeux. Elle se contente d'écouter la pluie, presque heureuse d'entendre cet aveu de la part de Wellington. Elle retient sa main qui a envie de le toucher. Elle se retient également de se tourner vers lui pour le chercher des yeux dans l'obscurité. Elle se retient de tout, sauf d'afficher un sourire béat qu'il ne peut apercevoir.

– De quel côté êtes-vous? s'entend-elle demander sans même y avoir pensé.

Sa voix a pris une tonalité trop aiguë, trop près de celle qu'elle s'efforce de cacher depuis des mois. Et cette voix l'a sans doute trahie. Mais en cette nuit où l'épuisement et la faiblesse l'accablent, cela n'a plus d'importance. Elle est lasse de lutter. S'il lui adresse encore une parole aussi douce et agréable que les précédentes, elle lui prendra la main. Elle lui dira la vérité. Elle lui avouera ses sentiments, au risque de se voir rejetée. Non, elle ne peut plus se cacher derrière Charles de Beauchêne. La confusion est trop grande. Elle ne sait plus qui, de Charles ou d'Odélie, est le secrétaire amoureux de son maître. Si elle continue, elle sent qu'elle se perdra.

– Demain, dit enfin Wellington après un long moment de silence, demain, nous traverserons l'Hudson. Sur l'autre rive, je vous donnerai les deux semaines de salaire que je vous dois, plus une de dédommagement. Vous avez plusieurs talents, Charles, il ne vous sera pas difficile de vous trouver une nouvelle place. Quant à moi, j'ai une mission à accomplir et il semble que votre présence me nuise. Maintenant, dormez. Demain sera une longue journée.

Dormir ? Comment Odélie pourrait-elle dormir alors que son univers vient de s'écrouler ? Il ne veut plus d'elle. Il la renvoie, la rejette avant même qu'elle ne lui ait dit la vérité. Elle a tellement envie de la crier, cette vérité. Elle a tellement envie d'enlever les vêtements de Charles de Beauchêne pour redevenir Odélie et lui prouver qu'elle a été loyale. Mais s'il la trouvait laide ? S'il la jugeait peu gracieuse, peu digne d'être une épouse ? S'il se sentait vraiment trahi de s'être confié comme il l'a fait à une femme ? Comment réagira-t-il en apprenant la quantité de mensonges qu'elle a dû proférer pour lui cacher son identité réelle ? Odélie devine le courroux qui serait le sien et préfère se taire. Elle lui tourne le dos et ses pleurs sont rapidement couverts par le bruit du tonnerre qui gronde dans la vallée.

*

Il est près de quatre heures de l'après-midi et François est occupé à décharger un nouvel arrivage de porcelaine. Il fait des allers retours entre la boutique familiale et la charrette de Daniel immobilisée devant. Chaque fois qu'il entre, il peut sentir l'odeur du tabac de Du Longpré qui fume près du foyer de la salle commune. La fumée est portée dans le vestibule par un léger courant d'air et François ne peut s'empêcher de le revoir à demi nu, dans la cour de la maison de Clémence.

Lorsqu'il dépose les caisses sur le sol, il s'imagine les fracassant sur la tête de Du Longpré. Mais il ne fait que rêver qu'il l'affronte. Après tout, l'ami de sa mère est un homme respectable. Même si cette idée ne le satisfait pas pleinement, il préfère ne pas aborder le sujet avec lui, pour le moment du moins.

Dans le bureau, son père discute avec un client. Dans la salle commune, Marie explique à Louis une course qu'il doit faire en ville. Louise s'affaire à ses chaudrons dans la cuisine. Avec tous ces gens à la maison, ce n'est pas le moment idéal pour régler ses comptes.

Malgré cette fumée qui le tourmente toujours, François se sent privilégié. Il y a, entre sa mère et lui, une nouvelle complicité dont il n'est pas peu fier. En effet, Marie lui a demandé de ne pas parler de la visite de Jean Rousselle à la boutique. C'est un secret entre elle et lui. François se dit qu'il ne s'agit pas d'un bien grand secret, étant donné que Jean Rousselle a été vu au *Sabot d'argent*, établissement que fréquente la moitié de la ville. Marie ne sait pas que c'est lui qui l'a ramené ivre du cabaret. Comment pourrait-elle être au courant? Jean Rousselle l'a laissé dans la cour, sur le pas de la porte, avant de disparaître dans la nuit.

François a tout de même promis de ne souffler mot à personne de sa visite. Il a cependant questionné sa mère pour en apprendre davantage sur cet homme sorti du néant, mais en vain. Elle a tout juste mentionné le fait que Jean et Daniel avaient eu un différend du temps de la guerre et qu'ils ne s'étaient pas revus depuis. Sur le coup, François n'a pas eu d'autre choix que d'accepter cette explication. Mais depuis, il n'a cessé de s'interroger. Où vit-il? Que fait-il dans la vie? Pourquoi était-il à Québec ce jour-là?

Ces pensées ramènent l'image de sa sœur à son esprit. Odélie le connaît sûrement, puisqu'elle avait dix ans à la fin de la guerre. Comme il aimerait qu'elle soit là pour lui en parler! Comme elle lui manque depuis quelque temps! Depuis qu'il a tenu tête à son père en refusant le fouet. Depuis cette rencontre avec Ruel et Mercier qui voulaient l'impliquer dans la rébellion des Bostonnais. Depuis qu'il a découvert qu'un autre homme partageait le lit de Clémence. Et maintenant, ce mystérieux Jean Rousselle...

Si Odélie était là, ils iraient marcher sur les hauteurs du Cap-aux-Diamants et elle lui raconterait sans doute comment son père, le chevalier de Beauchêne, a été enlevé par des Indiens et a vécu parmi eux pendant plusieurs années. Elle évoquerait peut-être sa mort, pendant la guerre, sous les ordres du marquis de Montcalm. À moins qu'elle ne préfère cette fois lui raconter la chute de la forteresse de Louisbourg. Elle pourrait aussi choisir de parler de cet Indien affamé qu'elle a tenu en joue dans la cuisine, lors du siège de Québec par les hommes de Wolfe. Odélie a toujours eu quelques histoires qu'elle aimait rapporter comme si elle y avait été. Elle mélangeait sans doute ses rêves à la réalité, mais François a toujours adoré ces détails qu'elle modifiait d'une fois à l'autre. Il anticipait ces changements, car ils donnaient à l'histoire un sens nouveau. Aujourd'hui, il se demande quelle était la part de vérité dans ces récits. Si Odélie était là, il lui poserait mille questions. Il voudrait tout savoir de cet inconnu et de cette guerre dont tout le monde lui parle. Mais Odélie n'est pas là et qui sait quand il la reverra?

François est tiré de ses pensées par le bruit d'une porte qu'on referme. Dans la rue, Daniel s'éloigne avec Louis. Du Longpré apparaît alors dans le vestibule.

François ne peut s'empêcher de l'imaginer au lit avec Clémence. Il se demande lequel des deux elle a préféré. Comme s'il avait lu dans ses pensées, Du Longpré quitte la boutique sans bonsoir ni salut. La porte arrière claque. Louise vient de sortir dans le potager. François comprend tout à coup qu'il est seul avec sa mère.

Sans hésitation, il se lève et se rend dans la grande salle où Marie lit, confortablement installée dans un fauteuil. Il prend le fauteuil libéré par Du Longpré. Sa mère lève les yeux, perplexe.

— Parle-moi de Jean, dit-il doucement en soutenant son regard.

*

La pose du père de Rigauville diffère un peu, ce midi, de celle qu'il prend habituellement. Ce n'est pas que ses épaules soient affaissées, ni que son menton soit plus bas, ni que sa posture soit moins rigide, car ses mains sont crispées comme chaque fois qu'il s'assoit dans ce fauteuil pour qu'Antoinette continue son portrait. Ce qu'il y a d'inhabituel chez le chanoine se trouve plutôt dans son visage, un visage devenu plus soucieux, un visage qui a perdu cette candeur qu'Antoinette espérait tant rendre sur la toile. Elle décide donc qu'il vaut mieux, pour aujourd'hui, se concentrer sur les plis du vêtement, sur la tension dans les mains, sur le châtain exact des cheveux.

Tout en peignant, Antoinette tient avec le chanoine une conversation banale, comme ils en ont à chaque séance de pose. Ce n'est qu'au bout d'une heure que le père de Rigauville aborde ce qui le tracasse depuis le début:

— Des rumeurs circulent à votre sujet, dit-il simplement, sans cesser de fixer droit devant lui, comme Antoinette le lui a montré lorsqu'elle a commencé son portrait.

Mais Antoinette, elle, ne peint plus. Elle a suspendu son geste, le pinceau à courte distance de la toile, presque comme si elle posait, elle aussi, pour un peintre invisible. Elle n'a pas non plus détourné la tête du tableau, préférant, pour le moment, éviter le regard de son supérieur.

— Puisque vous êtes avec nous depuis bien des années, je suppose que ces ouï-dire trouvent leur source dans ce que vous avez vécu avant de vous joindre à nous. Il y a donc très longtemps.

Antoinette ne se retourne toujours pas. Cependant, son pinceau a trouvé un chemin sur la toile et la religieuse s'applique à donner du relief au vêtement sombre, à lui rendre aussi sa souplesse afin qu'il paraisse le plus réel possible.

— Je vais discuter des conséquences de ces rumeurs avec la révérende mère Saint-Alexis, car elles empoisonnent la vie de notre communauté. Je vous tiendrai au courant.

À ce moment précis, à la seconde même où Antoinette lève son pinceau de la toile, la robe du chanoine prend vie, se met en mouvement et ondule sur le plancher à mesure que l'homme s'éloigne vers la chapelle.

DEUXIÈME PARTIE

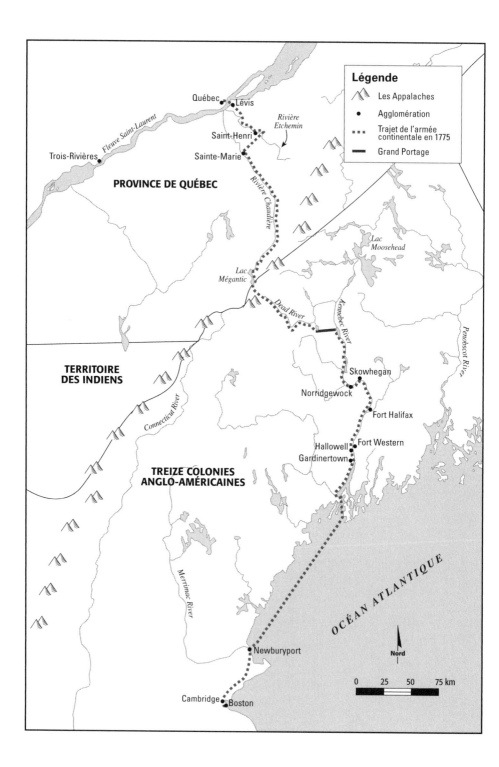

Légende

- 🔺 Les Appalaches
- ● Agglomération
- ⋯ Trajet de l'armée continentale en 1775
- ▬ Grand Portage

Québec ● ● Lévis

Rivière Etchemin

Fleuve Saint-Laurent

Saint-Henri

Trois-Rivières ●

Sainte-Marie

PROVINCE DE QUÉBEC

Rivière Chaudière

Lac Moosehead

Lac Mégantic

Dead River

Kennebec River

Penobscot River

TERRITOIRE DES INDIENS

Skowhegan

Norridgewock

Connecticul River

Fort Halifax

Hallowell ● ● Fort Western

TREIZE COLONIES ANGLO-AMÉRICAINES

Gardinertown

Merrimac River

OCÉAN ATLANTIQUE

Nord

0 25 50 75 km

Newburyport ●

Cambridge ● ● Boston

CHAPITRE VI

Le soleil se couche sur Cambridge, le quartier général des rebelles américains. Sur une chaise inconfortable devant la porte du bureau de George Washington,
Jean Rousselle attend, les dents serrées, qu'on veuille
bien le recevoir. Le fait qu'il patiente depuis près de
trois heures dans un couloir ne l'aide en rien à contenir
sa mauvaise humeur. Après avoir accompli sa mission
à Québec, il se préparait à retourner en France, faire
son rapport à Vergennes, à bord d'un navire qui levait
les voiles depuis Philadelphie. Il n'avait pas sitôt mis
les pieds à bord que trois soldats de l'armée continentale étaient venus le chercher pour le conduire à
Cambridge ; leur général voulait le voir, disaient-ils. Et
maintenant, ce général le fait patienter comme un simple serviteur dans un corridor désert avec rien à boire
ni à manger. Et ce, depuis trois heures.

Mais pourquoi a-t-on attendu le mois de septembre pour le faire venir alors qu'il a remis son rapport au
début du mois d'août ? Washington vient-il tout juste
d'en prendre connaissance ? Dans ce cas, il est ridicule
qu'il le fasse attendre de la sorte ; il aura bien vu qu'il a

risqué la prison en espionnant à Québec. Il aura bien vu aussi que sa mission est terminée.

Lorsqu'un serviteur vient le chercher, Jean soupire bruyamment et le suit dans la pièce adjacente. Le bureau de George Washington est assez vaste, très éclairé, et les quelques tables qui le meublent sont couvertes de cartes. Au moment où Jean pénètre dans la pièce, le général est penché sur l'une d'elles et l'étudie. Sa tenue soignée et ses manières distinguées montrent qu'il fait partie des gens les mieux nantis et les plus instruits qu'il y ait dans cette rébellion. Ce n'est pas pour rien qu'on lui a donné le commandement de l'armée. Mais le statut de Washington n'impressionne pas quelqu'un comme Jean Rousselle. Le commandant d'une armée de rebelles n'a pas les moyens d'un ministre comme Vergennes. C'est du moins ce dont Jean est convaincu au début de l'entretien.

– Monsieur Rousselle, commence Washington en lui désignant un siège. J'ai lu votre rapport. Les informations que vous avez recueillies sont assez… étonnantes.

Jean est agacé par l'attitude hautaine du général. Et même s'il se demande ce qu'il peut trouver d'étonnant dans les informations contenues dans son rapport, ce n'est pas la première question qui lui vient à l'esprit. Il se demande plutôt pour quelle raison on lui a fait manquer son bateau.

– Que me voulez-vous, général ? demande-t-il avec impatience. Vous n'êtes pas sans savoir que je m'apprêtais à regagner la France.

– Je sais, Rousselle, et je suis bien heureux de vous avoir trouvé à temps.

– Qu'y a-t-il ? Pourquoi m'avoir fait demander ?

— Dans votre rapport, vous prétendez que les habitants de Québec ne nous sont pas hostiles, mais qu'ils ne se joindront pas à nous.

— Les Canadiens ne vous perçoivent pas comme des sauveurs, si c'est ce que vous voulez savoir.

— Un envoyé spécial de Montréal a raconté tout le contraire aux membres du Congrès.

— Général, vous m'avez envoyé à Québec et non à Montréal. Si les choses sont différentes en amont du fleuve Saint-Laurent, je n'ai pas pu les observer depuis la capitale.

Washington hoche la tête, comme s'il n'avait pas remarqué le ton condescendant sur lequel Jean a donné cette explication.

— D'accord, dit-il au bout d'un moment de réflexion. Laissons tomber les sentiments des Canadiens à notre égard. Je sais que vous connaissez bien Québec et c'est pour cette raison que je vous ai fait venir. Connaissez-vous la route pour s'y rendre ? Je veux dire, celle qui passe par la rivière Kennebec.

Jean ne répond pas. Il n'aime pas le tour que prend cette conversation. Il a accumulé suffisamment d'informations sur la rébellion américaine pour faire un rapport détaillé à Vergennes. Ce sont les conditions qui étaient convenues. Le fait qu'il ait servi une fois d'espion à Washington ne fait pas de lui un soldat américain, et surtout pas un homme sous ses ordres. Washington perçoit son hésitation et poursuit rapidement pour ne pas lui laisser davantage le temps de réfléchir :

— Écoutez, Rousselle, je vais être franc avec vous. Le Congrès vient d'ordonner la levée d'une armée de volontaires pour marcher sur Québec et Montréal en même temps. J'ai déjà des hommes à Ticonderoga. Ils connaissent bien la route qui mène à Montréal par le lac Champlain. Par contre, je n'ai personne pour guider le colonel Benedict Arnold jusqu'à Québec. Je veux que vous lui serviez de guide.

Jean arrive difficilement à articuler les idées qui fusent dans son esprit. Il se met à transpirer. «Aidez-les quand cela sera nécessaire», a dit Vergennes. Cela ne voulait pas dire monter à l'assaut de la capitale avec l'armée continentale!

— Je n'ai fait le trajet qu'une seule fois, général, et c'était en compagnie d'Indiens que j'avais engagés. Ils sont retournés au Canada maintenant, je ne sais pas si…

Washington secoue la tête avec indulgence.

— Ne soyez pas modeste. Vos exploits à Carillon en 1758 n'auraient certes pas joué en votre faveur il y a dix ans. Mais depuis que la France a commencé à manifester une certaine sympathie pour notre cause…

Jean demeure bouche bée. Ses exploits? Quels exploits? À voir l'assurance qui grandit sensiblement chez son interlocuteur, Jean comprend que le général est mieux informé qu'il ne l'aurait cru.

— Cette petite histoire m'a été racontée par Sir James Erikson lui-même. Vous souvenez-vous de lui?

Jean est abasourdi. Erikson. L'officier de milice auprès de qui Jean avait vanté, en exagérant, ses talents de pisteur et d'éclaireur dans le seul but de se faire sortir de prison. Mais il y avait si longtemps de cela…

— À voir votre tête, je comprends que vous vous en souvenez. Eh bien, Erikson m'a grandement vanté la débrouillardise dont vous avez fait preuve pour fuir le fort Edward en pleine nuit, gagner Carillon et donner l'alerte. Il pense même que votre arrivée dans les rangs de l'armée française aurait causé la défaite de l'armée britannique, ce que j'ai tout de même eu un peu de difficulté à croire.

Jean réprime un sourire. Débrouillardise? Traîtrise serait un mot plus juste. Mais Washington poursuit, ce qui lui enlève toute envie de se réjouir:

— D'après Erikson, les seules informations dont vous disposiez, vous les aviez prises sur une carte qu'il avait mise à votre disposition. Une carte que vous n'avez d'ailleurs pas emportée avec vous. Si ce n'est pas là du talent, monsieur Rousselle, je me demande bien ce que c'est. D'ailleurs, la France, après la guerre, n'a pas tardé à reconnaître ces aptitudes, si je ne m'abuse…

Les renseignements que le général possède, de même que les nombreux sous-entendus présents dans son discours, ébranlent la confiance de Jean. Il se sent pris au piège. Comment son aventure à Carillon peut-elle ressurgir ici, après tant d'années? À cette époque, fuir l'armée anglaise était un impératif, pas une mission. Quant à la manière dont il sert la France… C'est une question d'argent. Uniquement.

— Il existait une route, avance-t-il, pour tempérer un peu l'ardeur du général.

— Je sais, Rousselle. Et c'est bien là la chose la plus extraordinaire. N'importe quel homme l'aurait empruntée, mais pas vous. Vous saviez que vous seriez traqué. Vous saviez qu'il vous fallait vous tenir loin de tout sentier, de manière à ce qu'il soit impossible de vous retrouver sans s'enfoncer profondément dans les bois. C'est bien là l'exploit.

Jean n'en revient pas. Comment son histoire a-t-elle pu prendre de telles proportions ? Décidément, Washington est plus astucieux qu'il ne l'a d'abord imaginé. Ou bien Vergennes, plus diabolique…

– Où voulez-vous en venir, général ?

Washington sourit, visiblement satisfait du résultat de cette petite mise en scène. Il se lève et tend la main vers une table sur laquelle est étalée une carte géographique. Jean s'apprête à s'en approcher, mais le général le retient d'une main sur son avant-bras.

– Puisque Québec appartient aux Anglais, dit-il, et que la France est de notre côté, je n'ai pas à craindre votre défection cette fois, n'est-ce pas ?

Cette fois, comme le dit Washington, il n'y a pas de sous-entendu. Tout est bien clair : Vergennes l'a vendu aux Américains.

*

Lorsque la petite barque dans laquelle elle prend place se met à tanguer, Odélie se souvient brutalement qu'elle a le mal de mer. En ce 19 septembre brumeux, elle sait qu'il est trop tard pour reculer. Elle pose son fusil sur ses genoux et fixe la grisaille en aval de la rivière Merrimac. L'embarcation zigzague dans le port de Newburyport, entre les onze navires réquisitionnés pour le transport des troupes. Tous sont à l'ancre, les voiles relevées, mais dans l'attente du signal du départ. Certains hommes sont à bord depuis la veille et Odélie imagine leur impatience après une nuit dans un espace aussi réduit. Car ce ne sont pas des frégates de guerre qui mouillent dans la rade, ce sont des sloops de pêche, des goélettes et plusieurs autres petits voiliers à un ou deux mâts, gréés pour le transport du fret et des membres d'équipage. C'est bien là un détail qui inquiète Odélie. Ils seront une centaine à bord de chaque embarcation et le voyage en mer devrait durer une dizaine d'heures. Odélie aura peu d'intimité. Malgré cette contrainte, elle ne regrette pas sa décision ; elle n'a pas le choix.

Il y a un peu plus d'un mois qu'elle s'est séparée de Wellington. À une croisée des chemins, ils ont mis pied à terre. Odélie avait continué d'espérer qu'il change d'idée, qu'il constate que cette histoire de trahison n'était qu'une chimère. En vain. Wellington s'est approché d'elle et lui a déposé son salaire dans la main.

— Comme convenu, a-t-il dit simplement, avant de remonter en selle.

Odélie était debout au milieu du sentier. Tenant la bride d'une main, l'argent de l'autre, elle le suppliait des yeux, mais lui ne voyait rien.

Avant d'éperonner son cheval, il a tourné une dernière fois la tête dans sa direction. Odélie a compris, à son air contrit, que cette décision ne lui plaisait pas à lui non plus.

— Dirigez-vous vers l'est, a-t-il lancé en indiquant la route de droite. Vous atteindrez la mer en quelques jours. Bonne chance !

Sur ces mots, il est parti au galop. Le cœur gros, Odélie a regardé la silhouette de Wellington se rétrécir au loin jusqu'à ce qu'elle disparaisse dans la forêt. Puis elle a pleuré en silence durant quelques minutes. Le reverrait-elle jamais ? Elle s'est aussitôt ressaisie : sa vie, sans patron ni protecteur, en dépendait.

Ensuite, elle a chevauché pendant une semaine afin d'éviter les environs de New York. Explorant la campagne et entrevoyant sans peine la guerre qui menace les habitants, elle n'a pas pris longtemps à évaluer les possibilités. Le salaire de trois semaines que lui avait remis Wellington a tout juste suffi pour qu'elle atteigne New Haven, sur la côte. «Encore des gens qui profitent du conflit imminent», s'est-elle dit, en payant un prix exorbitant pour une nuit dans une auberge en bordure de la ville.

Si elle s'était imaginé qu'il serait facile de monter à bord d'un navire à destination du Canada, elle s'était trompée. À cause de l'épidémie, rares étaient les capitaines qui s'étaient rendus aussi près de New York. Or, pour les plus téméraires qui y faisaient escale, les raisons étaient nombreuses de refuser un passager. La menace de la variole était la plus fréquente. On arguait aussi la présence d'une cargaison trop précieuse. On prétendait également éviter les ports sous le contrôle des Britanniques, ce qui était le cas de celui de Québec. En fait, seuls les trafiquants auraient accepté de l'embarquer. Cependant, à cause du risque qu'ils disaient prendre, ils exigeaient un prix qu'elle n'était pas en mesure de payer, même en vendant son cheval.

Au moment où elle désespérait à New Haven, assise sur un rocher à regarder son cheval brouter une herbe aussi rachitique que lui, un matelot l'a rejointe sur la plage. Il avait entendu sa conversation avec un des capitaines dans le port et voulait lui venir en aide. Il lui a dit qu'un fermier de New Port était venu en ville, quelques semaines plus tôt, et qu'il cherchait des garçons pour travailler sur sa terre. «Ça te fera un peu d'argent, a-t-il ajouté en s'éloignant. Sans compter que New Port a la réputation d'être plus accessible aux voyageurs ces temps-ci. »

Sans perdre de temps, Odélie a piqué vers l'est en longeant la côte. Elle n'avait pas parcouru une lieue qu'il lui a fallu s'enfoncer dans les taillis pour éviter une des patrouilles britanniques. Elles étaient partout, arrêtant les voyageurs sur les routes, fouillant ceux qui paraissaient suspects. Odélie savait qu'elle faisait partie de cette catégorie, elle l'avait appris à ses dépens.

Bloquée à l'est par les soldats, au sud par la mer, à l'ouest par la variole, il ne lui restait qu'une direction possible. Elle a éperonné son cheval et foncé vers Cambridge, au nord. Elle savait la ville aux mains des rebelles depuis plusieurs mois et elle espérait y trouver un autre moyen de gagner Québec. Et c'est exactement ce qui s'est produit.

Odélie a eu un pincement au cœur en apprenant que Washington levait son armée de volontaires pour envahir le Canada. Même sans elle pour lui porter malheur, Wellington n'avait pas réussi à accomplir sa mission. Qu'à cela ne tienne, c'était un moyen comme un autre pour retourner chez elle. Elle en aurait peut-être trouvé un meilleur, si elle avait eu le cœur à chercher plus longtemps. Mais au moment où elle a atteint le quartier général des rebelles, elle n'en pouvait plus d'errer dans ce pays étranger. Elle voulait revoir sa famille, oublier Nathanael Wellington et le chagrin qu'il lui avait causé. Elle voulait redevenir Odélie Rousselle, parler français et reprendre sa vie là où elle l'avait laissée lorsqu'elle était montée à bord de l'*Impetuous* au mois de mai dernier.

Elle a vendu son maigre cheval et rejoint les rangs de l'armée continentale. On prétendait que la montée vers Québec durerait une vingtaine de jours. Elle pouvait bien continuer à jouer le rôle de Charles de Beauchêne encore vingt misérables journées. Ensuite, une fois à proximité de Québec, elle ferait faux bond aux militaires et reprendrait son identité, de même que ses vêtements féminins. Avec un peu de chance, elle pourrait même prendre de l'avance sur l'armée et gagner Québec pour avertir le lieutenant-gouverneur Cramahé de la menace qui pèse sur la ville. Sa main tremblait lorsqu'elle a signé son nom sur la feuille d'enrôlement : Charles de Beauchêne. C'était la première fois qu'elle l'écrivait.

On lui a d'abord assigné la compagnie du capitaine Dearborn, dans la division du lieutenant-colonel Enos et du major Meigs. C'est au camp de ce dernier qu'elle a reçu ces vêtements supplémentaires, ces munitions et ces provisions qu'elle traîne avec elle dans des sacoches affreusement lourdes. On lui a aussi remis un fusil à baïonnette, de même que cette couverture roulée attachée sur son dos. Avec son pistolet et son épée, elle est aussi armée que bien des officiers.

Son groupe a été le dernier à quitter Cambridge, le 13 septembre en fin d'après-midi. Plusieurs soldats nouvellement enrôlés avaient exigé et reçu un plein mois de salaire avant de se mettre en marche. Odélie n'a pas mis longtemps à repérer parmi ces hommes les esprits mutins qui ne tarderaient sans doute pas à semer la zizanie dans les rangs.

Les officiers avaient certainement fait la même analyse qu'elle, car dès que la division a atteint Newburyport, après six jours de marche, les cinq compagnies étaient forcées de monter à bord des navires servant au transport des troupes. C'est là qu'ils ont passé la nuit, éloignés de la ville. Peut-être avait-on eu peur qu'ils ne s'enfuient avec leur salaire payé d'avance?

Pour sa part, Odélie avait reçu une nouvelle affectation. Elle devait passer la nuit dans le port avant de se rendre, au matin, à bord d'une goélette de pêche, le *Broad Bay*. C'est justement ce qu'elle s'apprête à faire en ce moment, assise dans la petite barque qui tangue toujours. Le *Broad Bay* se trouve juste devant, à quelques coudées. Les deux coques se frôlent en douceur et Odélie suit un des hommes d'équipage qui grimpe à l'échelle de corde.

Elle pose enfin le pied sur le pont et cherche instinctivement l'horizon, incommodée par un nouvel étourdissement. Lorsque plus rien ne semble bouger, elle s'informe auprès d'un des matelots :

— Je cherche le chirurgien. On m'a dit que je le trouverais sur ce navire.

— C'est lui, là-bas, près de la poupe.

Le matelot désigne du doigt un jeune homme d'une vingtaine d'années appuyé au bastingage. Vêtu à la dernière mode anglaise, ses cheveux noirs soigneusement coiffés, il est le type même du mari que les mères recherchent pour leur fille. Les traits fins, de bonnes manières, une bonne situation, et assez jeune pour plaire à la fille en question.

— Docteur Isaac Senter? demande Odélie en s'arrêtant à quelques pas de lui.

Le jeune homme se retourne. Il est encore plus beau que ce à quoi elle s'attendait. Elle s'incline avec sa raideur coutumière et prend sa voix la plus basse :

— Je suis Charles de Beauchêne, monsieur. J'ai reçu l'ordre de me mettre à votre service.

Le Dr Senter paraît intrigué et l'observe avec attention. Peut-être trouve-t-il trop jeune ce garçon qu'on lui envoie pour lui servir d'assistant? Odélie décide de devancer sa question:

— J'ai seize ans, ment-elle avec aplomb. Et j'ai souvent soigné mes frères à la ferme.

Le docteur hoche lentement la tête.

— Bienvenue à bord, mon garçon, dit-il simplement en lui serrant la main.

En lui tendant sa main gantée, Odélie se bombe le torse, comme le feraient ses frères. Le vent vient de se lever et la pluie commence à tomber. Pendant que le chirurgien l'entraîne à l'intérieur du château arrière, Odélie se retient de sourire. L'homme qui l'appelle «mon garçon» est peut-être plus âgé que Charles de Beauchêne, mais il est certainement plus jeune qu'Odélie Rousselle.

*

Le parloir est sombre, comme le sont tous les parloirs, éclairé uniquement par un vitrail donnant sur la rue. Les murs lambrissés sont nus, à l'exception d'un crucifix de bois fixé près de la porte d'entrée. Assise dans un des fauteuils mis à la disposition des visiteurs, Marie attend, les yeux fixés sur la porte par où entrent habituellement les religieuses qui reçoivent de la visite.

Elle a déposé son panier sur le sol, à ses pieds. À l'intérieur se trouvent trois pots de confitures et quelques bâtons de cannelle. Autrefois, c'était Odélie qui se chargeait d'apporter ces quelques présents à la tante au couvent. Depuis son départ, personne n'a rendu visite à Antoinette et Marie se sent un peu coupable de ne pas avoir effectué cette démarche plus tôt. Surtout qu'elle ne vient pas pour faire une commission, mais plutôt pour chercher conseil auprès de sa belle-sœur qui savait lui offrir une oreille attentive du temps de la guerre.

Quand une religieuse pénètre dans la pièce, Marie ne reconnaît pas immédiatement le visage d'Antoinette. «Comme elle a vieilli!» se dit-elle lorsque, finalement, elle repère les traits familiers sous le voile. Elle se lève d'un bond pour embrasser sa belle-sœur.

— C'est tellement bon de te voir, Marie! lui souffle Antoinette en la serrant contre elle.

Les deux femmes prennent ensuite place sur les fauteuils, l'une en face de l'autre. Un large sourire égaie le visage d'Antoinette. Marie est émue de retrouver cette presque sœur.

— Qu'est-ce qui t'amène? demande la religieuse en lui prenant la main. Ça fait si longtemps... Comment vas-tu?

Comment va-t-elle? Sa santé est bonne, et tout va bien à la maison, pense-t-elle. Mais son cœur... son âme...

— Jean Rousselle est revenu.

Ces seuls mots expriment entièrement ce qu'elle ressent.

— Comment ça, «revenu»? Il est mort, Marie. Et les morts ne...

— Il n'est pas mort.

La voix tremblante, Marie lui raconte l'histoire de Jean. Antoinette a un air ahuri qui s'accentue à mesure que sa belle-sœur lui fait le récit de la visite du mois dernier. Lorsqu'elle termine, la religieuse serre deux mains glacées dans les siennes.

— Avant qu'il parte, conclut Marie, je lui ai dit que, puisqu'il était informé de mon mariage, il avait eu tort d'être venu me voir.

— Tu as bien fait.

Antoinette se lève et fait les cent pas dans la pièce.

— Est-ce que Daniel est au courant?

Marie secoue la tête.

— Non. Je n'ai pas eu le courage de lui en parler.

— Alors ne lui dis rien. Il faut que tu oublies Jean, Marie, que tu oublies ce que tu as vécu avec lui et même sa visite. Daniel mérite ton respect. Il mérite également de ne pas être tourmenté par des fantômes. S'il n'est pas au courant, il continuera sa vie comme l'homme généreux qu'il est. C'est cela qui est important.

Marie se mord la lèvre inférieure, mais n'arrive pas à retenir les larmes qui coulent doucement sur ses joues.

— C'est ce que j'avais décidé de faire, je te l'assure. Mais j'ai l'impression que cette visite a empoisonné ma vie. Je ne cesse de me dire que j'ai agi trop promptement en épousant Daniel. Que j'aurais dû attendre d'avoir des nouvelles de Jean. Que...

— Tu ne pouvais pas attendre, coupe Antoinette, avec sa voix dure d'institutrice. Enlève-toi cette idée de la tête!

Le ton d'Antoinette force Marie à se reprendre et elle se rend compte que cette attitude sévère est exactement ce dont elle a besoin. La religieuse reprend, plus doucement:

— Tu as fait pour le mieux. Tu attendais un enfant et il lui fallait un père qui le reconnaisse. Il n'y avait aucune autre possibilité, alors il faut t'assumer et ne pas regretter le passé. Et puis Daniel est un bon mari, que je sache. Aurais-tu à t'en plaindre?

— Absolument pas. Il s'occupe bien de moi et des enfants. Je n'ai aucun reproche à lui faire. J'ai seulement l'impression d'avoir été trahie, mais je ne saurais dire par qui.

Antoinette reprend sa place devant Marie et pose une main sur la cuisse de sa belle-sœur.

— Personne ne t'a trahie, Marie. Dieu a voulu que les choses soient ainsi. Qui sait à quel dessein? Quand on y pense, on doit admettre qu'il ne s'est pas trompé. Tu as deux beaux grands garçons, un époux qui te respecte et qui gagne bien sa vie. Compare ta situation avec celle de la moitié des femmes de Québec et tu verras à quel point Dieu a veillé sur toi.

Cette image réconforte Marie. Antoinette a raison. Jamais Daniel n'a levé la main sur elle. Il est aimant et s'assure qu'elle ne manque de rien. Elle n'a plus jamais eu faim depuis qu'elle a accepté de devenir sa femme. Il a élevé Odélie comme sa propre enfant, de même que François. Mais si sa tête raisonne de cette manière, son cœur, lui, ne suit pas.

— Dans ce cas, Antoinette, pourquoi est-ce que je me sens comme une pauvre fille de vingt ans abandonnée par son fiancé?

Marie désespère de constater qu'elle n'arrive plus à se satisfaire de sa vie. Dormir dans les bras de Daniel ne la rassure plus autant. Cet avenir qu'elle a imaginé pour eux ne la comble plus tout à fait. Bientôt, ils auront peut-être un petit-fils ou une petite-fille. Daniel sera heureux de revoir Odélie, malgré son mariage à Cameron. Ils joueront peut-être même aux échecs, comme ils le faisaient autrefois. Et elle bercera l'enfant de sa fille devant le foyer en lui racontant des histoires. François et Louis finiront par s'accorder. Ils fumeront même leurs pipes près de la fenêtre en jasant des jeunes filles de la ville. Marie a déjà tout imaginé et, pourtant, ce rêve a perdu de son authenticité.

— On dirait que tout s'écroule, souffle-t-elle dans un soupir.

— Je sais.

Cette réponse ébranle Marie. Qu'est-ce qu'Antoinette pourrait bien connaître des hommes, du mariage ou de l'amour?

— Moi aussi, poursuit la religieuse en fixant le vitrail devant elle, j'ai dû suivre un chemin que je n'avais pas choisi.

*

— Le lieutenant-gouverneur Cramahé m'a parlé de la proposition que vous avez faite au gouverneur Carleton l'été dernier.

Daniel ne lève pas les yeux de sa pipe; il attend la suite. Il se dit qu'il a bien fait de fermer son commerce cet après-midi. Mercredi, ce n'est pas un jour de marché; il y a ainsi moins de monde en ville et c'est donc moins payant. Puisque les garçons sont à l'école et que Marie est en visite à l'Hôpital-Général, il ne restait que lui pour tenir boutique. Lorsque Du Longpré a demandé à lui parler en privé, il a vu l'occasion de faire une pause.

Installés près de la cheminée de la salle commune, en cet après-midi frisquet de septembre, les deux hommes fument en prenant le thé. «Deux Français qui ont pris l'habitude des Anglais, se dit Daniel en reposant sa tasse. Quelle ironie, quinze ans seulement après la fin de la guerre!»

Avec les propos que lui tient son invité, Daniel se dit qu'il avait mal jugé l'ami de sa femme. Il se doutait bien que la présence de Du Longpré à Québec n'avait rien d'une visite d'affaires. Cependant, ce n'est qu'en ce moment qu'il comprend que l'homme est dans les petits papiers du lieutenant-gouverneur. Tout devient clair à présent: le fait qu'il l'ait aperçu plusieurs fois dans les différents cabarets et auberges de Québec, et que même Grandbois soit intrigué parce que Du Longpré paie souvent des tournées générales, au grand plaisir des clients du respectable établissement. «Ainsi, Du Longpré fréquente Cramahé en secret. C'est une bonne chose à savoir», se dit Daniel, en tirant une bouffée de sa pipe.

— Le lieutenant-gouverneur a une mission à vous confier, poursuit Du Longpré.

Daniel est un peu surpris de constater que, en plus de fréquenter Cramahé, Du Longpré soit digne de sa confiance au même titre qu'un de ses hommes.

— Cela aurait-il à voir avec la présence des Bostonnais sur le lac Champlain?

Du Longpré hoche la tête.

— Ils approchent rapidement du fort Saint-Jean. Environ mille hommes, peut-être davantage. Si rien n'est fait rapidement, ils réussiront à s'en emparer. Et après Saint-Jean…

— Ce sera Montréal. Oui, je comprends.

Daniel est au courant, comme tout le monde, de ce qui est arrivé à Ticonderoga. Cet ancien fort français, qu'on appelait Carillon à l'époque, est tombé aux mains des Américains dès le mois de juin. Ils l'ont pris par les armes même si la guerre n'est pas officiellement déclarée.

— Anglais contre Anglais, soupire Daniel, qui se doutait bien que les Bostonnais préparaient une invasion.

— Il semblerait qu'ils soient prêts à passer à l'action plus tôt que nous l'aurions cru.

— Ou plus tard…

Du Longpré sourit et Daniel se dit que les rebelles sont bien ignorants pour tenter une invasion en septembre. Ne connaissent-ils pas la rudesse de l'hiver canadien? Ce n'est pas pour rien que les Anglais avaient attaqué Québec en mai, lors de la grande invasion de 1759. Ils savaient, eux, à quel point il est difficile de faire un siège d'hiver au Canada.

— En quoi consiste cette mission? demande Daniel, que l'idée de se rendre utile intéresse de plus en plus.

— Certains de nos courriers militaires ont été interceptés récemment. Ils sont bien parvenus à destination, mais les lettres avaient été lues en chemin. Les espions savent que le gouverneur Carleton hésite à employer des Canadiens. Ils savent que c'est parce qu'il ne peut pas se fier à eux. Il ignore à qui ira leur loyauté lorsque les Bostonnais leur crieront qu'ils sont venus les libérer de la tyrannie.

— Qu'est-ce que j'ai à voir dans tout ça?

— Cramahé est convaincu de votre fidélité, Rousselle. Je ne sais pas ce que vous avez dit au gouverneur

Carleton, mais il en a persuadé son subalterne. Cramahé vous croit un homme droit. Je le pense aussi, sinon Marie ne vous aurait pas épousé.

Daniel a envie de préciser que Marie n'avait pas eu le choix de l'épouser. Entre le mariage avec un homme qu'elle n'aimait pas et le déshonneur d'être fille-mère, elle a simplement choisi le moins pire des deux maux. Cependant, il ne dit rien. Il préfère écouter le reste de la proposition :

— Si vous portez les lettres jusqu'aux Trois-Rivières en faisant votre virée habituelle, les espions bostonnais n'y verront que du feu.

— Vous avez un homme fiable, aux Trois-Rivières ?

Du Longpré hoche la tête en poursuivant :

— Sur la rive est du Saint-Maurice, un peu avant d'arriver au bac, vous prenez le chemin…

Et pendant que Du Longpré lui explique sa mission, Daniel se rend compte de ce qu'ils sont en train de faire : deux Français se préparent à participer à une guerre d'Anglais contre Anglais. « C'est encore plus ironique que de prendre le thé avec lui », songe-t-il, en concentrant toute son attention sur les explications qu'on lui donne.

Plus tard, lorsqu'ils ont fini de régler les détails, Du Longpré lui serre la main et tous deux traversent le vestibule et sortent dans la rue. « C'est une belle journée d'automne, se dit Daniel, en regardant s'éloigner son invité vers la porte Saint-Louis. Une vraie belle journée d'automne. »

Il est satisfait de la tournure des événements. Après sa conversation de l'été avec le gouverneur, il avait craint que celui-ci ne l'ait trouvé trop vieux pour le prendre au sérieux. Finalement, son âge allait être un atout. Il n'allait pas rester assis chez lui à regarder les Bostonnais répandre leurs mensonges dans son pays. Il allait participer à la défense de la *Province of Quebec*. Fier de lui, Daniel revient à l'intérieur et prend le balai pour nettoyer la boutique. Marie ne va pas tarder à rentrer et il doit décider s'il lui parlera ou non de cette mission. Une partie de lui en meurt d'envie. L'autre s'inquiète. Que va-t-elle en penser? Lui dira-t-elle qu'il est trop vieux pour jouer à la guerre? Marie comprendra-t-elle le besoin qu'il a de se savoir utile?

À cet instant, la porte s'ouvre derrière lui. Daniel se retourne en pensant voir Marie, mais il surprend le regard indiscret d'un jeune homme d'une vingtaine d'années qui se tient sur le seuil et fouille la pièce des yeux.

— Puis-je vous aider? demande Daniel à celui qu'il prend à tort pour un client.

— Je cherche Marie Rousselle.

— C'est ma femme. Que lui voulez-vous?

Le jeune homme hésite. Il jette un œil dans la rue où un autre homme l'attend. Ce dernier lui fait un signe impatient, montrant la porte Saint-Louis du bout du doigt.

— J'ai un message pour elle. Mais je dois le lui remettre en mains propres. Quand l'attendez-vous?

L'attitude de l'homme intrigue Daniel et c'est malgré lui qu'il s'entend mentir:

— Demain. Elle est partie rendre visite à un membre de sa famille.

Le jeune homme hésite davantage. Daniel décide d'insister:

– Vous pouvez me donner le message. Elle le recevra dès son retour.

Le visiteur regarde de nouveau dans la rue. Son compagnon a disparu. Cela semble l'inciter à agir, car il sort une lettre de sa poche.

– La voici. Merci.

Et il sort aussitôt et s'élance sur les traces de son compagnon. Daniel le suit des yeux un moment avant de revenir à la lettre qu'il a dans les mains. C'est alors que le papier semble lui brûler les doigts. Il vient de reconnaître l'écriture. C'est celle de son fils, celle de Jean.

*

Pendant que Daniel ferme la porte et met une bûche dans le poêle de leur chambre, Marie tire les rideaux et se déshabille, bien en vue dans la lumière de la bougie qui tremble sur la commode. Elle ne ressent plus le tourment qui l'accablait depuis un mois. À la place, elle éprouve plutôt une étrange sensation de plénitude. Après ce qu'elle a appris cet après-midi, comment pourrait-elle encore se désoler de sa situation ?

Assise sur le bord du lit, elle roule lentement ses bas le long de ses mollets. Elle sait que Daniel la regarde, c'est pourquoi elle détache sa chevelure et la laisse retomber sur son dos et sur sa poitrine pendant qu'elle défait son corset. Sa chemise s'entrouvre alors, libérant ses seins qu'elle ne s'efforce pas de dissimuler derrière le tissu. Elle laisse choir sur le sol sa jupe et ses jupons et se tourne enfin vers son mari. Comme elle s'y attendait, il n'a pas cessé de la regarder, debout près du poêle, vêtu uniquement de sa chemise. Ses jambes sont maigres et Marie se rend compte qu'il a encore perdu du poids. Ses cheveux sont complètement blancs et tombent en ondulant le long de ses joues. Malgré ces effets de l'âge, il a gardé son air de bon vivant. Marie se souvient de l'avoir trouvé antipathique la première fois qu'elle l'avait rencontré. C'était bien mal le juger. Elle a compris depuis que c'était son attitude à elle qui avait provoqué sa mésentente avec le marchand de Louisbourg. Elle se souvient aussi du jour où elle s'était rendu compte qu'elle l'aimait. Ce même jour où elle s'était aperçue qu'il lui manquait quand il partait. C'était aussi ce jour-là qu'elle avait accepté sa vie telle qu'elle était, enfin. Depuis, ils ont toujours fait l'amour par désir, un désir mutuel. Comme ce soir.

Marie reconnaît l'effet de ses gestes provocants lorsqu'elle voit la bosse qui gonfle le bas de la chemise de Daniel. Elle s'allonge sur le lit et repousse les draps pour lui faire de la place juste à côté d'elle.

– Viens, dit-elle simplement, après avoir remonté sa chemise très haut sur ses cuisses.

Daniel souffle d'abord la bougie de la commode, puis se glisse sous les couvertures, le corps tremblant. Marie se colle contre lui.

– Tu as froid? lui murmure-t-elle à l'oreille, pendant que des mains elle lui caresse le dos.

Ce soir-là, Daniel lui fait l'amour avec plus d'intensité qu'il ne l'a fait depuis des années. Et plus tard, en fermant les yeux, Marie se blottit contre lui, la tête sur son épaule. Ses craintes se dissipent, elle se rend compte que Daniel la rend heureuse, même maintenant. Même si Jean est revenu et qu'elle en souffre. Même si elle comprend quel vilain tour le destin leur a joué. Elle ne peut plus s'apitoyer sur son sort comme elle l'a fait depuis un mois. La confidence d'Antoinette l'a tellement bouleversée qu'elle a été obligée de se remettre en question, de voir qu'il y a pire ailleurs, bien pire que sa propre situation.

Cet après-midi, dans la pénombre du parloir de l'Hôpital-Général, Antoinette s'est confiée à elle. Après tant d'années, elle lui a finalement raconté ce qui était arrivé à Louisbourg en cet été de 1758, alors que la ville était assiégée par les Anglais. Elle lui a parlé de Robert, de ce grand amour que lui interdisait le voile qu'elle portait. Jamais Marie n'avait imaginé que le destin puisse être si cruel. Sa belle-sœur pleurait en décrivant la mort de Robert et le désespoir qui avait suivi.

Marie ne pouvait s'empêcher de se comparer. Malgré cette vie qu'elle n'a pas de prime abord choisie, il lui reste toujours la présence de ses enfants et d'un mari aimant. Antoinette, elle, avait tout perdu cet été-là. Et maintenant que son secret a été dévoilé au couvent, elle risque de perdre même sa dignité. Après avoir écouté sa belle-sœur, comment Marie pourrait-elle se désoler de ce qui lui arrive ? C'est impossible. Toute sa pitié va à Antoinette qui a tant souffert.

Lorsque le sommeil vient enfin, Marie presse la main de Daniel contre sa poitrine. Elle a une bonne vie, malgré tout.

*

Marie dort depuis bientôt une heure lorsque Daniel la repousse doucement en la faisant se tourner de l'autre côté. S'il n'a pas encore réussi à fermer l'œil, c'est parce qu'il a mauvaise conscience, il le sait bien.

Il dégage son bras de sous la nuque de sa femme et pose les pieds sur le sol. Lorsqu'il se lève, le plancher craque sous son poids, mais Marie ne se réveille pas. Daniel s'approche de la chaise où sont déposés ses vêtements. Dans l'obscurité, il fouille pendant un moment les poches de son justaucorps jusqu'à ce qu'il trouve ce qu'il cherchait. Sans même prendre la peine d'enfiler ses chaussures, il sort de la chambre et descend au rez-de-chaussée. Il n'a pas besoin de bougie; il connaît la maison par cœur, chaque marche, chaque mur, jusqu'à la petite pièce au fond de la boutique.

Ce n'est qu'une fois assis à son bureau qu'il allume la lampe et ouvre le tiroir du bas. Il le vide complètement et le retire du meuble. Le tiroir glisse et Daniel peut ainsi faire coulisser ce double fond où il dissimule les documents qu'il garde secrets. Il y a là trois contrats qu'il a signés avec l'ancien gouverneur Murray. Il y en a un autre, plus récent, de la main du gouverneur Carleton. Mais surtout, il y a une lettre, dont le papier a séché et jauni quelque peu. Daniel la retire du tiroir et la déplie pour la relire à la lueur de la flamme qui oscille devant ses yeux. Chaque phrase le déchire. Il s'agit de la première lettre de Jean, celle où il leur révèle, à Marie et à lui, comment il a survécu à ses blessures. Il leur dit aussi qu'il a appris la nouvelle de leur mariage. Il a décidé de rester à Brest, pour leur bien, pour ne pas nuire à leur bonheur. Un bonheur qu'il sait forcé, mais dans lequel il ne veut pas s'interposer.

— Pourquoi cette deuxième lettre, mon fils? Pourquoi Dieu exige-t-Il que je choisisse entre ma femme et ma chair?

Ce soir, si Marie n'avait pas volontairement attisé son désir, il lui aurait remis la seconde lettre de Jean. Peut-être aurait-il même parlé de la première qu'il avait gardée cachée toutes ces années. Quand Marie est revenue du couvent, à la fin de l'après-midi, il avait déjà pris sa décision. Il avait trop longtemps volé ce qui appartenait à son fils. Il avait décidé de dire la vérité, de laisser Marie choisir son avenir, comme elle l'aurait fait il y a une quinzaine d'années. Il savait qu'elle partirait. Aux curieux de la ville, il aurait prétendu que sa femme était allée voir sa mère, en France. Avec les années, il se serait sans doute habitué à son absence. Elle lui aurait peut-être même laissé Louis, pour qu'il ne se retrouve pas complètement seul. Mais maintenant…

Quand Marie s'est déshabillée devant lui, de cette manière, avec cette intention évidente de le séduire, il n'a pas eu le cœur de s'en tenir à sa décision. Il s'est rendu compte qu'il n'y arriverait pas, qu'il l'aimait trop, qu'il ne voulait pas prendre le risque de la perdre. Entre son fils et sa femme, il a encore une fois choisi sa femme. Et pourtant – il prend Dieu à témoin de sa souffrance –, il aime son fils, il aime tous ses fils, même celui qui n'est pas vraiment le sien, car il est quand même de son sang. Combien d'hommes sur terre ont-ils eu à vivre un tel tourment?

D'un brusque mouvement du pouce, Daniel brise le sceau. Ses yeux parcourent l'écriture élégante de Jean. Ce n'est pas une longue lettre, tout au plus quelques phrases qui le bouleversent davantage que ne l'a fait l'arrivée de la lettre elle-même.

Ma très chère Marie,

J'ai compris trop tard à quel point notre rencontre t'a fait mal. J'ai agi par égoïsme en allant te voir chez toi et je le regrette. Me pardonneras-tu un jour ce moment d'égarement ? Je ne reviendrai pas. Je tiendrai ma promesse, cette fois.

J'étais si bouleversé de t'avoir mise dans cet état que j'ai oublié de te dire que j'ai revu ta fille. Je l'ai croisée en juin non loin de Boston. Elle m'a demandé de te rassurer. Elle est heureuse et je pense qu'elle se débrouille bien. Comme elle l'a toujours fait d'ailleurs !

Je te prie de croire que les sentiments que j'avais pour toi sont toujours vivaces. Je les chérirai aussi longtemps que je vivrai.

Ton très dévoué,
Jean

Daniel sent la jalousie l'envahir et il a envie d'écraser le papier entre ses doigts. Ainsi donc, Jean a poussé l'audace jusqu'à venir à Québec, dans sa propre maison ! Quand est-ce arrivé ? La lettre ne contient pas de date et le porteur n'était pas un résident de la ville. Ce sera difficile de le retrouver. Le doute s'immisce en lui. Peut-être que Marie lui a menti. Peut-être qu'elle n'est même pas allée au couvent cet après-midi. Et si elle était partie voir Jean ? Et s'ils s'étaient retrouvés quelque part, pour se voir en secret ? Quel imbécile naïf il fait !

Daniel s'efforce de se calmer. Marie n'a pas pu revoir Jean, sinon ce dernier n'aurait pas eu besoin de lui écrire. Elle s'est donc bien rendue au couvent, comme elle le lui a dit. Cette pensée le rassure. Ils se sont donc vus il y a plusieurs jours, peut-être même plusieurs semaines. Cela explique au moins le comportement étrange de Marie durant tout le mois d'août. Elle paraissait troublée et semblait souffrir en silence. Il avait beau essayer de la réconforter, rien n'y faisait. Il l'a même entendue pleurer une fois, la nuit. C'était pour Jean qu'elle pleurait.

Mais alors, comment justifier son attitude, ce soir? Pourquoi Marie lui a-t-elle soudain témoigné autant d'affection si elle sait que l'homme qu'elle aimait est encore en vie? L'aime-t-elle toujours? À en croire la lettre de Jean, elle semble s'être montrée froide en sa présence. On dirait même qu'elle l'a repoussé. Pourquoi? Pour qui? Pour lui, un homme de plus de soixante ans? Dans ce cas, elle aurait déjà pris sa décision. Elle l'aurait choisi, lui! C'est donc dire qu'elle partage encore ses sentiments…

Daniel sent monter en lui un élan de tendresse. Elle l'a choisi, malgré tout. Elle est restée alors qu'elle aurait pu partir. Il se rend compte de nouveau à quel point il aime Marie, à quel point son départ l'aurait rendu malheureux. Il replie la lettre et la glisse, avec la première, dans le double fond du tiroir. Puisque Marie ne se doute pas qu'il est au courant pour Jean, aussi bien entretenir cette idée qui évitera une douloureuse confrontation.

«Avec la mission que m'a confiée Cramahé, songe-t-il en refermant le tiroir, je serai absent plusieurs jours. Autant ne pas tenter le diable.»

Plus tard, lorsqu'il se glisse de nouveau dans le lit de Marie, il la prend dans ses bras et la laisse poser la tête au creux de son épaule. Il lui caresse le front de sa main libre. Il l'aime, plus que jamais. Puisqu'elle a décidé de rester, il fera honneur à sa décision. Jamais elle n'aura à se plaindre de lui. Il sera un mari affectueux, généreux et compréhensif, un père exemplaire. Et pour cela, il sait ce qu'il a à faire. Il lui faut mettre son orgueil de côté.

*

Le soleil se lève à peine lorsque Odélie aperçoit l'entrée de la rivière Kennebec. Enfin. La traversée a été tellement difficile que tous les hommes ont été malades, elle y compris. Comme la plupart régurgitaient à l'intérieur de la goélette, les planchers étaient couverts de vomissures. L'odeur exacerbant son propre mal de mer, Odélie a préféré rester sur le pont et vider ses entrailles par-dessus bord, malgré la pluie et le vent.

La mer ne se calme pas quand les écueils qui parent l'embouchure de la rivière se dressent droit devant. Toute la flotte a ralenti pour franchir ce passage hasardeux. Appuyée à la rambarde, les vêtements trempés et le visage en sueur, Odélie ne peut s'empêcher de craindre le pire. Le Dr Senter vient tout juste de la rejoindre, après s'être occupé des hommes les plus malades. Le *Broad Bay* s'avance déjà au milieu des îles rocheuses, progressant lentement pour éviter les récifs qui affleurent à la surface. La pluie, le vent et le brouillard rendent l'approche ardue et Odélie jette souvent un œil vers l'ouest de crainte de voir apparaître sur l'océan déchaîné l'Union Jack flottant au mât de quelque patrouille britannique. Si le hasard voulait que la flotte soit aperçue, elle serait une proie facile, entourée de tous ces obstacles. Ballottée par la houle et les vagues qui déferlent sans cesse, Odélie continue de vomir, comme d'ailleurs la majorité des passagers.

Seuls les hommes d'équipage, de même que le Dr Senter, semblent immunisés contre le mal de mer.

Quand son estomac s'offre un répit, entre deux nausées, le Dr Senter essaie de lui dire quelques mots. Odélie secoue chaque fois la tête. Dans la tempête, elle n'entend que le vent qui rugit comme un fauve. Ce n'est que lorsque l'entrée est franchie que la nature se calme un peu et que les hommes sortent à tour de rôle prendre l'air sur le pont. Les vagues sont moins hautes, les secousses, moins fortes et le mal de mer semble diminuer d'intensité, lui aussi. Quelques navires ont visiblement raté le passage, mais le Dr Senter paraît convaincu qu'ils s'en rendront compte rapidement et qu'ils reviendront sur leurs pas.

— Pourvu que les derniers voiliers soient toujours en vue quand ces retardataires remonteront la rivière. La Kennebec est truffée de baies qui ne mènent nulle part et que l'on peut prendre à tort pour le chenal principal.

— Vous semblez bien connaître l'endroit, dit Odélie dont l'estomac s'est apaisé en même temps que la tempête.

— J'ai vu les cartes, répond le docteur, en désignant le premier village qui vient d'apparaître sur leur droite.

À ce moment, Odélie s'aperçoit qu'on jette l'ancre et que plusieurs hommes se préparent à descendre à terre, à moins d'un *mile* de l'embouchure.

— Il semblerait que le capitaine ait prévu cette difficulté, lui aussi. Il va sans doute attendre les derniers bâtiments avant de remonter le courant. Voilà un homme bien sage.

De fait, plusieurs navires ont déjà affalé les voiles.

— Venez avec moi, ordonne Senter, en désignant la barque qu'on s'apprête à mettre à l'eau. Nous allons voir ce que nous pouvons trouver comme viande fraîche.

Odélie le suit sans dire un mot. Lorsqu'elle pose enfin le pied sur la terre ferme, dans ce que les gens des environs appellent Georgetown, elle se sent tout de suite de meilleure humeur. Quelques heures plus tard, elle est assise à l'orée de la forêt, à courte distance des autres soldats, partageant un repas de bœuf avec le docteur. Le brouillard se dissipe maintenant et dévoile les rochers polis, blancs et étincelants qui parsèment la rivière. La rive opposée est distante de moins d'un *mile*, rongée par les vagues et couverte de sapins. Finalement, la Kennebec est plus dangereuse qu'elle leur avait semblé lorsqu'ils étaient à bord du navire.

— Les choses ne sont pas toujours ce qu'elles paraissent, dit le docteur en observant le cours d'eau.

Odélie acquiesce, réprimant un frisson en pensant au danger qui les menaçait, il y a quelques heures à peine. Ce n'est que lorsque ses yeux croisent ceux du docteur qu'elle comprend le sens réel de ses propos.

— Il y a longtemps que vous voyagez sous ce déguisement ? dit-il en la dévisageant.

La tension grandit d'un coup.

— Je ne vois pas de quoi vous voulez parler.

— Je parle de votre déguisement, Charles de Beauchêne, ou qui que vous soyez. Vous avez peut-être réussi à berner les officiers de recrutement, de même que la majorité des hommes de cette armée, mais vous oubliez que je suis chirurgien. J'ai étudié le corps humain sous toutes ses formes. Et vous, vous n'avez pas celles d'un garçon, si ce n'est une apparente fragilité juvénile, de même que quelques traits anguleux dans le visage. Mais votre nuque est trop délicate, vos pieds, trop menus et vos mains, trop fines. C'est d'ailleurs pour cette raison que vous les dissimulez sans cesse à la vue des gens, en portant des gants.

Odélie détourne les yeux. Quel est donc cet homme perspicace qui l'a mise à nu ? Senter poursuit, sans doute encouragé par ce soudain mutisme :

— Ce n'est d'ailleurs pas la première fois que je vous vois. Je vous ai déjà remarquée, au début de juillet il me semble, non loin de Bunker Hill.

— Je ne connais pas cet endroit, clame sincèrement Odélie, en fixant toujours la rivière devant elle. Je n'en ai même jamais entendu parler.

— C'est tout près de Boston. Nous étions sous le feu de l'ennemi le jour où je vous ai aperçue dans le camp, près de l'infirmerie. Vous paraissiez perdue, presque affolée. J'ai cru que vous m'aviez surpris à vous regarder, car vous vous êtes enfuie en courant dans la forêt.

Odélie se souvient des coups de canon, de l'infirmerie, des blessés agonisants sur les civières. Wellington était entré dans une des tentes. Si elle s'était enfuie, ce jour-là, c'était à cause de son propre désarroi.

— Je ne me souviens pas de vous, dit-elle, renonçant à nier l'évidence.

Un silence gênant s'installe alors entre eux et, pendant qu'ils mangent, ils se jaugent mutuellement.

— Vous n'avez rien à craindre de moi, dit enfin Senter en s'essuyant les doigts. Mais il y a, je crois, une chose à laquelle vous n'avez pas pensé en vous enrôlant dans cette armée.

Il se lève, ramasse ses affaires et se prépare à retourner à la barque. On donne déjà le signal pour revenir à bord du *Broad Bay*, car la flotte se rassemble un peu en amont.

– Quand nous aurons dépassé le dernier village sur la Kennebec, vous vous retrouverez entourée d'un millier d'hommes. Et je vous assure que le pire danger qui vous menacera ne sera pas ces bêtes féroces qui peuplent la forêt.

À mesure que le docteur s'éloigne vers la barque, ses paroles se frayent un chemin jusqu'à la conscience d'Odélie. Le Dr Senter a raison ; elle n'y avait pas pensé.

*

La maison de M. Colburn est construite sur la rive est de la rivière Kennebec, juste en face du petit village de Gardinertown. Elle dresse ses deux étages de planches blanches sur la partie la plus élevée d'une colline et le chantier qui s'étend à ses pieds jusqu'à la rivière semble complètement désert. Il faut dire qu'il est tard et qu'il fait presque nuit. Les ouvriers sont retournés chez eux il y a quelques heures déjà.

En ce début d'automne frisquet, un feu crépite dans l'âtre du salon où est assis Jean Rousselle. Il s'agit d'une pièce étroite, quoique confortablement meublée. Les murs sont garnis de portraits et de tapisseries au petit point. « L'œuvre de Mme Colburn », se rappelle Jean, qui a déjà remarqué ces objets lors de son premier passage chez ses hôtes, il y a près de trois semaines.

En effet, en quittant Cambridge, après sa conversation difficile avec Washington, il avait payé un pêcheur de Portsmouth et s'était rendu chez Colburn, à une vingtaine de *miles* en amont sur la rivière Kennebec. Il était porteur d'un message pour le maître charpentier : Washington commandait la construction de deux cents embarcations qui allaient servir à l'expédition du colonel Arnold. Colburn donnait déjà des ordres lorsque Jean avait repris son chemin, car il avait ses propres ordres, ce qui d'ailleurs ne le satisfaisait pas du tout.

Parce que l'armée avait passé ce contrat avec Colburn, Jean se doutait bien que ce serait dans sa maison qu'Arnold établirait son quartier général. C'est pourquoi il n'a pas été surpris quand le messager envoyé pour le quérir l'a ramené ici. Et maintenant, installé au salon, près de la porte du bureau de Colburn, Jean a beau s'efforcer de ne pas écouter les éclats de voix qui lui proviennent de la pièce adjacente, les paroles du colonel Arnold se rendent quand même jusqu'à son esprit :

— Bonté divine, Colburn ! Nous sommes le 23 septembre !

— Je sais, colonel. Mais j'ai manqué d'ouvriers et puis…

— Ne me dites pas que je vais faire attendre mille hommes au fort Western parce qu'il vous en manquait une dizaine il y a un mois.

— Mais c'est la vérité, colonel.

— Que voulez-vous que je fasse de votre vérité ? Avez-vous regardé ces bateaux, Colburn ? Ils sont faits de pin vert ! Avez-vous idée de leur poids ? Plusieurs d'entre eux sont beaucoup trop petits. Même avec les deux cents qui jonchent la rive, il n'y aura pas suffisamment de place pour transporter tout notre équipement.

– Colonel, les délais étaient trop courts. Il est impossible de trouver cette quantité de bois sec dans les environs. De toute façon, combien de temps ces bateaux doivent-ils servir? Deux, trois semaines? Guère plus. Il aurait été inutile de se mettre en frais et d'aller chercher du bois de qualité dans les ports de la côte pour une si courte utilisation.

– M. Colburn n'a fait qu'exécuter les ordres du général Washington, colonel.

Cette voix, celle d'un troisième homme présent dans la pièce, paraît étrangement familière aux oreilles de Jean. Elle est aussi empreinte de beaucoup plus de calme que les deux autres. C'est peut-être ce calme qui cause le bruissement qui suit, quelque chose comme un murmure; puis le silence se fait dans le bureau adjacent au salon où Jean attend. Lorsque la porte s'ouvre, quelques minutes plus tard, six hommes, Colburn y compris, apparaissent dans l'embrasure. Jean a l'impression de reconnaître l'un d'eux, sans toutefois être capable de l'identifier. Il ne s'y attarde pas longtemps, car le colonel Arnold vient les rejoindre.

C'est un homme assez grand, de trente à trente-cinq ans, qui impose d'emblée le respect. Cependant, Jean est surpris par la sérénité qu'il lit sur son visage. Après tout, les propos qu'il vient d'entendre tenaient plus du différend que de la discussion amicale.

– Rendez-vous au fort Western, ordonne Arnold à ses officiers. Que les hommes se tiennent prêts. Les deux premières divisions partiront dès demain matin avec les bateaux disponibles. La troisième attendra quelques jours que les dernières embarcations soient terminées. Je partirai dès que toute l'armée sera en marche.

Les officiers acquiescent et quittent la pièce. L'attention d'Arnold est alors attirée par Colburn qui fait un pas en direction de Jean. Ce dernier, s'étant levé dès que les hommes sont apparus, s'incline poliment.

– Colonel, dit Colburn, je vous présente Jean Rousselle, le Français qui nous sert d'éclaireur.

– Monsieur Rousselle, c'est un plaisir. Je crois que vous avez plusieurs informations à me transmettre. Mais entrez dans mon bureau et asseyez-vous, je vous en prie. Vous prendrez bien une tasse de thé? Colburn…

Colburn hoche la tête et s'éloigne à son tour, après avoir refermé la porte derrière les deux hommes. Le colonel Arnold prend place dans un fauteuil, en face de Jean. À côté de lui, un jeune homme se tient prêt à exécuter ou faire exécuter ses ordres.

– Je vous écoute, dit Arnold en se croisant les mains.

«Voilà un homme bien sûr de lui», se dit Jean en commençant ses explications:

– Comme vous êtes peut-être au courant, colonel, je suis arrivé de Québec il y a un mois. La ville est pleinement fortifiée, mieux encore qu'elle ne l'était en 1759. La population ne semble pas hostile, mais elle ne me semble pas non plus prête à se joindre à nous.

– Je sais déjà cela, monsieur Rousselle. Le général Washington m'a fait lire votre rapport. Ce que je veux savoir, c'est de quoi a l'air la route. Quels sont les dangers auxquels nous devrons faire face sur notre chemin?

Que Washington ait mis Arnold au parfum n'a rien de surprenant. Jean fouille dans sa poche et sort une feuille pliée qu'il tend au colonel.

— Voici le rapport des deux hommes que j'ai envoyés en éclaireurs pour explorer l'une des routes. Les dangers, comme vous les appelez, ne manquent pas. La forêt grouille d'Indiens qui servent d'espions à la solde de Carleton. Ce dernier a de plus envoyé des soldats à Sartigan. Vous devez savoir, colonel, qu'il existe deux routes pour se rendre à Québec. Toutes les deux passent par Sartigan.

À ce moment, Jean sort le plan qu'il a préparé à partir de la carte que lui a remise Washington. Il le déplie sur la table devant lui et Arnold se penche pour l'observer.

— Le « Y » que vous voyez dessiné ici représente les deux routes en question.

En expliquant le trajet à Arnold, Jean le suit du bout du doigt :

— En quittant le fort Western, nous devons d'abord suivre la Kennebec sur plusieurs lieues jusqu'au Grand Portage. Là, John Montrésor a exploré deux voies en 1761, ce qui explique le « Y ». L'un des tracés pique vers l'ouest, avec un portage à travers la forêt pour rejoindre la Dead River. Il faut suivre cette rivière qui monte vers le nord jusqu'à une chaîne de montagnes. De l'autre côté de celles-ci, la route traverse le lac Mégantic jusqu'à sa décharge, la rivière Chaudière, laquelle permet de gagner Sartigan.

Arnold hoche la tête, les yeux rivés sur la carte. Jean comprend qu'il a l'attention entière du colonel et cela fait naître en lui une certaine fierté. Il continue et sa voix prend une assurance nouvelle, ce qui le surprend lui-même :

— L'autre route consiste à remonter la Kennebec jusqu'à sa source, le lac Moosehead. Il y a à cet endroit un court portage jusqu'au lac Seboomook, qu'on remonte également jusqu'à sa source, au lac Penobscot. Suit un portage au-delà des montagnes au pied desquelles se trouve la rivière du Loup, qui se jette dans la Chaudière, tout près de Sartigan. C'est cette route que j'ai suivie pour me rendre à Québec et pour en revenir. C'est aussi celle que je vous conseille. Les portages sont moins nombreux et plus faciles.

C'est à ce moment-là que Mme Colburn apparaît dans l'embrasure de la porte, les mains chargées d'un plateau contenant un service à thé de porcelaine. Jean la regarde verser le thé, content de cette pause qui donne le temps au colonel d'apprécier son travail. Lorsque l'hôtesse se retire, Arnold pointe une ligne sinueuse sur la carte.

— Dites-moi, quel est le niveau de la Dead River en ce temps-ci de l'année?

Jean hésite un moment, puis secoue la tête.

— Je ne vous recommande pas de passer par l'ouest, colonel. Non seulement c'est à cet endroit que Carleton a placé ses espions, mais, en plus, il s'agit du territoire de chasse d'Indiens qui nous sont déjà hostiles. À cause des nombreux portages, nous serions des cibles faciles.

— Selon Montrésor, il s'agit du plus court chemin pour rejoindre Québec.

Jean comprend soudain qu'Arnold est mieux préparé que ce à quoi il s'était attendu. Cependant, il sait que sa solution est meilleure que celle envisagée par le colonel et il a l'intention de le lui démontrer:

— En passant par l'est, les portages sont moins fréquents, moins longs et moins difficiles. Mais surtout, le col pour franchir les montagnes est plus accessible.

– Oui, mais le trajet est beaucoup plus long. Avec notre équipement, il nous faudra quatre ou cinq semaines pour gagner Québec.

– Sauf votre respect, colonel, un trajet plus court mais plus ardu exige inévitablement plus de temps.

Arnold écarquille les yeux et prend un air sévère. Jean est allé trop loin en insistant. Sa voix était brusque et Arnold n'a visiblement pas apprécié son dernier commentaire. Même en voulant demeurer complaisant, Jean ne peut se résoudre à se taire :

– Colonel, commence-t-il en sortant son dernier argument, la seule façon de reconnaître la route qui vous intéresse est de repérer les dessins des Indiens sur les arbres. Celle que je vous propose, je l'ai empruntée moi-même. Nous perdrions beaucoup moins de temps et…

À ce moment, Arnold fait un geste à son aide de camp et celui-ci lui remet un livre à la couverture très rigide. Le livre ne s'ouvre pas, il se déplie, dévoilant une multitude de sections rectangulaires cousues les unes sur les autres. Arnold l'étend à plat sur la table, par-dessus le plan de Jean. Ce dernier reconnaît les dessins. Le nord de la rivière Kennebec, les montagnes, le lac Mégantic et la rivière Chaudière. Il s'agit de la carte de John Montrésor.

– Nous prendrons la route que j'ai prévue, monsieur Rousselle. Demain matin, vous vous joindrez aux hommes du lieutenant Church et leur servirez de guide pour évaluer les directions et les distances des portages jusqu'à la Dead River.

*

Il est plus de minuit quand Jean quitte la maison de M. Colburn. De la tasse de thé servie par l'hôtesse, il n'a bu qu'une gorgée. Il avait la gorge nouée et des sueurs froides en écoutant Arnold lui expliquer son plan. Les militaires cherchent toujours les raccourcis, c'est bien connu. Mais dans ce cas, Jean est convaincu que les projets du colonel ne sont pas réalisables.

En descendant vers la rivière, une lanterne à la main, Jean longe le chantier et s'arrête un moment pour observer les bateaux alignés sur la berge. Non seulement ils sont faits de bois vert, comme le colonel le reprochait à Colburn plus tôt dans la soirée, mais, en plus, ils sont presque rectangulaires, trop hauts et construits avec des planches épaisses, ce qui nécessitera un fort tirant d'eau. Ils font bien dix coudées de long et, même à la lueur de la flamme, Jean peut les évaluer à quatre cents livres chacun. Et ce, à vide! C'est de la folie quand on pense à la quantité de portages qu'il faudra faire en prenant la route choisie par Arnold.

Jean pousse un soupir de découragement et poursuit son chemin jusqu'à son canot d'écorce, juché sur un amoncellement de sable. «Ça, c'est une embarcation adéquate pour ce genre d'expédition», se dit-il en éteignant la lampe. Il dépose celle-ci dans le fond du canot et pousse son embarcation jusqu'à ce qu'elle flotte complètement sur l'eau. Puis, de quelques coups de pagaie, il s'éloigne de la maison de Colburn, du chantier et de Gardinertown où la majorité des navires de la flotte sont à l'ancre.

Jean se guide à la seule lumière de la lune qui se réfléchit sur la rivière. Il repère ainsi, malgré la nuit, les différentes îles qui parsèment la Kennebec. Et à mesure qu'il remonte en direction de Hallowell, un petit village en amont où il a loué une chambre, un détail de la soirée lui revient à la mémoire. Une image se dessine dans son esprit: un visage qui ne lui était pas totalement inconnu, celui d'un des hommes présents avec Arnold dans le bureau. Oui, c'était certainement lui qui parlait avec la voix posée, celle qu'il lui a semblé reconnaître. Celle qui a mis fin à la conversation orageuse entre Arnold et Colburn derrière la porte close. Cette voix… Ce visage… Ils lui disent quelque chose. Mais quoi? Qui est-ce? Il a beau réfléchir, il n'arrive pas à l'identifier. Cela lui reviendra sûrement plus tard. De toute façon, pour le moment, il a d'autres chats à fouetter.

Mais même si son canot s'éloigne dans la nuit sur l'eau paisible de la rivière Kennebec, son esprit, lui, n'est pas en paix. Et il ne le sera pas avant longtemps.

*

— C'est délicieux, Louise! lance Du Longpré à la servante qui rougit en remplissant le verre qu'il lui a tendu.

— Merci, Monsieur.

Louise fait de même avec tous les verres et disparaît ensuite à la cuisine, sous l'œil inquisiteur de François. Assis au bout de la table, celui-ci ne peut s'empêcher de trouver désagréable le comportement de leur hôte, même s'il ne s'agit que de complimenter la servante pour la qualité du repas. Et chaque fois que Du Longpré lève les yeux, il découvre posé sur lui le regard suspicieux de François. Ce dernier n'arrive tout simplement pas à le trouver sympathique. Déjà qu'il le trouvait désagréable à cause de cette lettre du Congrès qui avait fait enrager son père. Il l'a ensuite jugé suspect parce que Ruel et Mercier s'intéressaient à lui. Et, maintenant, il n'arrive plus à lui adresser la parole sans sentir naître en lui une certaine aversion. Cependant, François se contrôle en se disant que cette jalousie est justifiée. L'homme est plus vieux, a plus d'argent et de prestige et il semble avoir un statut particulier auprès des notables de Québec. S'il y a là de quoi séduire une veuve, il y a surtout de quoi damer le pion à un jouvenceau comme lui.

Malgré cette rancœur légitime, François est conscient qu'il n'a pas à en vouloir à Du Longpré. L'homme était-il même au courant de ses liens avec la veuve Lavallée ? Sûrement pas ; ce n'était pas le genre de relation dont elle se serait vantée. Il aura été le premier surpris de tomber face à face avec le jeune amant de Clémence. Lorsque François se rappelle la tête de Du Longpré dans la cour, vêtu uniquement de sa chemise, il ne peut s'empêcher de s'amuser de l'humiliation qu'a dû ressentir son rival. Après tout, il n'avait pas, lui non plus, de rapport légitime avec la veuve. Sur ce point, du moins, ils étaient à égalité. Sauf que, à son âge, François est toujours en position de recevoir une correction si jamais la chose se savait.

Un coup d'œil à sa mère lui permet de se rassurer. Si Marie était au courant, elle n'aurait pas sur le visage ce sourire bienveillant, comme en ce moment. François en conclut que même si Du Longpré est un rival, il n'est pas bien dangereux. Il se trouve, en fait, exactement dans la même position que François par rapport à Louis. Il ne peut le dénoncer sans se compromettre. Cette constatation lui donne soudain plus d'assurance et il écoute la conversation qui se poursuit autour de la table avec l'air serein de ceux que la vie comble, malgré les quelques mésaventures qu'elle leur apporte.

— Avec la nouvelle proclamation du lieutenant-gouverneur, dit Daniel en coupant sa viande à la fourchette, les navires seront forcés de demeurer à l'ancre dans le port. J'ai bien peur de devoir aller livrer moi-même ma commande aux Trois-Rivières.

— Une nouvelle proclamation ? s'étonne Marie, qui trempe son pain dans le bouillon afin de vider complètement son assiette. Le lieutenant-gouverneur n'était-il pas satisfait de forcer les étrangers à s'enregistrer en arrivant dans la ville, pourquoi lui faut-il maintenant empêcher les déplacements de tous les habitants ?

Du Longpré pose son verre sur la table et prend la parole :

— Voyez-vous, très chère, les Bostonnais se sont emparés du fort Saint-Jean, il y a deux jours. Ils menacent maintenant de prendre Montréal et toute la *Province of Quebec*. Puisqu'il semble impossible de prévoir par où viendra l'invasion, il faut au moins que Québec soit en mesure de se défendre. Les navires saisis seront armés en conséquence et postés dans des endroits stratégiques. Sans compter que les marins seront enrôlés dans la milice pour la durée de l'embargo.

— Plus important encore, ajoute Daniel, plusieurs de ces vaisseaux étaient chargés de blé, de morues et d'anguilles. Si jamais les Bostonnais sont assez fous pour assiéger la ville, nous aurons de quoi tenir tout l'hiver.

François doit reconnaître un avantage à la présence de Du Longpré parmi eux : l'homme semble toujours au courant de tout ce qui se passe en ville. Grâce à lui, les conversations qui animent les soupers en famille sont de plus en plus intéressantes. Jamais auparavant François n'avait compris ce qui se passait dans les autres colonies. Il lui semble maintenant que les événements qui s'y déroulent sont étroitement reliés à ceux qui se préparent dans la *Province of Quebec*.

— Demain matin, continue Daniel en lançant un regard entendu vers son invité, je dois me rendre aux Trois-Rivières. Je pense que ce serait à ton tour de m'accompagner, François.

Comme la vie est belle! François ne peut retenir le large sourire qui illumine son visage. C'est enfin à lui de faire les virées avec son père. On le traite à présent comme l'aîné qu'il est. Il jette un œil à sa mère, de l'autre côté de la table. Celle-ci ne fait que hocher la tête, doucement. De toute évidence, elle était au courant et se réjouit pour lui. Même Louis agit de connivence avec son père en lui assénant un coup de coude sous la table. Geste n'ayant pas pour but de lui faire mal, mais de lui dire qu'il n'est pas jaloux que ce soit au tour de son frère. Ou quelque chose comme ça.

François ouvre la bouche pour exprimer sa joie, lorsque la voix de Du Longpré lui coupe la parole:

— N'est-ce pas plutôt dans vos habitudes, Daniel, d'emmener avec vous votre fils cadet?

Tout le monde se tourne vers Du Longpré qui continue à manger, son regard rivé à celui de Daniel. François se dit qu'il y a là un sous-entendu qu'il ne saisit pas. Il observe à tour de rôle l'invité, puis son père, se demandant soudain pourquoi ce dernier s'intéresse tellement à ce que peut bien penser un étranger.

Daniel se tourne alors vers sa femme. Leurs yeux se croisent et François lit tellement de détresse dans le regard de sa mère qu'il comprend d'emblée ce qui va arriver. Les mots de Daniel ne font que confirmer ce qu'il a déjà deviné :

— Vous avez raison, mon ami. Il n'est pas bon de changer les habitudes.

Même si Daniel semble avoir parlé à regret, sa décision anéantit François. Comment un étranger peut-il avoir autant d'influence sur son père ? Daniel Rousselle n'est-il plus l'homme solide et indépendant qu'il a toujours été ? N'est-il qu'un vulgaire pantin que le premier noble venu peut manipuler à sa guise ? L'exaspération le met soudain hors de lui. Il n'a qu'une envie : sauter à la gorge de Du Longpré et lui faire payer ce deuxième affront.

Au lieu de laisser libre cours à cette colère, François bondit de sa chaise qui se renverse sur le plancher dans un bruit terrible. Il se dirige ensuite à grandes enjambées vers la cuisine.

— Où vas-tu ? demande sa mère d'une voix suppliante, au moment où il passe la porte.

— Nulle part, à ce qu'il paraît ! lance-t-il, avant que la porte ne claque derrière lui.

*

Le fort Western est en liesse. Depuis des années, il n'y a pas eu autant d'activité dans la région et les jeunes filles des environs se sont jointes à la fête à l'intérieur des murs. En fait de murs, on a déjà vu mieux. Il s'agit plutôt d'une palissade de pieux un peu plus haute que la taille d'un homme. De quoi repousser une attaque indienne, peut-être, mais jamais une invasion militaire. Mais pourquoi donc une armée se risquerait-elle sur une rivière avec un si faible tirant d'eau ? De toute façon, le fort Western n'aurait que faire de défenses supérieures puisqu'il n'a de fort que le nom. Depuis la fin de la guerre, il est devenu un magasin général, de même que la résidence de la famille Howard. La baraque d'une centaine de pieds, parallèle à la rivière, abrite les activités humaines. Les deux anciennes tours de guet servent désormais d'entrepôts.

Même s'il est minuit, le fort n'a rien perdu de l'agitation qui l'a envahi depuis l'arrivée des troupes du colonel Arnold. Les hommes ont monté leurs tentes, ici et là, à l'intérieur comme à l'extérieur de l'enceinte. Certains reçoivent même l'hospitalité des habitants. Partout, on profite des dernières douceurs de la civilisation : l'eau-de-vie, la musique et les femmes.

À la lueur des torches plantées dans le sol, Odélie s'est faufilée dans le camp entre les corps animés ou endormis et a atteint la forêt. Il faut dire que la distance à parcourir n'était pas très grande ; le fort Western est construit au milieu de nulle part, en pleins bois, à des centaines de lieues d'une ville digne de ce nom. Le besoin d'uriner se fait pressant depuis plus d'une heure, mais Odélie a dû chercher longtemps un moyen pour se retrouver seule. Finalement, à cause des tentes plantées partout, elle s'est résignée à aller dans les bois.

Lorsqu'elle s'enfonce dans l'obscurité, elle sent une grande paix l'envahir. Elle progresse rapidement entre les arbres et s'arrête après une dizaine de pas. Elle n'a pas besoin d'aller plus loin pour trouver un peu d'intimité.

À cette distance, sa silhouette se fond dans les taillis et elle devrait être à l'abri des regards indiscrets. Elle s'accroupit donc pour se soulager.

Pendant un moment, la forêt entière semble remplie du froissement du liquide chaud sur les feuilles. Puis l'oreille d'Odélie se fait au silence relatif qui règne en ces lieux. De l'enceinte du fort, elle perçoit la rumeur de la danse, les cris et les rires. Plus près, le bruit des rapides qui sillonnent la rivière. Et encore plus près, le craquement des branches dans le vent. Odélie respire mieux maintenant. Elle se relève et se rhabille. Elle profite pleinement de ce moment de solitude, car ils sont rares depuis quelque temps et le seront davantage dans les semaines à venir. Et comme chaque fois où l'isolement est possible, la submerge tout à coup la pensée de Wellington, avec son charme et son rire. La douleur de la séparation se fait alors cruellement sentir. Mais comme chaque fois, elle se ressaisit aussitôt, cherchant à l'oublier dans les mille et un soucis du quotidien.

Aujourd'hui, pendant que quelques soldats remontaient déjà la rivière avec les bateaux, elle a marché depuis Gardinertown, sur la rive est, en suivant un sentier qui ressemblait plus à une piste de chasseurs indiens qu'à une route militaire. La forêt était très dense et Odélie avançait à côté du Dr Senter qui lui racontait les raisons qui l'avaient poussé, lui, à joindre les rangs de l'armée. Il étudiait la médecine à New Port lorsqu'il avait appris la nouvelle de la bataille de Lexington, en avril dernier. Les continentaux considéraient cet événement comme le début des hostilités. Les soldats britanniques avaient essayé de s'emparer de la réserve de poudre des rebelles qui était cachée dans une grange aux abords de la ville de Lexington. Les habitants avaient essayé de les en empêcher. S'en était suivi un feu nourri, causant la mort de huit miliciens et en blessant une dizaine d'autres. Devant une telle preuve de barbarie, Senter n'avait pas hésité et avait pris le chemin de Cambridge.

Pendant qu'il parlait, Odélie a eu envie de lui demander combien de soldats britanniques étaient morts à Lexington, mais elle s'est retenue. Elle aurait eu l'air de prendre leur parti et la chose aurait été mal vue, étant donné qu'elle venait de s'enrôler du côté des continentaux. De plus, Odélie ne voulait pas blesser le docteur, car il lui semblait un homme bon et honnête, quoique un peu naïf. Il n'avait jamais vu la guerre avant de s'enrôler et cela était évident. Grâce à sa propre expérience, Odélie pouvait faire la part des choses. Elle savait qu'il y avait toujours deux adversaires en cause et que chacun était persuadé d'être dans son droit. Elle savait aussi que rien n'était tout blanc ni tout noir, qu'il n'y avait partout que des zones grises, déterminées le plus souvent par des zones de commerce. Et ce soir, à se tenir si près d'un ancien fort guilleret comme une taverne, la démarcation entre la guerre et le commerce lui paraît plus ténue que jamais.

Après une dizaine de minutes de cette solitude bienfaisante, Odélie décide de retourner à la résidence de M. Howard, où le docteur et elle passent la nuit. Elle ne voudrait surtout pas que Senter, s'apercevant de son absence, s'avise de venir la chercher. Elle fait quelques pas en direction des torches, mais une main s'abat avec brutalité sur sa bouche et la projette au sol.

— Tiens, tiens. Qu'avons-nous là? Une petite friponne qui se fait passer pour un garçon? Tu veux voir les hommes de plus près, c'est ça?

– Qui êtes-vous? Que voulez-vous?

À cause du choc, Odélie se rend compte qu'elle a oublié de prendre sa voix basse. Elle s'est reprise à la deuxième phrase, mais il était trop tard; elle n'a convaincu personne.

– Qui je suis, moi? Mais on s'en fiche, mignonne. Qui tu es toi, par contre, ça pourrait nous intéresser. Quoique ce ne soit pas vraiment ton nom qui m'intéresse. Viens un peu par ici.

Et l'homme de lui agripper le bras gauche avant de hurler de douleur.

– Recule! dit Odélie en se relevant, après avoir fait glisser la lame de son épée sur l'avant-bras de son agresseur.

Elle a repris sa voix masculine et fait maintenant preuve de suffisamment d'assurance pour effrayer un esprit faible. En espérant que c'est effectivement un esprit faible qu'elle a devant elle. Mais elle ne saurait le dire. Comme il fait nuit, elle ne distingue pas son visage.

– Pour qui te prends-tu, misérable vaurien? On n'attaque pas ainsi les officiers de milice, à moins qu'on n'ait l'intention d'écourter son séjour sur terre.

Odélie bluffe et elle espère que, dans l'obscurité, le fait qu'elle possède une épée et qu'elle sache s'en servir suffise à convaincre l'importun de déguerpir.

– Un officier...? Mais je t'ai vue aujourd'hui, avec le docteur. Tu n'as rien d'un officier, mais tout d'une femme.

Ainsi, cet homme l'observe depuis un moment déjà. Senter avait donc raison: cacher son sexe à toute l'armée s'avérera plus difficile qu'elle ne l'a prévu.

— Si c'est là ton désir, je peux me servir de cette lame pour faire de toi une femme. Attends un peu…

Odélie avance le bras, faisant descendre son épée le long du torse de l'homme jusqu'à sa cuisse.

— Non… non. Je ne veux rien. Je me disais qu'on aurait pu s'amuser un peu… toi et moi… Cela dit, si tu n'es pas une femme… je n'ai rien à faire ici. Laisse-moi partir.

Odélie oscille entre l'idée de le laisser s'en aller ou de le transpercer. Dans une nuit aussi sombre que celle-ci, personne ne saurait que c'est elle qui l'a tué. Et lui ne pourrait pas répéter ce dont il se doute. Mais tuer, Odélie commence à en avoir la nausée.

— Va-t'en, pouilleux! Sache que je te retrouverai si une des femmes qui suivent cette armée vient à être agressée en chemin. Un accident, ça peut arriver, en pleine forêt, avec toutes ces armes chargées…

L'homme fait demi-tour, si brusquement que la lame fend le tissu de sa culotte et lui effleure la peau. Il n'émet qu'un gémissement et, à mesure que sa silhouette s'éloigne vers le fort, sa démarche rassure Odélie. La blessure n'est pas profonde.

« Prions maintenant pour que la peur lui fasse tenir sa langue », se dit-elle en retournant vers le fort.

*

À quatre heures du matin, un coup de feu retentit aux environs du fort Western. Que ce soit dans les maisons ou dans les tentes, les hommes se redressent, aux aguets, attendant la prochaine détonation. Intérieurement, chacun se demande si l'armée d'Arnold n'est pas attaquée par les royalistes qui l'auraient suivie. Cependant, le coup de feu, l'unique, n'est suivi que d'un silence tendu, qui met tout le monde sur les dents. Au bout de plusieurs minutes, comme rien ne se produit, chacun se recouche, se demandant s'il n'a pas rêvé.

Lorsque, au matin, le Dr Senter est appelé sur les lieux d'un meurtre, Odélie le suit, intriguée. Une fois à l'extérieur du fort, ils s'éloignent de la palissade, descendent sur la grève qu'ils longent jusqu'aux rapides, un peu plus au nord. Les premières lueurs de l'aube leur permettent d'arriver sans encombre en bordure de la forêt où une vingtaine d'hommes se sont rassemblés. Senter se fraye un chemin à travers ce groupe, Odélie sur les talons. C'est alors que celle-ci découvre le corps d'un homme, gisant sur le dos dans le sous-bois. Son cou est si tordu qu'on dirait qu'il regarde directement derrière lui. À cause de cette position, son visage est dissimulé par les hautes herbes.

Debout à côté du docteur, Odélie l'observe qui retourne la tête du mort. Ce dernier a la langue sortie et les yeux exorbités, comme s'il était terrifié.

– Le corps est encore tiède, souffle le docteur. Ça ne fait donc pas longtemps qu'il est mort. Quelques heures à peine.

C'est à ce moment-là qu'Odélie remarque le pantalon, fendu au niveau de la cuisse. Par l'ouverture dans le tissu, elle aperçoit une blessure discrète, peu profonde. Une estafilade faite par la lame d'une épée. Le bras droit du mort porte un bandage de fortune juste avant le coude. La conclusion qui s'impose fait tressaillir Odélie. Il s'agit de l'homme qui a essayé de l'agresser dans la forêt, il y a moins de douze heures. Ces blessures, qui ne l'ont heureusement pas tué, c'est elle qui les lui a infligées.

— Que s'est-il passé, capitaine Thayer? demande Senter sans cesser d'examiner le mort.

Cette question tire Odélie de sa léthargie. Un homme d'une quarantaine d'années fait quelques pas vers eux en commençant à parler:

— Un coup de feu a réveillé tout le monde vers quatre heures du matin.

— Je l'ai entendu, dit Senter. Mais cet homme n'est pas mort par balle.

— Non... euh... je sais, docteur. Ce que je veux dire, c'est que j'ai envoyé deux de mes hommes voir ce qui se passait. Ils sont revenus au bout d'un quart d'heure; ils venaient de découvrir ce corps dans les broussailles.

*

Le soleil a déjà franchi la ligne d'horizon lorsque, après avoir laissé Senter se laver les mains dans une maison près du fort, Odélie aperçoit deux canots hissés sur le sable, côte à côte le long de la rive, juste avant les rapides. Six hommes finissent tout juste d'embarquer les provisions. Odélie évalue, par la quantité de barils déposés dans chaque canot, qu'ils auront de quoi manger pendant deux mois, soit beaucoup plus que la durée prévue pour le voyage.

Elle longe le bord de l'eau pendant un moment, observant à distance ces préparatifs de départ. Arrivée à proximité des embarcations, elle reconnaît un des hommes qui donne les instructions pour équilibrer les barils. Elle se dirige vers lui d'un pas lent, espérant qu'il remarquera sa présence avant qu'elle ne soit à portée de voix. Mais l'homme semble bien concentré et Odélie doit se rendre tout près de lui pour attirer son attention.

— Bonjour, monsieur Rousselle, dit-elle de sa voix basse habituelle.

Jean Rousselle lève la tête et l'air effaré qu'Odélie découvre sur son visage la ferait sourire, si elle ne devait pas conserver son attitude masculine. Jean Rousselle abandonne son canot et ses compagnons et s'approche d'elle à grands pas. Il lui prend le bras et la force à faire demi-tour pour s'éloigner de la rivière et des autres soldats.

— Qu'est-ce que vous faites ici, Odélie?

— La même chose que vous. Je monte à l'assaut de Québec.

— Avez-vous perdu l'esprit? Il ne s'agit pas de jouer à la guerre. Cette expédition est très dangereuse.

— Plusieurs femmes accompagnent leur mari.

— Oui, mais elles seront traitées comme telles. Avec ce déguisement, ce ne sera pas votre cas.

Odélie est agacée par cette attitude paternaliste. Elle se libère de la poigne de l'homme et lève le menton, l'air provocateur.

— Je suis solide, monsieur Rousselle.

— Peut-être, mais vous n'avez pas la moindre idée de ce qui vous attend.

Jean Rousselle a un geste d'impatience, ce qui finit d'exaspérer Odélie. Elle lui serre le bras à son tour.

— J'ai vingt-cinq ans. Je sais ce que je fais. D'ailleurs, il n'y a pas d'autre moyen pour moi de rentrer à Québec.

— Votre employeur ? demande Rousselle dont le visage s'éclaircit tout à coup.

— Il m'a congédiée…, balbutie-t-elle, il y a un mois. C'est pour ça que je me suis enrôlée.

Jean Rousselle ne parle plus. Il semble méditer et balaie les environs du regard. Odélie espère qu'il n'a pas perçu l'émotion dans sa voix, quand elle a parlé de Wellington. Puis il hoche la tête.

— Vous êtes bien comme votre mère… D'accord, c'est votre vie, pas la mienne. Cependant, je vous avertis : ce ne sera pas une partie de plaisir. Les hommes ne tarderont pas à deviner que vous n'êtes pas ce que vous prétendez être.

— C'est déjà fait, dit Odélie, en montrant la petite cabane au bord de l'eau.

À ce moment-là, le Dr Senter ouvre la porte et sort sur la grève. Son regard croise celui d'Odélie et, pendant une fraction de seconde, elle y lit la même désapprobation que chez Jean Rousselle.

— Le Dr Senter l'a deviné. Je suis son assistant. Et il y en avait un autre, un soldat, mais il a été assassiné cette nuit, à quelques pas d'ici.

Jean Rousselle ne dit rien, mais il ne quitte pas Senter des yeux pendant plusieurs secondes.

— Croyez-vous que ce soit par hasard que vous ayez été désignée comme assistant du docteur ?

Odélie demeure muette. Elle n'a jamais envisagé la chose sous cet angle. Jean Rousselle la regarde maintenant avec inquiétude.

— Soyez constamment sur vos gardes. Il se passe des choses…

– Je le serai. De toute façon, je n'en ai que pour trois semaines. Dès que nous atteindrons les environs de Québec, je compte reprendre mes habits de femme.

– Trois semaines? Qui vous a dit ça?

– L'officier qui m'a recrutée.

– Vous vous êtes fait avoir, Odélie. Le trajet choisi par le colonel Arnold est beaucoup plus difficile qu'il ne l'a anticipé.

Odélie hoche la tête et désigne du menton les deux canots prêts pour le départ.

– Vous partez pour longtemps… si j'en juge par la quantité de nourriture que vous apportez pour six hommes.

– C'est au cas où un des canots subirait une avarie. Il resterait alors suffisamment de provisions pour les deux équipages.

Odélie acquiesce et c'est seulement à cet instant qu'elle prend vraiment conscience de la situation. Plus haut, sur la rivière, il n'y a pas de village où s'approvisionner. Il n'y a rien. Qu'une forêt, complètement sauvage, sur des lieues et des lieues.

Les hommes font déjà glisser leurs canots sur le sable jusque dans la rivière et Jean Rousselle lui souhaite bonne chance avant d'aller les rejoindre. Odélie demeure sur la grève à les regarder s'éloigner. Lorsqu'ils disparaissent derrière une île, elle fait demi-tour pour retourner au fort. Son regard croise de nouveau celui de Senter, resté immobile, à peu de distance d'un cadavre dont le corps est encore chaud.

CHAPITRE VII

À dix-huit *miles* en amont du fort Western se dresse le fort Halifax. Ce dernier est construit sur une langue de terre en forme de promontoire, à la jonction des rivières Kennebec et Sebasticook. Deux bastions, une baraque et une palissade, qui tombe actuellement en ruine, servaient jadis à la garnison. Quelques maisons dispersées dans la forêt forment aujourd'hui le village de Winslow. C'est un spectacle pitoyable pour qui arrive de la civilisation. Cependant, quand Odélie est en vue du fort, elle ressent un intense soulagement. À bord de l'embarcation où elle rame à genoux dans l'eau depuis quatre jours, elle a froid, est épuisée, et tous les muscles de son corps sont endoloris d'avoir tant travaillé. Elle n'est pas la seule dans cet état ; les trois hommes qui ont remonté le courant avec elle sont tout aussi fourbus. Même si le courant était léger, il nécessitait tout de même de grands efforts de la part des rameurs. Debout sur la rive, au milieu d'arbres dont les branches semblent plonger dans la rivière, le Dr Senter paraît ravi de les voir apparaître au détour d'une île.

— Vous voilà enfin ! dit-il, en les aidant à hisser le bateau sur le sable. J'ai un urgent besoin de médicaments et de…

C'est à ce moment-là qu'il aperçoit l'eau qui s'est infiltrée à bord. Plusieurs barils flottent à la surface, mais la plupart des caisses sont à demi immergées.

— Mais c'est terrible! s'exclame-t-il, en retirant un petit coffre dont l'eau s'écoule par les coins. C'est impossible de continuer avec une embarcation dans cet état. Nous allons perdre tout le matériel.

Odélie ne dit rien. Trop frigorifiée pour rester immobile, elle aide ses compagnons à vider le bateau et transporte le matériel médical dans la tente où le docteur a établi son dispensaire.

— Plusieurs hommes sont malades déjà, dit Senter en fouillant dans les caisses. La dysenterie, ou peut-être simplement la diarrhée, je ne sais trop encore.

Odélie demeure à l'extérieur de la tente. Elle observe les quelques hommes allongés sur les lits de camp, le corps en sueur, frissonnant de fièvre.

— Je suis arrivé il y a deux jours, dit Senter en la rejoignant. Et depuis, je n'ai cessé de constater les dégâts. Certains sont en si mauvais état que je ne pense pas qu'ils pourront suivre l'armée.

Odélie acquiesce et fait un signe vers la rivière.

— Que comptez-vous faire à propos du bateau?

— Plusieurs habitants sont venus au fort aujourd'hui. L'un d'eux pourrait peut-être me vendre une embarcation quelconque. Croyez-vous pouvoir évaluer l'étanchéité d'un bateau à vue d'œil?

— Peut-être…, hésite Odélie.

— Dans ce cas, venez. Nous allons voir ce qu'il y a de disponible aussi loin de Boston.

Vu de l'intérieur, le fort semble plus encore à l'abandon. Les bâtiments n'ont pas de carreaux aux fenêtres, certains murs sont défoncés et le toit d'un des bastions est percé. Mais ce ne sont pas ces détails qui saisissent Odélie lorsqu'elle franchit la palissade. Au milieu de la place d'armes, un homme est attaché à un poteau, torse nu. Odélie peut facilement imaginer le nombre de coups de fouet qu'il a dû recevoir pour avoir le dos aussi meurtri. Mais l'état de ses blessures n'impressionne pas son bourreau qui continue de lui administrer sa correction.

– Insubordination, dit simplement Senter pour expliquer le châtiment, pendant qu'il poursuit sa route vers la baraque où sont rassemblés les habitants de la région.

Odélie n'arrive pas à détacher ses yeux de l'homme qu'on traite aussi brutalement. Ce n'est pas la première fois qu'elle assiste à une punition publique. Mais cette fois, elle ne peut s'empêcher de s'imaginer à la place du condamné. Un pas de travers et... Odélie ferme les yeux et se ressaisit. Il faudra marcher droit, de manière à éviter d'attirer l'attention.

Lorsque Senter ressort de la baraque, quelques minutes à peine après y être entré, il a l'air furieux.

– J'en ai trouvé un, grommelle-t-il entre ses dents. Mais il va me coûter quatre dollars espagnols. Le dénommé Madison, qui est prêt à me le vendre, m'a dit d'aller le voir. Le bateau est derrière sa maison qui, elle, se trouve juste derrière le fort, sur le bord de la rivière Sebasticook. Allez-y vite, je vais rester ici pour m'assurer qu'il ne le vendra pas à quelqu'un d'autre entre-temps. Si j'en juge par les conversations que j'ai entendues à l'intérieur, je ne suis pas le seul à être insatisfait des bateaux de M. Colburn.

Odélie s'éloigne au pas de course, heureuse que cette diversion l'empêche de penser au soldat qu'on vient de détacher et qui vient de s'effondrer sur le sol poussiéreux.

*

Odélie n'aurait pas d'objection à vivre la vie de soldat et à dormir sur son lit de camp dans sa tente, mais lorsque Senter lui offre de monter avec lui chez Huddlestone où il a trouvé refuge le temps de son séjour au fort, elle ne prend pas longtemps à se décider. Il est presque quatre heures de l'après-midi et un bref coup d'œil vers le ciel suffit à lui faire comprendre que la pluie ne va pas tarder.

— Imaginez, j'aurais pu m'acheter dix bateaux avec cette somme si nous étions à New York, ou à Boston. Quoique depuis le début des hostilités…

Senter continue de ronchonner sur la route qui longe la rivière Sebasticook. La forêt dissimule depuis un moment déjà ce qui restait de la lumière du jour et le ciel à l'ouest est couvert de nuages noirs. Tout en prêtant une oreille distraite au docteur, Odélie prie pour que la pluie ne tombe pas avant que la maison d'Huddlestone ne soit en vue. Elle rêve d'un bon feu et d'une nuit au sec. À mesure que défilent les arbres sur leur gauche, et que s'efface de sa mémoire l'image de la punition sur la place d'armes, une autre lui revient à l'esprit : celle du visage du jeune homme qui a été accusé du meurtre au fort Western. Odélie l'a bien examiné lorsqu'on l'a fait monter, poings liés, dans une charrette en direction de Gardinertown. Il allait être emprisonné à bord du *Broad Bay* et envoyé à Cambridge. Il avait vraiment l'air d'un innocent accusé à tort. C'est d'ailleurs ce qu'il a crié tout le temps qu'a duré son procès qui se tenait sur l'ancienne place d'armes du fort Western. Lorsqu'il a enfin été condamné à la pendaison, il s'est jeté à genoux et a éclaté en sanglots devant les jurés. C'est probablement cela qui a convaincu le colonel Arnold de reporter sa sentence et de remettre le sort du miséreux entre les mains du général Washington. Odélie ne peut s'empêcher de s'inquiéter en se demandant quelle défense il pourra présenter, alors que le reste de l'armée fera route vers le nord.

La nuit tombe rapidement à la fin de septembre et, lorsque le véhicule arrive chez Huddlestone, il fait complètement noir. Seule la lumière des bougies à la fenêtre a pu servir de guide au conducteur et, une heure après leur départ du fort Halifax, Odélie se réchauffe, comme elle l'anticipait, à la chaleur d'un bon feu. La maison est petite, mais cossue et confortable. C'est peut-être à cause des souffrances qu'elle a endurées ces derniers jours qu'elle juge Mme Huddlestone comme étant une des femmes les plus accueillantes qu'elle ait jamais rencontrées.

Ce soir-là, Odélie est reçue à la table de leur hôte de la même manière que le docteur, et Mme Huddlestone la couvre des mêmes attentions. Odélie sait qu'elle porte encore les vêtements luxueux achetés par Wellington; cependant, ils commencent à manifester l'usure du temps et il est par le fait même impossible qu'elle puisse passer pour un officier aux yeux de leurs hôtes. Or, personne ne semble prêter attention à la manière dont elle est vêtue. Pendant tout le repas, Huddlestone raconte les histoires les plus drôles au sujet des habitants des environs et lorsque l'hôtesse entreprend de desservir la table, les hommes s'installent près du foyer pour fumer et déguster l'excellent porto offert par leur hôte.

Cette nuit-là, allongée sur son lit de camp monté près de la cheminée, Odélie remercie le ciel que Senter ait eu l'idée de l'emmener avec lui. Dehors, l'orage gronde et le tonnerre la tient un moment éveillée. Lorsque le sommeil vient, enfin, une question flotte dans son esprit qui cherchera sans doute une réponse dans ses rêves. Pourquoi donc le Dr Senter lui accorde-t-il autant d'attention?

*

C'est un vrai bonheur lorsque, le lendemain matin, Huddlestone offre sa charrette et ses bœufs pour transporter et le nouveau bateau et l'équipement du docteur jusqu'en haut des chutes Ticonic, en amont du fort Halifax. Pendant que le véhicule avance sur le sentier nouvellement tracé sur le bord de la rivière, Odélie ne détache pas son regard des hommes qui font monter les autres bateaux, dans l'eau jusqu'à la taille, parfois jusqu'aux aisselles. Ils poussent les embarcations, faisant trois pas, reculant de deux, jusqu'à ce qu'il soit impossible d'aller plus haut à cause de la forte inclinaison des rapides. C'est alors le début du portage. Les soldats rejoignent la rive ouest, déchargent chaque bateau et portent les caisses et les barils sur un demi-*mile*. Ils font ainsi plusieurs voyages jusqu'à ce que le bateau soit complètement vide et qu'il ne reste plus qu'à le transporter jusqu'en haut de la cascade.

Lorsque Odélie et Senter atteignent la fin du portage, où ils n'ont d'ailleurs rien porté grâce à l'aide généreuse de Huddlestone, ils regardent avec commisération les équipages trempés et épuisés, affaissés sur le sol à peu de distance des eaux calmes. Il a été beaucoup plus facile et beaucoup plus rapide de faire la route par la terre ferme. Si la Kennebec était longée par une route, nul doute qu'Arnold aurait fait fabriquer des charrettes et non ces bateaux trop lourds et si mal construits qu'ils prennent l'eau.

*

Il faut remonter un canyon sur près d'un demi-*mile* pour apercevoir enfin, tout au bout, les chutes Skowhegan. À cet endroit, pour contourner une imposante île rocheuse, la rivière se sépare en deux cours d'eau dont l'un forme une cascade rapide, tandis que l'autre devient une cataracte violente composée d'une multitude de chutes qui tombent presque à la verticale jusqu'au pied de l'île. Les flots se rejoignent alors dans un couloir étroit dont les parois rocheuses, hautes et abruptes, s'élèvent de chaque côté de la rivière. À cause de cette contrainte géographique, la seule route qui soit praticable pour un portage traverse l'île. Or, pour atteindre la base de l'île, il faut ramer au milieu du torrent et fendre un courant extrême tout en évitant les nombreux écueils qui jonchent la rivière.

Cinq jours se sont écoulés depuis le départ du fort Halifax, cinq jours pendant lesquels Odélie a ramé, tiré et poussé sur le bateau, avec autant d'intensité que ses compagnons ou que le Dr Senter. Souvent dans l'eau jusqu'à la taille pour forcer l'embarcation à remonter le courant, elle a vécu des nuits terribles à dormir sous la tente dans des vêtements si trempés qu'ils étaient raidis à son réveil à cause du froid. Malgré cet inconfort permanent et commun à tous, personne ne se plaint. Chacun sait ce qu'il a à accomplir pour mener à bien cette mission. Odélie fait comme eux, tant pour éviter d'attirer l'attention que pour sa propre satisfaction. Elle s'est découvert des forces qu'elle ne se connaissait pas, et un courage, insoupçonné jusqu'à présent.

Lorsque, au bout de sublimes efforts, l'embarcation du Dr Senter atteint enfin la base de l'île, chacun s'empresse de sauter sur la terre ferme pour retirer le bateau de l'eau sans le fracasser contre les rochers. Les caisses de bois grincent malgré les cordages qui les retiennent. Les barils sont secoués et on en rattrape quelques-uns de justesse, évitant de les voir s'éloigner ou disparaître sous l'écume.

Quand tout est stable et le bateau solidement attaché à un rocher, Odélie fait ce qu'on attend d'elle. Elle s'empare d'une caisse, la hisse sur son dos et entreprend l'ascension presque verticale qui mène en haut de l'île. Le bois de la caisse dégouline sur son dos, créant un courant plus froid sur sa peau. Cependant, si les barils et les caisses contenant le matériel médical sont trempés, c'est uniquement à cause des vagues qu'il fallait fendre pour remonter le courant, car ce nouveau bateau est beaucoup plus étanche que le précédent. Ce n'est qu'après avoir fait trois voyages du bas de la colline rocheuse jusqu'à la pointe ouest de l'île qu'Odélie réalise la chance qu'ils ont de posséder cette nouvelle embarcation. Déposées non loin des caisses transportées par son équipe, celles amenées par les autres bateaux sont détrempées, comme si elles avaient été complètement submergées.

Soudain, un cri s'élève d'entre les rochers, fendant le grondement de la cataracte. Il est suivi d'un grand fracas et Odélie abandonne sa caisse pour s'élancer vers ses compagnons qui, avec le docteur, tentaient de hisser le bateau jusqu'en haut. Elle les trouve au milieu de la pente, le docteur assis dans une flaque d'eau. Il frotte son bras droit tout en regardant sa main comme s'il s'agissait d'un fantôme. Les trois autres hommes ont déposé le bateau et se sont agenouillés près de lui pour s'assurer qu'il n'est pas davantage blessé.

– Que s'est-il passé? demande Odélie en arrivant à leur hauteur.

C'est à ce moment-là qu'elle aperçoit la main rougie et le bras éraflé, où sont plantées une dizaine d'échardes de bois. Puisque le docteur est encore sous le choc, c'est un de ses hommes qui prend la parole:

– Le docteur a perdu pied, commence-t-il, en désignant une roche gluante à peu de distance de Senter. En tombant, il a entraîné avec lui le bateau et on n'a pas réussi à le retenir. C'est une chance que le docteur se soit glissé à temps plus bas que le rocher parce qu'il y aurait laissé la main… Peut-être même le bras.

À la suite de l'accident de Senter, c'est Odélie qui doit prendre le coin du bateau à sa place et lorsqu'elle atteint finalement le sommet et que l'embarcation est en sécurité avec les caisses, elle s'effondre sur le sol, le dos meurtri.

Commence alors la deuxième partie du portage durant laquelle les hommes doivent transporter les marchandises jusqu'à la pointe ouest de l'île où ils vont remettre le bateau à l'eau. L'équipe du Dr Senter n'est pas la seule à faire ce trajet et, à la fin de l'après-midi, ce sont trois bateaux qui quittent l'île en remontant le courant. L'eau y est plus calme qu'elle ne l'a été depuis des jours et cela permet aux hommes de franchir une bonne distance avant de s'arrêter enfin pour la nuit.

On monte donc le camp non loin des trois maisons qui forment la dernière communauté en amont de la Kennebec. L'obscurité dominerait les abords de la rivière si ce n'était des feux allumés le long de la rive. Autour de ces feux, les hommes discutent en préparant leur repas. Les conversations portent toutes sur le même sujet : la mauvaise qualité des bateaux.

— Si je mets la main sur un de ces charpentiers, dit un homme dont Odélie distingue à peine les traits à la lueur des flammes, je ne donne pas cher de sa peau.

— Ouais! dit un autre. C'est un acte de trahison que de nous avoir fabriqué de pareils rafiots.

— On peut au moins compter sur les barils, dit un troisième. Ils sont étanches, eux.

Et chacun y allant d'un commentaire sur la mauvaise ou la bonne qualité de l'équipement. C'est le premier soir où Odélie entend les hommes exprimer le fond de leur pensée. Il faut dire que les dernières nuits, il y avait peu de soldats aux environs de leur campement, alors que, cette nuit, ils sont une centaine à s'être regroupés pour monter le camp. Préférant garder le lard et le poisson salés pour les arrêts plus brefs pendant le jour, les soldats dévorent un ragoût de pois accompagné d'un morceau de pain.

Un café brûlant à la main, Odélie écoute la voix du docteur qui donne des instructions aux trois malades qu'il a installés dans une tente à proximité de la sienne. Au bout de quelques minutes, il sort dans la nuit et va s'asseoir seul, près d'un autre feu. Odélie attend qu'il se verse du café pour se lever et aller le rejoindre. Depuis son départ, elle a pris cette habitude. Quand la chose est possible, elle s'organise pour dormir non loin de lui. Puisqu'il connaît son secret, elle sait qu'elle n'a rien à craindre.

— Vous vous débrouillez bien, Charles, dit Senter au moment où elle s'assoit, juste en face de lui.

Odélie sait qu'elle a franchi aujourd'hui une nouvelle étape pour consolider son identité masculine. Elle a travaillé très fort pour une femme, soulevant caisses et barils avec autant d'ardeur et d'efficacité que les garçons de seize ou dix-sept ans dont elle prétend avoir l'âge.

— Je fais ma part comme tout le monde, dit-elle en soutenant le regard du docteur.

— C'est bien ce qui m'impressionne.

Odélie ne bronche pas. Même si les autres hommes sont à proximité, ils sont trop loin pour avoir entendu leur conversation. Et puis, depuis son agression au fort Western, personne d'autre n'a remis en doute le fait qu'elle soit un garçon. Elle demeure toutefois sur ses gardes, comme le lui a recommandé Jean Rousselle.

Les conversations se sont taries dans le camp et les hommes se lèvent un à un pour se rendre dans les tentes. Odélie les imite. Pour la première fois depuis longtemps, elle ne les craint pas. On a laissé les feux mourir d'eux-mêmes. Les flammes qui subsistent créent, sur la toile de la tente d'Odélie, le genre d'ombres qui la terrifiaient quand elle était petite. Or, ce soir, cela ne l'empêche pas de trouver le sommeil très rapidement.

Elle dort depuis plusieurs heures lorsqu'elle ouvre les yeux tout d'un coup. Malgré la toile, Odélie devine qu'il fait encore nuit noire. Elle se demande ce qui a bien pu la réveiller. Aux alentours, tout paraît silencieux. Elle tend l'oreille, à l'affût du moindre bruit. Au bout d'un instant, elle distingue le chuintement de la rivière, le vent dans la cime des arbres, le crépitement des braises qui s'éteignent doucement. Puis un soudain craquement de branches attire son attention. Serait-ce un loup? Plutôt un ours, à en juger par la lenteur des pas. Vient alors un bruit sourd, comme une succion, et cela la fait frissonner, elle qui n'a qu'une piètre connaissance de la forêt. Le son se reproduit une dizaine de fois en s'éloignant et Odélie ne ferme pas l'œil du reste de la nuit, se demandant quel animal peut pousser un cri pareil et être suffisamment gros pour faire craquer les branches sous ses pas.

*

Un petit matin brumeux. La pluie qui guette à l'horizon. Malgré qu'il fasse encore sombre, les hommes sont déjà debout et ils préparent rapidement leur petit déjeuner. Lorsque tout est prêt, chacun mange en silence, car on devine aisément le programme du jour. Même si on ne peut voir l'amont de la rivière à cause du brouillard, on entend le grondement de l'eau sur les rochers. Un autre passage difficile à remonter le courant, debout dans la rivière. Chacun rumine donc cette perspective peu attrayante lorsque le docteur, que personne n'avait vu partir, revient au camp en compagnie de deux Indiens.

– Voici des renforts, dit-il à ses hommes, avec un large sourire. Ce sont des Indiens de la région et ils connaissent bien la rivière. Ils m'ont proposé leurs services pour faire passer notre bateau. Leur aide nous évitera à tous un bain forcé.

Les éclats de joie qui retentissent dans le camp ont de quoi rendre jalouses les autres équipes. D'ailleurs, les hommes de Senter démontent leur camp avec une gaieté inhabituelle et, dès que le bateau est mis à l'eau, les deux Indiens grimpent à bord et remontent le courant jusqu'à disparaître dans la brume. Lorsqu'on ne voit plus rien, Senter et ses hommes abandonnent les autres équipes et longent la rive. Odélie jette un regard désolé sur les trois maisons de bois qui s'élèvent un peu en amont du camp.

– Vous faites bien de les contempler, dit Senter, arrivé à sa hauteur. Ce sont les dernières que vous verrez avant Sartigan.

Odélie sent un pincement au cœur en entendant ces mots. Devant eux s'ouvre une forêt complètement vierge de toute civilisation. Au-delà, c'est le Canada.

*

Vers midi, les hommes de Senter arrivent à pied à ce qui devait être autrefois un village indien. On distingue à travers la végétation les restes d'une palissade, de même qu'une chapelle dont le toit est effondré. Senter ayant prévu cet arrêt, il sort de son sac tout le nécessaire pour dîner et la forêt s'emplit des «hourra!» poussés par ses hommes qui se ruent sur le lard salé et les morceaux de pain sec.

Plus tard en après-midi, lorsque apparaissent enfin les chutes Norridgewock, plus personne n'a le cœur à rire. D'où ils se trouvent, ils aperçoivent des cascades peu élevées, mais violentes, contournant une pointe de terre rocailleuse. Impossible de remonter un tel torrent. Ce sera un portage long et laborieux.

*

Benedict Arnold est furieux et tous les hommes entendent, même de loin, sa voix autoritaire qui domine le bruit des cascades. Le bateau sur le dos, dans la même position que ses compagnons d'expédition, Odélie se dirige vers la forêt avec difficulté, évitant les rochers, les trous d'eau et de boue. Lorsqu'elle passe à proximité du colonel, elle n'a pas le loisir de tourner la tête dans sa direction pour voir l'objet de son courroux. De toute façon, elle n'en a pas besoin. Le sujet est sur toutes les lèvres depuis leur arrivée aux chutes Norridgewock : les provisions sont gâtées.

Le poisson salé, qu'on avait empilé pêle-mêle dans le fond des bateaux, a été lavé par l'eau de la rivière et a perdu son sel. Plusieurs morceaux montraient les premiers signes de décomposition et dégageaient déjà une odeur si désagréable qu'on les a jetés dans la forêt. On a fait de même avec le bœuf salé qui avait dû être préparé par un jour de grande chaleur et qui avait probablement commencé à pourrir avant même d'être embarqué. Rien qu'à le regarder, aucun homme ne se risquerait à en manger. Les biscuits de farine et les pois secs ont pris l'eau et ont fait éclater les barils dans lesquels ils se trouvaient et qu'on croyait étanches. Ils se détérioraient déjà, eux aussi, et on s'en est donc départi. De plus, l'eau a gaspillé le pain de plusieurs divisions. Il ne reste donc que la farine et le porc salé, qui ont été moins endommagés que les autres aliments. Voilà ce qui met le colonel Arnold dans tous ses états et qui le force à ordonner l'inspection de toutes les provisions. Ce qui aggrave la situation, c'est que ce portage aux chutes Norridgewock s'annonce vraiment très long.

Après avoir vidé les bateaux, chaque groupe doit déposer son équipement sur les traîneaux. Des bœufs venus depuis le fort Western, avec les soldats à pied, doivent tirer ces traîneaux jusqu'en haut de la pente boueuse. Puisque les traîneaux ne suffisent pas à la tâche, plusieurs allers et retours sont nécessaires pour porter tout l'équipement jusqu'au lieu d'embarquement, à un *mile* en amont de la rivière. C'est une tâche herculéenne quand on observe la dénivellation du terrain. Odélie estime qu'il faudra à chaque division quatre jours, peut-être cinq, pour tout transporter.

La silhouette du colonel Arnold disparaît maintenant presque totalement derrière les feuillages de la forêt où Odélie et ses compagnons s'enfoncent, le bateau sur le dos. Ils ont déjà parcouru la moitié de la pente lorsque le docteur ordonne une pause :

— Pour respecter l'allure de chacun, dit-il, sans même jeter un œil en direction d'Odélie.

Celle-ci devine que c'est pour la ménager qu'il ralentit la cadence. Et pour la première fois, elle est heureuse que quelqu'un sache qu'elle est une femme. En ajustant le rythme du groupe au sien, il lui donne une chance de demeurer discrète.

Les hommes ont déposé le bateau et font quelques pas en secouant les bras et en ajoutant quelques rotations d'épaules. Puis, au bout d'une dizaine de minutes d'exercices, ceux qui portent l'arrière soulèvent leur partie, suivis de ceux de l'avant. Au moment où Odélie se glisse sous le bateau pour reprendre sa position, presque au milieu, un éclair écarlate non loin attire son attention. Elle n'a que le temps d'y jeter un œil, mais ce qu'elle perçoit en une fraction de seconde la fait sursauter intérieurement.

Tout en bas, un homme discute avec Benedict Arnold en faisant de grands mouvements de bras. Ce qui pique sa curiosité, ce n'est pas tant le fait que cette conversation paraisse animée, mais plutôt la couleur du vêtement de l'interlocuteur d'Arnold. De loin, ce vêtement ressemble à s'y méprendre au lourd gilet rouge de Wellington. Aurait-il lui aussi rejoint les rangs de l'armée rebelle? Cette question ébranle Odélie davantage que toutes les difficultés des dernières semaines.

*

Odélie n'a jamais imaginé plus bel endroit, sauf dans ses rêves. À mesure qu'elle s'avance à travers les arbres, leur beauté la subjugue. Ce matin, après avoir laissé le bateau à ses hommes, le Dr Senter est descendu à terre pour faire le chemin avec les troupes qui vont à pied. Sous prétexte d'avoir à soigner plusieurs malades, il a demandé à Odélie de l'accompagner. Celle-ci a donc quitté la rivière devenue paisible et profonde, pour s'enfoncer dans une forêt luxuriante où les animaux abondent, malgré le bruit qu'ont fait les premières divisions en traversant cette contrée.

Jusqu'ici, Odélie n'a pas eu l'occasion de chasser. Or, en fin d'après-midi, le docteur lui a donné la permission de suivre une piste fraîche. Et c'est précisément ce qu'elle est en train de faire en s'éloignant des autres soldats pour plonger au cœur de la forêt.

Les bruits environnants sont ceux d'une nature sauvage et à peine effarouchée par la présence d'Odélie. Le chant d'une grande variété d'oiseaux, le sifflement strident des grillons, le grincement des troncs les plus hauts, le bruissement du vent dans les frondaisons rougies. Tout cela emplit ses oreilles au point de dissimuler presque complètement les craquements des feuilles mortes sous ses pas. Lorsque l'orignal apparaît finalement, à peine visible dans les taillis, Odélie s'arrête, lève son fusil et retient sa respiration pour mieux viser. Le coup de feu est suivi d'un craquement énorme : l'animal s'est effondré dans les fourrés.

À la nuit tombée, devant le feu, un morceau de viande rôtie dans la bouche, Odélie se sent comblée. La détonation de cet après-midi a attiré de nombreux hommes jusqu'à elle et, en découvrant la taille de sa proie, ils ont sauté de joie. C'est pour cette raison qu'elle ne croise que des sourires en regardant dans le cercle de lumière créé par les flammes. Cette viande fraîche est une réelle bénédiction après le régime salé de la dernière semaine.

Ainsi donc, le souper de ce soir est un festin pour tout le monde, ou presque. Odélie déplore seulement de ne pouvoir partager cette viande avec ses compagnons de navigation. Parce que le sentier qu'ils ont emprunté ce matin les a conduits à un demi-*mile* de la rivière, il lui serait impossible de parcourir une telle distance à la noirceur. Elle se perdrait en moins d'une heure. Ce mince regret ne gâche par contre rien de son bonheur. Car ce soir, en plus d'avoir le ventre plein et de se régaler, les soldats sont plus convaincus que jamais que Charles de Beauchêne est un homme.

*

Après avoir franchi le mur d'eau que constituaient les chutes Caratunk, les hommes ont parcouru un *mile* en amont malgré un vent déchaîné et une pluie torrentielle. C'est avec beaucoup de difficulté qu'ils ont réussi à monter leurs tentes sur la rive, la toile risquant à tout moment d'être emportée par une bourrasque. Dès que les piquets ont été plantés, tout le monde s'est réfugié à l'intérieur en attendant que passe l'orage.

Lorsque la pluie a cessé, les hommes sont sortis pour faire des feux et préparer le repas. Ils ont réussi à faire naître quelques étincelles malgré le bois mouillé. Chacun mange maintenant son petit morceau de lard salé et boit son café bouillant dans l'espoir de se réchauffer. Autour d'Odélie, les hommes expriment leur mécontentement :

– Vingt jours, qu'ils disaient. Toute une bande de menteurs !

– Ouais ! Ça fait dix-huit jours qu'on rame dans cette rivière démoniaque et, d'après ceux qui ont vu les cartes, on n'a pas encore fait la moitié du chemin jusqu'à Québec.

— Et comment est-ce qu'on est censés se rendre jusque-là? Avec nos provisions gaspillées à cause de l'eau, on mourra de faim avant d'avoir atteint le premier village canadien.

Même si Odélie est d'accord avec ces opinions, elle ne participe pas à la conversation. Elle a sa propre amertume à digérer. Non seulement elle n'a pas revu Wellington, comme elle l'avait espéré de toute son âme depuis les chutes Norridgewock, mais, en plus, elle regrette de s'être enrôlée. Jean Rousselle avait raison.

« C'était de la folie! se dit-elle, en repensant à sa conversation avec le Français. J'aurais dû chercher un autre moyen pour rentrer à la maison. »

Cependant, Odélie est consciente qu'il ne sert à rien de regretter quoi que ce soit... ni qui que ce soit. Puisqu'elle est ici et pas ailleurs, elle devrait plutôt penser aux moyens à prendre pour survivre. Elle décide donc de se concentrer sur le sifflement du vent qui fait craquer les plus hautes branches des arbres environnants. Au-delà du halo lumineux qui baigne le camp, la nuit est profonde et le ciel continue de se montrer menaçant. Il fait anormalement froid pour un 10 octobre et, pour cette raison, Odélie s'est installée plus près du feu que d'habitude. Les mains tendues vers les flammes, elle les frotte l'une contre l'autre pour y faire circuler le sang. De temps en temps, son corps est parcouru de frissons qui la désespèrent. Même si elle est frigorifiée, même si ses vêtements sont gelés et raides sur son dos, elle transpire et elle sait ce qui lui ferait du bien: dormir longtemps et au chaud.

Aujourd'hui a été pour elle la pire journée depuis le début du voyage. Si elle est encore en vie, c'est uniquement parce que ses compagnons l'ont rapidement tirée de la rivière après qu'elle y fut tombée. Elle avait glissé sur la glace qui s'était formée près de la berge et s'était retrouvée dans l'eau jusqu'au cou en une fraction de seconde. Depuis cet instant fatidique, son corps n'a pas pu se réchauffer. Et ce soir, Odélie comprend qu'elle a un nouvel ennemi. Même si elle souhaite en ignorer les symptômes, ces derniers n'échappent pas à l'œil perspicace du docteur, assis en face d'elle, de l'autre côté du feu.

– Vous tremblez, lui dit Senter, en allumant sa pipe au creux de ses mains.

Odélie lève les yeux sur lui et hausse les épaules.

– J'ai juste un peu froid, dit-elle en se frottant les bras.

Elle n'a pas envie qu'il décide de l'ausculter devant les autres. Puis, un regard furtif aux alentours lui fait comprendre que, de toute façon, personne ne s'intéresse à elle. Tout le monde a aussi froid.

– Faites-vous de la fièvre ? demande Senter, en soufflant sa fumée au-dessus des flammes.

Odélie se rend compte qu'il l'observe depuis un bon moment déjà et, malgré tout, il agit comme s'il avait avec elle une conversation banale.

– Peut-être.

À ce moment-là, le camp s'emplit d'un bruit familier. Les hommes s'éloignent des feux et retournent dans leurs tentes pour la nuit. Senter les imite et Odélie se retrouve seule devant les braises rougeoyantes. Elle apprécie cette soudaine solitude. Dans dix minutes, tout le monde dormira et les feux seront presque éteints. Elle en profitera pour s'éloigner et se soulager dans le sous-bois.

Au moment où elle s'apprête à se lever, un craquement derrière elle la fait se retourner brusquement. Senter se tient à moins d'un pas d'elle et il lui tend une tasse remplie d'un liquide fumant.

— Buvez ceci. Je n'ai rien de mieux contre la fièvre. Dormez-vous toujours avec ces vêtements mouillés ?

Odélie s'est rassise près des flammes et ses mains se réchauffent au contact de la tasse.

— Je n'en ai pas d'autres, souffle-t-elle, entre deux gorgées.

Le liquide est amer comme un thé trop infusé et Odélie grimace en fermant les yeux. Elle sent la chaleur qui se répand dans son corps, elle entend les pas du docteur qui retourne à sa tente sans dire un mot. Elle le croit parti pour la nuit et c'est pourquoi elle est surprise lorsqu'il revient de nouveau, au bout de deux minutes, les bras chargés de vêtements.

— Tenez. Ça vous permettra au moins de dormir au chaud cette nuit. Il faudrait cependant faire sécher vos bottes.

— Je ne peux pas… Je n'ai rien d'autre à me mettre dans les pieds si…

— Si elles sont volées, termine Senter, qui a compris le dilemme d'Odélie. Dans ce cas, je vous recommande de vous déchausser chaque soir quand le camp est monté. Vous pourriez garder vos pieds au chaud dans une couverture et placer vos bottes devant vous, près des flammes.

Odélie hoche la tête et lui remet la tasse vide. Elle a un goût d'herbes dans la bouche et se sent mieux.

— Reposez-vous, dit Senter en faisant demi-tour. Demain, nous quittons la Kennebec et entamons le

Grand Portage. Les jours à venir seront éprouvants pour tout le monde.

Odélie le regarde regagner sa tente et elle sait que, cette fois, c'est pour de bon. Elle se lève et se dirige vers les broussailles ; les feuillages encore denses la protégeront des regards indiscrets. Elle se sent ragaillardie à l'idée de changer de vêtements, ce qu'elle n'a pas fait depuis plus d'un mois. C'est en s'éloignant du feu qu'elle remarque ce qu'elle tient dans les mains : une culotte et une chemise de drap, un manteau de laine, une paire de bas et un gilet de velours rouge qu'elle reconnaît immédiatement. Le gilet de Wellington ! Son cœur a cessé de battre. Se pourrait-il que ce soit vraiment lui, finalement, qu'elle ait aperçu aux chutes Norridgewock ? Se pourrait-il qu'il soit ici, si près d'elle, et qu'elle ne l'ait pas vu ? Odélie scrute la nuit, mais ne distingue que les tentes où dorment ses compagnons.

« Comment Senter s'est-il retrouvé en possession de ce gilet ? » se demande Odélie, en se rapprochant des feux mourants pour mieux observer le vêtement. D'un geste précis, elle glisse un doigt le long de la couture intérieure et repère l'endroit par où Wellington sortait ses dollars espagnols. Les fils sont lâches et céderaient facilement si elle les forçait. Odélie enfouit son visage dans le tissu et reconnaît l'odeur de Wellington qu'elle hume longuement.

« C'est bel et bien son gilet, conclut-elle en s'éloignant dans la forêt, ses bras pressant fortement le vêtement contre elle, mais il est complètement vide. »

*

Le jour se lève et une fine pluie couvre de frimas le marais au bout duquel le colonel Arnold a dressé sa tente. S'il a choisi cet endroit pour monter son camp, c'est que le marais est l'étape finale du Grand Portage entre la Kennebec et la Dead River. De plus, l'immense montagne qui se dresse au sud sert de point de repère aux dernières divisions qui devraient d'ailleurs arriver d'ici quatre ou cinq jours. En les attendant, le colonel continue de superviser les opérations.

Le bruissement des gouttes d'eau emplit sa tente et un faible vent fait danser la flamme d'une lampe à huile posée sur la table. Une main de papier étalée devant lui, Arnold appose sa signature au bas d'une lettre avant de la replier pour y appliquer le sceau. Lorsqu'il lève enfin la tête, il découvre Jean Rousselle, debout à quelques pas de la table, les vêtements trempés et les cheveux dégoulinant sur ses épaules. D'un bond, il se lève pour l'accueillir.

— Ah, monsieur Rousselle! Vous avez fait vite!

— Je suis arrivé cette nuit, colonel. Mes hommes sont à une dizaine de *miles* en amont sur la Dead River. Il faut que vous sachiez que nos provisions sont minces et qu'il faudrait nous en faire parvenir de nouvelles.

Pendant les explications de Jean, Arnold est retourné à sa chaise et il offre à son visiteur le petit banc de bois qui se trouve devant la table.

— Je vais voir ce que je peux faire avancer comme provisions, dit Arnold, en se frottant les mains près de la lampe pour les réchauffer. Nous commençons à être un peu à court ici aussi. Cependant, il faut se réjouir, monsieur Rousselle. Si rien ne retarde notre progression, nous atteindrons Sartigan dans une semaine, soit le 20.

Jean n'est pas d'accord avec cette prévision qu'il considère comme trop optimiste, mais il se retient d'exprimer son opinion. Il se souvient du fouet qu'on a servi au fort Halifax au soldat qui avait contredit son supérieur. Si cette pratique est courante dans les armées britanniques et françaises, il ne s'attendait pas à ce qu'elle soit utilisée dans les rangs d'une armée où l'on prône la liberté. Il se promet bien, une fois de retour en France, de dire le fond de sa pensée à Vergennes. On ne l'y prendra plus à jouer les soldats d'opérette avec des commandants plus ambitieux que réfléchis.

Pourtant, en regardant Arnold attentivement, Jean constate que l'homme a vraiment l'air de savoir ce qu'il fait. La table est bondée de papiers, des lettres reçues ou à envoyer. Un carnet est ouvert et, sous la date du 13 octobre, rien n'est encore inscrit. À gauche de tous ces documents, la carte de Montrésor est dépliée, rappelant l'objectif ultime.

— Si je vous ai fait venir, Rousselle, c'est parce que j'ai une nouvelle mission à vous confier. Je n'ai personne qui connaisse mieux Québec que vous. Je veux que vous portiez un message à un de mes amis qui habite la haute-ville.

— À Québec? Mais, colonel, si les autorités britanniques apprennent que nous arrivons...

— Je sais, nous perdrons l'effet de surprise. Cependant, je me dois de sacrifier cet aspect si je veux bien préparer l'offensive. J'ai besoin d'informations supplémentaires au cas où nous devrions livrer bataille dès notre arrivée. Il est encore temps de reculer, si jamais les forces qui nous attendent sont trop nombreuses.

Jean fronce les sourcils, mais il ne dit rien. Arnold poursuit donc :

— Même si cette lettre est adressée à un certain John Manir, vous la porterez à John Dyer Mercier. Retenez bien ce nom.

— John Dyer Mercier, c'est compris.

— Ce pli en contient un deuxième qui est destiné au général Schuyler qui doit en ce moment avoir atteint Montréal et avec qui nous avons rendez-vous devant Québec. Il est impératif que cette lettre ne tombe pas entre de mauvaises mains.

— Cela va de soi, colonel.

— Pour vous accompagner dans votre mission, je vous adjoins un Indien dénommé Énéas. À deux, vous devriez pouvoir franchir plus aisément les obstacles qui joncheront votre route.

— Je connais Énéas. C'est un grand guerrier, et un grand chasseur aussi. Nous ferons une bonne équipe. Quand devons-nous partir ?

Arnold s'est levé et se dirige vers la sortie.

— Vous partez dès maintenant. Énéas a déjà préparé vos provisions. Bonne chance, Rousselle. Je compte sur vous.

La toile de la tente s'écarte alors et deux hommes pénètrent dans l'abri. Le premier est un Indien d'une quarantaine d'années, grand et svelte. Son visage et son torse sont couverts de peintures de guerre noires et rouges. Jean reconnaît Énéas et il le salue chaleureusement d'une main sur l'épaule. C'est à ce moment-là qu'il remarque l'autre homme entré dans la tente juste derrière l'Indien. Cette fois, Jean n'a pas de difficulté à l'identifier. Pas très grand, costaud, l'air trop aimable. Lorsqu'il l'entend féliciter Arnold pour sa bonne décision, Jean se souvient de la voix posée et autoritaire entendue chez Colburn. C'est Wellington, l'ancien employeur d'Odélie.

*

« L'hôpital Arnold ». C'est ainsi qu'a été baptisée la cabane de bois rond construite par les hommes qu'on avait envoyés pour ouvrir la route du Grand Portage. Située entre le premier et le deuxième lac, elle est peu spacieuse, de conception rudimentaire et sert désormais d'abri pour la douzaine d'hommes malades qu'on y a installés. Elle ne comporte ni fenêtre ni porte dignes de ce nom, mais une ouverture dans un mur. Cependant, son toit ne laisse pas passer la lumière du jour, ce qui fait de cette construction un refuge sûr. Pendant que le Dr Senter s'occupe de diarrhées, de dysenteries, de vomissements, de rhumatismes, de rhumes et de fièvres, les soldats valides continuent de transporter le matériel d'un lac à l'autre. Si le premier portage avait nécessité huit allers et retours, le second s'avère moins ardu et cela encourage les hommes qui commencent à manifester des signes de fatigue et de découragement.

Affectée à l'approvisionnement des malades, Odélie se dirige vers l'hôpital, chargée d'une longue perche pleine de morceaux de lard salé enfilés les uns derrière les autres. Ce sont les hommes de la première division qui ont eu cette idée. Depuis que l'armée du colonel Arnold a quitté la rivière Kennebec, les difficultés du terrain n'ont fait que s'accroître et les barils qui contenaient le lard sont devenus trop lourds et trop difficiles à hisser sur les rochers escarpés.

Les perches rendent la viande plus facile à transporter, mais elles ne la protègent pas de la pluie qui s'est mise à tomber, il y a un quart d'heure. C'est pourquoi, lorsque Odélie s'engouffre dans la cabane, les vêtements trempés et le tricorne dégoulinant, elle est contente que toutes les provisions réservées aux malades soient enfin à l'abri. Une demi-douzaine de perches sont appuyées au mur, à droite de l'entrée. Après s'être délestée de son dernier fardeau, Odélie s'empresse de frotter ses paumes l'une contre l'autre. Avec les écorchures, le froid, l'humidité et le sel tombé de la viande qu'elle a manipulée, sa peau est meurtrie et douloureuse. Si le docteur n'était pas aussi occupé, elle lui demanderait une pommade. Cependant, à le voir s'affairer entre les lits de camp, elle comprend qu'il y a plus urgent que ses insignifiantes blessures.

Le vent siffle fort depuis deux jours et le craquement des branches emplit la cabane d'un son étouffé et inquiétant. À la suite d'un bruit plus fort que les autres, Odélie jette instinctivement un œil à l'extérieur. C'est à ce moment-là qu'elle l'aperçoit distinctement pour la première fois. Elle fait alors un effort surhumain pour empêcher son bonheur d'éclater en un cri de joie.

Au milieu de ces hommes, rien ne le distingue des autres. Une barbe dense, qui aurait été inimaginable il y a un mois à peine, des vêtements usés et même déchirés par endroits, un tricorne en partie écrasé et, pire que tout, une couche de crasse, dont l'odeur doit lui être insupportable. Sans compter que les peignes sont des objets de luxe au milieu de cette forêt sauvage, ce qui explique les tignasses ébouriffées qui se répandent sur les épaules. Tout cela, parce que les occasions de se raser ou de se laver se font de plus en plus rares. Et la température fraîche n'aide en rien à l'hygiène des troupes. Ce qui fait qu'au bout d'un mois les hommes de Benedict Arnold ont l'air d'une armée de misérables gueux et il en est ainsi tant pour les soldats que pour les officiers. Mais jamais Odélie ne confondrait Wellington avec un autre. Elle connaît par cœur chacun des traits de son visage, chaque détail de sa physionomie, le rythme particulier de sa démarche.

Il se tient en ce moment à l'orée de la forêt et s'entretient avec le commandant de la dernière division dont les hommes viennent tout juste d'arriver au second portage. Odélie reconnaît l'officier, dont elle peut lire le mécontentement sur le visage. Il s'agit du lieutenant-colonel Enos, celui dont les hommes ont exigé d'être payés avant le départ. Elle a entendu des rumeurs voulant que plusieurs d'entre eux aient déjà déserté. Odélie se demande si c'est de nouveau l'indiscipline de ses soldats qui met Enos dans un tel état. Au bout de quelques minutes, Wellington pose une main sur l'épaule de son interlocuteur et s'éloigne ensuite dans la forêt, tandis qu'Enos part dans la direction opposée. Odélie ressent soudain l'urgence d'agir. Comment pourrait-elle laisser passer cette occasion de le revoir, enfin ?

Elle relève le col de son manteau et quitte la cabane sur les traces de Wellington. Ce dernier s'enfonce maintenant dans le sous-bois, malgré le vent, malgré la pluie. Odélie le suit pendant plusieurs minutes, évitant d'attirer son attention. Le bruit de l'orage dissimule celui de ses pas et ce n'est que lorsqu'elle juge être assez loin du camp qu'elle s'élance vers lui, transportée de joie.

– Comme ça, vous vous êtes engagé dans l'armée continentale, vous aussi.

Wellington se retourne d'une pièce, une main sur la garde de son épée.

– Dieu soit loué! ce n'est que vous, Charles de Beauchêne, soupire Wellington, en reconnaissant son ancien serviteur. J'ai craint un moment que quelqu'un ait...

Odélie secoue la tête, les yeux brillants, les joues en feu, et choisit délibérément de prendre un ton neutre, pour ne pas laisser voir l'émotion qui l'étouffe :

– Je n'ai rien entendu de ce que vous et le lieutenant-colonel Enos vous êtes dit. Si c'est cela qui vous inquiète...

Brusquement, la pluie redouble d'ardeur, si bien qu'Odélie et Wellington doivent trouver refuge sous le couvert d'un sapin plus touffu que les autres. Autour d'eux, les arbres se balancent dangereusement. Et Odélie a besoin de parler à celui qu'elle croyait ne jamais revoir.

– Auriez-vous décidé de vous joindre à cette expédition à défaut d'avoir réussi à empêcher qu'elle se mette en marche? demande-t-elle, d'une voix assez forte pour couvrir le tumulte environnant.

Wellington l'observe un moment, mais ne répond pas à sa question.

– Je constate que je vous ai mal jugé, dit-il simplement, en désignant du menton les armes qu'Odélie a passées dans sa ceinture. Je ne vous croyais pas étourdi au point de vous enrôler.

– Je n'avais plus d'argent et je voulais rentrer chez moi.

Le vent augmente subitement d'intensité, faisant ployer les hautes branches dans un grincement de plus en plus fort et sinistre. Odélie se tait, calme, presque stoïque, n'ayant peur de rien en présence de Wellington. Un coup d'œil aux alentours lui permet de juger de la violence de l'orage. La pluie tombe fort, emportant avec elle les dernières feuilles rougies qui tenaient encore par un fil. Plusieurs branches cassent avec fracas et tombent par terre. Même Wellington paraît s'inquiéter de cette nature déchaînée. Lorsque la pluie se change en grêlons aussi gros que des bleuets, Wellington recule contre le sapin, saisit Odélie par le bras et l'attire près de lui, plus loin sous l'abri.

Près du tronc, le sol est surélevé, couvert d'un tapis d'aiguilles relativement sec. Odélie imite Wellington qui s'y assoit. Dans la tourmente, elle aperçoit les silhouettes des soldats qui se sont réfugiés sous un arbre un peu plus loin. D'autres cherchent toujours un endroit où se protéger de l'orage. Odélie les appelle pour qu'ils viennent les rejoindre, mais sa voix se perd dans le bruit assourdissant qui domine la forêt. Wellington lui crie de ne pas perdre son temps, que personne ne pourrait l'entendre dans ce vacarme. Puis, il se penche près d'elle et lui souffle à l'oreille :

– Ces vêtements vous tiennent-ils au chaud ?

Odélie se tourne vers lui, stupéfaite. A-t-elle bien entendu ? Elle hésite à le faire répéter, mais décide d'approfondir le sujet.

– Vous connaissez le Dr Senter ?

Wellington lui fait un clin d'œil et Odélie sent le rouge lui monter aux joues, tiraillée entre le besoin de goûter au simple bonheur de revoir son ancien patron et celui d'élucider le mystère entourant sa présence dans la forêt.

— Je pense qu'on peut dire que Senter est un de mes amis, s'il est Dieu possible que j'en aie.

Cette réponse laisse Odélie perplexe. Si Senter est un de ses amis, cela signifie-t-il qu'il est au courant de son secret? Elle voudrait bien lui poser la question, mais elle n'en a pas le temps. L'orage vient de gagner en vigueur et le vent souffle maintenant si fort qu'une conversation devient impossible. Adossée contre l'arbre, Odélie remonte son manteau aussi haut qu'elle le peut pour protéger son visage des grêlons qui lui fouettent les joues. Elle garde les yeux clos et respire l'air chaud que dégage son corps à l'intérieur du vêtement. Elle en reconnaît l'odeur: celle de Wellington, et cette odeur la grise.

Tout à coup, la grêle cesse de la gifler. Pourtant, elle l'entend qui bat contre les arbres environnants. Odélie relève à peine la tête et aperçoit l'ombre de Wellington qui, penché au-dessus d'elle, forme un rempart de son corps trapu. Leurs yeux se croisent un moment et Odélie n'arrive pas à déchiffrer ce qu'elle lit sur son visage. Est-il au courant? Elle ne saurait le dire, mais le regard pénétrant de Wellington la trouble au point de la forcer à se cacher de nouveau derrière son manteau.

Lorsque la pluie revient, aussi forte, mais moins violente que la grêle, Odélie sent Wellington se déplacer et reprendre sa place sur les aiguilles de sapin à côté d'elle. Le bruit de la tempête diminue et Odélie peut risquer une question sans devoir crier à en perdre le souffle :

— Ça fait longtemps que vous savez que je suis là ?

Wellington secoue la tête et s'essuie le visage avec un mouchoir sorti de sa poche.

— Il y a quelques semaines, j'ai entendu parler d'un certain Charles de Beauchêne qui aurait abattu un orignal et nourri du coup une trentaine d'hommes. C'est là un exploit qui attire l'attention. Surtout qu'on m'a dit qu'il s'agissait d'un Canadien.

Un frisson parcourt le dos d'Odélie et elle ne sait s'il est causé par le froid ou par l'idée qu'attirer l'attention est précisément la dernière chose qu'elle aurait voulu faire.

— Et les vêtements ? s'enquiert-elle.

— Je vous ai vu, la semaine dernière, lorsque vous êtes tombé dans la rivière. Je me suis dit que vous deviez avoir besoin d'habits de rechange.

— C'était le cas. Merci. Mais pourquoi me les avoir envoyés par l'entremise du docteur ? Vous auriez pu me les apporter vous-même puisque vous n'avez cessé d'aller et venir le long de la colonne.

Wellington écarquille les yeux et plonge son regard dans celui d'Odélie un long moment, avant de se lever sans répondre à la question. La pluie a diminué et elle est maintenant réduite à une fine bruine portée par un vent qui, lui, ne s'apaise point.

— Où allez-vous ? demande Odélie, qui ne peut cacher sa déception que la conversation soit terminée.

— Je retourne avec vous au camp.

Wellington s'éloigne du sapin et, levant les yeux au ciel, il ajoute :

— De toute façon, il est trop tard pour faire quoi que ce soit ; il va faire nuit dans moins d'une heure.

— Vous poursuivez donc votre mission ?

Odélie est demeurée sous le couvert, essayant de mettre en ordre les morceaux du casse-tête qui dansent dans son esprit. Elle remarque l'assurance de Wellington et cela lui rappelle les nuits où elle savait qu'il veillait sur elle.

— Rien ne pourrait m'empêcher de l'accomplir, Charles.

À cet instant, un gigantesque craquement emplit la forêt, dominant à peine le sifflement aigu du vent. Lorsque Odélie aperçoit le tronc qui vacille dans leur direction, elle pousse un cri d'horreur et recule plus loin sous le sapin. Wellington fait demi-tour, une main sur la garde de son épée, à la recherche de l'ennemi qui les menace. Quand il repère l'arbre qui tombe, il est trop tard. La chute se fait dans un fracas énorme et un cri de douleur se perd au milieu des branches qui se cassent.

*

Le vent a cessé, la pluie aussi. Assise près du feu à la nuit tombée, Odélie brasse le chaudron dans lequel cuit ce qui restait des pois apportés du fort Western. Autour d'elle, la forêt est remplie de bruits grotesques qui exacerbent ses nausées. Ce n'est pas le chant des oiseaux ni celui des grillons, car tous deux ont été réduits au silence par l'orage.

À côté d'Odélie, sur une souche, se trouve une tasse de café qu'elle évite de regarder. Il faudrait qu'elle boive, elle le sent, elle le sait. Le morceau de lard salé qu'elle vient de terminer a redoublé sa soif. Sa bouche est sèche et ses lèvres, brûlantes, car elles sont fendillées. C'est d'ailleurs pour cette raison qu'elle prépare des pois. N'importe quoi pour ne plus avoir envie d'eau. Cependant, les pois tardent à cuire et le dessèchement de sa gorge l'irrite davantage de minute en minute. Ne pouvant plus se retenir, Odélie tend le bras, s'empare de la tasse et en boit deux grosses gorgées.

Elle se sent tout à coup apaisée, sa gorge s'hydrate, la brûlure sur ses lèvres s'apaise. Elle n'aurait peut-être pas dû hésiter. Il fallait faire comme les autres et ne pas réfléchir. C'est ainsi qu'il faut manger et boire quand on fait partie d'une armée. On ne doit pas faire la difficile, ni lever le nez sur la nourriture.

Odélie en est à ces pensées lorsque son ventre se comprime, son estomac se soulève et elle vomit sur le sol, près des braises, le café et le lard qu'elle vient tout juste de manger. Un deuxième soubresaut, puis un troisième, et le haut-le-cœur disparaît, aussi subitement qu'il est venu. Odélie s'essuie avec sa manche, comme le font les hommes un peu partout dans le camp. L'eau jaunâtre et infecte du petit lac a eu raison d'elle, comme des autres. L'idée même d'en ingérer lui répugnait à l'avance, mais maintenant elle ne peut s'empêcher d'angoisser.

Il n'y a aucune autre source à proximité ; tout le monde sera donc déshydraté lorsqu'on atteindra enfin le dernier portage, de l'autre côté du marais. Si Odélie avait trouvé la route difficile depuis le fort Western, elle a vécu pire depuis que l'armée a quitté la rivière Kennebec. Ces portages qui n'en finissent plus, cette nourriture trop salée qu'il est impossible de remplacer, étant donné qu'ils ont quitté la civilisation. Et maintenant cette eau impropre à la consommation qu'il faut cependant boire si on veut rester en vie. Et personne n'a même songé à récupérer l'eau de pluie de cet après-midi.

Il faut dire que tous en avaient gros sur les bras après la tempête de vent qui a ravagé le camp. Les tentes se sont envolées et on n'a pu récupérer que celles qui s'étaient enroulées autour des arbres, les autres ayant disparu dans le lac. Mais il y a pire.

Un homme est mort cet après-midi, écrasé sous un arbre déraciné par le vent. Son crâne a été fracassé, son corps, brisé par le poids du tronc. Le Dr Senter, arrivé sur les lieux de toute urgence, n'a pu que constater le décès. C'est pourquoi, lorsqu'il a examiné la blessure de Wellington, il s'est exclamé :

– Vous avez été chanceux !

Mais, avec son entorse au poignet, Wellington ne se trouvait pas chanceux du tout. Odélie a immédiatement ressenti sa mauvaise humeur, celle qu'elle avait subie le long de leur retour de Philadelphie, celle qui avait mené à son congédiement. Depuis qu'on l'a transporté dans la cabane avec les malades, Wellington a refusé de lui adresser la parole. Il lui a même interdit de s'occuper de lui, la forçant à rejoindre les hommes près des feux. Et maintenant, alors qu'il faut s'endormir avec pour seul abri les branches nues des arbres, alors que le vent se fait toujours insistant, alors que ses vêtements mouillés sont raides et lui irritent la peau, Odélie se demande ce qui la fait le plus souffrir. Le froid ? La soif ? Ou l'étrange rejet de Wellington ?

*

319

La Dead River est profonde, à défaut d'être large. D'un côté, la rive s'élève, abrupte et boisée ; de l'autre, elle traîne et devient un champ magnifique qui ferait rêver Odélie autant que les hommes, si elle avait une quelconque inclination pour l'agriculture. Directement au sud, une montagne se dresse, énorme. C'est celle qui les a guidés tout le long du Grand Portage. Elle s'étend comme un pain de sucre, s'étire, paresseuse, jusqu'à disparaître dans l'épaisse forêt qui camoufle sa base. Depuis deux heures que les hommes rament en remontant la rivière, ils ne s'en sont pas éloignés d'un *mile*. C'est que la Dead River est sinueuse et capricieuse. Elle forme des boucles minces, sur lesquelles les hommes ont l'impression de faire de multiples allers et retours. Plus sournois encore, son courant, que l'on croyait inexistant ou presque, crée une résistance qui a surpris plus d'un rameur.

Il est près de midi et Odélie apprécie les rayons bienfaisants du soleil à son zénith, qui inondent l'embarcation où elle se tient. Sous un ciel clair, d'un bleu intense, une brise légère caresse son visage et s'infiltre doucement sous son chapeau jusqu'à son cou. Ses vêtements sont secs désormais et Odélie se sent mieux depuis qu'elle a pu boire l'eau de la rivière, une eau limpide et fraîche qui l'a ravie autant que désaltérée, comme tous les soldats.

Les bateaux forment une chaîne qui sillonne le cours d'eau en forme de «S» sur plusieurs *miles*. Ses mains poussant sur un bâton pour déceler les hauts-fonds, Odélie se concentre sur sa tâche, évitant le plus possible de se retourner. Elle sent peser dans son dos le regard méfiant de son ancien patron. Assis au milieu du bateau, entre les caisses, les armes et les barils, Wellington peste contre son bras gauche en écharpe. De temps en temps, un des hommes à l'avant incline davantage sa pagaie et fait gicler l'eau vers l'intérieur, jusque sur Wellington qui geint de plus belle. Derrière lui, Senter rame comme ses hommes, sans toutefois perdre le sourire narquois qu'il affiche depuis le matin.

Lorsque l'ordre est donné de s'arrêter pour la nuit, le ciel s'est assombri et une fine pluie humidifie tout ce que possèdent les soldats d'Arnold. Malgré cela, tout le monde est heureux ; on a dressé une boucherie rudimentaire sur la rive et on y distribue la viande du dernier bœuf à avoir marché avec l'armée jusque-là. L'animal a été abattu au milieu de l'après-midi et chaque soldat reçoit sa part, qu'il soit à pied ou en bateau.

Ce soir, chacun se prépare à faire un festin de cette viande, la première qu'on mange fraîche depuis une douzaine de jours. Malgré la bruine, on allume un chapelet de feux le long de la berge et les conversations se font animées et joyeuses. Odélie profite du fait que les hommes sont en liesse pour s'enfoncer dans la forêt sans attirer l'attention. Il n'est pas très tard, mais la nuit tombe tôt en cette saison, ce qui lui permet de disparaître rapidement dans les broussailles. Il lui faut changer sa guenille, car elle est menstruée pour la première fois depuis qu'elle s'est enrôlée. C'est ainsi qu'elle prend conscience que l'expédition dure depuis un mois et que Sartigan n'est toujours pas en vue. Québec encore moins.

Comme à son habitude, Odélie s'éloigne suffisamment du camp pour éviter d'être vue ou entendue. Elle demeure toujours sur ses gardes, à l'affût d'une présence étrangère. La bruine produit un grésillement en tombant sur les feuilles mortes et Odélie doit se concentrer pour entendre les autres bruits. De plus, elle ne voit presque rien devant elle, c'est pourquoi elle avance lentement, tâtant le terrain du bout du pied. Elle s'arrête lorsqu'elle juge que sa position est sécuritaire. Elle s'accroupit, retire la guenille souillée qu'elle lance dans les buissons et s'empresse de mettre en place le linge propre qu'elle a apporté. Il s'agit d'un morceau de sa chemise qu'elle a déchirée la nuit dernière en découvrant que la nature tentait une nouvelle fois de reprendre ses droits.

C'est au moment où elle se relève qu'elle entend des voix venant des profondeurs de la forêt. Elle reconnaît immédiatement Wellington, mais l'autre homme lui est inconnu. Les propos, par contre, lui rappellent ceux que tenait son ancien patron dans les tavernes de Philadelphie: un discours séditieux qui, s'il était entendu par un officier, pourrait mener Wellington à la potence.

— Un mois! s'exclame la voix de l'inconnu. Ça fait un mois qu'on remonte la rivière Kennebec. Et pourquoi? Je vous le demande!

— Le pire est à venir, je vous le dis, mon ami, murmure Wellington d'un ton insistant. Vous avez vu cette chaîne de montagnes au nord?

— Évidemment que je l'ai vue. On dirait un mur infranchissable.

— Je ne saurais pas mieux la décrire. Mais une chose m'inquiète davantage. Ce soir, on nous sert de la viande fraîche. C'est probablement pour nous faire oublier que les provisions diminuent à vue d'œil.

— Vous ne pensez pas si bien dire, Nathanael. C'était le dernier bœuf. L'autre a déjà été mangé par les premières divisions. Il ne reste que ce damné lard salé et un peu de farine. Il paraît même que la première division n'a plus du tout de provisions et qu'on a envoyé des bateaux pour réquisitionner les nôtres. Si ça continue, nous mourrons de faim avant d'arriver à ces fichues montagnes.

— Absolument. Et il ne faudrait pas oublier que le premier village canadien est loin de l'autre côté.

— Dans ce cas, dit l'inconnu, peut-être devrions-nous faire demi-tour. Les royalistes ont dû jeter un sort sur cette expédition. Comment expliquer autrement cette suite de catastrophes qui s'abat sur nos rangs? On dirait que cette mission était condamnée depuis le début. Une route qui n'en est pas une, des bateaux qui n'ont de bateaux que le nom, des barils qui laissent passer l'eau, des provisions gaspillées et la moitié des hommes épuisés et malades. Ce serait de la folie de continuer.

— Je suis tout à fait d'accord avec vous. Mais le colonel Arnold, lui, n'a pas l'intention de rebrousser chemin. Il compte mener à bien sa mission, même si celle-ci doit entraîner la mort d'un millier d'hommes.

Odélie se rend compte que son manteau est trempé. La pluie s'est intensifiée et produit désormais une clameur assourdissante. Les paroles de Wellington lui parviennent encore, moins distinctement toutefois. Il a pris le ton défaitiste qu'Odélie connaît bien. Sa verve semble faire effet sur son compagnon, mais des bruits de pas font subitement taire les deux hommes. Odélie, toujours sur ses gardes, dégaine son épée en se retournant. Elle ne peut pas voir celui qui s'avance vers elle, mais elle l'entend de plus en plus clairement. Elle sent la contraction qui tend tous ses muscles; le courant froid dans son dos n'est pas seulement dû à la pluie. Sans faire de bruit, ses pieds se déplacent et elle se met dans une position défensive face à l'ennemi qui approche. Elle entend derrière elle Wellington et son interlocuteur qui s'éloignent dans une autre direction. Odélie peut se concentrer sur l'homme qui vient vers elle. Pour éviter que son ombre ne se distingue de celles des arbres, elle pose un genou à terre, prête à bondir pour transpercer, s'il le faut, son agresseur.

— Charles? dit la voix du Dr Senter à peu de distance. Êtes-vous là?

La tension se relâche. Odélie abaisse son épée et se dirige vers lui.

— Par ici, docteur.

— Je suis content de vous avoir trouvé à temps. Nous nous apprêtons à manger et il serait dommage que vous n'ayez pas votre part.

— Ma part de quoi? demande Odélie, en s'approchant de la silhouette de Senter.

— Votre part de ragoût, évidemment!

Odélie se demande si cet homme de science ne sombre pas tout à coup dans la folie. Comment pourrait-il y avoir un ragoût, ici, au milieu de la forêt?

— Vous souvenez-vous de Mr. Huddlestone? demande le docteur, en entraînant Odélie vers la berge. C'était vraiment un homme très bon. Il ne m'a pas seulement hébergé pendant quatre nuits. Il m'a de plus offert quelques carottes, oignons et pommes de terre que j'ai gardés au fond de mes bagages depuis notre départ du fort Halifax. J'ai pensé que, ajoutés aux morceaux de bœuf qu'on nous a donnés ce soir, cela ferait un excellent ragoût. Nous avons même pu faire revenir la viande dans un peu de beurre que j'avais mis de côté pour les grandes occasions.

Odélie n'en croit pas ses oreilles, ni son estomac qui geint à la seule pensée d'un tel repas. Lorsqu'elle atteint le bord de la rivière, les hommes de Senter sont assis en rond près du feu. Une quinzaine d'autres leur tournent autour dans l'espoir de mettre la main sur le chaudron dont le contenu embaume les environs.

*

De la pluie, du vent. Et encore de la pluie et encore du vent. Voilà ce qui habite l'esprit des soldats du colonel Arnold en ce 20 octobre. À cause des derniers accidents, on a monté les tentes en retrait de la forêt. Et on a bien fait. Couchée sur son lit de camp, Odélie n'a pas fermé l'œil de la nuit, craignant à tout moment de voir s'abattre sur elle un des arbres que le vent aurait arrachés du sol. Car à l'extérieur, l'orage gronde. Les craquements qu'on entend ne sont pas causés par les branches qui grincent, mais plutôt par celles qui cassent, en emportant d'autres dans leur chute. Lorsqu'un arbre tombe, on entend une déflagration, suivie d'un fracas continu, une suite précipitée de bruits secs. Plusieurs hommes dormant à la belle étoile sont complètement désemparés. Eux qui trouvent habituellement refuge sous le couvert des arbres n'osent pas ce soir s'en approcher, si bien qu'ils dorment à la pluie battante. Odélie a donné sa tente à deux d'entre eux et a installé son lit dans celle du docteur. Si les hommes ont trouvé son geste généreux, Odélie sait, elle, qu'il était intéressé ; elle se méfie davantage de ses compagnons

325

qu'elle ne craint le docteur. Cependant, sa tente est demeurée vide, les hommes préférant éviter d'être écrasés par un arbre qu'ils n'auraient vu venir. Odélie réussit à s'endormir pendant une accalmie, vers deux heures du matin.

Elle est tirée d'un rêve par un courant d'air plus froid. Ce dernier semble traverser la tente comme s'il n'y avait pas de parois. Pourtant, Odélie entend la pluie qui tambourine fort sur la toile. Elle remonte d'instinct sa couverture, mais le froid continue et l'entoure complètement. Elle ouvre les yeux et étire le bras. Elle est rassurée de découvrir le tissu qui crisse sous ses doigts. Cependant, comme le froid se fait persistant, elle se redresse et s'assoit sur le bord du lit. Un cri de surprise sort de sa gorge et Odélie se met debout sur le lit de camp, les pieds complètement frigorifiés.

— Docteur! s'exclame-t-elle, pour éveiller celui qui dort à proximité.

L'homme gémit, mais ne bouge pas. Odélie se souvient qu'il y avait sur son lit un bon nombre de couvertures, ce qui explique qu'il ne sente pas l'air glacial qui règne dans la tente. Odélie se rapproche de la tête du lit, s'empare de la lampe et l'allume avec empressement. C'est à cet instant qu'elle comprend toute l'horreur de ce qui se passe.

La rivière a envahi la tente et l'eau entoure son lit ainsi que celui du docteur. De ses bottes, elle n'aperçoit que le haut et elle s'en empare vivement, en même temps que son épée et son sac de voyage.

— Docteur! répète-t-elle plus fort.

L'eau atteint déjà le lit et monte maintenant par-dessus les pieds d'Odélie. Senter s'éveille en panique.

— Que se passe-t-il? demande-t-il, en se relevant pour imiter Odélie.

— On dirait que la rivière déborde.

Odélie enfile ses bottes et saute en bas du lit. Elle se retrouve dans l'eau jusqu'aux genoux. Un coup d'œil au docteur l'informe que l'homme n'est pas complètement réveillé et qu'il n'a pas conscience de l'ampleur du drame.

— Vite! dit-elle en lui donnant ses bottes. Il faut ramasser vos affaires avant que la tente ne soit emportée.

En effet, debout dans l'eau, Odélie peut sentir le courant qui pousse sur ses mollets. Elle empoigne la trousse médicale qui flotte près d'elle et la tend au docteur avant d'ouvrir un pan de toile pour sortir dans l'obscurité, son sac sur le dos. La lampe à la main, elle marche dans les flots glacés. La pluie tombe toujours et, à la lueur de la flamme, Odélie distingue les tentes plantées aux environs. À l'intérieur, rien ne semble bouger. Pourtant, elles sont aussi inondées que celle du docteur. Odélie est sur le point de donner l'alerte lorsqu'elle remarque des voix. Plus loin dans la forêt, des hommes appellent. Ce sont ceux qui dormaient à la belle étoile. Ils ont tout juste eu le temps de s'éloigner devant la crue des eaux. Parce que tout le monde était épuisé, les cris n'ont pas réussi à éveiller ceux qui dormaient profondément dans les abris. Jusqu'à maintenant.

Odélie s'élance vers les tentes.

— Levez-vous! hurle-t-elle, en ouvrant les pans à toute volée. La rivière est sortie de son lit. Il faut ramasser vos affaires, vite!

Les hommes sortent les uns après les autres, chacun tentant de ramasser ses biens. Lorsque toutes les tentes à proximité s'agitent, Odélie aperçoit le docteur qui sort de la sienne, une caisse sur le dos et sa trousse à la main.

– Prenez l'autre caisse, ordonne-t-il à Odélie, lorsqu'elle est à proximité. Et rejoignez-moi sur la rive, où qu'elle soit.

Odélie est soulagée de constater que Senter a repris ses esprits. Elle pénètre dans la tente. Elle a présentement de l'eau jusqu'à la taille. Les lits et la table flottent à la surface, de même que la caisse. Odélie s'en empare et sort au moment où les piquets cèdent. La tente est emportée par le courant, avec tout ce qui se trouvait à l'intérieur.

Les premiers rayons de soleil apparaissent à l'horizon et permettent de distinguer la masse sombre que constitue la forêt. Odélie se dirige dans cette direction lorsque Wellington apparaît à côté d'elle.

– Donnez-moi ça, dit-il, en empoignant de son bras valide la caisse qu'elle avait sur le dos. Essayez plutôt de récupérer ces barils de viande qui flottent, là.

Odélie se déleste de la caisse et attrape un baril qu'elle place sous son bras. Dans sa main, la lampe se balance et sa lumière se réfléchit sur les flots, éclairant les débris emportés par le courant. Odélie a de l'eau jusqu'aux aisselles. Elle avance avec difficulté, bousculée par les branches qui descendent la rivière. Elle entend sans les voir les hommes qui essaient eux aussi de gagner la rive. À voir le débit de la rivière et la vitesse à laquelle elle prend de l'expansion, Odélie se demande s'ils atteindront jamais la terre ferme.

Ils avancent à travers la forêt jusqu'à l'endroit où elle a entendu la conversation de la veille. Cette fois, ce sont les exhortations des soldats qui remplissent l'air, de même que le bruit assourdissant de la pluie qui frappe avec une violence surprenante. La base des arbres disparaît sous l'eau et quelques soldats ont trouvé refuge sur les branches les plus hautes. Odélie retient le baril qui flotte sous son bras. Wellington tire la caisse derrière lui, celle-ci étant en partie portée par le courant.

C'est un jour timide et gris qui se lève sur la région et qui permet de découvrir le désastre. Autour d'eux, tout est inondé, plus de forêt, rien que des troncs nus sortant de l'eau. La rivière s'étend désormais sur un quart de *mile* de large.

*

— La Dead River reprend vie, souffle Wellington, installé dans un bateau récupéré par les hommes du Dr Senter.

Il pleut toujours aussi fort et le vent n'a pas pris de répit. La tempête semble même atteindre son paroxysme. Les hommes rament alors qu'un autre tire sur les branches les plus solides pour forcer l'embarcation à avancer le long de ce qui était encore la berge il y a quelques heures à peine. Wellington est assis au centre, son bras en écharpe retenant une caisse, pendant que l'autre est posé sur la trousse de Senter. Il s'y accroche pour empêcher qu'une bourrasque ne les renverse par-dessus bord. Au large, la rivière continue de rugir et d'entraîner avec elle tout ce qui se trouve sur son passage. L'embarcation dépasse une série de rochers où se sont fracassés plusieurs bateaux. Elle en contourne quelques-uns à demi submergés. On aperçoit au fond de l'eau la coque d'un bateau englouti.

«Le pire est à venir», se dit Odélie en frissonnant. Elle est trempée jusqu'à la moelle. La pluie qui lui brûle le visage est glacée. Aucune parole n'est prononcée pendant des heures. De toute façon, le grondement de l'orage rendrait tout effort de conversation inutile. De temps en temps, Odélie jette un œil à Wellington. À voir son air serein, elle devine la satisfaction qui l'habite. Car, malgré le fait qu'ils ont risqué leur vie, cette catastrophe devrait convaincre Arnold de faire demi-tour. La nature a peut-être été plus efficace que Wellington.

*

À cause de la difficulté d'atteindre la berge, les hommes doivent, ce midi-là, manger à bord des bateaux. Odélie se voit obligée de s'abstenir de boire en priant pour ne pas avoir envie d'uriner avant qu'on monte le camp du soir. Lorsque, au milieu de l'après-midi, la chose devient impérative, elle se porte volontaire pour pousser l'embarcation le long de la rive. Même si une mince couche de glace s'est formée dans les petites criques plus tranquilles, Odélie préfère que les hommes la croient mouillée à cause de la rivière plutôt que par l'urine. Quand c'est au tour de ses compagnons de se soulager par-dessus bord, Odélie s'efforce de détourner le regard. Comment décrire son embarras quand elle aperçoit, par inadvertance, le sexe de l'un d'entre eux?

En amont comme en aval, les bateaux avancent péniblement le long des rives. Certains sont surchargés de matériel, d'autres, de passagers. Quelques-uns prennent l'eau au point de s'enfoncer dangereusement. À bord de ceux-ci, on a beau écoper, la rivière continue de s'infiltrer par toutes les fentes possibles et, bientôt, un des bateaux se renverse. Le Dr Senter donne l'ordre de secourir les malheureux et d'essayer d'attraper les provisions qui flottent avant qu'elles ne soient emportées par le courant.

C'est ainsi qu'Odélie se retrouve, en fin d'après-midi, écrasée au milieu de l'embarcation. On a donné sa place à un homme plus costaud et, grâce à leur stature imposante, tous ces nouveaux venus à bord la protègent du vent qui n'a pas encore tari. Mais ce qu'Odélie apprécie plus que tout, c'est cette proximité forcée avec son ancien patron. Le dos appuyé contre les genoux de Wellington, elle savoure ce contact avec lui, même s'il s'agit d'un bonheur volé, même si ce délice ne doit en aucun cas transparaître sur son visage.

*

La pluie s'est transformée en neige pendant la nuit, laissant au sol une couverture blanche qui monte jusqu'au-dessus des chevilles. En deux jours, la rivière s'est retirée quelque peu et, même si les berges sont accessibles, l'humeur des troupes n'en est pas pour autant réjouie. Depuis l'inondation, on n'a pas entendu un mot des hommes faisant route à pied. Certains spéculent et prétendent qu'ils se sont perdus ou noyés à cause des nombreux ruisseaux devenus des torrents. La « précarité de la situation » : ces mots sont sur toutes les lèvres. En accostant la veille au soir, on a trouvé les hommes du colonel Greene à demi morts de faim. Ils attendaient sur place depuis plusieurs jours, étant réduits à faire bouillir des chandelles pour en boire le jus.

Ce matin, chacun tente de profiter du soleil et de cette brise légère qui souffle encore sur la région. On suspend aux arbres les tentes, les vêtements et tout ce qui doit être séché. Après avoir vidé les boîtes et les écrins du docteur sur une souche pour en faire sortir l'humidité, Odélie accroche ses propres vêtements aux branches d'un jeune bouleau dont le tronc a plié dans le courant. À peu de distance, Senter prépare les malades. Le mot d'ordre est arrivé au début de l'avant-midi avec les plus faibles des premières divisions : on doit retourner au fort Western tous ceux qui ne sont pas en état de continuer la marche. Senter a distribué quelques médicaments et instruit les escortes sur les soins à apporter à ses patients. Comme toujours, il pratique son métier avec sérénité et compassion, et Odélie l'entend répéter des phrases de réconfort à chacun.

Sa voix est soudain couverte par les aboiements d'un chien qui s'élance vers deux oiseaux juchés sur une branche basse. Odélie l'a déjà aperçu, une fois, car il appartient à un soldat de la troisième division. Curieusement, l'animal chasse mieux que bien des hommes et elle l'a déjà vu rapporter un lièvre qui a servi de repas à plusieurs soldats. Pour sa part, depuis que Wellington lui a affirmé que son exploit avait attiré l'attention, Odélie n'a plus osé chasser, même si elle sait que cela permettrait d'agrémenter le maigre repas de chacun. Elle réprime cette amertume qui l'habite et se détourne du chien qui revient, sa proie entre les dents.

De l'autre côté des malades, elle aperçoit Wellington. Parce que son entorse l'empêche d'être utile aux gros travaux, il s'est installé sur le bord d'une petite crique et, après avoir cassé la glace qui s'était formée à la surface, il y a tendu une canne à pêche de fortune. Ses prises du matin s'agitent dans un baril à ses pieds, ce qui laisse au moins présager un bon dîner.

Odélie ne l'aperçoit que de dos, mais elle devine la frustration qui l'habite. Le colonel Arnold continue, malgré la catastrophe qui a failli coûter la vie de ses hommes. Il continue, même si les provisions se font rares, même si la poudre est mouillée et même si la saison est trop avancée pour espérer faire un siège de Québec qui soit digne de ce nom. Dans les rangs, des hommes expriment ouvertement leur mécontentement et leur désir de rebrousser chemin.

Malgré cette situation désespérante, ou peut-être justement à cause d'elle, Odélie se rend compte qu'elle admire Wellington. Son acharnement à accomplir sa mission l'émeut. Plus elle l'observe, plus les sentiments qu'elle éprouve s'accentuent, s'approfondissent. Ses cheveux ternes, dénoués et ébouriffés, lui rappellent qu'elle a déjà eu envie d'y glisser les doigts ; ses épaules, larges et solides, qu'elle a souhaité plus d'une fois y poser la tête. Il n'est vêtu que de sa chemise blanche, ayant retiré son justaucorps et son gilet pour les suspendre au soleil. Ses membres frémissent de temps en temps et Odélie se doute qu'il a froid, comme elle et comme chacun des hommes qui les entourent.

À chaque mouvement de Wellington, l'écharpe qui passe derrière son cou s'effiloche un peu plus. Bientôt, ce sera un lambeau qui ne retiendra pas suffisamment son bras. Odélie attrape donc sa vieille chemise en partie déchirée et en teste la résistance. Le tissu n'est pas complètement sec, mais il sera plus solide que la guenille qui se défait à vue d'œil. Elle abandonne ses affaires, contourne les malades et se dirige vers Wellington.

– Vous allez pouvoir nourrir toute l'armée avec ces truites, dit-elle, arrivée à portée de voix.

Wellington se retourne et lui fait un clin d'œil malicieux.

– Ce sera toujours mieux que ce porc salé. Je ne suis même plus capable d'en sentir l'odeur.

Odélie lui présente sa chemise qu'elle tend de nouveau sous ses yeux.

– Ce n'est peut-être pas le tissu idéal, mais je pense que nous devrions remplacer votre écharpe. Ce n'est plus qu'une loque.

C'est à ce moment qu'Odélie aperçoit l'ampleur de la blessure. En effet, à la suite de l'effort qu'a nécessité leur survie des derniers jours, le bras de Wellington a enflé au poing de ressembler à un tuyau, du coude au poignet. Odélie réalise que ce n'est peut-être pas le froid qui fait tressaillir Wellington, mais plutôt la douleur qui doit désormais être insupportable. Elle entreprend de défaire le nœud de l'écharpe quand, tout à coup, la main de Wellington se pose sur la sienne pour l'arrêter. Odélie cesse de respirer. A-t-elle fait un mouvement brusque qui aurait provoqué une douleur supplémentaire? Elle ne saurait le dire. Cependant, elle remarque ses propres mains nues. Même si elle a perdu ses gants, il y a deux semaines déjà, elle a toujours su les garder hors de vue. Or, en ce moment, elle se rend compte qu'elle les offre au regard de Wellington. Elles sont écorchées, rougies et si sales qu'on n'en distingue pas la couleur. Mais un œil observateur les trouverait sans doute bien petites pour être celles d'un garçon de quinze ans. Odélie lève les yeux sur Wellington, convaincue de s'être trahie. Elle est soulagée de découvrir qu'il ne porte pas du tout attention à ses mains. En fait, il ne la regarde même pas. Il scrute plutôt l'aval de la rivière où cinq hommes essaient de renflouer un bateau submergé.

— On renvoie les malades cet après-midi, dit Wellington sans détourner les yeux. Je voudrais que vous repartiez avec eux.

— Mais je ne peux pas! s'exclame Odélie, scandalisée à l'idée de faire défection. Je me suis enrôlée. Si je retourne dans les colonies, je serai arrêtée et pendue, vous le savez bien.

— On ne pendra pas quatre cents hommes.

— Comment, quatre cents? Il n'y a qu'une cinquantaine de malades et je…

— La quatrième division s'apprête à faire demi-tour. Et je connais une bonne centaine d'hommes prêts à se joindre à eux.

— Vous les avez convaincus de rebrousser chemin?

Odélie n'en croit pas ses oreilles. Comment Wellington peut-il avoir autant d'influence? Elle observe son profil. Il semble vraiment préoccupé et continue de fixer l'embarcation qu'on sort maintenant des flots.

— Je n'y suis pas pour grand-chose, étant donné le caractère indomptable de ces hommes. J'aurais davantage l'esprit en paix si vous partiez avec eux. Parce que vous serez à la descente, vous atteindrez le fort Western dans moins d'une semaine. Et après…

Sans la regarder, Wellington saisit son poignet et le retourne lentement. Il dépose dans la main un dollar espagnol, avant de replier les doigts délicats sous les siens.

— Ça devrait suffire pour vous permettre de retourner chez vous.

Odélie ne bouge pas pendant un long moment, la main enfouie sous celle de Wellington. Elle est tentée. Elle en a assez de cette vie de misère, de ces privations, de ces efforts physiques exténuants. Mais surtout, elle n'en peut plus d'être Charles de Beauchêne et de devoir constamment se cacher. Après un bref regard aux alentours pour constater que personne ne peut les entendre, elle murmure :

— Et vous ? Que ferez-vous ?

— Je continue avec Arnold. Je dois prendre tous les moyens possibles pour l'empêcher d'atteindre Québec.

— Dans ce cas, je vais avec vous.

— Ne soyez pas stupide, Charles. Cette armée mourra de faim avant d'atteindre Sartigan. Je m'en suis assuré alors que nous étions encore sur la Kennebec.

— Et comment donc ? demande Odélie sur un ton sarcastique. Auriez-vous de vos mains rempli les barils d'eau ?

Devant le regard terrifié que Wellington tourne vers elle, Odélie se couvre la bouche de sa main libre. Elle se souvient de l'étrange animal entendu une nuit, en bordure de la Kennebec, des branches qui craquaient, d'un bruit de succion. Les barils, une fois ouverts, n'étaient plus étanches, d'où la nourriture gaspillée. Wellington a lâché son bras, mais c'est à son tour à elle de poser la main sur le sien.

— Si vous aviez été pris, on vous aurait pendu sur-le-champ.

— Si on me prend maintenant, mon sort n'en sera pas différent. Mais je connais les risques. Et de toute façon, il ne s'agit pas de moi, mais de vous. Je veux que vous repartiez avec les malades.

— Il n'en est pas question. En plus, avec votre blessure, vous aurez de la difficulté à vous faire à manger et même à vous habiller pendant quelques jours encore.

— Ne comprenez-vous pas ce que je vous dis? Je dois m'assurer qu'aucun soldat de cette armée n'atteindra Québec. Ce qui signifie...

Wellington se tait et Odélie comprend à ce moment-là le sens réel de ses paroles. Il doit conduire ces hommes à leur mort afin d'éviter que la révolution n'atteigne Québec. Elle devrait trouver cette idée complètement atroce et avoir peur d'un homme capable de préparer de tels plans, pourtant, il n'en est rien. Elle sait qu'il a tout fait pour éviter que le Congrès ne vote cette invasion et que cette armée ne se mette en branle. Il a même tout fait pour qu'elle soit obligée de faire demi-tour. Puisque toutes ses tentatives ont échoué, il doit trouver un autre moyen afin de mener sa mission à terme. Odélie ouvre les doigts et replace le dollar dans la main de Wellington.

— Je comprends, dit-elle. Et je viens avec vous.

Curieusement, Odélie ne reconnaît pas sa voix en prononçant ces mots.

*

Une armée de soldats en guenilles progresse péniblement dans la neige, sous le ciel gris et froid d'un hiver précoce. Ce matin, ils ont abandonné leurs bateaux sur le dernier lac. Depuis, escaladant les rochers coupants, grimpant sur les collines abruptes, ils marchent d'un pas saccadé, portant sur leur dos provisions et matériel. Le soleil décline déjà et, pourtant, aucun ne ralentit la cadence. Depuis qu'ils savent qu'ils manquent de temps, ils se mettent en marche dès l'aube et ne s'arrêtent qu'à la tombée de la nuit.

Odélie avance au centre d'une file, le souffle court. Malgré le bruit des pas de ses compagnons, malgré le chant des oiseaux qui gazouillent, insouciants, dans la forêt environnante, elle entend le sifflement aigu de ses propres poumons. Un vent piquant souffle entre des arbres nus et Odélie l'apprécie. Lorsqu'elle serre ses poings bleuis par le froid, elle sent ses paumes moites. Depuis une heure environ, elle sait qu'elle fait de la fièvre. Mais elle sait aussi qu'il n'est plus question de reculer. Plus maintenant. Elle a eu sa chance, il y a quatre jours. Et elle a préféré continuer.

Depuis que les hommes du lieutenant-colonel Enos ont rebroussé chemin, dans l'après-midi du 25 octobre, il ne s'est pas passé un jour sans qu'elle remette en question le bien-fondé de sa décision. Car, si jusque-là elle avait trouvé cette aventure difficile, ce qu'elle a dû endurer depuis a été encore pire. Et ce qui l'attend ne semble pas plus enviable. Même lorsqu'on aura franchi le col, il faudra marcher longtemps avant d'atteindre Sartigan. Marcher, dans la neige et le froid.

Si au moins elle n'avait pas toujours le ventre creux. Comment quelqu'un peut-il travailler si fort tout le jour et ne jamais être rassasié lorsque vient le temps du repas? Chaque soir, Odélie entend les hommes exprimer leur rancœur et cela la réconforte. Elle n'est pas la seule à avoir faim et si elle en souffre tant, ce n'est pas parce qu'elle est une femme.

Tout le monde est au courant de la façon dont les provisions ont été distribuées au départ du fort Western. Chacun sait comment le colonel Arnold a équipé ses hommes. Puisque les soldats de l'arrière-garde allaient trouver sur leur chemin une route dégagée par le passage des premières divisions, le colonel leur a fait transporter davantage de nourriture. Pour cette raison, quand on a appris que la quatrième division faisait demi-tour, chacun a cru qu'elle céderait son surplus de vivres aux hommes qui poursuivaient la route. On avait appris la veille, par un messager revenant de Sartigan, qu'il restait environ une quinzaine de jours de marche avant d'arriver au premier village canadien. Si on tenait compte du dépôt de vivres aménagé aux chutes Norridgewock en prévision du retour éventuel des malades, la quatrième division n'avait besoin que de trois jours de vivres par personne. Or, ses hommes disposaient de beaucoup plus, même s'ils n'avaient pas encore été réduits aux demi-rations. Quelle déception ce fut de les voir céder deux ridicules barils de farine! Comment pouvaient-ils penser qu'on en nourrirait trois cents hommes?

C'est justement leur cupidité et leur mesquinerie qu'on ressasse soir après soir depuis leur défection. Même si Odélie sait qu'une armée affamée sert la cause de Wellington, elle en souffre autant que les autres. D'ailleurs, elle n'a pas revu son ancien patron depuis deux jours. Parce qu'elle sait que sa blessure est presque guérie, Odélie devine sans difficulté les méfaits qu'il doit être en train de commettre afin de mener à bien sa mission. Mais pour le moment, cela ne la préoccupe pas. Chaque pas qu'elle fait dans la neige glissante nécessite davantage d'énergie que ce dont elle dispose.

Lasse, elle observe la colonne qui s'étire à perte de vue et se demande, encore une fois, si elle n'aurait pas dû rebrousser chemin avec le lieutenant-colonel Enos, comme Wellington le lui avait proposé. Mais si elle l'avait fait, aurait-elle eu la chance de retrouver celui-ci après une seconde séparation, au milieu de ce chaos qui suit la guerre?

CHAPITRE VIII

Une demi-lune se lève à l'horizon et il fait presque nuit lorsque Jean pousse le canot sur le fleuve. La marée montante tente d'abord de l'emporter en amont, mais quelques puissants coups d'aviron lui font fendre les flots et se diriger vers la rive nord du Saint-Laurent.

À mesure qu'il s'approche de Québec, Jean sent son cœur qui bat plus fort. Parce qu'il doit pénétrer dans la ville sans attirer l'attention, il a choisi d'accoster à l'Anse-au-Foulon pour gagner ainsi les hauteurs d'Abraham et rentrer en ville avec les habitants, par la porte Saint-Louis. Or, la berge, dont il distingue désormais les contours, éveille en lui d'étranges réminiscences.

Jean relève la pagaie au moment où le canot frotte contre le sable et les roches. D'un bond, il saute à l'eau et pousse son embarcation vers la rive. Quand ses pieds foulent le sable sec, il s'efforce de se souvenir. Il sait que c'est sur le bord de cette petite plage qu'il a été blessé et capturé pour être mené en Angleterre. C'est donc exactement ici qu'il a perdu Marie, il y a quinze ans. Et pourtant, aucune image ne lui revient à la mémoire.

Tout au plus se rappelle-t-il une fine pluie, une brise légère. Il doit bien y avoir eu des coups de feu, un violent combat à l'issue duquel les Anglais se sont rendus maîtres de la route qui les a conduits au sommet. Mais pour Jean, ce 13 septembre 1759 se résume à un matin d'automne, un petit matin frisquet, rien de plus. D'un geste inconscient, il frotte le dos de sa main droite et la porte ensuite le long de son flanc, à l'endroit même où une balle a laissé une profonde cicatrice. Il a pourtant tellement souffert de ces blessures...

Le froissement du papier dans sa poche le ramène à l'urgence de la situation. Québec est sur le point d'être assiégée et, cette fois, il fait partie des assiégeants. Jean tire son canot jusque dans le boisé, le retourne pour le couvrir de branches et de feuilles mortes. Il entreprend ensuite la montée jusqu'au plateau.

Ce n'est qu'une fois qu'il a atteint les plaines d'Abraham et qu'il distingue les feux sur les remparts qu'il comprend ce qui se passe. Même s'il n'est que sept heures du soir, les portes de la ville sont fermées. Il s'agit sans doute d'une mesure de précaution, mais Jean décide de ne pas prendre de risque. Si les gardes le fouillent et mettent la main sur la lettre d'Arnold, c'en sera fait de l'attaque-surprise.

Jean demeure à couvert dans le boisé et longe la falaise. Il avance prudemment, ses yeux devinant dans l'obscurité les aspérités du terrain. Il se souvient que les remparts n'encerclent pas complètement la ville. Ils se terminent au sud, de façon abrupte, en un bastion qui rejoint la falaise. Si Jean peut atteindre cette extrémité sans être repéré, il aura une chance de pénétrer incognito dans Québec.

Au bout de plusieurs minutes de marche en bordure du précipice, Jean distingue enfin le mur de pierres à une centaine de pas. Entre son objectif et lui, le terrain est complètement à découvert.

«Comment ai-je pu oublier le glacis?» jure-t-il entre ses dents. En effet, pour éviter qu'un ennemi puisse se cacher et atteindre le mur, tout l'espace devant les fortifications a été déboisé et on y a interdit toute construction. Comme si ce n'était pas suffisamment sécuritaire, des torches ont été allumées et éclairent les sentinelles qui vont et viennent sur le chemin de ronde. Deux d'entre elles se trouvent justement sur le bastion du Cap-aux-Diamants et scrutent le fleuve. Jean s'immobilise et s'accroupit derrière les derniers buissons. Impossible d'approcher davantage sans être à découvert. Il ne reste plus qu'un moyen: descendre plus bas dans la falaise et aborder la ville par la paroi rocheuse. Un coup d'œil vers le bas suffirait à l'en dissuader, mais Jean ne regarde pas. Il sait de quoi a l'air la falaise qui domine Près-de-Ville. Ce ne sont que rochers abrupts et arbres chétifs qui ne retiennent pas les éboulements. S'il trébuche, la chute sera fatale.

Jean regrette soudain d'avoir renvoyé Énéas à Benedict Arnold avant de traverser le fleuve. Il n'avait pas prévu autant de difficultés pour pénétrer dans Québec. À deux, ils auraient eu plus de chances de réussir ce qu'il s'apprête à entreprendre seul. Mais puisqu'il ne peut plus compter que sur lui-même, il inspire profondément, s'agenouille et se laisse descendre contre la paroi.

L'aventure s'avère plus périlleuse qu'il ne l'avait d'abord envisagé. Les saillies sont glissantes à cause de la pluie des derniers jours et ses doigts gourds ont de la difficulté à s'agripper aux arêtes. Les angles sont parfois insuffisants pour lui permettre de se retenir et il lui faut prendre une poigne plus solide, ce qui lui blesse la peau. À mesure qu'il avance, il entend au-dessus de sa tête les voix des gardes qui discutent en anglais. Les propos lui parviennent indistinctement à cause du vent qui lui siffle dans les oreilles. Jean refuse de s'y attarder et se concentre uniquement sur les irrégularités de la roche.

De temps en temps, un brusque coup de vent tente de l'arracher du mur et l'effort qu'il fait pour se retenir semble surhumain. Des cris s'élèvent souvent du petit bourg à ses pieds. Jean reconnaît les chants habituels des habitants, mais il n'y prête pas davantage attention. Il a même fermé les yeux, se fiant plus à son sens du toucher qu'à ces ombres qui apparaissent devant ses yeux pour disparaître aussitôt. La lune est déjà au-dessus de la falaise et sa lumière n'éclaire pas le versant du Cap-aux-Diamants.

Tout à coup, une pierre glisse sous ses pieds, provoquant un léger écoulement de cailloux. Jean s'accroche de toutes ses forces avec ses mains. Les pieds dans le vide, il retient son souffle. Les gardes se sont tus et Jean prie pour entendre de nouveau leurs voix monotones. Comme le silence se poursuit, il lève difficilement les yeux. Les torches sont toujours allumées, mais personne ne se trouve dans leurs halos lumineux. Les sentinelles s'étaient donc éloignées avant qu'il ne dérape. Jean soupire et retrouve un point d'appui.

Maintenant qu'il n'a plus à craindre d'être entendu, il ne lui faut que quelques minutes pour arriver au bout du bastion. Il remonte alors et découvre que cette partie-ci de l'enceinte est différente de ce qu'elle était dans ses souvenirs. Un mur de pieux prolonge les fortifications pour constituer une dernière défense. Jean se hisse le plus haut possible et longe la palissade pendant près d'une demi-heure avant d'en trouver l'extrémité. Il s'agit d'un petit blockhaus désert. Jean le contourne et, après s'être assuré qu'il était bel et bien inoccupé, il fonce vers la place d'Armes. Une voix forte s'élève soudain derrière lui :

– Halte !

*

Le vent souffle à l'extérieur et s'engouffre dans la cheminée, ce qui attise les flammes et réchauffe les pieds de Marie. Celle-ci a toujours froid quand Daniel s'absente. C'est pourquoi ce soir, au lieu d'attendre dans son lit un sommeil qui ne viendra pas, elle s'est installée près du foyer de la salle commune. Louise et François dorment probablement depuis des heures. Elle profite de la quiétude qui règne dans la maison pour plonger le nez dans le livre qu'elle a sorti de sa malle au retour du marché. Car, encore sous le choc de sa rencontre avec Cameron, il lui a bien fallu une bouée à laquelle s'accrocher pour ne pas sombrer dans le désespoir.

Comment en effet n'aurait-elle pas pu être renversée en apprenant la vérité ? Sa fille n'était pas partie avec son prétendant, comme tout le monde l'avait cru. D'ailleurs, le jeune Écossais, de passage en ville, a été consterné d'apprendre la disparition d'Odélie. Avait-il gardé quelque espoir de la revoir ? Marie n'aurait su le dire. Ce qu'elle a compris, cependant, c'est que sa fille avait quitté la maison paternelle de son propre chef et qu'elle n'a pas donné signe de vie depuis. Et cela, à qui que ce soit.

Les aventures du chevalier de Beauchêne : ce titre qu'elle a sous les yeux évoque pour Marie un long voyage. Un périple qui l'a menée, il y a bien longtemps, au cœur des colonies britanniques, en guerre avec la France à cette époque. Elle avait sans doute rangé le livre lors de son mariage avec Daniel et n'y avait pas repensé depuis. Il y a si longtemps de cela... Il y avait la guerre, et la mort était partout autour d'elle.

En fait, Marie ne se rappelle plus l'histoire du chevalier de Beauchêne, si ce n'est que c'était le livre préféré d'Odélie pendant les années qui avaient suivi le décès de Charles. La fillette avait vu son père dans le héros du roman et Marie n'avait pas eu le cœur de briser son illusion. Après tout, le deuil avait été si éprouvant pour elle qu'elle pouvait bien permettre à sa fille quelques fantaisies qui le lui rendraient plus aisé.

Ce soir, c'est avec nostalgie qu'elle plonge au cœur de cette histoire. Elle a un peu l'impression de se rapprocher d'Odélie, dont la situation l'inquiète plus qu'elle ne peut l'exprimer.

Parce qu'elle est concentrée dans sa lecture, il lui faut plusieurs minutes pour s'apercevoir qu'on frappe à la porte de la cuisine. Marie pose son livre, s'enroule dans son châle et se lève, perplexe. Elle déteste les visites tardives et davantage les gens assez effrontés pour passer par la porte arrière. Même Du Longpré, qui habite pourtant chez elle depuis plusieurs mois maintenant, continue d'utiliser la porte avant. Le bougeoir à la main, Marie pénètre dans la cuisine. La lune découpe à la fenêtre une silhouette masculine. Alarmée, Marie s'apprête à reculer, mais une voix lui parvient, à peine plus forte qu'un murmure :

— Marie... ?

Marie s'avance vers la fenêtre et lève la bougie près des carreaux pour voir le visiteur.

— C'est moi, Jean Rousselle, dit la voix, que Marie reconnaît tout de suite.

Elle abaisse la bougie et ouvre la porte. Jean entre aussitôt et ferme derrière lui.

— Veux-tu bien me dire ce que tu viens faire ici ? demande-t-elle à voix basse pour ne pas réveiller la maisonnée. Et à cette heure-là ? Je t'ai dit de ne plus re...

C'est alors qu'elle aperçoit une tache sombre sur le torse du nouveau venu. Elle en approche la flamme et retient le cri d'horreur qui monte dans sa gorge. Le manteau de Jean est ouvert et sa chemise est tachée de sang.

— Ce n'est rien, balbutie-t-il, en s'assoyant sur la chaise la plus proche. C'est juste une égratignure... J'ai... froid.

— Viens dans la salle commune ; j'ai fait du feu.

— Je préférerais rester ici. Je... je ne voudrais pas qu'on me voie chez toi.

— Dans ce cas, viens près de la cheminée. Les braises sont encore chaudes, ça ne prendra que quelques minutes pour avoir un bon feu.

Marie ajoute une bûche dans l'âtre et les flammes renaissent. Elle met ensuite de l'eau à chauffer et dépose des linges propres sur la table, à côté de Jean.

— Qu'est-ce qui t'est arrivé ? demande-t-elle, sur un ton trop autoritaire à son goût. Tu t'es battu ?

– Non… Juste un peu.

– Juste un peu, ça veut dire oui. Enlève donc ta chemise, que je voie cette blessure.

Jean s'exécute en grimaçant de douleur. Lorsque Marie commence à lui éponger le flanc, elle découvre l'«égratignure» en question : une coupure aussi longue qu'un doigt et causée, de toute évidence, par une lame tranchante. Sans doute un poignard.

– Pourquoi es-tu venu ici ? demande-t-elle en finissant de panser la plaie.

– Pour ça…, dit-il en désignant le pansement. J'ai aussi besoin de vêtements propres et de provisions.

Marie étire le bras vers le bout de la table et pousse en direction de Jean la miche de pain qui s'y trouve. Puis elle se lève, ramasse un morceau de fromage sur la tablette près de la fenêtre.

– Voilà ce qui reste de notre souper, dit-elle en le déposant devant lui. Mange, je reviens tout de suite.

Elle allume une autre bougie, retourne dans la salle commune où elle s'arrête devant un coffre placé le long du mur. Elle l'ouvre sans faire de bruit et en ressort quelques vêtements qu'elle inspecte à la lumière de la flamme. Pendant tout ce temps, elle ne cesse de se demander ce qu'elle est en train de faire. Si Daniel l'apprenait, sa colère serait terrible. Lorsqu'elle a trouvé ce qu'elle cherchait, elle referme enfin le coffre et revient à la cuisine, les bras chargés de vêtements.

– C'est à ton père, dit-elle, en refermant la porte derrière elle. Ils sont trop usés et… j'avais l'intention de les donner aux pauvres.

Elle dépose les vêtements sur la table et retourne près du feu. Jean s'approche lui aussi de la cheminée pour examiner la nouvelle chemise. C'est à ce moment-là que Marie aperçoit une petite cicatrice ronde sur son flanc, un peu plus haut que le pansement. Il s'agit de la trace laissée par une balle. Est-ce la balle qui les a séparés? D'un geste lent, elle tend la main et, sur le torse de l'homme, dessine du bout des doigts les contours circulaires de la cicatrice. La peau y est plissée et plus claire, et Marie réprime un frisson. Elle lève la tête et ses yeux croisent ceux de Jean. Ce dernier la regarde intensément, comme il la regardait cette nuit-là où il avait demandé sa main. Marie perçoit chez lui les mêmes hésitations, les mêmes inquiétudes qu'alors. C'était exactement ici, dans cette pièce. La même lumière baignait sa peau mate. C'était il y a quinze ans, et pourtant… Marie a l'impression que ses souvenirs se confondent avec la réalité. Son visage s'approche du sien.

C'est alors que des bruits de pas se font entendre dans la pièce adjacente. Marie recule immédiatement, paniquée. Elle ramasse son châle, pendant que Jean court se cacher derrière la porte. Quelqu'un frappe trois petits coups.

— Marie? dit la voix de Du Longpré. Est-ce que tout va bien?

— Oui, oui, murmure Marie en entrouvrant la porte. J'ai eu faim et comme je n'arrivais pas à dormir… Ne m'avez-vous pas dit que vous ne rentreriez pas ce soir?

Du Longpré sourit et hausse les épaules.

— Il y a eu quelques changements dans mes projets. Je dois partir tôt demain matin.

— Ah, bon!

Marie ne trouve rien d'autre à dire et, parce qu'elle ne l'invite pas à entrer, Du Longpré s'incline poliment.

– Bonne nuit, Marie.

– Bonne nuit.

Elle referme la porte et, un doigt sur les lèvres, impose le silence à Jean dont le visage exprime la curiosité. Elle écoute Du Longpré qui s'éloigne, monte l'escalier. Avant de respirer de nouveau, elle guette le bruit de sa porte de chambre qui se referme.

– Qui est-ce ? demande Jean, en enfilant rapidement les vêtements de Daniel.

Marie lui explique la présence de Du Longpré chez elle. Sa voix n'est qu'un murmure, si bien que Jean doit se rapprocher pour entendre. Marie évite de le regarder dans les yeux. Entre eux, le courant ne passe plus comme il le faisait, il y a quelques minutes à peine.

– Qu'es-tu venu faire à Québec ? demande-t-elle, au bout d'un silence gênant. Je te croyais reparti.

– Je l'étais.

Jean sort une lettre de la poche de son manteau et la glisse dans celui de son père. Il se sert ensuite de sa vieille chemise pour essuyer le sang qui macule son couteau. Marie tressaille. Elle se doute bien que Jean ne s'est pas blessé avec son propre poignard. Cela signifie qu'il essuie le sang d'un autre.

– C'était un Anglais ? demande-t-elle, en désignant la lame du menton.

Jean acquiesce, replace son arme dans sa botte et se dirige vers la porte. Il s'arrête et se retourne, hésitant.

– Il faut que tu quittes la ville avec tes fils, dit-il enfin. Il y a une armée qui fonce sur Québec.

– Encore !

L'exaspération l'a fait parler trop fort et elle se couvre la bouche de la main, guettant le moindre bruit venant de l'étage.

— Quel rapport avec ta présence ici? demande-t-elle, en chuchotant cette fois.

— Je suis porteur d'un message.

— De la part des Bostonnais?

Jean ne répond pas et Marie comprend tout à coup ce qui se passe.

— Tu es un...

Le mot semble si dur qu'elle trouve difficile de le prononcer. Les yeux écarquillés, elle regarde Jean avec appréhension.

— Je suis un espion, Marie. Pour le compte de la France. Comprends-tu maintenant pourquoi tu dois partir?

— Je ne comprends rien du tout. Qu'est-ce que la France a à voir avec les Bostonnais?

— Elle leur fournit des munitions et de l'information. Les rebelles vont prendre la ville, Marie.

— Qu'ils essaient! As-tu regardé dehors? Il va neiger d'ici un jour ou deux. Quelle sorte d'armée voudrait faire un siège en plein hiver?

Jean reconnaît bien là la ténacité de Marie, mais ce qui l'agace le plus, c'est qu'il doit lui donner raison. Il a lui-même soulevé ce problème avec Benedict Arnold.

— J'ai revu ta fille, dit-il, en mettant la main sur la clenche. Elle s'est enrôlée.

Marie doit s'appuyer sur la table tant cette nouvelle la désarçonne.

— Quand? Où?

– Il y a un mois environ. Avec les Bostonnais. Elle ne fait pas vraiment partie de l'armée. En apparence oui, mais pas en… Enfin, je peux te dire qu'elle ne participera pas à la bataille. Du moins, elle n'en a pas l'intention. En ce moment, elle doit encore se trouver à quelques lieues au sud de la paroisse de Sainte-Marie, dans la Nouvelle-Beauce.

Son regard s'attarde un instant sur la pièce avant de se poser sur ses vêtements sales.

– Brûle-les pour que personne ne sache que je suis passé.

Marie sent naître en elle une urgence telle qu'elle attrape sa manche au moment où il ouvre la porte.

– Je m'excuse pour tout à l'heure, dit-elle, sans lâcher le manteau. Je ne sais pas ce qui m'a pris.

– Moi, je sais.

Le tissu glisse entre ses doigts et Jean sort, laissant derrière lui un courant d'air glacial.

*

– Bonjour, François!

Le salut est accompagné d'une grande tape dans le dos qui secoue le jeune homme de haut en bas. Le gros Ruel apparaît à côté de lui et François lui jette un regard de travers sans s'arrêter. Malgré le soleil, il fait froid et le vent le transperce à un point tel qu'il a hâte d'arriver chez M. Royer où sa mère l'envoie chercher du papier.

– Comment vas-tu, mon garçon? poursuit le nouveau venu, sans enlever sa grande main de son épaule.

Comment va-t-il? «Assez mal, merci!» a-t-il envie de répondre, pour faire sortir la frustration qui ne l'a pas quitté depuis la veille. C'est que son père est encore parti pour les Trois-Rivières. Et il a encore emmené Louis avec lui.

— J'ai absolument besoin de lui, a dit Daniel, pendant que François l'aidait à atteler la charrette en espérant le faire changer d'idée. La prochaine fois, ce sera ton tour.

Mais François en a assez de ces promesses et de ces décisions qui changent au gré des souhaits de Du Longpré.

— Qui donc décide dans cette maison? a-t-il lancé à son père, avant de retourner dans la boutique, furieux et déçu.

Comme si ce n'était pas suffisant, c'est à lui qu'il revient de faire les courses en l'absence de Louis. Avant, du temps où il voyait Clémence, cette sortie lui servait d'excuse pour lui rendre visite et passer quelque temps avec elle. Mais maintenant que Du Longpré a pris sa place dans son lit, ces courses ne font qu'accroître son ressentiment, lui rappelant à quel point son frère est privilégié, tant avec son père qu'avec les femmes.

Pour répondre à la question de Ruel, il faudrait qu'il lui explique cela. Le pourrait-il? Certainement pas! Ce serait humiliant. Or si François souffre toujours de sa situation, il sait le faire en silence. Il a tout de même sa fierté.

— Tu me sembles filer un bien mauvais coton, mon François. Viens donc boire un coup chez Grandbois. C'est moi qui paye!

François ne répond pas, mais se laisse guider vers la droite en arrivant à la côte de la Montagne.

En pénétrant dans le cabaret, il est immédiatement séduit par l'ambiance joyeuse qui y règne, une ambiance contagieuse qui réussit à lui tirer un sourire timide.

– Voilà qui est mieux! s'exclame Ruel en percevant son changement d'humeur. Viens, installons-nous à cette table; j'ai à te parler.

François se doutait bien que l'invitation de Ruel était intéressée. Mais l'idée de se réchauffer avec un coup d'eau-de-vie le rend plus indulgent. Parce que la table choisie par Ruel est à côté du poêle, François enlève son manteau et s'assoit le plus près possible de la source de chaleur. Derrière lui, quatre hommes jouent aux cartes et le poing que l'un d'eux abat sur la table le fait sursauter.

– Tu me sembles bien nerveux, François. Serais-tu au courant de ce qui est arrivé à Mercier ce matin?

– Mercier?

François jette un œil dans la salle, étonné de ne pas le voir dans les environs.

– Il lui est arrivé quelque chose? demande-t-il, après que Ruel leur a commandé à boire.

– Il a été arrêté ce matin, dans la côte, en face du palais de l'évêque. Il paraît qu'on a trouvé chez lui des documents compromettants. Une lettre, entre autres, venant des Bostonnais.

– Des Bostonnais?

François est surpris d'apprendre que Mercier pouvait être si près des rebelles qu'il en reçoive du courrier. Celui qu'il a trouvé effacé au point d'en paraître stupide devient soudain un homme bien intéressant.

– Ce qui est étrange, poursuit Ruel en plissant les yeux, c'est qu'il a reçu cette lettre hier soir, très tard. Il est donc impossible que quelqu'un d'autre ait été mis au courant entre le moment où il l'a reçue et celui où il s'est fait arrêter. À moins que...

François boit une gorgée du verre que Gaston Grandbois vient de lui apporter. Le liquide lui brûle la gorge à mesure qu'il descend dans son estomac. La chaleur se rend ensuite jusqu'au bout de ses doigts et il se sent soudain bien détendu.

– À moins que, répète Ruel, quelqu'un n'ait trahi le porteur du message.

François continue de boire. Son regard innocent révèle qu'il ne comprend pas du tout où son compagnon veut en venir avec ces hypothèses. Ruel jette un œil vers la porte d'entrée et scrute la salle par-dessus son épaule pour s'assurer que personne d'autre ne l'écoute. Il se penche alors vers François qui se demande comment un homme aussi gros peut se plier aussi bas au-dessus d'une table sans étouffer.

– J'étais avec lui hier soir, dit Ruel à voix basse. J'étais là quand on est venu lui porter la lettre. Le messager avait l'air assez amoché. Il nous a dit qu'il avait eu quelques difficultés à entrer en ville. Évidemment, il ne pouvait pas passer par les portes, personne ne le connaît ici. Personne... sauf toi.

– Moi ? s'exclame François, déconcerté qu'on le pense impliqué dans la rébellion américaine. Comment est-ce que je pourrais connaître un Bostonnais ? Je n'ai jamais mis les pieds là-bas.

Ruel s'avance encore plus près du visage de François et lui fait signe de l'imiter. Sa voix est si faible lorsqu'il parle que le garçon doit faire un effort pour comprendre ce qu'il lui dit :

— Il t'a ramené chez toi, au mois d'août. T'avais pris une méchante cuite !

François fronce les sourcils et se souvient de la dernière fois où il a mis les pieds au *Sabot d'argent*. C'était après avoir découvert que Clémence recevait Du Longpré, comme elle le recevait lui. L'homme qui l'a ramené à la maison, c'était Jean Rousselle. Se pourrait-il qu'il soit revenu en ville ? Se pourrait-il que ce soit un espion à la solde des rebelles ?

— De quoi avait-il l'air ? demande François, qui se sent tout à coup envahi par une étrange fébrilité.

— Il était habillé comme toi et moi, mais il avait les cheveux drus des Indiens, un peu comme les tiens. Les yeux aussi. En fait, il te ressemblait pas mal.

— Je le connais, en effet. Qu'est-ce que ça change ?

— Il nous a dit avoir dû changer de vêtements après que… après un léger contretemps. Mes compagnons et moi pensons qu'il serait allé chez vous. Peut-être pour te demander de l'aide…

— Je n'ai vu personne hier soir.

— C'est peut-être ta mère qui l'a aidé, dans ce cas. Il était blessé et avait du sang, même sur sa nouvelle chemise.

— Il était blessé ?

François se trouve soudain concerné par cette histoire. Il réfléchit à ce qui s'est passé chez lui la nuit dernière. Il était tellement furieux d'avoir été laissé en arrière par son père qu'il a eu de la difficulté à trouver le sommeil. Il se souvient d'avoir entendu la servante gagner sa chambre. Comme elle a un pas lourd, les dernières marches de l'escalier craquent plus intensément sous son poids. Environ une heure plus tard, Du Longpré est monté. Il venait sans doute chercher quelques affaires, car il s'en est retourné rapidement. Et enfin, il devait être près de minuit, ce fut au tour de sa mère d'aller au lit.

— Si quelqu'un est venu chez nous, je n'en ai pas eu connaissance.

— Nous pensons que votre invité pourrait, lui, s'en être aperçu.

— Du Longpré?

— Oui, je t'ai déjà dit qu'il travaillait pour Carleton. C'est peut-être une coïncidence qu'il loge chez vous et que le messager s'y soit réfugié. Mais ça ne peut pas être un hasard que notre gars soit passé chez vous hier soir et que Mercier se soit fait arrêter ce matin.

— En admettant qu'il soit effectivement passé chez nous. Il faudrait que Du Longpré l'ait suivi quand il en est parti.

— Lui, ou un autre. Mais ce qui est certain, c'est qu'il a donné l'alerte et que les autorités ont fouillé l'appartement de Mercier, pendant qu'il était sorti ce matin. Ils savaient donc ce qu'ils venaient chercher. Et ils l'ont trouvé.

François n'arrive pas à croire que Du Longpré soit aussi vil. Mais ce qui l'intrigue davantage, c'est que la personne qui aurait aidé le messager, ce serait sa mère. Ç'aurait été la deuxième fois que Jean Rousselle serait venu lui rendre visite. Chaque fois, sans que son père soit au courant. François se dit qu'il y a là un mystère qu'il faudra éclaircir. Mais avant, il a un compte à régler avec Du Longpré.

— De quoi avez-vous besoin? demande-t-il, avant de vider son verre d'un trait.

*

À mesure que Marie colle du papier sur les carreaux, des souvenirs refont surface. Des images venues de son enfance, lorsqu'elle posait ces mêmes gestes avec sa mère, chaque automne. Doucement, la lumière extérieure s'atténue et la chaleur du foyer inonde la pièce. Après avoir rempli les réserves et cordé le bois, c'est ainsi qu'on achève de se préparer pour l'hiver...

En fin d'après-midi, après que le dernier client fut parti, François et elle ont découpé dans du papier des carrés mesurant exactement la grandeur des carreaux des fenêtres. Lorsque le souper a été prêt, ils ont fait une pause pour manger et, dès qu'ils ont eu terminé, ils ont repris leur tâche. C'est qu'il y a beaucoup de carreaux à couvrir dans toute la maison. Louise est venue leur donner un coup de main quand elle a eu fait la vaisselle et, à trois, la tâche s'est accomplie beaucoup plus vite. Louise lui tendait le papier, François, la colle, et Marie n'avait plus qu'à fixer le papier sur les montants des carreaux.

Il est près de dix heures lorsqu'elle entend un bâillement discret. Elle se retourne, debout sur sa chaise, et observe les traits tirés de son fils. Le pauvre garçon tient à peine debout. À côté de lui, Louise n'est guère en meilleur état à cause de son rhume. Marie ne saurait dire qui, de lui ou d'elle, a émis le bâillement. Elle descend de sa chaise en essuyant ses mains collantes sur son tablier.

– On a presque fini, dit-elle, en parcourant la pièce des yeux.

– Et les chambres?

François a parlé avec une pointe d'inquiétude dans la voix. Marie devine qu'il n'a pas du tout envie d'entreprendre l'étage ce soir.

– On fera ça demain. Je crois qu'on a assez travaillé pour une journée. Allez vous mettre au lit, tous les deux. Je colle le bas des deux dernières rangées et j'éteins.

Ni François ni Louise ne discutent cet ordre et tous deux quittent la salle commune en bâillant de plus belle. Marie les regarde disparaître dans l'escalier et se remet à la tâche. Elle n'est pas peu contente de se retrouver seule. Elle a besoin de réfléchir et rien ne vaut une tâche manuelle et monotone pour permettre à son esprit d'explorer ce qui l'obsède.

Elle ne s'est pas remise de l'émoi de la veille. Comment le pourrait-elle? Elle n'a pas vraiment franchi la limite de la décence, mais elle a quand même l'impression d'avoir trahi Daniel en recevant Jean une seconde fois. En l'aidant aussi. Et en le touchant. De toute la journée, elle n'a pu effacer de son esprit la sensation de la peau tiède sous ses doigts. Si Du Longpré ne les avait pas interrompus, elle n'ose imaginer ce qui serait arrivé. Comme elle s'en veut de ne pas avoir fait preuve de plus de retenue! Comme elle regrette aussi d'avoir laissé Daniel partir pour les Trois-Rivières! Elle avait le pressentiment que les choses allaient mal tourner. Elle trouvait absurde l'idée de faire des visites d'affaires, alors que la température est aussi incertaine. Parce qu'il n'y a pas encore de neige au sol, Daniel ne pouvait utiliser le traîneau. Mais s'il neige demain, il sera pris aux Trois-Rivières avec sa charrette. Puisqu'il est aussi entêté qu'elle, elle a dû se résigner à l'idée qu'il s'absente plus longtemps que prévu.

Elle l'a regardé s'éloigner, le cœur serré. Malgré le grincement des roues de la charrette, elle entendait la voix de Daniel qui houspillait Louis, assis à côté de lui. Louis. Ce n'est pas de gaieté de cœur que Daniel l'a fait monter dans la charrette. Car même s'il ne lui a pas donné de détails sur le but de son voyage, Marie a compris qu'il aurait préféré laisser son indigne fils à la maison. Depuis qu'il a découvert que c'est lui qui volait dans la boutique, Daniel n'a pas décoléré. Il devait avoir une raison impérative de l'emmener aux Trois-Rivières avec lui et de laisser ainsi François à la maison sans lui donner d'explications.

Parce que les choses peuvent toujours être pires, Marie n'a pas dormi de la nuit après avoir appris ce qu'il advenait de sa fille. Comment pouvait-elle marcher en direction de Québec avec l'armée américaine? A-t-elle épousé un rebelle? Marie ne s'explique pas les propos confus de Jean. Si les Anglaises vont à la guerre avec leur mari, comme Marie l'a fait dans sa jeunesse, elles ne s'enrôlent toutefois jamais dans les rangs. Ce n'est pas la place des femmes et c'est tout à fait absurde. Cependant, Marie doit admettre que ce ne serait pas le premier geste déraisonnable que poserait sa fille.

Décidément, il n'y a que François, de tous ses enfants, à qui elle puisse vraiment se fier. Avec les années, il est devenu pour elle un rempart contre toutes les mauvaises surprises de la vie. Depuis qu'il est tout petit, il a toujours su faire sa joie. Elle n'a jamais eu à le gronder ni à le punir. Il comprenait toujours de lui-même ce qu'elle attendait de lui.

Marie soupire en appuyant le pouce sur le papier pour le coller au coin du dernier carreau. Les fenêtres du rez-de-chaussée sont toutes isolées. Elle redescend donc de sa chaise et commence à compter les carrés de papier qui restent sur la table : seize. C'est suffisant pour couvrir la fenêtre de la chambre de Du Longpré. Puisqu'il est parti pour quelques jours, ça ne dérangera personne si elle travaille aussi tard dans sa chambre. Marie hésite quand même. Elle pourrait bien n'entreprendre l'étage que demain et aller au lit immédiatement. Avec tous ses soucis, il est cependant évident qu'elle ne fermera pas l'œil avant des heures. Elle dépose donc la colle, le pinceau et le papier sur un plateau et gagne l'étage sans faire de bruit. Elle prend garde à ne pas faire craquer les deux dernières marches. Ce grincement pourrait réveiller Louise ou François, comme il la réveille elle-même la nuit quand Du Longpré monte se coucher. Lorsqu'elle ouvre la porte de l'ancienne chambre d'Odélie, Marie se fige sur place et laisse tomber le plateau qui heurte le plancher dans un grand fracas.

De l'autre côté du lit, François relève la tête. Il est agenouillé devant un coffre d'où sont sortis les effets personnels de Du Longpré.

*

– La rivière ! On a atteint la rivière !

À ces mots, des cris de joie s'élèvent de partout dans les rangs. Enfin, l'arrière-garde de l'armée des rebelles a franchi la chaîne de montagnes. Devant ces soldats, l'eau qui s'écoule en cascade, malgré une mince couche de glace sur les bords, symbolise l'espoir. Elle descend vers le nord, vers le lac Mégantic, vers la rivière Chaudière, vers le Saint-Laurent. Vers Québec. Odélie sent monter en elle la même chaleur qui égaie ses compagnons. Devant eux, sur la berge, quelques feux ont été allumés par les hommes des première et troisième divisions qui les ont précédés. Depuis la veille, ces feux, vers lesquels tout le monde se rue avec frénésie pour se réchauffer, sont entretenus par les guides que le colonel Arnold leur a envoyés. Évidemment, le commandant n'est pas encore au courant de la défection de la quatrième division. Mais les hommes affamés et transis, que cette trahison a affectés directement, ont bien l'intention de lui expliquer la situation dès qu'ils le rejoindront.

Ce que les guides racontent, ce soir, au bord du feu, est réjouissant pour tout le monde, mais Odélie devine que cela inquiétera Wellington. Benedict Arnold et son avant-garde auraient déjà traversé le lac Mégantic et descendraient présentement la rivière Chaudière.

Odélie arrive difficilement à croire qu'elle est enfin de retour dans son pays. Assise sur le sol gelé, à proximité des flammes, elle fait cuire son gâteau quotidien directement dans les braises. Il s'agit d'un mélange de farine et d'eau qui n'a pas grand goût et ne la soutiendrait pas non plus sans cette unique bouchée de lard salé. Voilà de quoi seront constitués ses prochains repas, après ce nouveau partage des provisions entre les hommes. Malgré sa faim impossible à assouvir, Odélie se prend à rêver.

Plus que quelques jours encore et elle redeviendra Odélie Rousselle. Étrangement, cette idée lui fait un pincement au cœur. Elle s'est habituée à vivre en homme. Elle doit même admettre qu'elle y a souvent pris plaisir. Il y a toutes ces conversations qu'elle a entendues, auxquelles elle n'aurait jamais eu accès dans ses habits féminins. Elle a pu écouter ses compagnons parler de femmes, raconter leurs aventures, leurs rêves, leurs ambitions, et cela, sans avoir à faire preuve de retenue. Et puis, il y a eu aussi ce matin de juin où elle a séduit la fille de l'aubergiste. C'était la première fois de sa vie que quelqu'un la trouvait attirante et cet événement avait mis un baume sur son cœur blessé. Mais surtout, sans ce déguisement masculin, elle n'aurait jamais rencontré Wellington...

Odélie tousse et considère ses compagnons, installés autour des autres feux. Quelques-uns mangent en silence, mais plusieurs d'entre eux parlent fort et rient.

— J'aurai au moins la panse pleine, pour une fois! dit l'un d'eux, en enfouissant un gros morceau de lard entre ses dents.

— Ouais! approuve un autre, qui mastique la bouche ouverte pour esquisser un sourire. Puisqu'on n'en a plus que pour trois jours avant d'arriver chez les Canadiens, aussi bien se contenter!

Des exclamations joyeuses s'élèvent de partout dans le camp. Odélie est tentée. Trois jours seulement et la nourriture abondera de nouveau. Trois jours. Pourquoi n'aurait-elle pas, elle aussi, droit à un vrai repas, après toutes ces privations? En ce moment, la grande maison de la rue Saint-Louis lui manque, de même que les repas qu'elle préparait. Odélie ferme les yeux. Elle ressent presque la chaleur de l'âtre et le confort d'un siège à table.

— Ne faites pas comme eux, murmure la voix du Dr Senter assis à côté d'elle. Je sais que c'est tentant, mais le guide a pu se tromper.

Odélie ouvre les yeux et croise le regard inquiet de Senter.

— Le colonel n'était pas encore rendu chez les Canadiens lorsqu'il a envoyé ses guides avec son message. Il lui restait peut-être davantage de route qu'il ne le prévoyait. Seuls les imprudents mangent toutes leurs provisions en un seul repas alors qu'ils sont encore au milieu du bois.

Odélie acquiesce et repose dans son sac le deuxième morceau de lard qu'elle avait spontanément sorti. Devant elle, les hommes se réjouissent toujours. Elle sent encore ce vide douloureux au creux de son estomac, mais elle essaie de penser à autre chose. Elle approche ses mains des flammes pour les réchauffer.

— Vous avez raison, docteur. Sans compter que nous n'avons aucune assurance que les habitants de Sartigan voudront ou pourront nourrir six cents hommes affamés. Même si on les dit favorables à notre cause, ce sont des gens prévoyants. Ils devront quand même passer l'hiver.

Le docteur ne commente pas ses propos, mais elle devine qu'il a pensé lui-même à cette possibilité. Soudain, Odélie est secouée par une quinte de toux violente et il lui faut plusieurs minutes avant de reprendre son souffle.

— Vous faites encore de la fièvre, Charles. Je me demande si vous ne souffrez pas d'une pneumonie. Évidemment, comme je ne peux vous ausculter devant…

Odélie réprime un frisson. Elle entend le sifflement de ses poumons depuis des jours, en plus de trembler sans arrêt à cause de la fièvre. Cependant, jamais elle ne l'admettrait devant les autres. Elle connaît le sort qu'on réserve aux malades depuis le départ de la quatrième division. Ils sont abandonnés en route, car il n'est pas question de les transporter. Aussi faible qu'elle soit, Odélie est déterminée à marcher, de même qu'à porter ses propres provisions.

— Je vais bien, dit-elle au docteur sans le regarder. J'ai juste un peu froid et mal à la gorge.

— Je sais que quelques bateaux des premières divisions ont été portés au-delà des montagnes à cause des surplus de munitions qu'ils contenaient. Peut-être les rejoindrons-nous sous peu et je pourrai dans ce cas…

— Je vais bien, docteur, répète Odélie, en tournant un regard dur vers lui.

Elle sait bien qu'il faudrait qu'elle se repose, qu'elle laisse le docteur la soigner. Mais son esprit se rebiffe à l'idée de monter à bord d'un bateau. Elle sait trop aussi qu'allongée au fond il lui serait impossible de s'isoler pour uriner. Elle devrait leur dire qu'elle est une femme. Dans ce cas, n'ayant ni mari, ni frère, ni père, ni ami à qui elle aurait été confiée, il n'y aurait personne pour la protéger advenant que… Et Dieu sait combien de temps il leur faudra avant d'atteindre la civilisation. Odélie n'a aucune difficulté à imaginer ce qui pourrait lui arriver. Elle n'a qu'à penser à sa mésaventure au fort Halifax pour se convaincre qu'il est plus prudent de demeurer un homme. Elle doit donc continuer à pied et espérer que Senter comprendra ses raisons.

— Cessez donc de vous inquiéter de ma santé, dit-elle après plusieurs minutes de silence.

— M'occuper de la santé des hommes est la raison pour laquelle je me suis enrôlé dans cette armée.

– Dans ce cas, dit Odélie en durcissant la voix, c'est ce que vous devriez faire : vous occuper de la santé des hommes.

L'insistance d'Odélie sur ce dernier mot contrarie de toute évidence le docteur qui secoue la tête, mais ne dit rien. Il s'allonge sur un matelas d'herbes entassées au-dessus de la neige et regarde un moment le ciel avant de fermer les yeux. Tout autour, les hommes s'installent pour la nuit. Odélie les imite, s'allongeant le plus près possible du feu. Aussi près du sol, le vent est presque inexistant et elle a l'impression qu'il fait moins froid. À son tour, elle observe la multitude d'étoiles qui peuplent le ciel. Elle se sent minuscule. Même la douleur qui suit chaque respiration semble s'apaiser. La toux se fait moins persistante à mesure que le sommeil la gagne et Odélie a une pensée pour sa famille qu'elle reverra bientôt.

*

Le canot approche de la falaise dans la pénombre et, lorsque François entend les galets crisser sous l'embarcation, il bondit sur la grève, imité par Ruel. À deux, ils soulèvent le canot et le déplacent jusqu'à une cabane où sont entreposées une demi-douzaine d'embarcations de toutes sortes.

Sans un mot, ils prennent le chemin qui gravit l'escarpement et François se demande si Ruel sait vraiment où il s'en va. Malgré l'obscurité qui se dissipe lentement, il est bien impossible de distinguer le sentier du précipice. C'est pourquoi François serre à gauche le plus possible, quitte à frôler la roche ou les buissons épineux logés près de la paroi. Devant lui, Ruel respire avec difficulté et François ne peut s'empêcher de sourire lorsqu'il s'arrête à la mi-pente pour reprendre son souffle. Il se doute qu'il doit transpirer abondamment, car lui-même sent la sueur lui couler dans le dos, malgré le froid et le vent venu du fleuve. C'est que la pente est abrupte, ce qui rend l'ascension pénible.

Au bout d'une trentaine de minutes d'escalade, ils atteignent enfin le village de Saint-Nicolas, tout en haut. L'odeur du pain qui flotte autour de l'église rappelle à François qu'il n'a pas encore déjeuné. Mais Ruel et lui ne s'arrêtent pas chez le boulanger. Les deux hommes dépassent l'église, puis l'auberge, et pénètrent dans un boisé pour en ressortir de l'autre côté, devant une maison de planches apparemment aussi agitée que les autres à cette heure matinale. Dans la grange, quelqu'un s'affaire à traire les vaches. François entend les bêtes qui s'indignent bruyamment. Ruel s'est arrêté devant la maison et frappe à la porte quelques coups discrets. La femme qui lui ouvre a l'air si désagréable que François est convaincu qu'ils se sont trompés de maison.

— Nous sommes ici pour la liberté, dit Ruel, que la rudesse de l'hôtesse ne semble pas intimider.

— Guillaume! hurle la femme sans se retourner. C'est pour toi. Allez, vous autres! Entrez! Vous allez refroidir ma maison.

François suit Ruel à l'intérieur, non sans hésitation. Comme c'est le cas dans une maison d'habitants, la cuisine sert également de salle à manger et une odeur de viande bouillie les accueille, laissant présager ce qui sera peut-être leur dîner. Debout derrière Ruel, François aperçoit la silhouette frêle d'un homme qui se lève de table pour venir les accueillir.

– Ruel, vieux bouc! dit l'homme en lui tendant la main. Tu parles d'une heure pour faire une visite.

– Pas le choix, La Liberté, ce garçon s'est mis dans le trouble pour nous aider. Je ne pouvais pas le laisser tomber.

Ruel se déplace vers la gauche pour laisser François s'avancer.

– Bienvenue parmi nous, mon garçon, dit l'hôte en lui serrant la main.

Puis, se tournant vers Ruel, il ajoute :

– Vous ne devez pas avoir grand-chose dans le ventre de si bonne heure. Venez donc vous asseoir avec nous autres. Quand il y en a pour six, il y en a pour huit.

C'est alors que François découvre que Ruel ne lui a pas menti. Quatre hommes sont assis autour de la table. Parmi eux se trouve Jean Rousselle.

*

De l'autre côté du fleuve, le ciel s'éclaircit sur une mince bande parallèle à l'horizon. Le soleil ne va pas tarder à se lever et Jean fume, assis sur la grosse roche qui trône dans la cour de la maison de La Liberté. Il a ainsi l'impression de dominer la région. « Ce serait un point d'observation exceptionnel, se dit-il en scrutant l'autre rive, s'il se trouvait juste un peu plus près de Québec. » En effet, la seule chose qu'on puisse observer de cet emplacement, c'est le village de Cap-Rouge, avec son église et ses quelques fermes éparpillées le long de la route.

– Vous connaissez bien ma mère, n'est-ce pas? lui demande François, assis à ses côtés.

Jean évite de le regarder lorsqu'il répond :

– C'était… une amie.

Père et fils, côte à côte, assis sur le même roc. Jean n'a jamais rêvé d'un plus beau moment. Même s'il sait qu'il doit taire la vérité, l'idée de passer quelques instants seul à seul avec François le réjouit plus qu'il ne l'aurait imaginé.

– La connaissiez-vous avant qu'elle épouse mon père ?

Jean sent tous ses muscles se tendre. Où ce garçon veut-il en venir ?

– Nous nous sommes rencontrés pendant la guerre, lance-t-il, le regard toujours fixé sur l'autre rive.

– Dans ce cas, pourquoi ce n'est pas vous qu'elle a épousé ?

Comment expliquer la situation de Marie sans nuire à sa réputation ni à son image de mère ? À voir le regard inquisiteur de François, Jean se dit que le garçon mérite bien une réponse satisfaisante. Pendant qu'il cherche les mots justes, François pose une nouvelle question :

– Est-ce que les femmes sont toutes comme ça ?

Jean tire une bouffée de sa pipe et lève un sourcil, amusé, mais perplexe.

– Comme quoi ?

– Est-ce qu'elles changent toutes d'homme aussi facilement ?

Désarçonné, Jean expire bruyamment la fumée qui emplissait ses poumons.

– Veux-tu bien me dire quelle expérience tu as des femmes pour penser une chose pareille de ta mère ?

– Eh bien… Je connais… une femme qui…

– Qui t'a remplacé par un autre, c'est ça ?

Jean n'est pas surpris d'apprendre que son fils fréquente déjà les filles. Il se souvient d'avoir lui-même compté plusieurs conquêtes avant ses vingt ans. François n'a pas répondu à la question, mais Jean comprend son embarras. Il poursuit donc, guère plus à l'aise :

— Certaines femmes sont moins… dociles.

Jean n'est pas certain d'avoir choisi le bon mot et commence à trouver que cette conversation prend une tournure délicate. La réplique de François lui donne raison :

— Elle vous a donc laissé pour mon père sans vous le dire !

Le garçon a tellement l'air scandalisé que Jean se sent obligé de s'expliquer davantage. Il ne rendrait pas justice à Marie en semant de tels doutes dans le cœur de son fils.

— Ta mère m'a cru mort au combat. Elle a bien fait d'épouser ton père. Quoique je me demande bien comment ils font pour vivre ensemble. À ce que je me souvienne, ils ne s'entendaient pas très bien.

— Oh ! Ils ne s'entendent guère mieux, je vous l'assure. Ma mère a des opinions bien à elle. Et il en va de même pour mon père. Le problème, c'est qu'ils sont rarement du même avis.

— Ils se querellent donc ?

Jean se sent coupable de prendre plaisir à de telles confidences. Qu'est-ce que ça peut bien lui faire que Daniel et Marie se disputent ? Cela ne le concerne plus.

— Ils ne se querellent pas, explique François avec un sérieux déconcertant. Mais on peut dire que ça discute fort dans notre maison. Surtout quand il s'agit de commerce ou de politique. Ma mère n'aime pas que mon père…

Jean sent lentement le plaisir se muer en amertume et il préfère arrêter le supplice.

– Quoi qu'il en soit, dit-il, je t'assure que ta mère est une femme d'honneur.

– Pour ça oui! Vous auriez dû entendre son sermon quand elle m'a surpris dans les affaires de Du Longpré. Honnêteté, droiture, honneur, respect: elle n'avait que ces mots à la bouche.

Jean éclate de rire, ravi d'entendre que Marie n'a pas changé, même après tant d'années.

– C'est ainsi qu'elle a mené sa vie, dit-il sur un ton rêveur.

Puis, revenant à leur conversation, il demande:

– Est-ce que tu lui as dit pour qui tu travaillais?

– Elle n'a même pas voulu en entendre parler.

– C'est tout à fait elle.

– Vous comprenez… Après ça, je ne pouvais pas affronter mon père. Il aurait sorti le fouet, je le connais.

Jean se rend compte que François est en train de justifier sa présence chez La Liberté. Il se garde bien de l'interrompre de peur de l'humilier.

– Quand ma mère m'a surpris, j'avais déjà trouvé le papier que je cherchais. C'est pour ça que je me suis sauvé par la fenêtre dès que j'ai pu. Je suis retourné voir Ruel. Je lui ai dit que je voulais vous rencontrer et il m'a emmené ici.

Il désigne du menton le bâtiment de planches près duquel jouent une demi-douzaine d'enfants. Une maison de paysans, une ferme, une famille turbulente: voilà une couverture idéale pour un repaire d'espions.

Cependant, si le lieutenant-gouverneur Cramahé entend parler des affinités de La Liberté avec les Bostonnais, ces enfants qui jouent avec insouciance se retrouveront orphelins avant l'hiver. Jean se dit qu'il faudra qu'il avertisse Ruel de prendre davantage de précautions.

— Pourquoi voulais-tu me voir? demande-t-il, en secouant sa pipe sur le talon de sa botte.

Le vent se lève de nouveau, emportant les feuilles mortes qui gisaient sous le gros arbre près de la maison. Il souffle aussi dans le visage de Jean et arrache le chapeau qui couvrait la chevelure sombre de François. «Ce garçon me ressemble tellement que c'en est troublant», se dit-il, en rangeant sa pipe dans la poche de son manteau.

— Je voudrais que vous m'emmeniez avec vous. Je n'ai pas l'intention de travailler toute ma vie dans une boutique, vous savez. Je veux faire davantage. Je veux voir du pays, rencontrer des gens, vivre autre chose…

Cette fois, Jean se dit que ce garçon lui ressemble peut-être un peu trop. Il est tenté un instant de le renvoyer auprès de Marie. Après tout, François n'a que quinze ans; c'est encore un enfant. Mais aussitôt, une autre image surgit dans son esprit. La ville sera bientôt attaquée. Connaissant Marie, elle ne quittera pas sa maison. Si le lieutenant-gouverneur lève une milice, François devra participer à la bataille. Jean se dit que son fils sera somme toute plus en sécurité avec lui que dans une ville assiégée.

— C'est d'accord. J'exige cependant que tu écrives une lettre à ta mère pour lui dire que tu es avec moi. Je ne voudrais pas qu'elle s'inquiète.

— Tout de suite, monsieur Rousselle, je veux dire… Jean. Je vais voir si Ruel a du papier.

Et François s'élance vers la maison. C'est à ce moment-là que Jean se demande si cette lettre aura l'effet désiré. Elle donnera peut-être davantage de souci à Marie que ne l'aurait fait une absence de quelques jours. Et cela, le garçon ne peut même pas l'imaginer.

*

Des champs magnifiques s'étendent de chaque côté de la vallée jusqu'au pied des montagnes qui l'entourent. Odélie avance dans l'herbe haute et dorée, en admiration devant tant de beauté. Ici et là, des chênes se dressent, majestueux, quelques érables et quelques saules aussi, si immenses qu'Odélie regrette de ne pas avoir avec elle de quoi peindre. Les montagnes qui se découpent sur un ciel d'azur sont couvertes au sommet par une neige étincelante et leurs flancs sont parsemés de troncs gris qui tranchent sur un lit de feuilles sèches et colorées.

Depuis quelques heures déjà, les soldats ont quitté la montagne et traversent avec ravissement cette contrée enchanteresse. Chacun se prend à rêver d'une terre qu'il n'aurait pas à défricher, d'une ferme prospère, de bétail qui brouterait ici et là sans entrave. Ainsi progressent en rêvassant la centaine d'hommes de la deuxième division, leur groupe formant quelques lignes qui s'étirent sur toute la largeur de la vallée. Droit devant eux, selon la carte de Montrésor, se trouve le lac Mégantic qu'ils ne peuvent cependant pas encore voir.

Au bout de quelques heures, le sol devient spongieux. Odélie se réjouit et s'inquiète en même temps. Elle aurait préféré une berge franche, une démarcation de sable blanc au lieu de cette ambiguïté du terrain. Les rangs se rétrécissent, car les hommes se rapprochent, ne formant plus qu'un peloton qui continue néanmoins d'avancer. La végétation a commencé à se transformer. L'herbe fait place aux joncs; les chênes, à des cèdres trapus; les érables, aux épinettes effilées qui pointent leurs cimes vers le ciel.

Odélie est dans l'eau jusqu'aux chevilles. De temps en temps, ses pieds défoncent une mince couche de glace, ce qui produit un craquement qui se répète en écho, sous les pas de ceux qui marchent à ses côtés. Lorsque l'eau atteint la hauteur de ses bottes, Odélie la sent qui coule, glacée, à l'intérieur du cuir, lui gelant presque instantanément les pieds. Les soldats marchent désormais à deux ou trois de large, préférant un terrain déjà exploré à l'incertitude du marais qui se densifie. La masse sombre dans laquelle poussent les joncs semble leur tendre un piège et chacun essaie de ne mettre le pied que dans les traces d'un autre.

— On aurait pu espérer autre chose comme environnement, souffle Wellington, arrivé à la hauteur d'Odélie.

Celle-ci acquiesce sans se retourner, concentrée sur le trajet de ceux qui la précèdent. Sa toux qui persiste attire l'attention de Wellington.

— Vous êtes brûlant de fièvre, Charles. Il faut qu'on vous trouve un bateau.

Odélie s'arrête et lui saisit brutalement le bras.

— Vous avez parlé au Dr Senter? demande-t-elle, avec colère.

— Il pense que vous êtes en danger. Il m'a demandé de vous convaincre d'accepter son aide.

— Je n'ai pas besoin d'aide.

Plusieurs soldats les dépassent, maintenant qu'ils sont immobiles, et l'eau semble à la jeune femme encore plus froide qu'elle ne l'était quelques minutes auparavant. Odélie est soudain parcourue d'un tremblement tel qu'elle s'effondrerait dans le marais si Wellington ne la retenait pas. Aussitôt, elle le repousse et reprend la marche. Mais son allure est plus lente que celle des autres. Elle sent ses dents qui claquent dans sa bouche. Ses pieds sont devenus indolores dans ses bottes inondées. Chaque pas est plus difficile que le précédent.

C'est à ce moment-là qu'une des femmes qui accompagnent l'armée la dépasse. Ses jupes relevées jusqu'aux cuisses, elle avance avec détermination à travers le marais glacé. Un homme, probablement son mari, marche à côté d'elle, son fusil levé haut dans les airs pour éviter qu'il ne soit mouillé. Odélie remarque la peau rougie de la femme. Elle sait qu'elle ne porte que des bas légers et de délicats souliers de cuir.

«Si elle arrive à suivre l'armée, je dois pouvoir le faire», songe Odélie, en accélérant pour prendre la cadence de la femme. Or, malgré cet effort, la distance qui la sépare du groupe continue de croître. Derrière elle, il ne reste plus que Wellington qui fait exprès de ralentir. Les hommes sont presque hors de portée de voix lorsque Odélie s'arrête enfin.

– Je n'en peux plus, dit-elle, complètement épuisée. Continuez sans moi. Je trouverai bien un autre chemin.

– Ne soyez pas stupide. Vous ne trouverez rien du tout ; vous mourrez simplement de froid.

– Je… je n'en peux plus, répète-t-elle, en cherchant des yeux un passage à sec. Je crois que je vais gagner ces montagnes à l'ouest. Je ferai un feu et…

– Vous n'atteindrez jamais ces montagnes dans votre état. Il faut vous…

Un cri de terreur se fait soudain entendre, venant de la troupe. À droite de la colonne, un homme s'agite, dans l'eau jusqu'au cou. Ses bras battent et brisent la glace en essayant désespérément d'atteindre les branches d'un cèdre.

– Voilà ce qui vous attend si vous piquez à l'ouest. Nous marchons présentement sur un tapis de mousse gelée. De temps en temps, une brèche s'ouvre et la mousse cède sous le poids d'un homme. Parfois, la terre ferme est juste en dessous. Parfois…

Wellington désigne du menton l'homme qui se débat toujours. Ses compagnons lui ont tendu le manche d'un fusil pour l'aider à se sortir de là. Même de l'endroit où elle se trouve, Odélie peut voir sa peau bleuir rapidement.

– D'accord, dit-elle. Que dois-je faire ?

– Nous allons continuer de suivre l'armée jusqu'à ce que nous mettions les pieds sur la terre ferme. À ce moment-là, nous laisserons les autres et ferons un feu pour sécher vos vêtements. Ensuite…

Wellington n'a pas le temps de terminer sa phrase. Odélie sent le sol s'ouvrir sous elle. Puis un millier d'épingles s'enfoncent dans sa chair tandis qu'elle glisse dans l'eau. Contrairement à l'autre malheureux, elle ne crie pas. Elle n'essaie pas non plus de s'accrocher. Parce qu'elle a eu le souffle coupé, il lui est impossible de lutter. L'eau l'enveloppe complètement, lui brûlant le nez et la gorge à mesure qu'elle l'engloutit. Les yeux clos, Odélie la sent rentrer dans ses oreilles, dans sa bouche. Son goût aigre ne dure pas très longtemps. La langue engourdie, Odélie a cessé de respirer.

Son corps est brusquement projeté hors de l'eau par une violente secousse qui lui arrache presque les bras. Elle se retrouve à quatre pattes dans les joncs, un vent cuisant lui giflant le visage. C'est avec difficulté qu'elle vomit le liquide qui se trouve dans ses poumons et reprend son souffle en grelottant. Le reste de la troupe a poursuivi son chemin sans apercevoir sa chute. Wellington n'a pas dit un mot pour les retenir. Après avoir sauvé Odélie d'une mort certaine, il regarde désormais s'éloigner le reste de l'armée, l'air satisfait.

– Venez, dit-il, en soulevant Odélie dans ses bras. Ils s'en vont à leur perte. Nous, nous allons trouver un monticule et faire un feu avant que vous ne mouriez de froid.

*

La nuit tombe tôt, comme elle le fait toujours en cette saison. Mais aujourd'hui, Odélie n'en a pas totalement conscience. Elle sent d'abord qu'on la dépose sur un sol dur et froid. Puis s'ensuit une série de chocs sourds. Toc! Toc, toc! Toc, toc, toc! Au bout d'un long moment pendant lequel elle n'est pas complètement consciente, on la déplace pour l'allonger sur un matelas très doux. Elle a froid. On la tourne et retourne, mais elle continue de frissonner. On lui masse les bras et les jambes. Elle perçoit une certaine chaleur à ses pieds, une autre près de son visage. Lorsqu'elle entrouvre les yeux, elle est éblouie par des flammes rougeoyantes. Des objets ondulent au-dessus de sa tête. La chaleur de son corps ne se dissipe plus. Elle demeure tout près de sa peau et Odélie se rend compte qu'elle ne tremble plus. Un ombre s'approche de son visage. Elle distingue à peine les traits de Wellington.

– Avalez ceci, lui dit-il doucement, en lui plaçant un morceau tiède dans la bouche.

Odélie reconnaît ce gâteau de farine, désormais familier, sa texture boueuse et moite, sa croûte, croustillante à cause de la cendre dont elle a dû s'enrober pendant la cuisson. Elle avale les sept ou huit bouchées avec difficulté, mais, bientôt, elle sent ses forces lui revenir, lentement. Wellington lui soulève la tête et porte une tasse d'étain à ses lèvres.

– Buvez, c'est du thé chaud. Cela vous fera du bien.

– Du… thé… ?

Malgré le flou qui habite ses pensées, Odélie trouve incongrue la présence de thé au cœur de l'armée rebelle. Elle voudrait interroger Wellington sur la provenance des feuilles, mais le brouillard l'envahit de nouveau et elle oublie. Pour mieux boire, elle tente de se relever sur les coudes, mais Wellington appuie une main contre son épaule.

– Ne bougez surtout pas. Nous sommes sur un minuscule îlot. Parce que j'ai fait deux feux, il n'y a pas beaucoup de place et vous risqueriez de tomber dans l'eau en vous retournant trop rapidement.

Odélie essaie de hocher la tête, mais ne parvient qu'à retomber lourdement sur son étrange matelas. De la main, elle tâte la masse moelleuse qui recouvre le sol.

Celle-ci s'effrite sous la pression de ses doigts. Elle voudrait demander de quoi il s'agit, mais, après quelques gorgées du liquide brûlant, son esprit chavire et elle s'endort.

*

Odélie ouvre à peine les yeux. Elle est éblouie par le soleil qui se lève au-delà des montagnes. Ses rayons orangés s'étirent loin dans le ciel et font miroiter le marais. À travers la glace, des épinettes se dressent, rappelant les sapins qu'on plante l'hiver sur le fleuve Saint-Laurent pour marquer le chemin des traîneaux. Odélie ne sent plus que cette lumière qui l'aveugle. Puis viennent les vagues de chaleur. Dans son dos, sur ses jambes et enfin sur son visage. C'est alors qu'elle remarque les braises à peu de distance de ses joues. À côté, le sol est couvert d'une verdure sombre. Mais c'en est trop. Malgré la chaleur, elle a froid. Une pression sur son ventre la maintient collée sur l'étrange matelas et elle se rendort, secouée de tremblements et de toux.

*

On la tourne et retourne encore. Cette fois, une chaleur agréable l'enveloppe totalement. Même ses pieds sont au chaud, ce qui ne lui est pas arrivé depuis tellement longtemps… Soudain, elle est tirée de son matelas douillet et se sent ballottée à un rythme régulier. Le bruit de l'eau qu'on éclabousse lui emplit les oreilles. Le froid lui pique les joues et le vent vient effacer toute trace de cette chaleur bienfaisante. Il semble qu'on ne veuille pas la laisser en paix. Elle voudrait dormir, mais on continue à la ballotter. Elle gémit dans une vaine tentative de se rebeller. Lorsque soudain, au bout d'une éternité, on la dépose de nouveau sur son confortable matelas, elle sombre enfin dans le sommeil, nullement troublée par les flocons de neige qui viennent fondre sur son visage.

*

Odélie se sent comme si elle sortait d'un profond sommeil. Curieusement, elle n'a pas froid. C'est bien la première fois depuis des semaines qu'elle ne tremble pas au moindre courant d'air. Elle ouvre les yeux et prend conscience qu'elle est étendue sur un matelas de cèdre, dans une espèce d'abri de fortune fabriqué avec des bouts d'écorce. L'endroit lui est inconnu. Depuis combien de jours est-elle ici? Elle n'en a aucune idée. Il semble qu'elle ait perdu la notion du temps. Heureusement, on dirait que sa fièvre a baissé et sa toux, diminué. Odélie essaie de remuer le bras gauche, mais n'y arrive pas. Elle ressent une pression qui s'exerce sur son coude. Évitant les mouvements brusques, elle se dégage du bras qui l'enserre et l'a tenue au chaud toute la nuit. Non sans émoi, elle découvre, collé contre son dos, Wellington: il dort. Leurs deux corps sont recouverts de branches de cèdres et d'épinettes et la sève qui a coulé sur ses vêtements dégage une odeur suave. Odélie repousse doucement les branches et se glisse hors de l'abri.

La neige tombe sans doute depuis plusieurs heures, car la végétation a complètement disparu. Seul un rond de terre est à découvert, autour d'un feu agonisant à l'entrée de l'abri. Odélie l'enjambe et, debout de l'autre côté, examine le paysage pour tenter de se situer par rapport à son dernier souvenir. Or elle ne distingue ni marais, ni montagne, ni vallée, mais devine l'ombre d'un lac à quelques pas. Elle avance prudemment. Ses pieds s'enfoncent dans la neige, mais sont arrêtés immédiatement par la terre ferme et gelée. Au bord de l'eau, elle se penche, brise la glace avec un caillou et se sert de ses mains pour s'abreuver. Elle a une soif terrible.

En se relevant, elle essuie ses mains transies sur sa culotte et se rend compte que tous ses vêtements sont secs. Complètement secs. Wellington l'aurait-il déshabillée? Odélie frémit à l'idée qu'il l'ait vue nue. Elle s'efforce de se souvenir, mais les derniers jours ne lui reviennent que par bribes. Des objets ondulant devant ses yeux mi-clos. Des flammes, tout près de son visage. Ses pieds que l'on frotte. Son corps, ballotté dans le vent. Odélie n'arrive pas à mettre de l'ordre dans ce flot d'images et d'émotions ni à en tirer une quelconque conclusion.

Un bruit derrière elle la fait se retourner brusquement. Wellington est accroupi près du feu, à l'extérieur de l'abri. Il lui tourne le dos et sort les provisions de son sac.

– Vous devez avoir faim, dit-il sans la regarder.

Odélie se rend compte que oui. Elle fait quelques pas dans sa direction et s'arrête à peu de distance des flammes.

– Combien de temps suis-je resté inconscient? demande-t-elle, gênée à l'idée qu'il ait découvert son secret en s'occupant d'elle comme il l'a fait.

– Deux jours et demi, en comptant celui où vous êtes tombé dans le marais.

– Où sont les autres?

Wellington lève la branche qui lui sert de tisonnier et pointe vers le bout du lac.

– Ils ont tourné vers l'est au milieu du marais.

Il s'arrête, hésite quelques secondes et poursuit :

– Avant de descendre la montagne, j'ai proposé au guide un raccourci pour gagner la rivière Chaudière, en coupant dans la forêt par le nord-est. D'après la carte de Montrésor, la chose semblait faisable. J'ai aperçu une dizaine de feux dans cette direction, il y a deux jours. Mais depuis, aucun signe de vie.

– C'était un piège ?

Évidemment que c'était un piège. Pourquoi Wellington aiderait-il tout à coup les rebelles ? D'ailleurs, il demeure silencieux et continue de préparer le repas, versant de la farine dans une assiette d'étain. À sa posture, Odélie devine qu'il est satisfait. Une inquiétude l'envahit cependant et elle n'arrive pas à retenir sa question :

– Le Dr Senter était-il avec eux ? demande-t-elle, d'une voix dure qui laisse percer un reproche.

Wellington ne répond pas. Il se lève, va remplir un petit chaudron au lac et revient près du feu le déposer dans les braises. Il continue de lui tourner le dos, mais Odélie peut le voir mélanger de l'eau à la farine pour en faire des boulettes qu'il place ensuite directement sur la cendre.

– Quand l'eau sera chaude, je ferai du thé dans la chaudière. En attendant, vous devriez rentrer pour éviter que la neige ne mouille vos vêtements.

Odélie se sent étourdie d'être restée trop longtemps debout. Elle contourne Wellington et se glisse à l'intérieur de l'abri. Assise sur le lit de branches, elle se réchauffe les mains devant les flammes. La neige paraît s'intensifier, si bien que le lac disparaît complètement derrière un rideau blanc. Quelques minutes plus tard,

Wellington vient la rejoindre. Il s'accroupit à côté d'elle et lui tend une tasse remplie du liquide fumant.

— Le thé est un peu amer, mais il vous réchauffera.

Odélie se rend compte que ses tremblements ont repris. Ils ne s'estompent d'ailleurs que lorsqu'elle a bu la moitié de la tasse. Devant elle, Wellington a déposé une assiette où se trouvent quatre boulettes noircies.

— Et vous? demande-t-elle, au moment où Wellington quitte leur refuge. Vous ne mangez pas?

— C'est votre part. Je vais pêcher. Surtout, attendez ici et ne sortez sous aucun prétexte. Le vent commence à souffler et je ne voudrais pas que...

La fin de sa phrase est emportée par une bourrasque et Odélie ne distingue plus que sa silhouette lorsqu'il atteint la grève. Elle s'empare de deux gâteaux qu'elle avale en quelques secondes. Soupçonnant un mensonge de la part de Wellington pour lui faire manger ce qui ne lui appartient pas, elle repousse près du feu les deux dernières boulettes et vide en une gorgée ce qui restait de son thé. Après avoir ajouté un peu de bois au feu, elle s'allonge sur les branches de cèdre et s'endort en moins d'une minute.

Elle est réveillée par une odeur alléchante. Elle ouvre les yeux et découvre Wellington assis à ses pieds. Dans ses mains, deux baguettes de bois sur lesquelles sont enfilées de petites truites. L'arôme de poisson grillé remplit l'abri et Odélie s'assoit promptement avec une faim terrible.

— Vous n'avez pas tout mangé, dit simplement Wellington, en lui tendant l'assiette où se trouvent toujours les deux boulettes de farine.

– Je vous les ai gardées.

– C'est inutile, ce sont les vôtres. Faites-moi le plaisir d'avaler ces gâteaux, sinon je ne vous donne pas de poisson.

La menace est efficace et Odélie ne fait qu'une bouchée de ce qui restait dans l'assiette. Wellington lui tend alors sa tasse remplie et Odélie s'empresse d'avaler le liquide, même s'il est presque bouillant. Puis vient la truite, la meilleure qu'elle ait mangée de sa vie. Tout en mastiquant, Odélie observe Wellington. Son visage est amaigri, presque émacié, et sa silhouette, bien que toujours costaude, semble moins imposante qu'avant. À voir son air distant, Odélie comprend qu'un malaise l'habite. Elle le connaît suffisamment pour savoir qu'il s'abstient volontairement de parler. Cependant, elle sait aussi, pour l'avoir appris à ses dépens, qu'il est hasardeux de l'interroger. Elle continue donc de savourer son poisson en silence, se sentant pour la première fois depuis longtemps presque rassasiée. Mais ce qu'elle apprécie le plus : la présence de Wellington à ses côtés, leur intimité nouvelle.

– Qu'advient-il de votre mission ? demande-t-elle, en espérant ne pas toucher une corde sensible.

– Quand vous serez rétabli, nous rejoindrons l'avant-garde sur la rivière Chaudière.

– Mais si ça fait deux jours que nous sommes là, cela signifie que Benedict Arnold a atteint Sartigan. Peut-être a-t-il même envoyé des provisions à ses hommes. Dans ce cas…

– Dans ce cas, je n'y peux plus rien, n'est-ce pas ?

Son ton n'est pas dur du tout et Odélie est étonnée de le voir pour la première fois prendre son travail à la légère. Il se tourne vers elle et lui montre du menton le cèdre étendu sur le sol.

– Reposez-vous. Je vais vérifier les collets que j'ai tendus dans les environs. Nous aurons peut-être un ou deux lièvres pour souper.

Il se lève et s'apprête à partir, mais Odélie le retient en posant une main sur son genou.

– Pourquoi faites-vous cela, Messire?

Wellington la regarde droit dans les yeux pendant un long moment, mais ne dit rien. Puis il quitte la hutte et Odélie entend ses pas qui s'éloignent, crissant dans la neige. Une chaleur bienfaisante la submerge, de la tête aux pieds.

*

Le vent souffle sur les abords du lac Mégantic et Odélie s'inquiète de l'absence prolongée de Wellington. Il y a des heures qu'il est parti et elle n'entend rien d'autre que les bourrasques qui font trembler la hutte. Après le départ de Wellington, elle a dormi un moment, mais elle s'est réveillée transie, car le feu s'était éteint. Elle a donc ajouté du bois et soufflé sur les braises pour finir par s'installer devant l'entrée afin de nourrir les flammes à même les morceaux entassés à sa gauche. De cet endroit, elle peut voir le lac, ou plutôt le deviner. Il en va de même pour les montagnes qui sont toujours dissimulées par le blizzard.

Le temps passe, lentement, et la tempête s'intensifie. De temps en temps, Odélie glisse la tête à l'extérieur et souhaite chaque fois voir apparaître la silhouette de Wellington fendant les ténèbres blanches. Puis, ne tenant plus en place au bout d'une si longue vigie, elle sort dans la tourmente. Ses pieds s'enlisent dans la neige et c'est avec difficulté qu'elle fait le tour de la hutte à la recherche de pistes. S'il y en avait, la tempête les a fait disparaître depuis longtemps, car Odélie est dans la neige jusqu'aux mollets. Elle cherche en s'éloignant du lac et s'enfonce dans la forêt. Partout, le sol est couvert de neige et c'est seulement sous les rares sapins qu'elle trouve quelques traces. Ce sont celles d'animaux, mais elle ne saurait dire lesquels. Odélie prend brusquement conscience du danger. La forêt est peuplée de bêtes féroces, peut-être affamées en cet hiver précoce. Si les mouvements des troupes d'Arnold ont pu en effrayer plusieurs, il y a près de trois jours qu'elles ont quitté la région. Les animaux sauvages ont eu tout le loisir de reprendre leur territoire. Depuis qu'elle est toute petite, Odélie a entendu des histoires de forêt, d'ours et de loups. Comment cela se fait-il qu'elle n'y ait pas pensé auparavant? Peut-être est-ce l'un d'eux qui retient Wellington? Peut-être est-il en danger? Peut-être espère-t-il qu'elle viendra le secourir? Une appréhension terrible la saisit.

Odélie continue d'avancer, aux abois, fonçant dans la neige. Elle doit serrer les pans de son manteau et lutter contre le vent qui tente de le lui arracher. Elle a beau secouer la tête, les flocons s'accrochent à sa chevelure et lui brouillent la vue. Il y a belle lurette qu'elle a perdu son lacet de cuir et, en ce moment, elle donnerait cher pour avoir quelque ruban pour nouer ses cheveux.

Marcher dans ces conditions exige un tel effort que son énergie s'épuise rapidement et à peine a-t-elle perdu l'abri de vue qu'elle s'effondre, à bout de souffle. Les étourdissements reprennent, les tremblements également. Elle se traîne sous un sapin et s'y assoit de manière à être protégée du vent. Elle cherche de nouveau la hutte, mais ne distingue plus que le blizzard. Elle a froid, tellement froid. La neige lui couvre déjà les pieds et a complètement effacé ses traces. Elle ferme les yeux. Comme il lui serait facile de dormir. Elle n'aurait qu'à se laisser aller, qu'à se laisser submerger par cet engourdissement qui tente de s'emparer de son corps et de son esprit. Elle se laisse glisser vers une douceur presque tiède, ne sent plus ses doigts, ni ses joues, ni ses pieds, n'entend plus le souffle féroce du vent.

Plongée dans une léthargie dont elle n'essaie plus de se tirer, elle sent brusquement des souvenirs l'envahir. Un feu, ses vêtements se balançant au gré du vent devant les flammes. Ses cuisses nues qu'on frotte, la caresse du cèdre souple sur sa peau. Elle comprend soudain le malaise de Wellington. Il l'a déshabillée, il sait donc qu'elle est une femme! Mais quelle importance cela aurait-il, maintenant que le sommeil devient pesant? Quelle différence cela peut-il faire puisqu'elle sait qu'elle ne le reverra plus? Il ne saura jamais à quel point elle l'a aimé. Il aura peut-être découvert son secret, mais cela ne les aura pas rapprochés, comme Odélie l'avait tant espéré. Elle sent des larmes chaudes couler entre ses cils glacés. Elles figent sur ses joues et lui brûlent la peau jusqu'à ce qu'une main les essuie doucement. Odélie ouvre les yeux.

Devant elle, une silhouette se découpe dans la tempête. Seul le visage est identifiable. Wellington est à genoux à côté d'elle.

— Que diable faites-vous là? demande-t-il, en secouant la neige des vêtements d'Odélie. Vous deviez rester au chaud, dans la hutte.

– Vous étiez parti depuis des heures… J'ai eu si peur qu'un animal ne vous ait…

Les larmes coulent maintenant librement. Elles sont si abondantes que le froid ne réussit pas à les arrêter. C'est à cet instant que se produit ce qu'Odélie n'avait osé imaginer. Wellington se penche vers elle. Il prend son visage dans ses grandes mains. Odélie sent la chaleur qui émane de ses paumes. Comment peuvent-elles être si chaudes, alors que les siennes sont glacées? Son visage s'approche du sien. Malgré la barbe dense qui couvre les joues de Wellington, Odélie le voit d'aussi près qu'elle le voyait, il y a quelques mois, quand elle le rasait. Mais cette fois, ses lèvres se pressent sur les siennes et le frisson qui la parcourt n'a rien à voir avec le froid. Elle étire ses doigts gourds et les glisse dans la chevelure hirsute qui lui chatouille les joues.

Elle est déçue lorsqu'il recule.

– Venez, dit-il doucement. Retournons dans l'abri avant d'être ensevelis sous la neige.

Il ne faut qu'un coup d'œil à Wellington pour repérer son chemin. La nuit tombe rapidement et Odélie est soulagée en apercevant enfin le lac, au bout de plusieurs minutes de marche. Après avoir secoué leurs vêtements, ils pénètrent à l'intérieur de la hutte. Il fait très sombre et il faut attendre que Wellington ravive les braises pour qu'enfin Odélie découvre le produit de sa quête. Un lièvre est prêt à cuire, embroché sur une branche suspendue au-dessus du feu. Dans un coin, plusieurs morceaux de bois sont entassés: de quoi se réchauffer pendant des jours entiers.

– On ne sait pas combien de temps cette tempête va durer, lance Wellington, en apercevant le regard admiratif d'Odélie. Il y a un autre lièvre sous la neige, près de l'entrée. Au cas où nous ne pourrions pas sortir demain.

Assise près du feu, Odélie se laisse pénétrer par la chaleur. Les flammes répandent une douce lumière orangée sur les murs d'écorce et, malgré une légère fumée qui stagne dans la hutte, Odélie a l'impression de se trouver dans un nid. Un nid douillet qu'aurait préparé pour elle l'homme qu'elle aime. Lorsqu'elle est réchauffée, elle s'installe à l'endroit où elle a dormi pendant l'après-midi, sur le matelas de cèdre dont l'odeur s'estompe devant celle de la viande grillée. La sensation du baiser de Wellington reste imprégnée sur ses lèvres.

– Pourquoi m'avez-vous embrassée ? demande-t-elle, au bout d'un moment.

Wellington continue à s'occuper du lièvre qui cuit. Il ne tourne même pas la tête pour parler.

– Sur le coup, ça m'a semblé être un bon moyen pour vous faire savoir que je connais votre secret.

Parce qu'Odélie demeure coite, il poursuit :

– Vous savez que je ne suis pas homme à aimer me faire poser des questions. Cette intimité que j'exige pour moi-même, je la respecte chez les autres. Si je vous ai déjà interrogée, c'était parce que vous étiez mon employée. Puisque vous ne l'êtes plus, je ne me pense pas en position d'exiger une explication. Quelle qu'elle soit...

Wellington se tait, embarrassé. Comme il semble évident qu'il va poursuivre, Odélie préfère ne pas l'interrompre.

– Cependant, si vous vouliez me parler, je vous écouterais volontiers.

Odélie ne peut s'empêcher d'admirer le tact avec lequel Wellington gère la situation. Au lieu de la forcer à se justifier, ou du moins à s'expliquer, il lui laisse tout le loisir de réfléchir à ce qu'elle a envie de lui dire. Il lui semble tout à coup que les mots viennent aisément :

— Je m'appelle Odélie Rousselle, dit-elle, sachant bien que, même s'il ne la regarde pas, il ne l'en écoute pas moins attentivement. Charles de Beauchêne était le nom de mon père, mort au champ d'honneur sous les ordres du général marquis de Montcalm, en 1756. J'ai vingt-cinq ans et j'ai vraiment fui un mariage qu'on a essayé de m'imposer.

Elle se tait, attendant une réaction qui ne vient pas. Elle ajoute donc :

— J'ai passé les derniers mois à chercher le moyen de vous dire la vérité sans vous offenser.

— Je sais, murmure enfin Wellington, sans toutefois quitter son lièvre des yeux. J'ai été aveuglé par ma mission et, à force de chercher l'ennemi, je n'ai pas vu l'évidence.

Odélie est sous le choc. Elle ne sait ce qui, de la langue ou des propos de son interlocuteur, la surprend le plus. Pour la première fois depuis qu'elle le connaît, Wellington s'est exprimé en français, un français continental, comme le font les gens venus de Paris. Odélie ne savait même pas qu'il pouvait parler sa langue. Son trouble se lit sans doute sur son visage, car Wellington laisse volontairement planer entre eux un long silence. On n'entend plus que le vent et le crépitement de la graisse animale qui tombe dans les flammes. Odélie hume malgré elle l'odeur alléchante et se sent tout à coup étourdie. Elle doit s'appuyer sur les mains pour éviter de basculer sur le côté. Wellington sort instantanément son couteau et découpe un morceau dans le flanc du lièvre.

– Faites attention, c'est très chaud, dit-il en lui tendant l'ustensile.

Odélie retire la viande de la lame et la fait glisser sur la manche de son manteau en se brûlant les doigts. La douleur ne l'empêche pas cependant de dévorer le tout en quelques bouchées. Elle s'allonge ensuite pour éviter ses vertiges récurrents.

– Quand avez-vous compris que j'étais une femme? demande-t-elle avec, pour la première fois depuis des mois, un sourire malicieux sur les lèvres.

Cette mimique n'échappe pas à Wellington qui éclate de son rire sonore, celui qu'Odélie affectionne tant.

– Tout ce temps, vous avez fait preuve d'un contrôle impressionnant. Vous devriez faire mon métier.

Il fait allusion à sa mission et cela intrigue Odélie.

– Je ne vous ai jamais vue sourire, poursuit-il. Dans le cas contraire, j'aurais découvert la vérité. Aucun homme ne peut sourire avec autant de charme.

Odélie se sent rougir jusqu'aux oreilles. Jamais personne ne lui a fait un si gentil compliment. Elle baisse les yeux, troublée par cette marque d'intérêt.

– Malheureusement, je n'ai même jamais soupçonné que vous n'étiez pas ce que vous prétendiez être. C'est le Dr Senter qui m'a ouvert les yeux. Nous étions encore à Cambridge.

– À Cambridge!

Odélie se souvient tout à coup d'une phrase de Jean Rousselle. «Croyez-vous que ce soit par hasard si vous avez été désignée comme assistant du docteur?» lui avait-il demandé, avant de pousser son canot sur la rivière

Kennebec. Se pourrait-il que la réaffectation d'Odélie n'ait pas été une décision administrative? Wellington veillait déjà sur elle? Ce dernier lui fait alors un clin d'œil. Puis il s'adosse contre la pile de bois sec et poursuit:

– Je me rends compte qu'il y a eu plusieurs indices depuis le début, mais, dans le feu de l'action, ils sont passés inaperçus. Votre secret explique plusieurs de vos comportements suspects à mes yeux. De même que ma propre attitude.

Cette dernière phrase pique la curiosité d'Odélie qui se redresse et s'assoit. Et Wellington de baisser les yeux, intimidé.

– Sur la route de Philadelphie, j'ai remarqué ces... attentions que vous aviez pour moi. Cela m'a indisposé parce que je devinais à travers elles une certaine inclination de votre part. Vous aurez compris que les garçons ne m'intéressent pas... Toujours est-il que c'est à ce moment-là que j'ai commencé à me méfier de vous. Cela me rendait nerveux et je crois que la plupart des catastrophes qui nous sont tombées dessus ont été causées par cette nervosité. Sauf peut-être la dernière...

– La dernière?

Wellington indique du menton son bras gauche.

– Au moment où l'arbre m'est tombé dessus, j'étais en train de me demander si c'était pas Dieu possible que je sois amoureux de vous. Cela m'a distrait et a bien failli me coûter la vie. J'en ai été furieux contre moi-même pendant des jours.

En entendant ces révélations, Odélie soude son regard à celui de Wellington, à ses yeux gris, brillants, qui réfléchissent la lueur ocre du feu. À ses cheveux habituellement d'un châtain proche de celui des cendres et qui ont ce soir le reflet incandescent de la braise. À sa peau rougie qui semble brûler en ce moment d'une fièvre nouvelle. À ses mains qui vont et viennent nerveusement sur ses cuisses. Elle est presque déçue de l'entendre changer brusquement de sujet :

— Quel est donc ce prétendant qu'on a voulu vous imposer ?

Wellington a pris un ton faussement enjoué et Odélie devine qu'il ne fait que détourner l'attention. Cette timidité la fait sourire de nouveau. S'amusant de son embarras, elle lui retourne sa question :

— Votre femme habite-t-elle l'Angleterre ?

Wellington éclate de rire, déstabilisant quelque peu Odélie qui s'était attendue davantage à une explication évasive qu'à un excès de bonne humeur.

— Vous ne perdez pas de temps. Mais ne vous inquiétez pas. Si j'ai un fils, du moins en apparence, celui-ci n'a pas de mère. En fait, quand on pratique un métier comme le mien, on peut difficilement prendre épouse. D'ailleurs, je n'en ai jamais eu envie. Jusqu'à maintenant…

Odélie ne sait quoi dire en entendant ces aveux. Son silence indispose Wellington qui s'agite. Il reporte de nouveau son attention sur le lièvre qui commence d'ailleurs à sentir le roussi. Il soulève adroitement la branche calcinée et la dépose sur une large bande d'écorce de bouleau. En se servant de son couteau, il dépèce l'animal et place ensuite les morceaux dans l'assiette d'étain.

— Nous ne pouvons malheureusement pas tout manger ce soir, étant donné que nous sommes encore à une bonne distance de Sartigan. Je crois tout de même que ces morceaux vous rassasieront.

Pendant qu'Odélie savoure avec plaisir la viande juteuse, elle ne peut s'empêcher de dévisager Wellington à la lumière de ses dernières confessions. Elle apprécie de voir ses joues s'empourprer lorsqu'il se découvre observé. Chaque fois que ses doigts vont de l'assiette à sa bouche, il lève, puis baisse les yeux, confus, comme s'il souhaitait la voir distraite par autre chose.

Lorsque l'assiette est complètement vide, Odélie se lève pour la laver dans la neige. Sa tête frôle celle de Wellington qui, la chaudière à la main, se préparait sans doute à faire du thé. Appuyés tous les deux sur un genou, leurs regards se croisent, si près, qu'Odélie sent naître un nœud dans sa poitrine. Cette grande pression s'intensifie à mesure que la main de Wellington s'étire, s'approche de son visage et vient se placer derrière sa nuque. Le souffle court, Odélie se laisse guider par cette caresse dans son cou et ne peut s'empêcher de fermer les yeux lorsqu'elle goûte pleinement le baiser de Wellington.

*

Plus de guerre, plus de mission. Odélie se sent comme s'ils étaient seuls au monde. Retirés de la civilisation, deux êtres apprennent enfin à se connaître, après s'être côtoyés pendant des mois. Les braises veillent sur la hutte de leur lumière et de leur chaleur. Allongée sur les branches de cèdre, Odélie examine le profil de Wellington endormi. Elle a posé la tête au creux de son épaule, appuyé un bras en travers de son torse et, ainsi enlacés, ils ont dormi pendant plusieurs heures. Un jour blanc se lève à l'extérieur, mais Odélie préfère la pénombre et la quiétude de leur refuge.

Elle est étonnée de découvrir à quel point Wellington est un homme secret. Même après avoir discuté avec lui une partie de la nuit, elle n'a pas l'impression d'en savoir davantage sur sa mission et son employeur ni sur quelque aspect que ce soit de son travail. Cependant, elle doit admettre qu'il parle français comme un Français, malgré qu'il soit originaire d'Angleterre. Il lui a révélé avec franchise combien il avait été bouleversé d'apprendre qu'elle était une femme, après avoir dormi dans le même lit qu'elle en tant d'occasions. Après lui avoir raconté ces petits détails que les hommes ne partagent habituellement qu'entre eux. Après l'avoir faussement accusée de le surveiller, d'abuser de sa confiance, de lui tendre des pièges même. Il se trouve ridicule de ne pas avoir compris la vérité avant.

Comme elle l'avait deviné, c'était à lui qu'Odélie devait d'avoir été assignée au Dr Senter, Wellington ayant influé sur Arnold pour que le jeune Charles de Beauchêne, qu'il avait présenté comme son protégé, ne se retrouve pas au front une fois à Québec.

Odélie lui a avoué avoir détesté lui mentir, comme elle avait dû le faire, dès la première fois, en s'inventant une identité. Chaque fois qu'elle promettait de lui dire la vérité, elle savait qu'elle le trompait, et qu'elle continuerait à le faire. Lorsqu'ils se sont allongés pour la nuit, il l'a embrassée sur le front, avant de lui souffler à l'oreille qu'il lui pardonnait. Puis il s'est endormi et n'a pas remué un muscle pendant des heures, si bien qu'Odélie a dû appuyer la tête sur sa poitrine pour s'assurer que son cœur battait toujours.

Malgré la paix qui l'habite, Odélie ne peut s'empêcher de se demander quelle sera sa relation avec lui, maintenant qu'il connaît son secret. «Tant qu'il neige, il est inutile d'y penser», se dit-elle en fermant les yeux.

Concentrée sur son bonheur présent, elle remarque l'odeur musquée de Wellington, son menton couvert d'une barbe clairsemée qui lui caresse le front. Elle pose la main sur celle qui lui enserre les épaules.

– Nathanael…, soupire-t-elle, juste avant de s'endormir.

*

La neige avait cessé lorsqu'ils ont décidé de reprendre la route, il y a deux jours. Ils ont d'abord longé le lac Mégantic jusqu'à sa décharge dans la rivière Chaudière, lieu où ils ont passé la nuit sous le couvert de trois sapins rapprochés. Ils ont fait un feu, mangé ce qui leur restait du dernier lièvre et bu leurs dernières gouttes de thé. Ce matin, ils ont entrepris de longer le cours d'eau, sachant toutefois qu'il ne leur restait plus de provisions.

Ils ont monté, puis descendu le long de la rive, suivant le parcours capricieux de la rivière, escaladant les rochers, traversant quelques marais. Pour éviter de se perdre, ils n'ont pénétré dans la forêt que lorsque la berge devenait trop escarpée.

Pendant la journée, ils ont dû dépasser une demi-douzaine de monticules de neige de forme horriblement familière, servant de sépultures à quelques soldats malheureux, morts de faim. Après avoir marché pendant plus de huit heures, ils s'arrêtent maintenant devant d'énormes rochers formant un mur infranchissable sur la rivière. Ici et là gisent sur ces écueils les carcasses des bateaux qui s'y sont fracassés. Malgré la neige accumulée, Odélie remarque la poussière noire qui recouvre un des blocs de pierre.

— C'était le bateau qui transportait des munitions, déclare Wellington, en s'arrêtant à cette hauteur pour constater l'ampleur de la perte qu'a subie l'armée.

En effet, le long de la rive s'étire cette même poudre noire, maculant la glace qui commence à se former. Quelques blocs de plomb se sont logés contre la roche, au milieu de la rivière, ce qui les rend inaccessibles. Odélie observe le sentier à sa droite. Une demi-douzaine de cercles noirs se découpent sur le sol, un peu en retrait. Il s'agit à n'en pas douter des restes des feux allumés par les hommes d'Arnold qui sont passés par là.

— Puisque ces feux ne sont pas recouverts de neige, souffle Wellington en examinant les braises éteintes, cela signifie que les troupes sont passées ici après la tempête. Elles n'ont donc que deux jours d'avance sur nous. Il faut croire qu'ils ont survécu à leur périple dans le marais.

Odélie aperçoit des os, entassés les uns sur les autres, sur le bord d'un des cercles. Elle s'en approche, intriguée.

— Que pensez-vous qu'ils ont attrapé ? demande-t-elle, en fouillant dans les os du bout du pied. Ça ne ressemble pas du tout à un lièvre.

— Non, dit Wellington, en venant la rejoindre. Ça ressemble beaucoup à un chien. Je dirais de la grosseur de celui qui a nourri une partie de la troisième division le long de la Dead River.

Devant la grimace que fait Odélie, Wellington ajoute :

– Quand on a faim, vous savez… Bon, ne restons pas ici. Il va faire nuit dans moins d'une heure et il commence à neiger.

En effet, quelques flocons virevoltent au-dessus de leurs têtes. Odélie se souvient qu'elle adorait cette petite neige folle lorsqu'elle était enfant. Aujourd'hui, c'est avec crainte qu'elle anticipe la nuit prochaine. Elle prend la main que lui offre Wellington et le suit sur le petit sentier qu'il vient de découvrir en bordure de la forêt. Odélie entend son ventre lui rappeler qu'elle n'a pas mangé depuis la veille. Et elle sait qu'ils n'ont plus de provisions.

– Nous allons dormir ici, dit Wellington, en désignant un énorme pin dont la base s'étale telle une ombrelle et protège un tapis d'épines rouges.

La neige ne s'est pas encore rendue jusqu'au tronc. À l'aide de son couteau, Wellington coupe des branches à un sapin voisin. Le bruit que fait la lame qui frappe contre le bois rappelle à Odélie des souvenirs confus. Toc! Toc, toc! Toc, toc, toc! Ce bruit, elle l'a entendu la première nuit où elle était inconsciente, cette fameuse nuit, au milieu du marais. Wellington avait alors coupé des branches de cèdre pour lui faire un matelas qui la protégerait du froid du sol. Mais cette fois, ce n'est pas un lit qu'il prépare.

Lorsqu'il juge qu'il en a suffisamment, Wellington s'assoit sur les épines, le dos au tronc, et Odélie prend place devant lui, comme elle l'a fait la veille. Elle allonge son épée le long de sa jambe et, dès qu'elle s'appuie sur le torse de Wellington, elle ressent la chaleur de son corps. Elle sait que son dos produit le même effet sur lui et que c'est spécifiquement pour cette raison qu'il lui a proposé de dormir ainsi. Elle étale sur ses jambes et sur celles de son compagnon les branches de sapin de manière à les couvrir complètement de plusieurs épaisseurs. Elle en place ensuite sur son ventre et remonte aussi haut qu'elle le peut et par-dessus les bras de Wellington, croisés devant elle. Lorsqu'elle a terminé, elle glisse ses propres bras sous les branches et appuie sa tête contre l'épaule solide de Wellington. Ainsi protégés, ils survivront peut-être à cette nouvelle tempête qui semble vouloir s'abattre sur la région. Mais comme ils n'ont rien mangé de la journée, ils sont affaiblis et Odélie est bien consciente qu'ils pourraient mourir de froid pendant la nuit. L'espace de quelques secondes, elle regrette qu'ils aient quitté leur refuge. Ils y étaient au chaud, à l'abri, et auraient eu, en chassant, de quoi manger pendant encore quelques semaines. Mais ils ne pouvaient y demeurer éternellement, elle le sait trop bien. Qu'auraient-ils fait une fois que l'hiver, le vrai, se serait installé pour de bon ? Odélie aurait-elle pu oublier que Wellington avait retardé sa mission pour elle ? Elle s'en serait voulu de l'en détourner plus longtemps.

Il fait nuit maintenant et, à cause de la neige, c'est un voile gris qui s'étend devant eux et non le noir nocturne coutumier. Une joue couverte de barbe se colle contre sa tempe. Elle sent l'haleine tiède de Wellington et entend sa voix, chargée d'émotion, lui murmurer près de l'oreille :

— Au cas où nous ne passerions pas la nuit, je voudrais que tu saches que j'aurais pu envisager de te prendre pour épouse.

C'est la première fois qu'il la tutoie et qu'il avoue si clairement ses sentiment. Odélie se sent si heureuse qu'elle se blottit davantage contre lui, ferme les yeux et plonge là où le froid, la neige et les bourrasques ne l'atteignent plus.

*

Le sol a complètement disparu sous la neige et François avance avec précaution le long de la rivière. Sous une surface immaculée se trouve un terrain boueux et glissant. Le moindre faux pas risque de le faire basculer dans les eaux qui rugissent au fond de la gorge. Devant lui, Jean Rousselle avance d'un pas leste et cette assurance l'intimide. Il est évident que cet homme est habitué aux forêts et aux régions sauvages. Lui ne connaît que Québec, la ville. Si seulement il avait pu parcourir une fois avec son père le chemin du Roy jusqu'aux Trois-Rivières, il pourrait au moins se vanter d'avoir vu du pays, au lieu d'avoir honte du peu de connaissances qu'il a du monde, à l'extérieur de l'enceinte fortifiée.

Pendant quelques minutes, François sent encore monter en lui la jalousie qu'il éprouve pour son frère cadet. Cependant, il n'a qu'à respirer l'odeur des arbres pour qu'elle s'estompe aussitôt. Ce n'est pas Louis qui a servi la cause de la liberté en volant le document dans la chambre de Du Longpré. Ce n'est pas Louis qui a ainsi sauvé la vie de plusieurs hommes entretenant des relations avec les Bostonnais. Ce n'est pas Louis qui a rejoint les rangs des rebelles qui s'apprêtent à délivrer Québec du tyran anglais. Et ce n'est pas à Louis que Jean Rousselle accorde autant d'attention et à qui il montre comment se repérer dans la forêt. François se sent vivre tout à coup, comme il aurait toujours dû en être. Il retient tout ce que Jean Rousselle lui dit et c'est ainsi qu'au bout d'une semaine il peut différencier les empreintes des animaux sur le sol ou dans la neige. Il sait faire un feu même s'il a plu. Il sait construire un abri, peut pêcher et poser des collets.

Si sa mère le voyait, elle ne le reconnaîtrait plus. Lui qui était toujours si soigné a maintenant les cheveux épars sur les épaules. Il a abandonné sa tenue à la mode pour revêtir des vêtements semblables à ceux de Jean Rousselle. Mocassins, mitasses, brayet, chemise de drap et capot de laine achetés à des Abénakis croisés sur la Justinienne, la route entre Saint-Henri et Sainte-Marie. Avec son tricorne, seul vestige de sa vie antérieure, François a l'air d'un voyageur des pays d'en haut. Malgré cet accoutrement, il ne se sent pas du tout déguisé. Pour une fois, Louis aurait raison de le traiter de Sauvage. Et François en serait fier, sans que cela ait quoi que ce soit à voir avec Clémence Lavallée. Il en serait fier parce qu'il se reconnaît, parce qu'il comprend qu'il a toujours étouffé dans la ville.

Il parcourt du regard le paysage autour de lui. La forêt s'étend à perte de vue des deux côtés de la rivière. Il peut voir très loin entre les arbres nus à cause de la neige qui éclaircit le sous-bois. Ils sont complètement seuls, désormais, Jean Rousselle et lui.

Partis de Sainte-Marie, il y a deux jours, en compagnie d'une vingtaine de Canadiens, ils ont remonté la Chaudière pour porter secours aux hommes de Benedict Arnold qui tardaient encore à rejoindre le gros de l'armée. Ils emportaient avec eux quelques chevaux, une vache, un mouton, des couvertures et toutes sortes de provisions. Les premiers soldats rencontrés étaient à demi morts de faim sur la berge, entre la rivière Famine et la rivière du Loup. Les secours ont donc abattu et dépecé la vache, puis distribué la viande à mesure que les Bostonnais arrivaient, épuisés. Seuls quelques Canadiens demeuraient avec les rescapés, pendant que les autres poursuivaient leur route vers le sud à la recherche des derniers survivants. C'est ainsi qu'après avoir croisé le cinquième groupe François et Jean ont continué la route seuls. En fait, François ne comprend pas l'entêtement de Jean à poursuivre les recherches. Les hommes croisés plus tôt ce matin leur ont affirmé être les derniers, mais il ne les a pas écoutés. Il a continué d'avancer dans la neige en scrutant la forêt, François sur les talons.

Un cri de triomphe fait soudain sursauter François et il suit des yeux la direction que lui montre Jean. Sur la rivière en amont, on aperçoit, malgré la neige, les débris des bateaux qui se sont fracassés contre les rochers. Mais ce ne sont pas ces épaves qui réjouissent Jean Rousselle. Ce dernier a d'ailleurs quitté le sentier et s'enfonce dans le bois. Il se jette au pied d'un sapin dont la base disparaît sous un monticule de neige et de branches de sapin. Lorsque François le rejoint, Jean s'active déjà à enlever des branches qui recouvrent deux corps, blottis l'un contre l'autre. Il s'accroupit pour l'aider et reconnaît alors le visage de sa sœur dont les lèvres bleuies amorcent un faible sourire.

TROISIÈME PARTIE

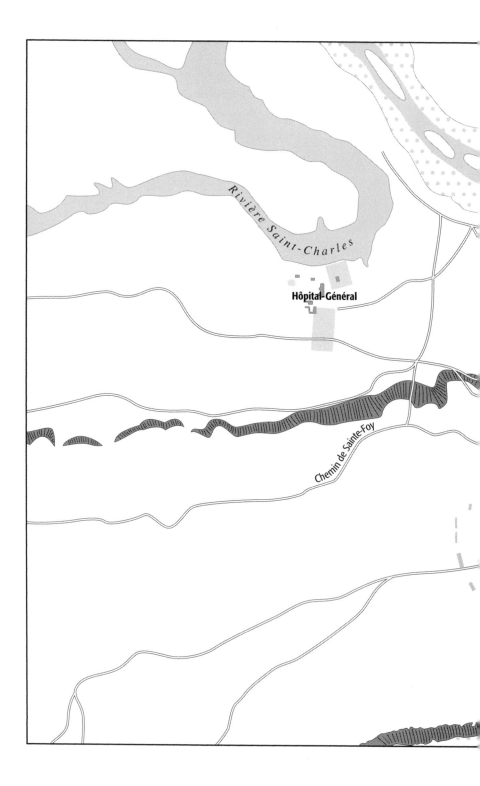

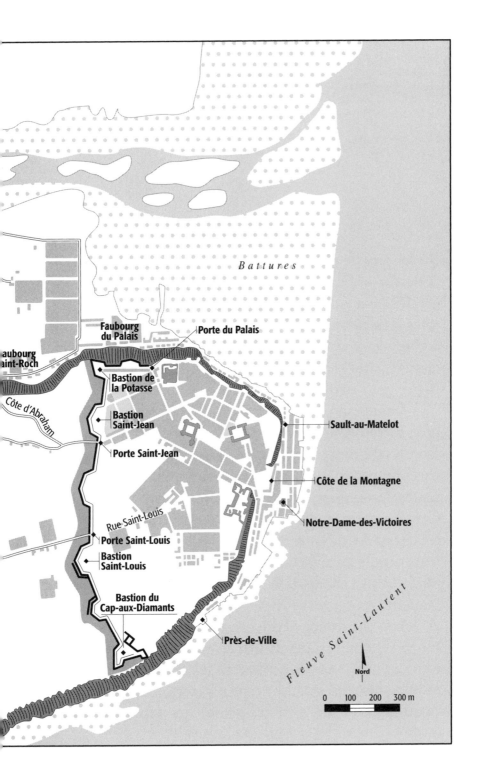

Faubourg
du Palais

Porte du Palais

Faubourg
Saint-Roch

Côte d'Abraham

Battures

Bastion de
la Potasse

Bastion
Saint-Jean

Sault-au-Matelot

Porte Saint-Jean

Côte de la Montagne

Rue Saint-Louis

Notre-Dame-des-Victoires

Porte Saint-Louis

Bastion
Saint-Louis

Bastion du
Cap-aux-Diamants

Près-de-Ville

Fleuve Saint-Laurent

Nord

0   100   200   300 m

CHAPITRE IX

Il est près de minuit. Un vent froid de novembre souffle sur le fleuve, retardant la progression des canots qui forment une chaîne dans le noir. Le bruit des pagaies est si faible qu'on dirait qu'elles frôlent doucement la surface. Cette discrétion est nécessaire à cause des deux frégates britanniques armées entre lesquelles il faut passer pour rejoindre l'autre rive.

Trente-cinq canots. Voilà tout ce que le colonel Arnold a trouvé pour faire traverser le fleuve à ses hommes. Il faut dire que, en apprenant l'arrivée des Bostonnais près de Québec, les soldats britanniques ont détruit toutes les embarcations jusqu'à une lieue à la ronde. Cette mesure de sécurité a failli être efficace. N'eussent été ces sympathisants canadiens venus offrir leur aide et leurs canots à l'armée rebelle, les Bostonnais n'auraient pu franchir cet obstacle naturel qu'est le fleuve Saint-Laurent.

Assis au milieu d'un canot, François s'accroche à son sac et respire à peine. Il n'a jamais été aussi tendu de toute sa vie. Les yeux rivés au *Lizard*, la frégate qui mouille juste en aval, il ne peut s'empêcher d'imaginer ce qui se passerait si un des marins qui s'affairent sur le pont les apercevait. L'équipage est sans doute sur le qui-vive à l'heure qu'il est. Si quelqu'un donnait l'alerte, les minuscules embarcations seraient des cibles faciles ; les canons les réduiraient en pièces. Heureusement, ce soir, il n'y a pas de lune, ce qui rend les Bostonnais invisibles sur le fleuve. François est malgré tout attentif au moindre bruit. Il écoute celui de l'eau qu'on remue, tout près, mais aussi ceux, moins distincts, qui proviennent du *Lizard*. La frégate est si proche qu'il serait même possible d'avoir une conversation avec les marins du bord.

Malgré son peu d'expérience, François devine où se dirigent les Bostonnais. Il n'a peut-être jamais quitté la région de Québec, mais il peut au moins se vanter de bien connaître la ville et ses abords. Un peu en amont du port se trouve une petite anse dont la berge est densément boisée. Les Canadiens l'appellent l'Anse-au-Foulon. Un sentier permet de passer sans trop de difficulté du fleuve aux plaines d'Abraham tout en haut. C'est exactement à cet endroit qu'ont débarqué, il y a une quinzaine d'années, les troupes du général Wolfe. C'est d'ailleurs pour cette raison que les Anglais de Québec ont baptisé cette petite baie Wolfe's Cove. C'est sur cette anse, invisible dans la nuit, que sont rivés les yeux des cinq cents hommes d'Arnold. La majorité d'entre eux attendent encore sur la rive sud que les premiers canots touchent terre.

C'est avec une ardeur peu commune que les Bostonnais se préparent à prendre Québec, malgré la neige qui recouvre déjà la région. Depuis qu'on leur a fabriqué des mocassins pour remplacer les chaussures qu'ils ont perdues pendant leur dure expédition, les hommes du colonel Arnold ont repris courage. Aidés par plusieurs sympathisants canadiens, ils ont construit des échelles et des échafaudages qu'ils comptent utiliser pour escalader les murs de la ville. François ne peut qu'admirer la détermination de ces soldats venus d'aussi loin et à travers autant d'embûches pour libérer Québec de l'emprise britannique.

Cette admiration, il la voue également à Jean Rousselle, assis juste devant lui. François est impressionné par son sens de l'organisation, ses connaissances des hommes, de la forêt, de la guerre. Il souhaite être comme lui, un jour, et avoir autant d'assurance. Il est content de l'accompagner, de participer avec lui à la prise de Québec.

Cependant, il y a une autre personne qui, elle, l'intimide. C'est sa sœur, Odélie. Même s'il admet avoir été scandalisé de la voir déguisée en homme, François lui trouve une ténacité peu commune. Elle a traversé les montagnes avec les rebelles et n'a reçu aucun traitement de faveur. Elle a affronté les mêmes dangers, les mêmes intempéries qu'eux. Elle a souffert de la faim et du froid comme les soldats. Bien qu'elle lui ait fait promettre de garder son secret, François ne peut s'empêcher d'imaginer la réaction de sa mère en apprenant ce que sa fille a accompli.

Ce qui a étonné François, cependant, c'est qu'Odélie ne paraissait pas très contente de les voir, Jean Rousselle et lui. Ils l'ont pourtant retrouvée à demi morte de faim et de froid. François se trouve peut-être naïf, mais il s'était attendu à davantage de reconnaissance de sa part. Au lieu de quoi, ils ont dû essuyer sa froideur, de même que celle de son compagnon, un certain Wellington. François n'a pas du tout aimé ce marchand anglais qui l'a à peine salué quand Odélie le lui a présenté. L'homme n'a pas non plus montré de grande sympathie pour Jean Rousselle qui avait pourtant poussé les recherches presque jusqu'au lac Mégantic.

Les premiers canots ont déjà touché la berge et François entend les hommes qui sautent à l'eau et débarquent leur équipement. Moins d'une minute plus tard, c'est à son tour de poser le pied sur la rive nord, avec les envahisseurs.

*

— Surtout ne relève pas la tête plus haut que la clôture, sinon tu attireras l'attention des gardes.

Jean Rousselle a soufflé ces mots à voix basse et espère que François a compris le danger qui les menace. Il n'était pas surpris qu'Arnold l'envoie en éclaireur vérifier les défenses de la ville. Après tout, il est le plus compétent de son avant-garde. Cependant, il aurait préféré laisser François avec Odélie. S'approcher de l'ennemi, même de nuit, est toujours risqué. Devant le peu d'enthousiasme du garçon à rester en arrière, Jean a dû se résigner à l'emmener avec lui dans cette mission. Il n'était pas peu fier de le voir ramper à ses côtés, de la même manière que lui, jusqu'à la dernière clôture.

« Ce garçon sait se fondre dans le paysage », songe-t-il, en remarquant la souplesse avec laquelle François se déplace.

Mais ce n'est qu'accessoirement qu'il jette un œil sur son fils. Son attention est plutôt portée sur le fait que la ville est grande ouverte. À la porte Saint-Louis, les deux hommes de garde jouent aux dés à la lueur d'une lampe. Ceux de la porte Saint-Jean, eux, sont endormis. S'ils étaient plus près, Jean se dit qu'il pourrait même les entendre ronfler. La situation est d'un ridicule consommé. À moins d'une demi-lieue, une armée se prépare à attaquer Québec et ceux qui en ont la garde ne sont même pas sur un pied d'alerte.

«Pour une surprise, ce sera une surprise», se dit Jean, en comptant le nombre de batteries nouvellement édifiées.

Si les soldats d'Arnold étaient plus nombreux et en meilleur état, ce serait cette nuit qu'il faudrait prendre la ville. Quelques hommes pourraient facilement pénétrer à l'intérieur des murs et neutraliser les gardes avant même qu'ils n'aient le temps de fermer les portes. Le reste de l'armée suivrait silencieusement et, lorsque le soleil se lèverait, la ville serait déjà aux mains des rebelles.

Ce plan pourrait fonctionner, si Arnold disposait d'une armée en état de combattre. Or les cinq cents hommes qu'il a sous ses ordres sont affamés, mal vêtus et ne possèdent pas les munitions nécessaires pour mener une attaque, quelle qu'elle soit. Équipés comme ils le sont, la plupart d'entre eux ne pourraient faire feu qu'une seule fois. Affronter des soldats britanniques dans ces conditions serait s'assurer d'une défaite.

D'un coup de coude, François attire son attention sur les trois soldats qui s'approchent sur le chemin de ronde en riant fort, beaucoup trop fort. Voilà des sentinelles bien peu vigilantes si on tient compte du danger qui guette la ville et dont même les habitants de la rive sud ont été avertis. À moins que ce ne soit un piège...

– Qu'est-ce qu'on fait maintenant? interroge François, d'une voix où pointe l'impatience de ses quinze ans.

– Rien.

Jean fait demi-tour et s'éloigne de la clôture en rampant.

– Arnold a établi son quartier général un peu plus à l'ouest, murmure-t-il à son fils, lorsque celui-ci le rejoint. Sur la ferme du major Caldwell.

François s'étouffe et Jean se retourne, inquiet.

– Je le connais, hoquette François, mort de rire. C'est un client de papa et un royaliste convaincu. J'imagine la tête qu'il fera quand il apprendra que sa maison sert de quartier général aux Bostonnais…

– C'est un spectacle qui aurait valu la peine d'être vu, mais ce sera pour une autre fois. Pour le moment, on va aller faire notre rapport. Ensuite on profitera de ce qui reste de nuit pour dormir.

– Ah…

François est déçu et Jean devine qu'il avait cru cette mission plus palpitante. «Ce n'est que partie remise», a-t-il envie de lui dire. Mais il se tait; le danger viendra bien assez vite.

*

Marie a tout de suite compris ce qui se passait lorsque l'alerte a été donnée dans la ville. Les cloches de l'église bourdonnaient, les tambours roulaient le branle-bas de combat et, elle, elle a couru jusqu'au mur de fortification afin de voir de ses yeux cette armée qui prenait place sur les plaines d'Abraham. Elle a grimpé sur la colline jusqu'au chemin de ronde et, maintenant, elle scrute les envahisseurs, une main en visière pour se protéger les yeux du soleil couchant dont la réverbération sur la neige mouillée l'éblouit.

— Les vois-tu? demande-t-elle à Louise qui se tient à côté d'elle.

— Non, Madame. Je ne vois que des guenilloux maigrichons.

En effet, les hommes qui se regroupent devant la ville n'ont rien de soldats, sauf peut-être ces fusils qu'ils tiennent de façon menaçante. Ce n'est pas pour rien que les gardes ont tardé à fermer les portes de la ville. En voyant apparaître un pareil attroupement de mendiants, personne n'a pensé un instant qu'il s'agissait des Bostonnais. Personne, sauf peut-être Marie. Elle a tout de suite pensé à ses enfants.

En recevant la lettre de François, le mois dernier, Marie a été bouleversée. Non seulement son fils avait rejoint les rangs des rebelles, mais, en plus, il s'était lié d'amitié avec Jean qui l'avait pris sous sa protection. Marie a cru son univers sur le point de basculer. Puis elle a dû se faire une raison : Jean ne trahirait jamais leur secret. C'est un homme d'honneur en qui elle peut avoir confiance, malgré la situation difficile dans laquelle ils se trouvent. Et puis elle sait qu'elle peut se fier à lui pour tenir François loin du front ; jamais il ne mettrait la vie de son fils en péril, peu importe la cause.

C'est pourquoi, en ce moment, c'est davantage Odélie qu'elle cherche. Odélie... Où peut-elle bien être ? Il y a bien quelques femmes parmi les Bostonnais, mais aucune d'elles ne ressemble à sa fille.

— Là, Madame! s'écrie soudain Louise, en pointant un doigt en direction des champs. Au milieu de la rangée des Bostonnais, juste en avant, on dirait votre fils dans un drôle d'accoutrement.

Marie trouve rapidement celui dont parle sa servante et ses épaules s'affaissent. François se trouve précisément en première ligne.

*

Le soleil se couche lentement derrière les troupes du colonel Arnold rassemblées à peu de distance des fortifications. Malgré un vent terrible et un froid cuisant, les hommes se tiennent immobiles, les yeux rivés sur le jeune soldat qui s'éloigne vers la porte Saint-Jean, un drapeau à la main. Jean les imite et prie pour que le lieutenant-gouverneur Cramahé entende raison en lisant le message qu'on lui porte. Arnold n'exige pas moins que la reddition de la ville. Cela peu sembler surprenant, de prime abord, cependant tout le monde sait que l'armée du général Montgomery fonce sur Québec depuis Montréal. De même que tout le monde sait que les communications entre la ville et la campagne sont coupées et qu'il y a peu de soldats de l'armée régulière dans l'enceinte fortifiée. Pour toutes ces raisons, il semble évident que la meilleure décision à prendre pour le commandant anglais est de baisser les armes et de se rendre sans coup férir. Point de morts, point de blessés. Les royalistes sont renvoyés en Grande-Bretagne et la *Province of Quebec* entre dans la rébellion avec les autres colonies de la Nouvelle-Angleterre.

Jean jette un œil sur le colonel Arnold, debout à quelques pas de lui. L'homme a l'air inquiet. C'est vrai que les portes de la ville ne sont pas encore ouvertes et que le messager est presque rendu. Tout à coup, l'impossible se produit. Un bruit de pétarade emplit les champs : la ville fait feu sur le messager. Les soldats d'Arnold ont reculé instinctivement, même s'ils savent qu'ils sont hors de portée. Devant eux, le porte-drapeau a fait demi-tour à la première détonation. Il court maintenant à toute vitesse pour rejoindre les rangs et se mettre à l'abri. De la fumée émane de partout sur la muraille et une clameur furieuse s'élève des rebelles.

— C'est contre les règles de la guerre civilisée ! s'exclame un officier, levant un poing menaçant à l'endroit de la ville.

Il n'est pas le seul à être offusqué par ce qui vient de se produire. Jean entend Arnold jurer et proférer une multitude d'insultes à l'endroit des lâches qui osent faire feu sur le porteur d'un message. Mais le colonel comprend, tout comme Jean, que la vue de cinq cents soldats ennemis ne suffit pas pour effrayer la garnison d'une ville fortifiée. Il faut dire qu'ils ne payent pas de mine, ces soldats de l'armée continentale. Jean secoue la tête, déçu. Il avait espéré qu'il n'y aurait pas de siège d'hiver.

*

Il est cinq heures et demie du matin lorsque Antoinette termine ses prières matinales. Autour d'elle, l'église se vide. Les plus jeunes religieuses disparaissent dans le couloir qui mène à la salle Sainte-Croix pour s'occuper des vieillards. Habituellement, Antoinette les devance et donne l'exemple en montrant autant de zèle que doit le faire une ancienne. Mais ce matin, son esprit est toujours embrumé par ses cauchemars de la nuit. Des images de bataille, de blessés et de morts ne cessent d'apparaître devant ses yeux dès qu'elle tente de se recueillir.

Elle trouve donc difficile de se concentrer sur cette nouvelle journée qui commence et préfère prolonger son temps de prière de quelques minutes. Mais parce qu'elle est consciente que toutes ces jeunes femmes dépendent d'elle et qu'il est l'heure de faire manger les patients, Antoinette se ressaisit. Elle se lève, remonte l'allée, entre les deux rangées de chaises, et sort dans le couloir. Elle n'a pas parcouru la moitié du chemin qu'un bruit violent retentit dans tout l'hôpital. Antoinette s'immobilise, inquiète. On frappe brutalement à la porte principale à l'autre bout du corridor. Aucun habitant de la ville ne viendrait déranger les sœurs si tôt le matin. Ce ne peut donc être que des étrangers…

Cinq ou six religieuses s'entassent maintenant devant l'entrée de la salle Sainte-Croix et fixent avec horreur l'extrémité du couloir. Quelques vieillards pouvant encore marcher se tiennent juste derrière elles. Tout le monde a entendu parler des Bostonnais campés devant la ville. Se pourrait-il que…? Oseraient-ils…? Voilà ce qui vient à l'esprit de chacun et chacune. Antoinette, autant que les plus jeunes, garde les yeux rivés sur la large porte de bois qui protège les augustines du monde extérieur. Pour le moment…

On frappe de nouveau et la brusquerie des coups trahit l'impatience de ceux qui se trouvent derrière. Un coup d'œil à ses compagnes suffit pour convaincre Antoinette que ces jeunes femmes craignent encore plus les soldats qu'elles ne craignent les hommes en général. Ce qui n'est pas peu dire. Les vieillards, eux, ne valent guère mieux. Ils tremblent d'ailleurs déjà, se cachant derrière les voiles des jeunes nonnes. Il semble qu'Antoinette soit la seule en état d'ouvrir. La seule capable d'affronter des soldats sans trembler. À cinquante-sept ans, elle a passé l'âge de s'inquiéter pour sa vertu. Et puis les fusils et les épées ne l'impressionnent plus depuis longtemps.

Malgré cette assurance, Antoinette hésite. Les coups sur la porte se font plus insistants. Des images d'horreur s'immiscent dans son esprit. Tout le monde sait ce que subissent les femmes lorsqu'une ville est prise d'assaut. Impossible d'attendre davantage sans risquer que la porte ne soit enfoncée.

– Va chercher la mère Saint-Alexis, ordonne Antoinette à la plus jeune des nonnes.

La jeune fille hoche la tête sans dire un mot. Antoinette peut lire la terreur sur son visage.

– Dépêche-toi, ajoute-t-elle. Tu iras ensuite dans le réfectoire et tu y resteras jusqu'à ce qu'on vienne te chercher.

La religieuse acquiesce de nouveau et disparaît dans l'église au bout de laquelle se trouve le passage vers les bâtiments de la communauté. Antoinette revient aux autres.

– Retournez dans la salle auprès des malades, lance-t-elle, en ouvrant les bras comme pour les repousser. Surtout, que personne ne soit à la vue.

Lorsque le dernier voile a disparu, Antoinette s'avance vers l'entrée.

– Qui est là ? demande-t-elle sans ouvrir.

– Je suis le major O'Neil, madame, répond en français celui qui se trouve de l'autre côté. Je suis avec l'armée continentale américaine. Ouvrez, s'il vous plaît.

Mais Antoinette ne bouge pas.

– Que voulez-vous?

Comme elle l'avait deviné, l'officier n'est pas seul. Quelques voix s'entremêlent et murmurent en anglais.

– Vous n'avez rien à craindre, ma sœur, dit le major O'Neil au bout d'un moment. Nous ne vous voulons aucun mal. Il fait froid et nous souhaitons vous confier nos malades.

Antoinette sent monter en elle une vague de pitié. La charité chrétienne l'empêche de laisser dehors, par ce temps froid, des hommes malades, fussent-ils ennemis. Elle soupire, jette un œil sur la salle des vieillards où nul n'est à la vue. Puis elle ouvre la lourde porte qui grince sur ses gonds.

Un jeune homme apparaît de l'autre côté, éclairé par une torche. Antoinette lui donne à peine vingt-cinq ans et son visage, bien que couvert par une barbe rousse, est creusé par la fatigue et la faim. Ses vête-ments sont en lambeaux et bien peu appropriés en cette saison.

– Excusez-moi de vous avoir effrayée, dit-il en enle-vant son chapeau. Nous avons froid et nous vous de-mandons humblement la permission de nous réchauffer.

Devant l'hésitation d'Antoinette, il ajoute:

– Je vous assure qu'aucun de mes hommes ne vous fera de mal. Nous ne cherchons qu'un abri.

Pendant qu'il s'explique, il désigne du menton les soldats attroupés derrière lui. Antoinette passe la tête par l'entrebâillement pour évaluer leur nombre. À gau-che, dans le cimetière, une centaine d'entre eux ont déjà monté leurs tentes. Mais à droite, la colonne de soldats s'étire jusqu'à la côte d'Abraham où elle disparaît dans la brume du matin.

— Nous avons froid, répète le jeune major, dont le visage candide émeut Antoinette.

— Attendez ici, s'entend-elle dire avec douceur. Je vais chercher mère Saint-Alexis, notre supérieure. C'est elle qui décidera.

Le jeune homme lui sourit timidement et Antoinette referme la porte qui émet alors un bruit sourd.

*

Les vieillards ont été déplacés le plus près possible de l'église. Pour éviter que les Bostonnais n'aient l'idée de pénétrer dans le cloître, on en a condamné l'accès. Tout l'espace et les lits libérés ont ainsi pu être mis à la disposition des rebelles dont plusieurs sont gravement malades. Antoinette aide l'un d'entre eux à s'allonger lorsqu'elle aperçoit mère Saint-Alexis qui revient dans la salle ; elle remarque la détermination dont fait preuve ce petit bout de femme. Elle non plus n'a pas peur de ces soldats. Ce qu'elle craint, par contre, ce sont les dangers que leur présence dans le couvent risque de leur faire courir. Elle se dirige vers le fond de la salle, serpentant entre les lits, s'arrêtant pour dire un mot d'encouragement à chacune des religieuses affectées aux malades bostonnais. Elle rejoint donc Antoinette au bout de plusieurs minutes.

— Vous avez bien agi, tout à l'heure, en me faisant prévenir et en envoyant tout le monde dans la salle avant d'ouvrir.

– J'ai fait de mon mieux, ma mère. Mais je vous assure que je tremblais d'effroi.

– Je vous crois.

La supérieure embrasse la salle du regard et ajoute :

– Tous ces hommes armés dans notre maison, il y a de quoi avoir peur.

– Le pire est à venir, souffle Antoinette, le regard fixé sur les Bostonnais qui continuent d'affluer dans la salle. Il en arrive sans arrêt et nous n'avons déjà plus de lits à leur donner.

– Je sais… Le major O'Neil a compté une centaine de malades au moins. C'est plus que ce que nous pouvons loger et pourtant il faudra continuer à faire de notre mieux.

Antoinette acquiesce et remarque, à ce moment-là, le major O'Neil qui se dirige vers elles, l'air moins sympathique qu'auparavant.

– Excusez-moi de vous déranger, dit-il en arrivant à leur hauteur. Mes hommes ont faim. Que pouvez-vous nous donner à manger ?

Mère Saint-Alexis jette un regard angoissé en direction d'Antoinette. Celle-ci comprend le dilemme ; il serait fort peu judicieux de fortifier l'ennemi.

– Je vais voir avec notre aumônier, dit la supérieure d'un ton cassant. Le père de Rigauville décidera quels secours nous sommes en mesure de vous…

– Dites-lui aussi que nous manquons d'endroits où loger les hommes, coupe l'officier, sans lui laisser le temps de finir sa phrase. Nous allons nous installer dans cette petite maison à côté du cimetière.

– Mais c'est la maison des domestiques ! s'exclame Antoinette. Où iront-ils donc, si vous vous installez chez eux ?

– Vous leur trouverez bien une place. Votre demeure est très vaste.

L'exaspération est visible sur le visage de mère Saint-Alexis, mais elle ne dit pourtant pas un mot. Elle fait demi-tour après un bref regard entendu à Antoinette et se dirige vers la sortie.

– Ne vous inquiétez pas, souffle le major O'Neil, lorsque la supérieure s'est éloignée. Nous ne vous incommoderons pas longtemps. Nous sommes venus pour prendre la ville et cela ne devrait pas tarder.

Antoinette affiche un air incrédule.

– Cela m'étonnerait, monsieur. La ville est bien armée, vous savez.

– Nous le sommes aussi, ma sœur. Et nous attendons des renforts. Le général Montgomery a pris Montréal hier et il s'apprête à descendre le Saint-Laurent vers Québec avec un millier d'hommes.

Antoinette est sous le choc. Elle vient de comprendre l'ampleur de l'invasion. Si Montréal est tombée, il ne reste plus que Québec pour soutenir l'Empire britannique.

*

Jean a l'impression de vivre la même scène que la veille. Seulement cette fois, le soleil se lève au lieu de se coucher et il baigne la ville d'une lumière blafarde. Le froid piquant engourdirait encore les hommes, debout derrière lui, s'il n'y avait pas ces coups de feu qu'on tire dans leur direction.

Encore ce matin, les rebelles ont formé les rangs sur le plateau, suffisamment loin des fortifications pour être hors de portée de tir. De nouveau, ils ont envoyé un messager pour exiger la reddition de la ville. Comme la veille, Québec a fait feu avant que le garçon n'atteigne la porte Saint-Jean. Or, cette fois, ce n'est pas une dizaine, mais bien une cinquantaine de fusils qu'on a déchargés en direction du porte-drapeau. Ce dernier est parti à la course dès la première détonation et rentre présentement dans les rangs, hors d'haleine. De la fumée s'élève au-dessus de la muraille sur toute sa largeur. Arnold devra se rendre à l'évidence : la ville ne baissera pas les armes devant son armée.

Jean jette un œil sur sa gauche, vers les restes encore fumants de quelques maisons du faubourg Saint-Jean. Ce sont les habitants de la ville qui les ont eux-mêmes brûlées pendant la nuit, afin d'éviter que les rebelles ne s'y installent. Les quelques bâtiments encore debout sont hors de portée des canons, donc inutiles, d'un côté comme de l'autre. Si Arnold veut faire le siège de la ville, il n'aura nulle part où abriter ses hommes.

D'ailleurs, ces derniers brisent lentement les rangs pour retourner à leur quartier général. Jean fait demi-tour et marche parmi eux, pensif. Il avait espéré que Québec se rende ce matin afin qu'il n'y ait pas de bataille. Il ne reste maintenant qu'une solution : bloquer la ville afin qu'elle ne soit pas réapprovisionnée de tout l'hiver et qu'elle finisse pas céder. Cela peut prendre du temps. Beaucoup de temps…

– Et si c'était moi qui portais le message ? lance tout à coup François, qui marchait jusque-là en silence à côté de lui. Personne n'oserait me tirer dessus, tout le monde me…

— On te tirerait dessus tout autant, ment Jean que cette idée horrifie.

— Mais tout le monde me connaît!

— C'est la guerre, François. Regarde autour de toi. Que vois-tu?

François balaie du regard les Bostonnais qui s'en retournent, penauds.

— Je vois des soldats déterminés, ment-il à son tour, pour ne pas perdre la face.

— Ce sont des Anglais. Des Anglais qui se battent contre d'autres Anglais. Des frères, des cousins, des parents. Plusieurs portent le même nom que les habitants de Québec. S'ils peuvent se tirer dessus, ne crois surtout pas qu'ils hésiteraient à faire de même avec toi. Tu n'es qu'un petit Canadien, François, le fils d'un petit marchand et…

— Ça va, j'ai compris, marmonne François avec impatience. Je me disais seulement que je pouvais être utile.

— Tu le seras, ne t'en fais pas. Mais pas aujourd'hui et certainement pas de cette manière. Ce n'est pas en te sacrifiant pour une cause qui n'est pas la tienne que tu recevras les honneurs de la guerre. Et même dans ce cas, tu ne pourrais pas en profiter, puisqu'il te faudrait mourir pour les mériter. Fais-moi confiance et sois patient. Je te montrerai comment participer à cette guerre sans y perdre la vie.

François semble rassuré et, lorsqu'ils arrivent devant la ferme de M. Caldwell où les hommes ont commencé à ramasser leur équipement, il affiche un sourire satisfait.

« Comme on est bouillant à cet âge, se dit Jean, en suivant son fils vers la grange où se trouvent leurs bagages. Pourvu que Montgomery ne tarde pas trop. »

Leur nombre n'ayant pas suffi à impressionner le lieutenant-gouverneur Cramahé, les rebelles n'ont plus qu'une seule chose à faire : se replier vers la Pointe-aux-Trembles et attendre le général Montgomery qui devrait arriver bientôt de Montréal avec des renforts.

*

Dans la nuit encore très dense, Daniel et Louis avancent furtivement, accroupis dans les ruines de ce qui était avant le faubourg Saint-Jean. Ils n'ont, pour tout éclairage, que le mince quartier de lune qui descend dans le ciel, de l'autre côté de la ville. Ils progressent néanmoins rapidement et, lorsqu'ils atteignent les restes de la dernière maison incendiée, ils s'arrêtent et observent les environs.

Un détachement de Bostonnais monte la garde, à une certaine distance de la porte Saint-Jean. Daniel ne peut pas les voir, mais il devine qu'un nombre équivalent de soldats doit surveiller la porte Saint-Louis, plus à droite. À sa gauche, une barricade a été établie en haut de la côte d'Abraham. Aucun moyen, donc, de pénétrer dans la ville sans attirer l'attention. À moins que…

Faisant signe à Louis de l'attendre sans bouger, Daniel se glisse le long d'un mur de pierres écroulées jusqu'à ce qu'il puisse apercevoir la côte. Du poste de garde des Bostonnais, il semble bien impossible de surveiller toute la pente. Daniel se souvient que la route passe plus bas entre deux petites collines. Si on pouvait atteindre ces aspérités du terrain, il serait peut-être possible de traverser la route sans attirer l'attention. Il faudrait ensuite longer la falaise rocheuse, puis le mur de fortification jusqu'à la porte du Palais, sur le côté nord de la ville.

Daniel observe l'horizon. Il reste encore une bonne heure avant le lever du soleil. Comme le couvert de la nuit est nécessaire pour que ce plan réussisse, il n'y a pas de temps à perdre. Il fait demi-tour et rejoint son fils dans les décombres. Il le prend par le bras et l'entraîne loin des gardes pour lui exposer son plan.

– Et vous, papa ? demande Louis, lorsque Daniel a terminé son explication. Que ferez-vous ?

– Je suis trop vieux pour escalader une falaise en plein jour. Imagine de nuit ! Je vais attendre que tu traverses la côte et surveiller les gardes des alentours. Quand on t'ouvrira la porte du Palais, cela devrait donner l'alerte. Avec un peu de chance, ces Bostonnais déserteront leur poste pendant quelques minutes pour courir dans ta direction. J'en profiterai pour filer à la porte Saint-Jean en priant pour que ceux qui défendent la ville ne me tirent pas dessus.

– C'est risqué, papa. S'il reste un Bostonnais en place, il ne vous laissera pas passer.

La voix de Louis est chargée d'appréhension et Daniel doit montrer davantage d'assurance qu'il n'en ressent pour convaincre son fils.

– S'il n'y en a qu'un, je m'organiserai pour l'assommer par-derrière. C'est s'il y en a plusieurs que j'aurai des problèmes. C'est pour ça qu'une fois qu'on t'ouvrira les portes de la ville, il faudra que tu fasses beaucoup de bruit pour attirer leur attention à tous.

Louis hoche la tête, pensif, mais Daniel ne lui laisse pas le loisir de réfléchir davantage. Le garçon est habile et il connaît bien les environs. Il passera aisément sous le nez des Bostonnais, longera la falaise avec facilité et atteindra la porte du Palais en moins d'une demi-heure. Il le faut. Lorsque son fils sera en sécurité, Daniel pourra s'occuper de lui-même. C'est à ce moment-là qu'il tire de sa veste la lettre du gouverneur Carleton.

— Tiens, dit-il à Louis en lui tendant le pli. Il ne faut surtout pas que ça tombe entre les mains de ces bandits. Cache-le dans tes bas et débarrasse-t'en au moindre ennui. J'en connais le contenu. Je le réciterai moi-même à Cramahé quand j'aurai mis le pied dans la ville.

Sur ces mots, il attire la tête de son fils près de lui et l'embrasse sur le front.

— Maintenant, vas-y! Tu as une heure de noirceur. C'est plus qu'il t'en faut, mais ne traîne pas quand même.

Louis regarde un moment son père dans les yeux. Il hésite et semble sur le point de se rebeller, mais se ravise. Il enlève son chapeau, le glisse dans son manteau et s'élance dans les herbes hautes. Daniel ne le quitte pas des yeux jusqu'à ce qu'il disparaisse derrière la première colline. Quelques minutes plus tard, une ombre traverse la route et s'évanouit dans la nuit.

«Mon Dieu, protégez-le», prie Daniel, en se dirigeant vers la porte Saint-Jean, toujours à l'abri derrière les ruines calcinées.

*

Marie est furieuse. Elle verse du café dans trois tasses et ne peut retenir ses gestes brusques qui trahissent son exaspération. Puisqu'il est près de midi, elle se rend à la cuisine pour chercher du pain et un peu de viande. Elle en revient d'un pas rapide et dépose bruyamment sur la table les deux assiettes d'étain.

– Mais voyons, Marie, ce n'est pas si grave que ça, soupire Daniel, en s'emparant d'un morceau de pain sur lequel il dépose quelques tranches d'oignon.

Marie jette un coup d'œil à Louis qui a pris un air penaud à l'autre bout de la table. Daniel continue de manger, évitant le regard de sa femme, ce qui attise la colère de celle-ci.

– Comment ça, pas si grave? Louis a quatorze ans et tu l'emmènes à la guerre comme s'il s'agissait d'une simple visite d'affaires.

– J'aurai bientôt quinze ans, corrige Louis d'une voix timide.

– Quatorze ou quinze, répond Marie, ça ne change rien à l'affaire.

Puis elle hausse le ton :

– Tu n'as pas le droit, Daniel, de mêler mon fils à cette histoire.

– Et François, lui? insiste Louis. Il est bien mêlé à cette histoire et vous ne l'avez pas puni.

Marie se tourne vivement vers son fils.

– Si tu ne peux pas te taire, monte donc dans ta chambre. C'est à ton père que je parle.

– Louis a raison, insiste Daniel. François a pris position dans ce conflit.

Quand Daniel a appris que François s'était joint aux rebelles, il a piqué une colère terrible et Marie s'est félicitée de ne pas lui avoir parlé des visites de Jean. Mais présentement, cette omission la prive d'un argument : François a pu être entraîné malgré lui. Il a pu être attiré par cette cause parce qu'il voulait suivre les traces de Jean.

— Je sais, se résigne-t-elle, au bout d'un moment. Et si je lui mets la main dessus, il va passer un mauvais quart d'heure. Pour l'instant, il ne s'agit pas de François, mais de Louis. Et c'est toi qui l'as encouragé. Veux-tu bien me dire, pour commencer, comment ça se fait que ce soit toi qu'on ait chargé de cette mission ? T'as tout de même pas vingt ans !

Daniel tourne un regard suppliant vers Louis qui n'ose toutefois pas intervenir. Il se résigne donc.

— Je me suis porté volontaire.

— Quoi ?

La voix de Marie était si forte qu'elle sort Louise de sa cuisine.

— Vous m'avez appelée, Madame ?

— Apporte donc l'eau-de-vie, Louise. Ça réussira peut-être à me calmer.

La servante revient au bout de quelques instants, un plateau à la main. Pendant tout ce temps, Daniel et Louis mangent en silence, sous le regard courroucé de Marie. Celle-ci ne cache d'ailleurs pas sa frustration, car cette guerre a pris un tournant désastreux. Marie est torturée à l'idée qu'un de ses enfants y perde la vie. Si seulement elle pouvait parler de ce qui la tourmente avec Daniel. Il saurait sans doute apaiser ses inquiétudes, comme il l'a toujours fait. Mais comment lui parler d'Odélie sans lui dire que Jean est passé en ville ? Comment lui raconter ce qu'elle a vu sur les Plaines sans lui dire que François se trouvait à côté de Jean ? Surtout, comment admettre que chacun de ses enfants l'a déçue sans reconnaître qu'elle a échoué dans son rôle de mère ?

En réalité, Marie est plus dévastée par cette guerre qu'elle ne peut le laisser paraître. Car, de l'autre côté des fortifications, une armée de rebelles s'apprête à assiéger la ville et parmi eux se trouve Jean. Si elle vit désormais en acceptant le vilain tour que le destin lui a joué, elle n'arrive tout simplement pas à imaginer qu'il puisse mourir devant Québec. Ce serait trop cruel ; ce serait comme si elle le perdait une seconde fois.

Et au milieu de toutes ces angoisses se trouve Daniel qui agit comme un soldat d'infanterie. Cette guerre va-t-elle, comme la précédente, lui prendre ceux qu'elle aime ? Étonnamment, sa colère se dissipe lorsqu'elle pose les yeux sur son époux. Comment ne pas s'attendrir devant un homme tout ragaillardi d'avoir risqué sa vie ? Il semble si heureux que c'en est déconcertant. Marie secoue la tête et, après une bonne gorgée d'eau-de-vie, elle soupire :

— Raconte-moi donc comment ça s'est passé.

Daniel lève les yeux, soulagé et heureux de la confiance que lui témoigne enfin sa femme. Il entreprend de lui relater la reddition de Montréal.

— Avant de rendre la ville, le gouverneur Carleton a réquisitionné une demi-douzaine de vaisseaux pour transporter à Québec tous les vivres qui se trouvaient à Montréal. Il a levé l'ancre juste avant l'aube. Quand il est arrivé à Sorel, les Bostonnais bloquaient le fleuve pour l'empêcher de passer. Il a dû attendre le lendemain soir pour leur fausser compagnie.

– Oui, ajoute Louis, que cette explication a tenu à l'écart jusque-là. Mais en s'enfuyant dans un canot, il a abandonné tous les marins et tous les vivres aux mains des Bostonnais.

Daniel acquiesce d'un signe de tête, l'air découragé.

– Il n'avait pas le choix, Louis, je te l'ai déjà dit. Si le gouverneur avait été fait prisonnier, il n'y aurait plus eu d'espoir pour Québec. Mais maintenant, ce qui m'inquiète, moi, c'est de savoir comment on pourra soutenir un siège. La garnison est mince et les Canadiens, très peu motivés…

– La ville ne se rendra pas, coupe soudain Marie, que cette histoire a fini par secouer.

Comment, en effet, pourrait-elle admettre que son pays puisse tomber aux mains de bandits ? Car c'est ainsi qu'elle perçoit ceux qui prennent les armes contre leur roi. Et le fait que Jean et deux de ses enfants soient parmi eux ne rend pas leur cause plus justifiable. Encore moins leur discours au sujet de cette liberté qu'ils s'octroient aux dépens des autres.

– Les Bostonnais sont arrivés après les récoltes, poursuit Marie pour se convaincre elle-même autant que son époux. Les magasins sont remplis de provisions. Sans compter ce qu'on a trouvé à bord des navires sous embargo. Il y a là de quoi nourrir la population pendant tout un hiver au moins. Et puis les glaces devraient prendre bientôt, ce qui empêchera les rebelles de recevoir des renforts.

– C'est vrai, murmure Louis, que cette idée réconforte autant que son père. Ce matin, quand j'ai réussi à entrer en ville, tout le monde parlait de l'arrivée des Bostonnais sur les Plaines. Il paraît que s'ils n'ont pas profité du fait que les portes étaient ouvertes, c'est parce qu'ils n'avaient qu'un coup à tirer.

Daniel vide soudain son verre d'un trait et le repose bruyamment sur la table.

— Dans ce cas, dit-il en se levant, ces rebelles vont voir de quel bois on se chauffe, à Québec.

— Oui, souffle Marie, qui s'est levée du même élan et lui dépose un baiser sur la joue. En autant que vous vous tenez, Louis et toi, loin du front.

*

Debout à côté de la fenêtre, Daniel écarte légèrement le rideau. Dehors, il neige et, dans la nuit blanche, il peut voir distinctement les gros flocons qui tombent doucement sur la ville endormie. On en oublierait presque la présence d'une armée ennemie, de l'autre côté des murs.

« Cette neige-ci devrait rester », songe-t-il, en observant l'épais tapis blanc qui recouvre les pavés.

Contrairement à Marie, dont le sommeil est profond depuis une heure au moins, lui n'arrive pas à fermer l'œil. Il repense sans cesse à la proclamation que le gouverneur Carleton a fait lire sur la place publique. Cela l'enrage.

Qu'on demande à tous les sympathisants des Bostonnais de quitter la ville, sous peine d'être traités comme des espions, il ne peut que l'approuver. C'était une décision nécessaire et tout le monde s'y était attendu dès qu'on avait entendu parler de cette armée qui arrivait par la Nouvelle-Beauce. Le lieutenant-gouverneur Cramahé aurait dû y voir à ce moment-là, mais il avait négligé de le faire. Heureusement, depuis que le gouverneur a mis les pieds dans l'enceinte fortifiée, les choses ont bien changé. Il règne en ville un branle-bas de combat permanent qui rend toute circulation suspecte. Désormais, ceux qui quittent la ville affichent leur position et chacun sait à quoi s'en tenir. Quoique... Daniel a été surpris de voir autant de Canadiens rejoindre les rangs des insurgés. Ce ne sera donc pas, comme il l'avait imaginé, un affrontement entre Anglais et Anglais. C'est maintenant tout le pays qui est divisé, à l'image de sa propre maison.

« Un fils ne devrait pas prendre les armes contre son père », songe-t-il avec amertume, en pensant à François qui doit avoir, en ce moment, les deux pieds dans la neige.

Le gouverneur a voulu éviter un affrontement fratricide à Montréal. Il espérait que les Bostonnais repartiraient avant les glaces. Il a dû se rendre à l'évidence en arrivant à Québec : les rebelles ont monté leur camp devant les murs et ne semblent pas près de quitter les lieux. Même si chacun sait que Carleton ne veut pas d'une bataille, tout le monde comprend qu'il est impensable de rendre la ville. Il faudra donc la défendre farouchement.

C'est d'ailleurs ce que prépare le gouverneur en faisant distribuer des bonnets de fourrure, des capots, des mitaines à tous ceux qui en ont besoin. De plus, il a promis de nourrir chaque soldat à même les réserves du roi. Daniel peut donc avoir l'esprit en paix en ce qui concerne sa maisonnée. Marie et Louise auront de quoi manger avec leurs propres réserves, pendant que Louis et lui se satisferont de la pitance du soldat. Et puis tout le monde sera au chaud à l'intérieur de l'enceinte. On ne peut pas en dire autant des Bostonnais. Leurs tentes et leurs baraques devraient à elles seules les décourager de passer janvier et février au Canada.

Ce n'est donc pas cette partie de la proclamation qui met Daniel dans cet état et qui le prive de sommeil, mais celle concernant la formation d'une compagnie d'invalides dans laquelle Carleton l'a déjà incorporé. Lui, avec les vieillards et les faibles! N'a-t-il pas prouvé sa valeur en portant sa lettre des Trois-Rivières à Québec à travers les lignes ennemies? Sans compter toutes ces fois où, depuis le mois de septembre, il a porté les missives de Cramahé pour contrer les espions. Ça doit bien valoir quelque chose, non? Dans ce cas, pourquoi diable lui faire subir cette humiliation?

Pour en avoir le cœur net, il s'est rendu chez le gouverneur cet après-midi. Il voulait le faire changer d'avis, en vain. On lui a fait dire que le gouverneur Carleton était trop occupé en ce moment pour les visites personnelles. Daniel est donc revenu chez lui furieux. Quel déshonneur que d'être relégué au rang des inutiles!

Un coup de canon retentit soudain dans la ville, suivi d'un deuxième, puis d'un troisième. Encore une fois, les Bostonnais essaient de bombarder la ville depuis l'Hôpital-Général. Ne savent-ils pas qu'aucun tir ne saurait être efficace à cette distance?

— Viens donc te coucher, lui souffle Marie à l'oreille.

Daniel tressaille, il ne la savait pas réveillée. Debout contre son dos, elle a appuyé la tête sur son épaule et glissé ses bras autour de son torse. Une nouvelle détonation remplit la nuit. Marie lui prend la main et l'attire vers le lit.

— Tu ne peux rien faire pour la ville ce soir, dit-elle en enlevant sa chemise. Et puisqu'on dirait qu'il sera impossible de dormir…

L'espace d'une heure, Marie réussit à lui faire oublier qu'il fait partie de la compagnie des invalides, malgré toutes ses objections.

*

Le cœur d'Antoinette a cessé de battre lorsqu'elle a appris la nouvelle. Le jeune docteur américain avait l'air bien embarrassé de lui faire ce message et s'est empressé de retourner auprès de ses malades, évitant, par le fait même, de répondre à ses questions. Antoinette a donc donné quelques dernières instructions avant de s'éloigner vers la sortie. Elle va avoir des nouvelles d'Odélie, enfin!

Elle se dirige rapidement vers la rivière. Les petits voiliers habituellement amarrés au quai ont depuis des mois été emmenés plus près de la ville pour éviter qu'ils ne servent à l'ennemi.

«C'était une sage décision», se dit Antoinette, en jetant un œil sur la rive où plusieurs soldats bostonnais s'activent à décharger une minuscule barque, sans doute réquisitionnée de force chez un habitant.

Elle hâte le pas, longe la rivière et dépasse le moulin. Une pluie fine imbibe graduellement son capuchon et Antoinette serre sa cape plus fermement autour de ses épaules. Aussi loin du mur du couvent, le vent se fait violent et il la fait grelotter jusqu'aux os. Elle avance néanmoins avec son assurance coutumière, heureuse d'avoir enfin, pour la première fois depuis des mois, des nouvelles de sa nièce. À peu de distance, un jeune homme attend en retrait des autres. C'est sans doute celui dont parlait le Dr Senter.

«Pourvu qu'il ne soit pas arrivé malheur à Odélie», songe-t-elle, en arrivant à quelques pas du messager.

Il s'agit d'un grand garçon à la silhouette frêle. Même s'il lui tourne toujours le dos, Antoinette lui donne à peine plus de quinze ans. Sa chevelure sombre retombe bas dans son dos et un tricorne usé protège sa tête de la pluie qui a diminué d'intensité. Comme tous les Bostonnais, il est vêtu de guenilles usées et déchirées. Seules ses bottes trahissent son origine bourgeoise.

– J'ai fait aussi vite que j'ai pu, souffle-t-elle en arrivant à portée de voix. Le docteur m'a dit que vous connaissez ma nièce.

À ce moment-là, le garçon se retourne et Antoinette se fige sur place en reconnaissant le visage amaigri d'Odélie.

*

Décembre est avancé et la neige recouvre maintenant toute la région, une neige épaisse et sèche que le vent charrie à son gré, créant une poudrerie incessante dans les champs des religieuses. Par les larges fenêtres de la salle des hommes, où elle travaille depuis une semaine déjà, Odélie peut voir les tentes des Bostonnais à demi ensevelies. Elle distingue les canons dont la base est assurée sur le sol gelé et les soldats mieux vêtus qu'à leur arrivée grâce aux navires saisis par le général Montgomery.

Odélie enrage chaque fois qu'elle s'attarde à ces détails qui prouvent que les Bostonnais sont très bien installés devant Québec. Si elle n'avait pas été malade en arrivant à Sainte-Marie, elle aurait pu fuir et venir avertir la ville de ce qui l'attendait. Mais elle a dû passer tout un mois au lit avant de pouvoir enfin reprendre la route. Quelle tristesse de voir maintenant sa ville assiégée! Qui aurait cru la chose possible en plein hiver?

C'est à cause de ce dépit qu'elle n'a pas démontré davantage de chaleur en faisant ses remerciements et ses adieux à la famille Vachon qui l'a soignée pendant tout ce mois. Il lui tardait de rejoindre l'armée continentale pour évaluer l'ampleur des dégâts. Et ces dégâts, elle n'a cessé de les constater depuis une semaine.

– On se prépare à l'ultime offensive, avait dit le soldat venu chercher les derniers rebelles à Sainte-Marie.

Ce n'est pas l'imminente offensive qui a empêché Odélie de pénétrer dans l'enceinte dès son arrivée. Même si la garnison est sur un pied d'alerte, Odélie connaît chaque détail des murs, chaque faille possible, chaque rue. Elle aurait pu entrer dans Québec à la noirceur sans que personne s'en aperçoive. C'est une promesse qu'elle a faite à Wellington qui l'en a retenue.

Les paroles de celui-ci lui reviennent à la mémoire. Juste avant de quitter son chevet, dans la maison des Vachon, à Sainte-Marie, il lui a demandé si elle connaissait bien Québec. En proie à une violente fièvre, Odélie a répondu par l'affirmative en hochant douloureusement la tête. C'est alors qu'il l'a priée de conserver son identité masculine encore quelque temps.

– Je pourrais avoir besoin de tes talents, avait-il ajouté, avant de déposer sur le bord du lit un pistolet et un sac à feu rempli des cartouches qu'il venait lui-même de fabriquer.

«De quels talents parlait-il?» se demande Odélie, en posant une main sur la crosse du fusil passé dans sa ceinture.

Mais sa main ne s'attarde pas longtemps sur l'arme. Dans le lit devant elle se trouve un soldat blessé à la jambe par le recul d'un canon. Le Dr Senter lui a demandé de remplacer le pansement de ce blessé et Odélie grimace de dégoût en retirant le dernier pan de tissu souillé. Le jeune homme est toujours inconscient et, en observant la plaie suppurante, Odélie se dit que cela vaut mieux pour lui étant donné qu'il faudra peut-être l'amputer. C'est malgré elle qu'elle jette un œil sur le fond de la salle où un groupe de religieuses préparent un soldat qui doit subir le même sort. Parmi elles se trouve sa tante Antoinette, qui ne lui a pas adressé la parole depuis son arrivée. Cette froideur la ferait souffrir, si ce n'était la situation délicate dans laquelle elle se trouve.

Car ce n'est pas qu'elle se soit travestie qui a enragé la religieuse lorsqu'elles se sont revues, mais plutôt le fait qu'elle se soit, du moins en apparence, jointe aux rebelles. Et comme Odélie a promis à Wellington de protéger sa couverture, elle n'a pas pu se justifier. La seule chose positive qu'Odélie a tirée de cet entretien est qu'Antoinette a promis de garder le silence en ce qui concerne son identité, comme l'ont fait Jean Rousselle et François. Cela lui donne un souci de moins.

Odélie est toute à ses pensées lorsqu'un coup de canon retentit depuis le cimetière, suivi d'un second.

Quelques minutes plus tard, la ville riposte en tirant en direction de l'hôpital. Comme chaque fois, le boulet atterrit bien loin devant le bâtiment principal.

– Quels maladroits! jure Odélie entre ses dents.

– Pas si maladroits que ça, répond le Dr Senter debout à côté d'elle.

Odélie sursaute, furieuse de s'être exprimée à haute voix. Mais Senter n'a pas compris le sens réel de son commentaire.

– Ce n'est pas une coïncidence, poursuit-il, si la ville tire rarement vers l'hôpital et si, lorsqu'elle le fait, aucun boulet ne nous atteint sérieusement.

– Que voulez-vous dire?

Odélie termine le pansement de son patient et se tourne vers Senter qui répond à sa question:

– Pourquoi croyez-vous que le colonel Arnold a établi une batterie précisément ici? Le gouverneur Carleton a strictement interdit à ses troupes de tirer sur le couvent. Nos hommes peuvent donc bombarder la ville à leur guise sans courir de risque.

À cet instant, une clameur s'élève du cimetière et les hommes s'éloignent en courant. Odélie et Senter tournent la tête d'un même geste, à temps pour apercevoir le dernier boulet tiré par la ville, qui arrache une tente et vient terminer sa course à deux pas du mur extérieur. Odélie hausse les épaules, se penche et ramasse le vieux pansement déposé sur le sol.

– Il faut croire que les ordres ne sont pas toujours respectés, dit-elle, en s'éloignant vers le fond de la salle où on récupère le linge sale.

*

– … la nourriture commence à se faire rare et nous avons pensé que nos troupes postées à la Pointe-aux-Trembles pourraient bénéficier des précieux talents de Charles de Beauchêne…

Wellington s'adresse à Senter et Odélie sait qu'il fait référence à son habileté à manier le fusil. Elle se demande si la présence de Wellington à l'Hôpital-Général a vraiment à voir avec l'approvisionnement des troupes. Après tout, c'est vrai qu'elle est douée avec une arme. Elle sait cependant que Wellington n'aiderait pas les rebelles, même si sa vie en dépendait. Elle continue donc de s'occuper des malades comme si elle n'avait pas aperçu la silhouette familière, campée devant la fenêtre à quelques pas d'elle. Pourtant, il faudrait être aveugle pour ne pas remarquer cette ombre qui s'étire sur le plancher jusqu'à ses pieds, ou distraite, ce qu'Odélie feint d'être pour mieux écouter.

– … alors, Senter, croyez-vous pouvoir vous passer de Charles pendant quelques jours?

Wellington termine ainsi son discours, après dix minutes d'explications, parant ainsi une éventuelle objection de la part du chirurgien. Ainsi donc, il a besoin d'elle. Odélie se réjouit à cette idée, de même qu'à celle de passer enfin quelque temps en sa compagnie. Il y a plus d'un mois qu'elle ne l'a vu. En fait, elle n'a pas eu de nouvelles de lui depuis qu'il a quitté son chevet pour suivre le gros des troupes de Benedict Arnold qui montaient vers Québec. C'est avec un immense soulagement, doublé d'un vif plaisir, qu'elle l'a vu surgir, il y a moins d'un quart d'heure, dans l'embrasure de la porte, une requête à la main.

– Charles? appelle soudain la voix de Senter.

Odélie lève la tête dans la direction du docteur, comme si on la tirait brutalement d'une rêverie. Elle se dirige vers les deux hommes d'un pas lent, laissant voir qu'on la dérange dans sa tâche.

— Vous venez de recevoir une nouvelle affectation. Pour les prochains jours, rapportez-vous au capitaine Wellington.

Sur ce, Senter retourne à ses patients.

— Ramassez vos affaires et suivez-moi, mon garçon.

Cette attitude autoritaire ne berne ni Odélie qui s'incline poliment pour obéir ni Senter qui se retourne pour faire un clin d'œil à Wellington. En insistant sur «mon garçon», ce dernier n'a d'ailleurs fait que s'assurer que les sous-entendus étaient bien compris de part et d'autre. Mais ce que Senter ignore, c'est que les sous-entendus n'étaient pas les mêmes selon qu'ils visaient l'ancien serviteur ou le docteur. Cela, seule Odélie en est consciente.

Après avoir enfilé son manteau, elle sort dans le cimetière à la suite de Wellington. Dans la neige qui tombe doucement, personne ne prête attention au jeune garçon qui marche sur les pas de cet officier costaud. C'est pourquoi tous deux peuvent longer le bâtiment principal de l'hôpital jusqu'à l'écurie sans attirer un regard. Wellington ouvre alors la porte et l'interroge à voix forte :

— Vous rappelez-vous comment on monte à cheval, Charles ?

— Oui, capitaine.

Odélie a compris qu'ils ne sont toujours pas seuls, malgré les apparences, et joue son rôle habituel.

— Enfilez ceci, ordonne Wellington, en lui tendant une paire de gants de cuir souple ainsi qu'une ample cape de laine, semblable à la sienne. Et boutonnez bien votre manteau. Nous avons beaucoup de route à faire.

Sur ce, il va dans l'écurie chercher les deux bêtes attachées dans les premières stalles. Odélie jette un œil à l'intérieur et constate qu'il ne s'y trouve aucun autre animal que ces deux chevaux de trait, sans doute réquisitionnés, eux aussi, chez un habitant. Elle va détourner la tête lorsqu'elle aperçoit, dissimulés dans les compartiments du fond, une dizaine de soldats allongés sur la paille, à l'abri des intempéries.

«Voilà qui justifie cette comédie, se dit-elle, en empoignant les rênes que lui tend Wellington. Tout le monde saura que nous prenons la route.» En quelques secondes, elle enfourche l'animal et ils partent dans un galop fougueux, ne ralentissant le pas qu'une fois hors de vue, après une quinzaine de minutes de cette course effrénée.

Le plateau que forme la ville fortifiée de Québec s'étire sur plus d'une lieue pour se terminer, vis-à-vis du village de Sainte-Foy, en une pente douce au pied de laquelle se trouve le marais de la Suette. Il s'agit d'une forêt broussailleuse et les chevaux n'y pénètrent pas sans crainte, leurs sabots s'enfonçant profondément dans un mélange de boue et de neige.

Odélie a souvent admiré le marais, de la route qui domine la colline, mais jamais elle n'a osé s'y engager. À mesure que le soleil décline à l'horizon, elle se demande si Wellington sait ce qu'il fait en projetant de traverser un marécage de nuit. C'est alors qu'elle décide de soulever la question de leur destination. La Pointe-aux-Trembles est à au moins huit heures de route, est-il au courant?

– Nous ne rejoignons pas les troupes d'Arnold, dit-il pour répondre à sa question. C'est bien vrai que ses pauvres gars crèvent de faim, mais je ne vais certainement pas les nourrir.

Odélie ne dit rien, satisfaite d'avoir deviné juste en ce qui concerne Wellington. La neige semble plus abondante depuis qu'ils ont franchi la limite du marais et la silhouette de son compagnon disparaît presque sous une mince couche de neige. Odélie en est à cette constatation lorsque apparaît, dans la brunante, une petite cabane de planches grisâtres et vieillies, construite sur le haut d'un rocher qui se dresse au milieu du marais. C'est précisément dans cette direction que se dirige le cheval de Wellington. Odélie le suit, intriguée, mais priant pour qu'il y ait un quelconque moyen de se réchauffer dans cette baraque d'apparence glaciale et humide.

Wellington met pied à terre et ses bottes s'enfoncent à mi-mollet dans la boue. Odélie le rejoint et tous deux conduisent leurs montures à l'intérieur de la cabane. La chaleur des animaux les gardera peut-être au chaud, mais Odélie aurait préféré un bon feu. Elle soupire à l'idée de devoir se contenter de la lampe à huile que Wellington vient de sortir de derrière quelques bûches empilées dans un coin. C'est alors qu'elle remarque les morceaux de viande séchée qu'il a déposés sur le sol, là même où il place maintenant la lampe.

– Ce n'est pas le grand luxe, dit-il, en ajoutant à ces victuailles une miche de pain sortie d'une de ses sacoches de selle. Cependant, après ce que nous avons enduré au cours des derniers mois, je me suis dit que vous trouveriez ce repas copieux et cet endroit confortable.

Ce vouvoiement indispose Odélie qui se sent soudain obligée de l'imiter. Elle aurait aimé un retour à cette intimité qui les unissait pendant les derniers jours de leur périple. Elle s'assoit néanmoins sur la couverture que Wellington a étalée près de la lampe, comme si de rien n'était.

— En quoi avez-vous besoin de moi? demande-t-elle, en acceptant le morceau de viande qu'il lui tend.

— Croyez-vous toujours pouvoir pénétrer dans la ville sans attirer l'attention des gardes?

Odélie acquiesce d'un signe de tête.

— Dans ce cas, je voudrais que vous portiez un message au gouverneur Carleton.

Nouveau hochement de tête silencieux. Malgré elle, Odélie sent grandir l'anxiété qui l'habitait depuis le départ de l'hôpital. Wellington sort une lettre de la poche de sa veste.

— Vous n'êtes pas sans savoir que la nourriture et les vêtements que Montgomery a rapportés de Montréal ne suffisent pas à combler les besoins de l'armée continentale. Parce que les habitants vendent leur nourriture à des prix exorbitants, l'argent commence à manquer également. La grogne monte dans les rangs, car la majorité des soldats n'ont pas été payés depuis des semaines. Comme les contrats d'engagement se terminent au premier janvier, les hommes ont l'intention d'abandonner le siège. Ça se parle partout, autant à la Pointe-aux-Trembles que dans le camp de l'Hôpital-Général. Montgomery et Arnold n'ont d'autre choix que d'attaquer la ville avant la fin du mois, faute de quoi, ils n'auront plus de soldats pour mener l'offensive. Ce document, signé de ma main, contient toutes ces informations, en plus de nombreux détails sur le déroulement prévu des opérations.

C'est vrai qu'Odélie est intriguée par le mystère dont Wellington aime s'entourer. Cependant, elle n'est pas dupe. Il ne l'a pas menée si loin de la ville pour lui demander d'y entrer. Devant son regard perplexe, Wellington poursuit :

– Il y a… autre chose.

Il hésite un moment.

– Il nous faut convenir d'un signal, reprend-il. De cette manière, nous pourrons prévenir Carleton lorsqu'une attaque sera imminente. Il est possible que vous ayez à faire plusieurs allers-retours dans la ville. Chaque fois, ce sera une mission très… délicate.

Voilà donc où il voulait en venir. Il ne sera pas question d'un aller simple, mais d'un voyage répété dans les deux directions. Odélie comprend que Wellington ait choisi le mot « délicat » pour éviter de mettre en évidence le danger qui la guettera à chaque instant. Si elle est découverte, elle sera pendue, elle le sait trop bien.

– J'ai pensé à un code, continue Wellington. Mais pour cela, il me faudra quelqu'un à l'intérieur de l'hôpital qui pourra faire les signaux en temps voulu.

Un visage apparaît soudain dans l'esprit d'Odélie.

– Je pense que j'ai la personne qu'il vous faut, dit-elle. Quelqu'un qui va à sa guise sur tous les étages et dans tous les bâtiments.

– Y a-t-il des risques que cette personne soit sympathique à la cause des Américains ?

Wellington est visiblement inquiet et Odélie éclate de rire.

– Ne vous en faites pas. S'il y a des gens dans la région qui prient chaque jour pour que partent ces envahisseurs, ce sont bien les augustines. Je vous assure que celle à qui je pense est fidèle à la Couronne.

Wellington hoche la tête. Il prend une bouchée de viande et mastique en silence pendant de longues minutes. C'est à ce moment-là qu'Odélie se rend compte qu'il a repris le poids qu'il avait perdu pendant la traversée des montagnes. Il a donc trouvé une autre source de revenus. Elle observe son gilet et imagine les pièces d'or qui pourraient avoir été glissées à l'intérieur. Wellington a suivi son regard.

– Ce n'est pas à cet endroit que je les cache en hiver. Ce serait trop froid.

Odélie rougit en constatant qu'il lit en elle comme dans un livre ouvert. Pour se donner une contenance, elle tend le bras et s'empare de la bouteille de vin déposée devant eux. Quand elle est avec lui, elle ne craint pas que son corps la trahisse.

– Je suis désolé, marmonne Wellington, la bouche pleine. J'ai oublié les verres.

Sans hésiter, Odélie enlève le bouchon, soulève la bouteille et avale avec avidité plusieurs gorgées à même le goulot. Elle la repose sur le sol et s'essuie la bouche du revers de la main.

– N'avons-nous pas fait pire? lance-t-elle, avec un sourire narquois.

C'est autour de Wellington d'être embarrassé. Odélie lui tend la bouteille et le regarde boire d'un trait près de la moitié de son contenu.

— Quand cette histoire sera terminée, il me faudra rentrer en Angleterre…, commence Wellington, toujours hésitant.

Odélie ressent un pincement au cœur à l'idée de ce départ. Pourquoi parler de ce qui se passera après la guerre ? Elle retient sa question, mais se rend compte qu'elle souffre terriblement en anticipant cette séparation, davantage qu'elle ne l'aurait cru.

— Tu as compris, je le sais, que mes activités commerciales ne sont qu'une couverture. Jusqu'à récemment, j'ai mené une vie… tumultueuse. J'ai parcouru les mers, accompli une vingtaine de missions pour mon roi aux quatre coins de l'Empire.

Odélie écarquille les yeux, subjuguée non seulement parce que c'est la première fois que Wellington s'ouvre ainsi à elle, mais également par ce retour au tutoiement qui ramène entre eux cette intimité qui lui manquait tant.

— J'ai le corps tailladé des différentes blessures qui ont failli me coûter la vie.

Odélie se souvient d'avoir vu, à Portsmouth, les cicatrices dont il lui parle maintenant. Elles lui couvraient le torse. Cependant, celles qui lui striaient le dos semblaient avoir une origine différente. Wellington poursuit, répondant de lui-même à la question qu'elle n'a pas osé poser :

— J'ai été aux galères, autrefois, avant de devenir cet… agent. J'ai été gracié et le roi m'a concédé des terres, dans le Yorkshire, en compensation de… quelques services rendus. Ce n'est pas grand-chose, mais c'est suffisant pour un homme comme moi.

Odélie continue de l'écouter, mais doit admettre qu'elle ne voit pas où mène cette conversation. Il y a quelques minutes à peine, Wellington lui demandait de risquer sa vie pour sauver l'unité de l'Empire britannique en Amérique. L'instant d'après, il lui parle de sa vie à lui et de ses terres en Angleterre. Elle plisse les yeux et cherche, à la lueur de la lampe, des indices qui l'éclaireraient. Elle ne voit que le regard lointain de Wellington qui fixe la flamme, comme s'il parlait à une personne absente. Puisqu'il a enlevé son tricorne, elle remarque que ses cheveux sont propres et noués. En fait, toute sa tenue est soignée, comme elle l'était à bord de l'*Impetuous*. Odélie se demande bien où il a pu trouver suffisamment d'argent pour se vêtir de la sorte, surtout que la ville est inaccessible. Elle comprend tout à coup que Wellington a de nombreux contacts et beaucoup plus d'influence sur les royalistes que ce qu'elle a cru jusqu'ici. Pour la première fois, il ne semble pas intimidé par le regard insistant qu'elle pose sur lui et il continue de s'ouvrir à elle:

— Comme je te l'ai déjà dit, je n'ai ni femme ni enfant. Alexander, c'est le nom de mon neveu, est un fils fictif à qui j'adresse mes rapports. En réalité, mes lettres se rendent au roi lui-même.

— Pourquoi me dis-tu cela puisque tu t'apprêtes à m'envoyer…

— Pour que tu saches que je suis avec toi. Cette signature au bas de la lettre, c'est ton sauf-conduit. Si tu es prise, je me livrerai à Montgomery. Avec ce document entre les mains, il me croira si je lui dis que je t'ai forcée. C'est moi qui serai pendu. À ta place.

— Comment…?

Odélie sent la panique la gagner. Wellington? Pendu? Elle refuse d'imaginer son corps se balançant au bout d'une corde. Elle réussira, il le faut. Wellington se tourne enfin vers elle.

– Il y a un pasteur, sur le chemin de Sainte-Foy, pas tellement loin d'ici. Je lui ai parlé ce matin et il est d'accord pour célébrer notre mariage ce soir, si tu veux me faire l'honneur de devenir ma femme. Son épouse et son fils aîné s'offrent pour être nos témoins. De cette façon, si quelque chose tourne mal, tu ne seras pas sans le sou. Tu pourras toujours vendre mes terres du Yorkshire. En tant que veuve, la loi anglaise te le permettra.

C'est bien là la plus singulière demande en mariage qu'Odélie ait jamais imaginée. Pourtant, elle n'hésite pas une seconde.

– Allons-y, dit-elle en se levant. Mais je t'assure que c'est une précaution inutile. Je sais comment entrer dans Québec et en revenir sans tomber entre les mains de qui que ce soit.

– Ce n'est pas inutile, souffle Wellington, en la rejoignant près des chevaux. J'avais l'intention de faire de toi ma femme tôt ou tard.

Odélie s'immobilise, sa main gauche forcée d'abandonner le pommeau de la selle par celle de Wellington qui l'attire près de lui pour la serrer très fort. L'espace d'un instant, elle imagine la colère de Daniel Rousselle lorsqu'il apprendra ce mariage. Un mariage mixte, comme il les déteste tant. Cette image s'efface aussitôt sous la pression ardente des lèvres de Wellington sur les siennes. Odélie a fait son choix.

*

La maison du pasteur est grande. Suffisamment en tout cas pour que sa femme puisse offrir l'hospitalité aux nouveaux mariés. Cette petite chambre qu'on leur cède avec plaisir est habituellement celle des deux filles du pasteur, deux gamines espiègles dont les fous rires résonnent encore aux oreilles de Nathanael Wellington lorsqu'il referme la porte derrière lui. Odélie trouve donc dans la pièce exactement ce qu'elle prévoyait y trouver : un lit assez grand pour deux personnes, une petite commode et une chaise placée près de la fenêtre et d'où, en plein jour, il doit être possible de voir les montagnes qui se découpent au nord. Mais ce soir, on n'y voit que la nuit.

Wellington a déposé la lampe sur la commode et fermé les rideaux, pendant qu'Odélie attend, gênée, le dos appuyé contre un mur. Elle est innocente et cela la dérange parce qu'elle ne sait pas à quoi s'attendre. Elle a écouté, pendant des années, pour savoir ce qui se passait dans la chambre de ses parents, mais sans pouvoir en tirer d'autre conclusion que celle-ci : cela a lieu au lit. Et en ce moment, elle est inquiète et curieuse à la fois. Wellington a retiré son manteau et l'a déposé, avec sa veste, sur la chaise. Odélie l'imite. Lorsqu'il se tourne vers elle, il s'immobilise lui aussi. Odélie sent la panique la gagner ; elle ne sait plus quoi faire.

– C'est... la première fois ? demande Wellington, d'un ton qui embarrasse davantage Odélie que le contenu de la question.

Intimidée, Odélie hoche la tête. Est-il ravi ou désolé de découvrir que sa nouvelle épouse est vierge ?

– Ce n'est pas obligé d'être ce soir, murmure doucement Wellington en s'avançant vers elle.

– Oui, il le faut.

Cette réponse le surprend et il scrute son visage, perplexe. Elle s'explique :

— Mon père sera furieux en apprenant la nouvelle. Si ce mariage n'est pas consommé, il est bien capable d'aller voir l'évêque pour le faire annuler.

— La *Province of Quebec* est une colonie anglaise, Odélie. Que peut faire un évêque catholique contre un mariage contracté librement dans la religion de notre roi?

La naïveté de Wellington émeut Odélie.

— Mon père est un homme influent, commence-t-elle. Il est de plus farouchement opposé aux mariages mixtes qu'il considère comme une haute trahison. S'il va voir l'évêque, ce dernier pourrait me menacer d'ex-communication pour m'obliger à faire annuler notre union.

Elle se sent soudain honteuse de lui avoir caché les sentiments de Daniel par rapport aux Anglais. Wellington semble comprendre le trouble qui l'habite.

— Dans ce cas, pourquoi m'avoir épousé? Tu n'étais pas obligée. Du moins, je ne voulais pas te…

— Je ne t'ai pas épousé de force. Je vais avoir vingt-six ans le mois prochain et ce que mon père pense de ce mariage n'a plus d'importance. Cependant, je ne veux pas lui donner la moindre chance d'intervenir. Je veux que cette nuit de noces soit comme toutes les nuits de noces. Je veux être ta femme.

Elle a le goût d'ajouter « me donner à toi, m'oublier dans tes bras », mais se retient.

— Je ne sais pas ce qui doit se passer, murmure-t-elle. On ne me l'a jamais dit.

Comme ils sont de la même taille, Odélie le re-garde directement dans les yeux. Elle se rend compte qu'elle tremble et ce n'est pas parce qu'il fait froid.

Wellington a dû s'en apercevoir et il éclate de rire, ce qui n'aide pas Odélie à se calmer.

— Tu sais, dit-il en désignant ses vêtements, je n'ai jamais enlevé une culotte à qui que ce soit. Sauf à un mort, évidemment. Mais c'était pour une tout autre raison.

Odélie rougit jusqu'aux oreilles. Ce sont ses vêtements masculins qui amusent Wellington. Elle n'avait pas pensé à ce détail lorsqu'elle a refusé la robe que la femme du pasteur voulait lui prêter. Ce n'était donc pas seulement pour la cérémonie…

— Je peux retourner voir la femme du pasteur, si tu veux, et je…

— Laisse donc le pasteur et sa femme à leurs activités, dit-il d'une voix tendre et chaude, et viens plus près.

Odélie fait un pas vers lui.

— Plus près, répète-t-il en l'enlaçant.

Il détache d'abord sa chevelure, puis enfouit son visage dans son cou qu'il embrasse longuement. Odélie est parcourue d'un frisson et sent le besoin de se coller contre Wellington. Elle respire son odeur qui la grise, tourne la tête et l'embrasse avec fougue.

— Je pense que tu comprends mieux que tu ne le penses, dit-il, en lui rendant son baiser avec vigueur.

Puis il la repousse doucement et défait sa braguette pour enlever sa culotte. Odélie hésite à peine à l'imiter. Les deux vêtements tombent lourdement sur le sol. Wellington ne lui laisse pas le temps d'être intimidée par leur nudité respective.

— Viens, murmure-t-il en l'attirant à lui.

Odélie ne résiste pas et l'enlace à son tour. Sous ses doigts, les cicatrices qui strient le dos de l'homme.

Elle imagine le fouet, la douleur. Une vague de chaleur l'envahit tout à coup. Elle cambre les reins. Alors Wellington recule jusqu'au lit et l'entraîne avec lui sous les draps.

Elle se blottit contre son torse, sent les bras solides qui l'entourent et l'étreignent, les mains tièdes qui remontent sa chemise jusqu'à ses seins, le souffle tout près de son oreille, le sexe dressé qui se presse contre elle.

– Tu es belle, Odélie, lui murmure-t-il, en laissant ses doigts errer entre ses cuisses.

Odélie est emportée par tant de tendresse et ferme les yeux quand Wellington s'allonge sur elle. Son poids sur ses hanches, son ventre à lui collé contre le sien qui brûle de plaisir. Ses jambes s'écartent d'elles-mêmes et Wellington glisse en elle. Odélie gémit et se raidit, car un pincement aigu la rend brusquement craintive. Wellington lui place alors une main sous la nuque et la force à l'embrasser. La douleur disparaît aussitôt pour faire place à une chaleur bienfaisante. Il est là, couché sur elle et, pourtant, elle ne sent plus son poids. Ses bras la tiennent fermement par les épaules pendant qu'il va et vient en elle. Wellington tremble à son tour, son dos se contracte sous les doigts délicats. Odélie se rend compte que ses reins sont engourdis. Un frisson tente de l'envahir tout entière. La chambre, la ville, la guerre, tout cela s'évanouit et rien d'autre n'existe plus que cet homme ancré en elle, qu'elle aime éperdument.

*

Dans deux heures, il fera jour. Un cheval avance lentement en direction des ruines du faubourg Saint-Roch qu'on a incendié, il y a un mois. Sur le dos de la monture, deux cavaliers sont collés l'un contre l'autre. Juste avant le moulin, au pied de la côte d'Abraham, l'animal s'enfonce dans les broussailles. Pendant quelques minutes, tout est silencieux et immobile. Puis le cheval revient sur ses pas. Un des deux cavaliers a disparu.

CHAPITRE X

Une petite neige folle virevolte dans les airs, au-dessus de la région de Québec. Il est tard le soir et, en ce 30 décembre 1775, tout est calme à l'Hôpital-Général de Québec. N'était le va-et-vient des veilleuses de la salle des hommes qui s'occupent des malades, on croirait tout le monde endormi. Au deuxième étage, une ombre s'avance, une bougie à la main, une douzaine d'autres dissimulées dans les replis de sa robe et qui claquent l'une contre l'autre à chacun de ses pas.

Antoinette ne s'acquitte pas sans anxiété de cette tâche que lui a confiée sa nièce. Le moins que l'on puisse dire, c'est qu'elle ne s'attendait pas à jouer un rôle aussi actif dans cette guerre, ni qu'Odélie y participe directement, tout en restant du bon côté.

Allumer une bougie à toutes les fenêtres de l'hôpital en pleine nuit n'est pas une mince affaire. Heureusement, elle a l'habitude de visiter les différents appartements pour s'assurer qu'il n'y a pas d'incendie à cause des multiples cheminées. Si un officier bostonnais l'arrête, c'est ce qu'elle prétendra être en train de faire.

Elle progresse donc dans les couloirs sombres, se rappelant sans cesse le danger qui la guette… et celui qui menace la ville. En fin d'après-midi, des officiers sont venus chercher les soldats valides. Antoinette s'est bien doutée que la grande attaque était imminente. C'est d'ailleurs ce qu'a confirmé Odélie en se remettant aujourd'hui au service du jeune Dr Senter.

– Il était temps! a lancé ce dernier, en voyant Odélie apparaître dans la salle des hommes. Il y a trop de malades pour que je puisse me passer plus longtemps d'un assistant. Surtout avec ce qui s'en vient…

Avant de se mettre au travail, Odélie a pris sa tante à part et lui a expliqué qu'il fallait agir cette nuit. Antoinette avait deviné juste; l'attaque du général Montgomery était imminente. Elle a senti son cœur se serrer. Combien de morts allait-il y avoir parmi les siens? parmi ces pauvres Bostonnais sans le sou et affamés? Des images de la dernière guerre l'ont assaillie. La souffrance, la mort, le deuil. Combien d'assauts Québec devra-t-elle encore supporter pour que ses habitants vivent enfin en paix?

Toute à ses réflexions, Antoinette s'occupe de sa tâche. Dans chacune des chambres des pensionnaires, elle n'a qu'à allumer la lampe de la table de chevet, produisant autant de lumière à la fenêtre que le ferait une chandelle. À l'étage des femmes, elle écarte les rideaux, pose une bougie devant chaque fenêtre et demande cette fois aux veilleuses de les surveiller pour éviter un incendie. Il ne reste ensuite que la salle où se trouvent les malades bostonnais, au rez-de-chaussée. Sans faire de bruit, elle ouvre suffisamment les rideaux, allume les chandelles qui trônent déjà à côté de chaque lit et donne aux veilleuses la même consigne qu'à celles de l'étage supérieur. Surtout, ne pas réveiller les Bostonnais qui, elle s'en est assurée, dorment en ce moment à poings fermés. Il ne faut absolument pas attirer l'attention de qui que ce soit sur les gestes irréguliers de cette nuit.

Au bout d'une demi-heure à contempler cette lumière oscillante, Antoinette ordonne aux veilleuses des deux étages d'éteindre toutes les bougies et monte faire de même avec les lampes des chambres des pensionnaires. Lorsqu'elle revient à la salle des hommes, son cœur bat très vite. Pourvu que la ville ait aperçu le signal.

*

Il est quatre heures du matin. Une violente tempête de neige s'abat sur Québec depuis environ deux heures. Un vent terrible balaie le ciel, siffle dans les ruelles étroites et fouette les maisons de pierre du faubourg Saint-Roch. Quel étrange hasard que la nature se charge de couvrir la région de ce voile épais! Cela permettra aux rebelles de mener à terme leur mission. Pendant que François avance au milieu des troupes du colonel Arnold, il ne peut s'empêcher d'avoir peur. Tous ces hommes qui l'entourent montent à l'assaut de sa ville. Dans ses mains, le fusil est froid. Il l'a chargé en même temps que les autres, juste avant de s'approcher de la basse-ville. Or cette arme semble bien dérisoire s'il la compare aux canons dont dispose la garnison, juste en haut, sur les remparts.

« Pourvu que les échelles que le colonel a fait fabriquer soient assez longues », songe-t-il, en jetant un œil par-dessus son épaule sur les hommes du dernier régiment, chargés de transporter le matériel d'assaut.

À quelques pas de lui, Jean Rousselle scrute cette nuit blanche, imité par de nombreux Bostonnais qui surveillent les alentours pour s'assurer que personne dans Québec ne s'est aperçu de leur présence aussi près des murs. François ne peut s'empêcher de trouver un brin ridicule ces soldats qui s'avancent furtivement avec leurs chapeaux décorés, comme le sien, de petits bouts de papier. « VIVE LA LIBERTÉ », voilà ce qu'on peut y lire. C'est le moyen choisi par le général Montgomery pour distinguer ses hommes des royalistes.

« Vive la liberté », se répète François, dont l'assurance est liée à la présence de Jean Rousselle dans les rangs.

Soudain, un bruit strident fend la nuit. Des fusées lumineuses s'élèvent, plus à l'ouest. C'est le signal de l'attaque contre la porte Saint-Jean. Il s'agit d'une feinte, que François espère efficace parce qu'elle réveillera tous les habitants. Déjà, dans la ville, les cloches et les tambours sonnent le branle-bas de combat. Les hommes de Benedict Arnold se font plus discrets, longeant les maisons, se fondant dans la tempête avec leurs vêtements couverts de neige. Des coups de canon sont tirés et François imagine les boulets fracassant la porte Saint-Jean. C'est ainsi que la diversion est prévue.

Mais François n'imaginait pas que les cinq cent cinquante hommes du colonel Arnold passeraient inaperçus, comme ç'a été le cas jusqu'à maintenant. Et ils continuent vers l'est sans être inquiétés, pour prendre la ville par la côte de la Montagne.

*

De l'autre côté des plaines d'Abraham, sous le Cap-aux-Diamants, la basse-ville de Québec s'étire vers l'ouest en un petit hameau allongé et peu peuplé, qu'on appelle Près-de-Ville. Blotties entre la falaise et le fleuve, les maisons qui s'y trouvent sont la cible, l'hiver, d'un vent glacial et, l'été, d'éboulements fréquents. Construit au pied de la falaise, Près-de-Ville est donc un endroit très difficile d'accès. Si on arrive de l'est, par la place Royale, on doit emprunter une petite route qui se déroule, tel un mince ruban, en suivant la rive. Si on vient de l'ouest, le chemin est encore plus étroit, presque un sentier, et s'étire le long de la paroi rocheuse depuis la côte de l'église à Saint-Michel-de-Sillery.

En ce petit matin du 31 décembre 1775, le gouverneur Carleton a posté, à Près-de-Ville, une trentaine de miliciens et une douzaine d'hommes de la compagnie des invalides, sous les ordres du capitaine Malcolm Fraser.

Le soleil n'est pas encore levé et, malgré l'obscurité, Daniel Rousselle scrute la tempête, bien à l'abri dans le grenier d'une des maisons. Il est à l'affût du moindre mouvement venant de l'ouest où la route disparaît dans la neige. Malgré la tension qui les habite, ses compagnons et lui, Daniel se trouve ridicule. À une vingtaine de pas de la maison, le capitaine Fraser a fait creuser quelques fosses qu'on a recouvertes de trappes de planches fragiles, des pièges pour d'éventuels ennemis. Mais Daniel ne se leurre pas. Aucun général sensé n'irait attaquer par un chemin aussi étroit. Il serait pris en souricière entre la falaise et le fleuve avec, pour seule possibilité de retraite, de revenir sur ses pas. C'est exactement la raison de son exaspération. Lorsque les Bostonnais attaqueront, il est assuré de manquer le spectacle et il ne lui restera plus qu'à écouter le récit qu'en feront ceux qui auront tout vu.

Depuis une quinzaine de minutes déjà, on entend des coups de canon, mais on ne sait pas qui tire sur qui. Tout ce qu'on sait, du fin fond de Près-de-Ville, c'est qu'il n'y a rien d'autre en vue que cette tempête de neige qui voile complètement l'horizon.

*

Agenouillée devant le crucifix, dans la salle commune, Marie prie, comme elle n'a pas prié depuis des années. Aujourd'hui, elle risque de perdre tous les siens. C'est le cœur en pleine détresse qu'elle a regardé partir, au milieu de la nuit, les hommes de la maison. Chacun rejoignait son régiment, celui des invalides pour Daniel, celui des écoliers pour Louis. Du Longpré n'ayant pas remis les pieds chez elle depuis le départ de François, Marie se retrouve seule avec Louise, à supplier Dieu d'épargner les siens. Dans quelle situation se trouve François? et Odélie? Sont-ils malades ou sur le point de prendre les armes contre leur roi? Des rumeurs n'ont cessé de circuler dans la ville sur l'état des troupes bostonnaises. Pourvu que ses enfants ne soient pas sur la ligne de front!

C'est à ce moment-là que Marie se rend compte de la rage qui l'habite. Elle n'en peut plus de ces guerres. Combien faudra-t-il encore sacrifier pour cette ville? pour ce pays? pour ces rois, quels qu'ils soient? Cessera-t-on, un jour, de convoiter Québec?

Soudain incapable de demeurer en place, elle ramasse ses jupes, se lève brusquement et se dirige vers la cuisine, la servante sur les talons.

– Madame? Y a-t-il quelque chose qui ne va pas?

Louise s'est arrêtée sur le seuil, confuse. Marie l'ignore, elle et ses questions, et dépose sur la table les contenants de farine. Puis elle fouille dans le caveau et en ressort les dernières pommes cueillies à l'automne. Celles-ci sont un peu molles, mais feront parfaitement l'affaire. Enfilant son tablier, elle fait signe à Louise de l'imiter et s'installe devant un grand bol.

– Je pense que nous avons suffisamment prié, lance-t-elle en s'emparant d'un couteau. Va chercher le beurre. Nous allons nous rendre utiles.

– Qu'allons-nous faire, Madame ?

Louise met le beurre juste à côté de la farine et regarde sa maîtresse, de plus en plus perplexe.

– Des tartes aux pommes. Quand les hommes rentreront, ils auront faim et seront heureux que la maison embaume la cannelle.

Et pendant que Marie épluche les dernières pommes de la saison, son esprit divague. Elle imagine combien prospère serait sa ville, s'il n'y avait plus de guerre.

*

Lorsque apparaît la première barricade, à l'entrée de la rue du Sault-au-Matelot, les coups de feu retentissent, fendant l'aube naissante. La première ligne essuie les balles sans perte, mais riposte aussitôt. François sent son cœur battre plus vite. Debout au milieu de la mêlée, il fait feu. Son regard se pose ensuite sur les miliciens de garde qui tirent sur lui. Plusieurs d'entre eux sont jeunes, aussi jeunes que lui. Louis se trouve peut-être même parmi eux. François s'attarde un moment sur les défenseurs, puis il met un genou à terre pour recharger. C'est alors qu'un bras solide empoigne le col de sa veste.

– Enlève-toi de là! hurle Jean Rousselle en l'attirant sur le côté.

François s'accroupit, comme son compagnon, le long du mur. Il n'y a aucun endroit pour se mettre à l'abri. Jean Rousselle tire à son tour et recharge en vitesse. François se rend compte que ses mains tremblent et il arrive difficilement à faire glisser la poudre dans le bassinet. Elle tombe à côté, la balle lui glisse des doigts. Lorsque, enfin, il est prêt à tirer, c'est tout son corps qui chancelle à un point tel qu'il n'arrive pas à trouver de cible fixe. Les balles sifflent partout autour de lui et il a soudain le réflexe de se retourner pour se coller contre le mur. C'est alors qu'un des projectiles traverse ses différentes épaisseurs de vêtements et fend sa chair à la hauteur de l'épaule. La douleur gagne brutalement tout son bras et s'étire jusque dans son cou. Il lâche son fusil. Le sang se répand sur son manteau et, lorsque François s'affaisse sur le sol, la neige rougit à vue d'œil.

Le bruit infernal cesse tout à coup. Les gardes ont levé leurs armes dans les airs et les déposent maintenant à leurs pieds. En quelques secondes, ils sont encerclés par les rebelles. François ferme les yeux. La douleur est intenable. Son bras droit ne réagit plus et retombe mollement sur sa cuisse.

– Ne t'en fais pas, mon garçon, souffle Jean Rousselle en se penchant sur lui. On va te ramener à l'hôpital et ta sœur s'occupera bien de toi.

Puis, le soulevant pour le remettre debout, il ajoute:

– Pour un baptême du feu, on peut dire que ce fut court.

François hoche la tête sans dire un mot et se laisse porter en retrait où il découvre, parmi les autres blessés, le colonel Arnold dont la jambe est couverte de sang.

*

L'aube se lève à peine sur la maison où s'est regroupée une partie de la compagnie des invalides. Daniel est adossé au mur et fume sa pipe, en écoutant la conversation de ses compagnons. Le sujet est le même depuis qu'on a mis la ville sur le pied de guerre, la veille au soir. Chacun s'interroge sur la manière dont Carleton a pu être mis au courant de l'attaque des Bostonnais. Une attaque qui a visiblement lieu de l'autre côté du cap, à en juger par le bruit distant de fusillade que le vent porte avec la tempête depuis environ un quart d'heure. Les coups de canon retentissent encore, de temps en temps, mais ce sont surtout ceux des fusils qui retiennent l'attention. Daniel imagine les Bostonnais, alignés devant les fortifications, leurs canons tentant en vain de fracasser les portes. Les premières lignes sont sans doute agenouillées dans la neige, essuyant le feu de la garnison campée sur les remparts.

– Les gars ! s'exclame l'unique milicien resté devant une des fenêtres du grenier. Il y a quelque chose qui bouge, là, tout en bas. On dirait des hommes qui arrivent de l'Anse-au-Foulon.

Chacun se précipite à son poste. Daniel aperçoit, en même temps que tous les autres, l'ombre mouvante d'une armée se découpant dans la neige. À leur tête, un officier avance avec courage, franchissant en premier la barricade élevée devant les fosses. Puis trois cents hommes le rejoignent et se rangent en ordre de bataille. Tout cela, dans le plus grand silence. D'où il se trouve, Daniel ne peut entendre que le vent et les bruits lointains de la fusillade. Autour de lui, personne ne dit mot, mais tout le monde a compris que les Bostonnais tentent de prendre la ville sur deux fronts.

« Trois cents hommes, songe Daniel en s'affairant, comme ses compagnons, à charger à mitraille les neuf canons dissimulés dans le pignon. Et nous ne sommes que quarante-cinq à défendre Près-de-Ville ! »

Lorsque les canons sont prêts, on laisse les troupes rebelles gagner du terrain. C'est alors que le capitaine Fraser donne l'ordre de faire feu. La détonation retentit dans tout le grenier, de même que dans les maisons avoisinantes où est posté le reste de la garde. En quelques secondes, les Bostonnais prennent la fuite et se replient vers l'Anse-au-Foulon. Quand la fumée se dissipe, Daniel est stupéfait de voir la place déserte, mais les fosses remplies des cadavres des Bostonnais.

*

De l'autre côté du cap, dans la rue du Sault-au-Matelot, les rebelles poursuivent leur assaut. Plusieurs d'entre eux ont atteint la seconde barricade et commencent à hisser les échelles pour monter dans la haute-ville. Le bruit des détonations est assourdissant. Dans le désordre qui règne sur les remparts, des habitants repoussent les échelles pour empêcher les envahisseurs de monter jusqu'à eux. Des tireurs embusqués dans les maisons qui bordent la falaise font feu vers le bas. La tempête sévit toujours et la neige, mêlée à la fumée des fusils, crée un écran qui diminue la visibilité d'un côté comme de l'autre.

Pendant que les soldats rebelles tentent de prendre par la force la seconde barricade, leurs officiers tiennent un conseil de guerre dans une maison de la rue du Sault-au-Matelot. Le colonel Arnold ayant été conduit à l'Hôpital-Général, on vient de confier le commandement au colonel Morgan. Ce dernier a requis la présence de Jean Rousselle dont les conseils sont toujours précieux. Pour sa part, Jean considère que, en tant que Français, il n'a pas à se trouver au front plus longtemps qu'il ne le faut. Il se tient donc à côté de la porte et attend qu'on lui pose des questions pour s'approcher du cercle des officiers. Ceux-ci devisent depuis plusieurs minutes de la prochaine étape de cette attaque. Ils s'attendent à voir Montgomery les rejoindre d'ici peu. En joignant leurs forces, ils monteront aisément dans la ville par la côte de la Montagne. Car, malgré les coups de feu qui retentissent depuis la barricade et les incendies allumés dans les environs, les Bostonnais considèrent la basse-ville comme conquise et se concentrent déjà sur le prochain objectif.

Lorsque, enfin, les bruits de fusillades se taisent, Jean pousse un soupir de soulagement.

« Montgomery a fait vite pour prendre Près-de-Ville », songe-t-il, en s'approchant de la fenêtre pour voir les gardes du blockhaus rendre les armes.

Il observe les quelques centaines d'hommes amassés dans les rues. Un détail attire son attention : aucun ne porte à son chapeau le papier caractéristique de la liberté. C'est alors qu'il comprend que l'impossible vient de se produire. Ce sont les rebelles qui ont rendu les armes et non les royalistes. Cela veut donc dire...

Il se retourne pour donner l'alerte, mais, à cet instant, la porte s'ouvre dans un fracas terrible, défoncée par une demi-douzaine de soldats britanniques. Les rebelles dégainent leurs épées et Jean, son poignard.

– Rendez-vous! hurle un des intrus, en pointant son fusil en direction des officiers. Vous êtes encerclés!

Puis un officier de l'armée régulière, tout vêtu de rouge, entre dans la pièce et se place devant ses hommes.

– J'ai sous mes ordres douze cents soldats, dit le nouveau venu en désignant la fenêtre. Jugez-en par vous-mêmes.

Les rebelles hésitent, se regardent l'un l'autre. Alors Morgan se rend lui-même à la fenêtre pour vérifier les dires des Britanniques.

– C'est la vérité, souffle-t-il en revenant vers ses officiers. Les royalistes nous ont pris de revers.

À son tour, Jean jette un œil à l'extérieur. En effet, la rue du Sault-au-Matelot est bondée à perte de vue. Douze cents royalistes pour trois cents rebelles. À quatre contre un, le combat est perdu d'avance.

– Si vous ne vous rendez pas à l'instant, vous serez tués sans pitié.

Après quelques murmures, les officiers baissent leurs épées. Ils sont aussitôt faits prisonniers, et Jean avec eux. En moins de dix minutes, les Britanniques fouillent le bâtiment et désarment ce qui restait des rebelles. Ils les font ensuite sortir au grand jour. Mais en avançant dans la neige, à la pointe d'un fusil, Jean découvre le piège dans lequel sont tombés le colonel Morgan et ses hommes. Dans les rues avoisinantes, il y a tout au plus deux cents Habits rouges. Les trois cents autres portent tous à leur chapeau le même papier que lui: «VIVE LA LIBERTÉ».

*

La neige a cessé et, lorsque la foule arrive en haute-ville par la côte de la Montagne, tous les habitants se joignent au cortège. Ils font le tour de la ville en riant et en chantant. À leur tête, Daniel Rousselle jubile. Il brandit haut dans les airs la pique au bout de laquelle a été plantée la tête de Montgomery. Le général rebelle a été retrouvé mort dans la fosse, avec une trentaine de ses hommes. Daniel ne porte pas de gants et, malgré le sang qui dégouline sur ses doigts engourdis par le froid, il savoure son jour de gloire: c'est peut-être son canon qui a abattu le commandant ennemi. S'il ne s'en vantera jamais à haute voix, il peut du moins parcourir la ville en montrant à tout le monde que les rebelles ont été vaincus à Près-de-Ville, un poste défendu en partie par des invalides!

Lorsque la procession s'engouffre dans la rue Saint-Louis, il passe la pique à un compagnon et se place en retrait, le long d'un mur de pierre. Il admire la foule en liesse qui le dépasse. Il reconnaît l'espoir dans les yeux de chaque habitant. Puis son regard se pose sur Marie, debout de l'autre côté de la rue, devant la porte de la boutique. Elle aussi le fixe intensément, avant de fermer les yeux, comme si elle remerciait le ciel qu'il soit encore en vie.

Quand le flot de passants diminue, Daniel s'avance vers elle. Ses pieds crissent sur la neige durcie. Marie ne bouge toujours pas du seuil où elle l'attend, son châle enroulé bien serré autour de ses épaules.

«Qu'elle est belle!» se dit-il, en apercevant ses yeux cernés, son chignon défait sous son bonnet et sa robe saupoudrée de farine.

465

En quelques enjambées, il la rejoint et la prend dans ses bras.

– C'est fini maintenant, Marie. Les Bostonnais n'ont plus de général. Ils ne vont pas tarder à repartir.

Marie hoche la tête et sa joue frotte contre la barbe de Daniel. Ce dernier sent alors un liquide chaud couler dans son cou: Marie est secouée de sanglots.

*

Allongé sur un lit de camp installé entre deux lits ordinaires, François regarde le plafond de la salle des hommes de l'Hôpital-Général. Il tente de fixer son attention sur l'alignement des poutres ou sur les formes qui se dessinent dans le bois. Il pourrait même, à la limite, se concentrer sur sa blessure dont la douleur lui tenaille le bras, des doigts à l'épaule. Lorsqu'il ferme les yeux, il essaie aussi de se rappeler les paroles de sa tante, qui l'a soigné à son arrivée. Elle l'a fortement sermonné en découvrant qu'il s'était joint aux rebelles. Il n'a pas osé lui faire remarquer qu'Odélie défendait la même cause que lui, car il pâtissait déjà des gestes brusques de la religieuse, qui le faisaient souffrir inutilement. Désormais, il sent ses muscles se tendre chaque fois qu'il la voit s'approcher. Il la redoute. Mais en ce moment, cette crainte est bien moindre que celle qu'il sent naître au fond de lui en entendant les pleurs provenant du lit voisin.

Car c'est là que se trouve Castonguay, un copain d'école. Lui aussi a intégré l'armée des rebelles en apprenant leur arrivée à Saint-Henri. Lui aussi a été blessé à la première barricade de la rue du Sault-au-Matelot. Mais, contrairement à celle de François, la blessure de

Castonguay est très grave et si François est bouleversé à ce point, c'est parce que le père de Rigauville s'est montré impitoyable avec lui.

Il y a une heure, il l'a obligé à se confesser publiquement. La voix de Castonguay était faible et hésitante à mesure qu'il faisait la liste des péchés dont il pouvait s'accuser. Tous les malades et tous les blessés l'écoutaient, partageant sa honte. Castonguay a mis l'emphase, comme l'exigeait le prêtre, sur sa participation à la guerre du côté des Bostonnais. Il a répété à trois reprises qu'il se repentait, sincèrement, d'avoir pris les armes contre son roi. Mais même après l'avoir obligé à faire cette confession humiliante, le père de Rigauville a continué de le réprimander, insistant sur la gravité de sa faute. Il lui a ensuite donné l'absolution qu'il réclamait, mais lui a refusé la sépulture ecclésiastique. Lorsqu'il mourra, dans quelques heures, quelques jours tout au plus, Castonguay sera enterré à l'extérieur du cimetière.

Qu'est-ce qui pourrait arriver de pire à un homme? Pour François qui, comme tous les bons chrétiens, s'est couché chaque jour de sa vie l'esprit en paix au cas où la mort frapperait pendant la nuit, il ne saurait y avoir plus cruelle punition. Il en va de même pour Castonguay qui pleure sans arrêt depuis le départ du prêtre.

François est conscient qu'un sort identique l'attend s'il trouve la mort dans cette rébellion et cela est suffisant pour l'empêcher de dormir. On ne sait jamais. Si la mort survenait pendant son sommeil... C'est pourquoi il prie pour Castonguay, en espérant qu'il y aura quelqu'un qui priera pour lui lorsque son tour viendra.

CHAPITRE XI

Février. L'hiver à son pire. Deux mois se sont écoulés depuis les attaques simultanées sur la basse-ville de Québec, des attaques qui ont tourné au cauchemar et qui ont fait de trois cents soldats rebelles des prisonniers. Confiné à la caserne Dauphine, un endroit humide et mal chauffé, chacun d'eux prie pour que le siège se termine bientôt. Mais en même temps, chacun craint le sort que le gouverneur Carleton lui réservera, le cas échéant. De tout temps, on a pendu les traîtres... Et les rebelles américains ne sont pas perçus autrement par la couronne britannique.

Allongé à même le sol dur et froid, en ce matin glacial, Jean ne cesse d'implorer Dieu pour que la réalité soit différente, pour qu'il se réveille enfin dans son lit, dans sa petite chambre de Paris. Cependant, dès qu'il ouvre l'œil, il retrouve les mêmes murs suintants, la même cellule surpeuplée, la même couverture miteuse et les mêmes compagnons d'infortune affamés et agressifs. Le dos collé à la paroi humide, il lève les yeux et son regard croise celui du geôlier, debout derrière les barreaux. Comme chaque matin, Jean découvre dans ces prunelles un père qui a honte. Eh oui! Le sort a voulu qu'il soit sous la garde de Daniel, comme lorsqu'il était enfant. Car depuis leur arrestation, les prisonniers sont sous la surveillance de la compagnie des invalides. Parmi eux, Daniel Rousselle a les traits durcis par le déshonneur de voir son fils dans le camp des bandits.

Depuis sa mise aux fers, Jean ne recueille aucune sympathie, à l'instar de plusieurs citoyens de Québec qui, ayant pris les armes dans le parti des Bostonnais, sont désormais enfermés dans leur propre ville. Il semble même que plus le prisonnier était proche du geôlier, plus le fiel est manifeste. Malgré cette tension entre son père et lui, il ne se passe pas une journée sans que Jean espère apercevoir Marie, de l'autre côté des barreaux. Il s'agit d'un fol espoir, il en convient, mais comment un homme pourrait-il envisager la mort autrement qu'en revoyant d'abord ceux qui lui sont chers ? De toute façon, Marie serait-elle au courant de sa présence à la caserne, qu'elle ne pourrait y mettre les pieds ; les prisonniers originaires de la ville n'ont pas droit aux visites, ni à aucun passe-droit d'ailleurs. Pas de sortie pour prendre l'air, pas de ration supplémentaire. Alors que les gardes discutent parfois avec d'autres rebelles, eux n'ont droit qu'au mépris et au silence. Et le silence de Daniel rappelle sans cesse à Jean la fourberie de Vergennes. En le plaçant sous les ordres de Washington, le ministre des Affaires étrangères savait que c'est à Québec qu'il l'envoyait. La France, qui avait encore des vues sur le Canada, s'était servie de lui pour pénétrer au cœur de ce qui avait été la Nouvelle-France, là où Jean avait toujours refusé d'aller. Sa dernière mission était donc un piège. Dommage qu'il l'ait compris si tard.

*

Antoinette attend avec anxiété devant la porte des appartements de la mère Saint-Alexis. C'est la première fois que la supérieure la fait demander chez elle. Même si les deux femmes ont environ le même âge, Antoinette ne se sent pas moins intimidée à l'idée d'être convoquée de la sorte. Au fond d'elle-même, elle doit admettre qu'elle a toujours eu beaucoup de difficulté à faire face à l'autorité. C'est sans doute pourquoi elle est demeurée si longtemps à la maison paternelle, d'abord sous le joug de son père, ensuite sous celui de son frère, ne réussissant enfin à s'affranchir de leur tutelle qu'en rentrant au couvent à l'âge de trente-cinq ans.

En ce froid après-midi de la fin de février, Antoinette tente de se rassurer en repensant au siège qui perdure et qui a probablement fait oublier les racontars du vieux Corriveau. C'était il y a plus de sept mois et les augustines ont eu tellement à faire depuis! Dans la cour intérieure, qu'Antoinette peut apercevoir par la fenêtre, une épaisse couche de neige recouvre complètement le jardin de l'apothicaire. Il sera impossible de fabriquer d'autres médicaments pour soigner les Bostonnais lorsque la réserve sera épuisée. Ce qui ne saurait tarder. C'est là un de ses principaux soucis ces temps-ci. Le nombre de malades croît de jour en jour et les religieuses n'ont presque plus rien pour les soigner, ni pour les nourrir d'ailleurs.

Lorsqu'on l'invite enfin à entrer dans le bureau de la supérieure, Antoinette se rend compte que ses préoccupations lui ont fait oublier ses inquiétudes profondes. Elle prie pour qu'il en soit ainsi de la mère Saint-Alexis.

— J'ai cru remarquer, dit la supérieure en lui offrant un siège, que vous ne craignez pas ces Bostonnais de malheur qui ont envahi notre demeure.

Antoinette hésite à répondre, se demandant où mère Saint-Alexis peut bien vouloir en venir. Elle ne voit toutefois pas ce en quoi une réponse franche pourrait lui nuire. Elle répond donc avec sincérité :

— J'ai peut-être passé l'âge d'avoir peur, ma mère.

C'est, dans son for intérieur, la plus stricte vérité. Antoinette ne voit pas en quoi ces jeunes hommes pourraient être dangereux pour elle, même s'ils sont armés. Aucun d'entre eux n'en voudrait à sa vertu et aucun d'entre eux n'oserait prendre le risque de brutaliser une servante de Dieu.

— Ce sont peut-être des rebelles, ajoute-t-elle, mais ce sont aussi des chrétiens, même si on peut considérer la plupart d'entre eux comme des hérétiques de par leurs convictions religieuses.

Mère Saint-Alexis a écouté en silence. Elle se redresse soudain et croise les mains sur sa jupe.

— J'ai besoin d'envoyer une messagère chez le colonel Arnold, dit-elle. Je pense que vous êtes la personne toute désignée pour accomplir cette tâche.

— Vous voulez m'envoyer à la Pointe-aux-Trembles ?

La voix d'Antoinette laisse deviner l'angoisse qui la gagne à l'idée d'un aussi long voyage. Mère Saint-Alexis s'empresse de calmer ses craintes :

— Vous n'irez pas à la Pointe-aux-Trembles, mais à la maison Holland, sur le chemin de Sainte-Foy. C'est de là que le colonel Arnold gère les opérations depuis sa blessure.

Antoinette évalue la distance et se demande si la supérieure est consciente de ce qu'elle demande. Pour faire le voyage en une seule journée, il faudra partir très tôt le matin et revenir très tard le soir. Il est impossible de confier une tâche pareille à une femme seule. Mère Saint-Alexis a sans doute déjà pensé à cette difficulté, car elle propose une solution sans même qu'Antoinette soulève le problème :

— Vous prendrez Arthur et Wilfrid avec vous. Ils connaissent bien la route. Et puis la sœur d'Arthur habite chemin de Sainte-Foy. Il m'affirme que vous y seriez bien reçus advenant quelque difficulté.

Partir avec deux serviteurs rassure Antoinette qui se soumet, comme elle a l'habitude de le faire.

— Quel est ce message, ma mère ?

Mère Saint-Alexis lui tend une feuille repliée et cachetée.

— Voici la liste des dépenses encourues pour l'entretien, la nourriture et les soins accordés aux Bostonnais. La somme est faramineuse. J'ai besoin que vous insistiez pour être payée.

— Vous pensez que le colonel m'entendra ?

— Je vous ai choisie à cause de votre âge, mais aussi à cause de votre expérience… Les hommes vous écoutent. Je ne sais comment, mais vous avez une certaine autorité sur eux. Vous les affrontez quand les autres tremblent.

— Ce n'est que de l'assurance, ma mère. Je…

— On peut pécher par excès d'orgueil, coupe la supérieure, mais également par excès d'humilité.

Antoinette baisse les yeux.

— Oui, ma mère. Vous avez raison. Je tâcherai de m'en souvenir.

À ce moment, on frappe à la porte. Sans attendre de réponse, le visiteur entre dans le bureau et s'approche des deux religieuses. Antoinette reconnaît le major O'Neil.

– J'ai besoin de vous parler, madame, lance-t-il à mère Saint-Alexis.

Son ton autoritaire offusque Antoinette.

– Je vous prierais, major O'Neil, de bien vouloir vous adresser autrement à notre supérieure. Elle n'est pas…

– Je suis venu exiger de la part du roi que vous prépariez davantage de lits pour les malades. Ces pauvres hommes sont couchés à même le plancher et parfois même sans la moindre couverture. Nous sommes en février, vous semblez l'oublier !

Antoinette veut répliquer à cette marque d'ingratitude, mais mère Saint-Alexis pose une main sur son avant-bras pour imposer le silence.

– Vous dites venir de la part du roi, dit la supérieure, en plongeant son regard dans celui du major. De quel roi s'agit-il ?

L'homme est pris à son propre piège et Antoinette admire la finesse avec laquelle la supérieure a agi. Déconcerté, l'importun balbutie quelques mots inaudibles avant de reprendre de son ton désagréable :

– Il ne s'agit pas du roi, mais du Congrès… Je viens de la part du Congrès exiger…

La supérieure l'interrompt brutalement :

– Je ne le ferai ni pour l'un ni pour l'autre, major O'Neil, parce que nous n'avons plus de lits ni de couvertures. Et bientôt, nous n'aurons plus de nourriture non plus.

– Mais…

– Vous semblez oublier, monsieur, que nous n'avons aucune obligation de soigner vos malades. Nous le faisons par charité chrétienne et je vous assure que nous ne pouvons en faire plus.

Le visage de l'homme s'empourpre et il semble près d'exploser. Cependant, la supérieure garde son calme. Elle lui montre poliment la porte.

– Je vous prie de me laisser, maintenant ; j'ai plusieurs choses à régler.

Le major O'Neil quitte la pièce et Antoinette entend ses vociférations qui s'atténuent à mesure qu'il s'éloigne dans le corridor.

– Bon, souffle mère Saint-Alexis, il va certainement se plaindre au général Wooster. Si les Bostonnais sont convaincus que nous négligeons leurs malades, ils ne nous rembourseront pas nos frais. Ne comprennent-ils pas dans quelle situation nous nous trouvons ?

La supérieure se perd un moment dans ses pensées et, lorsqu'elle revient à Antoinette, elle semble avoir pris une décision :

– Partez sur-le-champ, avant qu'il ne porte sa plainte plus haut.

– Oui, ma mère.

Antoinette a compris qu'il faut agir rapidement. Elle s'incline et s'apprête à sortir lorsque la voix de la supérieure la retient :

– En passant… Vous n'avez plus à craindre les rumeurs qui circulaient sur votre compte. Depuis qu'on a découvert que toutes ces bougies allumées la veille de l'attaque des Bostonnais servaient à alerter la ville, il semblerait que vous ayez gagné l'admiration de chacune.

Vous avez fait preuve de beaucoup de courage ; vous pouvez partir l'esprit en paix.

Antoinette est trop tendue pour sourire. Elle s'incline de nouveau et s'engouffre dans le grand escalier menant à sa chambre. Elle doit faire son bagage. Et vite.

*

Le colonel Arnold est assis derrière son bureau et a posé sa jambe blessée sur un tabouret. Depuis plusieurs minutes déjà, il examine avec intérêt la lettre que lui a remise Antoinette. La religieuse se tient d'ailleurs devant lui, presque dos à la porte à cause de la petitesse des lieux. Si elle est intimidée par le silence prolongé du colonel, elle est au moins rassurée par une chose : dans la pièce adjacente se trouvent Wilfrid et Arthur. Ces deux hommes sont fiables et ils l'attendront, peu importe le temps qu'il lui faudra pour convaincre le colonel qu'il doit payer pour qu'on s'occupe de ses soldats.

Malgré la large cape couvrant ses épaules, Antoinette ne peut s'empêcher de frissonner et c'est presque malgré elle qu'elle se rapproche du feu qui brûle dans l'âtre. La route depuis l'Hôpital-Général a duré plusieurs heures et le traîneau ne cessait de déraper dès que Wilfrid essayait de forcer l'allure du cheval. C'est que la neige tombée la veille était encore molle et la route jusqu'à la maison Holland n'était pas encore durcie ni même tracée.

Par la fenêtre qui donne sur l'ouest, Antoinette voit le soleil qui décline rapidement au bout du chemin de Sainte-Foy. La pièce devient de plus en plus sombre à mesure que passent les minutes et, bientôt, seules les bougies permettent au colonel de lire le document qu'il a dans les mains. Et l'homme se concentre toujours sur la lettre de mère Saint-Alexis, en en comparant sans cesse le contenu avec celui d'un grand livre ouvert à côté de lui. Il repose soudain le pli et lance un regard interrogateur à la religieuse.

– Qu'attendez-vous de moi, au juste, ma sœur?

Antoinette est abasourdie.

– Ce que j'attends, monsieur? Eh bien, que vous payiez ce que vous nous devez! Que croyez-vous donc? Vous occupez notre hôpital depuis le début de novembre. Cela fait donc quatre mois. Quatre mois pendant lesquels nous avons dû débourser beaucoup d'argent pour nourrir vos hommes. De même que pour fournir les médicaments qu'il a fallu leur donner, et les couvertures, et les lits. Sans compter les soins que leur prodiguent nuit et jour les augustines.

Le colonel recule sur sa chaise et croise les mains devant lui. Pendant plusieurs minutes, il observe son interlocutrice, et Antoinette comprend qu'elle n'aura pas sur lui l'autorité qu'elle a eue jusqu'à présent sur les autres Bostonnais. Elle décide donc de changer de stratégie.

– Nous n'avons pas à faire les frais de votre guerre, colonel.

– Mais vous l'avez fait, il me semble, en 1760. N'avez-vous pas soigné bon nombre de soldats anglais dans votre demeure? Leur cause était-elle plus louable que la nôtre aux yeux de Dieu?

– Les hommes de guerre parlent de Dieu uniquement quand cela sied à leur propos.

En entendant ces mots, Arnold éclate de rire et le visage d'Antoinette se durcit. Elle ne voit pas ce qu'il y a de drôle dans sa requête et ne laissera pas un colonel d'à peine trente ans lui faire une leçon d'histoire. Sa colère est sans doute perceptible, car Arnold se rembrunit. Il ouvre un tiroir, y glisse la lettre de la supérieure et fait signe à un des soldats qui se tient à côté de la porte.

– Caporal, veuillez escorter la dame jusqu'à la ville. Assurez-vous qu'il ne lui arrive rien de fâcheux en route.

À l'idée d'être congédiée de la sorte, Antoinette se rebiffe :

– Mais vous ne m'avez pas payée, monsieur. Je ne partirai pas sans avoir des garanties…

– Je recevrai bientôt de l'argent du Congrès, dit calmement le colonel Arnold. Je rembourserai alors les frais des augustines. En attendant, soyez patientes…

– Nous nourrirons vos malades avec de la patience, lance Antoinette en ramassant sa jupe. Vous verrez comme ils seront bien gras.

Sur ce, elle franchit le seuil, puis ajoute :

– Les Bostonnais exigent beaucoup de tout le monde, mais ils ne paient rien à personne.

La porte refermée, elle entend encore le rire sonore du colonel Arnold.

*

Le traîneau glisse sur le chemin de Sainte-Foy et Antoinette se laisse ballotter, le froid cuisant lui brûlant les joues. Elle a nonchalamment repoussé l'offre du colonel et refusé l'escorte qu'il lui offrait pour rentrer en ville. De toute façon, il est si tard qu'elle a demandé à Arthur de la conduire chez sa sœur où elle passera la nuit. Puisqu'elle ne rapporte pas avec elle l'argent du colonel, ce n'est donc pas la peine de prendre des risques pour rentrer au plus tôt.

Le traîneau n'a pas parcouru une demi-lieue que l'attention d'Antoinette est attirée par des cris et des pleurs venant de la maison d'un fermier.

– Qui habite ici? demande-t-elle à Arthur, en indiquant la petite ferme où règne un grand désordre.

– C'est un Anglais, Madame. Smith, qu'il s'appelle. Il a racheté la ferme de Beauchemin, il y a deux ans. Un bien bon gars, à ce qu'il paraît. Mais un sale caractère…

D'un geste, Antoinette donne l'ordre à Wilfrid d'arrêter le traîneau et celui-ci glisse jusque devant l'entrée. À ce moment-là, un homme est violemment éjecté de la maison par la porte grande ouverte. Sans même toucher le sol, il vient atterrir juste devant les patins qui, heureusement, s'étaient immobilisés.

Arthur et Wilfrid s'élancent dans la maison pour voir ce qui s'y passe. Antoinette quitte le traîneau pour vérifier l'état de celui qui gît devant le véhicule.

– Est-ce que ça va, monsieur?

L'homme ne répond pas. Antoinette se penche plus près et découvre qu'il s'agit d'un garçon d'à peine seize ans et qu'il est inconscient, le visage ensanglanté. Elle se redresse, ramasse ses jupes et franchit le seuil de la maison.

À l'intérieur règne un tumulte digne d'un champ de bataille. Antoinette repère immédiatement Smith qui, en tant que propriétaire des lieux, exige qu'on lui rende les animaux et les autres provisions qu'on vient de lui prendre. Ses poings maculés de sang prouvent qu'il est l'auteur de l'expulsion dont a été témoin Antoinette en arrivant. Arthur et Wilfrid ont d'ailleurs pris place à côté de lui. Même s'ils ne sont pas armés, les trois hommes semblent bien décidés à se défendre, ce qui intimide à peine les trois Bostonnais qui leur font face. L'un d'eux a levé son fusil dans leur direction, sa baïonnette menaçant directement Smith. Pendant qu'il le tient en respect, ses compagnons fouillent la maison et brutalisent tous ceux qui se mettent en travers de leur chemin. Les femmes pleurent, les enfants gémissent et le propriétaire des lieux crie sa colère aux brigands. Bien que l'engueulade ait lieu en anglais, Antoinette comprend qu'il s'agit, en fait, d'une querelle de famille, un des assaillants étant le frère de Smith.

— Nous avons faim, hurle le Bostonnais armé. Puisque tu nous refuses l'hospitalité, nous n'avons pas le choix que de nous servir nous-mêmes.

— Jamais, m'entends-tu, jamais je ne nourrirai un traître comme toi. Retourne dans ta Pennsylvanie et restes-y ! Tu vois bien qu'on ne veut pas de ta rébellion ici.

— Ma rébellion, comme tu dis, c'est l'affaire de tout le monde.

À ce moment-là, les deux autres Bostonnais se rapprochent de celui qui tient le fusil.

— On en a suffisamment, dit l'un d'eux. On s'en va.

— Attendez une minute ! lance soudain Antoinette, en se mettant devant la porte. Vous n'allez tout de même pas voler ce pauvre habitant ! Que lui restera-t-il pour passer l'hiver si vous lui prenez ses provisions ? Regardez ces enfants... Les condamnerez-vous donc à mourir de faim au nom de votre Congrès ?

— Eux plutôt que nous ! lance un des Bostonnais, en bousculant Antoinette pour l'enlever de son chemin.

Un coup de feu retentit, dominant le tumulte. Un des fils de Smith s'écroule au pied de son père. Des cris de douleur emplissent la maison alors qu'une femme se jette à terre et prend le garçon dans ses bras. Les autres enfants pleurent plus fort encore, terrorisés. Antoinette s'est penchée pour examiner la blessure du garçon. Le sang mouille déjà le plancher et se répand jusqu'à l'ourlet de sa robe. Constatant qu'il ne respire plus, Antoinette murmure une prière. Smith et son frère échangent des mots plus haineux encore. Révoltée, Antoinette se relève d'un seul geste, prête à se mettre entre les deux hommes pour que cesse cette boucherie. C'est alors que la baïonnette la transperce, à la surprise de chacun. Le silence s'abat sur la maison. Même les enfants ne gémissent plus.

Antoinette tombe à genoux, son regard fixé sur le mur du fond. Des ombres sont penchées au-dessus d'elle, mais elles sont si floues... Elle ne sent pas la blessure et, pourtant, elle sait que la lame est entrée par-derrière. Elle l'a même vue ressortir à travers les plis de sa robe, sur son ventre. Cependant, à cause du noir du vêtement, elle n'a pas encore vu de sang. Elle le devine seulement, car une chaleur humide coule sur ses cuisses. Antoinette n'a jamais pensé que sa vie finirait ainsi, sur le plancher de la maison d'un Anglais, dans une paroisse qui n'est pas la sienne, entourée d'étrangers. Elle peut au moins se consoler : elle n'a pas peur de la mort qui s'en vient. Elle est prête. Elle s'y est préparée chaque jour de sa vie depuis que Robert a rendu l'âme sous ses yeux... depuis que sa mort à lui l'a enterrée vivante dans sa vie de femme... Elle a désormais l'esprit en paix. Robert... elle va le rejoindre enfin, ils ne se sépareront plus… enfin le bonheur est à portée de souffle…

Antoinette a fermé les yeux et prie en silence. Les mots qui lui viennent à l'esprit sont les mêmes qu'elle a si souvent soufflés à l'oreille des mourants : elle recommande son âme à Dieu… à Celui qui comprend… à Celui qui absout l'humanité faible et pécheresse.

*

L'obscurité règne autour de la caserne Dauphine. À l'extérieur, les gardiens se sont assoupis. À l'intérieur s'élèvent des chuchotements à peine audibles.

— Voici le plan : il faudra d'abord limer les pentures.

— Avec quoi ? As-tu une scie à fer ?

— Non, j'ai mieux. Et plus discret. Une demi-douzaine de limes.

— D'où viennent-elles ?

— C'est Ruel, un ami, qui nous les a apportées.

— Et ensuite ?

— Il faudra tuer nos geôliers.

— Ça ne devrait pas être trop difficile : ce sont tous des vieillards.

Quelques rires dominent un moment les ténèbres de la cellule et le silence revient.

— Ensuite, on se rend à la porte Saint-Jean.

— Oui. Ça va être facile, c'est juste à côté et il n'y a pas d'obstacle sur notre route.

— Exactement. On s'empare de ce poste et on égorge les quarante hommes qui servent de gardes.

— Là, il va falloir être prudents. Il suffirait d'un coup de feu pour donner l'alerte.

– C'est pour ça qu'on va se faire discrets. C'est sûr qu'on dispose de dix pistolets pour faire ce coup, mais on ne pourra pas tirer sans signaler notre présence.

– C'est vrai. On fait quoi, alors?

– On utilise les six sabres apportés par Ruel. Tout devra se faire à la lame.

Murmures approbateurs.

– Ensuite?

– Une fois la porte sous notre contrôle, on fait brûler trois maisons pour avertir les nôtres qu'on est maîtres du poste. Le général Wooster n'aura qu'à entrer dans la ville avec son armée, nous lui ouvrirons toute grande la porte Saint-Jean.

– Il n'y a qu'un obstacle à ce plan.

– Lequel?

– Comment le général saura-t-il que les trois maisons qui brûlent sont le signal de l'invasion?

– C'est là la première difficulté. L'un de nous doit s'évader et lui apporter cette information.

Chuchotements inquiets.

– C'est dangereux. Si celui qui s'évade est pris, il sera pendu sur-le-champ.

– Oui. C'est pour ça qu'il nous faut quelqu'un de l'intérieur. Quelqu'un qui connaît bien la ville et qui pourrait en sortir sans être remarqué.

Long silence.

– D'accord. J'irai.

Tout le monde se tourne vers le coin d'où provient la voix de celui qui se porte volontaire.

– C'est bon, Rousselle. On va faciliter ton évasion…

*

Il fait nuit lorsque la bagarre éclate à la caserne Dauphine. Adossé au mur près de la porte d'entrée, Jean attend que les gardes pénètrent dans la cellule. Ils ne sont qu'une douzaine et c'est bien une cinquantaine d'hommes qui se battent en ce moment pour créer une diversion.

Ce soir, il ne doit pas y avoir de morts. Aucun des geôliers ne sera égorgé pour permettre le passage du messager. En fait, personne dans la ville ne doit s'apercevoir de cette évasion. C'est pourquoi ils sont si nombreux à se battre au fond de la cellule.

Ce n'est pas un hasard si Jean a choisi cette nuit pour s'évader. Dans toute action violente, il y a toujours des risques : celui que quelqu'un perde patience ou que quelqu'un se sente menacé ; celui aussi d'un bête accident qui ferait qu'une arme tirerait sans qu'on s'y attende. Jean n'a pas voulu prendre ces risques. S'il ne peut plus supporter le regard accusateur de son père, il n'est toutefois pas prêt à le sacrifier. Ce soir, Daniel n'est pas de garde. Il a quitté la caserne à la fin de l'après-midi. Il dort sans doute maintenant dans les bras de Marie. Jean serre les dents. Il ne sait pas ce qu'il trouve le plus difficile : supporter le mépris de Daniel ou l'imaginer faisant l'amour à Marie. Pendant des années, il a été capable de vivre avec ces images qui affluaient dans son esprit lors des jours de rancœur. Or, depuis qu'il a revu Marie, mais surtout depuis qu'il est prisonnier, faisant face à Daniel jour après jour, il n'arrive plus à trouver le détachement nécessaire pour penser à autre chose. Pourtant, s'il y a un moment où il doit avoir la tête froide, c'est bien cette nuit : celle de son évasion.

Ça y est. On entend le cliquetis des clés dans la serrure. De l'autre côté, les vieillards se bousculent devant les barreaux, leurs fusils chargés, prêts à foncer dans la mêlée. La porte grince et les silhouettes s'avancent vers les hommes qui se battent à poings nus. L'un d'eux porte une torche et éclaire la pièce. Jean compte : un, deux, trois… Les gardiens affluent. Il n'y en a que dix. Il faut donc attirer les deux autres à l'intérieur. Jean fait signe à ses compagnons qui commencent à se battre dans le coin opposé. Il attend encore une ou deux secondes, puis s'écrie :

– Eh ! vous autres ! Venez nous aider. On en a plein les bras.

Les deux autres gardiens s'engouffrent dans la pénombre de la cellule, une torche au poing. Ça fait trop de lumière, se dit Jean qui montre les flammes du menton. Les Bostonnais se chamaillent soudain dans un autre coin. L'un d'eux trébuche et tombe sur la torche qui roule sur le sol de terre battue et s'éteint. La lumière diminue de moitié. C'est suffisant pour que Jean s'éclipse sans attirer l'attention. Il se laisse glisser le long du mur et file par la porte de fer laissée entrouverte.

Une fois à l'extérieur, il s'empresse de trouver une ruelle sombre d'où observer les environs. Quelques coups de feu sont tirés dans la cellule. Dès qu'il est à l'abri, Jean se retourne vers la porte qui s'ouvre cette fois complètement. Les douze gardiens en sortent, tirant derrière eux un corps inanimé.

« Il y a toujours un risque », se dit-il, en se collant au mur pour ne pas être aperçu.

Si Jean a choisi cette nuit pour son évasion, c'est aussi parce que c'est une nuit sans lune. Avec toute cette neige pour réfléchir la lumière, sa silhouette aurait été trop visible un soir de pleine lune. Pour réussir, il lui faut le plus d'obscurité possible. Jean profite donc de cette noirceur et, telle une ombre furtive, il marche près des maisons en direction de la ville. Il est inutile d'essayer de sortir par la porte Saint-Jean : elle est trop bien gardée. Jean préfère s'enfoncer dans les rues. Il connaît un autre passage…

Il n'a pas fait dix pas qu'une voix retentit derrière lui :

– Jean ! Arrête-toi immédiatement !

Jean a reconnu la voix. Il se retourne, mais aperçoit à peine la silhouette de son père qui se dresse au coin de deux rues. Ce qu'il distingue clairement, cependant, c'est le fusil qu'il tient en travers de sa poitrine. Jean s'est immobilisé et il garde les yeux fixés sur l'ombre qui s'avance vers lui. Il comprend que tous deux vivent enfin l'ultime confrontation.

– Qu'attends-tu donc pour tirer ? demande Jean avec arrogance, bombant le torse pour l'offrir comme cible. Tu vois bien que je ne suis pas armé. Je me suis évadé : tu n'as qu'à tirer et tous tes cauchemars s'évanouiront avec moi.

Daniel lève son fusil dans sa direction.

– Ce serait trop facile, si c'était possible, souffle-t-il sans baisser son arme.

Jean connaît le sort qui l'attend s'il est repris. Si Daniel le laisse partir, il retrouvera sa vie, avec ses tourments et ses douleurs. C'est alors qu'il voit son destin se tracer devant lui. Combien d'années encore vivra-t-il avec ses regrets, son chagrin et sa colère ? Tout devient clair dans son esprit. Il n'a pas le choix : il doit forcer son père à tirer. Il s'éloigne à reculons.

– Ne bouge surtout pas, menace Daniel en le mettant en joue.

Mais Jean recule d'un autre pas.

– Tu n'as pas le choix, papa. Ce soir, c'est toi ou moi.

Daniel inspire et rabaisse son arme. Sa voix est douce quand il parle :

– On a toujours le choix. Tu vas rentrer bien sagement avec moi à la caserne.

– Si je rentre, je serai pendu. Tu le sais bien.

– Je parlerai en ton nom au gouverneur. C'est un de mes amis.

– Cette fois, ça ne changera rien ; c'est la guerre, papa. En temps de guerre, tes manigances ne fonctionnent pas. Le gouverneur fera preuve de sévérité. C'est ce qu'on attend de lui.

Jean fait un autre pas pour s'éloigner.

– Arrête, répète Daniel en relevant son fusil. Ne m'oblige pas à tirer.

– C'est pourtant ce que tu devras faire si tu veux m'arrêter.

Jean recule, encore une fois.

– Arrête ! Pour l'amour du ciel, Jean, ne fais pas ça. Je… je ne peux pas.

– Je ne vois pas ce qui t'en empêche.

– Tu sais bien que Marie ne me le pardonnerait pas. Je ne me le pardonnerais pas moi-même.

– Moi, je te le pardonnerais, comme je t'ai pardonné de l'avoir épousée.

Daniel accuse le coup d'un mouvement involontaire des épaules. Le canon de son arme pointe maintenant vers le sol.

— Je n'ai pas fait ça pour te nuire, murmure-t-il. Si j'avais su que tu étais vivant, je n'aurais jamais… Je voulais protéger ton enfant… et Marie, aussi.

— Je sais, papa.

Jean fait un autre pas.

— S'il te plaît, arrête, supplie Daniel en abaissant complètement son arme. Que veux-tu que je fasse? Je ne peux tout de même pas tirer sur mon propre fils.

Les mots de Daniel se terminent par un sanglot qui bouleverse Jean. Devant lui, son père pleure. Jamais de toute sa vie il n'a vu de larmes dans les yeux de Daniel Rousselle. Il faut donc qu'il soit véritablement déchiré.

— Comment as-tu su, pour ce soir?

La voix de Jean se fait moins hostile. Il sent qu'il cède. Si son père insiste encore, il le croira. Il lui fera confiance en ce qui concerne le gouverneur.

— Vos amis…, souffle Daniel, en essuyant son visage du revers de la main. Vos amis ne sont pas très discrets.

Soudain, le visage de Daniel se contracte. Il gémit quelques mots inaudibles avant de s'affaisser, un poignard planté dans le dos. Une tache sombre s'agrandit doucement sur le sol. Jean demeure figé sur place, stupéfait.

— Nous ne sommes peut-être pas assez discrets, dit une voix sortie de l'ombre, mais nous sommes efficaces.

Jean reconnaît le gros Ruel qui s'avance dans la rue. Sortant brusquement de son hébétude, Jean s'élance vers son père, s'agenouille et le retourne délicatement pour le prendre dans ses bras.

– Papa, dit-il, la voix brisée.

Les traits crispés par la douleur, Daniel émet une plainte.

– Papa, répète Jean, suppliant.

Daniel ouvre les yeux et observe, intrigué, le visage penché au-dessus de lui. Soudain, il le reconnaît :

– Mon fils, murmure-t-il, en esquissant un frêle sourire, le visage redevenu calme et détendu.

Père et fils échangent alors un long regard, intense, affectueux, regard qui tient lieu de pardon mutuel. Puis la douleur ressaisit Daniel qui grimace. À peine a-t-il le temps de chuchoter à l'oreille de son fils : « Marie… prends soin d'elle », que sa tête roule contre la poitrine de Jean, inerte.

– File, maintenant, dit Ruel qui s'est approché de Jean. Il n'y a plus d'obstacle sur ton chemin.

Jean fait la sourde oreille, pressant la tête de Daniel entre ses bras. Puis lentement il se relève, mais garde les yeux rivés sur le corps de son père, étendu dans la rue déserte. Daniel est mort. On l'a éliminé pour lui sauver la vie, pour lui permettre de livrer un message au général. Quel gâchis ! Il se tourne alors vers Ruel et le saisit à la gorge en lui criant :

– Tu aurais pu l'épargner !

– Et risquer qu'il nous dénonce tous ? Est-ce que je me serais trompé sur ton compte aussi ?

Jean le repousse avec violence, semble indécis un court instant, puis va récupérer l'arme.

Quel autre choix a-t-il désormais ? Sans un mot, il fait demi-tour et disparaît dans la nuit, sous le regard satisfait de Ruel qui fouille déjà les poches du cadavre.

*

Dans la salle Sainte-Croix, les religieuses s'occupent des Bostonnais, comme tous les jours depuis le début du siège. Devant Odélie, un jeune homme d'une vingtaine d'années est toujours inconscient. Elle refait le pansement autour de son crâne en retenant sa rage. Depuis qu'on a ramené la dépouille d'Antoinette, elle a à peine réussi à contenir sa douleur qui s'est transformée graduellement en pure révolte. Ça ne peut plus durer. Il faut que les Bostonnais repartent. Il faut qu'ils cessent de harceler les habitants et qu'ils repassent la frontière au plus vite. Les Canadiens n'ont que faire de leur rébellion. Ne le voient-ils pas?

Odélie réfléchit à ce qui pourrait hâter leur départ. Le froid n'a pas suffi, ni la famine ni la maladie. Et encore moins cet échec à la fin de décembre. Que faudrait-il donc pour les dissuader de poursuivre le siège?

Elle en est à cette réflexion quand Jean Rousselle apparaît dans l'embrasure de la porte de la salle des hommes. Il se tient à peine debout, le corps ensanglanté et couvert de boue. Le Dr Senter s'est élancé vers lui dès qu'il l'a aperçu.

– Mais qu'est-ce qui vous est arrivé? lance-t-il, en attrapant le blessé avant qu'il ne s'écroule.

Odélie aussi s'est ruée vers lui et elle prend le chapeau et le manteau que le docteur a enlevés au blessé. Après les avoir déposés sur une chaise, elle aide Jean

Rousselle à s'allonger sur une paillasse; il ne reste plus de lits depuis longtemps. Elle le couvre immédiatement d'une couverture à la propreté douteuse. C'est la dernière qu'il lui reste.

– Allez me chercher ma trousse, de l'eau chaude et des linges, ordonne Senter à son assistant.

Odélie obéit et revient aussitôt, curieuse de savoir pourquoi Jean Rousselle se trouve dans un état aussi pitoyable. Mais ce dernier semble bien incapable de parler tant il est épuisé. Elle court donc chercher du thé qu'elle essaie de lui faire boire, une fois qu'il semble avoir repris un peu de forces.

– J'ai un message pour le général Wooster, souffle-t-il, entre deux gorgées de thé. Il faut l'avertir au plus vite…

Senter regarde Odélie droit dans les yeux. Celle-ci comprend que pour maintenir sa couverture, elle n'a pas le choix. Elle devra obéir au docteur et livrer le message.

– Savez-vous où se trouve le général? demande Senter, en se penchant pour examiner les multiples coupures au torse, aux bras et au visage de Jean Rousselle.

– Non, répond celui-ci en haletant. Mais je sais que le colonel Arnold est à la maison Holland, sur le chemin de Sainte-Foy.

Odélie hoche la tête.

– Je sais où c'est. Quel est ce message?

Jean Rousselle lui explique le plan d'évasion des prisonniers de la caserne Dauphine. Odélie est horrifiée, mais se garde bien de le montrer. Elle continue d'aider le docteur qui, lui, a presque terminé de panser les plaies.

– Dites-moi, qu'est-ce qui a causé de telles blessures ? demande Senter en s'essuyant les mains. On dirait que vous vous êtes battu et que votre adversaire essayait de vous tailler en pièces avec un couteau. Pourtant, vos plaies contiennent de multiples échardes de bois, parfois ancrées profondément dans la chair.

La voix de Jean se fait faible :

– Il y avait un abattis derrière le blockhaus.

Puis sa tête s'effondre lourdement sur la paillasse. Odélie tressaille en remontant la couverture sur le blessé. Elle se souvient d'avoir vu de tels ouvrages de défense à Boston, près de la ligne de front. Un mur de bois dont la paroi extérieure est couverte de pieux affûtés, aussi tranchants que des lames et capables de déchirer la chair. Elle a devant elle les effets de ces armes défensives, qu'elle imaginait à peine.

Jean Rousselle a fermé les yeux. Odélie approche de nouveau la tasse de ses lèvres, mais il boit à peine, et davantage par réflexe. Si elle n'était pas aussi ébranlée de le voir dans cet état, elle oserait peut-être lui demander la cause de ces larmes qui coulent sur ses tempes, jusque dans ses cheveux.

*

Dans quelques heures, il fera jour. Une douce neige tombe sur la région, faisant crisser les sabots du cheval. C'est avec le sauf-conduit en main qu'Odélie a quitté la maison Holland et s'approche maintenant de la côte d'Abraham. Elle a porté le message de Jean Rousselle au colonel Arnold, mais elle n'a pas pour autant l'esprit en paix. Même si elle est épuisée, elle ne peut effacer de son esprit les images d'horreur qui ne cessent de s'y déployer. Si les prisonniers réussissent à ouvrir les portes pour faire entrer l'armée rebelle, la ville sera prise d'assaut. Après cinq mois de siège, les hommes seront enragés; ce sera un véritable massacre. Odélie pense à sa famille, encore à l'intérieur. Elle ne peut accepter de laisser les événements suivre leur cours. Il faut qu'elle intervienne. Mais comment? Elle est sans nouvelles de Wellington depuis plus d'un mois. Peut-être est-il à la Pointe-aux-Trembles, avec le reste de l'armée? À défaut d'avoir son appui, il faudra qu'elle agisse seule.

Au pied de la côte d'Abraham, Odélie se penche sur son cheval et tend le sauf-conduit aux soldats du poste de garde. Ceux-ci la laissent ensuite passer et elle poursuit sa route en direction de l'Hôpital-Général. Un coup d'œil à l'est la rassure. Il lui reste au moins une heure d'obscurité. La neige tombe de plus belle, comme si la nature comprenait le geste qu'elle s'apprête à poser. Odélie scrute attentivement la nuit, de ses yeux, mais également de ses oreilles. Il ne faut pas qu'on la voie s'enfoncer dans le faubourg Saint-Roch. Derrière elle, le poste de garde a disparu. Elle n'entend qu'un bruit de sabots venant de plus loin sur la route. Elle ne distingue cependant pas encore la bête à cause de la neige. C'est donc le moment ou jamais. Odélie tire sur les rênes et force sa monture à tourner vers la droite, à travers des buissons couverts de neige. Puis elle l'éperonne et pique au galop dans la tempête.

Elle traverse la campagne et pénètre dans les rues qui quadrillent le faubourg Saint-Roch. Pour ne pas être prise pour cible, il lui faut abandonner sa monture, trop visible, mais aussi trop bruyante. Odélie se dirige alors vers les ruines d'une maison hérissées de plusieurs madriers. Elle descend de cheval, attache les rênes à la poutre la plus solide et s'élance à pied dans les rues étroites, en direction de la porte du Palais.

Un cheval se cabre soudain devant elle. Odélie recule, perd l'équilibre et tombe à la renverse dans la neige.

– Où allez-vous donc? hurle le Dr Senter, en descendant de sa monture, un pistolet à la main.

Odélie est encore trop sonnée pour répondre. Elle se relève péniblement, ses pieds s'enfonçant dans la neige jusqu'aux chevilles.

– Je n'arrive pas à croire que vous comptiez rentrer dans la ville.

Odélie est enfin debout et son regard croise celui de Senter où elle lit le doute et la méfiance, mais surtout une grande déception.

– Vous m'avez suivie? demande-t-elle, indignée à l'idée d'avoir été percée à jour.

– Seulement depuis la côte d'Abraham. Je m'inquiétais, figurez-vous. J'ai attelé ce cheval pour aller vous rejoindre, Charles. Quand je vous ai vu piquer vers la ville, je n'en croyais pas mes yeux. Qu'est-ce qui vous prend? Vous n'allez tout de même pas trahir les nôtres?

– Je ne trahis personne, ment Odélie, en avançant son menton d'un air frondeur. Mais je ne vais pas laisser ma famille se faire massacrer. Vous feriez de même si vous étiez à ma place. Vous savez que si les prisonniers réussissent à s'évader, la ville sera mise à sac.

Odélie a secoué la neige de ses vêtements et s'avance maintenant en direction de Senter.

– N'avez-vous pas vu assez de sang depuis le début de ce siège? N'avez-vous pas vu suffisamment de morts depuis le début de cette invasion?

– Je ne peux pas vous laisser faire ça, dit Senter, en la menaçant de son arme.

– Alors empêchez-moi !

Odélie bondit de côté dans une rue perpendiculaire et court de toutes ses forces pour distancer Senter. Ce dernier s'élance à ses trousses. Elle entend ses pas qui se rapprochent. La neige continue de tomber, les ralentissant l'un et l'autre.

Un coup de feu retentit, étouffé par la tempête. Odélie sait que Senter doit recharger son arme. Elle vire à droite, puis à gauche, puis encore à droite et file enfin dans une ruelle. Elle traverse ensuite plusieurs maisons en ruine avant de tourner de nouveau. Elle s'arrête alors et s'adosse au mur de pierre d'une maison incendiée. Accroupie sur le sol, elle incline à peine la tête, pour observer ses propres traces dans la neige. Il n'y a plus personne derrière elle. Elle écoute attentivement, mais n'entend plus que le vent dans la tempête. Soulagée, elle s'assoit et ferme les yeux pour reprendre son souffle.

Depuis le début de ce siège, elle n'a cessé de se féliciter des espiègleries de son enfance. Grâce à toutes ces fois où elle a erré dans les rues au petit matin, elle connaît chaque recoin de chaque quartier. C'est ainsi qu'elle sait comment entrer et sortir de la ville sans attirer l'attention d'un côté ni de l'autre. C'est aussi pour cette raison qu'elle a su comment semer le Dr Senter. Maintenant, il ne reste qu'à contourner la barricade et elle sera à deux pas de son chemin secret.

Odélie jette un œil à l'horizon. Le ciel se teinte déjà de bleu marine. Il reste peu de temps avant l'aube. Elle doit faire vite. Elle se relève donc, longe la rue pendant plusieurs minutes avant d'apercevoir son dernier obstacle :

un blockhaus érigé par les rebelles, puis abandonné après avoir été bombardé. Odélie sait que, de temps en temps, les Bostonnais y placent des sentinelles, dissimulées dans les décombres. Néanmoins, ce matin, l'endroit semble désert. Elle avance furtivement, se cachant derrière les débris les plus élevés. C'est alors qu'un craquement sec la fait sursauter, suivi d'un bruit de chute.

À quelques pas d'elle, un homme gît sur le sol, devant une porte grande ouverte. Son cou est tordu de manière exagérée et son fusil, bien qu'affalé sur le sol, pointe vers elle. Debout derrière le cadavre, une silhouette masculine se dessine dans l'embrasure. L'homme fait alors un pas pour sortir de l'ombre et Odélie reconnaît Wellington. Elle s'élance vers lui, son cœur battant à tout rompre.

Il la reçoit dans ses bras, qu'il referme aussitôt sur elle. Il l'embrasse avec vigueur avant d'enfouir son visage dans son cou et dans sa chevelure. Puis il la serre plus fort encore et Odélie devine ce qu'il attend d'elle. Elle aussi a envie de lui. En silence, elle le suit dans l'ombre du bâtiment.

Ils ne se sont toujours pas dit un mot, mais ils se sont compris. Leurs corps se sont compris. Après la peur de cette nuit, Odélie sent grandir en elle une excitation nouvelle et sait d'instinct l'unique manière de l'assouvir. Elle défait sa braguette, retire rapidement sa culotte. La main de Wellington erre un moment entre ses cuisses humides. Odélie sent une bouffée de chaleur l'envahir, malgré le froid ambiant. La culotte de Wellington tombe tout à coup sur le sol et, en moins d'une seconde, il est en elle. Odélie s'agrippe à lui. Tous deux s'étreignent avec une passion dévorante. Adossée au mur, elle laisse la tension qui l'habitait s'accentuer jusqu'à atteindre son paroxysme. De sa bouche il ne sort pas un son ni un cri. C'est à peine si elle entend le faible gémissement émanant de la gorge de Wellington avant qu'il ne se retire et s'adosse au mur à son tour.

– Je n'en pouvais plus, murmure-t-il en reprenant son souffle. C'était trop long, un mois loin de toi.

Odélie ne dit rien, mais caresse le visage de son homme d'un geste alangui, le sourire extatique. Quelques minutes encore de ces regards brûlants, qui en disent plus long que n'importe quel aveu d'amour, puis les amants reprennent conscience du froid et du lieu où ils se trouvent. Alors qu'Odélie commence à s'habiller, une image lui vient à l'esprit : celle d'un corps découvert à l'orée du bois au fort Western. Un homme à la nuque brisée et au cou tordu d'une manière grotesque, comme celui qui gît devant l'entrée.

– C'était toi, n'est-ce pas, au fort Western ?

Wellington ne répond pas et remet de l'ordre dans ses vêtements.

Les souvenirs d'Odélie se font vivaces.

– Mais le coup de feu ? Il y a eu un coup de feu cette nuit-là !

Wellington prend alors la parole, d'une voix si calme qu'elle fait frémir Odélie :

– Je lui avais donné rendez-vous dans la forêt pour lui parler de toi. Il devait se méfier, parce qu'il avait chargé son fusil. Il a tiré dans le vide ; j'étais derrière lui.

Odélie imagine la scène : Wellington s'avançant à pas de loup, fondant sur sa victime et lui brisant la nuque d'un coup sec. Un coup de feu, inutile. Odélie comprend que ces grandes mains qui la caressent avec tant de raffinement peuvent aussi tuer avec brutalité. Wellington chasse soudain cette idée de son esprit en revenant à leur situation actuelle.

— Que fais-tu ici ? Je te croyais à l'hôpital à soigner les malades.

Odélie lui raconte l'évasion prévue par les prisonniers. Wellington l'écoute et secoue la tête à la fin de son récit.

— Ils ne partiront donc jamais ! lance-t-il, en ramassant son fusil appuyé sur le mur, près de la porte. Que comptes-tu faire ?

— Je vais avertir le gouverneur Carleton. Mais je ne peux plus revenir, maintenant. Senter m'a vue partir. Il a essayé de m'en empêcher.

Wellington jette un œil à l'extérieur. La pénombre se dissipe lentement.

— Dans ce cas, ne perds pas de temps. Et reste dans la ville.

— Et toi ?

— Senter a-t-il fait le lien entre ta disparition, cette nuit, et ta relation avec moi ?

— Je ne crois pas. Il ne m'en a pas parlé.

— Dans ce cas, ma mission continue.

Wellington sort et Odélie le suit. À peine a-t-elle mis le pied dans la neige que Wellington se penche sur elle brusquement et l'embrasse avec fougue. Lorsqu'il la repousse, il ramasse son chapeau qui gisait sur le sol, au pied du cadavre.

— Ne t'inquiète pas. S'il m'arrivait quelque chose, tu auras au moins les terres.

— Je n'ai pas besoin de terres, mais de toi, répond-elle en ébouriffant ses cheveux. Et vivant, n'oublie pas !

Wellington sourit.

– Je sais. Je te retrouverai après le siège. Maintenant, sauve-toi! Et sois prudente.

Odélie hoche la tête, fixe le regard de Wellington dans son esprit et fonce vers la ville sans se retourner. Il fait presque jour.

*

L'église a sonné le glas dès ce matin, lorsqu'on a appris la nouvelle de la mort de Daniel Rousselle. À genoux devant la dépouille de son époux, Marie prie, les yeux clos. Des larmes ruissellent sur ses joues, mais elle ne les essuie pas. La douleur est trop grande pour qu'elle s'attarde aux apparences.

Son seul réconfort depuis l'annonce du drame : le retour d'Odélie. Dans un moment aussi tragique, les deux femmes se sont peu parlé, le chagrin qui les unissait ne réclamant aucune parole, aucune explication. Elles étaient là, ensemble, comme si elles n'avaient jamais été séparées. Avec l'aide d'Odélie, Marie a habillé Daniel de ses plus beaux habits et l'a préparé pour la veillée funèbre. Sans sa fille, Marie est persuadée qu'elle en aurait été incapable. Comment aurait-elle pu en effet admettre que son époux, qui l'avait tout juste quittée pour retourner à la caserne surveiller les prisonniers, ait trouvé la mort en chemin? Lui qui avait si souvent risqué sa vie à courir entre Québec et les Trois-Rivières a fait face à son destin à quelques pas de chez lui, dans l'enceinte fortifiée. Elle l'avait cru en sécurité depuis qu'il avait renoncé à ses missions périlleuses. Comment pourrait-elle admettre que le sort se soit joué d'elle une seconde fois ? Dans sa poitrine, un nœud s'est formé qui ne s'est pas dissous depuis.

Comme si la mort de Daniel n'était pas une croix suffisante, Marie a aussi appris, de la bouche même de sa fille, le décès d'Antoinette. La religieuse aurait été victime d'un accident en intervenant dans une querelle entre un Anglais et un Bostonnais. Le choc a été violent. Après la disparition de Daniel, celle d'Antoinette accroît le sentiment de solitude chez Marie. « Douce Antoinette, songe-t-elle, affligée en repensant à l'histoire tragique que sa belle-sœur lui avait racontée lors de leur dernière rencontre. Puisse-t-elle enfin trouver la paix ! »

Marie sait que les augustines veilleront aux funérailles de sa belle-sœur. Elle peut donc se concentrer, malgré son chagrin, sur celles de son époux. Demain matin, il lui faudra envoyer les faire-part de décès pour inviter les gens à la procession funèbre. Ensuite, elle devra déshabiller Daniel pour l'envelopper dans le linceul, puis suivre les hommes qui porteront son cercueil jusqu'à l'église. Ce sera un convoi tout simple, car Daniel souhaitait être enterré comme les plus humbles. Il n'y aura en tête du cortège que le curé et les enfants de chœur. Marie marchera derrière le cercueil, avec ses enfants, les accompagneront des voisins et des amis. Dans la cathédrale, elle assistera à la messe, fera alors ses derniers adieux à son époux et rentrera chez elle, dans une maison plus vide qu'elle ne l'a jamais été.

Marie est incapable d'imaginer ce qui arrivera après, comme elle est incapable d'accepter que Daniel ne soit plus là, demain ni les jours suivants. Il ne la prendra plus jamais dans ses bras pour la réconforter. Il ne s'allongera plus près d'elle dans le lit, se lovant dans son dos pour la réchauffer. Il ne lui fera plus l'amour. Il ne lui parlera plus de ses projets, de son commerce, de l'avenir de ses enfants. Le futur se tracera sans lui désormais et Marie trouve douloureux juste d'y penser.

*

La femme hurle et vocifère toutes les insultes qui lui viennent à l'esprit. Rien n'y fait. Le soldat bostonnais lui arrache le poulet qu'elle gardait dans ses bras, près de son corps. Dès que la volaille a changé de main, les enfants se ruent sur le Bostonnais qui les brutalise pour s'en débarrasser. Debout sur le seuil de la porte, les autres rebelles s'amusent du spectacle.

Adossé au chambranle, François se retient d'intervenir. Il déteste ces razzias chez les habitants. C'est vrai que les troupes américaines ont faim. C'est vrai aussi que leur général n'a plus d'argent, ni pour les payer ni pour les approvisionner et que les renforts tardent. Cependant, François juge inacceptable qu'on vole les habitants de cette manière, en leur répétant qu'ils se doivent de nourrir ceux qui sont venus les libérer. On pille et violente au nom du Congrès. Il y a même eu des meurtres au nom de la liberté. Ces Bostonnais, en qui il voyait des sauveurs, sont devenus une véritable plaie pour la *Province of Quebec* et François sent monter en lui une vague nausée chaque fois qu'on le charge de parcourir la campagne avec une dizaine d'entre eux pour aller chercher des provisions.

C'est en intervenant dans des circonstances semblables que sa tante Antoinette avait trouvé la mort. «Un accident», a dit Odélie en serrant les poings. C'était au début de mars, quelques jours avant qu'elle ne rentre en ville sans donner d'explications. Sur le coup, François n'a pas compris comment avait pu survenir l'accident. Mais aujourd'hui, à voir la colère qui brille dans les yeux des Canadiens, il l'imagine sans difficulté.

Comme chaque fois qu'il pense à sa sœur, François sent la honte le gagner. Il déteste penser qu'Odélie a changé de camp, les a trahis. Même s'il n'approuve pas le comportement des Bostonnais, il s'est engagé à se battre avec eux. Avec Jean Rousselle. Comment Odélie a-t-elle pu renoncer à leur idéal de liberté ?

Tout à coup, les pleurs des enfants et les cris de rage des habitants lui semblent insupportables. Plutôt que d'assister, impuissant, à ce qui risque de se produire, il préfère sortir et attendre sur le bord de la route. La forêt se dessine à l'ouest, dense et touffue. Le chemin du Roy la traverse, bifurquant vers le nord, s'éloignant un moment du fleuve et de la falaise pour disparaître entre les sapins. Au-delà, le soleil décline, lentement. C'est par cette route qu'ils devront passer avec le traîneau parce que, depuis quelques jours, la neige fond et le fleuve a commencé à se couvrir d'eau ; il serait risqué de s'aventurer sur les glaces. Le passage dans les bois s'avérera sans doute difficile, les patins s'enfonceront dans les crevasses, buteront contre une branche sortie de la boue. Mais c'est tout de même la route la plus sécuritaire pour se rendre au camp de la Pointe-aux-Trembles.

Dans la maison, le vacarme se poursuit. Au bout de plusieurs minutes, les Bostonnais le rejoignent près du traîneau où sont accrochées les provisions saisies dans six autres fermes. Puis les patins se mettent en mouvement, sous les rires des soldats rebelles qui avancent d'un pas régulier, se partageant le pain dont ils viennent de s'emparer.

François marche derrière eux, furieux. Ils n'ont rien laissé à cette famille qui devra sans doute se réfugier chez des amis pour le reste de l'hiver. Le pire, c'est que presque toutes les fermes des environs ont subi un tel pillage. Il faut dire que, dans chaque ferme, l'habitant refusait de leur donner à manger, ne voulant pas s'exposer à la colère du gouverneur Carleton, advenant une défaite des Bostonnais. François se dit que, avec un peu plus de coopération de la part de la population, les relations entre les rebelles et les Canadiens pourraient être meilleures, sinon acceptables. Au lieu de quoi, en ce moment, tous les échanges se terminent dans la violence.

*

La falaise tombe abruptement dans le fleuve et un mince sentier permet de longer la grève. De temps en temps, la paroi s'approche des glaces, puis recule, créant une dentelle de petites anses qui parsèment la côte. Il faut escalader les gros rochers qui jonchent la rive pour contourner les pointes et retrouver le sentier de l'autre côté. C'est précisément dans l'une de ces anses que le commandant de l'expédition a placé ses hommes. Même si la route passe tout en haut, c'est au pied de la falaise qu'on a tendu l'embuscade.

François s'est adossé à la paroi et attend, comme les autres, que le messager des royalistes franchisse les rochers. Son fusil est chargé. Ses mains rougies le tiennent solidement collé contre lui. Le vent lui fouette le visage et, malgré cela, François se réjouit. Un soleil radieux fait étinceler la glace du fleuve. Au large, elle a même commencé à se fissurer. On s'attend d'un jour à l'autre à entendre le craquement qui annoncera enfin le dégel, et avec lui viendront les renforts. C'est ce qu'a affirmé le colonel Arnold et François ne demande qu'à le croire, car avec ces renforts viendront des provisions.

Ils sont quatre, comme lui, à guetter l'apparition du courrier de Carleton. Ils savent que le message qu'il apporte est destiné aux royalistes qui harcèlent les troupes rebelles. Le gouverneur envoie sans doute de nouvelles instructions à ses hommes et ce sont ces dernières que François et ses compagnons sont chargés d'intercepter.

Comment le commandant a-t-il eu vent de ce passage le long de la grève? François n'en a aucune idée. Ce qu'il comprend, toutefois, c'est que ce sentier est beaucoup plus discret que le chemin du Roy et qu'un espion qui connaît bien la région a pu, plusieurs fois pendant l'hiver, passer sous le nez des gardes rebelles placés tout en haut de la falaise.

Quelques cailloux roulent sur la glace. François retient son souffle. Un pied apparaît, chaussé d'un mocassin. Puis un genou se love dans un creux de la paroi. Une main effleure le mur rocheux à la recherche d'une prise. Puis un jeune homme se glisse sur la grève et se retrouve face aux canons de cinq fusils.

– Halte! crie un Bostonnais.

François reconnaît le courrier. Son visage est couvert d'éraflures et brûlé tant par le soleil que par le vent. Il a perdu son chapeau et ses cheveux châtains lui retombent dans le visage, collés par la brise venue du fleuve. Ses vêtements sont en partie déchirés et trempés à force d'avoir frotté contre la neige mouillée qui couvre la roche. Il ne porte, pour arme, qu'un poignard glissé dans sa ceinture. Pourtant, Louis affiche toujours le même regard arrogant. Il a certainement reconnu François, lui aussi, mais il n'a pas dit un mot. Il s'avance plutôt lentement, en direction du commandant qui lui parle avec autorité :

– Nous savons que Carleton vous envoie porter un message aux royalistes, dit ce dernier. Donnez-nous ce message et vous aurez la vie sauve.

Louis fait semblant de ne pas comprendre ce qu'on lui dit. C'est vrai que le commandant s'est exprimé en anglais, mais François sait que son frère parle cette langue aussi bien que lui. Il s'impatiente de le voir jouer les idiots.

– Allez, Louis. Tu as très bien compris ce qu'il t'a dit. Donne-nous le message et nous te laisserons partir.

Louis se tourne vers lui et François voit dans son regard plus de mépris qu'il n'en a jamais vu.

– Je suppose que ça te rend heureux, François, de me voir enfin à ta merci.

François ne se laisse pas prendre à ce jeu. En ce moment, il n'a rien contre son frère. Il n'est qu'un soldat en mission.

– Je veux seulement le message, dit-il d'une voix neutre.

– Et si je ne te le donne pas, tes amis m'abattront-ils comme ils ont abattu le père? Comme on abat un chien!

– Le père?

Les mots de Louis prennent trop de temps à entrer dans son esprit. Vient-il vraiment de dire que le père est mort? C'est une ruse. Ce ne peut être qu'une ruse pour le berner.

– Qu'est-ce que tu racontes là ? Le père est dans la ville.

– Le père est mort, poignardé en pleine rue par une saleté de Bostonnais !

Louis a parlé les dents serrées et François comprend tout à coup qu'il ne bluffe pas. Malgré le chagrin qu'il sent grandir en lui, la mort de son père ne lui fait pas oublier le côté qu'il a choisi.

– Donne-nous le message, Louis, répète-t-il, en faisant délibérément abstraction de la nouvelle qu'il vient d'apprendre.

Louis glisse sa main dans son manteau et en ressort une feuille de papier pliée. Un murmure s'élève des Bostonnais et, au moment où le commandant fait un pas vers Louis, ce dernier lève le bras haut dans les airs.

– Ne bougez pas, dit-il en balançant le papier, ou je le laisse aller dans le vent.

– Ne plaisante pas, Louis. Que veux-tu que ça nous fasse que tu le laisses partir au vent ? On ira le chercher.

Louis ne retient plus la feuille que par un coin.

– C'est vrai ? demande-t-il, l'air faussement incrédule. Vous iriez le chercher ? Observe bien le fleuve, François. Tu sais comme moi que les glaces sont en train de fondre. Comment réagiront-elles sous le poids d'un homme ? Es-tu prêt à prendre le risque ?

Même s'il ne comprend pas un mot de ce qui se dit en français, le commandant a deviné le plan de Louis. Il lève son fusil dans sa direction.

– Si vous tirez…, dit Louis, avec une voix si calme que François en frémit, si vous tirez, le papier s'envolera de la même manière.

François traduit ce que son frère vient de lui dire et le commandant répond en anglais sur un ton brutal :

— Ce que nous voulons, c'est empêcher le messager d'accomplir sa mission. Ce que contient le message ne nous intéresse pas.

— Vraiment ?

La voix de Louis est à la limite de l'insolence et il s'apprête à ouvrir la main lorsque le commandant fait feu. La main de Louis est traversée par la balle et la feuille s'envole instantanément dans le vent. Louis s'affaisse sur la grève en hurlant de douleur.

Sans ajouter un mot, le commandant fait signe à ses hommes de le suivre et tous s'éloignent vers le sentier qui monte le long de la falaise. Seul François demeure sur place, consterné, son esprit n'arrivant pas à accepter ce qui vient de se produire.

— Rousselle ! hurle le commandant. On part.

François ne peut détacher les yeux de son frère, ni de sa main mutilée d'où se déverse une grande quantité de sang qui macule ses vêtements. Louis continue d'ailleurs de gémir et, à mesure que les Bostonnais s'éloignent, l'allégeance de François s'effrite. Ils sont maintenant rendus tout en haut de l'escarpement. Le commandant l'appelle, mais François ne répond pas. Il s'est agenouillé à côté de Louis et a sorti un mouchoir de sa poche.

— Tiens, dit-il en le dépliant. Donne-moi ta main.

Ses yeux croisent ceux de Louis, pleins de larmes, pendant qu'il noue le mouchoir de manière à arrêter le saignement. Il n'a pas besoin de regarder vers la falaise pour savoir que les Bostonnais sont partis. Il ne reste, sur la grève, que son frère et lui. Et la première maison pour le soigner se trouve au moins à une demi-lieue…

François se relève et glisse un bras sous les épaules de Louis pour l'aider à se mettre sur pied. Puis les deux garçons marchent lentement en direction du sentier qui remonte vers la route.

– Pourquoi fais-tu ça, François? C'est pourtant ce que tu voulais, intercepter le messager.

François ne dit rien et continue de monter l'escarpement. Parce que la douleur de son frère est terrible, ses jambes ne le supportent pas. À tout moment, François doit l'empêcher de glisser ou de tomber vers l'arrière. Lorsqu'ils atteignent la route, le poste de garde est désert. Les Bostonnais ont déjà disparu à l'est. François réajuste sa prise et se dirige dans la direction opposée. La voix de Louis se fait plaintive, entrecoupée de gémissements semblables à des sanglots:

– C'est vrai, tu sais, pour le père.

François ne dit toujours rien et continue de porter son frère. Au loin, il aperçoit la maison d'un habitant. De la cheminée, une fumée blanche s'élève et monte vers le ciel. Ils pourront au moins se réchauffer et, avec un peu de chance, il sera possible de soigner Louis.

Mais celui-ci s'arrête justement.

– Pourquoi fais-tu ça? répète-t-il, en repoussant le bras secourable.

– J'en ai assez, balbutie François, en évitant de regarder son frère dans les yeux. Je voudrais juste qu'ils repartent chez eux et qu'on reprenne notre vie d'avant.

– Dans ce cas, dit Louis, en lui tendant sa main valide, jure-moi que tu ne te battras plus dans le camp des Bostonnais.

– Je ne me battrai plus du tout, souffle François, en serrant la main tendue.

– Jure-le !

Louis a raffermi sa poigne.

– Je le jure, devant Dieu.

Plusieurs minutes plus tard, pendant que l'habitant approche un tisonnier chauffé au rouge pour cautériser la plaie de Louis, François, installé juste à côté, lui tient sa main valide. Il a glissé dans la bouche de Louis un morceau de bois, mais il se doute bien que ce ne sera pas d'un grand secours lorsque la douleur sera trop intense. François peut lire dans ses yeux la terreur qu'il ressent face à ce qui l'attend. Pour cette raison, il s'agrippe à lui de toutes ses forces de manière à l'empêcher de bouger. Cependant, François ne peut se résoudre à regarder lui-même le fer brûlant la chair. L'odeur qui remplit la pièce lui lève le cœur. Il s'accroche au bras de Louis et ferme les yeux.

La douleur a sans doute été atroce et, pourtant, Louis n'a pas perdu connaissance. Lorsque l'habitant s'éloigne et replace le tisonnier dans les flammes, Louis se rassoit de lui-même et observe sa blessure noircie.

– Il faut quand même faire un bandage, dit doucement la femme de l'habitant.

Louis se laisse faire et François se demande où son frère a pu trouver autant de courage. Lorsqu'on l'installe enfin sur une paillasse près du feu, François s'assoit près de lui, incapable de prononcer un mot. L'admiration qu'il ressent pour son frère va au-delà de ce qu'il pourrait exprimer.

– J'ai besoin de toi, dit soudain Louis, en posant sur François un regard insistant.

François serre la main valide de son frère dans la sienne.

– Demande-moi n'importe quoi.

– J'ai besoin que tu ailles aux Trois-Rivières porter le message du gouverneur Carleton.

François est abasourdi.

– Mais… je croyais que…

Louis secoue la tête.

– C'est une ruse que le père m'a enseignée. Déroule mon bas droit. Le message est tout près de la cheville.

François s'exécute.

– Où dois-je aller? demande-t-il, après avoir replacé le vêtement dans sa position habituelle.

– Sur la rive est du Saint-Maurice, un peu avant d'arriver au bac, tu prends le chemin…

François écoute les instructions de son frère afin qu'il accomplisse, à sa place, la mission que le gouverneur Carleton avait tout d'abord confiée à son père.

*

On aurait pu croire qu'en avril l'hiver aurait fait place au printemps, définitivement. Mais dans la *Province of Quebec*, rien n'est moins certain que l'arrivée du printemps. Les Canadiens sont habitués. Et Marie se demande si un jour elle s'y fera, elle aussi. Debout dans la salle commune, appuyée contre le montant de la fenêtre, elle observe les flocons qui virevoltent dans la cour.

Elle a revêtu sa robe noire, un bonnet assorti et a enroulé un châle de laine autour de ses épaules. La maison est humide, malgré le feu qui crépite dans la cheminée. Sur la table, son café fume toujours, mais elle n'y a pas encore touché.

Comme bien des gens, elle a été surprise en se levant de découvrir les rues couvertes de neige. Une neige qui continue d'ailleurs de tomber abondamment, faisant complètement disparaître le potager que Louise avait commencé à préparer pour les semences.

Pour Marie, ç'a été un choc de retrouver aussi brutalement l'hiver. Et ce choc l'a suffisamment secouée pour la faire sortir de la léthargie dans laquelle elle était plongée depuis la mort de Daniel. Les saisons avancent, même si l'hiver semble s'acharner. Elle doit se prendre en main, sinon la mauvaise saison sera de retour et rien ne sera fait de ce qui devrait l'être.

Ce matin, Marie a réalisé que sa situation est beaucoup moins tragique qu'elle ne l'a déjà été. Lors du décès de Charles, son premier mari, elle s'était retrouvée sans le sou et sans personne pour l'aider, Odélie n'étant qu'une enfant à l'époque. La mort de Frederick n'avait pas non plus été sans souci. Les doutes que ce lieutenant anglais avait volontairement laissé planer à son sujet l'avaient mise dans l'embarras. On l'avait soupçonnée d'espionner pour le compte de l'Angleterre. On l'avait même mise en prison ! N'ayant aucun moyen de se disculper, Marie s'était crue condamnée.

Or, cette fois, elle se trouve dans une situation enviable, comme si Daniel avait voulu bien faire les choses jusque dans la mort. Malgré son veuvage et malgré sa peine, elle n'a pas à se plaindre. Ses fils savent tenir commerce. Et quand la guerre sera finie, la boutique devrait subvenir aux besoins de toute la famille, ce qui est rassurant.

Ce constat n'efface pas complètement le chagrin que lui a causé la mort de Daniel. Elle le respectait comme époux, mais, surtout, elle avait appris à l'aimer, comme une femme aime un homme. Cependant, ce bonheur perdu amène aussi un espoir : grâce à Daniel, elle a confiance en l'avenir. Elle ne sera jamais plus dans la gêne. Il s'en est assuré, comme il le lui avait promis.

Marie revient vers la table. Elle n'a pas besoin de prendre une gorgée de son café pour savoir qu'il est froid. Elle entre donc dans la cuisine où Odélie et Louise s'affairent déjà.

— Je vais faire du ménage dans les papiers de Daniel, dit-elle, en déposant sa tasse sur la table.

— On prépare encore du café, remarque Odélie. On va t'en apporter.

Marie la remercie et s'éloigne vers le bureau. La prévenance de sa fille l'étonnera toujours. Dans la boutique, ses fils discutent près de la fenêtre en regardant la neige effacer les pavés. Dans cette lumière d'une blancheur immaculée, on dirait presque que la guerre est finie. Marie les salue et s'arrête sur le seuil du bureau.

À la vue des objets personnels de Daniel, elle sent son cœur qui se comprime. Elle avale avec difficulté et souffre de ce point qui grandit dans son estomac. Elle s'assoit néanmoins à son bureau, devant le livre de comptes. Elle l'ouvre et ses yeux s'attardent sur l'écriture de Daniel : dépenses, revenus. Les chiffres sont alignés et faciles à comprendre. Comme s'il avait tout prévu. Une note au bas de la page attire l'attention de Marie : « Vérifier les contrats. Tiroir du bas. Double fond. »

Marie trouve étrange que Daniel ait mentionné ce tiroir. Elle a toujours su qu'il y gardait les contrats passés de manière illicite. C'est lui-même qui lui avait parlé du double fond, il y a plusieurs années de cela.

«Au cas où des indiscrets viendraient fouiller dans mes affaires», avait-il dit, en lui montrant comment le faire coulisser.

Marie n'a jamais eu besoin de prendre ou de placer quoi que ce soit à cet endroit et c'est pourquoi elle trouve curieux que Daniel ait dévoilé sa cachette dans une note aussi visible. Comme elle l'avait déjà vu faire, elle sort complètement le tiroir et le dépose sur le bureau. Après l'avoir vidé de son contenu, elle en fait glisser le fond.

Dans la cachette se trouvent cinq documents. Marie reconnaît deux contrats : l'un porte la signature de Murray, l'autre, celle de Carleton. Pourquoi Daniel aurait-il voulu vérifier ces arrangements passés il y a des années ? C'étaient certes des accords commerciaux qui avaient valu à Daniel la jalousie et le mépris de ses concurrents, mais il n'y avait pas de raison pour qu'il ait eu besoin de les examiner : ces ententes ne tenaient plus à cause des mesures de guerre.

Marie s'attarde donc sur les deux autres documents. Il s'agit de lettres : l'une d'elles est jaunie, l'autre semble plus récente. Toutes deux lui sont adressées. Marie les déplie, l'une après l'autre, et les lit. Puis les feuilles tombent sur le bureau. Dans ses mains, elle étouffe des sanglots violents. Une douleur terrible la submerge : Daniel a toujours su la vérité sur Jean.

*

C'est une belle matinée de la fin d'avril. Le soleil s'efforce de faire fondre ce qui reste de neige sur les plaines d'Abraham. Les deux pieds dans la boue, les

Bostonnais sont rassemblés en grand nombre à peu de distance de la porte Saint-Jean. Debout parmi eux, Jean Rousselle cherche du regard ce qui attire l'attention de tous. Il ne distingue que quelques mouvements tout en haut du mur, sans plus. Il s'avance donc.

Au sommet des fortifications, les habitants de la ville ont construit un cheval de bois grandeur nature. Devant ce dernier, ils ont déposé une botte de foin. Une femme se promène de long en large devant cette effigie saugrenue. Elle vocifère contre l'armée déployée à ses pieds. Jean marche dans cette direction. Lorsqu'il atteint la première rangée de spectateurs, son visage se transforme et le premier venu ne pourrait y lire que du dépit.

La femme qui hurle, les yeux hagards, c'est Marie. Sa Marie! Qu'il est difficile de la reconnaître pourtant. Sa coiffure est défaite, ses vêtements, maculés de boue. Son visage semble défiguré par la colère. Elle brandit un écriteau sur lequel sont peints quelques mots que Jean n'arrive pas à lire à cause des reflets du soleil. Mais il perçoit dans sa voix énormément de hargne, plus que tout ce qu'il a jamais connu dans sa vie. Marie répète sans doute ce qui est inscrit sur la pancarte, mais ses mots se perdent sur les plaines, dispersés par le vent. Jean fait donc quelques pas de côté.

C'est alors que les paroles qu'il devine à peine prennent tout leur sens. Le cheval, le foin et l'écriteau ne font qu'un. Car Jean peut maintenant lire clairement ces mots sur la pancarte: «Quand ce cheval aura mangé cette botte de foin, nous nous rendrons».

Jean comprend que jamais les Bostonnais ne viendront à bout de la résistance des habitants. Les rebelles désertent tous les jours. Les vivres manquent. Force est d'admettre que Québec est hors de portée, comme l'est Marie.

Sans un mot, il fait demi-tour. Il retourne chez lui. Il retourne en France. Sa mission est terminée. Vergennes voulait savoir si les rebelles pouvaient gagner. Ils le peuvent peut-être dans les colonies du sud, mais jamais ils ne réussiront à prendre le Canada.

*

En ce début du mois de mai, l'été semble vouloir reprendre ses droits sur la *Province of Quebec*. La neige a presque fondu. Chaleur et soleil sont au rendez-vous pour permettre à Odélie d'observer, depuis le rempart ouest, la fuite des Bostonnais. Une douce brise lui caresse les joues et fait danser ses jupons qui frottent contre le muret de pierres. Debout sur les hauteurs du bastion de la Potasse, la plus au nord de toutes les fortifications qui enserrent la ville, Odélie observe la silhouette trapue de l'Hôpital-Général qui s'étire en bordure de la rivière Saint-Charles. Parce que personne ne peut quitter l'enceinte fortifiée avant que tous les rebelles aient fui ou aient été capturés, Odélie scrute avec impatience la campagne entourant l'hôpital. Elle est incapable de distinguer une personne d'une autre à une si grande distance, mais elle peut au moins surveiller les mouvements des troupes britanniques arrivées en renfort sur le fleuve ce matin. Ce sont plus de neuf mille soldats, accompagnés de quelques centaines de miliciens, qui ont fondu sur l'ennemi pour le déloger de sa position. Impuissante, Odélie prie pour que, dans le désordre général qui règne dans les environs, Wellington ne soit pas abattu comme un rebelle.

En entendant les exclamations de Louise, debout à côté d'elle, Odélie comprend que la servante n'a d'yeux que pour les ruines environnantes : celles, toutes proches, du faubourg Saint-Jean dont une vingtaine de maisons ont été incendiées, mais celles aussi du faubourg Saint-Roch, tout en bas, qui ont été pilonnées par les batteries de la ville pour faire fuir les Bostonnais qui tentaient tout l'hiver d'y établir des postes de garde. Le spectacle a de quoi attrister, mais il est moins décourageant que celui de la ville dévastée à l'automne de 1759, alors que tout était à reconstruire et que l'hiver était imminent. Cette année, au moins, il reste tout l'été et tout l'automne pour semer, réparer et engranger. L'hiver prochain ne sera pas trop difficile, du moins matériellement.

Car Odélie ne doute pas que sa famille souffrira encore longtemps des pertes causées par cette guerre. Tous les jours, elle prie pour l'âme de son père et celle de sa tante qui ont trouvé la mort au nom de la liberté. Avec leur disparition lui semble à jamais clos le chapitre de son enfance. Avec Antoinette à Louisbourg, avec Daniel à Québec, combien d'aventures mémorables elle avait partagées ! Quand la peine est trop grande, elle se console en se disant qu'ils font désormais partie d'elle. Il y a aussi Louis, bien sûr, qu'il a fallu amputer et dont le moignon guérit lentement, et François...

En réalité, François est le seul, avec elle, pour qui la vie a pris un tournant radical, certes, mais positif. De gamin tourmenté et solitaire, il est devenu un homme confiant et responsable. Avec Louis, les querelles ont fait place à une complicité quotidienne. Ce sont eux, désormais, les hommes de la maison.

Celle que cette guerre a le plus anéantie est sans aucun doute Marie. Odélie l'entend souvent pleurer, la nuit, seule dans son lit. Si elle la comprend si bien, c'est qu'Odélie a peur d'avoir perdu, elle aussi, celui qu'elle aime.

Tout en bas, dans la vallée, deux ou trois cents Habits rouges ont formé les rangs et remontent maintenant la côte pour rentrer en ville. Derrière eux, une cinquantaine de miliciens encerclent les prisonniers capturés à l'hôpital lors de l'attaque de ce matin. Odélie les suit du regard, détaillant chacun des hommes qui marchent en direction de la ville. Au bout de dix minutes, elle secoue la tête, déçue. Wellington n'est pas parmi eux. Mais que pensait-elle donc ? Qu'il regagnerait le rang des royalistes au moindre signe de victoire ? Sa mission ne s'achevait peut-être pas aussi facilement. Il s'est peut-être même replié avec les rebelles jusqu'aux Trois-Rivières.

– Viens, Louise, souffle-t-elle dans un soupir. On rentre.

La servante acquiesce et dévale le talus juste derrière Odélie. Côte à côte, elles longent le mur des fortifications sans même échanger une parole. Odélie a le cœur gros et se sent incapable de raconter à Louise ce qui la chagrine. Pourtant, d'aussi loin qu'elle se souvienne, la servante a été pour elle ce qui ressemble le plus à une amie. Mais si elle n'a même pas eu le courage d'avouer à sa mère son mariage avec un Anglais de peur de l'affliger davantage, comment pourrait-elle se confier à quelqu'un d'autre ?

Les deux femmes atteignent la porte Saint-Jean en même temps que les troupes britanniques. Elles s'arrêtent pour les regarder pénétrer dans l'enceinte au son du tambour et du fifre. Leurs habits écarlates se découpent

sur le gris de la pierre et une centaine de citoyens sont venus les accueillir. C'est grâce à ces soldats si la ville est
enfin libérée. Après les hommes en uniforme suivent les
prisonniers, puis les miliciens. L'un d'eux se détache du
groupe et se dirige vers Odélie. Celle-ci reconnaît immédiatement le cabaretier.

– Mademoiselle Rousselle, dit Gaston Grandbois
en enlevant son chapeau. Il y a un homme, à l'hôpital,
qui demande à vous voir. Il ne m'a pas dit son nom,
mais il m'a dit de vous remettre ceci.

Gaston fouille alors dans son sac à feu et en ressort
un morceau de velours rouge. Odélie prend le morceau
d'étoffe dans ses mains et laisse glisser ses doigts sur le
tissu, perplexe. Puis l'image de Wellington surgit dans
son esprit, vêtu d'un gilet confectionné dans le même
tissu.

Ivre de joie, Odélie ramasse ses jupes et, sans un
mot ni à Louise ni à Grandbois, franchit la porte Saint-
Jean et s'élance vers la côte, dépassant les quelques habitants qui y déambulent, heureux de pouvoir enfin
quitter la ville fortifiée. Odélie ne court pas, mais elle
marche très rapidement. Une demi-lieue sépare la ville
de l'Hôpital-Général. À pied, il faut plus de trente
minutes pour parcourir cette distance. À mi-pente, elle
accélère l'allure et dépasse un autre groupe de miliciens.
Dans sa précipitation son bonnet tombe, son chignon
se relâche, ses longues mèches glissent dans le vent et
imitent les pans de sa cape de laine qui virevoltent derrière elle.

Le soleil est encore haut lorsqu'elle arrive à proximité du cimetière. Maintenant, elle court et longe la fosse
recouverte de planches tout en se retenant de respirer.

La chaleur a commencé à faire pourrir les corps qu'on y a descendus tout l'hiver. Si les Bostonnais n'étaient pas partis sous les coups de feu des Britanniques, ils auraient sans aucun doute entrepris de remplir ce trou nauséabond.

Odélie atteint enfin la porte nord, celle par où sont entrés et sortis les Bostonnais pendant tout l'hiver. Elle s'arrête seulement une fois à l'intérieur de l'hôpital, pour que ses yeux s'habituent à la pénombre et que son cœur qui bat la chamade se calme. Elle s'avance ensuite entre les lits. Au milieu de la salle, une douzaine de malades sont toujours alités, surveillés par des gardes britanniques. Quelques religieuses continuent de leur prodiguer des soins, toujours motivées par la charité chrétienne. Odélie s'approche du groupe.

– Savez-vous où se trouve le capitaine Wellington? demande-t-elle en anglais au Bostonnais qui semble le moins malade.

Ce dernier l'observe un moment, puis semble brusquement la reconnaître.

– Je ne sais pas de qui vous voulez parler! lance-t-il, la voix tremblante, en reculant dans son lit.

Odélie ne comprend pas cette méfiance qu'il lui manifeste. L'homme a d'ailleurs dit quelques mots à ses compagnons d'infortune et tous la regardent maintenant d'un œil craintif. Odélie se détourne et scrute le fond de la salle.

C'est alors qu'elle aperçoit un homme allongé sur un lit, tout près d'une fenêtre. Ses cheveux sont collés sur son visage, des cheveux châtains et légèrement bouclés, semblables à ceux de Wellington. Odélie fait quelques pas vers lui, retenant sa respiration.

C'est bien lui, Wellington! Elle soupire et s'approche davantage. Il dort. C'est alors qu'elle distingue une tache foncée, presque brune, sur sa joue gauche. Sa chemise est entrouverte et Odélie reconnaît sur son torse d'autres marques laissées par la variole. Elle s'agenouille près de lui, soulagée de l'avoir retrouvé, mais inquiète de le savoir atteint d'une si grave maladie.

– Nathanael, dit-elle en lui prenant la main. C'est moi, Odélie. M'entends-tu?

Wellington ouvre à peine les yeux et esquisse un faible sourire.

– Ne viens pas si près, dit-il en retirant sa main. Je ne voudrais pas que tu sois malade aussi.

Odélie a envie de le serrer dans ses bras, mais se contente de reprendre sa main pour la caresser du bout des doigts.

– Depuis combien de temps es-tu dans cet état?

– Un mois, je crois.

Wellington a plissé les yeux et l'observe attentivement. Odélie lui offre son plus beau sourire et, d'un air espiègle, elle ajoute :

– C'était ça, ton arme secrète? Combien de personnes as-tu contaminées?

Wellington émet un petit rire douloureux.

– Recule un peu, supplie-t-il, en retirant de nouveau ses doigts. Laisse-moi te regarder dans ces vêtements de femme.

Odélie se rend compte que c'est la première fois qu'il la voit ainsi vêtue. Soucieuse de lui plaire, elle se redresse et fait une large révérence puis revient près de lui.

– Je savais, Odélie, que tu serais encore plus séduisante en femme... Tu me manques tellement !

Il semble heureux et triste à la fois. Alors, Odélie le rassure :

— Si tu es malade depuis un mois, tu n'es plus contagieux, et tu es surtout en voie de guérison…

Mais Wellington semble sceptique.

— J'ai parlé de notre mariage au général Burgoyne. Il s'occupera de toi.

Odélie secoue la tête, doucement.

— Ne dis pas de bêtise. Tu n'as pas survécu à tous ces accidents pour mourir d'une simple maladie. Et puis, tu dois vivre, mon amour, pour nous…

— Il est dangereux, tu sais, d'être amoureux quand on fait mon métier. Mais avec toi, pour la première fois, je veux bien courir ce risque…

Un long regard complice scelle ce dernier échange. Après quelques minutes, des murmures s'élèvent derrière Odélie. Elle jette un œil sur les soldats britanniques qui, malgré leur raideur disciplinaire, l'observent avec une curiosité mêlée d'angoisse.

— Qu'est-ce qu'il y a enfin ? demande-t-elle à celui qui se trouve le plus près.

Mais c'est Wellington qui répond :

— Ils pensent que tu es un assassin.

— Moi ?

Odélie n'en revient pas. Elle se souvient d'avoir transpercé un soldat britannique avec son épée, lors de la descente dans la maison de Mr. Otis. C'était il y a des mois de cela. Ces hommes ne peuvent tout de même pas être au courant !

— C'est à cause de la sentinelle, souffle Wellington, d'une voix si faible qu'Odélie doit se pencher pour entendre la suite. On l'a retrouvée le cou brisé, la nuit même où tu as apparemment changé de camp. C'est le Dʳ Senter qui a trouvé le pauvre homme pendant qu'il essayait de te rattraper. J'avais déjà quitté les lieux, mais, le lendemain matin, tout le monde ne parlait que de ce Charles de Beauchêne qui avait brisé la nuque d'un homme de garde. Senter a tout de suite fait le lien avec le meurtre survenu au fort Western, en septembre. Chacun étant au courant en ce qui concerne ton habileté au fusil, la rumeur s'est répandue rapidement comme quoi tu avais pour mission de saboter l'expédition.

– Moi ? répète Odélie, sous le choc.

Wellington en remet :

– Tu aurais dû voir leurs têtes quand Senter leur a expliqué que tu étais une femme. C'est une chance que tu n'aies pas remis les pieds à l'hôpital ce jour-là ; ils t'auraient écorchée vive.

Wellington éclate de rire et Odélie est soulagée : s'il peut la taquiner, c'est qu'il n'est pas aussi mal en point qu'il en a l'air. Cependant, en entendant le nom du docteur, Odélie se rend compte qu'il n'est pas à l'hôpital.

– Il a soigné les hommes jusqu'à la fin, dit Wellington en devinant ses pensées. Il a été obligé de fuir avec l'armée qui s'est repliée vers Montréal. Je pense que tu l'as grandement déçu.

En disant ces mots, Wellington a tenté un clin d'œil maladroit et Odélie comprend qu'il a prononcé cette dernière phrase pour se moquer d'elle, encore une fois. Elle prend une mine outragée, mais ses craintes sont tout de même apaisées : le bon docteur est sain et sauf et sur le chemin du retour. D'un geste emporté, Odélie reprend la main de Wellington et la presse sur son cœur, heureuse de voir se dessiner devant elle, pour la première fois enfin, quelques pistes lui montrant son destin. Un destin aux côtés d'un homme qu'elle aime et qui partage ses sentiments.

*

Sous un radieux soleil de juillet, Marie est debout sur la grève en bordure du fleuve et regarde s'éloigner la petite barque qui tangue à l'approche du *Promise*. Ancré à une bonne distance de la rive, l'immense trois-mâts s'apprête à lever les voiles. Ses dorures scintillent sous le soleil et Marie sent son cœur se serrer pendant qu'elle suit des yeux sa fille qui grimpe à l'échelle pour monter sur le pont. Elle se souvient d'un jour d'août, il y a plus de quinze années de cela. Elle aussi quittait le Canada, pour mieux y revenir, moins d'un an plus tard. Mais ça, c'était son histoire à elle. Un destin semblable attend-il Odélie alors qu'elle suit son époux à l'autre bout du monde?

La *Province of Quebec* devrait pourtant vivre des jours heureux, maintenant que les Bostonnais sont définitivement partis. La nouvelle est parvenue à Québec à la fin du mois de juin. Les rebelles, dont plusieurs étaient gravement atteints de la variole, s'étaient repliés sur le Richelieu, non sans avoir auparavant pillé et brûlé une partie de la ville de Montréal. On dit que les habitants ont réussi à éteindre les incendies avant qu'ils ne se propagent au reste de la ville. Marie a remercié le ciel d'avoir permis que soient restreints les dommages causés par ces bandits. Dorénavant, plus personne n'en parlera d'une autre manière, plus personne n'envisagera leur idéal de liberté sans penser aux crimes qu'ils ont commis. Ils se sont montrés aussi cruels et perfides que les pires brigands et Marie souhaite qu'ils demeurent désormais de l'autre côté des montagnes. D'ailleurs, aucun Canadien ne veut plus entendre parler de leur Congrès. Si le roi les prend de vitesse, il pourrait peut-être même étouffer dans l'œuf les prochaines insurrections. Mais Marie ne se leurre pas. Les blessures causées par cette guerre seront longues à guérir, si jamais elles guérissent. Le Congrès n'acceptera probablement pas cette défaite, mais il aura peut-être la sagesse de ne plus essayer de gagner les Canadiens à sa cause. Le message est clair : la *Province of Quebec* veut vivre en paix.

Sur le fleuve, le vent fait gonfler les voiles du *Promise*. Le navire se cabre. Les marins s'activent sur le pont et plusieurs doivent contourner un petit groupe de personnes, debout près de la proue. En effet, le *Promise* quitte Québec avec quatre passagers : Odélie et son époux, de même que Du Longpré et sa nouvelle épouse qui s'accroche désespérément à son ombrelle que le vent essaie de lui arracher. Marie a été très surprise d'apprendre que son ami travaillait pour le compte des Britanniques. Elle l'a été encore davantage lorsqu'il lui a annoncé son mariage avec la veuve Lavallée. Elle ne savait même pas que la dame recevait des hommes chez elle et ç'avait bien dû être le cas puisqu'il n'y avait eu ni bal ni soirée galante durant les huit mois qu'avait duré le siège. Comment diable cette femme aurait-elle pu trouver autrement un si bon parti ? Cependant, Marie refuse de les juger : elle sait ce qu'il en coûte d'être veuve. C'est pourquoi elle leur souhaite sincèrement beaucoup de bonheur.

Le navire prend de la vitesse. Marie lève le bras, pour un dernier au revoir. Sur le pont du navire, Nathanael Wellington a pris la main d'Odélie dans la sienne. Marie devine un sourire sur les lèvres de sa fille. Un grand bien-être l'envahit : Odélie est heureuse, enfin. Elle part au loin, comme elle n'a cessé d'y aspirer depuis son enfance. Quelle ironie qu'elle ait finalement épousé un Anglais, protestant de surcroît !

Le navire atteint maintenant la pointe de l'île d'Orléans et des murmures font prendre conscience à Marie qu'elle est toujours sur la grève. François et Louis échangent une plaisanterie et elle les entend rire derrière elle. Elle les rejoint.

– On rentre, lance-t-elle, en désignant la charrette du menton.

Marie se place entre ses deux fils et tous trois se dirigent vers le véhicule. Dans un excès de tendresse, elle ouvre les bras et serre fermement ses garçons contre elle. Louis gémit un peu parce qu'elle a accroché son écharpe. François le traite de pleurnichard. Marie sourit, car une grande sérénité l'habite. Ses fils ne se détestent pas, tout au plus se querellent-ils comme le font les garçons de leur âge.

Tous les trois montent ensuite dans la charrette et Marie laisse François les guider vers la haute-ville, vers la grande maison de la rue Saint-Louis.

ÉPILOGUE

Le mois d'octobre 1776 est exceptionnellement doux et cela donne à tous les habitants de la *Province of Quebec* beaucoup plus de temps pour se préparer pour l'hiver. Dans la grande maison de la rue Saint-Louis, tout le monde est fort occupé.

Au lieu de continuer de monter un présentoir de porcelaines, François ne quitte pas des yeux la jeune fille qui attend dans la rue que sa mère termine ses courses dans la boutique. Sa robe est légère et la brise tiède qui souffle sur la ville fait voler les quelques mèches blondes qui dépassent de son bonnet. Elle l'a sans doute aperçu, elle aussi, à travers la vitrine, car elle rougit maintenant en croisant son regard. François profite du fait que son frère soit occupé avec la mère pour se lancer dans une opération de charme avec la fille. Après tout, personne ne le surveille en ce moment. Dans le bureau, Marie s'occupe de comptabilité avec la grand-mère de Foy, récemment arrivée de France. François sait qu'elles sont là, même s'il ne peut les entendre bien que la porte soit grande ouverte. Il faut dire que la grand-mère de Foy est une femme discrète dont la voix est si semblable à celle de sa fille qu'il arrive fréquemment au jeune homme de les confondre lorsqu'elles l'appellent.

Louise est occupée, comme toujours, à préparer le souper. La maison sent bon le pot-au-feu et la tourte d'amandes, ce qui met sur le visage de Louis, depuis le début de l'après-midi, un sourire béat que François trouve ridicule. Louis adore la tourte d'amandes plus que tout autre dessert et, depuis qu'il a perdu sa main, il est devenu le préféré de la servante. Celle-ci le dorlote et prépare pour lui ce qu'il préfère. François n'est pas jaloux de ces attentions, il juge que son frère les mérite amplement. De plus, il n'est pas en reste avec cette grand-mère qui ne cesse de lui répéter qu'il ressemble à Marie. François trouve la situation cocasse étant donné qu'il estime que sa mère et lui n'ont rien en commun.

Il se sent tout à coup suffisamment de courage pour rejoindre la jeune fille et l'inviter à faire une promenade avec lui. Il repose l'assiette qu'il tient dans les mains depuis au moins dix minutes et s'approche du bureau pour avertir sa mère qu'il sort quelques instants. Soudain, la porte de la boutique s'ouvre et François se retourne, le visage radieux, persuadé que c'est la jeune fille qui ose enfin rejoindre sa mère à l'intérieur. Quelle n'est pas sa surprise de voir une silhouette masculine se découper à contre-jour! François plisse les yeux. L'homme porte une perruque, une tenue élégante, de riches broderies et de fines dentelles. Sur sa tête est posé un tricorne flambant neuf. Malgré cette tenue distinguée, le fils aîné reconnaît le visiteur et son cœur bondit de joie.

— Bonjour François, dit celui-ci, avant même que le garçon n'ait eu le temps d'ouvrir la bouche.

François prend la main tendue et la secoue chaleureusement.

– Ça me fait tellement plaisir de te revoir, Jean !

Mais Jean Rousselle ne répond pas à son interlocuteur. Il ne le regarde pas non plus, car Marie vient de sortir du bureau. Elle a sur le visage un sourire timide, et François, qui a suivi le regard du visiteur, comprend que sa mère est heureuse de revoir son ancien cavalier. D'ailleurs, ses yeux brillent lorsque, d'un geste souple, elle agrippe son châle qui traînait à un bout du comptoir et s'approche de Jean Rousselle. Elle ne dit pas un mot, mais son bras s'enroule avec grâce autour de celui que lui offre l'homme. Ils sortent en silence dans la rue, dans la lumière ocre du jour. François s'approche de la porte et les regarde s'éloigner d'un pas lent vers le Cap-aux-Diamants. Que vont-ils se dire après tant d'années ? se demande-t-il. Mais est-ce qu'une flamme peut même se rallumer quand on est aussi vieux qu'eux ? Surtout, se dit-il en pensant à Mme Lavallée, devenue Du Longpré, peut-on aimer vraiment une seconde fois ? L'idée que cet homme devienne peut-être son père réjouit quand même François. Après tout, Jean Rousselle lui a plu dès la première fois où ils se sont rencontrés et puis... si sa mère pouvait arrêter de pleurer la nuit, eh bien, tout le monde dormirait mieux.

– Qui est-ce ? lui demandent en chœur Louis et la grand-mère de Foy venus le rejoindre.

– C'est un ami, répond François en refermant la porte. Un ami de longue date.

Dans la rue, la jeune fille lui sourit toujours, mais la promenade, pense-t-il, sera pour une autre fois.

CET OUVRAGE
COMPOSÉ EN GARAMOND CORPS 14 SUR 16
A ÉTÉ ACHEVÉ D'IMPRIMER
LE SEIZE AOÛT DEUX MILLE CINQ
SUR LES PRESSES DE TRANSCONTINENTAL
POUR LE COMPTE
DE VLB ÉDITEUR.

IMPRIMÉ AU QUÉBEC (CANADA)